HEYNE<

ELFENRITTER

Erstes Buch: Die Ordensburg
Zweites Buch: Die Albenmark
Drittes Buch: Das Fjordland

Bernhard Hennen

ELFEN RITTER

DIE ALBENMARK

Roman

Originalausgabe

WILHELM HEYNE VERLAG
MÜNCHEN

FSC
Mix
Produktgruppe aus vorbildlich
bewirtschafteten Wäldern und
anderen kontrollierten Herkünften
Zert.-Nr. SGS-COC-1940
www.fsc.org
© 1996 Forest Stewardship Council

Verlagsgruppe Random House FSC-DEU-0100
Das für dieses Buch verwendete FSC-zertifizierte
Papier *München Super* liefert Mochenwangen Papier.

2. Auflage
Originalausgabe 03/2008
Redaktion: Angela Kuepper
Copyright © 2008 by Bernhard Hennen
Copyright © 2008 dieser Ausgabe by
Wilhelm Heyne Verlag, München,
in der Verlagsgruppe Random House GmbH
www.heyne.de
Printed in Germany 2008
Umschlaggestaltung: Nele Schütz Design, München
unter Verwendung eines Motivs von Michael Welply
Karte und Risszeichnung: Andreas Hancock
Satz: Buch-Werkstatt GmbH, Bad Aibling
Druck und Bindung: GGP Media GmbH, Pößneck

ISBN: 978-3-453-52342-5

Für die Schöne in der Ferne

*Der Tugendhafte begnügt sich,
von dem zu träumen,
was der Böse im Leben verwirklicht.*
Platon

BRONZESCHLANGEN

Feuer brannte in Gishilds Lungen, als die Bronzeschlange sich aufbäumte und Rauch und Glut spie. Hustend taumelte sie zurück. Jemand stieß sie grob an. Gebrüllte Befehle ertönten, doch sie waren nur ein dumpfes Dröhnen in ihren tauben Ohren. Vom Pulverrauch geschwärzte Gesichter gaukelten gleich schwarzen Masken mit unheimlichen, weiß strahlenden Augen durch die Finsternis. Wieder wurde Gishild angerempelt. Eine gebückte Gestalt schleppte eine schwere Eisenkugel.

»Wischt aus!« Die helle Mädchenstimme war das Erste, was Gishild deutlich vernahm. Vielleicht, weil sie sich so sehr von dem infernalischen Lärm ringsherum unterschied. Anne-Marie drückte ihren Daumen in das Zündloch der großen Bronzekanone. Joaquino drängte an dem Rohr vorbei, dessen Hitze die Luft erzittern ließ. Der breitschultrige Novize hatte sein Hemd ausgezogen. Pulverdurchsetzter Schweiß rann wie schwarzes Blut über seine Brust. Er schwang den schweren Ladestock herum, tauchte den Schwamm am hinteren Ende in den Eimer, der neben dem Geschütz stand, und stieß ihn dann tief ins Maul der Bronzeschlange.

Die Geschützkammer erbebte. Kanonendonner überrollte die Prinzessin. Der Lärm bohrte sich wie ein Dolch in ihren Kopf hinein.

Gishild presste sich beide Hände auf die Ohren. Sie zitterte am ganzen Leib. Rückwärts taumelnd stieß sie mit dem bärtigen Geschützmeister zusammen. Seine schwieligen Hände packten sie bei den Armen. Mit einem Ruck drehte er sie ein Stück herum und verpasste ihr einen Stoß, der sie in die andere Richtung wanken ließ.

Tränen der Wut rannen über Gishilds Wangen. Sie wollte nicht aufgeben, aber sie hielt es nicht länger aus.

Wieder erzitterte die Geschützkammer unter dem Donner eines Kanonenschusses. Wie gepeitscht warf sich die Prinzessin nach vorn. Grelles Licht stach ihr in die Augen, als sie auf das Hauptdeck der Galeasse gelangte. Sie brauchte gar nicht aufzublicken, um zu wissen, dass sie angestarrt und belächelt wurde. Die Arkebusiere und Ritter an der Reling, die Ruderer, die sich in der Sonne auf ihren Bänken räkelten, sie alle hatten nichts weiter zu tun, als zuzusehen, welche Novizen der Pulverqualm vertrieb und wer seine Feuertaufe bestand.

Den Blick starr auf die Planken geheftet, lief sie zum Vormast und ließ sich dort nieder. Schwefeliger Pulvergeschmack klebte auf ihrer Zunge; ihr war übel. Ein Stück weiter kauerte Raffael. Die schwarzen Locken hingen ihm strähnig in die Stirn. Sein Gesicht glänzte schwarz, wie in Tinte getaucht. »Ich liebe Pferde«, murmelte er halblaut. »Die verdammten Pulverfresser können mir gestohlen bleiben. Und dieses verfluchte Schiff auch.« Er zog die Nase hoch und wollte wohl aufs Deck spucken, überlegte es sich dann aber anders. Kapitän Alvarez liebte sein Schiff, und es war gewiss nicht klug, die Geliebte eines anderen Mannes anzuspucken.

Gishild lächelte unwillkürlich über ihre Gedankensprünge.

»Nimm es dir nicht zu Herzen«, erklang eine wohlvertraute, warme Stimme hinter ihr. Es war Drustan, der einarmige Ritter, der Magister ihrer Lanze. »Meine Sache war das auch nicht. Ich glaube, ich habe es nicht länger in der Geschützkammer ausgehalten als du.«

Er legte die Hand auf Gishilds Schulter und drückte sie sanft. »Ich weiß, manchmal sind wir etwas schroff ... Und ich weiß auch, wie sehr ein Lächeln im falschen Augenblick verletzen kann. Aber glaube mir, all dies hier geschieht nicht, um euch zu demütigen. Tjured gibt jedem seiner Kinder mindestens eine große Gabe. Wir suchen nach euren Begabungen. Und wenn wir sie entdecken, dann schleifen wir euch, bis wir das Beste aus euch herausholen. Welchen Sinn hätte es, dir das Kommando über eine Geschützkammer zu geben, wenn du dort bestenfalls mittelmäßig wärst? Dafür bist du eine außergewöhnliche Fechterin. Also werden wir dich unseren besten Fechtlehrern überantworten, wenn du etwas älter bist. Aber noch sind wir auf der Suche ... Verzweifle nicht. Drei Jahre dauert dieser Abschnitt deiner Ausbildung. Dann wissen wir, wie Gott dich erschaffen hat und welche Gaben er dir mitgab.«

Gishild versuchte sich vor der freundlichen Stimme und dem Trost zu verschließen. Sie wollte davon nichts hören. Sie war sich ganz sicher, keine Gaben von Tjured erhalten zu haben, denn sie war die Prinzessin des Fjordlands, und sie diente anderen Göttern! Vielleicht wollte sie auch einfach ihren Schmerz und ihren Zorn nicht aufgeben.

Sie blickte hinauf zum Oberdeck des Bugkastells. Von Rauch umgeben standen dort, oberhalb der Geschützkammer, der Kapitän und einige Ritter. Sie beobachtete die Einschläge der Kanonenkugeln in der roten Steilwand eines Felsens, der sich etwa dreihundert Schritt entfernt aus der spiegelglatten See erhob. Diese Menschen waren der Feind, auch wenn Gishild jetzt mitten unter ihnen war. Das durfte sie nicht vergessen! Dort standen Lilianne de Droy, die ehemals Komturin von Drusna gewesen war und Gishilds Vater schwere Niederlagen beigebracht hatte, und ihre Schwester, die Fechtmeisterin Michelle. Luth allein mochte wissen, wie viele Drusnier und Fjordländer Michelle getötet hatte.

Die junge Ritterin schien ihren Blick gespürt zu haben. Unvermittelt drehte sie sich um und lächelte sie an.

Gishild ertappte sich dabei, wie sie das Lächeln erwiderte. Sofort erstarrte ihr Antlitz zu einer Grimasse. Das durfte sie nicht tun! Lass dich nicht verführen, schalt sie sich. Sie sind der Feind, du gehörst nicht zu ihnen!

Sie seufzte. Es war so schwer. So verwirrend ...

»Glaub mir, du musst dich wirklich nicht schämen, weil du die Geschützkammer verlassen hast«, sagte Drustan, der ihre Miene gründlich missverstanden hatte.

Pulverknappen trugen neue Ladungen für die großen Bronzekanonen aus der Kammer tief im Schiffsrumpf herauf. Das Pulver befand sich in doppelt vernähten, weichen Leinensäcken. Mit ihrer zylindrischen Form entsprachen sie dem Mündungsdurchmesser der Kanonenrohre, in die sie geschoben wurden. Jeder Pulversack enthielt eine sorgfältig abgemessene Ladung für einen Schuss über mittlere Reichweite. Der Stoff war mit Wachs eingerieben und wasserabweisend. Die Pulverknappen stapelten die Ladungen dicht vor dem Zugang zur Geschützkammer, gleich dort, wo in halbrunden Kuhlen auch ein Vorrat der schweren, eisernen Kanonenkugeln lagerte.

Wieder ließ der Donner einer Bronzeschlange das große Schiff erbeben. Luc trat aus dem Rauch der zum Hauptdeck hin offenen Geschützkammer. Blinzelnd fuhr er sich mit dem Arm über die schweißglänzende Stirn. Er sah in ihre Richtung und zwinkerte ihr zu. Gishild nickte. Wieder war ein Lächeln auf ihren Lippen. Sie konnte sich einfach nicht dagegen wehren, nicht bei Luc. Wann immer sie ihn sah, verebbte all ihre Wut. Seit der Nacht unter dem Galgen, in der sie ihn gewärmt und ihr Geheimnis mit ihm geteilt hatte, war sie verändert.

Er wollte ihr Ritter sein, das hatte er ihr seitdem dutzende Male geschworen. Nun aber sah er mit an, wie sie versagte. Sie hatte die Probe in der Geschützkammer nicht bestanden! Er wuchtete sich einen der Pulversäcke auf die Schulter, Futter für das mächtigste Geschütz des Schiffes, die *Heiliger Zorn*.

Luc würde einmal ein gut aussehender Mann werden, dachte Gishild. Schlank und drahtig war er, ein wenig wie die Elfen am Königshof ihres Vaters. Gedankenverloren spielte sie mit ihrem Haar. Sie fand es immer noch viel zu kurz. Es würde viele Monde dauern, bis es wieder so lang war wie vor ihrer Begegnung mit dem Barbier von Paulsburg. So lang …

Die feinen Härchen an ihren Armen richteten sich auf. Eisige Kälte kroch in ihren Bauch. Verwirrt blickte sie zum Himmel, um zu sehen, ob sich eine Wolke vor die Sonne geschoben hatte. Es war windstill. Die großen Segel hingen schlaff von den Rahen. Kein Seidenbanner rührte sich. Der Himmel war wolkenlos.

Gishild schlang die Arme um den Leib. So kalt war ihr, als hätte plötzlich der Winter Einzug gehalten, doch er schien nur für sie gekommen zu sein. Sie sah sich um; niemand anders schien zu frieren. Ihr Blick wanderte zu der Geschützkammer und suchte Luc, doch in den dichten Rauchschleiern gab es nur gesichtslose Schattengestalten, die mit genau einstudierten, knappen Bewegungen den Tanz der Bronzeschlangen tanzten.

Vielleicht ließ der Schweiß, der an ihrem Leib trocknete, sie frösteln?

Ein Donnerschlag, begleitet von hellen Flammenzungen, löschte all ihre Gedanken aus. Ein Luftzug berührte sie, kurz. Ein Finger des Todes. Ausgestreckt nach ihr …

Dann hörte sie einen dumpfen Schlag auf Holz. Noch immer loderten Flammen in dem offenen Geschützdeck.

Gishild konnte nichts als starren. Mit schreckensweiten Augen ... Unfähig, die Bilder mit Gedanken zu verknüpfen. Unfähig, sich zu bewegen oder einen Laut über die Lippen zu bringen.

Aus den Augenwinkeln sah sie ein golden glänzendes Bronzestück im Mast stecken, das sie um weniger als einen Zoll verfehlt hatte.

Sie sah, wie die gestürzten Ritter auf dem Deck über den Geschützen wieder auf die Beine kamen. Alle, bis auf einen. Sie sah das geborstene Holz der Planken. Sah den Arkebusier, der wie trunken über der Reling hing und dessen Blut sich in die See ergoss. Und dann taumelten Gestalten aus dem Geschützdeck. Fleisch gewordene Schatten. Schwarz von Pulver und Rauch. Und sie hinterließen Spuren aus dunklem Blut auf dem Deck.

Gishild erkannte Joaquino, der Bernadette auf den Armen trug.

Mit den Namen brach der Bann. Die Prinzessin begann zu laufen.

Vom Oberdeck hallten Befehle. Die Krieger und Ruderer versuchten zu helfen. Kapitän Alvarez stieg die Treppe zum Oberdeck hinab. Sein silberner Brustpanzer war mit hellroten Flecken gesprenkelt.

Gishild drängte an ihm vorbei. Eine Hand packte sie, doch sie riss sich los. Ein einziger Gedanke füllte sie völlig aus. Luc! Er war nicht unter den Gestalten, die aus dem Rauch hervorquollen.

Sie trat auf etwas Weiches und hatte nicht den Mut, auf den Boden zu blicken. Der Pulverqualm brannte in ihren Augen. »Luc?«

Neben der *Heiliger Zorn* lagen hingestreckte Gestalten. Ängstlich kniete sie nieder. Eine gesichtslose Gestalt lag auf der schwelenden Lafette. Das Rohr der großen Kanone war geborsten. Glühende Bronzesplitter steckten in der Decke und den Wänden der Geschützkammer. Blasse Flammenzungen leckten rund um die Splitter über das trockene Holz. Fetzen aus schwelendem Papier tanzten in der Luft.

Endlich entdeckte sie Luc. Er lag dicht bei der Steuerbordwand. Etwas Dunkles troff von der Decke herab auf seine Brust. Blut sickerte aus seinem Mundwinkel.

Gishild packte ihn unter den Achseln und wollte ihn fortziehen. Er war schwer. »Komm zu dir …«

Er reagierte nicht. Besinnungslos hing er in ihren Armen, das Hemd von Blut durchtränkt. Endlich kamen auch andere Retter in die Geschützkammer. Ein Ruderer mit tätowierten Oberarmen hob Luc auf und trug ihn auf seinen starken Armen. Gishild wich nicht von seiner Seite.

Vor ihnen taumelte Anne-Marie dem Hauptdeck entgegen. Ihr linker Arm hing schlaff herab. Wo die Hand hätte sein sollen, war schwarz verbranntes Fleisch. Gishild rief ihren Namen, doch Anne-Marie ging einfach weiter. Sie wirkte, als sei sie nicht mehr ganz in dieser Welt.

Gleißendes Licht brannte die Bilder aus Gishilds Augen. Etwas fauchte. Die Prinzessin blieb stehen. Sie schlug die Hände vors Gesicht. Sengender Pulveratem schlug ihr entgegen.

»Raus hier!« Noch immer geblendet, vernahm sie Drustans Stimme. »Alles raus!«

Wieder fauchte Pulver. Hitze griff nach Gishild. Brannte auf jedem Stück Haut, das nicht mit Stoff bedeckt war. Ihre Hände schmerzten. Tränen rannen ihr über die Wangen. Undeutlich sah sie schwarze Flächen und Licht. Eine Welt ohne Farbe. Dichter Rauch schlängelte sich wie lebendig über den Boden. Und vor ihm eilte ein strahlendes Licht dahin. Es sah schön aus, funkenstiebend und eilig huschend. Wie etwas Lebendiges.

Und dann sprang es einen einzelnen Leinensack an, den ein Pulverknappe vor der Geschützkammer fallen gelassen hatte.

»Das Pulver!« Im gleichen Augenblick, in dem Drustan schrie, warf er sich auch schon zu Boden.

Der Ruderer, der Luc trug, ließ den Jungen fallen und versuchte die Reling zu erreichen und in die Sicherheit des Ozeans zu flüchten. Dutzende Männer und Frauen sprangen über Bord.

Eine grelle Stichflamme, hoch wie die Masten, schoss zum Himmel. Feuerzungen leckten weit über das Deck, und wen sie berührten, dem brannten sie binnen eines Herzschlags das Fleisch von den Knochen. Der heiße Atem der Explosion trug Menschen davon wie Herbstwind trockenes Laub.

Gishild warf sich auf Luc. Sie hielt ihn fest umschlungen. Flammen versengten ihr das Haar. Sie spürte Lucs warmes Blut auf ihrem Leib, und ein metallischer Geschmack, so als lecke man an poliertem Kupfer, füllte ihren Mund. So fest drückte Gishild Luc an sich, wie sie als Kind manchmal nachts ihre Strohpuppe an sich gedrückt hatte.

Lucs Augen waren weit aufgerissen. Es war fast nur das Weiß zu sehen. Seine Pupillen waren so weit nach hinten gerückt, als wolle er in seinen Kopf blicken und seinen Gedanken zusehen. »Hilfe!«, rief Gishild, doch ihre Stimme ging im Tumult an Deck unter. »Hilfe!«

Inmitten von Rauch und Flammen stand Anne-Marie. Wie durch ein Wunder war sie dem Verderben entronnen. Doch nur zwei Schritt entfernt lag der Stapel mit den Pulverladungen. Und das helle Leinen des obersten Sacks war gesprenkelt von schwelender Glut.

Anne-Marie beugte sich zu dem schwelenden Sack hinab. Ihre gesunde Hand krallte sich in das Leinen. Linkisch hob sie den Sack auf und ging mit seltsam steifen Schritten auf die Reling zu. Sie bewegte sich wie eine schlecht geführte Marionette, dachte Gishild, während sie Luc festhielt und darauf wartete, Anne-Marie und das ganze Schiff in einer weiteren Flammensäule vergehen zu sehen.

Aus den Augenwinkeln bemerkte Gishild, wie Lilianne einen Eimer mit Wasser über den verbliebenen Pulversäcken entleerte.

Anne-Marie erreichte die Reling und ließ sich einfach vornüber kippen.

Die Prinzessin hörte den Aufschlag aufs Wasser. Sie atmete aus. Das Schiff erzitterte, als habe es einen erleichterten Seufzer von sich gegeben.

»Bemannt die Ruder!«, erklang die ruhige Stimme des Kapitäns.

Gishild fühlte Tränen auf ihren Wangen. Überall waren Verwundete. Das Deck war rot von Blut. »Hilfe«, rief sie erneut.

Drustan beugte sich zu ihr hinab. »Wo bist du verletzt?«

Sie schüttelte den Kopf. »Das ist nicht mein Blut. Luc … Du musst …«

Der Magister schob sie sanft zur Seite. Seine Hand tastete nach Lucs Hals. Gishild konnte sehen, wie sich Drustans Wangenmuskeln spannten. Sehnen wie fleischige Drähte traten an seinem Hals hervor. »Alvarez!«

»Was ist mit ihm?«, fragte Gishild.

Der Magister antwortete nicht. Er zerriss Lucs Hemd. Etwas Blauschwarzes quoll ihm durch den blutgetränkten

Stoff entgegen. »Alvarez!«, rief er noch einmal, und seine Stimme klang schrill. Er drückte mit seiner Hand die Schlinge zurück, die aus dem Hemd hervordrängen wollte.

Gishild sah, wie viel Blut aus der Wunde quoll, und Eiseskälte breitete sich in ihr aus.

»Hilf den anderen! Mach dich nützlich!«, herrschte Drustan sie plötzlich an.

Die Prinzessin griff nach Lucs Hand. Sie war entsetzlich kalt. Ihr Platz war an seiner Seite. Er war doch ihr Ritter!

GRÖSSER ALS WIR

»Siehst du das?« Drustan tupfte vorsichtig über die Kruste aus getrocknetem Blut. Sie war rissig und löste sich unter dem sanften Druck des Schwamms von der braun gebrannten Haut des Jungen. »Du hast ihn gesehen. Er sollte tot sein.«

Alvarez streckte die Hand aus und strich sanft über Lucs Bauch. Da war keine Narbe, nichts, was auf die schreckliche Verwundung hinwies. Er drückte sanft und beobachtete dass Gesicht des jungen Novizen. Er war immer noch ohnmächtig. Er stöhnte nicht; auch nicht, als der Kapitän den Druck verstärkte.

»Keine inneren Verletzungen.«

Drustan leckte sich über die Lippen. Der Magister wirkte fiebrig. Er hatte all seine Kräfte im Kampf um das Leben ihrer Brüder und Schwestern erschöpft. Dunkle Bartstoppeln sprenkelten sein schmales Gesicht. Tiefe Ränder hatten sich unter seinen Augen eingegraben. »Du solltest ein wenig ruhen.«

Drustan sah ihn an. »Wir müssen Luc beobachten! So etwas gibt es nicht … Er ist keinen Augenblick lang aufgewacht.«

»Und es ist ausgeschlossen, dass du …«

Der Magister lachte bitter. »Ich.« Er drehte sich, sodass sein leerer Ärmel besser zu sehen war. »Verspotte mich nicht! Glaubst du, ich wäre ein Krüppel, wenn ich solche Kräfte besäße?«

»Das heißt, er hat sich selbst geheilt. Und das im Schlaf …«

»Ja.« Drustans Stimme war nur noch ein Flüstern. Er drängte sich dicht an Alvarez. Der Magister roch unangenehm nach säuerlichem Schweiß. Und er hatte getrunken. Alvarez presste die Lippen zusammen. Er durfte das nicht dulden! Er kannte die Schwächen seines Ordensbruders gut. Er würde mit den anderen über ihn reden müssen. Doch jetzt mochte er ihn nicht darauf ansprechen.

»Du weißt, was Leon befürchtet?«

Alvarez nickte. Der Primarch hatte mit ihm ein langes Gespräch über den Jungen geführt, bevor die *Windfänger* Valloncour verlassen hatte.

»Was heute geschehen ist, spricht dafür, dass Leon recht hat«, fuhr Drustan fort. »Niemand hat die Macht, eine solche Wunde aus eigener Kraft zu verschließen. Das hat es noch nie gegeben! Und schon gar nicht im Schlaf! Er hat jetzt sein wahres Gesicht gezeigt. Sie haben ihn uns untergeschoben. Er ist ein Wechselbalg! Wir müssen etwas tun …« Der Magister blickte zu dem blutigen Feldscherbesteck, das auf dem Hocker bei Lucs Lager ausgebreitet war. »Ein Schnitt! Jeder würde glauben, dass er seinen Verletzungen erlegen ist.«

»Warum hast du es dann nicht schon getan?«

Drustan sah ihn nur an.

Der Kapitän bewegte die verspannten Schultern. Er konnte in der niedrigen Offiziersmesse nur geduckt stehen. Der kleine Raum war in ein notdürftiges Lazarett verwandelt worden. Den ganzen Tag über war Drustan in dieser stickigen Kammer gewesen und hatte um Leben gekämpft. Zwei Tote und siebzehn Verletzte: Das war der Preis für eine mangelhaft gegossene Kanone. Alvarez hatte sich geschworen, den Gießmeister zu finden, der für dieses Massaker verantwortlich war. Wenn Anne-Marie nicht das Schlimmste verhindert hätte … Nein, er mochte gar nicht daran denken. Das Mädchen war mehr tot als lebendig. Es stank in der Kammer immer noch nach dem Teer, mit dem Drustan ihren Stumpf eingerieben hatte. Alvarez besaß die Gabe ebenso wie Drustan. Er hatte an Deck geholfen, so gut er es vermochte. Und Luc? Tjured allein wusste, was mit dem Jungen war.

»Ich habe mit Michelle gesprochen«, flüsterte der Magister. »Der Kleine hat als Einziger in einem Pestdorf überlebt. Niemand kann sagen, wie lange er allein unter den Toten war. Und er hat sie von der Pest geheilt, obwohl sie schon ein schwarzes Mal trug. Sie dürfte eigentlich gar nicht mehr unter uns sein.« Er sah den Jungen an. »So wie er.«

»Aber du hast nicht zum Messer gegriffen.«

»Er ist doch mein Schüler.«

»Und jetzt soll ich sein Richter sein?«

Wieder schwieg Drustan.

»Ich mag ihn«, sagte Alvarez. Er dachte an den letzten Buhurt. Den unverschämten Betrug, durch den die stets glücklosen Löwen wenigstens einen einzigen Sieg errungen hatten. Sie hatten mit ihren Wetten die halbe Ordensburg ausgeplündert. Das Spiel war eine einzige Frechheit gewesen. Aber sie hatten gegen keine niedergeschriebene Regel verstoßen. Alvarez' Lächeln wurde breiter. Ja, er mochte Luc. So manches Mal hatte er sich vorgestellt, wie der Junge eines Tages ein berühmter Kapitän des Ordens sein würde. Bestimmt hatte er das Zeug zu einem guten Schiffsführer. Er würde sich bemühen, Luc als Decksoffizier auf die *Windfänger* zu bekommen, wenn er sich seine goldenen Sporen verdient hatte.

»Liliannes verdammter Vogel lebt noch. Was Luc getan hat, hat das Vieh nicht umgebracht.« Drustan sah elend aus. Er glaubte offensichtlich nicht mehr an den Jungen.

»Wir haben ihn auch nicht getötet«, wandte Alvarez ein.

»Aber wir waren auf dem Vordeck«, entgegnete der Magister. »Zu weit entfernt. Er tut es hier.«

»Es sind immer noch mehr als zwanzig Schritt bis zu dem Käfig.«

Drustan deutete auf den flachen Bauch des Jungen. »Sieh dir doch an, welche Kraft er hat. Dieser verdammte Adler müsste verreckt sein!«

»Hast du den Glauben an Tjured und seine Wunder verloren? Vielleicht sind wir gerade Zeugen eines solchen Wunders geworden. Vielleicht ist der Junge ein Geschenk Gottes. Stell dir vor, er wurde uns geschickt, um unserem Orden in diesen schwierigen Zeiten, in denen wir im Schatten des Aschenbaums zu vergehen drohen, zu neuer Größe zu verhelfen. Müsste so ein Kind nicht anders sein als die anderen? Müsste er uns in seinen Fähigkeiten nicht übertreffen? Und stell dir vor, wir töten ihn, weil er anders ist. Und weil es uns an Gottvertrauen mangelt.«

Drustan seufzte. »Er macht mir Angst.«

Alvarez legte ihm die Hand auf die Schulter. »Vertraue in Gott, mein Bruder. Lass uns Lucs Gaben nutzen. Zwei Novizen und drei meiner Männer sind dem Tod näher als dem Leben. Wenn Luc erwacht, kann er sie vielleicht retten. Wir werden ankern und ein Lager am Strand errichten.«

»Wie Vampyre sind sie. In unserer Mitte. Sie tragen eine Menschenhaut, doch sind sie nicht wie wir. Was immer sie berühren, wird befleckt sein. Sie …«

»Ja«, unterbrach Alvarez ihn ärgerlich. »Auch ich habe Henri Épicier gelesen. Ich weiß. Aber lass uns doch seine Gabe nutzen. Jetzt kann er uns helfen. Und wenn wir zurückkehren, wird Leon ihn prüfen. Er wird die Wahrheit ans Licht bringen. Und wird ihn richten, ohne zu zögern. Du kennst ihn!«

Drustan griff nach dem Feldscherbesteck.

DIE FRAGENDEN

»Sie sind unter uns. Und sie sind nicht nur im Schatten. Im Lichte, wo man sie nicht sucht, sind sie am stärksten. Sie können dein Nachbar sein. Der Geliebte deiner Tochter. Und die schlimmsten von ihnen sind manchmal unsere geliebten Kinder. Die Albenkinder mögen auf den Schlachtfeldern verloren haben. Sie fürchten die Klingen unserer Ritter, geschärft durch Glauben und Enthaltsamkeit. Sie fürchten den klaren Blick des Aufrechten, den sie nicht zu blenden vermögen. Ihre Waffen sind Heimlichkeit und Täuschung. Und

das grausamste ihrer Spiele ist die Erschaffung von Wechselbälgern. Darum hütet euch, Gottesfürchtige! Wird euch ein Kind geboren, ruft noch in nämlicher Stunde nach einem Priester. Haben die Kleinen den Segen Tjureds empfangen, so sind sie unberührbar geworden. Ist dem jedoch nicht so, dann mag es geschehen, dass ein Albenkind kommt, den Säugling zu stehlen und auszutauschen gegen einen Wechselbalg. Die Kinder ersticken sie in einem Sack, oder sie ertränken sie, denn mit Menschenkindern wissen sie nichts anzufangen. Und die zarten Seelen sind dazu verdammt, durch ewige Finsternis zu wandern, denn das Licht des Glaubens bleibt für sie unsichtbar. Und niemals werden sie ihren Frieden finden. Ihre Stimmen sind es, die der Wind herbeiträgt, wenn er sich in den Dachfirsten verfängt. Sie klagen uns an für unsere Leichtfertigkeit.

Man mag von großen Schlachten in fernen Heidenwäldern hören. Der wirkliche Krieg jedoch wird mitten unter uns ausgetragen. Wer nicht fest im Glauben ist, der ist wie eine Burg, deren Tore nicht verschlossen wurden. Nur weil ihr sie nicht gesehen habt, heißt das noch lange nicht, dass sie nicht hier sind. Sie jagen Kinder und eure Herzen. Hütet euch vor denen, die schöne Worte machen. Jede verlorene Seele feiern sie als Sieg. Sie werden euch beschenken und euch die Freuden des Himmelreichs schon zu Lebzeiten versprechen. Sie können Dinge geben, von denen ihr nicht einmal zu träumen wagtet. Kein Menschenweib kann Freuden schenken wie eine Elfenhure. Ihr werdet ihnen verfallen. Und wenn sie euch ganz fest gewonnen haben, dann werdet ihr erwachen, und es wird tausendmal schrecklicher sein als eine Nacht mit billigem Wein. Sie entreißen euch die Seele bei lebendigem Leib. Wie Sklaven werdet ihr sein, um den einmal genossenen Freuden wieder nahe zu kommen. Finstere Magie wird jene treffen, die euch retten wollen. Blitzschlag, missgebildetes Vieh, ein Hagel aus heiterem Himmel, der die Ernte vernichtet. Das sind ihre Waffen im heimlichen Krieg. Nur ein Fragender, ein Priester, der besonders fest im Glauben ist, kann dann noch Rettung verheißen. Sie kennen alle Wege, die Wahrheit ans Licht zu bringen. Sie kennen die Schliche der Anderen und wissen, wie ihre heimlichen Verbündeten aufzuspüren sind. So wie die Ritter in der Ferne kämpfen, schlagen sie ihre Schlachten mitten unter uns, und das reinigende Feuer ist ihre Waffe, wenn Seelen verloren scheinen.

Wer ein treuer Diener Tjureds ist, der wird sie rufen, wenn ein Kind Außergewöhnliches kann, wenn ein Kaufmann zu viel Glück in seinen Geschäften hat oder ein gottesfürchtiger Mann mehr Unglück erleidet, als Tjured der Gnadenvolle einem Menschen aufbürden würde. Dies sind Zeichen, an denen wir das Werk der Anderen erkennen. Achtet darauf! Und fürchtet euch nicht, sondern seid tapfer und ruft Gottes erste Diener um Hilfe. Wo Glaube ist, da wird die Hoffnung stets den Sieg davontragen.

AUS: DER HEIDENHAMMER,
KAPITEL VII, DIE FRAGENDEN, SEITE 81 ff.
ERSTAUSGABE, NIEDERGELEGT ZU SEYPER IM 934. JAHR
NACH DEM MARTYRIUM DES HEILIGEN GUILLAUME
VERFASST VON HENRI ÉPICIER

VON MUSCHELSPLITTERN, ARKEBUSENKUGELN UND KÜSSEN

Luc legte beide Hände dicht neben die Brandwunde. Joaquino zuckte vor Schmerz, gab sich aber alle Mühe, sich möglichst wenig anmerken zu lassen. Seine Haut hatte sich in der Nacht von der Wunde gelöst. Zurück war eine handgroße, nässende Fläche aus rohem Fleisch geblieben. Er hatte unglaubliches Glück gehabt, denn er war nur gegen ein glühendes Kanonenrohr gestürzt. Er war der am leichtesten Verwundete, der unter dem großen Sonnensegel am Strand lag.

Luc konzentrierte sich. Er wollte Joaquino helfen. Wirklich ... Aber er konnte spüren, dass seine Kräfte erschöpft waren. Es trat keine Besserung ein. So sehr er sich auch bemühte. Luc konnte nicht begreifen, warum es so war. Er hatte Anne-Marie doch heilen können! Und ihr war es viel schlechter gegangen. Über ihrem Stumpf spannte sich schon jetzt eine dünne Schicht neuer Haut. Und ihr Fieber war gewichen. Es war ein Wunder, alle hatten das gesagt! Fünf Leben hatte er gerettet ... Und jetzt schaffte er es nicht, eine Verbrennung zu heilen. Warum?

Joaquino stöhnte.

Luc wurde sich bewusst, dass er zu stark auf den Bauch gedrückt hatte. Die Wunde spannte sich. »Tut es sehr weh?«

»Lässt sich aushalten«, stieß Joaquino gepresst hervor.

Luc spürte, wie viel Kraft es den großen, blonden Jungen kostete, ihm etwas vorzuspielen. Sie waren Löwen, zum Mut verpflichtet. Joaquino wäre besser dran, wenn er ihn in Ruhe ließe. »Ich glaube, die Seeluft wird helfen. Es sollte kein Verband auf die Wunde. Ja, das wäre nicht ... nicht so gut.« Noch einmal versuchte er sich mit aller Kraft vorzustellen, dass Haut über die Verletzung wuchs. Bei Anne-Marie hatte das geholfen. Aber diesmal geschah einfach nichts! Er spürte das Kribbeln in den Händen nicht, dieses Gefühl, dass etwas durch ihn hindurchfloss. Eine Kraft, die überall um ihn herum war, auch wenn man sie nicht sehen konnte. Er nahm sie auf und bündelte sie wie ein Trichter. Aber jetzt schien diese Kraft einfach fort zu sein.

Alvarez kniete auf der anderen Seite von Joaquinos Lager nieder. Der Kapitän der Galeasse hatte Luc überrascht, ebenso Drustan. Sie beide waren ausgezeichnete Heiler. Das hatte Luc nicht gewusst.

Sie hatten ihn beobachtet. Nicht sehr offensichtlich, doch Luc hatte es dennoch gespürt. Ob sie nach Zeichen Ausschau hielten, die ihn als Wechselbalg entlarvten? Wenn sie in der Nähe waren, fühlte Luc sich beklommen. Er wusste, dass er in der Geschützkammer gewesen war, konnte sich aber an nichts mehr erinnern. Er musste verletzt gewesen sein, doch sein Leib wies keine Wunde auf. Nicht einmal einen blauen Fleck hatte er. Unheimlich war das!

Luc musste an die Drohung des Primarchen denken. Sobald die *Windfänger* nach Valloncour zurückkehrte, erwartete ihn eine Prüfung. Er hatte keine Ahnung, worum es gehen würde, aber er wusste, dass der Ausgang dieser Prüfung für ihn über Leben und Tod entscheiden würde. Denn einen Wechselbalg, ein Kind, das auf magische Weise von Elfen erschaffen worden war, würde der gestrenge Primarch niemals inmitten seiner Novizen dulden.

Alvarez legte Joaquino die Hand auf die Stirn. »Du hast kein Fieber, Junge. Das ist ein gutes Zeichen. Wie fühlst du dich?«

»Nicht so schlimm«, brachte der junge Löwe unter Mühen hervor.

Alvarez lächelte. »Dachte ich mir schon, dass du das sagen würdest. Wird eine nette Narbe werden. Morgen verlegen wir unser Strandlager. Ich bin mir sicher, dass wir dann mehr für dich tun können.« Der Kapitän blickte auf und sah Luc auf eigenartige Weise an. So, als teilten sie ein Geheimnis, das sich Joaquino niemals erschließen würde.

Alvarez klopfte dem großen Jungen sanft auf die Schulter. »Halt dich tapfer. Das wird schon wieder.« Dann stand er auf. »Luc? Kannst du mit mir kommen? Du wirst hier, glaube ich, nicht mehr gebraucht.«

Der Kapitän ging hinab zum Ufer. Sie waren mit der *Windfänger* in einer engen, felsigen Bucht vor Anker gegangen. Am Strand waren zwei große Sonnensegel aufgespannt worden. Etliche Feuer brannten, und man briet wilde Ziegen, die ein Jagdtrupp erlegt hatte. Außer einer Wache, dem Schiffszimmermann und seinen Gehilfen war niemand an Bord der *Windfänger* zurückgeblieben. Die Schäden in der Geschützkammer wurden behoben. Und Blutflecken von den Planken geschrubbt. Das Geräusch von Hämmern und Sägen hallte über das Wasser.

Alvarez blieb unvermittelt stehen und rammte die Hände in die Hüften. »Ich hasse es, wenn das Leben meiner Mannschaft in den Händen anderer liegt! Das hätte nicht passieren dürfen!« Er sah zu seiner Galeasse, während er sprach. Alvarez war von stattlicher Gestalt. Trotz der Hitze trug er eine weite Pumphose und kniehohe Stiefel, dazu ein weißes Leinenhemd mit kostbarer Spitze. Eine breite rote Bauchbinde mit goldenen Fransen war um seine Hüften geschlungen – das Abzeichen eines Kapitäns. Das Messer und die beiden Pistolengriffe, die aus dem Stoff ragten, ließen ihn verwegen aussehen. Sein silberner Ohrring, der gezwirbelte Schnauzbart und das lange, lockige Haar taten ein Übriges, um diesen Eindruck zu verstärken. Nein, wie ein Heilkundiger sah er wirklich nicht aus, dachte Luc erneut. Eher wie ein Pirat oder Schmuggler.

»Es kann immer sein, dass eine Kanone einen unsichtbaren Makel in sich trägt. Eine Luftblase vielleicht. Manchmal ist die Legierung von mangelhafter Qualität ... Deshalb werden sie erprobt. Das ist die Aufgabe von diesem Dreckspack in der Schlangengrube. Ich könnte den Gießmeistern die Schädel einschlagen! Ich könnte ...« Er wandte sich unvermittelt zu Luc um. »Hast du schon mal gesehen, wie ein Hai einen Mann frisst? Ich wünschte, ich hätte ihn hier, den Gießmeister, der die Verantwortung für die *Heiliger Zorn* trägt. Ich wünschte, ich könnte meinem ganz und gar *unheiligen* Zorn Luft machen!« Alvarez zitterte vor Wut.

Luc fragte sich im Stillen, ob der Kapitän wirklich einen Mann den Haien vorwerfen würde.

»Wärst du ein gestrenger Richter, Luc? Was würdest du tun, wenn das Leben eines Mannes, durch den Brüder und Schwestern von dir zu Tode kamen, in deiner Hand läge? Wärst du ein milder Richter?«

Luc dachte an die beiden Toten, die tief im Schiffsrumpf in Bleisärgen lagen, und an Anne-Marie, die eine Hand verloren hatte. Er war traurig. Aber einen anderen Mann zu töten, würde sie nicht lebendig machen. »Ich weiß es nicht«, sagte er schließlich und konnte dem Kapitän dabei nicht in die Augen sehen.

»Du bist zu weich.« Er schüttelte den Kopf. »Ich sehe, du hast ein gutes Herz. Aber um ein Anführer zu sein, musst du dein Mitgefühl und deine Gutmütigkeit manchmal tief in dir begraben. Du musst Dinge tun können, die dein eigenes

Herz verletzen. Sonst kannst du nicht führen. Ich habe dich beobachtet. Ich glaube, du weißt das.«

Luc spürte sein Herz schneller schlagen. »Ja.«

»Du hast gut für die Verwundeten gesorgt. Ich habe noch nie einen Jungen mit dreizehn Jahren gesehen, der solches Geschick hat. Du bist ... außergewöhnlich.«

Luc spürte, wie sich in ihm alles zusammenzog. Was wollte Alvarez ihm damit sagen? Hatte der Kapitän ihn durchschaut, so wie Leon es getan hatte, als er dessen Auge in den Mund nehmen musste?

»Du solltest etwas Gutes essen, viel trinken und dich ausruhen. Ich glaube, du bist sehr erschöpft. Morgen werden die Verletzten deine Kraft aufs Neue brauchen, Luc. Für heute entbinde ich dich von allen Pflichten.« Er lächelte. »Nur, dass wir uns richtig verstehen, Novize, dies war ein Befehl deines Kapitäns!« Er lächelte freundlich. »Und jetzt mach, dass du fortkommst.«

Luc gehorchte. Er war erleichtert, endlich allein sein zu dürfen. Doch das Herz war ihm schwer. Er hatte sich in Alvarez getäuscht. Der Kapitän war auf seiner Seite. Er schien keinerlei Zweifel an ihm zu haben. Stumm betete Luc zu Tjured, dass er den Kapitän und all die anderen, die an ihn glaubten und ihm vertrauten, nicht enttäuschen würde. Die Kameraden in seiner Lanze, Michelle, Alvarez, ja sogar Drustan, sie alle waren ihm eine große Familie geworden. Er wollte sie nicht verlieren. Um keinen Preis!

Luc holte sich einen Wasserschlauch und etwas Brot und Käse. Er machte einen weiten Bogen um das Sonnensegel, unter dem die Kranken lagen. Auch ging er seinen Kameraden aus dem Weg. Er war wirklich zutiefst erschöpft. Alvarez hatte so gesprochen, als kenne er diesen Zustand. Aber wie sollte er das?

Die grauen Felsen waren warm von der Mittagssonne. Es gab viele verlassene Vogelnester. Die Eierschalen der Frühlingsbrut knisterten unter seinen Sohlen, als er von Sims zu Sims kletterte. Schillernde Federn verrieten, dass es keine Möwen gewesen waren, die hier genistet hatten.

Als er so hoch gestiegen war, dass ihn das Stimmengemurmel vom Strand nicht mehr erreichte und er nur noch gelegentlich das Trillern der Bootsmannspfeifen hörte, ließ Luc sich zwischen den verlassenen Nestern nieder. Er brachte kaum einen Bissen herunter, aber er war sehr durstig und trank in tiefen Zügen.

Dann streckte er sich aus und ließ die Wärme der Felsen in seine müden Glieder sickern. Das Rauschen der Brandung hatte etwas Beruhigendes, Einschläferndes. Alvarez hatte recht gehabt: Es war gut, allen Pflichten zu entfliehen. Für eine kurze Zeit zumindest.

Luc ließ sich treiben. Halb wach, halb im Schlaf genoss er den Sommernachmittag. Er hing seinen Träumen nach, stellte sich vor, ein Ritter zu sein. Ein Held, dessen Name in aller Munde war. Doch alle Ruhmestaten würde er allein für Gishild vollbringen. Er würde im Kugelhagel der Feinde stehen, sie vor Trollen retten und durch die schrecklichsten Unwetter reiten, um bei ihr zu sein. Fast glaubte er zu spüren, wie Hagelschlag in sein Gesicht peitschte. Er dachte daran, wie sie ihn gewärmt hatte, als er auf dem Henkersgerüst gewesen war. Das würde er ihr niemals vergessen. Allein dafür würde er sie immer lieben.

Da war ein Geräusch. Ein leises Lachen. Luc lächelte. Er hörte sie oft lachen in seinen Träumen. Mal laut und prustend, so wie sie lachte, wenn er in der Fechtstunde einen allzu tollkühnen Ausfall wagte und sie ihm mit Leichtigkeit einen Treffer verpasste, sodass er sich ebenso tollpatschig wie ein betrunkenes Kalb fühlte. Er mochte dieses Lachen, denn es war ehrlich, und er fühlte sich deshalb niemals verletzt. Er liebte auch ihr leises und halb unterdrücktes Lachen. Jenes Lachen, das stets zu unpassender Zeit kam, wie etwa während des Nautikunterrichts, den Kapitän Alvarez ihnen täglich gab. Ein Lachen, das sie am liebsten erstickt hätte und doch nicht zu beherrschen wusste. Und er liebte ihr ausgelassenes, freies, glockenhelles Lachen, wenn sie beide sich eine Stunde stahlen und allein waren. So allein, wie man auf einer Galeasse eben sein konnte, wo das nächste Paar Ohren nie weiter als drei Schritt entfernt war.

»Du schläfst nicht, oder?«

Einige Herzschläge lang mochte Luc sich nicht entscheiden, ob die Stimme zu seinem Traum gehörte oder gar Wirklichkeit war.

»Schläfer runzeln nicht die Stirn. Ich weiß, dass du jetzt wach bist.«

Blinzelnd öffnete er die Augen. Der Himmel feierte die Abendstunde in tausend Rot- und Goldtönen. Das Geräusch der Brandung war zu einem leisen Flüstern geworden. Luc streckte sich. Dann suchte er nach der Stimme.

Gishild saß hinter ihm auf einem Felsvorsprung. Sie grinste.

»Bist du schon lange hier?«

Ihr Grinsen wurde breiter. »Eine Weile.«

Luc war mit der Antwort nicht zufrieden, aber er kannte sie gut genug, um zu wissen, dass sie ihm mehr nicht sagen würde. Schon gar nicht, wenn er weiter fragte.

»Was tust du hier?«

»Dir beim Aufwachen zusehen.« Sie schnippte einen kleinen Stein in seine Richtung. »Ich habe ein paar Steine und Muschelsplitter nach dir geworfen, weil ich wollte, dass du aufwachst, aber du hast so tief geschlafen wie ein alter Bär. Und als ich an deinen Träumen teilhatte, wollte ich gar nicht mehr, dass du wach wirst.«

Was sollte das schon wieder heißen? Ein wenig ärgerte es ihn, dass sie versucht hatte, seinen Schlaf zu stören, und er fragte sich, ob sie mit ihrem Steinewerfen für die Arkebusenkugeln und den Hagelschlag in seinen Träumen verantwortlich gewesen war. Und wie hatte sie an seinen Träumen teilhaben können? Die Frage brannte ihm auf der Zunge. Aber er würde sie nicht stellen. Sie wollte gefragt werden. Und dann würde sie ein Geheimnis daraus machen. Sie liebte das. Manchmal waren Mädchen einfach schrecklich kompliziert!

»Du hast meinen Namen gesagt, als du geschlafen hast. Immer wieder …« Sie lächelte.

Luc fragte sich, was er wohl sonst noch gesagt hatte. Ihm schoss das Blut in die Wangen. Das alles war ihm mit einem Mal schrecklich peinlich! Warum tat sie so etwas? Warum belauschte sie ihn beim Schlafen? Erfreulicherweise war sie nicht in der Laune, ihn zu necken. Ganz im Gegenteil. Sie sah ihn an … Es war ein seltsamer Blick, der gar nicht zu der Gishild passte, wie er sie kannte. Eine Gishild, die immer bereit war, sich zur Wehr zu setzen, ganz gleich, ob man sie nun wirklich angegriffen hatte oder sie es sich nur einbildete.

»Es tut gut zu wissen, dass es jemanden gibt, der sogar in seinen Träumen an mich denkt.« Sie sagte das mit so entwaffnender Offenherzigkeit, dass er nicht wusste, was er darauf antworten sollte. Er war tief berührt von Gefühlen, die ihm fremd waren, jenseits seiner Erfahrungen lagen.

Gishild erhob sich und kletterte vorsichtig zu ihm hinab. Sie setzte sich dicht neben ihn und nahm seine Hand. »Ich habe gesehen, wie du in der Mittagszeit hier hinaufgestiegen bist. Und als ich dich dann stundenlang gar nicht mehr gesehen habe, da habe ich mir Sorgen gemacht.«

Luc konnte nicht ganz nachvollziehen, warum sie sich gesorgt hatte. Wenn er abgestürzt oder ihm sonst etwas zugestoßen wäre, hätte er gerufen. Sie hätte das schon mitbekommen! Er wollte ihr das eigentlich sagen, aber eine innere Stimme warnte ihn, sie jetzt zu unterbrechen.

»Ich bin hier sehr fremd. Ihr nennt mich eine Kameradin, und wir kämpfen im Buhurt gemeinsam, aber ich weiß, dass ich keinen Platz in euren Herzen habe.« Sie reckte das Kinn trotzig vor. »Und ihr habt auch keinen Platz in meinem Herzen. Nur du allein …«

Und dennoch hatte sie Joaquino gerettet, als er fast ertrunken wäre, dachte Luc. Aber Mädchen waren eben so, Worte und Taten mussten nicht unbedingt zusammenpassen.

»Ich glaube nicht an euren Gott Tjured. Und ich weiß, ihr hasst meine Götter. Am Königshof meines Vaters bin ich unter Elfen, Trollen, Kobolden und Kentauren aufgewachsen. Geschöpfe, die ihr bis aufs Blut bekämpft. Ich bin hier, weil man mich meinem Vater und meiner Mutter geraubt hat. Das werde ich euch niemals vergessen. Jedes Mal, wenn die Galeasse in einen neuen Hafen einläuft, überlege ich, wie ich fliehen könnte. Mir ist schon klar, dass ich als junges Mädchen völlig schutzlos wäre. Deshalb bleibe ich. Meinen Körper habt ihr. Aber mein Herz, das wird niemals der Neuen Ritterschaft gehören!« Sie sah ihn fest an. »Mein Herz gehört dem Fjordland. Und es gehört dir … Du solltest mein Feind sein. Aber du nennst meinen Namen im Schlaf. Du hast dich verprügeln lassen, damit ich einer verdienten Strafe entgehe. Du bringst meine Welt durcheinander, Luc. Ich hatte solche Angst um dich, du hast schrecklich ausgesehen.« Sie zitterte leicht. Dann schüttelte sie energisch den Kopf. »Das kann nicht alles dein Blut gewesen sein.« Sie sah ihn an, und ihre Augen strahlten. »Ich will das vergessen, alles. Ich will, dass meine Welt wieder einfacher wird! Ich weiß, du willst wahrhaftig mein Ritter sein. Und dafür liebe ich dich. Zumindest das ist ganz leicht.«

Sie sah ihn auf eine Weise an, die ihm klarmachte, dass sie nun von ihm eine Antwort erwartete. Aber was sollte er sagen? Er brachte ein verlegenes Räuspern zustande. »Ich liebe dich auch«, sagte er schließlich, nach einer Pause, die ihm endlos erschien.

Weit über ihnen erklang Möwengeschrei, das an Gelächter erinnerte. Ihm war klar, dass eine solche Liebe wohl keine Zukunft haben konnte. Er war der Sohn eines Waffenmeisters und sie eine wahrhaftige Prinzessin. Und sie würde einst in jenem Land herrschen, das sich seit Jahrhunderten der Tjuredkirche widersetzte. Zu wissen, wie aussichtslos ihre Liebe war, stachelte seinen Trotz an. »Ich liebe dich auch!«, sagte er noch einmal, entschiedener diesmal.

Sie drückte seine Hand. »Ich weiß«, flüsterte sie. »Ich weiß.« Mit einem leisen Seufzer lehnte sie sich an seine Schulter. »Es ist gut, bei dir zu sein. Und endlich allein zu sein. Ich möchte, dass du mich küsst.«

Zögerlich beugte er sich vor. Er hatte durchaus schon gesehen, wie Verliebte einander küssten, sogar unter den Novizen. Und so nahm er Gishild fest in den Arm und presste seine Lippen auf ihren Mund. Es war ein seltsames Gefühl. Irgendwie anstrengend. Dann löste er sich und sah sie erwartungsvoll an. Sie wirkte nicht wirklich begeistert. Dann lachte sie plötzlich. »Das ist kein Zweikampf, Luc. Das macht man zärtlicher.« Sie beugte sich vor. Nun küsste sie ihn. Das kam ihm falsch vor. Männer sollten Frauen küssen, nicht andersherum. Doch zugleich war es ein wunderschönes Gefühl, das warme Wellen durch seine Glieder laufen ließ.

Plötzlich endete der Kuss. Gishild sah ihn forschend an. »Das war besser, nicht wahr?«

Er wollte es erst nicht zugeben, sein Kuss hätte sich so anfühlen sollen! Aber alles andere als Zustimmung wäre eine Lüge gewesen.

»Ja«, sagte er und nickte verlegen. »Das war viel schöner. Warum kannst du das so viel besser?«

»Weil ich ein Mädchen bin.«

Er war ein wenig beleidigt. Und dann überfiel ihn Angst. Würde sie ihn weiterhin lieben, wenn er nicht gut küsste? Raffael konnte bestimmt viel besser küssen. Er hatte ihn und Bernadette einmal beobachtet. Sie ließ sich gern heimlich von Raffael küssen, obwohl sie eigentlich Joaquinos Freundin war. Das würde er nicht wollen, dachte Luc traurig. Gishild sollte keinen anderen als ihn küssen. »Kann ich das lernen, das Küssen? Glaubst du, ich habe Talent?«

Sie fing an zu lachen. Doch war es jenes warme Lachen, das nicht verletzte. »Das ist nicht wie Fechtstunden, Luc. Du wirst schon noch besser werden. Du liebst mich. Und wenn du ein bisschen erfahrener bist, werde ich deine Liebe auch in deinen Küssen spüren.«

»Ja.« Er sagte das, obwohl er nicht überzeugt war. »Aber warum küsst du so gut und ich nicht? Hattest du ...«

Sie legte ihm einen Finger auf die Lippen. »Sprich das nicht aus! Denk es nicht einmal. Nein, ich hatte keinen anderen. Du bist der Erste, den ich so küsse. Mit uns Mädchen ist das anders. Ich habe schon vor langem mit jungen Frauen gesprochen. Auch mit meiner Mutter.« Ihre Augen wirkten plötzlich traurig. »Ach, Luc. Ich glaube, du hast keine

Ahnung, wie das Leben einer Prinzessin ist. Es ist nicht wie in den Märchen und Sagen. Ich war nicht einmal zehn, da sang mein kleiner Bruder einen Spottvers über mich. Er hatte sich in jenem Sommer sein Königswappen ausgesucht, einen stehenden Löwen. Und mir hatte er ein Strumpfband zum Wappen erwählt. *Gishilde, Gishilde führt ein Strumpfband im Schilde.* Er wurde nicht müde, das wieder und wieder zu singen.«

»Du hast einen kleinen Bruder?«

»Er ist tot.« Sie sagte das schnell, abgehackt. Dann presste sie die Lippen zusammen, bis nur ein schmaler, blasser Strich blieb, der wie eine Narbe in ihrem Gesicht wirkte.

Luc drückte ihre Hand. Dann nahm er Gishild vorsichtig in den Arm. Behutsam küsste er sie. Zärtlich. Er fühlte sich steif und linkisch dabei. Er wollte es besser machen als beim ersten Mal! Er wollte, dass auch sie dieses wunderbare, warme Gefühl spürte. Und er wünschte, er hätte sie nicht nach ihrem Bruder gefragt.

Als sie ihre Lippen voneinander lösten, lächelte Gishild scheu. »Das war besser«, sagte sie sehr leise. »Es hat gutgetan.«

Luc fühlte sich so glücklich wie in jenen seltenen Fechtstunden, wenn es ihm gelang, einen Treffer gegen Michelle zu erzielen. Er würde das Küssen meistern! So, wie er auch die raffiniertesten Finten und Ausfallschritte lernte. Er musste nur üben.

»Ich mag dein Lächeln.« Gishild seufzte. »Als Prinzessin lernt man früh, dass man nicht auf Liebe hoffen sollte, wenn es ans Heiraten geht. Hat man das einmal begriffen, wird es weniger schmerzhaft. Im Grunde hat man es schon ganz gut getroffen, wenn man einen Mann abbekommt, der nicht viel älter ist und der nicht aus dem Maul stinkt.«

»Aber du bist doch die Tochter eines Königs! Warum bekommst du keinen guten Mann?«

Sie lachte traurig. »Ach, Luc. Natürlich bekomme ich einen *guten* Mann. Aber das, was sich ein junges Mädchen darunter vorstellt und was für das Königreich gut ist, geht nur selten überein. Prinzessinnen braucht man, um Bündnisse mit befreundeten Adelshäusern zu stärken. Und um Kinder zu zeugen. Meine Mutter und ihre Hofdamen haben dafür gesorgt, dass ich das schon als sehr kleines Mädchen wusste. Manchmal werden Hochzeiten von Prinzessinnen schon kurz nach ihrer Geburt fest abgesprochen. Ich kenne den Stammbaum meiner Familie nur zu gut. Ich habe endlose Tage damit verbracht, die Geschichte meiner Sippe auswendig zu lernen. Ohne Mühe könnte ich dir ein Dutzend Prinzessinnen aufzählen, die in meinem Alter schon verheiratet waren. Manche haben mit dreizehn Jahren ihr erstes Kind bekommen. Aber das ist selten.«

Luc sah sie fassungslos an. »Kinder?«

»Ja, Luc. Das bleibt nicht aus, wenn man einem Mann ins Bett gelegt wird. Wer weiß, was mit mir geschehen wäre, wenn mich Lilianne nicht entführt hätte.«

»Und du hättest dich einfach so gefügt?« Das konnte er nicht glauben. Nicht Gishild!

Sie sah ihn lange an. »Das ist das Schicksal von Prinzessinnen«, sagte sie schließlich, und ihre Stimme klang nach lange versiegten Tränen. »Dazu sind wir geboren. Mein kleiner Bruder hatte schon ganz recht, als er mir ein Strumpfband für meinen Wappenschild auswählte.«

»Ich werde dein Ritter sein und auf dich achten«, erwiderte Luc. »Dich wird man nicht an irgendeinen Kerl verschachern! Ich würde dich entführen. Ich …«

Gishild lächelte, aber ihre Augen schimmerten feucht.

»Schwöre mir, dass es so sein wird! Du musst immer da sein, wenn ich dich brauche. Du wirst mich nie im Stich lassen. So wie in den Märchen. Du bist mein Ritter. Für immer!«

»Ja, das schwöre ich!«, sagte Luc feierlich. Und er war voller Stolz, Gishilds Auserwählter zu sein. »Möge mein Herz verfaulen, wenn es jemals anders sein wird!«

Sie nahm ihn in den Arm und küsste ihn. Und diesmal war sie es, die viel zu fest ihre Lippen auf die seinen drückte.

LILIANNES GEHEIMNIS

Die *Windfänger* glitt ruhig durch die nächtliche See. Wie Tinte sah das Meerwasser aus. Es war Neumond; nur Sterne erhellten den Himmel. Gishild fand keinen Schlaf. Sie dachte an Silwyna, die Elfe, die einst ihre Lehrmeisterin gewesen war und die versprochen hatte, sie aus Valloncour zu befreien. Es war nicht gut, auf diesem verdammten Schiff zu sein. Nirgends blieben sie länger als zwei Tage. Wie sollte Silwyna sie da finden können? Und was, wenn die Elfen Valloncour überfielen, um sie zu befreien, aber sie war nicht da?

Nein, das würde nicht geschehen, beruhigte sie sich in Gedanken. Sie würden Späher schicken, bevor sie etwas unternahmen. Und im späten Sommer würde die *Windfänger* nach Valloncour zurückkehren. Zur Zeit der Erweckungsfeier für den neuen Jahrgang würden alle Novizen im Tal der Türme versammelt sein. Gishild dachte daran, wie es wohl sein würde, wieder den Kettentanz zu tanzen. Es war ihr nicht mehr ganz so egal, ob ihre Löwen gut im Buhurt waren oder nicht.

Ein paar Tage vor der Erweckungsfeier würde ihre Lanze den Wappenschild erhalten. Er würde für immer das Schandmal des Ruders tragen – ein Zeichen dafür, innerhalb eines Jahres kein Spiel im Buhurt gewonnen zu haben. Gishild war sich sicher, dass Leon und die anderen Magister bis zu ihrer Rückkehr einen Weg finden würden, ihnen den letzten Sieg, ihren einzigen Sieg, abzuerkennen.

Gishild richtete sich auf der Ruderbank auf. Eine Decke auf einem schmalen Holzbrett, das war ihr Schlaflager. Aber im Augenblick konnte sie keine Ruhe finden. Zu viele Gedanken gingen ihr durch den Kopf. Immer wieder musste sie an die Küsse auf der Steilklippe denken. Drei Tage waren seitdem vergangen. Jedes Mal, wenn sie sich daran erinnerte, glaubte sie Lucs Lippen spüren zu können. Und sie roch den Duft des Meeres in seinem Haar. Und auch den seines Schweißes. Luc roch immer gut, selbst wenn er schwitzte. Ganz im Gegensatz zu Joaquino oder Raffael. Ihnen haftete eine säuerliche Duftnote an, die sie nicht mochte.

Gishild seufzte und stand auf. Ihre Gedanken sollten in Firnstayn sein, bei ihren Eltern und bei Silwyna. Aber irgendwie schafften es die Ritter, sogar ihre Gedanken gefangen zu nehmen! Von Sonnenaufgang bis Sonnenuntergang blieb kaum einen Atemzug lang Zeit. Sie mussten fechten und an den verbliebenen Schiffsgeschützen üben.

Schon am Tag nach dem Unfall hatte Kapitän Alvarez sie alle wieder an die Kanonen befohlen, damit sie keine Angst vor den schweren Geschützen entwickelten. Hin und wieder explodierten Kanonen, so etwas geschah. Damit musste man sich abfinden, hatte Drustan erklärt. Das war Tjureds Wille.

Gishild kletterte hinauf zum breiten Laufsteg, der sich über die Ruderbänke erhob.

Die Rahen knarrten leise unter dem Druck der Segel. Stetiger Westwind trieb das große Schiff voran. Steuerbord lehnte eine Wache an der Reling und nickte ihr kurz zu. Misstönendes Schnarchen erklang von den Ruderbänken. Gishild stieg über einen schlafenden Ritter hinweg. Es gab zwar einige Hängematten unter Deck, aber in den lauen Sommernächten schliefen die meisten Seesoldaten und Ritter lieber an der frischen Luft als in ihrem stickigen Quartier.

Dicht vor dem Kapitänszelt am Heck lehnte Alvarez auf dem großen Steuerruder. In seinem Mundwinkel hing eine langstielige Pfeife. Außer ihm schien niemand mehr wach zu sein. Es war wohl sehr spät, denn üblicherweise saßen die Männer und Frauen der Mannschaft noch lange beisammen, redeten, würfelten oder tauschten verstohlen Küsse und intimere Zärtlichkeiten. Es war schwer, an Bord der Galeasse ein Paar zu sein. Hier gab es kaum heimliche Winkel. Was immer geschah, es geschah unter den Augen aller an Bord. Außer in den Stunden kurz vor Morgengrauen. So wie jetzt.

Gishild schritt weiter über die Schlafenden in Richtung Heck. Sie bewegte sich lautlos, so wie sie es von Silwyna gelernt hatte. Als sie eine rothaarige Ritterin in den Armen des Geschützmeisters liegen sah, musste sie lächeln. Die Frau hatte sich eng an den tätowierten Leib geschmiegt. Ob sie wohl eines Tages so an der Seite Lucs schlafen würde?, fragte sich Gishild. Wie es wohl war, selbst im Schlaf die Nähe eines anderen zu spüren? Bestimmt war das ein gutes Gefühl.

Alvarez winkte ihr zu. Sie gesellte sich zu dem Kapitän. Eine Weile standen sie in einvernehmlichem Schweigen beieinander. Dann hörte Gishild die Stimmen. Sie kamen aus dem Kapitänszelt. Drustan und Lilianne sprachen leise miteinander.

»Er wird eingehen, wenn du ihn nicht fliegen lässt. Er ist nicht krank, nicht wirklich. Es ist diese verdammte Kiste.«

Das war unverkennbar die Stimme ihres Magisters.

»Sein rechter Flügel ist verkümmert. Er wird nie wieder fliegen können. Es sei denn, du heilst ihn.«

»Das geht nicht so einfach, wie du denkst!«, entgegnete Drustan ärgerlich. »Ich könnte seinen Flügel noch einmal brechen und ihm eine Schiene anlegen. Vielleicht hilft das.«

»Er wird dir die Finger zerfleischen, wenn du das versuchst.«

»Ich hatte nicht vor, ihn dabei festzuhalten. Das wäre deine Aufgabe.«

»Ich glaube, es ist unhöflich zu lauschen«, sagte der Kapitän leise.

»Aber du bist doch auch hier«, entgegnete Gishild. Seit sie zum ersten Mal die seltsame Kiste gesehen hatte, die Lilianne überallhin mit sich führte, hatte sie einen Verdacht. Bisher war es nur eine verzweifelte Hoffnung gewesen. Aber jetzt ...

»Der Unterschied ist, dass die beiden wissen, dass ich hier bin, denn mein Platz ist am Ruder.« Er sagte das so laut, dass Drustan und Lilianne ihn hören mussten. »Dein Platz, Gishild, ist auf der Bank, auf der deine Decke liegt. Geh jetzt schlafen.«

Sie funkelte ihn wütend an, aber sie wusste genau, dass weiterer Widerstand zwecklos war. »Wir alle sind doch Löwen«, wandte sie zaghaft ein. »Wir haben keine Geheimnisse voreinander. Wir ...«

»Versuch es nicht weiter«, sagte Alvarez kühl, und Gishild zog es vor, ihn nicht zu erzürnen. Schmollend zog sie sich zurück. Sie würde herausfinden, was in der Kiste war, schwor sie sich. Nicht in dieser Nacht, aber bald.

EIN SAFRANTRAUM

Alvarez betrachtete die mächtigen Rundtürme an der Hafeneinfahrt von Marcilla. Sie waren mit Kanonen vom schwersten Kaliber bestückt, die ein mörderisches Kreuzfeuer auf die Hafeneinfahrt legen konnten. Bald würde man all das nicht mehr brauchen. Jeden Tag betete der Kapitän darum, dass er das Ende des letzten Krieges noch miterleben würde. Den Beginn des neuen Zeitalters, in dem alle Königreiche unter dem Schutz der Tjuredkirche vereint waren und man die Elfen für immer aus der Welt der Menschen vertrieben hatte. Er würde der Kapitän eines Handelsschiffes sein. Und in Valloncour würden nicht Ritter, sondern Seefahrer und Wissenschaftler ausgebildet werden. Eine Welt in Frieden – das hatte er nie erlebt. Doch es war ihr Ziel, eine solche Welt Wirklichkeit werden zu lassen. Er war ein Romantiker, das war ihm klar. Und er sollte an andere Dinge denken. Aber immer wenn er nach Marcilla zurückkehrte, ergriff ihn ein Schmerz, den ein Seemann nie fühlen sollte. Sein Blick suchte dann die Kais ab. Und er wünschte sich, Mirella wiederzusehen.

Mehr als ein halbes Jahr war vergangen, seit er sie hierher

gebracht hatte. Er sollte sie längst vergessen haben. Eigentlich war sie zu dünn für seinen Geschmack gewesen. Und ihre eigenartige Marotte, immer ein Stirntuch zu tragen, hatte ihn auch verwundert. Aber nie zuvor war ihm eine Liebhaberin wie sie begegnet.

Er sah eine Frau in Safran am Kai beim Pulverturm. Sein Atem stockte. War sie es? »Das Glas, Juan!«

Der Hauptmann der Seesoldaten reichte ihm sein schweres Messingfernrohr. Alvarez hob es ans Auge und stellte es scharf. Aus dem verschwommenen Oval über den Safrangewändern wurde ein Gesicht. Der Kapitän seufzte. Es war eine andere.

»Du planst schon jetzt deine Nacht?«, spottete Lilianne.

Alvarez schob das Fernrohr zusammen. Er hätte sich nicht so gehen lassen dürfen! Auf dem Achterdeck waren die Schiffsoffiziere und seine Ritterbrüder und -schwestern versammelt. Man musste keine Adleraugen haben, um zu bemerken, wonach er Ausschau gehalten hatte. Er sollte die Sache offensiv angehen, wenn er sein Gesicht nicht verlieren wollte. Also drehte er sich um und setzte sein Piratenlächeln auf. »Möchte irgendjemand etwas über die Bordelle der Stadt wissen? Ich glaube, ich kenne sie alle. Wenn ihr so frei seid, mir eure besonderen Vorlieben zu nennen und zu verraten, wie viel Silber euch eine schöne Nacht wert ist, werde ich keinen von euch enttäuschen.«

Drustan sah ihn schockiert an. Michelle versuchte ein Lächeln, wirkte dabei aber verlegen. Einem Teil seiner Deckoffiziere war er ganz offensichtlich peinlich. Nur Juan, der Hauptmann der Seesoldaten, grinste unbefangen.

»Bekommt man für fünf Silbergroschen etwas Anständiges geboten?«, rief Luigi vom Steuer herüber. Er war ein erfahrener alter Seemann, Alvarez fuhr schon mehr als sieben

Jahre mit ihm. Es gab niemanden, dem er in einem schweren Sturm oder in tückischen Gewässern mehr vertraut hätte als Luigi.

Lilianne, die ehemalige Komturin Drusnas, brach in schallendes Gelächter aus. »Eine Hure bekommst du sicherlich für fünf Silbergroschen, aber Wunder sind ein bisschen teurer, alter Mann. Im Übrigen habe ich das Gefühl, unser Kapitän kennt sich bei den Kursen zu den Häfen der Safrandienerinnen so gut aus, dass er einen Teil der Liegegebühren bekommt, wenn fremde Schiffe einlaufen. Glaubt also nicht, dass ihr einen günstigen Kurs nehmt, wenn ihr ihm folgt.«

Juan konnte nicht mehr an sich halten und begann zu prusten. Sibelle, die junge Nautikerin an seiner Seite, wurde abwechselnd blass und rot und wäre augenscheinlich am liebsten im Boden versunken.

Alvarez fühlte sich entwaffnet. So war Lilianne. Frech und gut in allem, was sie tat. In ihrem letzten Jahr als Novizen waren sie einige Monde lang ein Paar gewesen. Auch jetzt teilten sie noch manchmal das Lager. Wahrscheinlich ahnte sie, dass er aus ganz eigenen Gründen hierher gekommen war. Es war nicht unvernünftig, Marcilla anzulaufen. Aber sie hätten genauso gut auch nach Valloncour segeln können. Ihre Reise war zu Ende, und diesen Hafen lief er nicht an, um Vorräte und Frischwasser an Bord zu nehmen, sondern weil er ein hoffnungsloser Romantiker war.

»Kapitän, wir bekommen Besuch!« Sibelle deutete nach steuerbord, wo sich eine kleine Barkasse näherte.

»Sie sind schnell heute«, bemerkte Lilianne.

Der Mann im Bug der Barkasse winkte mit einer rotweißen Fahne und ließ sein Boot wenden.

»Zwei Strich steuerbord!« rief Alvarez dem Steuermann zu. Wenn es nur noch wenige Liegeplätze im Hafen gab, war es üblich, dass Barkassen des Hafenmeisters neu ankommende Schiffe zu den letzten freien Ankerplätzen lotsten.

Der Kapitän sah sich um. Es lagen viele große Kauffahrer an den Kais. Zwischen den schwerfälligen, dickbauchigen Pötten wirkte die *Windfänger* wie ein Löwe unter Wasserbüffeln. Die unruhige See hatte die Handelsschiffe in den Hafen getrieben. Der Himmel war bedeckt, ein rauer Nordwind wühlte die See auf. Es war kein Galeerenwetter. So elegant und schnell diese Kriegsschiffe auch waren, sie waren noch weniger als die Kauffahrtsschiffe dazu geschaffen, einen Sturm auf offener See zu überstehen.

Sie passierten die schmalen, hohen Kornspeicher, altersdunkle Ziegelbauten, die wesentlich zum Reichtum Marcillas beigetragen hatten. Dutzende Flusskähne lagen dort fest vertäut, die das Gold des Sommers in die Hafenstadt getragen hatten.

Als sie die Speicherhäuser passierten, glaubte Alvarez den Duft des Korns zu riechen. Wieder schweiften seine Gedanken zu Mirella. Wo sie jetzt wohl war?

Er stellte sich vor, sie auf einer Sommerwiese zu lieben. Seltsam … Sie hatte ihn wahrlich verzaubert. So hatte er noch nie für eine Frau empfunden. Vielleicht war es so, weil sie ihn verlassen hatte.

Die Barkasse bog in einen weiten Kanal ab, der den großen Handelshafen mit dem alten Hafen verband. Alvarez konnte erkennen, dass dort kaum Schiffe lagen.

»Das gefällt mir nicht!« Lilianne war dicht an seine Seite getreten und sprach so leise, dass die anderen sie nicht hören konnten.

Alvarez ahnte, was ihr durch den Kopf ging. Üblicherweise blieben die Kriegsschiffe im Handelshafen, weil sie von dort schneller auslaufen konnten. Dort lag auch das Arsenal, in dem die Vorräte der Kriegsflotten gelagert wurden. Sie im alten Hafen zu versorgen war viel aufwendiger.

»Es gab keine Liegeplätze mehr im vorderen Hafenbecken.« Sie nickte, doch Alvarez kannte sie gut genug, um zu wissen, dass Lilianne in Gedanken ganz woanders war. »Wann versammelt sich die Flotte, die die neuen Novizen nach Valloncour bringt?«

»Die Schiffe kommen mit allen sieben Winden. In diesen Tagen müssten die ersten von ihnen eintreffen. Aber bis zur Erweckungsfeier sind es noch mehr als zwei Wochen. Wir werden längst dort sein.«

Sie glitten an den beiden schwarzen Türmen vorbei, die am Eingang zum alten Hafen wachten. Sie waren alt: düstere Bauwerke, deren Mauerwerk von schmalen Schießscharten durchbrochen war. Die Böden der Türme waren nicht stark genug, um Geschütze zu tragen. Sie stammten aus einer Zeit, in der Bogenschützen die Schlachtfelder beherrscht hatten.

»Die Türme sind bemannt«, bemerkte Lilianne.

Auch Alvarez hatte die Bewegung hinter den Schießscharten bemerkt. Die beiden Türme lagen tief in den Hafenanlagen. Es gab keinen Grund, hier Wachen aufzustellen.

Das große Schiff steuerte in engem Bogen auf den Landungssteg zu, den die Barkasse ihnen zuwies.

Alvarez ballte die Rechte zur Faust und entspannte sie wieder. Es mochte tausend ganz harmlose Gründe geben, warum sich Krieger in den Türmen aufhielten. Was sollte ihnen schon geschehen?

Der Deckoffizier gab Befehl, die Ruder einzuholen. Die *Windfänger* schrammte an den tauumwickelten Pfosten des Landungsstegs entlang. Seile wurden auf den Holzsteg geworfen. Wenig später war das Schiff fest vertäut.

Vom Ruderdeck erklang aufgeregtes Stimmengewirr. Die Mannschaft freute sich auf den Landgang. Alles war wie immer. Seine Offiziere sahen ihn ungeduldig an, sie warteten auf seine Befehle. Außer Lilianne schien niemand beunruhigt. Wahrscheinlich sah die Komturin Gespenster!

»Die Backbordrudermannschaft bekommt Landgang bis morgen zur Mittagsstunde. Zahlmeister! Sorg dafür, dass sie die *Windfänger* nicht mit leeren Taschen verlassen.« Die letzten Worte hatte er im Kommandoton gerufen. Die Ruderer begrüßten seinen Befehl mit lautem Johlen.

»Wehe denen, die morgen Mittag nicht zurück sind! Ich kenne jeden verdammten Platz in Marcilla, an den es einen im Vollrausch verschlagen kann. Ich werde euch finden. Und wenn das passiert, werdet ihr euch wünschen, eure Mütter wären euren Vätern niemals begegnet!«

Alvarez ignorierte die unflätigen Bemerkungen, die halblaut gerufen wurden. Er wusste, dass er sich auf seine Mannschaft verlassen konnte. Sie würden pünktlich zurück sein. Nicht weil er ihnen drohte, sondern weil sie ihn mochten. Er würde die meisten von ihnen wiedersehen, wenn er sich heute Nacht auf die Suche nach Mirella machte. Sie liebten ihn dafür, dass er in denselben billigen Schenken unterwegs war wie sie. Er legte großen Wert darauf, ihre Welt zu kennen. Und ihre Gesellschaft war ihm lieber als die der aufgeblasenen Pfeffersäcke mit prallen Geldbeuteln, die in besseren Gegenden flanierten.

Ein vertrautes Geräusch ließ ihn aufblicken. Ein Geräusch, das nicht hierher gehörte. Der Gleichtritt genagelter Sohlen auf Kopfsteinpflaster. Vieler Sohlen!

Lilianne berührte ihn am Arm und deutete zu den beiden alten Wachtürmen. Zwischen ihnen hob sich triefend eine dicke, rostige Sperrkette aus dem Hafenwasser.

AUS DEM BLICK

Emerelle legte den Kopf in den Nacken und verharrte so einen Augenblick. Ihre Schultern waren steif. Zwei Tage hatte sie neben der Silberschale gestanden, dem Kaleidoskop möglicher Zukünfte. Die Macht der Bilder blendete sie noch immer.

Müde ging die Königin der Elfen hinüber zu ihrem Thron. Sie hörte das beruhigende Rauschen der Wasserschleier an den Wänden des Thronsaals und spürte die sanfte Wärme der Herbstsonne auf ihrer Haut. Kein Dach und keine Kuppel versperrten den Blick in den Himmel.

Sie fühlte sich wie ein alter Drache, der träge hingestreckt den Augenblick genoss, wohl wissend, dass das Jahr nicht mehr viele Sonnentage schenken würde.

Obwohl ihre Lider schwer waren, blickte sie zum Himmel hinauf. Eine einzelne zerfaserte Wolke glitt langsam vorüber. Emerelle kämpfte gegen eine Müdigkeit an, die unendlich viel tiefer war als die Erschöpfung, die von zwei durchwachten Nächten herrührte. Sie hatte Angst, die Augen zu schließen, weil sie ahnte, dass die Bilder aus der Silberschale dann wieder an Macht gewinnen würden.

Emerelle wusste seit langem, dass die Silberschale mit einem Makel behaftet war. Womöglich war sie sogar eine Schöpfung der Yingiz, jener dämonischen Wesenheiten, die einst das Nichts bevölkert hatten. Die Bilder aus der Zukunft, die dem Kundigen in dem spiegelnden Wasser erschienen, zeigten stets Szenen, die dazu angetan waren, falsch gedeutet zu werden. So mochte man den Mann mit den blutigen Händen, der sich über einen Sterbenden beugte, für dessen Mörder halten, obgleich es sein Heiler war. Und wenn sie Ollowain in den Bildern, die offensichtlich in naher Zukunft lagen, nicht wiederfand, hieß das wirklich, dass sein Tod unmittelbar bevorstand? Oder suchte sie nur an den falschen Orten nach ihm?

So sehr ihr der Schwertmeister am Herzen lag, war er diesmal nicht der Grund für ihre Sorgen, auch wenn er der Schlüssel zu sein schien. In den letzten Wochen war ihr ein Phänomen bewusst geworden, dessen Wurzeln möglicherweise Jahrhunderte zurückreichen. Bisher hatte sie sich stets nur Gedanken darüber gemacht, was sie gesehen hatte. Oder aber sie hatte nach Bildern gesucht, die sie sehen wollte. Eine Zukunft, wie sie sich eine wünschte. Eine Zukunft in Frieden und Harmonie.

Erst seit kurzem dachte sie über das nach, was sie nicht sah. Der Blick durch die Silberschale reichte durchaus auch in die Welt der Menschenkinder, deren Schicksal so eng mit dem der Völker Albenmarks verknüpft war. Sie sah in der Schale die Städte des Fjordlands und die der unabhängigen Provinzen Drusnas. Die Städte, in denen die Tjuredpriester regierten, blieben ihrem Blick verborgen. Seit Jahrhunderten hatte sie Aniscans nicht mehr gesehen. Sie kannte die Refugien der Priester allein aus den Berichten von Spähern. Von der Ordensburg der Neuen Ritterschaft wusste sie nur den Namen: Valloncour. Den Ort selbst hatte sie nie gesehen, dabei musste er doch von großer Bedeutung für die Zukunft sein. Oder irrte sie sich? Würde die Macht der Neuen Ritterschaft verlöschen? Doch selbst wenn dies geschehen sollte, erklärte es nicht, warum sie keine einzige der großen Städte sah.

Als sie vor zwei Tagen an die Silberschale getreten war, hatte sie die Hoffnung gehabt, dass sie die Städte deshalb nicht gesehen hatte, weil sie sich für andere Dinge interessierte. Nun wusste sie, dass es nicht so war. Die Welt der Menschen geriet ihr zunehmend aus dem Blick. Woran das liegen mochte, war ihr ein Rätsel. War es das Werk der Priester? Verstanden sie es, sich vor dem Zauber der Silberschale zu schützen? Immerhin hatten sie auch gelernt, die Albensterne zu versiegeln und die Tore, die vom goldenen Netz in ihre Welt führten, zu schließen. Noch hatten sie nicht alle Tore aufgespürt, aber es war nur eine Frage der Zeit, bis sie es schafften, ihre Welt für immer den Kindern Albenmarks zu versperren. Alle Zukünfte, die Emerelle erblickt hatte, verhießen dies.

Und dabei nahmen sie die Magie aus ihrer Welt. Sie zerstörten sie in einem Maß, das ihnen vermutlich nicht einmal bewusst war. Beim Mordanschlag während Roxannes Krönungsfeier war solch ein Ort ohne Magie entstanden. Es war binnen eines einzigen Augenblicks geschehen. Auch während der Dreikönigsschlacht hatte es einen solchen Vorfall gegeben. Albenkinder, die sich an einem solchen Ort befanden, starben binnen eines Herzschlags. Sie alle waren zutiefst von Magie durchdrungen. Raubte man diese, dann raubte man ihnen auch das Leben.

Voller Zorn dachte Emerelle an ihre toten Hofdamen, wie sie hingestreckt in Roxannes Thronsaal gelegen hatten. Der Mordanschlag hatte ihr gegolten. Und den Rittern, die es getan hatten, war es gleich gewesen, wie viele sonst noch ihr Leben ließen.

Der Zorn verlieh der Königin neue Kraft. Sie griff nach der Magie des Albensterns zu ihren Füßen. Sie würde nach Vahan Calyd reisen, um die Flotte in Augenschein zu nehmen, die dort entstand. Und sie wollte Ollowain sehen, der so bald für immer gehen würde.

DIE ROTE UND DIE SCHWARZE EICHE

Eine eisige Böe kündigte den Regen an. Nur einen Augenblick später brach das Unwetter los. Die Welt verschwand hinter einem Silberschleier. Der Tritt der Soldaten ging im Rauschen des Wassers unter. Obwohl Lilianne nur zwei Schritt vom schützenden Baldachin am Heck der Galeasse entfernt stand, war sie bis auf die Haut durchnässt, als sie in den notdürftigen Schutz des Stoffdachs trat.

»Was geht hier vor sich?«, fragte Sibelle.

Die niederen Ränge der Ritterschaft waren sich nicht über das Ausmaß des Machtkampfes zwischen den beiden großen Orden im Klaren. Lilianne wusste, dass im verdeckten Streit um die Macht durchaus schon Blut geflossen war. Und nun schien der Orden vom Aschenbaum Oberwasser gewonnen zu haben.

»Unsere Ritterbrüder vom Aschenbaum wollen uns provozieren. Bitte bleibt ruhig, ganz gleich, was auch geschieht. Wir dürfen uns zu keinen unbedachten Handlungen verleiten lassen. Genau das ist ihre Absicht. Sie wollen den Streit zwischen unseren Orden weiter anfachen.«

»Und dazu scheut das feige Pack keine Mühen!«, murrte der alte Steuermann.

Sie alle sahen, was Luigi meinte. Der Regen hatte ein wenig an Heftigkeit nachgelassen und erlaubte den Blick auf eine Phalanx aus Waffenknechten auf dem Kai. Sie mussten dort unbeeindruckt vom Sturm Aufstellung genommen haben. Und als der Regen seinen Silberschleier lichtete, erschienen sie wie von Zauberhand. Arkebusiere in der weißen Livree des Ordens vom Aschenbaum, die schwarze Eiche auf die linke Brust gestickt. Ihre schweren Waffen waren bei dem starken Regen unbrauchbar. Doch gab es auch Pikeniere mit Brustpanzern und hochgewölbten Helmen. Die Truppe, die der Orden vom Aschenbaum aufgeboten hatte, war eindrucksvoll. Mehr als dreihundert Mann waren am Landungssteg aufmarschiert, schätzte Lilianne. Und sie waren erstaunlich diszipliniert. Ohne mit der Wimper zu zucken, ertrugen sie den kalten Regen. Es gab kein Geschwätz. Niemand trat von einem Fuß auf den anderen. Dies waren eisern gedrillte Krieger, und sie waren stolz darauf.

Hufschlag erklang. Eine Schar Reiter, ganz in silbernen Stahl gewappnet, erreichte den Hafen. Der Anführer schwang sich aus dem Sattel und marschierte schneidig mit weit ausholenden Schritten den Landungssteg hinauf. Befehle wurden gebellt, und die durchnässten Krieger strafften sich.

Lilianne hatte den jungen Ritter, der nun an Bord kam, noch nie gesehen. Er trug einen Halbharnisch und dazu schwere Reitstiefel. Die schwarzweißen Federn auf seinem offenen Helm waren durch den schweren Regen ruiniert. Sie klebten an dem polierten Stahl. Die schwarze Eiche, sein Ordenssymbol, prangte in Emaille auf seiner Brustplatte. Seine rote Bauchbinde wies ihn als Offizier aus.

Ohne sich um die gaffenden Ruderer zu scheren, überquerte er sicheren Schritts das regennasse Hauptdeck.

Der Kerl war nicht zum ersten Mal auf einem Schiff, dachte Lilianne bei sich. Und er bewegte sich wie ein geborener Krieger.

Die ehemalige Komturin blickte noch einmal zu den Kriegern auf dem Landungssteg. Ihre Ausrüstung entsprach ganz den Reformen, die die Neue Ritterschaft in den letzten zwanzig Jahren eingeführt hatte. Bislang hatte der Orden vom Aschenbaum auf einer traditionellen Rüstung aus Kettengeflecht, schweren Schilden und wuchtigen Topfhelmen bestanden. Es war die Rüstung, in der ihre Ordensritter die größten Siege errungen hatten. Aber sie war hoffnungslos veraltet.

Dass die Einheiten hier am Hafen sich von ihren überkommenen Traditionen verabschiedet hatten, alarmierte Lilianne. Das Beharren auf Althergebrachtem war bislang die größte Schwäche der Ritter vom Aschenbaum gewesen. Wenn sie anfingen, sich zu ändern, würden sie noch gefährlicher werden.

Ihr Besucher deutete eine Verbeugung an. »Louis de Belsazar, Hauptmann des Komturs von Marcilla. Ich bringe eine dringende Depesche für den Kapitän dieses Schiffes.« Er sah sie mit einem süffisanten Lächeln an. »Wem darf ich sie überreichen?«

Lilianne bemerkte, dass Alvarez darauf verzichtet hatte, seine Bauchbinde zu tragen, und so war es in der Tat für einen Fremden nicht offensichtlich, wer auf der Brücke das Kommando führte.

Der Kapitän trat vor. »Alvarez de Alba«, sagte er knapp, fast schon schroff.

Der Hauptmann überreichte ihm eine Lederrolle.

Während Alvarez das Siegel brach und das Schreiben herausgleiten ließ, wurde das überhebliche Lächeln von Louis noch eine Spur herausfordernder. Ganz offensichtlich wusste er um den Inhalt der Depesche.

Der Kapitän überflog das Schreiben. Dann rollte er es zusammen. »Es tut mir leid, aber dieses Ersuchen muss ich zurückweisen.«

»Das ist kein Ersuchen, sondern ein Befehl«, stellte ihr Besucher klar.

»Worum geht es?«, fragte Lilianne.

»Der Orden vom Aschenbaum wird diese Galeasse beschlagnahmen«, antwortete der Hauptmann mit befehlsgewohnter Stimme. »Ihr wart vielleicht lange auf See, deshalb kennt ihr die gesegnete Bulle *Mit aller Kraft* noch nicht, die von den Heptarchen am zwanzigsten Tag des letzten Mondes herausgegeben wurde. Darin beauftragen die Kirchenfürsten meinen Orden, alle Kräfte zu vereinigen, um die Heiden aus Drusna und dem Fjordland zu vertreiben. Dazu soll zunächst eine Flotte aus den besten und stärksten Schiffen zusammengezogen werden. Schiffen wie die *Windfänger*. Alle Komture meines Ordens sind ermächtigt, Schiffe in ihren Ordensprovinzen beschlagnahmen zu lassen.«

Lilianne warf einen Blick zu Alvarez. Er war zu ruhig. Das war kein gutes Zeichen. Und Hauptmann Louis wartete geradezu darauf, dass es Ärger gab. Jeder Zwischenfall würde die Stellung ihres Ordens noch weiter verschlechtern.

»Du wirst sicher verstehen, Bruder Louis, dass wir nicht einfach ein Schiff in ein weit entferntes Meer verlegen können, ohne dazu den Befehl unseres Ordensmarschalls oder Primarchen zu erhalten. Ich bin sicher, die Oberen meines Ordens werden gern einige Schiffe abkommandieren, um die Flotten auf den Seen Drusnas zu stärken«, meinte sie.

»Schwester, ich glaube, dir ist die Tragweite der Beschlüsse unserer Heptarchen noch nicht ganz klar. Wir bitten den Orden vom Blutbaum nicht um Unterstützung. Wir verlangen eure Schiffe. Und dazu die Ruderer und Seeleute. Krieger und Seeoffiziere werden wir selbst stellen. Die *Windfänger* wird ab morgen unter dem Banner des Aschenbaums fahren.«

»Ihr werdet mein Schiff nicht stehlen!«, herrschte Alvarez den Hauptmann an.

Louis trat einen Schritt zurück. »Du solltest deinen Kapitän darauf hinweisen, dass er niemals ein Schiff besessen hat. Unsere Ordensregel besagt, dass wir nichts besitzen. Selbst das, was wir am Leib tragen, wurde uns von der Kirche geliehen. Alles, was wir Diener Gottes erschaffen, gehört Tjured. Und wenn die Heptarchen als die ersten Diener Gottes beschließen, dass diese Leihgaben anderweitig genutzt werden sollen, dann gibt es darüber nichts mehr zu besprechen. Wer anders denkt, stellt die gottgewollten Hierarchien unserer Kirche in Frage, und das ist nichts anderes als Ketzerei.«

Louis sah sie herausfordernd an. Dann blickte er zu den anderen, um zu prüfen, welche Wirkung seine Worte gehabt hatten. Und er genoss es, wie die Ritter seinem Blick auswichen. Nur Alvarez hielt ihm stand. Und auch Lilianne mochte den Blick nicht senken. Sie spürte, wie groß der Zorn des Kapitäns war und dass Alvarez nicht mehr lange an sich halten würde. Sie musste ihm zuvorkommen. Er würde sich um Kopf und Kragen reden, denn wenn man einen Diener der Kirche der Ketzerei für schuldig befand, dann war das gleichbedeutend mit einem Todesurteil.

»Wir verfügen über ausgezeichnete Seeoffiziere und gut ausgebildete Mannschaften. Was spricht dagegen, dass wir auf unseren Schiffen bleiben? Natürlich würden wir uns dem Kommando des Aschenbaums unterstellen, wenn der Oberbefehl bei einem Admiral aus deinem Orden liegt, Bruder.«

Louis lachte zynisch. »Meine liebe Schwester, glaubst du wirklich, dass wir auf die vorgebliche militärische Erfahrung eurer Offiziere Wert legen? Verschließt ihr vor dem Desaster in Drusna eure Augen? Ich würde euch nach dem Unheil, das eure Komturin bei der Entführung der Prinzessin des Fjordlands angerichtet hat, nicht einmal das Kommando über einen lecken Fischkutter überlassen. Wie kann man es schaffen, zwei Schiffe an eine Reiterschar zu verlieren? Wie kann man Hunderte Ritter opfern und dann auch noch die Prinzessin, um die es ging, an den Tod verlieren? Nein, wir wollen euer Schiff und die Besatzung. Eure Ritter wollen wir nicht.«

Auf dem Achterdeck herrschte atemlose Stille. Louis schien nicht die leiseste Ahnung zu haben, wer sie war. Lilianne kannte die Lügengeschichten, die man über ihre letzte Schlacht verbreitete, schon seit langem. Davon, dass eine Zauberin die Galeasse hatte explodieren lassen und die übrigen Galeeren des Geschwaders mitten in einer warmen Sommernacht im Eis gefangen hatte, war nicht die Rede. Angeblich hatten sich Lilianne und ihre ankernden Schiffe von einer kleinen Schar Elfenreiter überrumpeln lassen. Mit so einer Geschichte ließ sich natürlich viel besser begründen, warum man ihr das Amt als Komturin genommen und dem Orden die militärische Führung in Drusna geraubt hatte.

Offenbar führte Louis das Schweigen der Offiziere auf seine neuerliche Beleidigung der Ritterschaft zurück. Und das beunruhigte ihn nicht im Geringsten. Lilianne war zutiefst überzeugt, dass man ihn geschickt hatte, um einen Zwischenfall zu provozieren. Sie musste ihn so schnell wie möglich von Bord bekommen, sonst würde er sein Ziel erreichen.

»Auch tausend schöne Worte ändern nichts daran, dass du mein Schiff stehlen willst. Und die Mannschaft …«

Lilianne legte Alvarez die Hand auf den Arm, um ihn zum Schweigen zu bringen. Er würde sie noch alle dem Henker ausliefern!

»Du bezeichnest also die Heptarchen als Diebe?«, entgegnete Louis. »Kann ich deinen vollen Namen erfahren, Bruder?«

»Kapitän Alvarez de Alba.«

»Du kannst ihn wohl doch nicht ...«, mischte sich jetzt Michelle ein.

»Und du stellst dich an die Seite eines Ketzers, der die Heptarchen Diebe nennt? Deinen Name bitte, Schwester!«

»Michelle de Droy, Fechtmeisterin im Orden der Neuen Ritterschaft.«

Louis pfiff leise durch die Zähne. »Dann bist du ja die Schwester dieser einfältigen Kuh, die sich ihre Schiffe von ein paar Elfenreitern hat abnehmen lassen.«

»Vielleicht solltest du dir gleich auch den Namen der einfältigen Kuh merken, immerhin bin ich die ranghöchste Offizierin an Bord und stehe in der Hierarchie des Ordens immer noch über Bruder Alvarez, auch wenn ich nicht mehr das Amt einer Komturin von Drusna bekleide.«

Louis sah sie mit großen Augen an. »Du bist ...«

»Lilianne de Droy.«

Der Hauptmann warf einen nervösen Blick zu seinen Kriegern auf dem Kai. Er war eine Spur blasser geworden. Wenn sie ihn wegen seiner Unverschämtheiten zum Duell forderte, blieb ihm nur noch zu wählen, ob er lieber seine Ehre oder sein Leben einbüßen wollte. Lilianne zweifelte daran, dass er ihr als Fechter gewachsen war. Sie hatte noch nie von ihm gehört, und das konnte nur bedeuten, dass er seine Kampferfahrungen in Fechtsälen und nicht auf Schlachtfeldern gesammelt hatte. Lilianne war sich sicher, ihn besiegen zu können, ganz gleich, wie gut er war.

Louis schien das zu spüren. Er räusperte sich. »Ich habe Anweisung, die Ruderer und Seeleute zu einem neuen Quartier zu begleiten. Sofort. Wenn du bitte die entsprechenden Befehle geben würdest.«

»Alvarez, lass die Besatzung abrücken.«

»Aber ...«

»Selbstverständlich befolgen wir die Befehle der Heptarchen und werden unsere Kirche mit all unseren Kräften im Krieg gegen die Heiden unterstützen!«, fuhr sie den Kapitän an. Sie hatten keine andere Wahl, als sich zu fügen. In Drusna hatte Lilianne nicht überschauen können, welche Konsequenzen ihr Handeln für die Macht ihres Ordens haben sollte. Dieses Mal würde sie vorsichtiger sein!

Alvarez fügte sich. Er trat auf den Laufsteg zwischen den Ruderbänken und gab den Männern Befehl, auf der hölzernen Landungsbrücke Aufstellung zu nehmen.

Der junge Hauptmann schien ein wenig enttäuscht zu sein, dass seine Befehle ausgeführt wurden. Er nickte ihr zu. »Es war ... aufschlussreich, dir einmal persönlich begegnet zu sein, Schwester Lilianne.«

Sie erwiderte seinen kargen Gruß. »Danke. Ich bin mir sicher, wir werden uns noch ein zweites Mal über den Weg laufen, Bruder Louis de Belsazar.«

Ihre Bemerkung löschte sein selbstsicheres Lächeln. Plötzlich hatte er es eilig, das Schiff zu verlassen.

»Wie konntest du ihm unsere Besatzung überlassen?«, fuhr Michelle sie an, kaum dass Louis außer Hörweite war.

»Ich diskutiere meine Befehle nicht«, antwortete sie kühl.

»Aber du ...«

»Ich glaube, es ist an der Zeit, hier wieder etwas Disziplin herzustellen. Du wirst Buße tun und hier vor aller Augen eine Prise Schießpulver schlucken. Und das sofort!«

»Was? Du bist ja wohl von Sinnen. Du ...«

Lilianne sah die anderen Ritterbrüder an. Keiner sagte etwas, aber Zweifel stand ihnen ins Gesicht geschrieben. »Schwester Sibelle, reiche mir bitte dein Pulverhorn. Michelle, streck deine Hand vor!«

Lilianne maß eine kleine Prise feinkörniges Schwarzpulver auf der Handfläche ihrer Schwester ab. »Schlucken!«

Michelle würgte das Pulver hinab und sah sie mit zornblitzenden Augen an.

»Drustan, deine Hand!«

»Ich hab doch gar nichts ...«

»Genau«, sagte Lilianne. »Du hast mich maßlos enttäuscht, indem du alle Frechheiten von Bruder Louis ertragen hast, ohne auch nur mit der Wimper zu zucken!«

»Aber ...«

»Deine Hand! Und dann ruft mir Alvarez!« Eigentlich tat ihr Drustan leid, aber er würde besonders elend aussehen. Unrasiert, dürr und einarmig, wie er war. Lilianne hatte den Kampf um die *Windfänger* keineswegs aufgegeben, aber sie wusste, dass List die einzige Waffe war, die ihr in diesem Gefecht blieb. Und sie genoss es, nach zwei Jahren wieder in den Kampf zu ziehen. Auch ohne Pulverdampf und das Lied der Klingen ging es um Leben und Tod.

EINE ANDERE ART VON KRIEG

Erneut hatte schwerer Regen eingesetzt. Alle Fackeln auf dem Landesteg des alten Hafens waren verloschen. Das Licht der wenigen Blendlaternen war nichts als verwaschene Flecken in der Finsternis. Sie verrieten, wo die Wachen standen. Den Wachen jedoch enthüllten sie nur wenig von den Geheimnissen der Nacht.

Lilianne hatte einen Mantel aus steifem Ölzeug angelegt. Darunter trug sie ihre prächtige Brustplatte aus der Zeit der ruhmreichen Schlachten in Drusna, dazu ein Wams mit geschlitzten Ärmeln, von dem sie wusste, dass sie darin auf kriegerische Art gut aussah.

Ihr Rapier ragte wie ein Skorpionstachel unter dem Mantel hervor. Sie würde die Waffe nicht ziehen, obwohl sie in dieser Nacht in den Krieg zog – zum ersten Mal seit zwei endlos langen Jahren. Das Rapier rundete ihre Erscheinung ab. Anders der breitkrempige Hut, den sie von Alvarez geliehen hatte. Er war unpraktisch, fand sie. Der Regen sammelte sich in der steifen Krempe und floss als stetes Rinnsal dicht vor ihrer Nase ab.

Die *Windfänger* lag im Dunkel. Die großen Laternen waren verloschen. Lilianne wusste, dass achtern und beim Bug je zwei Wachen standen. Sehen konnte sie sie nicht. Das große Schiff lag seltsam still. Ohne Ruderer und Seeleute waren nur noch die Deckoffiziere, die Novizen und die Seesoldaten geblieben. Für sie bot die *Windfänger* mehr als genug Platz. Sie hatten unter Deck Schutz vor dem Regen gesucht. In dem Unwetter würde kaum jemand einen Schritt aus seinen vier Wänden heraus wagen. Das war ideal für Liliannes Plan.

Die Ritterin blickte zu ihren drei Mitverschwörern. Sie duckten sich im Regen. Michelle und Drustan hatten auf Hüte verzichten müssen. Alvarez trug einen stählernen Morion, einen hochgewölbten Helm mit steiler Krempe, auf dem der Regen wie Trommelschlag erklang. Er wirkte kriegerisch, so wie sie. Die anderen beiden sollten durchnässt und elend aussehen! Es war schwer gewesen, sie zu überzeugen. Vor allem Drustan ... Aber er würde besonders glaubwürdig sein! Lilianne lächelte. Ihr Plan war tolldreist. Vielleicht wären sie morgen alle tot. Auch ihren Kameraden war das klar. So war das nun einmal, wenn man in die Schlacht zog. Sie waren dazu erzogen worden, dieses Risiko willig in Kauf zu nehmen, wenn es um den Orden ging.

Der schwere Regen schluckte das Geräusch ihrer Schritte auf der schwankenden Laufplanke.

»Landgänger!«

Der Warnruf erscholl, noch bevor sie den Landungssteg betreten hatte. Lilianne seufzte. Sie hatte sich der Hoffnung hingegeben, dass die Aufmerksamkeit der Wachen während des Unwetters nachlassen würde. Offenbar dachte sie zu geringschätzig vom Orden des Aschenbaums und ihren Kriegern. Dabei hätte sie es nach dem Aufmarsch am Mittag besser wissen müssen. Es war leichtfertig, seine Pläne auf alte Vorurteile zu gründen. Sie musste sich an den Gedanken gewöhnen, dass der Orden möglicherweise über genauso gut ausgebildete Soldaten verfügte wie die Neue Ritterschaft.

Der Lichtfleck einer Blendlaterne wanderte in ihre Richtung.

Lilianne und die anderen hatten die Laufplanke verlassen und warteten.

»Was tun wir jetzt?«, fragte Drustan.

»Nur ich rede, und es läuft alles weiter wie abgesprochen.« Lilianne spürte, wie eine tiefe innere Ruhe sich ihrer bemächtigte. Sie hatte dieses Gefühl vermisst. Es überkam sie, wenn der Tod, der stete, vage Feind in der Ferne, spürbar nahe rückte.

Der Lichtfleck hatte sie fast erreicht. Aus Schattenrissen wurden Gestalten. Ein junger Ritter, eskortiert von sieben Hellebardenträgern, trat ihr entgegen. Er trug einen Halbharnisch und Stiefel. Eine Hand ruhte auf dem Griff seines Rapiers. Mit der Linken hielt er die Laterne hoch, sodass sein Gesicht gut zu erkennen war. Er war blass und durchgefroren, die Lippen leicht blau verfärbt, und er wirkte angespannt. Sein nasser Umhang klebte an der Rüstung, weiß, mit feinen Schlammspritzern bedeckt. Wie ein Leichentuch.

»Darf ich das Schiff nicht verlassen?« Lilianne schlug einen leichten Plauderton an, so als gebe es keine Hand am Griff einer Waffe. Sie konnte sehen, wie sich der junge Ritter ein wenig entspannte.

»Es steht dir frei zu gehen, wohin immer du willst, Schwester.« Er räusperte sich. Sein Blick wanderte von ihrem Gesicht hinab zu ihrer Brust. »Aber ich habe Order, dich nicht mehr auf die *Windfänger* zu lassen, sobald du von Bord gehst. Das gilt auch für den Kapitän. Wenn ihr jetzt umkehrt, kann ich noch so tun, als hättet ihr nie einen Fuß auf den Landungssteg gesetzt. Bitte …«

»Es ist sehr freundlich, dass du mich warnst. Was ist mit den anderen Männern an Bord und mit Gästen? Ich will offen sein. Wir brauchen die Hilfe von Heilkundigen. Wird es Schwierigkeiten geben?«

Der Ritter ließ die Hand vom Rapier sinken. »Nein. Meine Befehle betreffen nur dich und den Kapitän.« Er trat dicht vor Lilianne. »Nicht alle haben deine Siege vergessen, Schwester.« Seine Stimme war nur ein Flüstern, das im rauschenden Regen fast unterging. »Ich habe unter deinem Kommando in der Schlacht am Bärensee gekämpft. Das war der stolzeste Tag in meinem Leben.«

Lilianne dachte an das leichenbedeckte Ufer. Irgendwie waren es diese Bilder, die sich in der Erinnerung festsetzten, und nicht die der Fahnen schwenkenden Sieger. Sie hatte am Bärensee eine ihrer bedeutendsten Schlachten geschlagen. Fast hätte sie sogar die Königsfamilie des Fjordlands gefangen genommen. Damit wäre der letzte Heidenkrieg beendet gewesen. Sie wäre dann nicht hier ... Und es gäbe keine offene Feindschaft zwischen dem Aschenbaum und dem Blutbaum. Es war müßig, so zu denken. »Wo hast du am See gekämpft?«

»Am linken Flügel. Dort, wo die Langboote am Ufer lagen.«

»Dann hast du gegen die Trolle antreten müssen ... Ich erinnere mich an drei Lanzen von Rittern aus deinem Orden. Sie haben keinen Fußbreit Boden aufgegeben und den Bestien standgehalten, bis Verstärkung kam.«

Der junge Ritter strahlte. »Du erinnerst dich daran? Das waren meine Männer!«

»Ja«, sagte Lilianne knapp. Sie wollte nichts mehr hören. Wollte den Mann, den der Ehrgeiz von Kirchenfürsten in zwei Jahren von einem Kameraden zu einem möglichen Feind gemacht hatte, nicht besser kennenlernen. Sie umfasste sein Handgelenk im Kriegergruß. »Ich vermisse die Zeiten, in denen wir Seite an Seite gestanden haben.«

Sie sah in seinen Augen, dass er verstanden hatte. »Ich auch«, antwortete er.

Lilianne ging der Phalanx der Lagerhäuser entgegen. Sie hörte die Schritte ihrer Gefährten hinter sich. Der Regen hatte nachgelassen. Ein kalter, böiger Wind blies von Westen. Mond und Sterne waren hinter Wolken verschwunden.

Die Ritterin zögerte. Diesen Teil des Hafens kannte sie nicht besonders gut. Sie wusste, der Palastturm des Erzverwesers lag im Westen, ein gutes Stück Weg entfernt. Marcilla war eine große Stadt. Selbst wenn sie stramm ausschritten, würden sie mehr als eine halbe Stunde brauchen.

»Dort entlang«, sagte Alvarez.

Lilianne brauchte einen Augenblick, um die Gasse zwischen zwei turmhohen Kornspeichern zu entdecken. Sie war finster wie der Boden eines Tintenfasses.

Der Kapitän übernahm die Führung. Sie folgten ihm schweigend, begleitet vom Klang ihrer Stiefel und dem leisen Plätschern des Regenwassers.

Kein zweiter Wachtrupp versperrte ihnen den Weg. Bald ließen sie die Lagerhäuser hinter sich. Gluckernd sauste Wasser durch die Gosse, die in der Mitte der schmalen Straßen verlief. Eine schleimige, braune Brühe, die den Unrat davontrug. Rechts und links davon waren schmale, gepflasterte Wege, die jenseits des Hafens von verschlammten Lehmwegen abgelöst wurden.

In den Wind geduckt, kauerten alte Fachwerkhäuser in den Gassen. Die Luft war erfüllt vom Rauch zahlloser Kamine. Es war eine Nacht wie im Herbst. Man mochte kaum glauben, dass bald schon der Tag der Sommersonnenwende käme. So nah war auch der Tag der Erweckungsfeier. Wo jetzt wohl die Schiffe mit den neuen Novizen steckten? Sie musste sie vor der Falle Marcilla bewahren!

Hölzerne Ladenschilder, die an dicken Ketten hingen, bewegten sich klirrend im Wind. Hier und dort, wo Licht aus einem Fenster fiel, konnte man die Wappen sehen, die darauf aufgemalt waren, Embleme der Fleischhauer, Bäcker und Küfer. In schreiend bunten Farben waren sie gestaltet. Doch in dieser Nacht fingen sie kaum einen Blick ein. Nur eine Handvoll geduckter Gestalten kreuzte ihren Weg, die Köpfe zwischen die Schulter gezogen, um Regen und Wind zu entgehen. Selbst die Straßenköter hatten sich verkrochen.

Tjured gab ihr seinen Segen, dachte Lilianne. Diese Nacht war wie geschaffen für ihren Plan.

»Kennst du den Erzverweser?«, fragte Michelle unvermittelt.

»Nicht gut«, gestand Lilianne ein.

»Wie kommst du darauf, dass er uns empfangen wird?«

»Diese Stadt hat ihn reich gemacht. Er wird sie nicht verlieren wollen. Selbst wenn er sich dafür gegen den Orden vom Aschenbaum wenden muss.«

»Dein Wort in Gottes Ohr«, brummte Drustan. Er hielt seinen Arm eng an den Leib gepresst. »Ich friere mir den Arsch ab. Poetischer kann ich das leider nicht sagen.«

»Wenn wir es verderben, stehen wir bald auf dem Scheiterhaufen«, entgegnete Lilianne leichthin. »Wenigstens dieses Übel hat dann ein Ende. Du wirst nicht mit einem kalten Arsch in die Grube fahren.«

Drustan murrte etwas Unverständliches. Dann senkte sich erneut Schweigen über die kleine Gruppe.

Die Ritterin war beunruhigt, dass keine Wachen auf den Straßen patrouillierten. Gewiss, da war das Unwetter ... Aber es fühlte sich zu einfach an. Alles ging viel zu glatt. Der Offizier, der sie nicht nur passieren ließ, sondern auch noch Verständnis für sie hatte. Die leeren Straßen ... Entweder hatten sie unglaubliches Glück, oder Tjured hatte ihnen den Weg geebnet. Oder doch eher eine irdische Macht.

Ihr unbeirrtes Gottvertrauen hatte Lilianne auf den Schlachtfeldern Drusnas zu Grabe getragen. Voller Sorge spähte sie in jeden dunklen Winkel. Wenn sie jetzt einer Bande Straßenräuber in die Arme liefen und ihr Leben ließen, dann wäre dies das Beste, was den Rittern vom Aschenbaum passieren konnte. Gewiss war ihren Feinden das ebenso klar ...

Drustans mürrische Stimmung und Michelles nervöses Schweigen waren Lilianne wohlvertraut. Doch dass auch Alvarez kein Wort sagte, setzte ihr zu. Sie hatte ihn in schier aussichtslosen Schlachten zotige Trinklieder singen hören, hatte mit ihm heimlich Schmuggelware an Bord gebracht ... Sie kannte ihn, davon war sie zutiefst überzeugt. Doch dass er sich so entschieden in Schweigen hüllte, beunruhigte sie. Das war fremd.

Als sie den Palastturm erreichten, hatte der Regen ganz aufgehört. Man sah der Residenz des Erzverwesers noch an, dass sie früher einmal eine Burg gewesen war. Doch genauso deutlich sah man, dass, wer immer dort lebte, schon lange keinen Feind mehr vor seinen Mauern fürchtete. Ein Teil der Burgwälle war niedergerissen. Höfe hatten sich in prächtige Blumengärten verwandelt. Die Wege lagen voller Blüten, die Regen und Sturm abgerissen hatten. Schießscharten waren aufgebrochen und vergrößert worden. Schmale Spalten waren zu weiten Fenstern geworden, durch die der goldene Schein zahlloser Kerzen fiel.

Der Regen hatte die Luft rein gewaschen. Es war eine angenehm kühle Frühsommernacht. Und jetzt stieg der Duft der gebrochenen Blüten auf. Die Residenz schien ein magischer Ort zu sein, leuchtend und erfüllt vom Odem der Rosen. Doch Lilianne machte sich nichts vor. Sie kannte den Mann, der inmitten dieser verwunschenen Pracht herrschte. Ihr würden nur wenige Augenblicke bleiben, ihn zu überzeugen. Er war niemand, der lange zuhörte. Und ganz gewiss niemand, der sich leichten Herzens gegen die Wünsche der Heptarchen stellte. Dafür hatte der Erzverweser zu viel zu verlieren.

»Ich darf nicht mit euch gehen«, sagte Alvarez überraschend.

»Wie bitte?«, fragte Drustan scharf, während Michelle völlig überrumpelt wirkte.

Lilianne blieb ruhig. Sie hatte es gespürt. »Warum?« Kein Vorwurf lag in ihrer Stimme.

»Ich hatte nicht geglaubt, dass wir es bis hierher schaffen würden«, entgegnete Alvarez. »Wir haben ihnen eine wunderbare Gelegenheit geboten, uns einfach verschwinden zu lassen. Du, Drustan, Michelle und auch ich, wir sind nicht bedeutend. Aber ich bin sicher, dass der Komtur und viele andere dich am liebsten tot sehen würden, Lilianne. Wenn sie dich nicht aufhalten, dann wirst du wieder Truppen ins Feld führen und unserem Orden all den Ruhm zurückgeben, den uns verleumderische Intriganten geraubt haben. Sie wissen das! Ich bin sehr überrascht, dass wir lebend bis hierher gekommen sind.«

Lilianne deutete zu dem prächtigen schmiedeeisernen Tor, hinter dem eine von Laternen und Rosenranken gesäumte Marmortreppe hinauf zum Palastturm des Erzverwesers führte. »Wir sind noch nicht am Ende unseres Weges, Bruder. Auch dort oben kann uns der Tod erwarten.«

»Ich weiß.« Der Kapitän seufzte. »Bis hierher konnte ich mich der Illusion hingeben, dass meine Klinge an eurer Seite euch zusätzlichen Schutz geben würde. Aber von hier an werde ich ein Risiko.«

»Jetzt red nicht endlos um den heißen Brei herum!«, fuhr Michelle ihn an. »Was ist los?«

»Ich kenne Marcel de Lionesse, den Erzverweser. Lange schon. Und er hasst mich. Zweimal habe ich ihn brüskiert. Das hat er mir nicht verziehen. Wenn ich an eurer Seite bin, wird er dich gewiss nicht anhören, Lilianne.«

»Warum?«, fragte sie noch einmal.

»Als junger Priester war er ein Fragender. Er hatte einen Galeerenkapitän der Ketzerei angeklagt, weil er seiner Mannschaft den Wein geschenkt hatte, den sie in einem Heidentempel erbeutet hatten. Ich war Geschützoffizier auf der Galeere. Wir haben ein wildes Fest gefeiert … Das hat Bruder

Marcel nicht gefallen. Er hat mich unter Druck gesetzt, meinen Kapitän zu belasten. Und ich habe mich nicht gefügt. Mein Kapitän verlor zwar sein Kommando, nicht aber sein Leben. Und später, als Marcel schon Hafenkommandant in Cadizza war, habe ich mit meinen Seesoldaten eines seiner Lagerhäuser besetzt und leer geräumt.« Alvarez zuckte mit den Schultern. »Er hatte ein Schreiben unseres Großmeisters einfach ignoriert, in dem er darum gebeten wurde, meine Galeere so schnell wie möglich mit Pulver und Lebensmitteln zu versorgen. Das war während des dritten Krieges gegen die aegilischen Piraten. Wegen solcher Buchhalter wie Marcel sind uns diese Bastarde immer wieder entkommen.«

»Er hält dich also für einen Ketzer und Piraten«, stellte Drustan fest.

Alvarez' Zähne blitzten im Dunkel, als er lächelte. »Ja. Genauso denken unsere Brüder vom Orden des Aschenbaums. Geht mit mir dort hinein, und ihr habt verloren, bevor Lilianne auch nur ein Wort sagt.«

Die Ritterin konnte nicht fassen, dass er nichts davon erzählt hatte, als sie sich miteinander beraten hatten. Sie war von Alvarez enttäuscht. »Und was willst du jetzt tun? Du weißt ja, dass sie dich nicht auf das Schiff zurücklassen werden.«

Sein Lächeln wurde breiter. Es war jetzt wieder dieses hinreißende Piratenlächeln, das sie früher einmal leicht in Bann geschlagen hatte. »Du glaubst doch nicht, dass ein grüner Jüngling mich in einer so finsteren Nacht wie heute daran hindern kann, auf mein Schiff zurückzukehren? Ganz gleich, ob er am Bärensee ein paar Trollen in den Hintern getreten hat: Um mich aufzuhalten, ist er nicht Manns genug.«

»Ich weiß nicht, was dich reitet, Alvarez. Aber nimm dich in Acht! Spiele nicht mit unser aller Leben. Warte bis zum

Morgengrauen. Wenn wir bis dahin nicht zurück sind, dann sind wir gescheitert. Und auch dann bleibe besonnen. Denk an die Novizen, an die Ritterbrüder und unsere Seesoldaten. Dein Handeln wird entscheiden, wie es ihnen ergeht. Unser Orden darf Gishild nicht verlieren. Wir haben zu teuer für sie bezahlt. Und die Heptarchen dürfen auf keinen Fall erfahren, dass sie noch lebt. Jetzt noch nicht. Und Luc ... Wir alle haben gesehen, welche Wunder er zu vollbringen vermag. Er muss unserem Orden erhalten bleiben. Ganz gleich, was dein Stolz dir sagt, hör auf deinen Verstand!«

Sein Lächeln war zerflossen. »Ja«, sagte er mit tonloser Stimme. »Ich weiß das alles. Vertraue mir. Ein Schiff kann man neu bauen ... Ich werde auf die Kinder achten. Auf alle. Ich bin ihr Kapitän. Ich werde sie wohlbehalten durch die schwere See bringen.«

Lilianne sah ihn durchdringend an. Sie hatte keine andere Wahl, als ihm zu vertrauen. Ihnen lief die Zeit davon. Sie musste den Erzverweser überzeugen. Noch in dieser Nacht. Am besten noch in dieser Stunde. Ihre Rudermannschaften und Seeleute würden bald schon auf andere Schiffe abkommandiert werden. Dann lagen sie endgültig fest. Ihr war klar, dass sie genau das tat, wovor sie Alvarez so eindringlich gewarnt hatte. Sie spielte auf alles oder nichts.

»Gott mit dir, Bruder!« Sie umfasste sein Handgelenk. Dann wandte sie sich dem schmiedeeisernen Tor zu. »Wache!«

Noch zweimal musste sie rufen, bevor ein Krieger mit hartem Gesicht hinter den Rosenranken hervortrat. Lilianne sah ihm an, dass sie ihn nicht aus dem Schlaf aufgeschreckt hatte. Er hatte sie absichtlich warten lassen.

Die Ritterin öffnete ihren Mantel, sodass er die Brustplatte darunter erkennen konnte. »Ich wünsche deinen Herrn, den Erzverweser, zu sprechen. Es handelt sich um eine Angelegenheit von größter Dringlichkeit!«

Der Krieger musterte sie abschätzend. »Es ist immer von größter Dringlichkeit! Du wirst bis morgen früh warten müssen. Mein Herr hat sich bereits zur Ruhe begeben.«

»Ich verspreche dir, wenn du nicht umgehend die Beine in die Hand nimmst und den Erzverweser aus den Federn holst, dann wirst du dich zur letzten Ruhe betten. Und Tausende mit dir. Ich bin keine Bittstellerin. Ich war bisher lediglich höflich. Ich bin Lilianne de Droy, Feldherrin der Neuen Ritterschaft. Und ich verspreche dir, wenn dein Herr mich nicht in dieser Stunde noch anhört, dann wird er in einer Woche keine Stadt mehr haben, über die er herrschen kann. Lass mich herein! Und dann lauf!«

EIN SELTSAMER VOGEL

»Du willst mein Ritter sein? Und wenn ich dich das erste Mal um Hilfe bitte, lässt du mich gleich im Stich! Ich hätte es besser wissen müssen.«

»Sei leise! Um Gottes willen, sei leise!« Luc sah sich um. Sie hatten sich in die Nähe der Pulverkammer tief im Rumpf des Schiffes geschlichen. Eigentlich sollte sie hier niemand hören. Was von der Besatzung noch übrig geblieben war, hatte sich in das Mannschaftsquartier zurückgezogen. Aber man konnte nicht sicher sein, ob nicht irgendjemand ein stilles Eckchen gesucht hatte.

»Wir sind hier allein«, sagte Gishild.

»Woher willst du das wissen?«

»Meine Heidengötter sagen es mir. Sie reden immer mit mir. Nicht so wie euer Tjured.«

Luc atmete tief ein, dann hielt er die Luft an. Es war besser zu schweigen. Wenn er den Mund aufmachte, wäre es ganz egal, was er sagte – es wäre das Falsche! Er wünschte sich, sie etwas besser zu verstehen. Ob wohl alle Mädchen so waren? Oder nur die Heidenmädchen?

»Du glotzt wie ein Fisch!«

Er seufzte. »Na gut, ich komme mit dir. Aber es ist dumm! Wir sollten das nicht tun. So etwas macht man nicht. Wir werden einen Riesenärger bekommen.«

»Wir lassen uns einfach nicht erwischen. Drustan, Lilianne, Michelle, sogar Alvarez, sie alle sind weg. Die übrigen Deckoffiziere sitzen im Mannschaftsquartier. Wir brauchen doch nur ein paar Augenblicke. Niemand wird merken, dass wir dort gewesen sind.«

»Ja«, sagte er, ohne überzeugt zu sein.

»Du willst nicht, oder?«

»Aber ich hab doch ja gesagt!« Er konnte Gishild im schwachen Licht der Blendlaterne kaum erkennen, aber er glaubte ihre abschätzenden Blicke zu spüren. Die verdammten Laternen unter Deck hatten so dickes Glas, dass sie der Dunkelheit nicht viel abzuringen vermochten.

»Ich weiß, dass du nicht wirklich willst.«

»Gehen wir jetzt?«

»Ich kann auch allein gehen.«

»Bitte, Gishild … Es ist in meinen Augen eine Dummheit. Aber ich werde mit dir kommen.«

»Wenn du mich wirklich lieben würdest, dann wärest du jederzeit bereit, auch Dummheiten zu begehen.«

»Verdammt, ich komm doch mit! Was willst du denn noch?«

»Dass du gern mitkommst! Manchmal verstehst du die einfachsten Dinge nicht.«

Luc atmete tief ein und hielt erneut die Luft an. Jetzt nichts mehr sagen, ermahnte er sich in Gedanken. Gar nichts!

»Wir werden mittschiffs über Bord steigen«, sagte Gishild, nachdem sie beide eine Weile geschwiegen hatten.

»Aber ich dachte …«

»Dass wir an den Wachen vorbei geradewegs zum Baldachin spazieren? Hältst du mich für blöd? Komm jetzt!«

Luc biss die Zähne zusammen. Nichts sagen. Einfach nichts sagen! Das hatte er sich anders vorgestellt, der Ritter einer Prinzessin zu sein. Sie würden darüber reden müssen, wie sie ihn behandelte. Das ging so nicht … Aber nicht jetzt. Er würde einen guten Augenblick abpassen müssen, in dem sie gerade nicht in kriegerischer Stimmung war. Vielleicht nachdem sie sich das nächste Mal geküsst hätten … Er war besser geworden mit seinen Küssen. Sie mochte das … Er auch. Es gab so ein wunderbar warmes Gefühl. Am liebsten würde er … Nein, jetzt war sie bestimmt nicht in der Stimmung zu küssen. Heute hatte sie nur Unsinn im Kopf!

Sie schlich voran und bewegte sich lautlos wie eine Katze. So sehr sich Luc auch anstrengte, ihm war es unmöglich, so leise wie sie zu sein. Was die Elfen ihr wohl sonst noch beigebracht hatten?

Sie erklommen den Aufgang zum Hauptdeck. Gishild gab ihm ein Zeichen zu verharren.

Das passte ihm nicht! Es kam ihm irgendwie falsch vor, von einem Mädchen geführt zu werden. Doch er sollte nicht so denken. Schließlich war Lilianne unbestritten die beste

Heerführerin. Es war anders in der Neuen Ritterschaft. Aber es kam ihm falsch vor!

»Komm«, hauchte sie ihm zu und schlich geduckt über Deck.

Ein paar Herzschläge, und sie waren bei der Reling. Der Regen hatte nachgelassen, und es war stockfinster.

Lautlos glitt Gishild über die Reling.

Luc folgte ihr. Er hielt sich wie sie am Handlauf fest und stemmte die Füße gegen die Bordwand. Hand um Hand hangelten sie sich am Schiffsrumpf entlang.

Bald brannten ihm Finger und Arme. Obwohl seine Stiefelsohlen aufgeraut waren, fand er kaum Halt am nassen Schiffsrumpf. Sein ganzes Gewicht hing an seinen Armen. Gishild schien keine Schwierigkeiten zu haben. Scheinbar mühelos hangelte sie sich weiter. Was sie konnte, konnte er auch! Er würde nicht um eine Pause bitten!

Nach einer Ewigkeit erreichten sie endlich das Heck. Vergoldete Schnitzereien machten es hier leichter, Halt zu finden.

Plötzlich verharrte Gishild. Was war los? Angestrengt lauschte Luc in den Regen. Schritte! Unmittelbar vor ihnen! Wenn die Wachen sich an die Reling lehnten, waren sie verloren. Sollte er sie vielleicht ablenken? Er könnte ein Stück zurückhangeln und sich an Bord ziehen. Das würde sie ablenken, und Gishild könnte ungesehen unter den Baldachin gelangen. Der schwere Samtvorhang vor dem abgegrenzten Stück des Achterdecks war zugezogen. Selbst die Wachposten standen lieber im strömenden Regen, als sich dort unterzustellen. Dies war der Bereich des Kapitäns. Man durfte dort nur mit seiner ausdrücklichen Billigung sein. Gishild hatte ihm nicht einmal gesagt, warum sie dorthin wollte. Diese Heimlichtuerei mochte er nicht. Sie erzählte auch kaum vom Königspalast, in dem sie aufgewachsen war. Oder von den Elfen und Trollen, die ihre Lehrer gewesen waren.

Luc sah zu ihr hinüber. Manchmal konnte er sich nicht erklären, warum er sich in sie verliebt hatte. Das Haar fiel ihr in breiten Strähnen ins Gesicht. Sie sah nicht gerade umwerfend aus, wie sie von der Reling hing. Und trotzdem war er entschlossen, ihr zu helfen.

Er löste die schmerzende linke Hand und hangelte sich ein Stück von seiner Prinzessin fort. Sie sollte ihren Willen haben. Und er würde seine Haut hinhalten. Das war die Aufgabe von Rittern!

Gishild sah plötzlich in seine Richtung und schüttelte entschieden den Kopf.

Er durfte nicht zulassen, dass sie ihn aufhielt. Luc spannte seine schmerzenden Arme. Er würde sich gleich jetzt über die Reling ziehen. Dann hatte sie gar keine andere Wahl, als in Deckung zu gehen.

Der Regen hörte von einem Augenblick zum andern auf. Kalter Wind schnitt durch Lucs nasse Kleider. Ganz deutlich hörte man jetzt die Schritte der Wachen. Sie entfernten sich.

Gishild hangelte sich an seine Seite. »Du sollst dich nicht opfern, du sollst mit mir kommen, verdammt!«

Luc war beleidigt. Er wurde auch nicht gern verprügelt, aber das wäre der einzige Weg gewesen, von ihr abzulenken.

»Komm!«

Luc konnte sich kaum noch halten. Seine Hände schmerzten, als seien sie mit Messern zerschnitten. Er blinzelte sich Tränen aus den Augen. Er würde nicht aufgeben. Ein letztes Stück noch!

Gishild verschwand unter der Regenplane, die bis zur Reling hinabreichte.

Luc hörte die Raben krächzen, deren Käfige unter dem Schutzdach standen. Das mussten doch auch die Wachen hören!

Die Plane wurde hochgehoben. Gishilds Hände umschlossen seine Handgelenke. Sie half ihm hoch aufs Deck. Und er war zu erschöpft, um Widerworte zu geben.

Neben einem Käfig kauerte er sich nieder und massierte seine schmerzenden Arme. Es roch muffig unter der Plane, nach nassem Stoff und Gefieder. Eine kleine Flamme brannte in einer Laterne mit milchigen Scheiben. Das Licht war zu schwach, um den Stoff der Planen zu durchdringen. Doch es reichte, um Rabenaugen wie poliertes Vulkanglas glänzen zu lassen.

Die großen Vögel bewegten sich unruhig in den Käfigen. Nur fünf waren noch an Bord. Kurz nach Einbruch der Nacht hatten der Kapitän und Lilianne sieben schwarz gefiederte Boten auf die Reise geschickt. Wahrscheinlich sollten sie andere Ordensschiffe davor warnen, Marcilla anzulaufen, dachte Luc. Vielleicht würden sie auch eine Botschaft nach Valloncour tragen? Luc hatte keine Ahnung, warum Lilianne und die anderen das Schiff verlassen hatten. Aber er war sich sicher, dass sie etwas Heldenhaftes tun würden! Er wünschte, er wäre älter und hätte bei ihnen sein können.

Gishild machte sich an einer bleibeschlagenen Kiste zu schaffen, in deren Wände Schlitze wie Schießscharten geschnitten waren. Er erinnerte sich, die Kiste in Liliannes Zimmer gesehen zu haben, als sie ihm den schmalen Lederband mit den Regeln zum Buhurt ausgeliehen hatte.

Gishild stocherte mit einer langen Nadel im Schloss der Kiste herum.

»Was tust du da?«

»Sei still!«, zischte sie. Im nächsten Augenblick erklang ein metallisches Klicken.

Gishild drehte sich um und lächelte triumphierend. »Meine Elfenlehrerin hat mir viele nützliche Dinge beigebracht.«

»Das ist Diebeshandwerk!« Luc war erschüttert. Wie hatte Gishilds Vater dulden können, dass seine Tochter so etwas lernte? Er ahnte die Antwort. Bestimmt hatte der König nichts davon gewusst!

»Das ist nützlich. Und im Augenblick bin ich froh, dass ich es kann.«

Etwas bewegte sich in der Kiste. Gishild schlug den Deckel auf. Ein großer weißer Vogel kauerte in dem bleiernen Gefängnis. Er sah zum Erbarmen aus. Sein Gefieder war zerzaust und verschmutzt. Ungeziefer bevölkerte in wimmelnden Klumpen sein jämmerliches Federkleid. Ein Flügel war vom Körper abgespreizt und mit einem dünnen Holzstab geschient. Der Vogel hatte blaue Augen. Augen, die Luc unheimlich waren. Sie passten nicht zu einem Tier.

»Winterauge!«, rief Gishild. »Was haben sie dir angetan?«

»Du kennst den Vogel?«

Gishild streckte die Hand vor.

Der weiße Vogel hackte nach ihren Fingern.

»Winterauge«, sagte sie erneut. Eindringlich. »Winterauge, erinnerst du dich nicht? Du hast mich gesucht, nicht wahr?«

»Was für ein Vogel ist das, Gishild?«

»Der Adlerbussard des Fürsten Fenryl von Carandamon. Er ...« Sie schüttelte den Kopf. Ihr Gesicht veränderte sich. Die Augen strahlten zwar noch vor Freude, doch ihre Lippen waren zu einem schmalen Strich zusammengepresst. Luc spürte, wie sich eine Tür vor ihm schloss. Über die Elfen würde sie nicht mit ihm reden. Zumindest jetzt nicht. Das verletzte ihn. Er hatte geglaubt, sie vertraue ihm.

»Bitte, Luc, du musst ihm helfen. Du musst ihn heilen! Er muss wieder fliegen können. Er …« Sie streckte ihre blutende Hand vor und wollte den Vogel streicheln.

Luc griff sanft ihren Arm. »Nicht. Er erkennt dich nicht.«

»Nein! Das kann nicht sein. Er ist meinetwegen hier. Nur meinetwegen! Bitte, du musst ihn heilen! Im Namen unserer Liebe. Bitte, Luc, tu es.«

»Aber ich …«

»Luc, bitte. Liebe kennt kein Warum. Wenn du mich wirklich liebst, dann wirst du es einfach tun. Ich habe dich nie um etwas gebeten. Jetzt tue ich es. Du wolltest doch mein Ritter sein. Du wolltest mir helfen! Immer … Bitte stell keine Fragen! Bitte!«

Sie war den Tränen nahe. Luc zog sie an sich heran. Er strich über ihre verletzte Hand. »Ja«, sagte er einfach nur. »Ja, ich werde ihn heilen.« Nie hatte er sie so verletzlich gesehen.

»Das werde ich dir niemals vergessen.« Sie beugte sich über die Kiste. »Wie konnten sie dir das antun, Winterauge? Zwei Jahre bist du schon in diesem Gefängnis, nicht wahr? Zwei endlose Jahre!«

Der Vogel sah Gishild an, als verstehe er sie. Seine Augen … Das waren keine Tieraugen, dachte Luc beklommen. Was für ein Geschöpf mochte das sein? Er sollte es nicht tun. Es musste einen guten Grund dafür geben, dass Lilianne diesen Adlerbussard gefangen hielt! Aber er konnte Gishild ihren Wunsch nicht abschlagen. Er wäre nicht mehr derjenige, der er für sie sein wollte, wenn er es täte.

»Ruhig, Winterauge.« Vorsichtig streckte Luc seine Hand vor. »Ich werde dir helfen. Ruhig. Du wirst wieder fliegen.«

»Nein!« Die Stimme war scharf, schneidend wie ein Peitschenhieb. Luc wich zurück. Eine nackte Gestalt schob die Plane des Baldachins zur Seite. »Du kannst ihn nicht heilen. Du würdest ihn vernichten! Fort von der Truhe mit dir!«

VON DER ANGST

Michelle hatte schon viel gesehen, doch selbst sie konnte sich der Pracht und Schönheit des Turmsaals nicht verschließen. Sie wusste, dass dieser Ort dazu geschaffen war, Gäste einzuschüchtern. Wer immer hierherkam, sollte sich gering, ja unbedeutend fühlen.

Von oben betrachtet, musste der Grundriss des Turmsaals, in dem sie sich befanden, etwa wie ein Schlüsselloch aussehen. Der runde hintere Teil, der eigentliche Turm, maß für sich gewiss schon fünfzehn Schritt im Durchmesser. Die Halle, die mit ihm verschmolzen war, war gewiss vierzig Schritt lang, und die reich geschmückte Kassettendecke erhob sich zehn Schritt über ihren Häuptern. Der ehemalige Turm wurde beherrscht vom Thron des Erzverwesers. Der Sitz, von dem aus der Kirchenfürst Recht sprach, war schlicht und schnörkellos, geschaffen aus weißem Marmor mit zarten grauen Adern. Ein flaches, rotes Kissen war der einzige Tribut an die Bequemlichkeit des Kirchenfürsten.

Fünf Stufen führten hinauf zum Thron. Das war hoch genug, um zu gewährleisten, dass, wer immer dort oben saß, auf Bittsteller und Angeklagte herabsehen würde.

Marmorskulpturen flankierten den Thron, wunderbare Kunstwerke, ganz anders als die üblichen Heiligenbilder. Die Statuen wirkten so, als seien die Heiligen gerade erst in der Bewegung erstarrt.

Besonders faszinierte sie die Statue der heiligen Gilda. Nach einem Schiffbruch war sie an einer Heidenküste gestrandet, und es hieß, ihre Schönheit, die sich offenbarte, als sie nackt den Fluten entstieg, habe die Herzen der Götzenanbeter so gerührt, dass sie den falschen Göttern abschworen. Und wenn man ihr Marmorbild sah, verstand man die Herzen der Heiden, so unglaublich schön war es. Makellos der Stein, erhaben das Haar, geformt aus wogendem Gold. Mit einer Hand bedeckte Gilda ihre Scham. Den Kopf hatte sie sanft zur Seite geneigt. Manche sagten, sie sei Tjureds vollkommenste Schöpfung gewesen. Wer dieses Standbild sah, der war überzeugt davon. Und das Bildnis der heiligen Gilda war nur eines unter Dutzenden wunderbaren Kunstwerken, die den weiten Saal füllten. Da waren Solferino, der mit dem Löwen rang, Michel Sarti, Tjureds erster Ritter, oder die heilige Ursulina auf ihrem Bären. An den Wänden hingen Gemälde, die das Auge so sehr täuschten, dass man glaubte, durch Fenster hinaus auf wunderbare Städte und Landschaften zu blicken. Astrolabien aus Gold, Perlen und Elfenbein zeigten den Lauf der Gestirne am Himmel. Auf Stehpulten lagen kostbare Handschriften. Die Blüte der Kultur und des Geistes war hier vereint. Und Michelle, die allein gut darin war, eine Klinge zu führen, fühlte sich verloren. Sie blickte zu ihrer Schwester, und wieder einmal wünschte sie sich, mehr so zu sein wie Lilianne. Ihrem Gesicht war anzusehen, dass sie Freude daran hatte, all diese Wunderwerke zu betrachten, doch sie ließ sich nicht von ihnen vereinnahmen. Sie bewahrte einen kühlen Kopf. Aber ihr stand ja auch nicht bevor, wie eine Gefangene auf einem Sklavenmarkt vorgeführt zu werden.

Es war Michelle schwergefallen, sich den Wünschen ihrer Schwester zu fügen. Die Fechtmeisterin verschränkte die Arme vor der Brust. Ihr fröstelte; sie fühlte sich so elend, wie sie aussah. Fieberschübe hatten sie geschwächt. Und tief in ihr nistete die Angst. Sie war krank, dafür hatte Lilianne gesorgt. Was, wenn Tjured in seinem Zorn dieses Übel nicht mehr von ihr nahm?

Schwere Schritte ließen sie aufblicken. Marcel de Lionesse, der Erzverweser von Marcilla, erschien wie aus dem Nichts. Er hatte wohl eine verborgene Tür hinter den Stufen des Throns benutzt. So wie er mussten wohl die Könige in alten Tagen ausgesehen haben. Er wirkte nicht wie für die blaue Robe eines Priesters geschaffen, war groß gewachsen und gut gebaut. Ein kantiges Kinn beherrschte sein Gesicht. Seine großen blauen Augen waren kalt wie das Wintermeer. Die leicht eingefallenen Wangen ließen ihn asketisch wirken. Gelocktes goldenes Haar fiel ihm bis auf die Schultern hinab. Er war blass wie ein Priester, der sich ein Leben lang in Bücherstuben vergraben hatte, doch sah diese Blässe bei ihm nicht ungesund, sondern gleichsam edel aus.

Michelle fragte sich, unter welchen Umständen ihre Schwester Marcel de Lionesse wohl kennengelernt haben mochte.

»Schwester Lilianne, ich hoffe in deinem Interesse, dass ich meinen Nachtschlaf nicht leerem Geschwätz geopfert habe.«

Lilianne verbeugte sich gerade tief genug, um der Höflichkeit Genüge zu tun. Ihr Gesicht war hart. Aber auch sie wirkte erschöpft. »Deine Stadt hat dich reich gemacht, Bruder Erzverweser.«

Eine steile Falte furchte die Stirn des Priesters. »Ich trage Tjured in meinem Herzen. Mehr Schätze benötige ich nicht.«

In diesem Thronsaal klang das nach leeren Worten, dachte Michelle. Ihre Schwester wusste, wie man jemanden zu nehmen hatte. Sie wäre gewiss eine gute Fragende geworden.

»Entschuldige, Bruder, wenn ich mich missverständlich ausgedrückt habe. Ich meinte, dein Amt hat dich reich an Verantwortung gemacht. So viele Seelen sind es, die du zu hüten hast. Und es betrübt mich, dass der Orden vom Aschenbaum all dies gefährdet.«

»Machen wir es doch kurz, Schwester Lilianne. Ich werde dir dein Schiff nicht zurückgeben!«

»Es ist vor allem die Mannschaft, die ich zurückhaben möchte, Bruder Erzverweser. Und das in Gottes Namen schnell!«

Der Priesterfürst sah sie an, als habe sie ihm ins Gesicht geschlagen. »Du vergisst dich …«

»Ich bin bei klarem Verstand. Ich …«

»Sich den Heptarchen zu widersetzen ist Ketzerei! Ihre Befehle sind eindeutig. Was glaubst du, hier erreichen zu können, Lilianne de Droy? Glaubst du, ich würde mich gegen die ersten Diener Gottes stellen? Bist du von Sinnen?«

»Ja! Von Sinnen vor Sorgen!«

Dem Kirchenfürsten war anzusehen, dass er nicht wusste, was er mit ihr anfangen sollte. Und Lilianne zog es in die Länge. Sie spielte mit ihm.

»Was für Sorgen?«, fragte Bruder Marcel endlich und hatte sich damit ihren Regeln gebeugt.

»Heute Morgen klagte meine geliebte Schwester über ein leichtes Fieber. Wir waren lange auf See, Bruder. Wir hatten zu wenig Obst, kein frisches Fleisch … Du kennst meinen

Orden. Bei uns isst selbst der Kapitän nicht besser als der niederste Pulverknecht. Ich dachte, es sei harmlos. Wir kamen nach Marcilla, um Vorräte zu ergänzen.« Lilianne sah zu Boden. »Du musst mir glauben, Fürst. Ich habe es nicht gewusst. Wirklich nicht. Ich dachte, es wäre die Erschöpfung. Das schlechte Essen. Ich weiß nicht …«

»Was weißt du nicht?«

»Bruder Marcel, du musst helfen!« Sie ging ihm zwei Schritt entgegen und dann ließ sie sich auf die Knie nieder. Michelle hatte ihre Schwester noch niemals knien gesehen. »Bitte, du musst handeln. Lass mich vor Gott und den Menschen nicht die sein, die das reiche und schöne Marcilla vernichtet hat. Bitte glaube mir, ich habe es wirklich nicht gewusst, Bruder Marcel. Ich habe es nicht gewusst!«

»Was, in Gottes Namen? Wovon redest du?«

»Zeigt euch«, sagte Lilianne matt. »Streift die Ölmäntel ab. Er muss es sehen. Gott vergib mir, dass ich meine Schwester und meinen Freund so demütige. Aber er muss es sehen, damit er versteht, wirklich versteht!«

Michelle öffnete den Mantel. Ihre Hände zitterten nicht allein wegen des Fiebers. Sie schämte sich auch ihres Körpers nicht. Aber sich so zur Schau zu stellen … Es war etwas anderes, mit ihren Brüdern und Schwestern in Valloncour nackt schwimmen zu gehen. Doch das hier …

»Los! Mach schon!«, drängte Lilianne.

Michelle ließ den Mantel aus Ölzeug sinken. Darunter trug sie nur ihre Stiefel. Sie wollte die Hand auf ihre Scham legen …

»Nein!«, fuhr ihre Schwester sie an. »Er muss den schwarzen Fleck sehen.«

Auch Drustan stand nackt da, allein mit seinen Stiefeln angetan. Er schlotterte vor Fieber. Sein Leib sah zum Erbarmen aus! Seine Rippen zeichneten sich unter der fahlen Haut ab. In seiner Leiste war ein wulstiger, schwarzer Fleck zu erkennen.

»Los, Bruder Marcel!« Lilianne war an die Seite des Erzverwesers getreten. »Komm näher!« Sie packte ihn beim Arm. »Blick nicht auf ihre Brüste! Erkennst du, was du siehst? Ich schwöre dir bei Gott, heute Morgen waren sie beide noch ohne Makel. Es geht so schnell ...«

»Wie ... konntest du die beiden in mein Haus bringen?«, stammelte Marcel.

»Du musstest es sehen! Erkennst du es? Komm, tritt näher heran! Du musst sie riechen. Du musst es fühlen!«

Michelle stockte der Atem. Sie war wirklich verrückt! Er durfte nicht näher kommen!

»Nein!«, rief der Erzverweser und riss sich los. »Ich erkenne es! Der Schwarze Tod ... Du hast die Pest in meine Stadt gebracht!«

»Du musst mir glauben, ich wusste es nicht!«

Marcel wich vor ihr bis an die Stufen seines Throns zurück. »Wachen!«

Augenblicklich öffnete sich die schwere Flügeltür in ihrem Rücken. Hellebardiere stürmten herein.

»Bitte, Herr! Vergib mir! Ich wusste nicht, dass wir die Pest an Bord haben!«

Die Soldaten blieben wie versteinert stehen.

»Ergreift sie!«, befahl der Erzverweser, doch keiner seiner Männer rührte sich.

»Du weißt, was geschehen wird«, sagte Lilianne. »Diese beiden hier werden morgen um diese Zeit schon von uns gegangen sein. Bruder Louis, der die Ruderer und Seeleute von der *Windfänger* geholt hat, lebt vielleicht noch drei oder vier Tage. Schon jetzt trägt er den Tod in sich, ohne es zu wissen. Und seine Männer auch ... Alle, die an Bord des Schiffes waren, sind verdammt. Du weißt, der Schwarze Tod lässt sich nicht durch Mauern aufhalten.«

»Ich werde die Ruderer mit ihrem Quartier verbrennen lassen!«

»Und der Rauch trägt den Odem der Seuche in deine Stadt«, entgegnete Lilianne. »Alle, die den Kranken nahe waren, müssen fort. Nur so kannst du Marcilla retten. Hast du einmal eine Stadt gesehen, in der die Pest gewesen ist? Ganze Straßenzüge sind menschenleer. Die Totenfeuer verlöschen nicht mehr. Ihr Rauch hängt wie ein schwarzes Leichentuch über der Stadt. Wenn du Glück hast, stirbt nur jeder zweite. Und in einem Mond ist es vorbei. Kein Krieg kostet so viele Leben wie die Pest.«

Marcel öffnete eine kleine Truhe, die neben der Treppe zum Thron stand. Er holte zwei Pistolen heraus. Die Läufe der Waffen glänzten silbern. Ihre Griffe waren mit Intarsien aus Perlmut geschmückt. Sie waren schön wie alles in diesem Saal.

Der Erzverweser richtete die Waffe auf Lilianne. Seine Hand zitterte. »Wie konntest du die Pest in mein Haus tragen!«

»Vergieße mein Blut, und du wirst hier Feuer legen müssen, um die Pest auszutreiben.«

»Was hast du getan?«, schrie er außer sich vor Zorn.

»Ich bringe sie alle fort von hier! Du gebietest über den Komtur des Ordens vom Aschenbaum. Du kannst seine Befehle aufheben. Lass mich meine Männer holen. Ich bringe sie an Bord. Die *Windfänger* verlässt die Stadt. In einer Stunde schon können wir auf hoher See sein. Und schließe die Tore deines Palastes. Setze alle gefangen, die mit meinen Männern Umgang hatten. Du musst die Krankheit einsperren, hörst du. Vermauere die Türen und Fenster. Und lass sie erst nach einer Woche wieder aufbrechen. Dann wird der Tod seine Beute geholt haben. Noch kannst du die Krankheit besiegen. Aber mit jeder Stunde, die du zögerst, wird die Pest Marcilla fester in ihrem Griff halten. Du musstest es sehen, Bruder, damit du nicht denkst, ich sei eine Ketzerin. Eine Intrigantin, deren Sorge es allein ihrem Schiff gilt. Es geht um diese Stadt, Bruder Marcel. Es geht darum, ob die Pest zurückkehren wird nach Fargon.«

Kalter Schweiß stand Michelle auf dem Leib. Sie wusste, dass Tjured sie hasste für ihren Anteil an diesem Trug. Und wenn Gott gerecht war, dann gab es dafür nur eine Strafe.

LEBENDIG BEGRABEN

Louis schlug die Augen auf. Nichts änderte sich. Er war von undurchdringlicher Finsternis umfangen. Der junge Hauptmann der Ordensritter versuchte sich zu erinnern, wo er war. Es roch nach feuchter, lehmiger Erde. Und es war kühl.

Etwas summte. Eine Fliege. Sie landete auf seinem Gesicht. Ärgerlich schlug er mit der Hand nach ihr. Seine Finger streiften etwas Raues. Die Fliege entkam.

Wo war er? Vorsichtig streckte er die Hände vor. Kaum einen Fußbreit über ihm war ein Holzbrett. Es war rau, nicht gut gehobelt. Louis keuchte. Das konnte nicht sein. Er würde sich doch erinnern müssen! Angst schnürte ihm die Kehle zu. Sein Atem ging schwer, so als liege eine ganze Wagenladung Steine auf seiner Brust.

Er tastete über seinen Leib. Er trug nur ein dünnes Hemd. Entschlossen versuchte er sich aufzurichten. Sein Kopf stieß gegen das Holzbrett. Er wollte die Arme ausstrecken und stieß seitlich an Bretter. Er stemmte sich dagegen, mit aller Kraft. Und jenes schreckliche Bild, das er seine ganze Kindheit lang gefürchtet hatte, stieg wieder in seinen Erinnerungen auf.

Es war ein kalter Wintertag gewesen, als sie die Familiengruft öffneten, um das Jahresfest zu feiern. Sein Vater war im Winter zuvor verstorben, ein Fieber hatte ihn dahingerafft. Drei Tage lang hatte man ihn aufgebahrt, bevor er zu Grabe getragen worden war. So gut erinnerte er sich an diese Gruft. An den Geruch von Fäulnis und vertrockneten Blumen. Seine Onkel und älteren Brüder hatten die Steinplatte vom Grab gehoben. Direkt neben ihnen hatte er gestanden. Wäre er doch nie dort gewesen! Die Finger seines Vaters hatten wie verkrümmte Krallen ausgesehen. Seine Nägel waren zersplittert, das Fleisch bis auf die Knochen abgeschürft.

Die Leichen in den Steinsärgen ihrer Familiengruft verfaulten nicht. Sie trockneten langsam aus. Wenn man die Särge öffnete, sah man in hagere Gesichter.

Im Gesicht seines Vaters hatte sich all der Schrecken erhalten, der sein Herz im Augenblick des Todes ausgefüllt hatte. Bis zuletzt hatte er versucht, die schwere Steinplatte zur Seite zu schieben. Und niemand hatte ihn in der abgelegenen Gruft schreien hören.

Seitdem hatte Louis panische Angst davor, lebendig begraben zu werden. Er war ein guter Ritter. Ein tapferer Kämpfer. Er fürchtete nicht den Tod … Wieder drückte er gegen die Holzwände der engen Kiste. Warum erinnerte er sich an nichts mehr? Wie war er hierher gelangt?

»Bruder Louis!«

Sein Herz machte einen Satz. Sie hatten es bemerkt. Er war gefunden worden. »Hier«, rief er. »Hier!«

»Bruder Louis, schnell!« Jemand packte seinen Arm und schüttelte ihn. Der Ritter schlug die Augen auf. Ein schattenhaftes Gesicht beugte sich über ihn. »Schnell, Bruder. Sie wollen uns die Ruderer rauben!«

Louis brauchte einige gehetzte Atemzüge lang, um zu sich zu finden. Das dunkle Zimmer ... die vertraute Stimme der Schattengestalt. Er war im Arsenal der Ordensflotte. Alles war nur ein Traum gewesen! Nur ein Traum ...

»Was ist los?«

»Die Wachen des Erzverwesers haben unser Quartier umstellt.«

»Was?« Das ergab keinen Sinn. Er hatte damit gerechnet, dass Lilianne irgendeine Verzweiflungstat wagen würde. Deshalb waren die Geschütztürme an den Hafenausfahrten bemannt. Aber der Erzverweser ... Das ergab keinen Sinn!

Hastig schlüpfte Louis in seine Hose und griff nach dem Rapier. Der steinerne Boden war eiskalt. Für die Stiefel war keine Zeit. Die Kälte würde die letzten Erinnerungen an seinen Traum vertreiben.

Er folgte seinem Ordensbruder die enge Treppe hinab. Der schwefelige Gestank schwelender Arkebusenlunten hing in der Luft. Der Geruch von nahem Unheil.

Louis war mit seinen Männern in einem alten Turm einquartiert. Es gab nur eine enge Tür und keinen weiteren Eingang. Die Schießscharten waren zu schmal, um einen Mann hindurchzulassen.

Seine Soldaten und Ordensbrüder hatten sich im Erdgeschoss versammelt. Viele waren augenscheinlich gerade erst aus dem Bett gekommen. Er entdeckte die fünf Wachen, die bei dem Quartier der Ruderer hätten sein sollen.

Louis drängte an den Männern vorbei zur Tür des Turms. Keine zwanzig Schritt entfernt stand eine Reihe von Arkebusenschützen. Sie hatten die Läufe ihrer schweren Waffen auf Gabelstöcken aufgestützt und zielten auf den Eingang. Am äußersten Rand der Schützenreihe stand Lionel le Beuf, der Hauptmann der Leibwache des Erzverwesers. Ein Kerl mit vernarbtem, hartem Gesicht, ein ehemaliger Söldnerführer. Louis hatte nie begriffen, warum sich der Erzverweser mit solchem Abschaum umgab. Er hätte auch Truppen des Ordens haben können, gut ausgebildete und gottesfürchtige Krieger.

»Bleibt im Turm!«, rief le Beuf herüber.

Die Ruderer marschierten in langer Kolonne aus dem Arsenal. Neben der Schützenlinie waren Männer in Lederschürzen damit beschäftigt, Steine heranzukarren. Überall auf dem weiten Platz des Arsenals waren Fackeln aufgestellt worden. Die Söldner hatten gute Sicht.

Etwas abseits entdeckte Louis die verdammte Komturin. Keiner der Söldner war in ihrer Nähe. Sie wirkte ausgegrenzt. Und dennoch war Louis sich sicher, dass sie hinter alldem steckte. Sie hatte die Arme vor der Brust verschränkt und beobachtete das Geschehen.

Jetzt wurden Leitern auf den Hof getragen.

»Du lehnst dich gegen den Befehl der Heptarchen auf!«, rief Louis dem Söldner zu.

»Nein. Ich befolge nur die Befehle meines Herrn. Über mehr muss ich nicht nachdenken.«

»Du wirst ...«

Einer der Schürzenträger trat an den Söldner heran. Sie besprachen etwas. Louis wünschte, er hätte es verstanden.

»Holt eure Brustplatten und Helme«, befahl er entschieden. »Und bringt mir meine Rüstung. Wir dürfen nicht dulden, dass diese Männer auf die *Windfänger* gelangen. Das Schiff darf den Hafen nicht verlassen.«

Le Beuf hob sein Rapier und winkte. »Es werden jetzt Maurer zu deinem Turm kommen. Lass sie unbehelligt. Sie führen nur die Befehle des Erzverwesers aus. Wie viele Männer hast du dort drinnen?«

Louis schüttelte den Kopf. »Du glaubst doch nicht wirklich, dass ich dir das verrate!«

»Wie du meinst. Ich wollte nur, dass ihr genug Lebensmittel bekommt. Der Heptarch möchte, dass es euch gut geht in eurem Turm. In einer Woche werden die Mauern wieder aufgebrochen werden.«

»Was meint er damit?«, fragte der Krieger an Louis' Seite.

Der Ritter machte eine knappe Bewegung, um den Kerl zum Schweigen zu bringen. Er hatte keine Ahnung.

Männer mit Handkarren voller Steine kamen auf den Turm zu.

Louis hörte das Klappern von Rüstungen. Seine Krieger machten sich bereit. Sein Mund war trocken. Er drehte sich um, streckte die Arme vor und ließ sich in seinen Kürass helfen. Es war eine gute Rüstung. Wahrscheinlich würde sie die Arkebusenkugeln abhalten. Die Brustplatte war schwerer und besser verarbeitet als die Rüstungen seiner Männer. Natürlich konnte er Pech haben und im Gesicht getroffen werden …

»Linker Flügel, links schwenkt! Marsch!«, kommandierte der Söldner des Erzverwesers.

Ein Teil seiner Arkebusenschützen marschierte ab. Hinter ihnen waren zwei Feldschlangen in Stellung gebracht worden. Die Mündungen der bronzenen Geschützrohre wiesen auf die Tür des Turms. »Denk nicht einmal darüber nach,

Ritter! Ihr bleibt im Turm, oder ihr verreckt hier auf dem Pflaster. Meine Befehle sind eindeutig!«

Würde er das wirklich tun?, fragte sich Louis. Zögernd strich er über den Korb seines Rapiers. Aus den Augenwinkeln sah er, wie Leitern an seinen Turm angelegt wurden. Waren sie verrückt? Sie mussten doch wissen, dass niemand durch die Schießscharten fliehen konnte. Ein Eimer wurde an einem Seil hochgezogen. Handwerker reichten Steine nach oben. Louis sah ihnen fassungslos zu. Er wollte nicht wahrhaben, was da geschah. Das durfte nicht sein!

»Die mauern uns ein«, sagte jemand hinter ihm. Dann herrschte beklommene Stille.

Louis spürte, wie sich Schweiß in seinen Handflächen sammelte. Er dachte an den Traum. Sein Herz schlug schneller. Gleichzeitig wurde ihm die Kehle eng, als würge ihn eine unsichtbare Hand.

Er schob die Rechte in den Korb seines Rapiers. Würde le Beuf wirklich schießen lassen? Das konnte er doch nicht tun …

»Die *Windfänger* hat die Pest in die Stadt gebracht!«, rief der Söldner herüber. »Der Erzverweser hat befohlen, das Schiff hinaus auf die offene See zu schicken. Soll sich dort ihr Schicksal erfüllen. Jeder, der sich einem Mannschaftsmitglied auf mehr als zwei Schritt genähert hat, steht unter Quarantäne. Die Pest ist im Blut und im Atem der Kranken. Ihr macht die Luft um euch krank. Deshalb werden Tor und Schießscharten mit Mauern verschlossen. In einer Woche komme ich wieder und lasse einen Stein aus der Mauer brechen. Wenn bis dahin keiner von euch gestorben ist, dann werden wir die Mauer einreißen. Jetzt nenn mir die Namen der Männer, die bei dir sind. Und in einer Woche will ich jeden verdammten Kerl, den du da bei dir hast, vor dem Loch in der Mauer antreten sehen. Wenn nur einer fehlt, dann bleibt ihr für immer im Turm.«

Louis wollte etwas sagen, doch ihm versagte die Stimme. Eingemauert! Lebendig begraben ... Nein, das könnte er nicht ertragen. Kalter Schweiß stand ihm auf dem Leib. Nicht das! Seine Hand krampfte sich um den Griff des Rapiers. Er könnte nicht im Turm bleiben!

Der Ritter trat einen Schritt vor.

»Bleib stehen!«, rief der Söldnerführer scharf.

Louis sah, wie mehrere Arkebusenschützen die Waffen auf ihn ausrichteten. Sie hoben ihre glimmenden Lunten dicht über die Pulverpfannen. Er würde lieber erschossen werden als lebendig begraben. Louis biss die Zähne zusammen. Dann rannte er los.

»Feuert!«

Rauchfahnen schossen aus den Mündungen und ließen die Schützen hinter dicken, grauen Schleiern verschwinden. Etwas traf Louis' Kürass und ließ ihn dröhnen wie eine Glocke. Unter der Wucht des Treffers taumelte der Ritter zurück. Ein sengender Schmerz griff nach seinem Oberschenkel. Er wurde nach hinten gerissen und spürte warmes Blut seine Hose tränken. Das infernalische Fauchen einer Feldschlange löschte alle anderen Geräusche. Ein heißer Luftzug strich über Louis hinweg und zerrte am Stoff seiner Hemdärmel und an seinen Haaren. Schreie. Ein dumpfer Aufschlag. Noch einer! Die Kanonenkugel musste ihren Weg durch das Tor des Turms gefunden haben und prallte innen als Querschläger von den Wänden ab.

Louis versuchte, sich auf sein Rapier zu stützen und wieder hochzukommen.

»Zweites Glied vor!«, erklang die ruhige Stimme des Söldners, als sei all dies nur eine Übung auf dem Exerzierplatz.

Louis sah Schatten von Männern aus dem Rauchschleier treten.

»Die Gabeln nieder!«

Mit scharfem Klacken schlugen die eisernen Gabelfüße auf das Pflaster.

»Legt an!«

Arkebusen senkten sich.

»Zurück in den Turm!«, rief le Beuf.

Louis wurde bei den Armen gepackt und nach hinten gezogen. Er wollte sich losmachen, doch seine Kraft reichte nicht. Er sah die breite Blutspur, die er auf dem im Fackellicht rötlich schimmernden Pflaster zurückließ.

»Nein!«, stieß er gequält hervor. »Bitte!« Nicht in den Turm. Er wollte nicht in diese Gruft, in der sie lebendig eingemauert würden. Wieder hatte er das Bild seines Vaters vor Augen. Finger, deren Fleisch bis auf den Knochen abgeschürft war. »Nein!« Louis' Stimme klang jetzt heller. Wie die des Kindes, das vor siebzehn Jahren schreiend aus der Familiengruft geschafft worden war.

IN GOTTES HAND

Habe die Novizen Luc und Gishild dabei gestellt, wie sie heimlich auf das Rabendeck stiegen und sich an der Truhe Lilianne de Droys zu schaffen machten. Die Novizen schweigen sich darüber aus, was sie mit Liliannes weißem Raubvogel wollten. Mein Gefühl sagt mir, dass Gishild die treiben-

de Kraft hinter diesem Vergehen ist. Habe beide zu den Särgen in die Bilge gesperrt. Soll Lilianne über sie entscheiden.

* * *

Sie hat es geschafft. Lilianne bringt die Ruderer und Seeleute zurück. Im Triumph verlassen wir den Hafen. Die Wachtürme wurden von der Leibwache des Erzverwesers besetzt. Der Orden vom Aschenbaum ist gedemütigt! Hochstimmung an Bord. Die Ruderer singen, als wir Marcilla verlassen und gen Süden die offene See ansteuern.

* * *

Auffrischende Winde treiben schwere Dünung vor sich her. Die Windfänger stampft und rollt. Das Ruder ist kaum zu halten. Ich musste den Kurs ändern. Halten uns auf Kurs Südost. Die Küste ist nicht zu sehen, aber ich spüre sie. Sie wird nicht mehr als zwei Meilen entfernt sein. Zu nah, wenn ein Sturm von Süden aufzieht.

* * *

Lilianne war mehr als eine Stunde bei Gishild und Luc in der Bilge. Sie bringt die beiden Novizen mit an Bord. Sie dürfen an ihre Ruderbank zurückkehren. Luc ist sehr blass. Der schwere Seegang macht ihm zu schaffen. Der Wind hat etwas nachgelassen. Entfernen uns von der Küste. Tjured schützt!

* * *

Der Morgenhimmel klart nicht auf. Musste den Kurs auf Ost ändern. Wir segeln der Nacht entgegen. Die Ruder sind eingeholt, die Ruderlöcher verschlossen. Wir geben unser Leben in Gottes Hand. Eine Galeasse ist nicht dazu geschaffen, einen Sturm abzureiten. Welch eine Ironie, nach dieser Nacht von

List und Tapferkeit unser aller Leben erneut in Tjureds Hand zu geben. Und nun sind es allein Gebete, die das Schicksal noch wenden könnten. Ich versiegele die letzten Einträge in einer Flasche aus starkem Glas. So mag eines Tages doch noch Kunde von uns nach Valloncour gelangen, falls uns nun das Glück verlässt.«

**LOGBUCH DER WINDFÄNGER,
3. REISE, 11. NACHT VOR MITTSOMMER,
EINTRAGUNG DURCH: ALVAREZ DE ALBA, KAPITÄN**

DAS ENTZAUBERTE LAND

Regen trommelte auf die Plane. Ahtap konnte sich mit dem schweren, hölzernen Schandkragen um den Hals kaum bewegen. Zusätzlich hatten sie Bleibänder um seinen Hals, die Hand- und Fußgelenke gelegt. Seit diese Hunde ihn geschnappt hatten und er einem von ihnen eine Krötenhaut ins Gesicht gehext hatte, waren sie sehr vorsichtig mit ihm.

»Ich bin klein, aber gefährlich«, sang er leise vor sich hin, um sich Mut zu machen, aber es wollte ihm nicht recht gelingen. Die Wahrheit war, dass er klein und verzweifelt war. Immer wieder hatten sie ihn geprügelt und auf jede erdenkliche Weise gedemütigt. Eine Nacht lang hatten sie sogar einen räudigen Rüden in den Käfig zu ihm gesperrt. Seitdem saßen ihm Flöhe im Pelz. Er wusste, sie taten all das nur, weil er einen Fuchskopf hatte. Kindstier nannten sie ihn.

Verdammte Meute! Das Blei nahm ihm seine magische Kraft. Aber irgendwann mussten sie es ja abnehmen ... Bestimmt! Er wollte darüber nicht weiter nachdenken. Das war zu niederschmetternd.

Vielleicht würden sie auch seine Magie zerstören? Er war schon viele Tage in dem vergitterten Karren unterwegs gewesen, als es ihm zum ersten Mal auffiel. Wenn sie sich Städten oder größeren Siedlungen näherten, war das Land tot. Es hatte all seine Magie verloren! Die Welt der Menschen war nie mit Albenmark zu vergleichen gewesen. Sie war unendlich unvollkommener. Aber auch hier gab es Magie. Oder besser, es hatte sie einmal gegeben, denn diese Reise führte von einem entzauberten Ort zum nächsten. Sie hatten Wüsten erschaffen. Eine Welt, die des Wundersamen beraubt war. Und Ahtap hatte nicht die geringste Ahnung, wie sie das anstellten.

Wie lange seine Reise in dem vergitterten Wagen nun schon dauerte, konnte er nicht sagen. Längst hatte er aufgehört, die Tage zu zählen. Es waren gewiss schon etliche Monde vergangen, seit sie ihn im Rosengarten der weißen Frau gefangen genommen hatten. Und an allem war nur sein verdammter Aberglaube schuld! Wäre er bloß nicht zurückgekehrt, um seine Münze zu holen!

Der Lutin robbte zum Gitter. Wie ein Tier hielten sie ihn eingesperrt. Aber wenigstens zeigten sie ihn nicht herum. Über den Gitterwagen war eine schimmelnde alte Plane gezogen. Sie verbargen ihn. Anfangs hatten sie ihn sogar manchmal geknebelt. Aber das war ihnen schnell zu mühselig geworden. Stattdessen prügelten sie ihn mit langen Stecken, wenn er seine Zunge nicht im Zaum hielt. Sie hatten seinen Willen zum Widerstand fast gebrochen. Er würde nicht mehr herumgrölen und Spottlieder singen. Drei Zähne hatte ihn das gekostet ... Sollten sie nur denken, dass er sich fügte. Seine Stunde würde bald kommen. Er war ein Lutin. Er war es gewöhnt, einiges einzustecken. Sie würden schon noch sehen, wer hier zuletzt lachte!

Das Geräusch der Karrenräder änderte sich. Sie fuhren über Kopfsteinpflaster. Hatten sie eine Stadt erreicht? Aber sie hatten kein Tor passiert. Ahtap hatte keine Ahnung, in welche Gegend der Anderen Welt es ihn verschlagen hatte. Nicht, dass er sich dort wirklich gut ausgekannt hätte. Aber er wüsste schon gern, wohin er gebracht wurde. Vielleicht könnte er dann auch erraten, was sie mit ihm vorhatten. Kein Wort hatten sie dazu gesagt. Er war dankbar, noch unter den Lebenden zu weilen ... Doch je länger die Reise dauerte, desto mehr setzte sich in ihm die Überzeugung fest, dass sie ihm ein besonders grausames Schicksal zugedacht hatten.

Jetzt fuhren sie durch ein Tor. Das Geräusch der Räder wurde von Steinwänden zurückgeworfen. Ahtap versuchte einen Zipfel der nassen Plane zur Seite zu ziehen, doch der Schandkragen ließ ihn nur bis auf wenige Zoll an sie herankommen. So sehr er sich streckte, es half nichts.

Der Wagen hielt an. Hufschlag erklang. Noch immer trommelte Regen auf die Plane. Es roch nach Essen. Erbsensuppe. Ahtap lief das Wasser im Maul zusammen. Eine Ewigkeit hatte er nichts Warmes mehr zwischen die Zähne bekommen. Sein leerer Magen krampfte sich schmerzhaft zusammen.

Stimmen. Die Plane wurde gelöst. »Ein Fuchsmann?«, fragte jemand. »Ich hoffe, ihr habt ihn in Blei gelegt. Was ...« Die Stimmen entfernten sich wieder. Der Regen verschlang die Geräusche. Hunde schlugen an.

Ahtap zog sich in die Mitte des Käfigwagens zurück. Hunde machten ihm Angst. Er dachte an jenen Nachmittag während des Festes der Lichter, an dem ihm der dümmste Einfall seines Lebens gekommen war. Er konnte durchaus auf eine stattliche Liste von Dummheiten zurückblicken, und es war erschütternd, wie viele dieser aberwitzigen Einfälle er in die Tat umgesetzt hatte. Zum Beispiel, wegen der dämlichen verlorenen Silbermünze in den Rosengarten zurückzukehren. Es gab nur eine Sache, die das noch in den Schatten stellte. Er war damals betrunken und auch noch verliebt gewesen ... Das war der beste Nährboden für dumme Einfälle. Also suchte er eine Wahrsagerin auf. Eigentlich ging er nur zu ihr, weil es hieß, dass sie unglaublich schön sei ... Ahtap lächelte. Nein, natürlich wollte er damals wissen, wie seine Liebesgeschichte weitergehen würde. Aber er war auch neugierig, sie zu sehen. Es war eine Apsara, eine Wassernymphe aus der fernen Lotussee. Seine Neugier führte ihn in den Turm der mondbleichen Blüten. Die Apsaras liebten solche Namen ... Es war ein merkwürdiges Gebäude. Keine Fenster gab es dort. In der Tiefe des Steins konnte man tosende Feuer hören. Der Boden war heiß, die Luft stickig und schwül. Er stieg hinab zu den blütenbedeckten Teichen, deren Wasser beheizt wurde. Und dort, im Licht jadegrüner Barinsteine, beging er den verhängnisvollen Fehler, danach zu fragen, wie er sterben würde.

Die Apsara, die ihm weissagte, war tatsächlich atemberaubend schön. Jedenfalls so weit er das sehen konnte, denn sie stieg nicht aus dem Wasserbecken. Zwischen Blütenblättern schwimmend, forderte sie eines seiner Barthaare. Er musste drei Mal in eine goldene Schale spucken und einen Tropfen Blut in das Maul einer hässlichen Steinfigur geben. Dann tauchte die Apsara unter den Blütenblätterteppich. Sie war lange fort, und der Duft fremdartiger Öle, die ins Wasser geträufelt waren, machte Ahtap mit der Zeit ganz benommen. Endlich stieg die Apsara aus dem Becken. Ihr ganzer Leib war mit Bandag bemalt, seltsame Muster, die sich zu bewegen schienen, wenn er näher hinsah. Drei Fragen durfte er ihr stellen. Wäre ihm die dritte nur niemals über die Lippen gekommen!

Die wunderschöne Nymphe hatte ihm prophezeit, dass er eines Tages gefressen werden würde. Lange hatte Ahtap sich vorgemacht, dass dies nur dummes Gefasel sei. Aber die beiden anderen Prophezeiungen hatten sich erfüllt. Seitdem hatte der Lutin Angst. Vor Wölfen, vor Hunden, vor Haien und Bären. Vor großen Schwarzrückenadlern. Er wusste nicht, was ihn eines Tages fressen würde, aber er war überzeugt, dass sich auch die dritte Prophezeiung erfüllen würde. Er …

Die Plane wurde zur Seite gezogen. Ein alter Mann, ganz in Weiß, sah ihn prüfend an. Eine Narbe zerteilte sein Gesicht. Er hatte ein falsches Auge. Eine erbärmlich schlechte Arbeit! Sein langes Haar war nass und strähnig. »Ein Lutin, nicht wahr?«

»Hat man dir die Weisheit in den Kopf geprügelt? Das scheint zu helfen!«, entgegnete der Kobold schnippisch.

Er sollte lieber die Schnauze halten. Schon kam einer der Wagenknechte mit einer langen Stange herbeigeeilt, um ihn zu prügeln. Doch der Weißhaarige hielt ihn zurück.

»Das ist ein Lutin. Sie können nicht anders, als beleidigend zu sein. Leider sind sie nicht gut geeignet, um in Gefangenschaft gehalten zu werden. Sie sterben meistens schnell. Sie verkümmern, wenn sie nicht in Freiheit sind. Verschone ihn, er wird ohnehin nicht lange durchhalten.«

Das sagt er nur, um mir Angst zu machen, dachte Ahtap bei sich. Doch auch wenn er es durchschaute, konnten die Worte des Weißhaarigen ihre Wirkung nicht verfehlen.

»Wirst du Bruder Valerian sein hübsches Antlitz zurückgeben?«, wollte der Alte wissen. »Es macht ihm sehr zu schaffen, wie er aussieht. Ich würde dir dafür eine angenehme Unterkunft überlassen und dafür sorgen, dass du Mahlzeiten nach deinen Wünschen bekommst.«

»Aber ich bin euch doch schon entgegengekommen, als ich ihn von der Untugend der Eitelkeit heilte.«

Der Alte blinzelte mit seinem gesunden Auge. »Ich sehe schon, mit dir ist wenig anzufangen. Aber vielleicht überlegst du es dir noch anders, wenn wir uns wirklich bemühen, dich zu überzeugen. Bruder Valerian?«

Der Ritter, der ihn gefangen genommen hatte, trat an den Wagen. Unförmige, übereinander wuchernde Warzen bedeckten sein Gesicht.

Seine Augen waren mit einem schleimigen, weißen Belag überzogen. Ahtap wusste, dass der Ritter kaum noch sehen konnte. Mehrmals hatte er beobachtet, wie Valerian unsicher herumtappte.

»Bruder Valerian«, sagte der Alte. »Unser Gast hat sich für die ungemütlichere Unterkunft entschieden. Du weißt, wohin er gebracht wird.«

Der Ritter sah niedergeschlagen aus.

»Ich kann nicht sagen, dass es mir ein Vergnügen war, dich kennengelernt zu haben, Lutin. Ich vermute, deine Wahl wird verhindern, dass wir uns noch einmal wiedersehen. Schade, ich hätte gern mit dir geredet. Ich bin sicher, wir beide hätten uns sehr viel zu erzählen gehabt.« Er zuckte mit den Schultern. »Deine Entscheidung. Eigentlich liegt es mir nicht, grausam zu sein.«

Das war nur Gerede, sagte sich Ahtap erneut. Von Worten allein würde er sich doch nicht einschüchtern lassen. Worte waren billig!

Der Käfigwagen wurde geöffnet. Zwei grobschlächtige Kutschknechte zerrten ihn heraus und führten ihn über einen von Fackeln erleuchteten Hof. Es regnete so stark, dass der Lutin völlig durchnässt war, als sie ihn eine Kellertreppe hinabzerrten.

Sie brachten ihn in einen Gang, der nach feuchtem Stein roch. Und nach Pisse. Schwere Holztüren mit rostzerfressenen Eisenbeschlägen säumten ihren Weg. Doch da war ein Geruch, den er nicht in einer Burg der Menschen erwartet hätte. Er wurde stärker …

Sie hielten vor einer ungewöhnlich großen Tür. Valerian öffnete das schwere Schloss. »Willst du mir nicht doch mein wahres Gesicht zurückgeben?«, fragte der Ritter plötzlich. »Du musst dann nicht dort hinein.«

Ahtap hatte den Verdacht, dass der Kerl ihn schon allein aus Rache in dieses Verlies stecken würde. Ganz gleich, ob er den Zauber rückgängig machte oder nicht. Nur solange er etwas von ihm wollte, würde der Ritter freundlich bleiben. Vielleicht konnte man ihn ja hereinlegen. »Ich fürchte, ich bin zu sehr von der Reise geschwächt, um jetzt einen Zauber wirken zu können. Vielleicht wenn ich ein warmes Bad genießen könnte … Und ein paar Tage in einem sauberen Bett. Vernünftiges Essen wäre auch eine Hilfe. Versteh mich nicht falsch … Ich würde dir ja helfen, aber im Augenblick kann ich nicht.«

Der Ritter schnitt eine Grimasse. »Natürlich.« Dann öffnete er die Tür. Atemberaubender Gestank quoll aus der Finsternis des Kerkers.

Ahtap wich einen Schritt zurück und stieß gegen einen der Fuhrknechte.

Valerian kniete vor dem Kobold nieder. Dem Krieger standen Tränen in seinen schleimbedeckten Augen. »Bitte, erlöse mich. Du musst dort nicht hinein. Mein Wort als Ritter Gottes.«

Ahtap hob die mit Bleibändern gefesselten Arme. »So kann ich nicht zaubern. Du musst sie mir abnehmen.«

»Tu das nicht, Herr!«, mahnte einer der Fuhrknechte. »Der lügt doch, wenn er nur seine Schnauze aufmacht. Am Ende wird er auch uns verzaubern oder noch schlimmeres Unheil anrichten. Du darfst ihm das Blei nicht abnehmen!«

Valerian sah ihn durchdringend an. War es, weil er ihn kaum noch erkennen konnte? Oder hoffte der Mensch, etwas in seinen Zügen zu entdecken, das ihm erlaubte, ihm zu vertrauen? Ahtap dachte daran, wie der Kerl seinen Glücksbringer zerstört hatte. Eigentlich passte das neue Gesicht gut zu ihm!

Valerian stieß ihn in den Kerker. Hatte der Kerl bemerkt, was er dachte? Die schwere Tür schloss sich. Ahtap war gefangen in Finsternis und Gestank. Weit entfernt, so kam es ihm vor, glomm ein winziges Licht. Ein lang gezogener, röchelnder Laut erklang. Dann herrschte wieder Stille.

»Wer da?«

Er bekam keine Antwort. Langsam ging er dem Licht entgegen. Noch zwei Mal rief er vergebens. Er war sich darüber klar, was hier eingesperrt war. Der Gestank war ihm vertraut. Ahtap hatte keine Angst vor Trollen. Seit der Eroberung von Burg Elfenlicht verband Trolle und Lutin eine tiefe Freundschaft. Gut, es war schwer, ihren Gestank auszuhalten, und sie hatten auch sonst ein paar unangenehme Eigenarten, aber fürchten musste man sie nicht. Was immer sich die Menschen gedacht hatten, als sie ihn hier hinein gesperrt hatten, Angst machte ihm der schnarchende Troll nicht. Ganz im Gegenteil! Es war gut, nicht mehr allein zu sein.

»Heh! Aufwachen!«

Der Kerker war nicht ganz so groß, wie er erwartet hatte. Er hatte sich verschätzt. Das Licht war kaum mehr als ein Glutfunken auf einem Docht. Die massige Gestalt, die neben der Öllampe hingestreckt lag, rührte sich endlich.

Ahtaps Augen hatten sich ein wenig an die Dunkelheit gewöhnt. Seinen Zellengenossen konnte er nun deutlicher erkennen. Der Troll sah erbärmlich aus. Sein Leib war bedeckt mit schwärenden Wunden. Arme und Beine waren wenig mehr als Haut und Knochen. Um den Hals trug er ein breites Band, offenbar aus Blei. Warum hatte er es nicht abgerissen? Seine Kräfte mussten dazu doch leicht ausreichen.

Das Schnarchen war verstummt. Jetzt war da ein anderes, gurgelndes Geräusch. Es hatte etwas Beunruhigendes an sich.

»He, Kamerad«, sagte Ahtap. »Gut, mal wieder ein ehrliches Gesicht zu sehen.« Ein ziemlich dämlicher Spruch, dachte er, wenn man einen geschundenen Rücken ansah und sonst nichts.

In den Fleischberg kam Bewegung. Der Troll richtete sich mit einem Seufzer auf und drehte sich zu ihm um. Kleine schwarze, mitleidlose Augen musterten ihn.

»Du riechst lecker«, stieß die Kreatur in der blaffenden Sprache seines Volkes hervor.

Ahtap war schon auf sehr unterschiedliche Weise begrüßt worden, aber so etwas hatte noch niemand zu ihm gesagt.

»Du erinnerst dich … Wir waren immer gute Verbündete, die Trolle und die Lutin. Damals, beim großen Kriegszug zur Burg Elfenlicht.«

»Bin nicht so alt«, sagte der Troll träge. Sein Gesicht sah zum Fürchten aus. Eine teigige graue Masse. Die Nase eine plattgedrückte Knolle ohne rechte Form. Geifer troff ihm von den Lippen. Er riss das Maul auf. Das viel zu große Maul ... Und gähnte. Warmer Atem schlug Ahtap entgegen. Es stank, als habe der Kerl ein halb verrottetes Schwein im Schlund stecken.

»Du kommst zum Essen.«

»Äh ...« Der Lutin wich ein Stück zurück. »Nein ... eigentlich nicht.«

»Lecker ... frisch ... saftig ....«

Ahtap wusste, dass er einen Troll nicht im Laufen schlagen konnte, aber er wandte sich trotzdem ab und rannte, was seine Beine hergaben.

Sein Zellengenosse richtete sich nur halb auf. Er bewegte sich seltsam ruckartig. Ahtap hatte längst die Tür erreicht, während die hünenhafte Gestalt sich nur langsam vorwärts mühte. Das linke Bein des Trolls war verschwunden. Dicht unterhalb des Knies.

»Lecker frisch«, stöhnte das Ungetüm und drängte vorwärts. Seine Bewegungen wurden von einem leisen Klirren begleitet. Ein Geräusch schleifenden Metalls erklang. Wurde die Tür geöffnet?

Nie wieder würde ein dummer Spruch über seine Lippen kommen, wenn die verdammten Menschenkinder ihn jetzt hier herausholen.

Unwillkürlich dachte er an seinen Besuch im Turm der mondbleichen Blüten. Die verdammte Prophezeiung. Das war nicht richtig! Ein Hai, ein Wolf ... ja. Aber er konnte doch nicht von einem Verbündeten gefressen werden!

Der Troll hatte ihn fast erreicht. Er streckte seine riesige Hand nach Ahtap aus. »Wir lecker frisch essen. Jetzt!«

DER VERLORENE RITTER

Alles war anders gekommen, als sie sich vorgestellt hatte. Gishild war bis auf den letzten Faden durchnässt. Sie saß am Ruder und pullte. Es waren langsame, erschöpfte Bewegungen. So wie bei allen anderen. Die *Windfänger* sah zum Erbarmen aus, und ihre Mannschaft war in keiner besseren Verfassung. Sie waren dem Tod enteilt. Aber es war knapp gewesen. So knapp, dass sein Schatten ihnen noch lange folgen würde. Galeassen waren nicht geschaffen für Sturmfahrten auf hoher See. Es waren schnelle, wendige Küstenschiffe, starke Waffen im Krieg. Aber dem Wüten der Elemente hatten sie wenig entgegenzusetzen.

Drei Tage hatten sie sich trotzig ihrem Schicksal entgegengestemmt. Der Sturm hatte siebzehn Mann in den Tod gerissen. Das Vorsegel war zerfetzt, ein Teil der Ruder zersplittert. Unablässig hatten sie an den Pumpen gestanden.

Gishilds Hände waren blutig. Die Schwielen waren aufgeplatzt. Jetzt lag das rohe Fleisch auf dem Holz der Ruderstange. Aber sie spürte den Schmerz kaum noch, so erschöpft war sie.

Das Schiff hielt auf den schmalen Spalt in der Felswand zu. Sie konnte die Windmühlen hoch über dem Hafen sehen. Nur wenige Schiffslängen trennten sie noch von Valloncour. Im Felskessel des Hafens dröhnten Glocken zu ihrem Empfang.

Eigentlich hatten die Novizen auf den ausgestreckten Rudern der Galeasse tanzen wollen, wenn sie in die verborgene Bucht einliefen. Alle hätten sehen sollen, wie geschickt sie geworden waren. Sie waren nicht mehr die Löwen, die keinen einzigen Sieg errungen hatten. Die Reise auf der *Windfänger* hatte sie hart gemacht. Daniel, einer der ihren, ruhte in einem der Bleisärge in der Bilge der Windfänger. Anne-Marie, das stille zurückhaltende Mädchen, hatte eine Hand an die Bronzeschlangen gegeben. Und sie war eine Heldin! Ihr Einsatz hatte das Schiff davor bewahrt, von einer gewaltigen Explosion zerrissen zu werden. Luc hatte sich als Heiler bewährt. Auch er hätte ein Held werden können. Doch weil er Gishild treu gewesen war, war er nun als Dieb gebrandmarkt.

Die *Windfänger* kämpfte sich durch die Hafeneinfahrt. Die Landungsstege waren gedrängt voll von jubelnden Menschen. Gishild sah, wie Luc sich besorgt umwandte. Er saß in der Bank vor ihr, so nah, dass sie seinen Rücken berühren könnte, wenn sie das Ruder losließ.

Er drehte sich um und lächelte sie an. Doch die Traurigkeit in seinen Augen wollte nicht weichen. Er wusste, dass er am Kai erwartet wurde.

»Es wird alles gut werden«, sagte er leise.

»Ja«, sagte sie, obwohl sie es besser wusste. Auch sie lächelte. Hundert Mal hatte sie sich gewünscht, dass sie ihn nicht dazu aufgestachelt hätte, mit ihr zu gehen. Was hatte er schon mit dem Adlerbussard zu schaffen! Sie hatte Luc nichts von Silwyna erzählt. Davon, wie die Elfe heimlich nach Valloncour gekommen war. Und Gishild hatte auch nicht davon gesprochen, wie verzweifelt sie sich herbeisehnte, endlich gerettet zu werden. Er hätte das nicht verstanden. Er ging darin auf, ein Novize zu sein. Eines Tages zum Ritter des Ordens zu werden, war alles Glück, das er sich wünschte. Er würde sie niemals verstehen können.

Es war nicht gut, dass sie ihr Herz an Luc gehängt hatte. Es war dumm! Sie passten nicht zueinander. Und doch mochte sie es, wenn er sich umdrehte und sie anlächelte. Sie mochte es, wenn er sie verstohlen berührte. Und sie mochte die Vorstellung, dass er ihr Ritter war. Ein Ritter, wie sie nur noch in den alten Heldenliedern der Skalden vorkamen. Ihn zu lieben, war wunderbar romantisch, aber durch und durch unvernünftig.

Als Lilianne zu ihnen in die Bilge gestiegen war, hatten sie eine strenge Strafe erwartet. Doch die Ritterin hatte nur geredet. Sie hatte vor allem mit Luc gesprochen und gesagt, wie unendlich enttäuscht sie von seinem Verhalten sei. Ihre Worte waren schlimmer als Schläge gewesen.

Davon hatte Luc sich nicht mehr erholt. Eine Zeit lang hatte Gishild sogar den Eindruck gehabt, er würde es begrüßen, wenn die Windfänger mit Mann und Maus in den Fluten versänke. Wieder spähte er besorgt zum Ufer. Dann drehte er den Kopf und blickte plötzlich wie versteinert.

Gishild folgte seinem Blick. Unter einem Torbogen, etwas abseits des Gedränges der Schaulustigen, die sie willkommen heißen wollten, wartete ein Trupp Reiter. Es waren Pistoliere in schwarzen Rüstungen. Nicht die glänzenden Ritter, die hierher kamen, um die neuen Anwärter auf die Novizenschaft hinauf zur Ordensburg zu geleiten. Sie waren Gefangenenwärter.

Die Galeasse schwang herum. Nun mischten sich auch Fanfarenklänge unter das Glockengeläut. Sie hatten einen ganzen Jahrgang Novizen gerettet. Wären sie nicht nach Marcilla gesegelt, wäre dort nur wenige Tage später die Flottille mit den Anwärtern auf die Novizenschaft eingelaufen. Und niemand zweifelte daran, dass sie dasselbe Schicksal erwartet hätte wie die *Windfänger*. Sie waren Helden. Doch das würde Luc nicht helfen.

So erschöpft die Ruderer und Seeleute waren, schlich sich doch ein Lächeln auf ihre Lippen.

»Ich werde zwei Tage lang nur schlafen«, sagte der stämmige Ramon, der neben Gishild saß. »Und endlich wieder etwas Warmes essen …«

»Ich werde nie wieder einen Fuß auf ein Schiff setzen!«, murrte Giacomo hinter ihr. »Diese Reise war genug für ein ganzes Leben. Und von Kanonen habe ich auch die Nase voll!« Er blickte hinauf zu Anne-Marie. Verstümmelt wie sie war, konnte sie nicht mehr rudern. Den Arm in der Schlinge, stand sie auf dem Laufgang über den Ruderbänken.

Die langen Wochen auf dem Schiff hatten die Blässe aus dem Gesicht des zierlichen Mädchens verbannt. Ihre Miene war verkniffen, die Lippen schmal. Sie bedachte Giacomo mit einem abfälligen Blick. »Ich mag Kanonen.« Sie hob den Armstumpf. »Das hier hat nur mit einem unfähigen Gießer zu tun. Ich werde die verdammt beste Richtschützin unseres ganzen Jahrgangs werden, das schwöre ich dir. Und ich werde dabei sein, wenn Kapitän Alvarez zum Schlangennest reitet, um sich den Gießer zur Brust zu nehmen, der hierfür verantwortlich ist.«

»Und dann?«, mischte sich Joaquino ein. »Wird es deiner Hand besser gehen, wenn man den Gießer bestraft? Rachsucht ist ein niederer Gedanke. Wahre Ritter sollten darüber erhaben sein.«

Anne-Marie verzog die Lippen zu einem abfälligen Lächeln. »Wenn ich mir nur ein wenig die Brust verbrannt hätte, würde ich vielleicht auch so hochtrabend daherreden. Aber ich werde nie mehr ein Rapier halten können. Meine Hand wird es mir nicht zurückbringen, wenn ich zusehe, wie der Gießer seine gerechte Strafe erhält. Aber mein Herz wird sich danach besser fühlen. Das weiß ich!«

»Ich finde, gegen Rache ist nichts einzuwenden«, bemerkte Raffael.

»Ja, ja. Pferde, Blutfehden und zwielichtige Wetten, das ist alles, was euch in Equitania interessiert«, sagte Joaquino.

»Genau!«, entgegnete Raffael ernsthaft. »Da Männer von Stand keiner Arbeit nachgehen, sind unsere Betätigungsfelder eingeschränkt. So war das schon immer. Und euch hat das nicht ärmer gemacht.«

Eisiges Schweigen senkte sich über die Gruppe der Novizen. Raffaels Wetten hatten sie zur unbeliebtesten Lanze in Valloncour gemacht. Sie wussten nur zu genau, dass sie vor allem deshalb auf die Galeere geschickt worden waren.

Und Gishild ahnte, dass die langen Wochen ihrer Abwesenheit wohl kaum genügt haben würden, um die Gemüter wieder zu beruhigen. Sie konnten froh sein, wenn der Spottname »Silberlöwen« das Einzige war, was davon blieb. Doch all das würde sie gern bis ans Ende ihrer Tage ertragen, wenn dafür die Reiter nicht wären, die auf Luc warteten. Sie würde sich anspucken, prügeln und verspotten lassen. Eigentlich war doch alles ihre Schuld. Er nannte sie seinen Nordstern, aber in Wahrheit war sie sein Unstern. Sie brachte ihm nichts als Unglück! Ihretwegen war er verprügelt worden. Ihretwegen hatte man ihn mit dem Adlerbussard erwischt. Allein wäre er niemals dort hingegangen. Und sie hatte auch den Verdacht, dass er sich vor allem ihretwegen so sehr angestrengt hatte, einen Sieg im Buhurt zu erlangen. Ganz gleich, wie: Zweifellos wäre er ohne sie besser dran.

Die Ruder wurden eingezogen. Das große Schiff schrammte an den dicken Taurollen entlang, mit denen die Pfähle des Landungsstegs umwickelt waren. Die Ebbe hatte schon vor mehr als zwei Stunden eingesetzt. Das Hauptdeck der Galeasse lag erheblich tiefer als der Steg. Blumengebinde wurden zu ihnen herabgeworfen. Nie hatte Gishild solch einen Empfang erlebt.

Die Gespräche der übrigen Novizen waren verstummt. Sie lächelten erschöpft und glücklich, aller Schrecken fiel von ihnen ab. Nur Luc saß mit zusammengesunkenen Schultern da. Stumm. Einsam.

Laufplanken wurden an Deck herabgelassen. Unter den Ruderern entstand Unruhe. Sie drängten auf das Hauptdeck. Kinder am Kai riefen Vätern zu. Frauen suchten mit ängstlichem Blick nach ihren Männern im Gewimmel an Bord.

Luc war sitzen geblieben.

Gishild stand auf und legte ihm die Hände auf die Schultern. »Ich bin bei dir, mein Ritter. Was immer geschieht.«

Er wandte sich zu ihr um und lächelte gequält. »Danke. Aber du wirst mir nicht helfen können. Ich muss ... Ich wusste, dass sie auf mich warten. Ich ...«

»Ich hätte dich nicht anstiften sollen!«

Er sah sie fragend an.

»Der Adlerbussard. Winterauge. Wir hätten nicht ...«

Er griff nach ihren Händen. »Nein, das ist es nicht. Es gibt da etwas anderes. Dem muss ich mich stellen.«

»Was?«

»Das kann ich dir jetzt nicht sagen. Es ist ... zu schwer.«

Gishild seufzte. Sie kannte ihn gut genug, um zu wissen, dass es vergebens wäre, weiter in ihn dringen zu wollen. Sie blickte hoch zum Kai, sah all die fröhlichen Menschen und hätte sie am liebsten davongejagt. Der Ruderer mit den tätowierten Armen, der Luc aus der brennenden Geschützkammer geholt hatte, hielt nun in jedem Arm ein kleines Mädchen, während ein Junge von vielleicht fünf Jahren auf seinen Schultern saß und ausgelassen winkte. Die zierliche Frau, die ihn umarmte und mit geschlossenen Augen ihr Gesicht gegen seine Brust drückte, hätte im Vergleich zu dem grobschlächtigen Seemann kaum verschiedener sein können.

Doch selbst von Ferne spürte man die innige Vertrautheit zwischen den beiden, so stark, dass Gishild sich wünschte, sie sähe auch so glücklich aus, wenn sie Luc umarmte.

Schwere Schritte ließen sie herumfahren. Lilianne stand über ihnen auf dem Hauptdeck. »Wir müssen gehen, Luc. Es ist besser, wenn sie dich nicht holen kommen. So erregst du weniger Aufsehen. Ich denke, das ist in deinem Sinne.«

Der Junge erhob sich ein wenig steif, den Kopf gesenkt. Er konnte Lilianne nicht ins Gesicht sehen. Aber er wirkte gefasst.

»Es ist meine Schuld!«, sagte Gishild. »Ich sollte bestraft werden.«

Die Ritterin sah sie überrascht an. »Es geht nicht um den Vogel. Nicht alles dreht sich um dich, Gishild. Lass ihn gehen! Mach es ihm nicht so schwer!«

Die Worte trafen sie völlig unvorbereitet. Sie verstand nicht …

»Komm, Luc«, sagte Lilianne schorff, um ihre eigenen Gefühle zu verbergen.

Luc stand auf. Er wollte schon hinaufsteigen zum Hauptdeck, als er es sich noch einmal anders überlegte und Gishild hastig in den Arm nahm. »Nimm das Rapier meines Vaters. Ich möchte es so. Ich weiß, bei dir wird es in guten Händen sein.«

»Komm, Luc!«, drängte Lilianne. »Sonst kommen sie, um dich zu holen, und alle werden es sehen.«

Er löste sich von ihr, ohne Kuss, ohne ein Wort der Liebe. Er stieg zum Hauptdeck hinauf.

»Ich liebe dich«, sagte sie leise.

Luc schien es nicht gehört zu haben. Mit gesenktem Haupt ging er neben der Ritterin her. Wohin? Was erwartete ihn? Worüber hatte er mit ihr nicht reden können?

Gishild erschauderte. Sie rieb sich die Arme. Es war eine Kälte tief in ihr, jene Kälte, die nahes Unheil ankündigte. Wenn er zu mir zurückblickt, wird alles gut werden. Dann werden wir ein glückliches Leben miteinander haben.

Sie folgte ihm mit ihren Blicken. Er stieg die steile Laufplanke zum Landungssteg hinauf. Nichts hatte er mitgenommen. Die Kälte in ihrem Bauch fraß sich tiefer. Man nimmt nichts mit, wenn man schnell zurückkommen wird, redete sie sich ein. Oder wenn man an einen Ort geht, an dem man nichts mehr braucht. Aber das Rapier ... Sie hatte oft gesehen, wie er die Waffe seines Vaters pflegte. Sie war ihm sehr wichtig. Er hätte sie niemals zurückgelassen! Aber das hatte er ja auch nicht ... Er hatte sie ihr anvertraut, weil sie bei ihr in guten Händen war. So etwas sagte man nicht, wenn man hoffte zurückzukehren.

Luc und Lilianne hatten den Trupp der wartenden Reiter fast erreicht.

»Bitte, dreh dich um!«, sagte Gishild laut. Sie merkte, wie sie von dem Deckoffizier und den Seesoldaten, die zurückgeblieben waren, angestarrt wurde, aber es war ihr egal. »Dreh dich um!« Sie musste sich das nur fest genug wünschen!

Einer der Reiter stieg ab und ging den beiden entgegen. Ein Pferd wurde für Luc gebracht. Lilianne wechselte ein paar Worte mit dem Anführer der Eskorte. Dann saßen sie alle auf, und der Trupp verschwand in einer dunklen Gasse zwischen den Lagerhäusern.

Gishild rieb sich die Arme. Fester und fester. Und sie sagte sich, es habe nichts zu bedeuten, dass er nicht noch einmal zu ihr zurückgesehen hatte. Das war doch nur ein dummes Spiel! Gar nichts besagte das! Doch die Kälte in ihr wollte nicht weichen.

DER TIERMANN

Leon legte die Hand auf den schweren Riegel und versuchte sich in Gedanken gegen das zu wappnen, was ihn erwartete. Dann öffnete er die Kerkertür. Der Tiermann lag auf der Schwelle zusammengekauert. Das Licht der Fackeln, die hinter Leon an der Wand brannten, schien ihn zu blenden. Er blinzelte.

Der Primarch wünschte, er könnte erraten, was in diesem Fuchskopf vor sich ging. Könnte in den Zügen dieses Tiermanns lesen, so wie er im Gesicht eines Menschen zu lesen vermochte. Und er wünschte, der verdammte Troll würde nicht so erbärmlich stinken! Der Geruch im Kerker war übelkeiterregend!

Leon betrachtete die riesige Gestalt, die lang hingestreckt auf dem Kerkerboden lag. Die riesigen Hände des Trolls waren keinen halben Schritt von der Türschwelle entfernt. Beängstigend nahe.

Aber Leon wusste, wie stark die eiserne Fessel am Bein des Trolls war. Und wie lang die Kette, die fest in der Wand verankert war.

Der Troll barg keine Gefahr. Nicht, solange er an der Schwelle stehen blieb.

»Willst du dich für die Art entschuldigen, wie ihr Gäste unterbringt, Weißhaar?«

»Glaubst du, mit frechen Sprüchen kannst du dir ein besseres Quartier verdienen?«, entgegnete Leon. Welch ein Zerrbild von Gottes Schöpfung diese Kreatur doch war. Übler noch als der Troll! Halb Mann, halb Tier, das waren die Schlimmsten. Leon war schon Pferdemännern begegnet, einmal auch einem Stiermann. Und er wusste aus den alten Schriften über das verfluchte Albenmark, dass es noch viele andere dieser grässlich verzerrten Geschöpfe gab.

»Du sprichst unsere Sprache gut, Fuchsmann.« Leon musste sich große Mühe geben, damit seine Verachtung nicht allzu deutlich aus seiner Stimme herauszuhören war.

»Das ist wichtig für einen Späher!« Der Fuchsmann streckte sich und spielte ihm vor, dass es sehr gemütlich war auf der Türschwelle. »Ich bin ein guter Späher.«

»Gute Späher lassen sich nicht so leicht gefangen nehmen.«

Der Fuchsmann starrte ihn an. Verdammtes Tiergesicht! Nichts ließ sich davon ablesen, nicht einmal von den rehbraunen Augen.

»Frag mal das Krötengesicht, ob er der Meinung ist, dass es leicht war, mich zu fangen.«

Leon musste unwillkürlich lächeln. Der kleine Schweinehund hatte Mut und ein lockeres Mundwerk. Sogleich riss er sich wieder zusammen. Er durfte sich nicht dermaßen gehen lassen!

»Ich finde, sein neues Gesicht passt besser zu seinem Charakter«, setzte der Tiermensch nach.

»Findest du, dass dein Gesicht auch zu deinem Charakter passt?«, entgegnete Leon.

»Meinst du, es wird dir weiterhelfen, wenn ich jetzt ja sage? Glaubst du, wir denken dasselbe über den Charakter von Füchsen? Oder von Lutin? Könntest du überhaupt die Unterschiede in Fuchsgesichtern sehen? Ich wette, wenn du ein Dutzend Lutin hier im Kerker hättest, dann sähen wir für dich alle gleich aus. Du wüsstest nie sicher, wen du vor dir hast.«

»Ich belaste mich nicht mit spekulativen Problemen, Tiermann. Vielleicht haben wir hier noch ein paar andere von deiner Art. Vielleicht sogar Weibchen? Hier in der Zelle gibt es nur dich und diesen verrückten, stets hungrigen Troll. Ich werde dich schon nicht verwechseln.« Der Fuchsmann hatte mit einem seiner Ohren gezuckt, als er von dem Troll gesprochen hatte. Vielleicht sollte er an dieser Stelle noch einmal ansetzen.

»Der Troll hier ist ein ziemlich übler Geselle.«

»Ach, findest du? Wir Lutin verstehen uns seit jeher ganz ausgezeichnet mit Trollen. Unsere Völker verbindet eine tiefe Freundschaft.«

»Deshalb liegst du hier auf der Schwelle, nicht wahr?«

Der Fuchsmann stieß ein kurzes, bellendes Lachen aus. »Nein, Menschensohn. Es ist nicht so, wie es scheint. Meinen Zellengenossen hat so tiefe Freude übermannt, als er mich sah, dass er mich in den Arm schließen und an sich drücken wollte. Nicht, dass ich mich davor gefürchtet hätte ... Trolle können erstaunlich feinfühlig sein, Weißhaupt. Aber der Mundgeruch! Bei aller Freundschaft zwischen unseren Völkern ist das etwas, womit wir nur schwer fertig werden. Denn wir Lutin haben eine besonders feine Nase. So habe ich mich ein wenig zurückgezogen, obwohl ich mich für diese unhöfliche Geste zutiefst schäme.«

»Was glaubst du, was ich von dir will?«, fragte Leon.

Der Fuchsmann kratzte sich hinter einem Ohr. »Wissen, was das Lieblingsparfüm meiner Königin ist?«

»Das kennst du?«

Die Frage schien den Fuchsmann aus dem Konzept gebracht zu haben. Er richtete sich halb auf. Dann stieß er wieder dieses bellende Lachen aus. »Jetzt hättest du es fast geschafft. Aber ich werde dir nicht verraten, wie nahe ich der Königin stehe. Glaubst du, sie würde jemanden, der sich mit ihren Parfüms und vielleicht noch mit anderen Geheimnissen auskennt, als Späher losschicken?«

»Meine Spitzel sind Männer, denen ich vertraue!«

Der Fuchsmann blinzelte. »Das beruhigt mich ungemein. Dann hat Albenmark von den Rittern der Bluteiche ja nicht viel zu befürchten. Besonders guten Spitzeln kann man niemals trauen! Das liegt in der Art ihrer Begabung begründet. Sie stecken ihre Nase in jedes Geheimnis. Gerade das macht sie zu guten Spitzeln.«

»Was glaubst du, was ich tun werde, um dir deine Geheimnisse zu entlocken?«

Der Fuchsmann gähnte. »Für gewöhnlich fällt euch Menschenkindern nichts anderes als Folter ein.«

»Für gewöhnlich hilft das.«

»Frag mal Krötengesicht, wie weit er mit Prügel gekommen ist.«

»Du bist also ein harter Kerl.« Der Lutin war kleiner als ein dreijähriges Kind. Leon konnte sich nicht vorstellen, dass der Fuchsmann wirklich lange durchhalten würde, wenn man ernsthaft versuchte, ihn unter der Folter zu befragen. Aber der Primarch war sich auch darüber im Klaren, dass er unendlich viel mehr erfahren könnte, wenn er einen anderen Weg fände, diese Missgeburt zum Reden zu bringen.

»Du meinst, ich sehe nicht aus wie ein harter Kerl? Was bist du eigentlich? Ein Priester? Wie ein guter Krieger siehst du jedenfalls nicht aus.«

»Warum?«

»Weil du offenbar Schwierigkeiten hast, Schwerthieben auszuweichen, wenn ich mir dein Gesicht so ansehe.«

Leon tastete nach dem Narbengewebe um sein Auge. »Das war nur ein schlechter Tag. Übrigens bin ich auch ein schlechter Folterknecht. Entweder man redet mit mir, oder man tut es nicht. Für Schweiger habe ich wenig Verwendung. Du hast zugegeben, ein Spitzel zu sein. Ich werde dich dafür hinrichten lassen. Und ich verspreche dir, es wird auf eine ganz besonders unangenehme Weise geschehen. In drei Tagen ist es so weit. Solltest du es dir anders überlegen und reden, verschone ich dich. Foltern werde ich dich nicht. Du kannst jetzt darüber nachdenken, was du bist. Ein Ehrenmann, der seine Geheimnisse mit ins Grab nimmt, oder jemand, der sein Leben höher schätzt als seine Loyalität. Ich bin gespannt, zu welchem Ergebnis du kommst, Fuchsmann.«

Leon zog die Tür zu. Als sie nur noch einen Spalt offen war, hielt er inne. »Du solltest noch etwas wissen. Dein Freund, der Troll, ist schon zu lange in diesem Kerker. Er ist verrückt geworden. Er fragt immerzu nach frischem Fleisch. Das mit dem Bein, das waren wir nicht. Das hat er sich selbst angetan. Niemand kann sagen, ob er so etwas noch einmal tun wird. Fühle dich auf der Schwelle also nicht allzu sicher. Es wäre klüger, nicht zu schlafen.«

»Das ist doch gelogen.«

»Frag ihn, wenn er wieder wach ist, ob er sich das Bein abgebissen hat, um sich den Mann zu schnappen, der ihm Essen in die Zelle gebracht hat. Und sieh dir genau seine Hände an. Wenn er erst einmal über dir ist, dann kannst du schreien, wie du willst, meine Ritter werden nicht schnell genug bei dir sein. Behalte ihn also gut im Auge. Rufe, sobald er sich an seinem Bein zu schaffen macht. Und vor allem, schlafe nicht!«

Leon zog die Tür zu. Jetzt würde sich zeigen, ob der Fuchsmann wirklich ein harter Bursche war.

DIE PRÜFUNG

Luc starrte in die Dunkelheit. Er kauerte an einer Wand, die Arme um die Knie geschlungen, und lauschte. Bald würde er wieder einen Tropfen fallen hören. Das war die einzige Abwechslung in seiner Kerkerzelle. In langen Abständen fielen Wassertropfen von der gewölbten Decke in eine flache Pfütze nahe der Tür. Zwischen zwei Tropfen konnte er bis einhundertsiebenunddreißig zählen. Mittlerweile hatte er auch ohne zu zählen im Gefühl, wann der nächste Tropfen fallen würde. Bald wäre es wieder so weit ... Jetzt! Ja.

Luc atmete schwer aus. Er wusste nicht, wie lange er schon in der Kerkerzelle saß. Kein Lichtstrahl fand seinen Weg hierher. Die klamme Kälte war ihm tief in die Knochen gekrochen. Immer wieder klapperten ihm die Zähne. Es gab hier nichts, keine Decke, kein Strohlager, nur feuchten Stein.

Er hatte Leon kurz gesehen, doch der Primarch hatte nicht mit ihm reden wollen. Er würde geprüft werden, das war alles, was Luc wusste. Und es würde um Leben und Tod gehen. Er hatte keine Ahnung, wann oder wo die Prüfung stattfinden würde. Wusste nicht, wie sie aussehen konnte. Sie wollten ihn zermürben. Nein, nicht sie ... Leon! Seit der Primarch den verdammten leuchtenden Stein bei ihm gefunden hatte, war er von kaltem Zorn erfüllt. Für ihn stand schon fest, dass Luc ein Wechselbalg war. Und er hatte wohl die meiste Erfahrung. Gab es da noch Hoffnung? Leon sah nicht aus wie ein Mann, der sich irrte. Sein Leben war erfüllt von Gewissheit. Und Lucs Leben war nur noch Zweifel.

Der Junge streckte sich. Dann rieb er die Hände aneinander, bis ihm ein wenig warm wurde. Wie lange war er wohl schon hier? Zweimal hatten sie ihm Essen gebracht. War er also zwei Tage im Kerker? Es kam ihm unendlich viel länger vor.

Einmal hatte Luc einen grässlichen Schrei gehört. Ein Wimmern, das immer lauter wurde und zuletzt in verzweifeltes Wutgebrüll umgeschlagen war. Er war sich sicher, dass diese Laute sich keiner Menschenkehle entrungen hatten. Sie hatten ihn zutiefst geängstigt. Er war ganz still. Vielleicht war es der Troll, dem sie im letzten Jahr begegnet waren. Gishild hatte überhaupt keine Angst vor diesem Ungeheuer gehabt! Anfangs hatte ihn das etwas beschämt. Jetzt war er stolz auf sie. Was wohl aus seinen Löwen werden würde? Ein dicker Kloß stieg ihm in die Kehle. Er hätte es gern erlebt. Sie würden sich jetzt besser schlagen im Buhurt. Ganz bestimmt!

Die Zeit auf der Galeasse hatte sie härter gemacht, geschickter und entschlossener. Sie hatten einen schrecklichen Preis gezahlt. Sie waren nur noch dreizehn. Der erste von ihnen hatte seine ewige Ruhe in ihrem Turm gefunden. Gewiss hatten sie ihn schon beigesetzt. Würde er selbst auch ein Grab im Turm erhalten? Oder würde es sein, als habe es ihn nie gegeben? Würde Leon seinen toten Körper einfach verbrennen oder ins Meer werfen lassen? Alles Andenken an Luc de Lanzac auf immer auslöschen, weil Wechselbälger es nicht verdienten, dass man ihrer gedachte?

Seine Kameraden würden ihn nicht vergessen, dachte Luc. In der Nacht, bevor die *Windfänger* Marcilla angelaufen hatte, hatten sie sich heimlich in der Geschützkammer versammelt. Sie wussten, welche Schmach sie erwartete, wenn sie nach Valloncour zurückkehrten. Alle Novizen erhielten nach ihrem ersten Jahr einen Wappenschild. Diese

Wappen erzählten ihre Geschichte. Da es nach einem Jahr nicht viel zu erzählen gab, würde es ein weißer Schild sein, auf dem sich die kahle rote Eiche auf der Herzseite und das Symbol der Lanze, der sie angehörten, auf der Schwertseite gegenüberstanden. Bei ihnen würde dort der rote Löwe prangen. Die Drachen würden eine schwarze Kette im Schild führen, die den Drachen und die Eiche voneinander trennte. Die Kette war ein Ehrenzeichen, das anzeigte, dass sie die beste Mannschaft im Buhurt gewesen waren. Bei ihnen aber, den 47. Löwen, wäre es ein schwarzes Ruder, das den Schild zweiteilte. Ein Schandmal, das jedem in der Neuen Ritterschaft verriet, dass sie auf der Galeere gewesen waren, weil sie keinen einzigen ehrlichen Sieg im Buhurt errungen hatten. Den Sieg des letzten Spiels hatte man ihnen zwar nicht ganz nehmen können, aber Leon hatte ihn vor der Abfahrt der *Windfänger* zu einem ehrlosen Sieg erklärt und aus der Rolle der Spielberichte streichen lassen.

Luc lächelte bitter. Der Primarch hatte ihn mit seinen Waffen geschlagen. Er hatte die Regeln des Buhurts so lange studiert, bis er einen Weg gefunden hatte, ihnen den Sieg aus dem letzten Spiel zu vergällen.

Aber in der Nacht in der Geschützkammer hatten sich alle Novizen der 47. Löwen geschworen, dass sie das schwarze Ruder in ihrem Schild, das sie bis ans Ende ihrer Tage begleiten würde, als ein Ehrenzeichen betrachteten.

Wenn er die Prüfung nicht bestand, dann wären sie nur noch zwölf, dachte Luc. Sie müssten jedes Spiel ohne Reserven beginnen. Nie würden sie gegen eine Lanze wie die Drachen bestehen. Nie würde eine Kette neben dem Ruder in ihrem Wappenschild erscheinen!

Verzweifelt lauschte Luc in sich hinein. Er wusste, dass das Schicksal längst entschieden hatte, wie die Prüfung ausgehen würde. Er hatte keinen Einfluss darauf. Alles war schon in ihm. Er konnte es nicht verändern.

Ihm war aufgefallen, wie Alvarez und Drustan ihn beobachtet hatten, als er sich um die Verwundeten gekümmert hatte. War er zu gut gewesen? Vielleicht wäre es klüger gewesen, den Verletzten weniger zu helfen? Nein ... Das wäre nicht klug, sondern schändlich gewesen! Ganz gleich, wie er gezeugt worden war, ganz gleich, welches Blut in seinen Adern floss, er war ein Ritter. Und ein Ritter musste immer sein Bestes geben. Seiner Herkunft war er ausgeliefert, dachte Luc, aber dass er sich stets bemüht hatte, sich ritterlich zu verhalten, das konnte ihm keiner nehmen ... Er lächelte traurig. Nein, er war nicht stets ritterlich gewesen. Ihren einzigen Sieg im Buhurt hatten sie sich wie Strauchdiebe gestohlen, aber dessen schämte er sich nicht. Diesen Schandfleck hätte er mit Stolz in seinem Wappen getragen.

Schritte hallten draußen auf dem Gang. War es Zeit zu essen? Er hatte Hunger. Den hatte er, seit er hier war. Seine beiden Mahlzeiten waren knapp bemessen gewesen.

Licht schimmerte durch den Spalt unter seiner Kerkertür. Der Riegel wurde zurückgeschoben. Wie Brandpfeile bohrte sich Fackellicht in seine Augen. Luc hob geblendet die Hand vors Gesicht.

»Luc de Lanzac, wir sind gekommen, dich zu holen und auf die Probe zu stellen. In dieser Nacht noch wirst du einer von uns werden, oder dein Leib wird im Wald in einer flachen Grube liegen, und wilde Tiere werden dein Aas fressen. Erhebe dich und folge uns nun!« Es war die Stimme von Leon, die diese Worte sprach. Kalt, ohne Hoffnung auf Gnade. Er hatte sein Urteil schon gefällt.

Luc stand auf. Noch immer musste er eine Hand vor die Augen halten. Blind tastete er sich der Kerkertür entgegen.

Jemand ergriff seinen Arm. »Komm, ich werde dich führen«, flüsterte Drustan ihm ins Ohr. »Sei tapfer, das kann er dir nicht nehmen. Du bist ein Löwe. Ich weiß das. Und für mich wirst du das immer sein, ganz gleich, was geschieht.«

Luc konnte ein leises Schluchzen nicht unterdrücken. Seine Beine zitterten. Das war die verdammte Kälte, redete er sich ein und wusste es doch besser.

Langsam ließ das Brennen in seinen Augen nach. Sie waren in dem Gang, in dem er einst dem Troll begegnet war. Honoré war bei ihnen. Auch Kapitän Alvarez und ein Ritter, den Luc nicht kannte. Sie alle trugen Rüstungen, als seien sie zum Kampf gewappnet. Von ihren Schultern hingen makellos weiße Umhänge. Respekteinflößend sahen sie aus. Die Rüstungen waren poliert und geölt. Das Fackellicht spiegelte sich im silbernen Metall. Goldene Sporen klirrten bei jedem Schritt auf dem steinernen Boden.

Jetzt bemerkte Luc, dass Leon mit einem Schwert gegürtet war. Als Einziger.

Eine Tür schwang auf. Dahinter lag eine Kammer, die sich kaum drastischer von dem Gang mit seinen nassen Wänden hätte unterscheiden können. Hier waren die Wände frisch gekalkt. Die Flammen von Öllämpchen tauchten die Kammer in einen warmen, gelben Schein. Hoch oben in der gewölbten Decke gab es ein rundes Fenster. Klares, helles Licht stieß in breiter Bahn hinab. Und dort, wo das Licht den Mosaikboden mit dem Blutbaum berührte, war ein Krankenlager. Ein Mann mit kurz geschorenem Haar und grauen Bartstoppeln ruhte dort. Sein Gesicht war angespannt. Falten zogen tiefe Furchen in die alte, sonnengegerbte Haut.

Ein Lederetui mit stahlblitzenden Klingen, Zangen, Sonden und anderen Geräten lag am Fußende des Betts.

»Dies ist Bruder Frederic«, erklärte Leon. »Du musst entschuldigen, wenn er dich nicht grüßt. Wir haben ihm Schlafmohn gegeben, denn er darf nicht sehen, was in dieser Kammer geschehen wird.« Diesmal war es Honoré, der sprach. Der Mann, der Luc in Lanzac auf den Scheiterhaufen hatte stellen wollen und der später in dem Ehrengericht nach dem verhängnisvollen Buhurt so entschieden für ihn eingetreten war.

Luc wusste nicht, was er von Honoré halten sollte. Der Ritter stützte sich schwer auf einen Gehstock. Er lächelte ihn an. War er wirklich ein Freund?

»Bruder Frederic hatte einen Unfall. Er gehört zu den Gevierten und ist ein sehr begabter Zimmermann. Gestern stürzte ein Baugerüst ein. Er hätte sich retten können, doch statt sich in Sicherheit zu bringen, hat er zwei Novizen geholfen. Sie sind ungeschoren davongekommen.«

Honoré trat an das Krankenlager. Seine Schritte wurden vom Klicken seines Gehstocks begleitet. Mit einem Ruck zog der Ritter die untere Hälfte der Decke zur Seite.

Luc zog sich bei dem Anblick der Magen zusammen. Ein spitzer, gesplitterter Knochen ragte aus Frederics Schienbein. Rings um den Bruch war die Haut dunkel verfärbt. »Ich hoffe, du kannst ihm helfen, Luc. Dies ist deine Prüfung. Heile dieses Bein! Wenn es dir nicht gelingt, dann werden wir es abnehmen müssen.«

Luc leckte sich nervös über die Lippen. Nie hatte er eine solche Wunde behandelt.

»Ich werde dir helfen«, sagte Honoré. »Zunächst müssen wir das Bein richten.«

Die Tür öffnete sich. Die übrigen Ritterbrüder verließen die Kammer. Alle bis auf Leon. Er zog sein Schwert, eine wunderschöne Klinge. Ein unregelmäßiges, blauschwarzes

Flammenmuster lief über den Stahl. Es war eine alte Waffe, viel breiter und schwerer als die Rapiere, mit denen man inzwischen focht. Eine Waffe, dazu geschaffen, die Feinde der Kirche zu zerschmettern.

»Knie neben dem Lager nieder!«, befahl Leon.

Luc gehorchte. Er konnte hören, wie der Primarch hinter ihn trat. Leon hob das Schwert. Luc sah dessen Schatten auf der weißen Decke des Krankenlagers. Und plötzlich hörte er ein seltsames Geräusch. Es schien geradewegs aus der Wand zu kommen. Wie mahlende Steine hörte es sich an und doch irgendwie anders. Es jagte Luc einen Schauer über den Rücken. Wieder blickte er auf den Schatten des Schwertes.

»Beachte den Lärm nicht und auch nicht das Richtschwert«, sagte Honoré leise und eindringlich. »Was geschehen wird, liegt allein in Gottes Hand. Tu dein Bestes. Hilf Bruder Frederic! Alles Übrige liegt nicht in deiner Hand, mein junger Freund.«

Luc sah Honoré an. Meinte er es aufrichtig? Luc vermochte nicht in dem schmalen, asketischen Gesicht des Ritters zu lesen. Honoré wirkte ausgezehrt, ohne schwach zu erscheinen, als werde er langsam von einem inneren Feuer verzehrt.

»Komm jetzt, Luc. Fangen wir an. Halt Frederic mit aller Kraft fest. Ich werde den Bruch richten.«

Selbst im Schlaf stöhnte der alte Ritter auf, als Honoré an dessen Bein zog. Luc drückte ihn fest auf das Lager nieder. Frederics Wunde hatte wieder zu bluten begonnen. Wie eine langsam sich öffnende Rosenblüte breitete sich ein roter Fleck auf dem schneeweißen Laken aus.

Luc beugte sich über das Bein. Er tastete über die Wunde und schloss die Augen. Wenn er nicht hinsah und sich allein seinen Händen anvertraute, konnte er die Verletzungen besser erspüren. Er verstand sie. Wusste, wie der Schaden beschaffen war.

Jetzt spürte Luc zerrissenes Muskelfleisch. Eine verletzte, kleinere Ader. Einen Knochensplitter, der noch im geschundenen Fleisch steckte.

Luc öffnete die Augen. Er nahm eine Pinzette aus dem Lederetui. Er wusste, wie er sie ansetzen musste, ohne noch mehr von dem gequälten Fleisch zu zerreißen. Ein Augenblick nur, und er bekam den Knochensplitter zu fassen. Vorsichtig zog er ihn aus der Wunde.

Obwohl er so behutsam vorging, wie er es nur vermochte, stöhnte der schlafende Ritter vor Schmerz.

Ängstlich sah der Junge nach dem Schatten des Schwertes. Es war hoch über sein Haupt erhoben.

Luc atmete schwer aus.

»Das hast du gut gemacht«, sagte Honoré. »Doch nun ist es an der Zeit, deine besondere Gabe zu nutzen.«

Das wollte er ja, aber der Schatten! Luc presste die Lippen zusammen und schloss dann die Augen. Er durfte nur noch an die Wunde denken. Er spürte das zerschundene Fleisch unter seinen Händen. Den Schorf von getrocknetem Blut. Hinter sich hörte er den Atem von Leon. Nicht an ihn denken! Nur die Wunde zählte jetzt!

Luc atmete langsam aus. Es war wie in einem Schwertkampf. Er musste entspannt anfangen, ohne Furcht. Sonst hätte er schon halb verloren.

Kalter Schweiß bedeckte seine Handflächen. Er zwang sich dazu, langsam und regelmäßig zu atmen. Er fühlte seinen Herzschlag. Es gab nur noch ihn und Frederic.

Luc spürte die Wärme an den Wundrändern. Bald würde sich die Verletzung entzünden. Dann gab es keine andere Rettung, als das Bein abzunehmen. Es lag nun buchstäblich in seiner Hand, ob Frederic ein Krüppel sein würde oder bald wieder auf zwei gesunden Beinen laufen könnte.

Luc wünschte, Tjured hätte ihm nicht diese geheimnisvolle Gabe verliehen. Sie brachte ihm nichts als Ärger. Doch jetzt war nicht der Augenblick, mit dem Schicksal zu hadern! Der Junge suchte nach der Kraft, die ihm erlaubte zu heilen, doch um ihn herum gab es nichts. Er machte etwas falsch … Schweiß trat ihm auf die Stirn. Er strengte sich erneut an. Er öffnete sich, bereit, alles aufzunehmen …

Sehr deutlich spürte er jetzt die Anwesenheit von Honoré und Leon. Obwohl er seine Augen geschlossen hielt, konnte er sie sehen. Die ganze Kammer konnte er sehen, so als schwebe er hoch unter der Decke. Aber die Kraft, nach der er suchte, die Kraft, die ihm erlauben würde, Frederics Bein zu retten, war nicht da.

Erneut schlich sich die Angst in Lucs Gedanken. Er dachte an das Schwert über seinem Nacken. Wie lange würde Leon noch warten? Er drückte seine Hände fester auf die Wunde, damit er nicht zu zittern begann.

Frederic stöhnte.

Der Junge biss die Zähne zusammen. Es musste doch … Da war etwas, links von ihm. Hinter einer dicken Mauer. Endlich! Er hatte sie gefunden! Luc atmete aus, und mit dem Atem floss die Angst aus ihm heraus. Seine Hände wurden ganz warm. Es war eine gute Wärme, ganz ohne Schweiß. Er konnte das Heilen der Wunde fühlen.

Und dann kam der Schrei. Plötzlich, ohne Vorwarnung. Ein Schrei, wie Luc ihn noch nie gehört hatte. Unglaublich laut und von einer Qual, die einem die Seele erzittern ließ. So musste es sich anhören, wenn Gott selbst einen Sünder strafte.

Luc öffnete die Augen. Er wollte sich schon umdrehen, da sah er den Schatten des Schwertes seinem Schatten auf der Decke des Krankenlagers entgegeneilen.

DER ERSTE GAST

Feiner Mörtelstaub tanzte im goldenen Sonnenlicht. Der Geruch von frisch gemähtem Gras lag in der Luft. Die Kanthölzer des Baugerüsts umstanden sie wie Ehrenwachen. Goldene Harztränen perlten aus den Herzen der toten Bäume.

Die Löwennovizen standen im Halbkreis um den offenen Steinsarg an der Nordwand ihres Totenturms. Sie hatten das Deckengewölbe im Erdgeschoss noch nicht einmal begonnen. Es gab keine Tür und keine Fenster. Der Boden war mit Holzspänen und Abfällen bedeckt. Alles war unfertig. Nur Daniels Leben war vollendet. Vor der Zeit.

In weiße Tücher gehüllt, lag er im steinernen Sarg. Auf seiner Brust ruhte sein Rapier, das nie in einem Kampf geführt worden war. Obwohl sich die Balsamierer alle Mühe gegeben hatten und der Leichnam in einem versiegelten Bleisarg zur Ordensburg gebracht worden war, war das Gesicht des Löwen eingefallen. Seine geschlossenen Augen lagen zu tief im Schädel, die leicht geöffneten Lippen hatten eine dunkle Farbe angenommen.

In zwei Feuerschalen neben dem Sarkophag glomm Weihrauch, doch vermochte sein Duft den Odem des Todes nicht zu besiegen. Es roch nach Fäulnis. Zu viele Tage waren vergangen, seit die *Heiliger Zorn* von ihrer Wut zerrissen worden war und glühende Bronzesplitter Daniels Leben ausgelöscht hatten. Niemand konnte den Geruch des Todes so lange im Zaum halten. Schon gar nicht zur Mittsommerzeit!

Gishild fühlte sich seltsam leer. Etliche ihrer Kameraden vermochten die Tränen nicht zurückzuhalten, während Drustan von Daniels Leben erzählte. Doch die Prinzessin starrte nur auf das eingefallene Gesicht, und sie hatte das Gefühl, das Einzige, was ihr von der Grablegung für immer in Erinnerung bleiben würde, sei der Aasgeruch, der den Turm erfüllte.

Drei Tage lang hatten sie unter der Anleitung von fünf Gevierten am steinernen Sarkophag für ihren Kameraden gearbeitet. Drei Tage, und doch war nur wenig mehr als die Hülle fertig. Hunderte Stunden würden sie noch mit Steinmetzarbeiten verbringen, um den unbearbeiteten Wülsten, die sich über die geglätteten Steinflächen erhoben, Efeu- und Lorbeerranken abzuringen. Nur der Wappenschild würde bleiben, wie er war. Eine scharf abgegrenzte Fläche. Leer.

Gishild hatte Daniels Tod überwunden, aber dass er in einem Sarg ohne Wappen ruhen würde, erfüllte sie mit Zorn. Es war nicht gerecht! Ein paar Tage noch, dann würde ihre Lanze ihr Wappen erhalten. Doch Daniel war zu früh gestorben. Sein Wappenschild würde weiß bleiben, für immer, obwohl er fast ein Jahr lang alle Mühsal mit ihnen geteilt hatte.

»… Daniel war still gewesen. Keiner, der mit einem Lächeln ein Herz eroberte.« Gishild sah, wie Drustan kurz in Raffaels Richtung blickte. Bernadette wurde rot. Und Raffael … Er lächelte. Die Prinzessin war überrascht, wie gut ihr Magister sie kannte. Joaquino hatte von alldem nichts bemerkt. Er war ein guter Anführer, aber manchmal war er erschütternd ahnungslos.

»Ich denke, viele von euch werden das Gefühl haben, ihn kaum gekannt zu haben. Nichts von ihm zu wissen. Ja, vielleicht werden einige sogar gedacht haben, besser er als ein anderer, der uns näher steht.«

Die Worte erschreckten Gishild. Es war, als habe Drustan in ihr Herz geblickt. Aber er sah sie jetzt nicht direkt an. Ob andere genauso gedacht hatten wie sie? Daniel war einfach da gewesen. Er hatte nichts Bedeutsames geleistet. Im Guten nicht und auch nicht im Bösen. Er war kein besonderer Fechter oder Schwimmer gewesen. Niemand, dem das Lernen auffallend leicht oder schwer gefallen war. Er war ein Name, ein Gesicht ... Aber er hatte keine tiefen Spuren in ihr hinterlassen, dachte Gishild. Er war wie sein Wappenschild: weiß, leer.

»Schämt euch keines eurer Gefühle«, sagte Drustan eindringlich. »Schämt euch nicht, wenn ihr glücklich seid, dass der Tod nicht zu euch gefunden hat oder zu jemandem, den ihr liebt. Schämt euch nicht, wenn ihr keine Tränen vergießen könnt. Ein ehrliches Gefühl ist niemals fehl am Platz, auch wenn es manchmal klüger sein mag, es nicht auszusprechen. Seid aufrichtig genug, keine falschen Tränen zu vergießen. Zeigt alle in dieser Stunde euer wahres Gesicht. Und glaubt mir, ganz gleich, was ihr jetzt empfindet, es wird der Tag kommen, an dem euch klar wird, welche Lücke Daniel hinterlassen hat. Auch wenn es euch nicht bewusst ist, wir alle sind wie ein großer Rosenbusch. Und Daniel ist eine Knospe, die nicht erblühen durfte. Er wird uns in unserer Schönheit fehlen. Mit ihm wären wir vollkommener gewesen.«

Plötzlich spürte Gishild einen Kloß im Hals. Sie dachte an Luc. Drei Tage lang war sie ohne Nachricht von ihm. Drei entsetzlich lange Tage. Jeden hatte sie nach ihm gefragt. Drustan, Michelle, Alvarez, ja, sie war sogar zu Lilianne gegangen, obwohl es ihr schwer fiel, der Ritterin seit dem missglückten Diebstahl des Adlerbussards in die Augen zu sehen. Aber niemand hatte eine Antwort für sie gehabt. Sie hatte sogar versucht, Leon zu erreichen, doch der Primarch hatte keine Zeit für sie gehabt.

Würde auch Luc eine Knospe sein, die ihrem Rosenbusch verloren ging? Seit sie ihn von Bord geholt hatten, hatte sie sich den Kopf zermartert, wie sie ihm helfen könnte. Und sie war immer nur zu einer Lösung gelangt: Leon war der Schlüssel. Er allein entschied, was geschah, ob Luc frei war oder in Ketten. Oder sogar Schlimmeres ...

Drustan hatte seine Totenrede beendet. Einer nach dem anderen traten sie nun an den offenen Steinsarg und nahmen mit ein paar geflüsterten Worten Abschied. Manche gaben ihm ein kleines Geschenk, eine Blume oder eine Münze.

Als Gishild an den Sarg trat, zog sie einen kleinen, gefalteten Zettel hinter ihrem Gürtel hervor. Gestern Nacht erst war ihr eingefallen, wie sie sich von Daniel verabschieden könnte. Sie hatte es Drustan gesagt, und er hatte ihr erlaubt, in seiner Kammer zu bleiben, während die anderen Novizen schliefen, ja, er hatte ihr sogar geholfen.

Gishild faltete den Zettel auseinander. Darauf war ein Wappenschild gemalt. Er zeigte einen roten, steigenden Löwen und gegenüber, auf der Herzseite, die Bluteiche des Ordens. Über beiden aber war ein breiter Balken auf dem Schild, und dorthin hatte Gishild das Bild eines explodierenden Kanonenrohrs gemalt.

»Du wirst nicht ohne Wappenschild in die Dunkelheit gehen«, sagte die Prinzessin leise. »Zumindest für mich nicht. Lebe wohl, Daniel, mein Löwenbruder.«

Sie trat zur Seite und fühlte sich erleichtert. Der Wappenschild auf dem Sarg würde leer bleiben, wie es die ehernen Gesetze des Ordens verlangten, aber sie hatte sich dieser Ungerechtigkeit nicht unterworfen. Vielleicht würde sie Daniels Gesicht mit den Jahren vergessen – auch das Bild ihres toten Bruders Snorri vermochte sie sich nicht mehr in allen Einzelheiten vorzustellen –, aber an das Wappen, das sie für Daniel entworfen hatte, würde sie sich immer erinnern!

Gishild trat zur Seite. Hinter ihr kam Raffael. Sie sah aus den Augenwinkeln, wie er ein schwarzes Holzpferd in den Sarg legte, und war erschüttert, wie kindlich ihr Kamerad sich aufführte. Ein Spielzeug als letztes Geschenk!

Raffael musste ihren Blick bemerkt haben. »Es ist nicht, wie du denkst«, raunte er ihr zu, als er an ihr vorüberging.

Sie hob fragend die Brauen, doch Raffael schüttelte den Kopf. »Nicht hier. Nicht in dieser Stunde.«

René war der letzte von ihnen, der von Daniel Abschied nahm. Gishild hätte jeden Eid geschworen, dass Drustan es so beabsichtigt hatte. Wenn er nicht gerade betrunken auf Stühle schoss, war ihr Magister ein Mann, der stets auf die Form bedacht war. Renés herausragende Eigenschaft war, dass jeder Schmutz vor ihm zu weichen schien. Selbst wenn sie am Turm arbeiteten, blieb seine Kleidung stets makellos sauber. Er schwitzte nie. Weder Pickel noch ein erster Flaum verunstalteten sein Gesicht. Weißblondes Haar umfloss sein Haupt wie eine Aureole aus Licht. Wie sie alle trug auch René ein kurzes Kettenhemd, einen weißen Waffenrock und einen weißen Umhang. Bei ihm jedoch glänzte jeder Kettenring wie frisch poliertes Silber. Nicht der kleinste Hauch von Flugrost war zu sehen. Und sein Leinen war weiß wie frisch gefallener Schnee.

Gishild konnte nicht sehen, was René in den Sarg legte.

Als der Novize zurücktrat, legte er eine Hand auf sein Herz. Und dann begann er zu singen. Mit einer hohen, hellen Knabenstimme, die in ihrer Vollkommenheit wohl selbst einen Troll zu Tränen gerührt hätte. Er sang den Choral *Mein Weg zu Gott*. Und als er die erste Strophe vollendet hatte, stimmte auch ihr Magister Drustan in das Lied mit ein.

Nach und nach schlossen sich die Novizen dem Gesang an. Der große, gut aussehende Joaquino, der bis zum letzten Spiel im Buhurt der Kapitän ihrer Lanze gewesen war. Bernadette mit ihrem zerzausten roten Haar, die eine Hand Joaquinos hielt, um selbst in diesem Augenblick zu zeigen, dass er ihr gehörte. Der schmale Giacomo, der kleinste von ihnen. Mit seinem schlimm vernarbten Gesicht und der krumm geschlagenen Nase sah er zum Fürchten aus. Er hatte sie alle überrascht, als er trotz der schlimmen Prügel, die er dabei bezog, Mascha, die Kapitänin der Drachen, in den Schlamm gezogen hatte.

Raffael mit seinen schönen schwarzen Locken blickte grinsend zu Bernadette, deren Wangen darauf rot wurden. Gishild wusste, dass sie manchmal Raffael küsste. Raffael war ein Rätsel. Angeblich hatte er auch schon Mädchen aus anderen Lanzen geküsst. Ob er auch Anne-Marie ... ? Das Mädchen hatte sich von ihrer Verwundung erholt, soweit man sich davon erholen konnte, künftig nur noch mit einer Hand durchs Leben zu gehen.

Sie sang inbrünstig und mit geschlossenen Augen. Den Arm mit dem Stumpf hatte sie auf ihre Brüste gelegt. Ihr Gesicht war härter geworden. Sie betete sehr oft. Einmal hatte sie Gishild anvertraut, dass Tjured ihr nun näher stünde als vor dem Unfall. Sie war seltsam. Auch dass sie unbedingt wieder in die Kanonenkammer wollte, hatte Gishild nicht begreifen können. Für die Prinzessin war die enge, stets nach Pulverdampf riechende Kammer ein Ort des Schreckens geblieben.

Wieder sah sie zu Raffael. Der Lump machte nun Esmeralda schöne Augen! Luc, Joaquino und auch René sahen in Gishilds Augen besser aus, aber Raffael hatte etwas an sich, dem man nur schwer widerstehen konnte. Er hatte es auch bei ihr schon versucht ... Dass sie mit Luc zusammen war, hatte ihn nicht davon abgehalten. Wenn er einen anlächelte, einem tief in die Augen sah, dann glaubte man, es gäbe für ihn niemand anderen auf der Welt. Und das, obwohl sie es besser wusste!

Gishild sah, wie Esmeralda unter seinem Blick und seinem Lächeln erschauderte, als habe er sie sanft berührt. Sie hatte ein hässliches, grobporiges Gesicht voller Pickel. Doch ihr Leib ... Um den beneidete sie Gishild. Auch die anderen Mädchen der Lanze waren eifersüchtig auf sie. Esmeraldas Brüste hatten zu sprießen begonnen. Obwohl sie ein Kettenhemd trug, konnte man die sanfte Rundung deutlich erkennen. Gishild sah an sich hinab. Sie war flach wie ein Waschbrett. Manchmal begriff sie nicht, was Luc an ihr fand. War er verliebt in sie, weil sie eine Prinzessin war?

Der Gedanke an Luc schmerzte. Es war ein Gefühl tief in ihrem Bauch. Durchdringend, ja sogar ein wenig lustvoll, wie ihr manchmal schamhaft bewusst wurde. Wie ging es ihm jetzt? Wo war er? Was taten sie mit ihm?

Sie nannten sich Brüder und Schwestern, aber alle wichen ihr aus, wenn sie versuchte, mit ihnen über Luc zu sprechen. Er war ihr Kapitän! Bis vor drei Tagen ... Und nun taten sie so, als gäbe es ihn nicht! Sogar der pummelige Ramon, den sie stets für treu und gutherzig gehalten hatte, verleugnete Luc. Dabei hatte er so oft von Luc einen Apfel oder irgendeine andere Kleinigkeit zugesteckt bekommen. Essen, das sich Luc selbst vom Mund abgespart hatte! Ramon war immer hungrig. Nachts konnte man in der ganzen Baracke seinen Magen knurren hören. Er scherzte gern darüber, dass Gott ihn, einen Knaben, versehentlich mit dem Magen eines ausgewachsenen Mannes beschenkt hätte. Die knapp bemessenen Mahlzeiten waren nie genug für ihn.

Natürlich war auch ein wenig Eigennutz dabei gewesen, wenn Luc ihn beschenkt hatte. Nie hätte Gishild geglaubt, dass ein hungriger Bauch so laut wie ein schnarchender Troll werden könnte. Wenn Ramon halbwegs genug zu essen bekam, schliefen sie alle besser. Aber dass der Junge nun gar nichts für Luc unternahm!

Bei Esteban, der neben Ramon stand, war das anders. Er war ein großer, grobschlächtiger Kerl, dem bereits der erste Flaum spross. Alles an ihm schien zu groß geraten. Seine Hände waren wie Spatenblätter, die Nase ragte wie ein Erker aus seinem Gesicht ... Er war auf unbeholfene Art freundlich und versuchte, es jedem recht zu machen. Und er war nicht der hellste. Er nahm Anteil an Lucs Schicksal. Aber er war niemand, der mit einer eigenen Meinung vor die Lanze trat und ihnen ins Gewissen redete.

Voller Ergriffenheit sangen sie jetzt alle. *Mein Herz ist mein Tor zu Gott, halte ich es ihm offen, mag kein Leid mich verzagen lassen.*

Gishild brachte die Worte nicht über die Lippen. Sie summte das Lied mit, machte ab und zu den Mund auf, damit ihre Verweigerung nicht zu sehr auffiel. Niemals würde sie sich von diesem Gott vereinnahmen lassen! Dem Gott, der Luc so schändlich im Stich gelassen hatte.

Die Prinzessin bemerkte, wie Maximiliam sie finster ansah. Er hatte bemerkt, dass sie nicht wie die anderen sang. Seine schönen blauen Augen waren jetzt kalt wie ihre geliebten Fjorde im Winter. Maximiliam war ein Musterschüler. Sportlich, gut im Reiten wie im Rechnen. Aber niemand mochte neben ihm sitzen. Was sagte Raffael über ihn? »Sein Atem stinkt wie ein warmer Hundefurz! Den wird nie eine küssen. Nicht einmal, wenn er die Mädchen besoffen macht.«

Maximiliam runzelte die Stirn und nickte ihr auffordernd zu. Dabei sang er selbst weiter, schloss aber nicht mehr die Augen, sondern sah sie unverwandt an.

Was bildete er sich ein! Glaubte er, er könne sie mit einem Blick zu etwas zwingen? Niemals würde sie ihre Götter verraten. Ihnen war sie nahe gewesen, im Fjordland und auch in den Wäldern Drusnas. Jetzt erschienen sie ihr ganz fern. Aber das würde sich wieder ändern. Bestimmt! Sollte Maximiliam nur glotzen! Er wagte es ja nicht einmal, seinen Gesang zu unterbrechen und sie zur Rede zu stellen.

Jetzt stieß er José an. José war der größte unter ihnen, aber dünn wie eine Pikenstange. Sonderlich hübsch sah er nicht aus. Sein Haar ließ sich nur bändigen, wenn es nass war. Sonst stand es stets in allen Himmelsrichtungen von seinem Kopf ab. Und es hatte die Farbe von einem Rattenfell. Eigentlich war er freundlich und verdiente es nicht, dass man so von ihm dachte, aber immer, wenn Gishild sein Haar betrachtete, fielen ihr Ratten ein. Dieses schmutzige Braun, das an einigen Stellen fast in Schwarz überging … Sie kannte niemand anderen, der solche Haare hatte.

Maximiliam nickte anklagend in ihre Richtung. José sah nun auch zu ihr und merkte, dass sie nicht sang, ja, sich nicht einmal sonderlich viel Mühe gab, so zu tun, als täte sie es. Doch er zuckte lediglich mit den Schultern. Gishild war zutiefst erleichtert von dieser Geste. Sie scheute keinen Streit, aber es war gut, sich geduldet zu fühlen. Ein Jahr war ihre Lanze nun fast beisammen. Das war genug Zeit, sich kennenzulernen. Alle wussten, dass sie anders war, auch wenn außer Luc niemand ihr Geheimnis kannte.

Sie gab sich keine große Mühe zu verheimlichen, dass sie nicht zu Tjured betete. Gewöhnlich ließ man sie in Ruhe. Sie war halt eine Fjordländerin. Von diesen Barbaren konnte man nicht erwarten, dass sie ihr Heidentum so schnell vergaßen. Es steckte ihnen tief im Blut. So dachten sie, das war Gishild klar.

José legte den Kopf schief und lächelte kurz. Sein Gesicht sah seltsam aus. Er hatte ein weit vorspringendes, leicht nach vorn gekrümmtes Kinn. Von der Seite betrachtet, erinnerte sein Antlitz ein wenig an einen Sichelmond. Einen freundlichen Mond, der in der Ferne blieb, sie sah, aber sie doch nicht behelligte.

Der Choral endete. Maximiliam blickte sie immer noch finster an, aber er wagte es nicht, die feierliche Stille zu stören, die inmitten der Baugerüste des halbfertigen Turms eingekehrt war. Selbst die Vögel und der Wind schwiegen still, als wollten sie Abschied nehmen von Daniel.

Es war gut, der Toten in Ehren zu gedenken. Aber jetzt ging es um Luc! Daniel war gegangen, ihm konnte keiner mehr helfen. Mit jedem Herzschlag, den die Stille fortdauerte, wurde sie Gishild unerträglicher. Es musste über die Lebenden gesprochen werden!

»Was werden wir tun, um Luc zurückzuholen?«

Drustan sah sie scharf an, und Maximiliam machte ein Gesicht, als hätte er sie am liebsten mit Blicken getötet.

»Er ist in Gottes Hand«, sagte Drustan, und seine sonst so schöne Stimme klang spröde.

»Nein, er ist in der Hand von Leon. Wir können ...«

»Gar nichts können wir!«, entgegnete ihr Lehrmeister

aufgebracht. »Glaubst du wirklich, Leon schert es, was du denkst? Er ist nahe bei Gott, näher als irgendeiner von uns. Er ist der Auserwählte, der Erste im Glauben ... Unser Primarch! An ihm zu zweifeln heißt an Gott selbst zu zweifeln. Aber was will man von dir schon erwarten – von einem ...« Er brach ab.

Alle Novizen waren ein Stück von ihr zurückgetreten. Sie stand allein.

»Von einem Heidenmädchen? Wolltest du das sagen, ehrwürdiger Magister?«

»Ich wollte sagen, dass so, wie Leon unter allen von uns Gott am nächsten ist, so bist du am weitesten von ihm entfernt! Maße dir nicht an, über Dinge zu urteilen, die du nicht begreifst!«

»Was gibt es da zu begreifen? Wir wollten zueinander wie Brüder und Schwestern sein. Wir wollten uns beistehen!« Sie sah die anderen Novizen an. Außer Maximiliam wichen sie alle ihrem Blick aus, selbst die widerspenstige Bernadette. »Habt ihr vergessen, was wir uns in der Geschützkammer geschworen haben? Wir wollten den Makel auf unserem Schild wie ein Ehrenzeichen tragen. Habt ihr denn kein Herz? In dieser Stunde vielleicht wird über Luc geurteilt. Er ist einer von uns! Manche empfinden ihn womöglich als einen Makel in den Reihen der Neuen Ritterschaft. Ich weiß nicht, was man ihm vorwirft ... Aber ich weiß, dass er in diesem Moment jede Stimme braucht, die zu seinen Gunsten spricht. Wir sollten nicht hier um ein Grab stehen. Alle schönen Worte werden Daniel nicht mehr lebendig machen. Wir sollten im Hof der Ordensburg stehen. Wir sollten nach Leon rufen. Alle! Wir sollten ihm zeigen, dass wir wirklich Brüder und Schwestern sind und wir keinen aus unseren Reihen aufgeben! Nicht einmal, wenn der Primarch es einfordert! Ich weiß nicht, in welchem Geiste ihr erzogen seid. Ihr kommt aus allen Provinzen des Kirchenstaates. Dort, wo ich herkomme ... dort, wo die Heiden herrschen, gibt es nichts, das stärker ist als ein Wort. Wer sein Wort nicht hält, der gibt seine Ehre auf. Ich wäre lieber tot als ehrlos! Wie steht es mit euch?«

Joaquino wollte vortreten und auch Esteban und Raffael, doch Drustan hielt sie mit einer harschen Geste zurück. »Ich wünsche mir den Tag zu erleben, an dem du mit solcher Inbrunst von Tjured sprichst. Mach es deinen Brüdern und Schwestern nicht so schwer! Glaubst du denn, ihre Herzen sind nicht bei Luc?«

»Herzen sind heute nicht genug! Auf dem Burghof sollten sie stehen! Sie sollten ihre Stimme erheben für Luc!«

»Es ist leicht zu fordern, füreinander einzustehen. Aber du, denkst du auch an den Preis, den deine Brüder und Schwestern dafür bezahlen würden, wenn sie mit dir kämen?« Der Zorn war aus Drustans Stimme gewichen. Er sprach nun leise und eindringlich. Fast klang er traurig. »Ich weiß, welchen Preis ihr schon jetzt entrichten müsst. Ich weiß um den Makel, der euch alle, deutlich sichtbar für jeden, ein Leben lang begleiten wird. Hast du das Recht, deinen Brüdern und Schwestern eine weitere Bürde aufzuladen, Gishild?«

Die Novizen sahen einander betroffen an. Sprach Drustan von dem Wappenschild, den ihre Lanze bald erhalten würde? Was meinte er?

»Horche in dein Herz, Gishild. Würdest du für jeden hier tun, was du von ihnen verlangst? Für Maximiliam, der dich so finster anschaut? Für Ramon, dem du wohl nie deine Liebe schenken würdest, obwohl er ein gutes Herz hat? Würdest du für sie auf den Hof der Ordensburg gehen und die

Stimme erheben? Sind sie und du wirklich gleich, Gishild? Ich weiß, dass du auf der *Windfänger* an Flucht gedacht hast. Alle anderen hier sind stolz darauf, in Valloncour zu sein. Aber du fühlst dich wie eine Gefangene. Und was für die anderen ihr ganzes Leben bedeutet, das, dem sie sich mit Leib und Seele verschrieben haben, ist für dich nur eine Last, die du am liebsten abstreifen würdest. Hast du das Recht, von ihnen etwas zu fordern, Gishild? Zahlt ihr wirklich denselben Preis?«

Die Prinzessin schluckte. Sie fühlte sich bloßgestellt. Sie wusste, wie wahr Drustans Worte waren, und sie konnte in den Gesichtern der anderen Novizen lesen, dass auch sie die Wahrheit erkannt hatten.

»Ich werde gehen«, sagte sie trotzig. »Aber von euch erwarte ich nichts.«

»Ich gehe mit dir«, sagte Joaquino mit fester Stimme. »Nicht um deinetwillen. Ich gehe für Luc. Er ist mein Löwenbruder. Er ist es wert, alles für ihn zu wagen. Das ist der Geist der Ritterschaft. Wenn ich es nicht wagen würde, auf dem Hof zu stehen und meine Stimme zu erheben, dann hätte ich es nicht verdient, jemals die goldenen Sporen zu tragen.«

Bernadette sah ihn verzweifelt an. Sie wagte es nicht, sich ihm anzuschließen. Dafür trat Raffael an Joaquinos Seite. »Mein Ruf ist ohnehin schon ruiniert. Was sollte ich noch fürchten, seit ich die Hälfte der Schüler und Novizen ausgeplündert habe?« Er lächelte hinreißend. »Ich werde mit dir gehen.«

»Ich auch!«, sagte René mit seiner kristallenen Knabenstimme.

»Nein!« Drustan stellte sich vor die drei Jungen. »Nicht schon wieder! Diesmal ist der Preis nicht ein paar Schläge auf die Fußsohlen. Geht das nicht in eure verdammten Dickschädel, Löwen? Es ist wunderbar, dass ihr so zusammensteht, aber ich werde euch nicht gemeinsam in den Untergang ziehen lassen! Ihr dummen Kinder! Ihr begreift gar nicht, was ihr verspielt.«

»Unsere Ehre, wenn wir bleiben!«, widersprach Joaquino.

Drustans Ohrfeige kam ebenso überraschend wie heftig. Joaquino taumelte zurück und griff sich an die rot glühende Wange.

»Die war dafür, dass du mich als ehrlos hinstellen wolltest.« Der Magister streckte die Finger und ballte sie zur Faust. Offensichtlich schmerzte seine Hand. »Ich bleibe nicht hier, weil ich ein Feigling bin. Glaubt ihr wirklich, euer Aufmarsch würde Leon beeindrucken? Für wen haltet ihr euch? Für die sieben Heptarchen? Lucs Schicksal liegt allein in Gottes Hand. Und Gott weiß, wie sehr ihr euren Bruder liebt und was ihr für ihn zu tun bereit seid. Ihr müsst nicht gehen, um ihm oder euch etwas zu beweisen. Bleibt!«

»Du wolltest doch, dass ich André Griffon lese«, sagte Gishild herausfordernd. »Er schreibt: *Misstraue deinem Verstand, er ist der Hort niederer Gefühle. Gehorche deinem Herzen, denn dort wohnt Gott.* Was sagt dir dein Herz, Drustan?«

Gishild war überrascht zu sehen, wie sehr ihre Worte den Magister berührten. Sein Mundwinkel zuckte. Mehrmals ballte er die verbliebene Hand zur Faust und streckte die Finger dann wieder. Ihr alter Lehrer Ragnar hatte Gishild unterwiesen, wie die Macht der Worte zu gebrauchen war. Mit viel Geduld hatte er sie geschult, weil sie einst vielleicht eine Königin sein würde. Und eine Königin regierte üblicherweise nicht mit dem Schwert. Ihre Waffen waren Worte. Und recht gesetzt, vermochten sie tiefer zu schneiden als jedes Schwert, hatte er stets behauptet. Nun sah Gishild zum allerersten Mal, wie wahr diese Behauptung war. Drustan hätte kaum mehr leiden können, wenn sie ihm einen Schwerthieb versetzt hätte. Es traf sie zutiefst, ihn so wehrlos seinen Gefühlen ausgeliefert zu sehen. Sie hatte nicht geahnt, dass ihm André Griffon und dessen Lehren so viel bedeuteten.

»Mein Herz ist ein Löwe«, sagte ihr Lehrer kaum hörbar. Tränen rannen ihm über die Wangen. »Ich sollte euch allen vorangehen. Aber ich habe auch geschworen, euch zu beschützen. Ich darf euch nicht ziehen lassen. Ich darf nicht zulassen, dass ihr den Primarchen herausfordert. Ihr glaubt, Bruder Leon zu kennen? Ihr habt ja keine Ahnung ... Er würde den Aufstand einer Lanze niemals hinnehmen. Wenn ihr alle aus Valloncour verbannt würdet, könntet ihr Gott noch für diese milde Strafe danken. Dieses eine Mal folgt nicht euren Herzen, Kinder. Es wäre euer Untergang. Geh allein, Gishild. Bitte! Und geh schnell! Du weißt, dass dein Herz dich auch aus anderen Gründen zu Luc ruft. Geh, wohin dein Herz dich trägt. Doch nimm deine Kameraden nicht mit. Es ist allein dein Weg, nicht ihrer.«

Gishild fühlte sich wie nackt. Und sie fühlte sich niederträchtig. Drustan hatte recht. Sie hätte ihm das nicht antun dürfen. Plötzlich konnte sie ihren Brüdern und Schwestern nicht mehr ins Gesicht sehen. Sie war eigensüchtig gewesen und schämte sich. Mit eiligen Schritten ging sie zur Pforte des unvollendeten Turms. Und dann begann sie zu laufen.

Sie lief, bis ihr Herz wie ein Schmiedehammer schlug und ihr Kopf ganz leer wurde. Frei von allen Gedanken, außer dem einen: Luc beizustehen, was immer ihn auch erwarten mochte!

Erst als sie die alte Ordensburg am Ufer des Sees sah, wurde sie sich bewusst, wie ungeheuerlich das war, was sie sich vorgenommen hatte. Die Burg mit ihren dicken, hohen Mauern war so unüberwindlich wie ihre Aufgabe. Zweifelnd sah sie an sich hinab. Und dann trug sie noch ihre Festtagsgewänder! Das Kettenhemd, den Waffenrock der Löwen und den weißen Umhang, in dem sich bei ihrem Lauf Kletten verfangen hatten.

Sie säuberte sich, bis sie wieder einen einigermaßen respektablen Eindruck machte. Ihr war bewusst, dass sie nur durch List und Frechheit siegen konnte. Sie hatte ja nicht einmal eine Ahnung, wo sie nach Luc suchen sollte. Steckte er im Kerker?

Forsch ging sie geradewegs auf das Burgtor zu und grüßte die Wachmannschaft. »Magister Drustan schickt mich mit einer Nachricht für die Ritterin Lilianne. Wisst ihr, wo ich sie finden kann?«

Der Kommandant der Wache, ein Mann mit einem Raubvogelgesicht, nickte ihr kurz zu. »Versuch es in der Bibliothek. Dort und im Fechthof verbringt sie die meiste Zeit. Kennst du den Weg?«

»Ich denke, ich folge einfach dem Lied der Schwerter«, entgegnete sie keck, denn in der Ferne war der Stahlgesang eines Fechtplatzes zu hören.

Der Ritter lächelte. »Das war wohl eine dumme Frage von mir.«

Sie erwiderte sein Lächeln und passierte ungehindert das Tor. Niemand stellte ihr mehr Fragen, als sie ziellos über die Höfe der großen Burg streifte. Es war brütend heiß. Die meisten Ritter und Knechte hatten Zuflucht im Schutz der dicken Mauern gesucht. Drei Fechterpaare übten sich im Schatten des Burgfrieds mit Rapier und Parierdolch. Es waren Novizen des letzten Jahrgangs, die in wenigen Tagen die goldenen Sporen erhalten würden. Sie waren gut, selbst Silwyna hätte ihnen das zugestehen müssen. Wahrscheinlich nicht gut genug, um gegen einen Elfen zu bestehen, aber außer den Bewohnern Albenmarks hätten sie wohl niemanden zu fürchten, der sich mit einer Klinge gürtete. Fast schneller, als das Auge zu folgen vermochte, folgte Stoß auf Stoß. Gishild wurde das Herz schwer, als ihr bewusst wurde, dass sie diese Kunstfertigkeit schon bald gegen Fjordländer einsetzen würden. Vielleicht würden die Ritter gar Männer töten, die sie gekannt hatte.

Bedrückt lief sie weiter. Sie durfte nicht hier bleiben, inmitten der Todfeinde ihrer Heimat. Sie musste ihrem Vater erzählen, was sie gesehen hatte. Er sollte ebenfalls Fechtschulen einrichten, in denen schon Knaben unterrichtet wurden. Es war leichtfertig, ihre Ausbildung dem Zufall zu überlassen. So vieles hätte sie ihrem Vater zu erzählen! Wo steckte nur Silwyna? Ein halbes Jahr war vergangen, seit die Elfe sie gefunden hatte. Warum nur bekam sie kein Zeichen von ihr?

Sie war doch erst vor drei Tagen mit der *Windfänger* zurückgekehrt, beruhigte sich Gishild in Gedanken. Auf dem Schiff hatte die Elfe sie unmöglich erreichen können. Sicher war schon längst alles für ihre Flucht vorbereitet. Silwyna wartete nur noch auf einen günstigen Augenblick, sie allein anzutreffen.

Gishild umrundete einen Heuhaufen. Es roch nach Sommer und nach Pferden. Die Türen der angrenzenden Stallungen standen weit offen. Schillernde Fliegen schwirrten in der Luft. Von der Küche wehte der Wohlgeruch frischen Apfelkuchens heran. Wahrscheinlich wurde er für das Fest der neuen Ritter gebacken.

Gishild fiel eine Stiege auf, vor der zwei Wachen standen.

Dort war sie mit ihren Löwenbrüdern und -schwestern zum Kerker des Trolls hinabgestiegen. Warum waren dort Wachen aufgestellt? Damals war dort niemand gewesen. Die Albenkinder saßen hinter Holz und Eisen gefangen. Sie benötigten keine Wächter.

Gishild wich hinter den Heuhaufen zurück. Ob Luc dort unten war? Die Wachen würden sie gewiss nicht vorbeilassen. Und wahrscheinlich würden sie ihr auch keine Auskunft geben. Sie nagte an ihrer Unterlippe. Was konnte sie tun? Es mochte ein Dutzend Erklärungen geben, warum die beiden Ritter dort standen. Man sah ihnen an, dass ihnen die Hitze zu schaffen machte. Sie trugen Rüstungen, als wollten sie in die Schlacht ziehen. Von Kopf bis Fuß in Stahl gewandet, hatten sie nur die Visiere hochgeklappt. Gewiss waren sie durstig.

Gishild war sich bewusst, dass keineswegs sicher war, ob Luc dort unten im Verlies eingekerkert saß. Er mochte sich genauso gut in einem der Türme befinden, wo es viele kleine Gastkammern gab. Aber ihr Herz sagte ihr etwas anderes. Und ihr Bauch. Da war wieder das klamme Gefühl der Angst. Die Kälte, die nahendes Unheil ankündigte. Es blieb nicht mehr viel Zeit, wenn sie ihm helfen wollte.

Sie zog Feuerstein und Stahl aus dem kleinen Lederbeutel an ihrem Gürtel und rückte dichter an die Mauer heran. Unsicher blickte sie sich um. Die beiden Wachen konnten sie hier nicht entdecken. Der Hof war verlassen. Auch an den Fenstern war niemand zu sehen.

Der Heuhaufen lag neben solidem Mauerwerk. Aber die Pferdeställe waren nah. Die Tiere würden verrückt werden vor Angst, wenn sie den Rauch witterten. Es würde ein Riesenspektakel geben. Aber eigentlich konnte nichts Schlimmes geschehen …

Wieder sah Gishild sich um. Der Stall und zwei Schuppen am Hof waren mit Holzschindeln gedeckt. Wenn dort Funken landeten ... Aber nein! Funken allein würden doch nicht die Kraft haben, eine Holzschindel zu entzünden. Oder doch? Sie würde es wagen. Sie musste die Wachen ablenken. Sie musste hinunter zu den Kerkern. Zu Luc!

Stahl schabte über Feuerstein. Das Geräusch kam Gishild in der Mittagsstille erschreckend laut vor. Funken stürzten in das Heu. Wieder schlug sie den Stein gegen den Stahl. Orangefarbene Glut fraß sich an den trockenen Halmen entlang. Ein dünner, weißer Rauchfaden stieg aus dem Heu. Und plötzlich loderte eine Flamme auf. So lang wie ein kleiner Finger fraß sie sich gierig durch die Halme und wuchs weiter.

Gishild hechtete hinter einen alten Karren, der nur ein Stück entfernt stand. Hinter einem Speichenrad verborgen, beobachtete sie die zwei Ritter. Sie merkten nichts!

Das Herz schlug der Prinzessin bis zum Hals. Von ihrem Versteck aus konnte sie gut sehen, wie das Feuer um sich griff. Größer und größer wurde die Flamme. Und plötzlich schlug sie hoch über den Heuhaufen hinaus. Was hatte sie getan! »Feuer!«

Endlich hatten die beiden Ritter das Unglück entdeckt. Sie kamen schreiend herbeigelaufen. Mit ihren langen Schwertern begannen sie den Heuhaufen auseinanderzureißen, um den Flammen ihre Nahrung zu nehmen.

Gishild rannte vom Karren zum Eingang der Ställe und verschwand im stickigen Halbdunkel. Die Pferde wieherten. Manche schlugen mit den Hufen gegen die Holzwände ihrer Boxen. Knechte kamen aus dem Sattelraum gestürmt.

»Dort auf dem Hof!«, rief Gishild ihnen entgegen. »Feuer! Helft! Holt Wasser! Schnell!«

Keiner fragte, woher sie kam, oder versuchte sie aufzuhalten. Ein langer, graublauer Rauchfaden zog in den Stall.

Die Knechte rannten nicht hinaus. Sie befreiten die Pferde und trieben sie auf den Hof hinaus. Auch Gishild riss die Türen der Boxen auf. In blinder Angst rannten die großen Schlachtrösser auf den Hof hinaus. Und mitten zwischen ihnen lief die Prinzessin. Von ihren Leibern geschützt, kam sie bis zur Treppe. Immer zwei Stufen auf einmal nehmend, hastete sie hinab.

Beinahe wäre sie gestürzt. Sie schrammte ihre Handflächen am rauen Mauerwerk auf, als sie sich fing. Ihre Stirn schlug gegen den Stein. Benommen blickte sie zum Eingang des Kerkers. Das Tor stand offen. Fackeln brannten an den Wänden. Sie trat ein. Schon nach wenigen Schritten vernahm sie den Lärm vom Hof nur mehr undeutlich. Ein kalter, modriger Geruch lag in der Luft, der sich pelzig auf der Zunge festsetzte. Es stank nach Troll.

Gishild ging an den versperrten Türen entlang. Wo war Luc? Würde sie es spüren, wenn sie vor seinem Kerker stünde? Und wie sollten sie beide es schaffen, von Valloncour zu fliehen? Sie zögerte. Immer vorwärts schauen, ermahnte sie sich stumm! Jetzt gab es kein Zurück mehr. Jetzt …

Ein Schrei erklang. Ganz nah! Laut und von solcher Seelenqual, wie Gishild sie nicht einmal auf dem Schlachtfeld am Bärensee gehört hatte.

Plötzlich wurde sie gepackt. Mit einem Ruck schlug sie gegen die Wand. Die Hand wurde ihr schmerzlich auf den Rücken gedreht. Heißer Atem schlug ihr in den Nacken. Und immer noch hallte der unheimliche Schrei in ihren Ohren.

DER FEINSCHMECKER

»Warst du schon mal in Vahan Calyd?«

»Ja.« Mit diesem Troll eingesperrt zu sein war wahrlich eine Folter. Für einen seiner Rasse war er sicherlich außergewöhnlich klug. Und Nhorg genoss es, sich endlich mit jemandem in seiner Muttersprache zu unterhalten. Das wäre vielleicht auch amüsant gewesen, wenn es nicht ständig ums Essen gegangen wäre. Den ganzen Tag faselte er schon von irgendwelchen Spezialitäten, die er einmal verschlungen hatte. Und zwischendurch sagte er manchmal Dinge, die Ahtap zutiefst beunruhigten. Nhorg war nicht mehr ganz normal. Wie lange er wohl schon im Kerker saß? Und konnte man glauben, was dieser Weißbart gesagt hatte? Hatte der Troll tatsächlich sein eigenes Bein gefressen? Nein, das war völlig unmöglich, redete sich der Lutin ein. So irre war nicht einmal ein Troll.

»Ich war während des Krönungsfestes in Vahan Calyd. Ich gehörte zum Gefolge von König Orgrim. Feiner Kerl ... Bei ihm gibt es immer gutes Essen. Warst du schon mal auf einem Festgelage meines Königs?«

»Nein.«

»Ach, ich wollte dir doch von Vahan Calyd erzählen. Da gibt es Wichtel so wie dich. Die haben ...«

»Ich bin ein Lutin und kein Wichtel! Und in Vahan Calyd hast du wohl eher Holde getroffen als Wichtel.«

Nhorg machte eine wegwerfende Handbewegung. »Ach ihr Untergroßen. Wer kann sich schon die Namen all eurer Völker merken!«

Ahtap hatte plötzlich das Gefühl, dass Nhorg versuchte,

ihn zu packen. Seine Fingerspitzen waren kaum zwei Handbreit entfernt. Der Troll lag auf dem Boden des Kerkers ausgestreckt, während Ahtap immer noch vor der Tür kauerte. Von dort hatte er sich nicht fort gewagt, seit Weißhaar ihn in diese stinkende Zelle gesteckt hatte. Nhorg hatte so einen eigentümlichen Glanz in den Augen … Und während er vom Essen sprach, troff ihm der Sabber aus dem Maul.

»Also diese Wichtel aus Vahan Calyd …«

Ahtap seufzte, aber er sagte nichts mehr. Es war aussichtslos.

»… die haben Trollfingerspinnen dressiert, das sind fette Viecher, sage ich dir. Größer als meine Hand! Echt fett. Und die können kleine Vögel fangen, wenn man sie richtig abrichtet. Aber man muss dabei verdammt aufpassen, sonst saugen sie allen Saft raus. Dann kann man mit den Viechern nichts mehr anfangen. Aber essen kann man die nicht … Schmecken einfach nach nichts. Hab's einmal probiert. Aus Neugier. Hast du auch schon mal 'ne Spinne gegessen?«

»Nein.« Allein die Vorstellung! Widerlich! Ahtap wünschte sich, dass Nhorg endlich wieder einschlafen würde. Zum Glück schlief der Troll sehr viel.

»Also diese kleinen Waldmeervögelchen, einfach erstaunlich. Die können auf der Stelle stehen beim Fliegen. Und sie wiegen nicht mehr als eine Blütenfee. Diese Wichtel aus Vahan Calyd rupfen sie, und dann werden sie in siedendes Fett geworfen. Man nimmt sie nicht mal aus. Das macht aber nichts, denn die trinken ohnehin nur Blütenhonig. Man isst sie dann am Stück.« Nhorg streckte ihm seinen unförmigen Daumen entgegen. »Sie sind so groß wie das oberste Glied meines Daumens, wenn sie in Fett gesotten sind. Und sie knirschen herrlich zwischen den Zähnen, wenn man sie isst. Gut gewürzt …« Bei der Erinnerung begann Nhorg erneut zu sabbern. »Einfach köstlich. Einmal habe ich mehr als hundert Stück von den kleinen Viechern verdrückt. Von den Knochen merkt man beim Essen gar nichts. Nur dass sie eben knirschen …«

»Was wollen die verdammten Menschenritter eigentlich von uns?« Ahtap hoffte inständig, dass der Troll endlich von etwas anderem als Essen reden würde.

»Die zeigen uns ihren Kinderchen. Die sollen schon mal wissen, wie wir aussehen, bevor sie dann nach Drusna zum Verrecken geschickt werden. Ein Mädchen haben sie hier, die meine Sprache versteht. Ist nicht weggelaufen, als sie mich gesehen hat.« Nhorg begann zu kichern. Ein Geräusch wie mahlende Mühlräder. »Die meisten bepissen sich, sobald sie mich zum ersten Mal sehen.« Der Troll blickte an sich herab. »Wenn die verdammten Ritter mich nur besser im Futter halten würden! Ich mein, sieh mich doch mal an! Nur noch Haut und Knochen. Und ein verdammtes Bein zu wenig. Die werden sich wundern, wenn sie einen Troll treffen, der voll im Saft steht!« Er begann leise zu lachen. Es war ein trauriges Lachen, das zuletzt in Tränen überging. »Ich habe Hunger.« Nhorg sah Ahtap an wie ein Hauptgericht. »Als ich ein Welpe war, habe ich schon in der Welt der Menschen gelebt. Ich bin auf der Nachtzinne aufgewachsen. Dort hat König Orgrim viele Jahrhunderte als Herzog geherrscht, musst du wissen. Es ist ein gutes Land. Rau und hart, wie für Trolle geschaffen. Das Eis weicht nie ganz von den Bergen …« Der Troll seufzte. »Damals, als Welpe, hatte ich auch immer Hunger. Wir haben alles gefressen. Auch Füchse …«

Wunderbar, dachte Ahtap. Das hatte gerade noch gefehlt. Er drängte sich in die alleräußerste Ecke des Türrahmens.

»Mit Füchsen ist es schwierig. Das Fleisch steckt voller Knochen. Sie herauszupulen ist eine elende Arbeit. Man pult länger, als man isst. Aber diese verdammten Knochen sind gerade so dick, dass man sie nicht einfach kauen kann. Die Splitter könnten einen ersticken. Fuchs ist ganz in Ordnung. Schmeckt fast so wie Hund, nur ein bisschen herzhafter. Mit Thymian bestreut und im eigenen Saft gebraten …« Er verdrehte träumerisch die Augen. »Ich wäre gern noch mal in den Bergen. Auch wenn meine Kraft wohl kaum mehr reichen würde, um auch nur hundert Schritt zu laufen. Die Luft war so klar.« Er schloss die Augen. Noch immer troff ihm Sabber aus dem Maul. »Hast du schon mal Fuchs gegessen?«

Ahtap rang um Fassung. Nur nicht provozieren lassen! »Weißt du, Nhorg, in meinem Volk fühlen wir uns den Füchsen sehr verbunden. Es wäre irgendwie so, als fräße man Verwandte.«

»Ja und? Warst du etwa noch nie auf einem Leichenschmaus?«

Ahtap begriff, dass er einen schrecklichen Fehler gemacht hatte. Er hätte es besser wissen müssen! Schließlich kannte man überall in Albenmark die Geschichten über die Totenfeste der Trolle. »Also ich …«

»Einen Mond bevor ich von den Menschenkindern gefangen wurde, war der Leichenschmaus meines Vateronkels. Er war ein großer Krieger. Sehr mutig. Ich habe von seinem Herzen gegessen. Und von seiner Leber … Saftig war sie.« Nhorg öffnete die Augen. »Bist du saftig?«

»Gar nicht! Zu viel Fell, weißt du. Haare auf der Zunge, beim Essen. Das ist doch nichts. Da hustet man nur.«

»Also müsste man dich braten. Man könnte die Haare auch ausreißen.« Der Troll reckte sich.

Ahtap konnte hören, wie die Glieder der Eisenkette klirrten. »Hast du schon mal einen Menschen gegessen?«

Nhorg hielt inne. »Ja … Viele Schlachten hatte ich. Orgrim war sehr zufrieden mit mir. Ich war einmal ein berühmter Krieger. Ich …« Er senkte plötzlich die Stimme. »Die Menschen hier sind anders. Es gibt da welche …« Er sprach jetzt so leise, dass seine Worte kaum mehr zu verstehen waren. »Zauberer … der Weißbart und der … Silberstock. Du musst …« Er starrte zur Tür. »Sie sind da draußen. Fühlst du das?«

Ahtap spürte ein leichtes Prickeln. Ein Gefühl, wie es sich manchmal kurz vor einem Sommergewitter einstellte.

»Sie belauschen uns!«

»Unsinn!«, entgegnete der Lutin. »Die können doch nicht einmal deine Sprache!«

Der Troll kroch von der Tür fort. Klirrend zog er die Kette hinter sich her. »Doch, da ist ein Mädchen. Bei den Alben … Sie sind hier. Spürst du es nicht? Sie tun es wieder! Bitte nicht, bitte!« Sein Flehen ging in einen Schrei über. Der riesige Troll wand sich am Boden, als wären die Menschen über ihn gekommen und stächen mit unzähligen Lanzen auf ihn ein.

Grauen packte Ahtap. Er drängte sich gegen das Holz der Tür. Er wünschte sich, ein Wurm zu sein und durch die Spalten im Holz fliehen zu können. Und er spürte, wovon der Troll gesprochen hatte. Etwas berührte ihn. Griff in sein Innerstes und wollte das Leben aus ihm hinauszerren.

ERLÖST

Leon ließ die Klinge sinken und schob das alte Schwert in die Scheide zurück. Endlich war es offenbar! Der Schrei des Trolls hatte die Wahrheit ans Tageslicht gebracht. Er legte die Hand auf die Schulter des Jungen. »Es ist vollbracht, Luc. Nie wieder werde ich daran zweifeln, dass du einer der Unseren bist.«

Der junge Löwe sah ihn erschüttert an. »Was war das? Wer hat da geschrien?«

»Das war deine Erlösung, Junge. Mehr musst du nicht wissen. Nicht jetzt. Honoré, kümmere dich um ihn. Und um Frederic.«

»Hast du das Bein untersucht, Bruder? Sieh es dir an, Leon. Sieh nur!«

Das zerrissene Fleisch hatte sich geschlossen. Nur geronnenes Blut zeugte noch von der grässlichen Wunde. Ungläubig tastete der Primarch über das Bein. Er konnte den Knochen spüren. Nirgends war ein Splitter, der sich im Fleisch bewegte, der Knochen war verheilt. Es war ein Wunder. Nie hatte er erlebt, dass ein Kind so machtvoll war. Luc war ein Gottesgeschenk. Wahrlich ein Gottesgeschenk! Er war die Antwort auf alle Intrigen und Rückschläge. Er würde die Neue Ritterschaft zu nie gekannter Größe führen, wenn sie sein Herz gewannen.

Leon verfluchte sich dafür, an dem Jungen gezweifelt zu haben. War er denn blind gewesen? Sie durften die Schlacht um Lucs Herz nicht verlieren! Er musste einer von ihnen werden, zutiefst durchdrungen von den Idealen der Ritterschaft.

Der Primarch begriff, welch schreckliche Fehler er gemacht hatte. Wäre der verdammte Stein nicht gewesen ... Der Stein! Er griff in den Lederbeutel an seinem Schwertgurt. Der Elfenstein hatte seinen Glanz verloren, das Licht in ihm war verloschen. Er reichte ihn dem Jungen.

»Er gehört dir. Ich weiß nicht, wie er in deinen Besitz gelangt ist. Aber von heute an wird er mich daran erinnern, dass du einer von uns bist. Du hast die verderbte Elfenmagie dort herausgebrannt. Jetzt ist es nur noch ein Stein.«

Luc nahm ihn und sah ihn lange an. Leon spürte, wie verletzt und verunsichert der Junge war. Er hatte nichts von alldem begriffen, was um ihn herum geschehen war. Der Primarch ließ sich auf die Knie nieder. »Ich muss mich bei dir entschuldigen, junger Löwe. Bitte vergib mir, dass ich dir unrecht getan habe.«

Luc sah ihn fassungslos an. Und dann traten ihm Tränen in die Augen. »Du darfst nicht vor mir knien. Du ...« Er griff nach Leons Armen und versuchte ihn aufzurichten.

»Nein, Luc. Weder mein Alter noch mein Amt schützen mich davor zu irren. Bitte vergib mir! Vorher mag ich nicht mehr vor dir stehen. Nimm meinen Schmerz von mir. Und nimm meine Entschuldigung an.«

»Bitte steh auf, Primarch.«

»Nein, ich habe es nicht verdient, Primarch genannt zu werden. Am wenigsten von dir, Junge. Ein Primarch soll Tjured näher stehen als jeder andere von uns Brüdern. Er soll das Göttliche in der Welt spüren, bei jedem Atemzug, den er tut. Aber für dich, für das ungeheure Geschenk, das Tjured uns gemacht hat, bin ich blind gewesen. Ich sollte mir mein verbliebenes Auge herausreißen! Wenn ich nur noch mit dem Herzen sehen kann, dann werde ich mein Amt wohl besser erfüllen.«

»Bitte, höre auf, mit dir zu hadern. Wie solltest du erkennen, dass meine Gabe von Gott kommt, wo ich doch selbst zutiefst an mir zweifelte? Ich habe kein Recht, dir etwas nachzutragen, Bruder Primarch.«

»Du hast ein gutes Herz, Junge.« Leon stützte sich mit beiden Händen auf den Schwertknauf und stemmte sich hoch. Er würde tief in sich gehen müssen. Und er würde Buße tun!

»Bruder Honoré, bitte sorge dafür, dass Bruder Frederic in ein angenehmeres Quartier verlegt wird, bis er sich ganz erholt hat. Und bitte bring auch unseren Bruder Luc in ein Quartier, das seinem Stand entspricht.«

»Ich habe eine Bitte.« Luc sah ihn flehentlich an. »Ich möchte zurück zu meinen Löwen. Dort ist mein Platz.«

Leon musste lächeln. »Ja. Recht hast du. Aber bleibe noch einen Tag auf der Burg. Du wirst sehen, bald wirst du dich ganz erschöpft fühlen. Vielleicht wirst du auch Kopfschmerzen bekommen. Morgen darfst du zu den Deinen zurückkehren. Heute aber werde ich dir noch ein Geheimnis verraten, das du tief in deinem Herzen vergraben musst. Wirst du das können? Gott hat dich zu Großem erwählt. Doch das wird dich manchmal einsam machen. Ich werde dir von deiner Gabe erzählen, Luc. Nun aber verzeih mir. Mein Alter fordert seinen Tribut. Auch ich bin erschöpft. Wir werden uns zur Abendstunde wiedersehen.« Er ergriff die Hand des Jungen. »Danke für deine Großmut, Luc. Du bist wahrlich ein Ritter.«

Der Junge strahlte. Nie zuvor hatte er ihn so glücklich gesehen. Leon war erleichtert. Jetzt wusste er, dass er ihn zurückgewinnen konnte. Aber er würde gut auf ihn achtgeben müssen. Die Wunden, die er der Seele des Jungen geschlagen hatte, waren tief. Was für ein blinder Narr er doch gewesen war!

Er trat auf den Gang hinaus. Leon fühlte sich sehr alt. Selbstzweifel waren ihm eigentlich fremd, aber nach dem Erlebnis mit Luc war er zutiefst aufgewühlt. Sogar der kaltherzige Honoré hatte besser erkannt, was in dem Jungen steckte. Das machte Leon besonders zu schaffen.

Der alte Ordensritter trat vor die Tür des Trollkerkers. So viele Jahre war das Ungeheuer hier gefangen gewesen ... Seit er sein Bein verloren hatte, hatte er keinen Nutzen mehr für den Orden gehabt. Man konnte den Novizen doch keinen einbeinigen Troll vorführen, um sie auf die Schrecken der Schlachtfelder Drusnas vorzubereiten. Nhorg hatte seine Zeit überlebt. Es war gewiss besser für ihn gewesen, auf diese Weise dem Orden noch ein letztes Mal zu dienen, statt noch lange in dem Kerker dahinzuvegetieren. Und der verdammte kleine Lutin ... Um den war es nicht schade!

Er öffnete die schwere Kerkertür und wollte Abschied von Nhorg nehmen, als sich kleine Hände um seine Beine krallten. »Bitte, holt mich hier heraus, Herr. Bitte, ich werde alles tun, aber lasst mich nicht hier!«

Das Fell des Lutin war weiß geworden. Der kleine Fuchsmann weinte blutige Tränen. Auch seine Lefzen waren blutig, er hatte sie zerbissen. Der Kobold zitterte unkontrolliert am ganzen Leib. Leon war versucht, sein Schwert zu ziehen und ihn einfach niederzumachen.

»Bitte, Herr!« Die blutigen Augen sahen ihn schreckensweit an. »Bitte. Es hat in mein Innerstes gegriffen. Die Kälte ... Es ist ... Ich werde euch nach Albenmark führen, wenn ihr es wünscht. Aber bitte, tut das nie wieder. Lasst mich nicht sterben wie Nhorg! Ich will dein treuester Diener sein. Dein Sklave. Alles.«

DER TAUSCH

Gishild stand am Fenster und blickte auf den Hof mit den Pferdeställen hinab. Das Feuer war gelöscht. Am Turm, wo der Heuhaufen gelegen hatte, reichte eine dunkle Rußfahne bis fast zu den Dachbalken hinauf. Es hatte nicht viel gefehlt, und er wäre in Brand geraten. Was für eine Strafe sie wohl erwartete? Sie vermochte es sich nicht auszumalen. Mit hängenden Schultern stand sie dort.

Bruder Alvarez musste in einem der Kerker gewesen sein. Sie hatte ihn nicht einmal kommen sehen. Warum musste ausgerechnet er sie immer erwischen? Schon auf der *Windfänger* ...

Er war nett für einen Ordensritter. Dass er schlecht von ihr denken würde, machte ihr etwas aus. Bei den anderen Rittern wäre es ihr egal gewesen.

Das eisige Gefühl in ihrem Bauch war gewichen. Zumindest hatte der Brand bewirkt, dass Luc im Augenblick nicht mehr in Gefahr war. Sie hatte ihn gerettet ... Wo war er wohl? Wie ging es ihm? Würden sie ihr erlauben, ihn noch einmal zu sehen?

Die Tür zu der winzigen Kammer, in der sie eingesperrt war, öffnete sich, und Leon trat ein. So wie der alte Ritter aussah, hatte sie sich immer Firn, den Gott des Winters, vorgestellt. Groß, von massiger Gestalt, mit wallenden weißen Haaren und einem mächtigen weißen Bart, der weit auf die Brust hinabreichte. Der Primarch trug eine weiße Robe und hatte ein Schwert umgegürtet. Nur die grässliche Narbe, die sein Gesicht spaltete und seine Lippen verunstaltet hatte, gab es in ihrem Bild vom Wintergott nicht.

Gishild hatte das Gefühl, dass es in der Kammer kälter wurde, als Leon eintrat. Sie sah ihn herausfordernd an.

»Nun, Brandstifterin ... Hast du mir etwas zu sagen?«

Sie zuckte mit den Schultern und versuchte gelassen zu wirken, aber dabei hatte sie ganz weiche Knie. Sie stützte sich mit einer Hand auf das Fenstersims. »Ja, ich war es. Ich leugne nichts.«

»Weil du nichts bereust, nehme ich an.«

»Es ist ja nicht viel passiert.«

Der Primarch trat neben sie ans Fenster und betrachtete die Rußspuren am Turm. »Es ist wohl kaum dein Verdienst, dass es nicht zu einem Unglück gekommen ist. Der Turm hätte Feuer fangen können. Oder die Ställe.«

»Ich habe mitgeholfen, die Pferde zu befreien.«

»Wie edel!«

Gishild war zunehmend verstört von Leons Art. Sie hatte damit gerechnet, angeschrien und verprügelt zu werden. Leons ruhige Wut machte ihr mehr Angst, als jeder lautstarke Zornesausbruch es vermocht hätte.

»Woher wusstest du, dass sich keines der Pferde ein Bein bricht? Dass keiner der Stallburschen niedergetrampelt wird? Woher wusstest du, dass kein Pulver im Turm lagert? Woher wusstest du, dass der Palast nicht durch fliegende Funken in Brand gerät? Was war dir all das wert? Ich habe einen Verdacht, und ich rate dir, belüge mich nicht!«

Gishild sah den Primarchen schweigend an. Sie konnte es nicht sagen. Sie durfte Luc nicht in noch größere Schwierigkeiten bringen. Zugleich war sie sich sicher, dass Leon es wirklich merken würde, wenn sie versuchte, ihn zu belügen. Also schwieg sie. Sie senkte den Blick. An all die möglichen Unglücke hatte sie nicht gedacht. Allein an Luc ...

»Du hast es für Luc getan. Weißt du überhaupt, wer er ist?

Bist du dir sicher, dass er all diese Opfer wert ist? Vielleicht hast du all das für einen Toten gewagt?«

Sie sah erschrocken auf. »Er ist nicht ...«

»Nein? Wie kannst du dir da so sicher sein? Weißt du überhaupt, wessen er angeklagt ist?«

Gishild versuchte verzweifelt im Gesicht des Primarchen zu lesen. Doch seine Züge blieben undeutbar. Kalt wie der Wintergott.

»Ich weiß, dass er nichts Böses getan hat. Er will mit aller Kraft ein Ritter sein. Er würde alles tun dafür. Ich kann mir nicht vorstellen, wofür er den Tod verdient haben sollte. Kein Gericht, das nach Wahrheit sucht, würde ihn verurteilen.«

»So gut kennst du ihn also. Ist es die Liebe, die dir diese Gewissheit gibt? Hat er dir heilige Eide geschworen? All das ist nichts wert, Mädchen. In jedem von uns schlummert der Verrat. Es ist nur eine Frage des Preises.«

»Was ist mit ihm?« Sie war jetzt den Tränen nahe. Diese Ungewissheit hielt sie nicht mehr länger aus.

»Noch lebt er. Du hast mit deinem Feuer tatsächlich erreicht, dass seine Hinrichtung verschoben wurde. Sie wird morgen früh sein. Und deine Strafe wird es sein, dabei zuzusehen!«

Die Beine versagten ihr den Dienst. Sie stützte sich mit beiden Händen auf das Fenstersims und stürzte dennoch. Sie hatte keine Kraft mehr. Alles könnte sie erdulden, aber nicht das. »Ich werde mir etwas antun, wenn Luc stirbt.«

Leon lachte auf. Es war ein scharfer, liebloser Laut, der in ihr Herz schnitt wie ein Messerstich. »Glaubst du, das erschreckt mich? Es wäre nur gut für die Ordensschule, wenn du nicht mehr hier wärst.«

Gishild hatte sich in der Zeit, die sie gewartet hatte, viele Gedanken über das gemacht, was kommen mochte. Und sie wusste genau, dass Leon niemals auf sie verzichten würde. Er konnte sie verprügeln und einsperren. Aber ihr Leben war kostbar. Es wäre niemals in Gefahr. Unter keinen Umständen! »Du wirst mir nichts tun!« Sie war zornig darüber, dass er sie offenbar für ein einfältiges Kind hielt. Und der Zorn gab ihr neue Kraft.

»Was macht dich da so sicher, Kind? Brandstiftung ist ein schweres Verbrechen. Ich weiß auch, dass du jeden Tag an Flucht denkst. Und dass du darauf hoffst, deine Elfenfreunde würden dich holen kommen. Ich kann mir nicht leisten, dass du fortläufst. Dein Tod ist da eher vorstellbar.«

Er würde ihr keine Angst machen! Mit solchen Drohungen hatte sie gerechnet. »Es sind fast hundert Ritter in den Kämpfen nach meiner Entführung gestorben, habe ich gehört. So viele, wie in einem ganzen Jahrgang nachwachsen. Es war ein schrecklicher Preis für den Orden. Sie alle hätten ihr Leben umsonst gegeben, wenn du mich hinrichten lässt.«

Leon hob die Augenklappe und rieb sich über das wunde Lid. »Manchmal macht man schreckliche Fehler. Das gehört zu den Bürden der Macht. Den Toten kann ich nicht mehr helfen. Aber sei dir sicher, wenn ich zu der Auffassung gelange, es sei besser für den Orden, dass du stirbst, dann werde ich nicht zögern.«

Sie verachtete ihn für diese plumpe Drohung. Er hielt sie wohl für ein dummes Kind, dem man alles erzählen konnte! »Nur wenn ich lebe, könnt ihr meine Eltern erpressen. Ich weiß nicht, was ihr wollt, aber eines weiß ich ganz sicher: Tot bin ich nichts mehr wert!«

»Weißt du, kleine Prinzessin, ich denke, es ist an der Zeit, dass du eine Geschichte erfährst. Du erinnerst dich an das

Mädchen, das an deiner Stelle in das Zimmer in Paulsburg gebracht wurde? Lilianne hatte sich große Mühe gegeben, jemanden auszusuchen, der dir sehr ähnlich sieht. Der Erzverweser hat sie nach Aniscans verschleppt. Irgendwann auf seiner Reise wird er bemerkt haben, dass sie nicht die richtige war. Eine Küchenmagd wird es wohl schwer haben, auf Dauer vorzutäuschen, eine Prinzessin zu sein. Selbst wenn sie nur eine selbstgefällige kleine Heidenprinzessin spielen muss. Als dein, wie Lilianne es nannte, so hochgeschätzter Erzverweser Charles seinen Irrtum bemerkte, war ihm sofort klar, was er tun musste, damit nicht auch andere den Betrug durchschauen. Das Mädchen wurde ermordet. Und weil niemand wusste, wer sie wirklich war, wurde sie in allen Ehren im Grabturm der Heiligen und der Heptarchen beigesetzt. Dort gibt es also nun ein Grab, auf dem dein Name steht, Gishild Gunnarsdottir. Und alle, die in dieser Kirche Rang und Namen haben, glauben, dass wirklich du es bist, die dort bestattet wurde. Und da auch der Erzverweser Charles inzwischen verstorben ist, wird es nicht leichtfallen, diesen Irrtum aufzuklären. Jetzt, da du dies weißt, was glaubst du, wie groß dein Wert für uns noch ist? Dich zu rauben war ein blutiger Irrtum. Und deine Kapriolen zu erdulden, fehlt mir die Geduld. Sag mir, was mir dein Leben wert ist? Welchen Nutzen hast du für den Orden? Wenn du eine von uns werden willst, dann bist du willkommen. Ansonsten …«

Er überließ es ihr, sich vorzustellen, was geschehen mochte. Plötzlich kostete das Atmen Gishild ungeheure Mühe. Sie ließ sich auf den kleinen Schemel sinken, der vor dem Fenster stand. Es gab ein Grab von ihr … Aber Silwyna wusste doch, dass sie lebte! Sie hatte alle Lügen durchschaut und zu ihr gefunden. Warum kehrte sie nicht zurück?

»Nun, Prinzessin. Hast du eine Antwort für mich?«

Leon machte ihr Angst. Sie wusste, wie unbarmherzig er sein konnte.

»Ich ... Mein Vater und meine Mutter würden mich immer wiedererkennen.«

»Dein Vater ist verschollen. Deine Mutter hat sich zur Königin des Fjordlands krönen lassen und ihr Fest damit beendet, dass sie siebenunddreißig Ritterbrüder und -schwestern meines Ordens hat hinrichten lassen. Wehrlose Gefangene, Gishild. Sag mir, worüber ich mit dieser Frau noch zu sprechen hätte. Im Übrigen glaube ich, dass sie sich schon bald einen neuen Mann nehmen wird, um ihre Herrschaft zu festigen. Du musst lernen, neu zu denken! Dein Wert liegt allein in dir, Gishild. Sonst ist dir nichts geblieben!«

Das war zu viel! Sie weigerte sich, all das zu glauben. Hätte Silwyna ihr dies verschwiegen? Ja, wahrscheinlich ... Es war viel zu wenig Zeit zum Reden gewesen, als sie einander in der Schlammgrube unter dem Kettengeflecht begegnet waren. Sie war auf sich allein gestellt.

Leon streckte ihr die Hand entgegen. »Du bist in unseren Reihen willkommen, Gishild. Du kannst eine der unseren sein. Du musst nur diese Hand nehmen.«

»Ich kann doch nicht meinen Göttern abschwören und mein Land verraten. Ich bin das Fjordland ...«

Zum ersten Mal, seit er die Kammer betreten hatte, lächelte der Primarch. Ein Gitterwerk feiner Fältchen umgab seine Augen. »Ist das nicht ein bisschen viel für ein Mädchen in deinem Alter? Wie kannst du das Land sein?«

»Ich bin die Letzte meiner Blutlinie. Ich gehöre dem Land. Ich muss ...« Ihr versagte die Stimme. Würde ihre Mutter wirklich einen anderen heiraten? Sie liebte Gunnar. Aber wenn er verschollen war, blieb ihr keine Wahl. Tränen traten Gishild in die Augen. Fast zwei Jahre waren vergangen, seit sie ihren Vater das letzte Mal gesehen hatte. Aber obwohl sie so weit fort war, hatte sie ihn immer im Herzen getragen. Und sie hatte gewusst, dass auch er immer an sie dachte. Und dass er nichts unversucht lassen würde, um sie zurückzuholen. Dass er nicht mehr da sein sollte ... Tot ... Noch nie hatte sie an seinen Tod gedacht. Er war so stark, unbesiegbar! Ein Held, den selbst die Albenkinder respektierten. Er konnte nicht tot sein.

»Würdest du deinen Gott und deinen Orden verraten, Primarch?«

Leon sah sie lange schweigend an, während sie mit den Tränen kämpfte. Endlich nickte er. »Ich will dich nicht zerbrechen, Gishild. Ich will mir deiner sicher sein. Und ja ... Auch ich würde meinen Gott und meinen Orden nicht verraten. Ich kann von dir nicht verlangen, was ich selbst nicht täte. Und ich schätze deine Loyalität, auch wenn sie nicht mir gilt. Versprich mir, dass du nicht abfällig von Tjured und unserem Ritterorden reden wirst. Und versprich mir, dass du deine Ordensbrüder und -schwestern deinen Heidenglauben nicht allzu deutlich spüren lässt. Glaubst du, du kannst das?«

Sie nickte.

»Ich will dir vertrauen können, Gishild. Und nicht, dass wir uns falsch verstehen: Dies alles sind Voraussetzungen, damit du hier bleiben kannst. Ich betrachte nichts davon als ein besonderes Entgegenkommen von dir. Die alles entscheidende Frage für mich ist: Was bietest du mir für Lucs Leben? Es liegt jetzt in deiner Hand, ob er lebt oder stirbt.«

Gishilds Herz raste. Was wollte der Alte hören? Sie hatte begriffen, wie wenig sie dem Orden bedeutete. Was hatte sie noch anzubieten? Nur eins war ihr noch geblieben. »Ich biete mich.«

Leon nickte. »Darüber müssen wir wohl noch genauer sprechen. Ich bin nicht wie Bruder Charles, ich mache mir nichts aus Novizinnen. Ich glaube, Luc wird eines Tages entweder ein bedeutender Ritter sein oder eine große Gefahr für unseren Orden. Und ich fürchte, du wirst entscheidenden Anteil daran haben, was aus ihm wird. Darüber werden wir uns nun unterhalten. Und wenn wir einig sind, lasse ich dich einen heiligen Eid schwören. Auf Luth, nicht auf Tjured. Diesem Götzen fühlt sich deine Sippe doch besonders verbunden. Dem Schicksalsweber ... Ich hoffe, er ist dir wohlgesinnt, kleines Mädchen. Denn wenn er es nicht ist, erwartet Luc das Richtschwert. Du hast in der Hand, was aus ihm wird.«

UNGLEICHE BRÜDER

Alvarez fühlte sich niederträchtig. Wenn er gewusst hätte, was daraus erwachsen würde, dann hätte er Gishild ziehen lassen. Was hatte sie schon angerichtet? Ein bisschen verbranntes Heu war diese Strafe nicht wert. Manchmal hasste er es, sein Blut! Es hatte ihn in die Bruderschaft gebracht. Er hatte nie die Wahl gehabt.

Honoré stieß seinen Gehstock auf den Boden. Der scharfe, metallische Klang war seine Art des Applaudierens. Jerome klatschte. Auch ihm hatte der Vortrag des Primarchen gefallen. Drustan blieb still. Lag es daran, dass er nur einen Arm hatte? Oder missbilligte auch er, was geschah? Er war der Magister von Luc und Gishild. Er hätte etwas sagen sollen. Zu schweigen war nicht genug.

»Wir haben auf der ganzen Linie gesiegt«, sagte Leon voller Stolz. »In nur einem Jahr haben die beiden zueinander gefunden. Und heute hat Luc den Beweis erbracht, dass er kein Wechselbalg ist. Er ist vom Blute des Guillaume. Seine Gabe tötet die Albenkinder!«

»Aber der Fuchsmann lebt!«, wandte Alvarez ein. Es war kindisch, aber er wollte, dass der Triumph des Primarchen nicht ohne Makel blieb.

»Deswegen müssen wir uns keine Sorgen machen«, meldete sich Honoré aus dem Dunkel seiner Wandnische zu Wort. »Die Auswirkungen der Gabe sind nur eine gewisse Distanz weit zu spüren. Wahrscheinlich war der Kobold gerade eben am Rand des Feldes. Nah genug, um Lucs Macht zu spüren. Aber weit genug entfernt, um nicht zu sterben.«

»So sehe ich das auch«, stimmte Leon zu.

Alvarez versuchte die Dunkelheit der Nischen mit seinen Blicken zu durchdringen. Wo war Drustan? Schon wieder sagte er nichts. Warum diese Heimlichtuerei?

Der Kapitän hielt diese Art von Versammlungen seit langem für überkommen. Dass sie ihre verschworene Gemeinschaft vor den übrigen Ordensrittern verbargen, vermochte er einzusehen. Aber dass sie sich untereinander nicht sehen sollten ... Das war doch Unsinn!

Wieder blickte er zu den dunklen Nischen, die den großen, kreisrunden Turmraum umgaben. Wie viele mochten heute Nacht hier sein? Wie viele Brüder und Schwestern umfasste die Bruderschaft des Heiligen Blutes? Sein Verstand sagte ihm, dass sie nur zu fünft waren. Aber sein Herz ... Zu den Anderen mit seinem verdammten Herzen! Seit er Mirella begegnet war, konnte er seinem Herzen nicht mehr trauen! Es hatte ihn verraten. Kein Tag verging, an dem er nicht an sie dachte. Für ein paar Stunden des Glücks zahlte er mit unendlicher Qual. Wo steckte sie nur?

»Was sind deine weiteren Pläne mit den Kindern?«

Endlich sagte Drustan etwas. Er war also doch anwesend!

»Ich wünsche, dass sie miteinander glücklich werden. Sei weniger hart zu ihnen. Gishild glaubt, dass sie mit ihrem Wohlverhalten Lucs Leben rettet. Sie glaubt, ich werde ihn jede Woche aufs Neue prüfen, weil ich ihm nicht vertraue. In Wahrheit werde ich ihn in die Geheimnisse der Bruderschaft einweihen. Und er soll mit den besten Heilkundigen aus all unseren Jahrgängen zusammen lernen. Ich will, dass er über die Jahrgänge hinaus in unserem Orden bekannt wird.«

»Aber hier wird er seine Gabe nicht entfalten können«, wandte Alvarez ein. »Das Land ist verbraucht. Und wir können wohl kaum jedes Mal einen Troll oder ein anderes Albenkind aufbieten, damit er aus ihnen Kraft zieht.«

»Ich glaube, er ist auch über die Gabe hinaus beschenkt von Gott. Er hat heilende Hände. Und er hat ein gutes Herz, das andere schnell für ihn einnimmt. Selbst ich kann mich nicht ganz davor verschließen. Wir werden diese Gaben nutzen. Er wird ein großer Anführer werden. Auch die Löwen haben ihn zu ihrem Kapitän gemacht. Und das, obwohl Joaquino wohl keineswegs unfähig ist. Er wird Großes leisten.«

»Und die Prinzessin? Glaubst du wirklich, dass sie sich fügt?« Alvarez dachte daran, dass er sie auf der *Windfänger* dabei erwischt hatte, wie sie Liliannes Truhe aufgebrochen hatten. Er war sich ganz sicher, dass Gishild Luc dazu angestiftet hatte.

»Ihr Herz gehört dem Fjordland. Aber mehr noch gehört es Luc. Ich bin mir nicht darüber im Klaren, worin sich die

Gefühle der beiden begründen. Aber ich muss es auch nicht wissen. Wir werden alles tun, um diese Liebe zu erhalten und wachsen zu lassen. Sie kann der Schlüssel zu unserem endgültigen Sieg über die Heiden werden. Du musst ihnen Gelegenheit verschaffen, allein miteinander zu sein, Drustan. Und dann werden wir sie trennen. Luc muss reisen. Er muss an Orte kommen, wo das Land noch unberührt ist von der Gabe. Wo er seine ganze Macht erproben kann. Diese Zeiten der Trennung werden ihre Liebe noch vertiefen.«

Alvarez dachte erneut an Mirella und daran, welchen Schmerz sie den beiden zufügen würden.

Leon hingegen war ganz euphorisch vor Begeisterung. »Gishild ist natürlich noch immer von großem Wert für uns. Ich musste ihr Selbstvertrauen brechen, damit sie sich leichter fügt. Es liegt nun an dir, Drustan, ihr wieder Mut zu machen. Fördere sie in ihren Stärken! Und lobe sie, wo sie es verdient. Wir müssen es schaffen, ihr Herz für uns zu gewinnen. Sie ist noch immer ihren Götzen ergeben. Wenn wir sie bekommen, dann bekommen wir auch das Fjordland. Dort wird man sie nicht so schnell vergessen. Also soll sie zurückkehren in ihre Heimat und ihr Geburtsrecht auf den Thron einfordern! Und wenn die Jarls sich gegen sie stellen, dann kann sie ein ganzes Heer von Ordensrittern zu Hilfe rufen. Aber zunächst sollen sie und Luc allein gehen. Es ist besser, wenn sie es ohne uns schaffen. Und wo Luc ist, da wird unser Orden folgen. Er wird uns den Weg bereiten. Dazu hat Tjured ihn auserkoren. Ich fühle das! Nie bin ich jemandem begegnet, in dem die Gabe so stark ist.«

Alvarez betrachtete das große Mosaik des Blutbaums, das den weiten Boden des Saals ausfüllte. Wie weit manche Äste der Krone voneinander entfernt waren. Er fühlte sich fehl am Platz.

»Heute ist der Tag, an dem sich alles ineinander fügt«, fuhr Leon fort. »Der Lutin hat vor den Schrecken der Gabe kapituliert. Er ist nun wie Wachs in meiner Hand.«

Die Nachricht riss Alvarez aus seinen melancholischen Gedanken. »Er redet? Und ist er ein Eingeweihter?«

»Er kann die Tore öffnen und kennt die Wege. Er ist ein begabter Magier, wie Bruder Valerian zu seinem Leidwesen erfahren musste. Wie es scheint, ist er sogar schon der Königin begegnet. Und alles, was ich wissen möchte, gibt er bereitwillig preis.« Leon trat aus dem Schatten seiner Nische heraus. Das hatte er noch nie getan! Er wirkte verändert, so voller Kraft. Das Alter schien von ihm abgefallen zu sein. Wie ein lebender Heiliger erschien er dem Kapitän. Ein Mann, der durch und durch von Gott durchdrungen war.

»Bruder Alvarez, wir werden ein neues Amt in unserem Orden schaffen. Als Flottenmeister, als Oberbefehlshaber über all unsere Seestreitkräfte und alle Hafenanlagen. Bist du bereit, diese Bürde zu tragen?«

Der Kapitän war völlig überrascht. »Ich weiß nicht, ob ich dem gewachsen bin. Ich bin doch nur ein Seekapitän ... Vielleicht sollte Lilianne ...«

»Nein! Es gibt zwei Gründe, warum meine Wahl zuerst auf dich fällt«, entgegnete der Primarch höflich, aber bestimmt. »Erstens soll einer der Unseren das Amt ausüben, weil der Flottenmeister um Geheimnisse wissen muss, die den Kreis der Bruderschaft nicht verlassen dürfen. Und zweitens muss der Flottenmeister ein erfahrener Kapitän sein, denn er wird eines Tages das größte Seegefecht in der Geschichte unseres Ordens befehligen.«

»Nicht, solange der Orden vom Aschenbaum nach unseren Schiffen greift!«, warf Honoré ein.

»Machen wir es uns zunutze. Schicken wir ihnen Schiffe und Mannschaften, die sich bewähren sollen. Es gibt nur noch wenige Gelegenheiten, sich im Seegefecht zu bewähren. Und in die Schlacht, die uns bevorsteht, sollten wir nur mit Veteranen ziehen.«

»Was für eine Schlacht wird das sein?« Jeromes Stimme war anzuhören, dass auch ihn die Begeisterung gepackt hatte.

»Ich habe von dem Lutin einen Ort erfahren, den die Elfenkönigin immer wieder aufsucht und der von der See aus zu erreichen ist. Er konnte mir einen Tag nennen, an dem die Erzfeindin auf jeden Fall dort sein wird. Dies wird der Tag sein, an dem wir sie für den Mord an Guillaume richten!«

»Wann wird das sein?«, fragte Honoré.

»Das erfahrt ihr zu gegebener Zeit«, entgegnete der Primarch. »Wir werden genügend Zeit haben, uns vorzubereiten. Dieser Tag wird den Untergang Albenmarks einleiten! Ich will tausend Ritter bereit haben, um zuzuschlagen. Und zehntausend Seesoldaten. Wir brauchen mindestens zehn Galeassen und zwanzig große Galeeren. Und nicht weniger als hundert Kanonen sollen zum Angriff bereit sein. Besser noch mehr. Wir werden die Anderen Demut lehren und endlich den Tod ungezählter Brüder rächen. All unser Streben wird von nun an auf diese Schlacht ausgerichtet sein. Wir werden die Albenkinder überraschen, wenn wir sie in ihrer Welt angreifen. Wir können nicht verlieren. Mit dieser Schlacht wird das Banner des Aschenbaums für immer in unserem Schatten wehen. Wir müssen am Rabenturm einen Hafen errichten und große Vorratslager anlegen. Wir müssen neue Schiffe bauen und …«

»Und du bist sicher, dass der Lutin uns nicht betrügt?«, warf Honoré ein.

»Besuche ihn und sieh ihn dir an! Er ist gebrochen. Er ist gar nicht mehr in der Lage zu lügen. Er bettelt förmlich darum, uns helfen zu dürfen. Mach dir keine Sorgen. Dieser Tag heute wird der Beginn des ruhmreichsten Kapitels in der Geschichte unseres Ordens sein. Alle Demütigungen werden vergessen sein! Kommt, tretet aus dem Schatten, Brüder. Das Schicksal der Bruderschaft des Heiligen Blutes wird sich endlich erfüllen! Wir werden Guillaume rächen! Gott will es!«

»Gott will es!«, rief Drustan mit seiner wohlgefälligen Stimme.

»Gott will es!«, stimmte auch Jerome ein.

Die Ritterbrüder traten aus den Nischen. Alvarez fühlte sich mit einem Mal wie berauscht. Nie hatte er sich so sehr als ein Werkzeug Gottes empfunden. Aus den Schatten der Nischen zu treten war befreiend. In allen Gesichtern stand Freude und Begeisterung. Nur Honoré wirkte nachdenklich. Doch er war schon immer griesgrämig gewesen.

Leon streckte den linken Arm vor. »Ihr alle, legt eure Herzhand auf die meine. Und lasst uns schwören, dass wir nicht ruhen werden, bis Emerelle tot und der Mord an Guillaume gesühnt ist.«

HIMMELSGEBOREN

Emerelle lehnte sich in das weiche Polster zurück und genoss den warmen Wind. Es war eine Ewigkeit her, dass sie zuletzt eine Reise in einer offenen Kutsche unternommen hatte. Und es war befreiend, dem Thronsaal entflohen zu sein. Zu oft hatte sie in die Silberschale geblickt. Sie hatte ihr Land vergessen und ihre Völker. Sie war einer Zukunft hinterhergejagt, die sich mit jedem Atemzug veränderte, ungreifbar, düster und schicksalsschwer. Die Gegenwart war dabei verloren gegangen. Sie war immer gern geritten, aber eine Kutsche erlaubte es ihr, sich zu entspannen, eine Reise einfach nur zu genießen. Zwei Dutzend Städte und ungezählte kleine Siedlungen hatte sie auf dem langen Weg gen Süden besucht. Sie war von einem strahlenden Frühling in einen goldenen Sommer hinein gereist. Drei Monde war sie nun schon unterwegs. Und sie ließ keine Verzögerung aus. Nahm sich Zeit, einen halben Morgen mit einem alten Koboldschuster zu plaudern, Lotuspflückerinnen zuzusehen oder den See der geheimen Stimmen zu besuchen. Sie war auf verborgenen Trittsteinen über das Wasser gegangen und hatte den Stimmen im Nebel gelauscht. Hatte sich von Pfirsich, Sandelholz und anderen Wohlgerüchen berauschen lassen, bis sie trunken gewesen war von Düften.

Schmerzlich war ihr bewusst geworden, wie fern sie ihren Völkern gewesen war. Wie sehr ihr Leben in Hofzeremoniell und Zukunftsangst gefangen gewesen war. Eine gute Herrscherin sollte ihren Untertanen näher sein, als sie es gewesen war. Das würde sich ändern. Sie hatte die Silberschale zwar mitgenommen, und Nacht für Nacht verbrachte sie immer noch viele Stunden damit, sich dem scheinbar Unaufhaltsamen entgegenzustellen, aber an den langen Reisetagen fand ihre Seele Frieden.

Schlaftrunken vom sanften Wiegen der Kutsche, blinzelte sie zum dichten Blätterdach empor, wo Licht und Schatten miteinander in den Baumkronen tanzten. Orchideen in allen Farben und Formen wucherten auf moosbedeckten Ästen. Pfeilschnelle Kolibris schossen durch das Dickicht aus Licht und Farben. Manko-Affen sangen im Wald verborgen ihr melancholisches Mittagslied. Hin und wieder konnte die Herrscherin rote Winkerkrabben erkennen, die sich die zerfurchte Rinde der Baumriesen hinaufhangelten.

Eine Schar tanzender Blütenfeen hielt mit Räucherstäbchen, die sie wie Lanzen schwangen, Moskitos und andere Blutsauger von der Königin fern. Natürlich hätte sich Emerelle leicht mit einem Wort der Macht vor jedweden Plagegeistern schützen können, doch sie schätzte es, von Blütenfeen umgeben zu sein. Ihre fröhliche, ausgelassene Art war Balsam für ihre wunde Seele. Und sie mochte es, mit ihnen versponnene Debatten über die Poesie im Wispern der Baumwipfel zu führen oder über verborgene Muster in den verschlungenen Pfahlwurzellabyrinthen der Baumriesen, von denen der Kundige die Geheimnisse der Welt abzulesen vermochte.

Emerelle richtete sich halb auf und blickte die Reiterkolonne entlang. Sie reiste mit großer Eskorte. Hundert Elfenritter unter dem Befehl Obilees schützten den langen Zug aus prächtigen Kutschen und schweren Wagen, die mit tausend alltäglichen Kleinigkeiten beladen waren, welche ein Hofstaat verlangte, um all seinen Glanz zu entfalten.

Kentauren aus Uttika, gewappnet mit glänzenden Bronzepanzern und hohen Helmen, von denen weiße Rosshaarbüsche wehten, hielten sich in unmittelbarer Nähe der Königin. Etwas abseits des hohen Damms, auf dem die Prachtstraße durch das Mangrovendickicht führte, streiften Kentauren aus den weiten Steppen des Windlands. Bis über den Bauch im brackigen Wasser spähten sie nach verborgenen Gefahren. Doch Emerelle wusste, dass sie hier im Dschungel nichts zu fürchten hatte.

Vahan Calyd war nur noch eine halbe Tagesreise entfernt. So nah an der großen Stadt gab es keine Raubtiere mehr. Keine Ochsenwürger und auch keine Riesenschnapper würden sich hierher verirren.

Voraus weitete sich der Himmel. Die Baumriesen wichen vom Damm der Straße zurück, um Reisfeldern Platz zu machen, zwischen denen sich hier und da Blumeninseln erhoben. Einzelne Holde wateten durch die blausilbern spiegelnden Felder und fischten Binsen und Seerosen aus dem Wasser.

In der Kutsche hinter ihr begann Yulivee auf einer ihrer Flöten zu spielen. Es war eine wilde, ausgelassene Melodie. Sie hatte darauf bestanden, Fenryls Sarg mitzuführen. Manchmal überraschte die Zauberin Emerelle. Die meisten hielten Yulivee für unbeständig und sprunghaft, aber wenn sie sich einmal etwas in den Kopf gesetzt hatte, dann besaß sie eine beeindruckende Ausdauer. So wie damals, als sie mit einer Handvoll Arbeiter begonnen hatte, das verlassene Valemas wieder aufzubauen und die Letzten ihres Volkes zur Siedlung ihrer Ahnen zurückzuführen.

Längst war Valemas wieder eine blühende Stadt. Doch das verdankte es allein Yulivee, die nicht davor zurückgeschreckt war, das scheinbar Unmögliche zu wagen. Vielleicht würde sie auch Fenryl … Emerelle seufzte. Nein, mit diesen Gedanken wollte sie sich nicht den wunderschönen Spätsommertag verderben!

Sie lehnte den Kopf weit zurück gegen das Polster, sah dem Flug der Blütenfeen zu und lauschte Yulivees Lied.

Der Himmel erschien ihr seltsam. Von tiefem Blau, fast wolkenlos, aber die Luft hoch über ihr schien zu zittern, so wie man es an besonders heißen Sommertagen über dem Sand und in der Wüste beobachten konnte.

Die Schläfrigkeit war verflogen. Hier wurde Magie gewirkt! Emerelle richtete sich auf. In diesem Augenblick fiel ein langer, weißer Rauchfaden aus dem Blau. Ein dunkler Punkt an seiner Spitze raste dem Boden entgegen. Zwei, fünf, ein Dutzend weitere Rauchfäden zerteilten den Himmel wie Gitterstäbe.

Alarmrufe erklangen entlang der Kolonne. Reiter saßen ab. Die Kentauren preschten durch das Reisfeld und zermalmten die zierlichen, grünen Pflanzen unter ihren Hufen.

Ein tönernes Klirren ließ Emerelle herumfahren. Dichter Rauch wogte hinter ihrer Kutsche über den Damm.

»Dein Schwert!«, rief sie dem Uttiker neben ihrer Kutsche zu.

Der Kentaur zog seine Klinge und reichte sie mit dem Heft voran. »Bitte, Herrin, verlasst die Kutsche nicht.«

Emerelle ignorierte diesen Wunsch. Dort zu bleiben war das Dümmste, was sie tun konnte. In der Kutsche würden sie zuerst nach ihr suchen, wer immer sie auch sein mochten.

Der Wind frischte auf. Flügel rauschten. Der Rauch wurde in wirbelnden Spiralen über die Straße getrieben. Etwas Großes glitt dicht über sie hinweg. Wieder sah sie das seltsame Hitzeflimmern, jetzt ganz nah über ihr. Doch es verweilte nicht auf der Stelle, sondern glitt pfeilschnell über sie hinweg. Ein weißer Schatten erschien und verschmolz sofort mit dem Rauch.

»Meuchler!«, erklang irgendwo voraus ein Entsetzensschrei. Schwerter klirrten.

Selbst während des Höhepunkts der Schattenkriege hatte Emerelle so etwas nicht erlebt. Welcher Feind war ihr erwachsen, ohne dass sie davon etwas geahnt hatte?

Die ganze Straße war mit einem Mal in trüben weißen Rauch gehüllt. Gestalten huschten vorbei, Pferde wieherten. Es war erstaunlich wenig Waffenlärm zu hören, auch keine Todesschreie wurden laut. Wer immer diese Meuchler waren, sie arbeiteten mit tödlicher Präzision und hatten es geschafft, ihre Eskorte völlig zu überrumpeln.

Emerelle ahnte eine Bewegung hinter sich. Sie fuhr herum, das Schwert zu einem Schlag auf Kehlenhöhe erhoben. Die Waffe schlug auf Stahl. So heftig war der Aufprall, dass ihr ein sengender Schmerz bis in den Oberarm schoss.

Eine Gestalt ganz in Weiß stand vor ihr. Ollowain!

»Zieht euch zurück, Elfenritter«, scholl seine Stimme über den Schlachtenlärm. »Befiehl auch deinen Kriegern, die Waffen zu senken. Wir wollen doch nicht, dass jemand zu Schaden kommt.«

Emerelle legte die Linke auf den Albenstein auf ihrer Brust. Ihr Schwert deutete noch immer auf Ollowains Kehle. »Krieger meiner Wache, senkt die Waffen. Die Gefahr ist vorüber.« Ihre Magie trug die Worte viele hundert Schritt weit, obwohl sie fast im Plauderton gesprochen waren.

Der Kampflärm verebbte. Ein Wort der Macht rief Wind herbei, der die weißen Rauchschleier davontrug. Hoch über ihnen kreisten Schwarzrückenadler am Himmel. Dazwischen schillerte die Luft.

»Was, bei den Alben, geht hier vor, Ollowain?«

»Du reist nach Vahan Calyd, um die Schiffe und meine Elfenritter zu sehen, nicht wahr, Herrin?«

»Ganz recht!«

»Ich wollte, dass du meine Krieger nicht auf irgendeiner Wiese aufmarschieren lässt. Du solltest sehen, was geschehen wird, wenn du uns in den Kampf schickst.«

Emerelle sah die Reihe der Kutschen entlang. »Tu das nie wieder«, sagte sie so leise, dass niemand außer dem Schwertmeister es hören konnte. »Ich hätte dich oder andere durch einen Zauber töten können. Es ist ein Wunder, wenn niemand verletzt ist.«

»Meine Elfenritter waren einverstanden, ein Manöver unter Gefechtsbedingungen durchzuführen. Sie waren sich der Gefahren bewusst. Sie üben seit über einem Jahr und werden unruhig. Weißt du etwas Neues? Wann wirst du uns fortschicken?«

»Ich kann es dir nicht sagen, Ollowain. Wir werden von Silwyna Nachricht erhalten, wo Gishild ist. Die Silberschüssel verrät es mir nicht. Ich habe sie in einem Heerlager gesehen, aber ich kann nicht sagen, wo es liegt. Ich sehe viele weiße Zelte. Und Ritter des Blutbaums. Hunderte von ihnen. Gishild ist mitten unter ihnen. Sie ist älter, wenn ich sie im Silberspiegel erblicke, kein kleines Mädchen mehr. Und sie trägt das Weiß der Ordensritter. Wir werden sie verlieren, wenn Silwyna nicht bald kommt!«

»Uns fehlen noch Schiffe«, gestand Ollowain ein. »Es sind erst zwei vollendet. Wir brauchen mehr Zimmerleute. Es wird eine eigene Flotte nötig sein, auf der wir Vieh für die Adler transportieren …«

»Vor allem wirst du mehr Krieger benötigen. Und mehr Adler. Deine Mission darf nicht fehlschlagen, Ollowain. Wir haben nur einen einzigen Versuch, Gishild zu befreien. Wenn er misslingt, wird sie uns für immer verloren gehen. Du wirst gegen eine tödliche Übermacht antreten. Und vielleicht wirst du Gishild inmitten unserer Feinde suchen müssen. Ich bin hier, um dir zu helfen. Du wirst alles bekommen.« Das war nur die halbe Wahrheit. Insgeheim hegte Emerelle die Hoffnung, dass sie beide noch einmal die alten Zeiten aufleben lassen könnten. Sie vermochte Falrach nicht zu vergessen. Forschend sah sie den Schwertmeister an. Er hatte sich sehr verändert seit dem Trollkrieg … Aber es wäre nicht klug, ihn darauf direkt anzusprechen. »Ich werde Krieger aus meiner Leibwache an deine Elfenritter abtreten. Obilee hat sie gut ausgebildet. Es sind hervorragende Kämpfer.«

»Wir brauchen eine Übermacht nicht zu fürchten«, entgegnete der Schwertmeister reserviert. Er zog einen dicken, stählernen Bolzen hinter seinem Gürtel hervor und reichte ihn der Königin. Er war etwas größer als ein Armbrustbolzen, dicker und ungewöhnlich schwer. Ein Ende war eine geschliffene dreikantige Spitze, am anderen Ende waren drei flache, stählerne Federn aus dem Metall getrieben worden.

»Was ist das?«

»Brandax nennt es den leisen Tod. Der Kobold hat es ersonnen, weil er befürchtet, dass wir gegen eine erdrückende Übermacht antreten müssen. Sie werden zu Dutzenden in Kisten gepackt. Wirft man sie ab, sorgen die Federn dafür, dass sich die Bolzen mit der Spitze nach unten ausrichten. Aus nur fünfzig Schritt Höhe durchschlagen sie jede Rüstung und jeden Helm. Sie verleihen uns eine Kampfkraft, als hätten wir über hundert Armbrustschützen in der Luft. Je dichter unsere Feinde stehen, desto schlimmer für sie! Zusammen mit den Rauchtöpfen werden die Bolzen für heillose Verwirrung sorgen. Und dann komme ich mit meinen Rittern aus dem Rauch. Wir werden siegen, Königin, das verspreche ich dir. Wir sind bereit. Alle warten nur noch auf deinen Befehl!«

»Was hast du mit den Adlern gemacht? Warum konnte ich sie nicht am Himmel sehen?«

Das wirst du ihr nicht sagen. Die Stimme war in Emerelles Kopf. Ein riesiger Schatten glitt über sie hinweg. König Wolkentaucher!

Unsere Geheimnisse sollen ihr verborgen bleiben!

Der Herrscher der Schwarzrückenadler drehte ab und stieg steil in den Himmel empor.

»Es ist nicht leicht mit ihnen«, sagte Ollowain. »Sie sind unglaublich dickköpfig. Und sie fressen jeden Tag eine Herde Schafe. Eine ganze Herde! Wenn sie hungrig sind, gibt es gar kein Auskommen mit ihnen. Ich weiß nicht, wie Melvyn es gemacht hat. Ich …«

»Er hatte wenige Adler. Und Wolkentaucher war sein Freund …« Emerelle berührte ihn sanft am Arm.

Der Schwertmeister zog den Arm zurück.

DIE LETZTE NACHT

Sie hatte Leon geschworen, dass er keinen Sonnenaufgang mehr erleben würde, an dem sie nicht treu zum Orden stand. So lange, bis sie sich mit allen anderen Löwen ihrer Lanze die Sporen der Ritterschaft verdient hatte. Allerdings hatte sie darauf bestanden, dass sie unter keinen Umständen an Kämpfen gegen Heiden oder Albenkinder teilnehmen würde.

Leon hatte zugestimmt. Und für kurze Zeit hatte Gishild geglaubt, es sei ihr gelungen, den Primarchen zu täuschen: Bis Sonnenaufgang war sie noch frei. Erst dann galt der Schwur.

Erst als man sie in die Kammer mit dem vergitterten Fenster und der schweren Eichentür sperrte, musste sie sich eingestehen, dass er sie durchschaut hatte.

Aber sie wollte die Hoffnung nicht aufgeben. Gishild Gunnarsdottir setzte man nicht einfach gefangen! Nicht einmal ihr Vater hatte das geschafft. Der Gedanke an ihn trieb ihr

Tränen in die Augen. Sie sollte nicht so dumm sein, Leon auch nur ein Wort zu glauben! Ihr Vater lebte und suchte sie. Ganz bestimmt!

Eine letzte Sache galt es noch zu erledigen. Verzweifelt kratzte sie mit ihrer Gürtelschnalle am Mörtel zwischen den Gitterstäben. Sie hatten zu viel Sand beigemischt. Langsam zerbröckelte er. Ihre Finger waren wund, aber sie würde durchhalten. Sie musste es einfach schaffen!

Voller Sorge blickte sie zum Horizont. Noch war es dunkel. Wie lange würde es bis zum Sonnenaufgang dauern? Zwei Stunden? Oder drei?

Sie ruckte an dem Gitter. Endlich bewegte sich etwas. Knirschend rutschte ein Stab aus seiner Halterung. Gishild hielt den Atem an. Hatte sie jemand gehört? Sie musste sich auf die Zehenspitzen stellen, um aus dem Fenster blicken zu können. Ein Stück seitlich war ein Wehrgang, der die alte Festung mit einer kanonenbestückten Bastion verband. Dort gab es bestimmt Wachen! Aber nichts regte sich.

Unmittelbar unter dem Fenster lag der See. Wenn sie unbemerkt ins Wasser gelangte, würde sie es schaffen.

Gishild versuchte sich zwischen den Stäben hindurchzuzwängen. Zu eng! Sie hätte laut losfluchen mögen vor Wut. »Kannst du mir eine Mühsal in meinem Leben ersparen, Luth?« Sie tat alles für das Fjordland! Und was taten ihre Götter für sie? Hätten die Stäbe nicht eine Handbreit weiter auseinander stehen können?

Erschöpft begann sie wieder am Mörtel zu kratzen. Sie durfte nicht aufgeben! Es musste ihr einfach gelingen.

Eine Ewigkeit schien zu vergehen, bis sie den zweiten der drei Gitterstäbe verrücken konnte. Sie holte das Laken, das sie in Streifen gerissen hatte, und befestigte es am letzten Eisenstab, der noch fest in seinem Mörtelbett ruhte.

Sie hatte das Laken in sich gedreht und mit Knoten versehen. Und sie hatte damit über den Boden gewischt, bis ihr Kerkerzimmer blitzsauber gewesen war. Aber alles hatte nicht geholfen. Die Zelle war einfach nicht schmutzig genug gewesen. Spätestens beim ersten Morgenlicht würde man es entdecken. Allzu deutlich hob sich das Leinen vor dem dunklen Mauerwerk ab. Aber daran konnte sie nichts ändern. Sie musste diesen Weg noch gehen. Ihr Eid galt erst zum Morgengrauen! Sie tat es, weil sie hier bleiben wollte. Weil sie Luc beschützen musste. Weil ihr Eid sie zwang, eine Ritterin zu sein.

Gishild zwängte sich durch das Gitter. Sie schrammte sich die Wangen an den rostigen Stäben auf. Dann verdrehte sie sich, um ihre Schultern hindurchzuzwängen. Sie atmete aus. Ja. Sie war hindurch. Auf dem Außensims kauernd, knotete sie das Betttuch fest. Mit klopfendem Herzen spähte sie zum Wall hinüber. Keine Wache! Sollte sie tatsächlich einmal Glück haben?

Hand über Hand ließ sich Gishild an dem verknoteten Betttuch hinab. Jeden Augenblick rechnete sie mit einem Alarmruf, aber alles blieb still. Wurde sie beobachtet? Silwyna hätte das spüren können. Aber die Elfe hatte es ihr nicht beizubringen vermocht.

Das Wasser war unangenehm kühl. Bäche, die hoch aus den Bergen kamen, speisten den großen See im Tal. Die Prinzessin biss die Zähne zusammen. Sie stand bis über dem Kinn im Wasser. Völlig reglos … Nichts geschah. Langsam, mit vor Kälte tauben Gliedern, schwamm sie zum Ufer.

Im Schatten eines Mauervorsprungs kauerte sie sich nieder und massierte sich Arme und Beine, bis die Wärme in ihre Glieder zurückkehrte. Dann suchte sie nach dem Fenster. Sie wusste, es war in diesem Flügel der Burg. Sie hatte

Luc genau ausgehorcht und war mehrmals um die Burg gestrichen, um sich eine Vorstellung davon machen zu können, wo sie finden würde, was sie suchte.

Bei den Plänen, die sie sich für ihren Einbruch zurechtgelegt hatte, war sie nie davon ausgegangen, dass sie ohne eine Waffe unterwegs sein könnte. Noch einmal müsste ihr die Gürtelschnalle helfen. Es gab keinen anderen Weg. Ob sie schmal genug war? Und lang genug?

Gishild kletterte das grobe, unverputzte Mauerwerk empor. Die Natursteine boten genug Griffe. Fast alle Fensterläden in diesem Flügel der Burg waren geöffnet und mit eisernen Haken gesichert. Vorsichtig, Zoll um Zoll, zog sich die Prinzessin auf das Sims. Sie griff in trockenen Vogelkot.

Sie roch an den eingetrockneten Exkrementen. Das war nicht von Tauben! Sie war am Ziel! Mit angehaltenem Atem spähte sie durch die Butzenscheiben. Natürlich konnte sie in der dunklen Kammer nichts erkennen. Aber sie sollte verlassen sein! Sie wusste, dass Lilianne eingeladen worden war, die Novizen des ältesten Jahrgangs durch ihre letzte Nacht zu geleiten. Jeder Novize hatte für sich einen einsamen Ort gesucht, um dort im Gebet mit Tjured die letzten Stunden als Schüler zu verbringen. Morgen würden sie die goldenen Sporen erhalten und Ritter sein. Und jeder von ihnen durfte sich ein eigenes Wappen erwählen.

Einige auserwählte Magister begleiteten die Novizen durch die Nacht und wanderten von einem zum anderen. Sie suchten Gespräche oder schwiegen mit ihnen, ganz wie es der Wunsch der Schüler war.

Gishild nahm die Gürtelschnalle und drückte sie in den schmalen Spalt zwischen den beiden Fensterflügeln. Das Holz knirschte. Die Schnalle würde tiefe Schrammen hinterlassen.

Endlich spürte sie den Widerstand des hölzernen Sperrriegels. Vorsichtig brachte sie die Gürtelschnalle unter den Riegel und hebelte ihn hoch.

Sie lauschte. Was, wenn Lilianne doch in ihrer Kammer war? Vielleicht hatte sie sich unwohl gefühlt? Nein, sie würde immer gehen, so lange sie Füße hatte, die sie trugen.

Gishild glitt leise in das Zimmer und versperrte das Fenster. Es roch nach Fleisch und eingetrocknetem Blut. Eine einzelne, große Fliege flog summend umher, verborgen in der Dunkelheit. Der Geruch von Federn und eingetrocknetem Vogelkot vermengte sich mit dem Duft alter Bücher in Ledereinbänden.

Gishild stand still. Sie lauschte. Atmete das Zimmer. Aus ihren nassen Kleidern tröpfelte Wasser auf den Boden. Und dann hörte sie das Rascheln. »Winterauge?«

Das Geräusch verstummte. Das Butzenglas nahm dem blassen Sternenlicht die letzte Kraft. Kein Mond stand am Himmel. Gishilds Augen vermochten die Dunkelheit nicht zu durchdringen. Sie musste ihren anderen Sinnen vertrauen.

Die Truhe stand unter dem Fenster, hatte Luc gesagt. Aber dort war sie nicht mehr. Sie hätte sie sonst bemerkt, als sie eingestiegen war.

»Winterauge?«

Da war ein Hüpfen und Flattern. Und dann wieder Stille.

Mit vorgestreckten Armen tastete sich Gishild ins Zimmer. Sie stieß gegen einen Tisch.

Wieder flatterte es.

Das Mädchen blieb still stehen. War der Vogel frei? Warum sollte Lilianne so etwas tun? War sie vielleicht hier? Leon war nicht dumm. Er hatte sich wahrscheinlich gedacht, wohin Gishild wollte. Bestimmt hatte er Lilianne gewarnt.

Verzweifelt versuchte die Prinzessin, die Dunkelheit mit Blicken zu durchdringen.

Plötzlich war die Luft erfüllt von Flügelschlagen. Etwas bohrte sich in ihre Schultern, Gefieder streifte ihr Gesicht. Sie schrie erschrocken auf und wollte nach dem unsichtbaren Angreifer schlagen.

Ein schriller Schrei direkt neben ihrem Ohr ließ sie mitten in der Bewegung erstarren. Es war ein Vogelschrei, aber doch ganz anders als jeder Vogelruf, den sie je gehört hatte. Er hatte ... Nein, sie fand keine Worte. Da war etwas in diesem Schrei, das sie tief berührte.

Die langen Fänge des Adlerbussards hatten sich in ihre Schulter gebohrt. Der Raubvogel hielt still. Er saß auf ihrer Schulter. Er roch nach Aas und besudeltem Gefieder.

Gishild konnte ihn nicht sehen, es war zu dunkel. Aber mit allen anderen Sinnen fühlte sie ihn. Er war es! »Erkennst du mich wieder, Winterauge?«

Der große Vogel rührte sich nicht.

Er war das Letzte, was sie noch mit ihrer alten Welt verband. Wenn es stimmte, was Leon gesagt hatte, dann hatte sie ihren Thron im Fjordland verloren. Man hielt sie für tot. Das mussten doch Lügen sein! Silwyna wusste, dass sie lebte.

Aber die Elfen durften sie nicht holen kommen, nicht jetzt! Die Zeit war verstrichen ... Sie musste hier bleiben und Luc helfen. Ihn beschützen vor Leon und vor sich selbst. Und ... sie wollte seine Liebe. Er war alles, was ihr noch geblieben war. Auch ihn noch zu verlieren würde ihr das Herz zerreißen.

»Ich kann hier nicht fort, Winterauge. Du musst zurück. Finde Silwyna. Sag ihr, dass sie nicht kommen darf. Niemand soll kommen! Ich werde hier bleiben. Ich werde eine

Ritterin werden. Aber ich habe das Fjordland nicht vergessen. Ich werde fliehen, wenn Luc nicht mehr in Gefahr ist. Und ich werde mir meinen Thron zurückholen, wenn jemand es wagt, das Erbe meiner Familie an sich zu reißen. Geh zu meiner Mutter! Sag ihr, dass ich lebe. Sag ihr, dass es mir ...« Sie stockte. Sie war mitten unter ihren Feinden. Und sie war gezwungen, ihnen näher zu sein, als sie sich jemals hatte vorstellen können. »Sag meiner Mutter, dass alles gut wird. Und wenn du das getan hast, dann komm noch einmal zurück. Und bring mir Nachricht von meinem Vater. Von Mutter ... Ich muss wissen, wie es ihnen geht. Ich weiß, Fenryl ist irgendwie in dir, Winterauge. Du verstehst mich doch, nicht wahr. Graf? Aber wie sollst du mir antworten. Ich bin ein dummes Kind.« Sie lachte. »Bitte bring mir Nachricht. So wird es mir leichter fallen, hier auszuharren. Sie bringen Luc um, wenn ich gehe. Ich kann nicht, Fenryl. Ich kann nicht ... Aber ich kann es auch nicht ertragen, keine Nachricht zu haben. Bitte komm wieder! Nur ein einziges Mal! Berichte mir, dass Leon mich belogen hat und mein Vater lebt. Berichte mir, dass meine Mutter keinen anderen Mann hat. Ich werde auf dich warten. In jeder Neumondnacht. Auf dem Hügel nahe dem Turm meiner Löwen. Bitte komm zurück, Winterauge!«

Sie trat an das Fenster und öffnete es. »Flieg, Winterauge. Und vergiss mich nicht. Sei frei! Du weißt, wie wir Gefangenen uns fühlen. Bring mir Hoffnung!«

Der große Vogel stieß sich ab. Noch einmal bohrten sich seine Krallen tief in ihr Fleisch. Gishild spürte es kaum. Sie war taub vor Sehnsucht. Leon hatte bestimmt gelogen! Es war unmöglich, dass ihr Vater nicht mehr lebte. Winterauge würde ihr die Gewissheit bringen. Sie würde ein wenig Geduld brauchen. Zwei Monde, vielleicht drei ... Graf Fenryl würde in der Gestalt des Vogels wiederkehren. Vielleicht würde er sogar einen Brief von ihrem Vater bringen.

Gishild musste lächeln. Sie wusste, wie schwer ihrem Vater der Kampf mit Tinte und Feder fiel. Aber er würde es sich nicht nehmen lassen, ihr selbst zu schreiben. Die Vorfreude darauf erfüllte sie mit einem warmen Gefühl. Sie würde es aushalten hier. Und wenn sie und Luc Ritter waren, dann wäre es leichter zu fliehen. Ihr Vater würde Luc bestimmt mögen! Es war ganz unmöglich, ihn nicht zu mögen!

Winterauge war in der Finsternis verschwunden. Die Prinzessin verschloss das Fenster wieder. Bis hierher war alles gut gegangen. Sie hatte Glück gehabt! Und jetzt würde sie die Ritter vor ein Rätsel stellen. Leon und Lilianne würden wissen, dass sie hier gewesen war. Aber sie würde ein frisches Bettlaken stehlen und das alte in den See werfen. Sie würde die Gitterstäbe wieder an ihre Stelle setzen und mit kleinen Steinen verkanten, sodass man sehr genau hinsehen musste, um zu bemerken, was sie getan hatte. Vom Gang aus war es ein Leichtes, ihre Zimmertür zu öffnen. Nur von innen ging sie nicht auf. Es würde so aussehen, als habe sie die Kammer, in der sie eingesperrt war, niemals verlassen.

Sie lächelte in sich hinein. Sollten die beiden sich den Kopf zerbrechen, wie sie es fertiggebracht hatte! Sie durfte sich nur nicht erwischen lassen. Gishild öffnete die Tür und spähte nach draußen. Alles war ruhig.

DER BLUTBAUM

Luc hatte die ganze Nacht vor Aufregung nicht geschlafen. Zu viel war geschehen! Er war müde gewesen, hatte auf dem Bett gelegen, und seine Glieder waren ganz schlaff geworden. Aber sein Kopf arbeitete ohne Unterlass. So vieles verstand er nicht. Er hatte begriffen, dass nun alles gut werden würde. Aber er konnte sich nicht vorstellen, in welche Richtung ihn sein Leben führen würde. Er wollte ein Ritter sein, doch schon wieder war er anders als die anderen.

Er seufzte. Am Horizont vertrieb ein erster Silberstreif über den Bergen die Nacht. Seine Glieder waren noch immer schwer. Das Bett war zerwühlt ... Er hatte nicht einmal seine Kleider abgelegt. Er schloss kurz die Augen und dachte an Gishild. Drustan würde sie und die anderen jetzt bald wecken. Wenn man sie aus den Träumen riss, war sie übellaunig. Aber das hielt nie lange an. Bald würde er sie wiedersehen ...

Er konnte es kaum abwarten, bis sie allein miteinander wären. Er wollte einen Kuss von ihr. Aber vor den anderen war es ihm immer ein bisschen peinlich. Es machte ihm gar nichts mehr aus, mit allen Löwen seiner Lanze nackt baden zu gehen. Aber wenn die anderen zusahen, wie er Gishild küsste ... Das war etwas anderes. Dabei wollte er lieber allein mit ihr sein.

Er dachte an den Geruch ihrer Haare. Sie trug den Duft des Waldes mit sich. Sie ...

Die Tür zu seiner Kammer öffnete sich. Leon trat ein. Wie eine Naturgewalt sah er aus. Ein Schneesturm, weiß, voller Kraft. Der Alte hatte dunkle Ringe unter den Augen, aber er wirkte nicht erschöpft. Er lächelte und setzte sich zu Luc auf das Bett.

»Heute ist ein besonderer Tag. Der Tag der Erweckung der jungen Novizen. Der Tag, an dem alle Lanzen aus deinem Jahrgang ihren Wappenschild erhalten werden. Es wird ein großer Tag für den Orden sein. Aber deshalb bin ich nicht hier …«

Luc hatte sich aufgesetzt. Es war ihm peinlich, dass er in Kleidern und Stiefeln auf dem Bett gelegen hatte. Als Ritter sollte man sich immer vorbildlich verhalten, hatte Drustan sie Tag für Tag ermahnt. Auch wenn man sich allein und unbeobachtet fühlte.

Der Junge strich seine Kleider glatt.

Leon legte den Kopf schief und sah ihn an. Wie konnte der Mann, vor dem er solche Todesangst gehabt hatte, auf einmal so freundlich und warmherzig erscheinen?

»Ich habe dir versprochen, dass ich ein großes Geheimnis mit dir teilen will, Luc. Wenn du es kennst, wirst du alles, was war, besser verstehen können. Du wirst begreifen, dass ich nicht grausam zu dir sein wollte … Ich musste Gewissheit über dich erlangen. Und ich musste den Orden vor den Anderen schützen.«

»Ich weiß, dass …«

»Nein, Luc. Es geht nicht um die Neue Ritterschaft. Es geht um einen anderen Orden. Er ist so geheim, dass in Valloncour zurzeit nur fünf Ritterbrüder darum wissen. Du wirst zu diesem Orden gehören. In der nächsten Neumondnacht werden wir dich in die Bruderschaft des Heiligen Blutes aufnehmen. Gestern hat sich offenbart, dass du einer von uns bist.«

Luc fragte sich, ob ein aufrichtiger Ritter Geheimnisse haben durfte, doch Leon sprach bereits weiter.

»Ich werde dich erst dann zu unseren geheimen Treffen mitnehmen können, wenn du dir die Sporen der Ritterschaft verdient hast. Aber deine Ausbildung hier in Valloncour wird anders verlaufen als bei den übrigen Novizen. Du wirst zusätzliche Pflichten haben. Du wirst viel mehr lernen müssen. Dein Lohn wird sein, dass du die Welt, so wie Tjured sie geschaffen hat, besser verstehen wirst. Du bist von einem ganz besonderen Blute, Luc de Lanzac. Ein Auserwählter Gottes. Ich fürchte, deine Pflichten werden dich oft bedrücken. Du darfst zu niemandem von deinem Geheimnis reden. Nicht einmal zu Gishild, auch wenn du sie von ganzem Herzen liebst. Sie darf am allerwenigsten wissen, wer du wirklich bist. Versteh mich nicht falsch ... Es macht mein Herz froh zu wissen, wenn einer unserer Novizen oder Ritterbrüder die Liebe entdeckt. Und es spielt keine Rolle, dass Gishild eine heimliche Heidin ist.«

Luc erschrak zutiefst, dass ausgerechnet der Primarch das Geheimnis der Prinzessin kannte. Er war der Wächter des Glaubens. Er durfte keine Ketzer in den Reihen der Neuen Ritterschaft dulden!

»Luc, die Welt ist nicht nur schwarz und weiß. Ich freue mich an deiner Liebe, und zugleich bin ich voller Sorge. Gib gut auf dich Acht und auch auf Gishild. Die anderen Novizen deiner Lanze sollten nicht merken, wie sehr es ihr am wahren Glauben fehlt. Sie darf nicht zu den Götzen beten, ketzerische Reden schwingen und Tjured beleidigen. Bitte schütze sie vor sich selbst. Ich hoffe, dass sie mit der Zeit zu Tjured findet. Deine Liebe zu ihr könnte der Weg werden, der sie zu Gott führt. Sei ihr Wächter. Halte Unheil von ihr fern!«

»Ja, Herr, das werde ich tun«, sagte Luc aus tiefstem Herzen. »Ich danke dir für deine Nachsicht mit ihr, Bruder Primarch.« Er wollte niederknien und Leons Hände küssen. Wie viel musste es dem Alten abverlangen, eine Heidin inmitten der Ritterschaft des heiligsten Ordens der Kirche zu dulden. Er würde für immer in Leons Schuld stehen.

Der Primarch ließ es nicht zu, dass Luc vor ihm niederkniete. »Erniedrige dich nicht vor mir. Wir sind wie Brüder.« Er lachte leise. »Auch wenn ich ein Bruder bin, der wie ein Großvater aussieht. Du musst wissen, selbst wenn Gishild keine heimliche Heidin wäre, dürftest du nichts über die Bruderschaft verraten. Wir sind die Auserwählten Gottes, doch unsere Feinde sind ohne Zahl. Sogar in der Kirche gib es selbstsüchtige Priester, falsche Heilige, deren Gottesschwüre nur Lippenbekenntnisse sind! Wir müssen uns vor ihnen hüten. Aber eines Tages werden wir der Welt unser Geheimnis offenbaren. Und von da an wird sie ein besserer Ort sein, Luc. Es ist uns bestimmt, unsere Kirche zu beschützen. Keiner kann so für sie kämpfen, wie wir es können. Und deine Heilkraft, Luc, sie grenzt an ein Wunder. Wenn einfache Menschen erleben, was du zu vollbringen vermagst, werden sie dich für einen Heiligen halten.« Er schmunzelte. »Keine Sorge, ich tue das nicht. Ich weiß, dass du ein Junge bist, der hehre Ziele hat, aber in dessen Kopf auch jede Menge Flausen stecken. Eines Tages aber wird es anders sein. Wenn du die Welt begreifst und bereit bist, dich ganz zu geben, dann wirst du wahrlich ein Heiliger sein.«

Luc konnte sich das nicht vorstellen, es war zu viel. Aber er fand nicht die richtigen Worte, um Leon zu erklären, dass er kein Heiliger war. Denn das war er ganz bestimmt nicht! Er war nur ein Junge. »Ich bin …«

»Nein, Luc. Vertraue mir als dem älteren und weiseren von uns beiden. Ich habe dich erkannt. Ich habe tiefer in dein Herz gesehen, als du selbst es vermagst. Du bist, was ich dir gesagt habe, auch wenn du es jetzt noch nicht annehmen magst.« Er seufzte. »Ich erinnere mich noch gut, wie ich mich gefühlt habe, als Bruder Alain, der vor mir Primarch war, mir meine Macht offenbarte. Es war, als sollte ich als Knabe eine Rüstung anziehen, die für einen erwachsenen Mann geschmiedet worden war. Aber er hat recht behalten in allem, was er mir an jenem schweren Tag sagte. Ich weiß, was für eine Last ich dir aufbürde, Luc. Wenn du mir vertraust, wird es dir leichter fallen, sie zu tragen. Kannst du mir noch vertrauen, nach all dem, was zwischen uns war?«

Luc antwortete nicht sofort. Zu frisch war die Erinnerung an den Schatten des Schwertes. Wenn er gestern nicht alle Erwartungen des Primarchen erfüllt hätte, dann wäre er jetzt in einer unmarkierten Grube irgendwo im Wald verscharrt. Und niemand von seinen Ordensbrüdern und -schwestern hätte jemals erfahren, was aus ihm geworden war. Er sah Leon lange an. Er hatte das Gefühl, dass der Alte nun ihn fürchtete. Dass er in Sorge war, Luc könne sich verweigern. Aber durfte er das, wenn Gott ihn für eine besondere Aufgabe auserwählt hatte? Wäre es nicht Frevel, die Gaben Gottes zu missachten? Und wie es schien, meinte es Leon wirklich ehrlich damit, seinen Frieden mit ihm machen zu wollen. »Ich werde dir vertrauen«, sagte er.

»Dann lege nun die Hand auf dein Herz und schwöre, dass du niemals eines der Geheimnisse über die Bruderschaft des Heiligen Blutes verraten wirst.«

Luc legte die Rechte auf sein Herz. »Ich schwöre«, sagte er feierlich.

Der Alte atmete hörbar aus. »Gut, mein Bruder. Was weißt du über den Blutbaum, das Wappen der Neuen Ritterschaft?«

Die Frage war so einfach, dass Luc sie ein wenig beleidigend fand. Er hätte sie sogar beantworten können, bevor er Michelle zum ersten Mal getroffen hatte. Jedes Kind lernte, was es mit den Zeichen der Kirche auf sich hatte. »Als die Anderen Guillaume gefangen nahmen, banden sie ihn in Aniscans an eine große Eiche vor dem alten Tempelturm. Sie wollten ihn zwingen, Tjured zu lästern. Weil er sich nicht fügte, folterten sie ihn. Ihre Pfeile durchdrangen seine Arme und Beine, bis die ganze Eiche rot vom Blut des Heiligen war. Als er allen Martern widerstand, verbrannten sie ihn gemeinsam mit der Eiche. Der Blutbaum steht also für die Eiche, an der Guillaume seine Qualen erlitt. Der Aschenbaum ist das Zeichen seines Todes, den es zu rächen gilt.«

Leon klatschte in die Hände. »Gut gelernt, Junge, ich hätte es auch nicht besser sagen können. Aber es gibt noch eine verborgene Geschichte. Sie ist das Geheimnis der Bruderschaft des Heiligen Blutes. Guillaume hatte einen Sohn. Den heiligen Jules. Er war ein Wanderer, der die Tjuredkirche erneuerte und den Orden vom Aschenbaum gründete. Er wollte der Kirche ein Schwert schenken, damit sie künftig den Bluttaten der Anderen nicht mehr wehrlos ausgesetzt sei. Und Jules war ein Mann mit einem großen Herzen, dem auch die Herzen der Frauen leicht zufielen. Niemand kann sagen, wie viele Kinder er gezeugt hat. So wie Guillaume war auch Jules ein bedeutender Heilkundiger. Er hatte die Gabe von seinem Vater geerbt und gab sie an einen Teil seiner Nachkommenschaft weiter. Bis auf den heutigen Tag werden Urenkel des heiligen Guillaume geboren, die seine von Gott geschenkte Gabe im Blute haben.«

Leon sah ihn erwartungsvoll an.

Es dauerte einen Augenblick, bis Luc begriff, was das bedeuten mochte. Aber es war so ungeheuerlich, dass er es nicht auszusprechen wagte. »Das kann nicht ... Ich bin nicht ...«

Der Alte ergriff seine Hände. »Doch, Luc. Du bist ein Urenkel Guillaumes, und du trägst sein von Tjured geheiligtes Blut in deinen Adern. Unser Wappen, der Blutbaum, hat zwei Bedeutungen. Die eine kennt jedes Kind, wie du schon sagtest. Aber die zweite, verborgene Deutung ist nur der Bruderschaft des Heiligen Blutes bekannt. Das Wappen ist ein Abbild von uns. Von unserer Blutlinie. Guillaume und Jules sind der Stamm. Danach beginnt der Baum Äste zu treiben. Wir *sind* der Blutbaum, Luc.«

Der Junge fühlte sich ganz benommen. Leon musste sich irren! »Ich bin nur der Sohn eines Waffenmeisters. Du musst dich irren. Ich ...«

Der Alte lächelte melancholisch. »Nein, diesmal nicht, Luc. Gestern habe ich dich endlich erkannt.«

Das Lächeln erstarb. Luc hatte das Gefühl, dass Leon ihm etwas sagen wollte, aber sich dann doch entschied zu schweigen.

»Kennst du das Gefühl, dass du anders bist als die anderen? Dass etwas mit dir nicht stimmt?«

»Ja«, stieß er hervor. Bei Gott, das Gefühl kannte er so gut! Zwei Jahre lang, seit die Ritter mit den Rabenmasken nach Lanzac gekommen waren, hatte es ihn jeden Tag gequält. Und auch zuvor hatte er schon oft den Verdacht gehabt, dass etwas mit ihm nicht in Ordnung wäre.

»Du hast als Einziger die Pest in deinem Dorf überlebt. Du bist etwas Besonderes. Verzeih mir, wenn ich dich für einen Wechselbalg gehalten habe. Doch auch die Mächte der Verderbnis sind stark. Und ihre Waffe ist die Heimtücke. Du aber bist ein auserwählter Streiter Gottes. Doch muss dies ein Geheimnis bleiben, denn zu zahlreich sind unsere Feinde. Auch wir kämpfen im Verborgenen. Nicht einmal unsere Brüder und Schwestern dürfen wissen, was wir sind. Du wirst sehen, dies ist die größte Last von allen. Wirst du sie tragen können?«

Luc wusste, er würde nichts verraten. Er hatte es doch geschworen. Doch er hatte ein wenig Angst vor Gishild. Sie vermochte in sein Herz zu blicken. Wie sollte er vor ihr ein Geheimnis verbergen? »Ich werde der Bruderschaft des Heiligen Blutes treu sein. Und ich werde dir in allem gehorchen, Bruder Leon.«

»Nichts anderes habe ich erwartet.« Er erhob sich mit einem Seufzer. »Lass dir bei den Ställen ein Pferd geben, Luc. In weniger als einer Stunde werden deine Löwen ihren Wappenschild erhalten. Und lass dich nicht entmutigen. Auch ein Makel kann einem zum Ruhme gereichen. Wir Löwen gehen nie den einfachsten Weg. Dafür kennt uns jeder, selbst wenn uns nicht jeder liebt.«

DIE GEZEICHNETEN

Er ritt mit verhängtem Zügel. Langsam, so als wolle er nicht ankommen. Es war seltsam, ihn auf einem Pferd zu sehen, dachte Gishild. Er sah irgendwie zerbrochen aus mit dem leeren Ärmel, der träge im Wind flatterte. Drustans Gesicht war ausdruckslos. Was brachte er ihnen? Mit der verbliebenen Hand hielt er einen Schild. Er war in Leinen eingeschlagen und noch vor ihren Blicken verborgen.

Drustan trug eine geschlitzte, ärmellose Weste. Um seine Hüften war das Rapier geschnallt, mit dem er nicht mehr focht. Es war das erste Mal, dass Gishild ihn frisch rasiert sah. Doch wirkte er traurig und nicht wie ein Gast, der zu einem Fest kam.

Sie alle standen seit mehr als einer Stunde schon vor dem Turm. Kurz nach dem Morgengrauen hatte Leon sie ziehen lassen. Er schien nichts zu wissen. Er hatte weder die Tür untersucht noch das vergitterte Fenster. Zuerst war Gishild enttäuscht deswegen. Jetzt war sie erleichtert.

Sie war den ganzen Weg gelaufen, von der Burg bis zu ihrem Turm. Sie hatte gehofft, Luc in der Baracke vorzufinden. Leon hatte ihn ihr versprochen! Sie hatte ihn gerettet, auch wenn sie ihm das nie sagen durfte. Und dann war Luc nicht hier!

Aber er würde kommen! Das konnte Leon einfach nicht tun.

Drustan hatte den Fuß des Hügels erreicht. Ungelenk machte er sich daran, aus dem Sattel zu steigen. Keiner von ihnen lief hinüber, um ihm zu helfen. Sie alle wussten, er hätte es nicht gewollt.

Der schwere Schild entglitt ihm. Er schlug in den Staub.

René neben ihr stöhnte leise. Er sah vollkommen aus, wie immer. Sein weißblondes Haar schimmerte im Morgenlicht. Seine Haut war so hell, dass man die Adern darunter sehen konnte. Selbst die langen Wochen auf der Galeere hatten seiner Blässe nichts anzuhaben vermocht. Er erschien Gishild seltsam unwirklich. Die Elfen hätten ihn gemocht, wenn er sich nicht dem Blutbaum verschrieben hätte. So wie sie jetzt auch. Gishild schluckte hart.

Ramon lief Drustan entgegen. Ihr Magister hob abwehrend die Hand und murrte etwas Unverständliches. Ramon machte keine Anstalten, ihm zu helfen. Er hob den Schild auf und klopfte den Staub vom Leinentuch.

»Wo warst du letzte Nacht?«, raunte ihr Raffael ins Ohr. »Ich habe es vermisst, wie du mir verstohlen zuschaust, wenn ich andere Mädchen küsse.«

Gishild ignorierte ihn. Blöder Kerl! Wie schaffte er es nur, dass alle sich von ihm küssen ließen? Sogar Bernadette …

»Wir konnten die ganze Nacht dem Gesang von Ramons Gedärmen lauschen. Es war fürchterlich. Und Drustan war verschwunden … Von Luc gar nicht zu reden. Weißt du, was vor sich geht?«

»Wahrscheinlich hatten wir alle genug von deinem Geschwätz.«

»Autsch … Meine Rose zeigt heute ihre Dornen.«

»Fehle ich noch, damit du alle Mädchen aus unserer Lanze geküsst hast?«

Raffael zog einen wohl einstudierten Schmollmund. »Ich verstehe nicht, warum ich so einen schlechten Ruf habe.«

»Kommt mit zu Daniel«, sagte Drustan schroff und nahm Ramon den Schild ab.

Die Löwen folgten schweigend ihrem Magister. Sie alle ahnten, dass dies keine rühmliche Stunde für sie werden würde. Sie würden das Ruder der Galeere auf dem Wappenschild tragen. Für immer! Gishild betrachtete den blanken Schild auf dem Sarkophag Daniels. Wenigstens diese Schande war ihm erspart geblieben.

Schweigen durchdrang die unfertige Turmkammer. Drustan hängte den Schild an einen Haken des Baugerüsts. Immer bedrückender wurde die Stille. Was war mit dem Schild? Sie sollten es jetzt endlich hinter sich bringen, statt weiter auf die Leinenhülle zu starren.

Hufschlag störte ihr Schweigen.

Gishild sah auf. Ein Reiter kam ihren Hügel hinab, den Ort, an dem Luc ihr den Nordstern gezeigt hatte. Ganz in Weiß, auf einem Schimmel, ritt er durch die mannshohe Schafgarbe. Luc! Den Göttern sei Dank! Leon hatte Wort gehalten!

Er zügelte hart seine Stute, sprang aus dem Sattel und kam dem Turm entgegengelaufen. Keiner der Novizen rührte sich. Nur Gishild machte einen Schritt in Richtung der Pforte. Luc wirkte verändert. Euphorisch. Er ergriff ihre Hand. Wenn er sie jetzt küssen würde, würde sie vor Scham im Boden versinken, obwohl sie es sich so sehr von ihm wünschte.

»Entschuldigt, dass ich spät komme.«

Er sagte das auf eine Weise, die unmissverständlich deutlich machte, dass dies alles war, was er über sein Verschwinden kundtun wollte.

»Also beginnen wir.« Drustan räusperte sich erneut. »Wir alle wissen, was ihr getan habt. Ich mache keine langen Worte.« Er zog das Leinentuch vom Schild.

»Das ist nicht gerecht«, flüsterte Maximiliam, und er sprach ihnen allen aus dem Herzen.

Luc drückte Grishilds Hand ganz fest. Mit zusammengepressten Lippen starrte er auf den Schild.

Auf seiner Herzseite prangte der Blutbaum auf weißem Grund. Dicht neben dem Baum zerteilte ein schwarzes Ruder den Schild der Länge nach. Die Schwertseite aber war dort, wo ein roter Löwe auf weißem Grund hätte stehen sollen, schwarz gefärbt und zeigte einen stehenden weißen Löwen. Nie zuvor in der Geschichte der Neuen Ritterschaft hatte es einen solchen Schild gegeben.

»Das Schwarz steht für den Schlamm, mit dem ihr bis ans Ende eurer Tage euren Namen besudelt habt«, sagte Drustan mit gepresster Stimme. »Und Weiß kann in der Heraldik auch für Silber stehen. Ihr seid die Silberlöwen. Auch dies wird euch bis ans Ende eurer Tage anhaften. Diese Schandtaten könnt ihr nicht mehr ungeschehen machen. Aber ihr könnt mit dem Makel leben. Ihr könnt erreichen, dass Freund wie Feind voller Ehrfurcht von den Silberlöwen sprechen. Seid von nun an makellos, dann könnt ihr die Schande tilgen, die an eurem Schild haftet.«

HEIMKEHR

Skanga sah sich misstrauisch um. Die Trollschamanin war blind, aber sie nahm magische Auren wahr. Der Elfenpalast war durchdrungen davon, und zwar so sehr, dass es ihr Kopfschmerzen bereitete. Seit der kurzen Herrschaft des Königs Gilmarak war sie nicht mehr in Burg Elfenlicht gewesen. Emerelle reiste viel in letzter Zeit, wie man so hörte. Skanga wäre lieber gewesen, sie in Vahan Calyd oder sonst wo aufzusuchen. Jeder andere Ort wäre ihr lieber gewesen als das verfluchte Gemäuer, das nichts als schlechte Erinnerungen barg. Skanga reiste nur noch selten, jeder Schritt bereitete ihr Schmerzen.

Emerelle hatte ihr angeboten, sie holen zu kommen. Eingebildete Elfenschlampe! Sie war jünger als Emerelle. Sie brauchte niemanden, der für sie die Tore zu den Albenpfaden öffnete. Wenn Birga noch leben würde, das wäre eine Hilfe … Aber ihre Schülerin hatte für ihre Dummheit bezahlen müssen. Es war nie gut, sich mit den Elfen einzulassen! Und Alathaia hatte schon von weitem nach Tod und Verderben gerochen.

»Wenn du mir bitte hier entlang folgen würdest, ehrwürdige Meisterin.« Der Elf, der sie am Albenstern im Thronsaal erwartet hatte, wies höflich auf einen Flur, der zu den Pavillons am Park führte.

»Ich bin nicht deine Meisterin. Und ehrwürdig bin ich auch nicht, Elfenlümmel! Nenn mir deinen Namen, und wenn du mich noch einmal beleidigst, werde ich ihn auf ein Stück Mammuthaut schreiben, ihn verbrennen und dich dabei verfluchen. Behandle mich gefälligst mit Respekt!«

Der Elf blieb stehen. Deutlich konnte sie seine Aura sehen. Er drehte sich zu ihr um.

»Bitte entschuldige, ich bin kein Höfling, und meine Umgangsformen, was Trolle angeht, lassen wohl zu wünschen übrig. Ich bin Jornowell, Sohn des Alvias. Und solltest du mich verfluchen, dann besuche ich dich in deiner stinkenden Wolfshöhle und schneide dir die Kehle durch.«

Skanga sah den Elfen forschend an. »Sag mir, wie du aussiehst!«

»Ich habe aschblondes Haar. Meine Augen sind von ungleicher Farbe. Meine Haut ist von der Sonne gedunkelt. Ich trage einen weißen Waffenrock, der …«

»Das genügt!« Seine Aura verriet Skanga, dass er nicht allzu jung sein konnte. »Jornowell«, sie sprach den Namen mehrmals hintereinander aus. Nein, sie hatte ihn noch nie gehört. »Glaubst du, du würdest weit kommen, wenn du versuchtest, in meine Höhle einzudringen?«

»Steht dir der Sinn danach herauszufinden, wie weit ich käme?«

Sie lachte. »Du bist richtig, Jüngelchen. Wenn mir meine Wachen deinen Kadaver bringen würden, würde ich dich ehren und dein mutiges Herz essen.« Sie versuchte, sich an Alvias zu erinnern. Der Junge war ihm nicht sehr ähnlich, so wie er sich gegenüber einem Gast seiner Königin aufführte. »Du trägst also das Weiß der Elfenritter. Ich dachte, die seien alle bei Ollowain in Vahan Calyd. Was hat dich in den Palast verschlagen, wo du doch kein Höfling bist?«

»Ein Dienst für einen Freund.«

Skanga grunzte. Emerelle hatte ihr eine ganze Büffelherde als Lohn versprochen, wenn sie kam und half. Der Winter war nicht mehr fern. Es wäre gut, gefüllte Fleischkammern zu haben. Nur hatte die Elfenschlampe nicht sagen wollen, worum es bei dieser Hilfe ging. Und dieser Grünschnabel verriet auch nichts ... Die mussten sich verschworen haben! Jornowell war drei Köpfe kleiner als sie, obwohl sie alt war und krumm wie eine sturmgebeugte Eiche. Wahrscheinlich wog sie fünfmal so viel wie der Elf. Sie müsste sich nur nach vorne fallen lassen und könnte dieses zartknochige Bürschchen unter sich zerquetschen. Manchmal tat es ihr leid, dass ihr Volk Frieden mit den Elfen geschlossen hatte. Sie alle hatten etwas an sich, das Skanga dazu reizte, sie zu erschlagen. Ihre reine, blasse Haut, die überhebliche Art ... Sie waren von den Alben so überreich beschenkt worden, dass man ihnen etwas davon abnehmen wollte. Birga hatte zu ihrer Zeit gerne Elfen gehäutet. Aus ihren Gesichtern hatte sie Masken gemacht. Von der Geliebten Ollowains hätte sie besser die Finger gelassen ... Lyndwyn, diesen verfluchten Namen würde Skanga nicht mehr vergessen. Verdammter Schwertmeister! Sie hätte sich selbst davon überzeugen sollen, dass er tot war, als er in der Schlacht am Mordstein vor ihren Augen besiegt worden war. Ohne ihn würde Birga noch leben. Obwohl sie dumm gewesen war, hatte sich Skanga sehr an Birga gewöhnt. Ihre Angewohnheit, ungefragt alles zu beschreiben, was sie sah, vermisste Skanga jetzt, auch wenn sie sich früher oft darüber geärgert hatte.

Schwülwarme Luft schlug der Schamanin entgegen. Es roch nach Blüten, fetter schwarzer Erde und nach Elfen. Überall vor ihr waren Pflanzen, ein wahres Dickicht von Auren.

»Willkommen auf Burg Elfenlicht.« Das war Emerelles vertraute Stimme. Die Macht der Königin und ihren Albenstein konnte Skanga schon spüren, bevor sie die Herrscherin sah. Dicht bei ihr stand schweigend eine zweite Elfe. Auch sie war eine bedeutende Magierin. Skanga fühlte sich unwohl. Was mochten sie von ihr wollen? Es war unklug gewesen, alleine zu kommen!

»Wie ich sehe, habt ihr die Glashöhlen wieder mit allerlei Unkraut voll gestopft. Hat wohl nicht viel geholfen, dass wir hier zu Gilmaraks Zeiten gründlich aufgeräumt haben.«

»Doch, durchaus. Es hat mehr als ein Jahrhundert gedauert, bis die Kristallgärten wieder ansehnlich waren. Ihr wart sehr gründlich«, entgegnete Emerelle kühl.

»Freut mich zu hören.« Jetzt bemerkte Skanga den Vogel. Eine eigenartige Kreatur. Etwas mit ihm stimmte nicht. Seine Aura … Dicht bei der Königin lag ein Elf aufgebahrt, dessen Lebensfunke fast verloschen war.

»Soll ich dem halbtoten Elfen wieder auf die Beine helfen?«

»Es geht um etwas Schwierigeres, Skanga. Eine Seelenwanderung.«

»Du musst mir gegenüber nicht mit Worten angeben, die ich nicht verstehe. Wer ist das andere Elfenweib?«

»Ich bin Yulivee.«

Die Stimme klang jugendlich. Skanga wusste, dass die Magierin keineswegs mehr jung war. Sie hatte einiges von ihr gehört. »Yulivee. Du hast die Seelen der Dschinne befreit, nicht wahr? Ich habe auch gehört, dass du manchmal im Grasmeer des Windlands sitzt und dich mit Schmetterlingen unterhältst. Hast du dir vielleicht einmal irgendwo sehr hart den Kopf gestoßen?«

Die Elfe lachte. Sie tat es auf so offenherzige Art, dass sich sogar um Skangas Lippen ein kurzes Lächeln schlich.

»Nein, Schamanin. Den Kopf habe ich mir nicht gestoßen. Ein Dschinn hat mich großgezogen, ein paar Jahre lang. Manche sagen, das sei bei weitem schlimmer.«

Skanga wusste nicht genug über Dschinne, um zu ermessen, welchen Schaden sie anrichten mochten. Im Grunde interessierte es sie auch nicht. Sie war wegen einer Büffelherde gekommen. Allein das zählte. »Es gibt noch etwas zu klären, Emerelle. Eine Büffelherde, das ist ein weiter Begriff. Das können ein paar halb verhungerte Bullen sein. Andere Herden reichen von Horizont zu Horizont. Wir sollten das etwas genauer festlegen.«

»Woran hast du gedacht?« Die Königin klang gereizt.

»Fünfhundert ausgewachsene Tiere. Und alle müssen gut im Fleisch stehen. Keines darf krank sein. Dein Wort als Königin.«

»Du nutzt aus, dass ich mir nicht erlauben kann, dich fortzuschicken.«

»Schwätz nicht, Emerelle! Wenn ich es ausnutzen wollte, würde ich fünftausend Büffel fordern. Ich weiß, du hättest mich niemals um Hilfe gebeten, wenn du einen anderen Weg gewusst hättest. Feilschen wir nicht. Allein dass ich gekommen bin, ist fünfhundert Büffel wert. Ich bin Skanga. Man ruft mich nicht einfach wie einen Diener. Ich wandere durch Jahrhunderte, so wie du. Ich trage den Albenstein meines Volkes, so wie du. Ich bin keine Geringere als du,

Emerelle. Wärst du für fünfhundert Büffel zu mir gekommen?«

»Du wirst deinen Lohn erhalten. Ich gebe dir mein Wort als Königin.«

So war sie, dachte Skanga. Auf die Frage hatte Emerelle keine Antwort gegeben. Es war auch nicht notwendig. Die Schamanin wusste genau, dass die Königin der Elfen niemals zu ihr käme. Emerelle, die Unnahbare. Skanga war mehr als neugierig zu erfahren, was die Herrscherin so tief bewegt hatte, dass sie über ihren Schatten sprang und um Hilfe bat.

»Fürst Fenryl ist mit seinem Adlerbussard Winterauge geflogen.« Yulivee sprach sehr leise. »Mehr als zwei Jahre ist das nun her. Der Vogel kehrte nicht zurück, das Band zwischen ihm und Fenryl war zerrissen. Wie tot hat der Fürst dagelegen. All die Zeit! Vor zwei Tagen nun kehrte der Adlerbussard zurück. Er kam hierher zur Burg, und niemand kann sagen, von wo. Aber man sieht Winterauge an, dass er schwere Zeiten hatte. Er ist ausgezehrt. Sein Gefieder ist voller Ungeziefer. Und seine Augen haben keinen Glanz. Ich bitte dich, Skanga: Gib Fenryl seine Seele zurück.«

»Dummes Ding! Er ist ein Windsänger. Seine Seele war zwei Jahre mit der eines Tieres verbunden ... Weißt du nicht, was das bedeutet? Lass ihn endlich sterben. Den Mann, den du gekannt hast, gibt es nicht mehr. Wenn du ihn liebst, dann lasse ihn in Frieden.«

»Ich bin nicht seine Geliebte. Ich ... Ich kann ihn nicht aufgeben, Skanga. Es ist nicht gerecht. Er darf nicht auf diese Weise sterben.«

Die Schamanin schnaubte. Ja, so waren sie, die Elfen. Herrschsüchtig. Dieses dumme Weibsbild wollte bestimmen, wie der Fürst lebte und starb. Und sie faselte von Gerechtigkeit ... »Du bist sicher, dass du das willst?«

»Ja!«, sagte Yulivee entschieden. »Fenryl ist sehr alt. Seine Seele wird zu uns zurückfinden. Ganz sicher.«

Du hast keine Ahnung, Kind. Skanga blickte zu Emerelle. Wenn sie nur sehen könnte! Im Gesicht der Königin lesen. Oder wenn wenigstens Birga hier wäre, um ihr zu sagen, was sie sah. Aber gut ... Die Elfen wollten unbedingt eine Dummheit machen. Sollten sie es tun! Sie hatte sie gewarnt. Was nun kam, war nicht mehr ihre Angelegenheit.

»Du weißt, was zu tun ist, Emerelle. Wie man dem Fürsten die Seele des Vogels schenkt.« Skanga hatte ihre Worte mit Bedacht gewählt.

»Ja.« Die Stimme der Königin klang belegt. Die Schamanin war sich sicher, dass Emerelle wusste, was geschehen würde. Was schuldete sie Yulivee? Warum duldete sie diese Grausamkeit?

Die Herrscherin der Elfen beugte sich über den Fürsten. Vorsichtig öffnete sie seinen Mund und legte ihren Albenstein hinein. Skanga spürte die Macht des uralten Artefakts. Wenn sie diesen Stein besitzen könnte ... Nein, es wäre töricht, sich auf ein Kräftemessen mit Emerelle einzulassen. Hier mitten in ihrer Burg, mit einem ihrer Ritter im Rücken. Nein ... Sie brauchte diesen Stein nicht.

»Bring mir den Vogel!«

Yulivee sprach leise auf das Tier ein. Er schlug unruhig mit den Flügeln. Ob er etwas ahnte? »Halt du ihn lieber fest«, sagte Skanga leise. Das fehlte noch, dass ihr dieses Mistvieh in die Finger hackte.

Die Magierin redete beruhigend auf den großen Vogel ein. Er duldete es, dass sie ihn auf ihre Hand nahm. Seine Krallen schnitten in Yulivees zarte Haut, doch die Elfe ließ sich nichts anmerken. Ihre Aura war durchdrungen vom Licht freudiger Erwartung.

»Komm, tritt an meine Seite, Yulivee. Wir müssen ganz dicht bei Fenryl stehen.« Die Schamanin tastete nach dem Albenstein, der wohlverborgen zwischen Dutzenden Amuletten auf ihrer Brust lag. Er war warm. Skanga schloss die blinden Augen und öffnete sich ganz seiner Kraft.

Der Vogel stieß einen langen, schrillen Schrei aus. Ein Schrei, der peitschenden Sturmwind übertönt hätte, voll wilder Freiheit.

Skanga griff nach Winterauges Kopf. Ihre Finger schlossen sich zur Faust. Sie hörte es knacken, als Schnabel und Schädel zwischen ihren starken Fingern zersplitterten. Warmes Blut rann über ihre Hand, die besudelt war mit gallertartiger Hirnmasse.

»Nein!« Yulivee packte sie. »Was hast du getan? Was hast du getan, du seelenloses altes Weib! Ich verfluche dich ...«

Skanga spürte die Macht der Elfe. Ihre magische Kraft, verstärkt durch ihren Zorn. Zügellos.

Sie empfand Angst. Etwas ballte sich in Yulivee zusammen. Etwas, das sie vernichten könnte ...

»Nicht!«, fuhr Emerelle die Elfe an. »Sie musste es tun, um die Seelen zu befreien. Es ist der einzige Weg! Störe sie nicht, oder du verdirbst den Zauber!«

Skanga spürte Yulivees Schmerz. Schrecken und Schmerz, der gleich glühenden Dornen ihre Hand durchbohrte. Im Augenblick des Todes hatten sich die Krallen des Vogels verkrampft. Sie waren tief in Yulivees Hand gedrungen. Sein Blut vermischte sich mit ihrem.

Emerelle flüsterte Worte der Macht. Sie nahm ihren Albenstein aus dem Mund des Fürsten. Dann herrschte Stille.

Skanga wurde unruhig. War es geglückt? Sie hatte versucht, die Seele zu halten ... Hatte Yulivees Aufbegehren alles zunichtegemacht?

Fenryl tat einen tiefen Seufzer. Seine Brust wölbte sich. Plötzlich bäumte er sich auf. Seine Arme schlugen auf und nieder, als wolle er Schwingen ausbreiten und ihnen entfliehen. Die Augen des Fürsten blickten starr. Ruckartig bewegte sich sein Kopf. Und dann stieß er einen Schrei aus, wie ein Raubvogel. Lang, durchdrungen von einem Schmerz, der jenseits von Worten lag. Urtümlich und tief. Der Schmerz eines Tieres, das die Freiheit weiter Himmel verloren hatte.

»Fenryl.« Yulivee streckte die unverletzte Hand nach dem Fürsten aus. Sie tastete über seine Wangen. »Fenryl ...«

»Er war zu lange fort«, sagte Emerelle. »Zu lange. Er wusste um die Gefahr. Lass ihn gehen, Yulivee.«

Etwas Kaltes, Längliches störte plötzlich die Aura der Königin. Ein Messer? Skanga machte unwillkürlich einen Schritt zurück.

»Erlöse die beiden Seelen, Yulivee. Schenk ihnen ihre Freiheit. Es gibt nur einen Weg. Quäle sie nicht immer weiter, jetzt, wo du sehen kannst, dass ich dir die Wahrheit gesagt habe.« Sie hielt der Magierin das Messer hin. »Sei ehrlich zu dir. Geht es wirklich noch um Fenryl? Oder geht es nur um deinen Stolz? Du musst das Unabwendbare anerkennen. Auch wenn es nicht ist, was du gewollt hättest. Nun bring es zu Ende! Ein schneller Schnitt nur. So wird er kaum leiden. Oder willst du Fenryl gedemütigt sehen? Sieh hin! Es ist noch etwas von ihm übrig. Seine Seele ist nicht ganz verloren. Vielleicht begreift er, was mit ihm geschehen ist. Würdest du dir wünschen, so zu leben? Ich weiß, du wolltest nur das Beste. Nun sei stark genug und stelle dich der Wirklichkeit.«

Die Magierin nahm wortlos das Messer.

SEELENSCHMIEDE

Ich weiß nicht, wie sie es angefangen haben, aber sie haben an die Seelen der Kinder gerührt, und ich hasse sie dafür. Gishild wollte nie gern über ihre Jahre in Valloncour reden. Sie wusste, niemand würde verstehen, was dort mit ihr geschehen war. Selbst mir gegenüber hatte sie Zweifel, obwohl sie mir zuletzt vertraute wie nur einem anderen noch. Die Gelegenheiten, bei denen sie von ihrer Zeit unter den Novizen sprach, kann ich an den Fingern einer Hand abzählen. Es war im Fieberwahn ... in jenen Tagen, in denen ich noch zögerte zu tun, was unausweichlich war. Ihr Verbot zu übergehen und sie zu retten.

Er war in ihrer schwersten Stunde nicht da, obwohl er es ihr versprochen hatte. Manchmal, wenn ich an ihrem Lager saß und ihre Stirn kühlte, hielt sie mich für ihn, glaube ich. Sie sprach vertraut und voller Anspielungen, die nur verstehen konnte, wer mit ihr gelebt hatte.

Ich glaube, sie hat ihren Magistern lange Widerstand geleistet. Manche reden streng von ihr und können sie nicht verstehen. Aber sie war noch ein Kind. Und sie war allein, so allein! Immer wieder hat sie davon gesprochen, wie sehr sie auf Silwyna gehofft hatte und auf den weißen Boten.

Sie sprach auch viel von einem Spiel. Ich konnte nicht recht verstehen, worum es dabei ging, aber es scheint ihr etwas bedeutet zu haben ... Fünf Jahre war sie in Valloncour. Die Zeit, in der sie vom Kind zur Frau wurde. Und sie war stolz darauf, was sie in dieser Zeit für sich errungen hatte. Das zeigte sie uns allen an dem Tag, an dem sie ihr Wappen wählte.

Wenn ich heute an sie zurückdenke, dann sind Mut und

Stolz ihre herausragendsten Fähigkeiten. Viele reden von Moral, wenn sie von Gishilds Leben sprechen. Sie machen es sich leicht ... Ich sehe stets das Kind vor mir, das inmitten von Feinden aufwächst. Sie sind klug, die Ritter vom Blutbaum. Sie wussten sie zu nehmen ... und zu verführen. Nicht so, wie ein Liebhaber seine Schöne verführt. Sie haben ihre Seele verführt. Sie haben erreicht, dass sie nirgends mehr ganz heimisch werden konnte.

Was kann aus einem Kind werden, das von Menschen und Elfen erzogen wurde und dann in die Seelenschmiede der Ordensritter geriet? Darf es noch Glück in seinem Leben erwarten? Ich weiß, sie hat dort in Valloncour ihre Liebe gefunden. Doch das war das Schlimmste, was ihr geschehen konnte. Sie war einst glücklich. Daran ist sie zerbrochen. Mehr noch als an dem schrecklichen Krieg, in den sie hineingeboren wurden.

In ihren Fieberträumen hat sie von einem ersten Kuss, wo die Möwen fliegen, erzählt. Von Sommernächten in hohem Gras. Von einem Bett über Gräbern. Von gestohlenen Augenblicken. Ich habe Dinge erfahren, die sie mir bei wachem Verstand niemals verraten hätte. Und sie haben zutiefst mein Herz berührt, denn ich wusste ja, was für sie noch kommen sollte. Manchmal glaube ich, sie wäre glücklich gewesen, wenn sie eine von ihnen geworden wäre. Aber ihr, die ihr so gern von Moral redet und euch über Gishild das Maul zerreißt, weil sie so anders war – so viel stärker als ihr, so viel freier! –, ihr solltet bedenken, dass sie alles gegeben hat für das Fjordland. Und eben das hat sie zu dem gemacht, was größer ist als euer Bild von einem ehrenhaften Leben.

Sollen die Jahre in Valloncour ihr Geheimnis bleiben. Die Jahre, in denen die Ordensritter sie lehrten, Wunden zu schlagen und Wunden zu heilen. Kriege zu führen, mit kaltem Herzen Leben zu opfern, um Siege zu erringen, aber auch

Ödland urbar zu machen und ihr Volk vor dem Hunger zu bewahren. So voller Widersprüche wie ihre ungeliebten Magister war auch sie. Selbst in der Liebe war sie so, doch darüber will ich schweigen, so wie ihr auch von ihrer Zeit in Valloncour nichts weiter mehr von mir erfahren werdet. Denn nun will ich von Dingen berichten, an denen ich selbst Anteil hatte. Ich will Gishild nicht auch ihr letztes Geheimnis rauben, nachdem man ihr alles andere schon genommen hat.

ZITIERT NACH:
DIE LETZTE KÖNIGIN, BAND 2 – DER WECHSELBALG, SEITE 43 ff.
VERFASST VON: BRANDAX MAUERBRECHER, HERR DER
WASSER IN VAHAN CALYD, KRIEGSMEISTER DER HOLDEN

DAS RAPIER

Der Sand knirschte leise unter seinen Schritten. Der Elfenfürst bewegte sich durch das Feldlager, als gehöre er hierher. Tiranu trug den weißen Ordensmantel und den Helm eines Ritters. Doch wichtiger war, dass er den selbstbewussten Stolz eines Ritters vom Aschenbaum zur Schau trug. Er war die beste Tarnung in dieser Nacht inmitten seiner Feinde.

Fast fünf Jahre waren vergangen, seit die Ordensritter Gishild verschleppt und ihren Vater getötet hatten. Der Krieg um Drusna wurde immer noch mit unerbittlicher Härte geführt. Auch wenn alle wusten, dass die Tjuredkirche am Ende siegen musste.

Tiranu blickte zu den kalten Sternen auf. Der Mond war fast voll und stand tief am Himmel. Die Feuer waren herabgebrannt. Hunderte Krieger und Ruderer lagen in ihre Mäntel gehüllt am Ufer und schliefen.

Tiranu nickte einem Schlaflosen, der sich die Hände über der Glut rieb, kurz zu. Der Mann erwiderte den Gruß. »Was für eine schöne Nacht.«

»Ja«, entgegnete der Elf knapp. Mehr wagte er nicht zu sagen, denn sein Akzent würde ihn verraten, auch wenn er die Sprache der Menschen recht gut gemeistert hatte.

Der Krieger machte keine Anstalten, das Gespräch fortzuführen. Und Tiranu ging weiter auf das schwere Blockhaus inmitten des Feldlagers zu.

Es war eine der ersten warmen Frühlingsnächte. Der Duft von Apfelblüten lag in der Luft. Das Schilf am nahen Ufer raschelte im Wind. Dunkel hoben sich die Schatten der Galeeren und Frachtschiffe gegen den silbern schimmernden See ab. Sie würden Nachschub zum Feldheer bringen, das mehr als hundert Meilen weiter im Süden lagerte. Das Heer der Ordensritter war zu stark, um ihm in einer offenen Feldschlacht zu begegnen. Sie konnten nur hoffen, es von seinem Nachschub abzuschneiden.

Ein einzelner Ritter stand vor der Tür des Blockhauses Wache. Durch hundert Meilen Wald- und Marschland von den Heeren Albenmarks und des Fjordlands entfernt, fühlten sie sich sicher.

»Was ist dein Begehr?«

Der Elf hob eine versiegelte Lederrolle. »Dringende Befehle vom Erzverweser.« Hatte der Ritter den Akzent bemerkt? Noch drei Schritt, dann wäre er bei ihm.

»Ist was geschehen? Hat es eine Schlacht gegeben?«

Noch ein Schritt. Tiranu lächelte. »Nur einen einzelnen

Toten.« Seine gepanzerte Faust schnellte vor. Der Hieb zerquetschte dem Ritter die Luftröhre. Leise röchelnd ging er zu Boden. Mit beiden Händen umklammerte er seinen Hals, als gelte es, einen Würgegriff zu lösen.

Der Elfenfürst öffnete die Tür zum Blockhaus. Ein atemberaubender Gestank schlug ihm entgegen. Es roch nach schlechten Duftwässerchen, gebratenem Speck, Rotwein, zu lange getragenen Kleidern und übervollen Nachttöpfen. Und das hier waren ihre Besten, dachte er zynisch. Die Offiziere, die das Fjordland und eines Tages Albenmark unterwerfen wollten! Für dieses Gesindel endeten nun alle Eroberungsträume.

Tiranu schloss die Tür hinter sich. Er konnte auch im Dunkeln gut genug sehen, aber er wollte, dass sie ihn sahen, bevor sie die Reise zu ihrem blutdürstigen Gott antraten. Er wollte sich am Entsetzen in ihren Gesichtern weiden, wenn sie begriffen, wer dort unter ihnen stand. Er würde es etwas in die Länge ziehen. Sobald der Angriff auf die Schiffe begann, würden Kampflärm und Schreie hier im Blockhaus nicht mehr auffallen.

Er stieg über einen Zecher hinweg, den der Rausch auf die Bodendielen geworfen hatte, trat an den großen Tisch, der die Mitte der einzigen Kammer des Blockhauses beherrschte, und drehte den Docht der Öllampe hoch. Entlang der Wände lagen Strohsäcke, die als Nachtlager dienten. Auf einem Wandbrett gleich beim Eingang lagen vier Radschlosspistolen. Darunter lehnten etliche Rapiere und lange Dolche an der Wand. Sorgsam eingefettete Sturmhauben und stählerne Brustplatten rundeten das kriegerische Bild ab.

Der Tisch stand voller Weinflaschen. Tiranu hatte das Gefühl, dass die Menschenkinder ihr Gelage noch nicht lange beendet hatten. Sieben Männer lagen auf den Strohsäcken.

Ein achter auf den Dielen. Beim verloschenen Kamin entdeckte er ein Weibsbild, das in ein safrangelbes Kleid gewickelt auf einem Lager aus Mänteln schlief. Als er sie sah, glaubte er zwischen all den anderen Düften auch den Moschusgeruch ihres Schoßes wahrzunehmen. Angewidert verzog er die Lippen. Sie hatten keinen Stil!

Ein Schuss beendete die Stille der Nacht. Der Totentanz hatte begonnen. Tiranu trat zurück zur Tür.

Nur zwei der Offiziere schreckten aus ihrem Rausch hoch. Schlaftrunken richteten sie sich auf den Strohsäcken auf. Tiranu nahm den Helm ab und schüttelte sein langes, schwarzes Haar. Dann ließ er den weißen Umhang zu Boden gleiten, sodass die Menschenkinder seine schwarz lackierte Rüstung sehen konnten. »Der Fürst der Schnitter grüßt euch, Todgeweihte.«

Er ging in die Hocke, griff mit dem gepanzerten Arm nach den Rapieren und Dolchen und schleuderte sie über den Tisch hinweg in den großen Raum. »Kommt, lasst uns tanzen.«

Die leeren Flaschen wurden vom Tisch gerissen und zerschellten auf dem Boden. Weitere Schläfer schreckten auf, und Tiranu sah ihnen an, wie sie schlagartig nüchtern wurden, als sie begriffen, wer dort mitten unter ihnen stand.

Auch die Öllampe war vom Tisch gefallen und zerbrochen. Gelborange Flammen schlugen zwischen den Scherben hoch.

Ein korpulenter Kerl mit mächtigem, rotem Schnauzbart hob als Erster sein Rapier auf. »Los, ihr Memmen! Wir sind zu acht! Der Elfenbastard wird es bereuen, hier hereingekommen zu sein!«

Tiranu zog sein Stoßrapier und hob die Waffe knapp zum Fechtergruß. Dann setzte er über die flammenden Scherben hinweg. Leicht zur Seite geduckt, führte er einen geraden Stoß gegen den Wortführer. Der Rotbart riss sein Rapier hoch, um den Stich abzulenken, doch er war zu langsam. Die stählerne Spitze des Rapiers zerschlug seine Schneidezähne. Tiranu vollführte eine leichte Drehung aus dem Handgelenk und zog die Klinge zurück.

Mit einem Schwall von Blut würgte der Ritter Zahnsplitter und seine durchtrennte Zunge hervor.

»Uns zu töten ist eine Sache, Menschensohn, aber ich werde nicht dulden, wenn du meiner Mutter unterstellst, wie eine Hure Bastardsöhne gezeugt zu haben. Das ist nicht originell, sondern einfach nur ein weiteres Zeichen von schlechtem Stil!« Mit einem tänzerischen Seitschritt wich er einem Stoß aus und rammte dem Angreifer den Korb seines Rapiers ins Gesicht.

Jetzt hatten fast alle Offiziere irgendwelche Waffen an sich genommen. Amüsiert sah Tiranu, wie das Flittchen in den kalten Kamin kroch. Ob sie wohl versuchen würde, nach oben zu steigen? Wie dämlich, auf das Dach eines Hauses flüchten zu wollen, das schon bald lichterloh brennen würde!

Tiranu beförderte mit einem Tritt einen Teil der brennenden Scherben in das Stroh der Schlafstätten. Fast augenblicklich standen die Säcke in hellen Flammen. Dann schlug er eine Flasche zur Seite, die einer der Ritter nach ihm geworfen hatte. Klirrend schlug Stahl auf Stahl, als ihn drei der Menschensöhne gleichzeitig angriffen. Endlich schafften sie es, ihre Attacken ein wenig aufeinander abzustimmen.

Ein Stoß mit seinem eisengepanzerten Ellbogen zerschmetterte einen Kiefer. Tiranu wich ein Stück zurück in Richtung Tür. Die Flammen im Stroh schlugen mannshoch. Bald würden sie das Schilfdach der Hütte erreichen. Dann wäre es besser, einen kurzen Fluchtweg zu haben.

Aus den Augenwinkeln sah der Elf, wie ein junger, blonder Krieger eine Pistole aus seiner breiten Bauchbinde zog. Mit der Rechten legte er auf ihn an. Der Fürst drehte einem der Fechter, die ihn bestürmten, die Klinge aus der Hand, packte seinen Arm und zog ihn zu sich heran. Im selben Augenblick stach die Flammenzunge aus der Pistolenmündung. Obwohl die Kugel den Leib des Ritters, den er als lebenden Schutzschild benutzt hatte, nicht durchschlug, warf die Wucht des Aufschlags Tiranu nach hinten. Er prallte gegen die Tür.

Leicht benommen griff er nach dem Brett, auf dem die Radschlosspistolen abgelegt waren. Emerelle hatte diese Waffen mit einem Bann belegt. Kein Albenkind sollte sie benutzen, weil ihnen der Gestank des Devanthar anhaftete, doch Tiranu hatte sich schon lange versucht gefühlt, einmal eine Pistole abzufeuern. Er zielte über den Lauf hinweg auf den blonden Krieger. Ein Fingerkrümmen ... Tiranu war überrascht vom heftigen Rückschlag der Waffe. Seine Kugel traf den jungen Ritter im Hals. Blut spritzte gegen die Wand hinter ihm, seine Glieder erschlafften.

Tiranu warf die schwere Pistole einem Angreifer ins Gesicht und durchbohrte einem weiteren mit seinem Rapier die Schulter. Der Elf entschied für sich, dass das Töten mit diesen Waffen zu einfach war. In Überzahl konnten die Fechter der Menschenkinder durchaus gefährlich werden. Sich dieser Gefahr zu stellen und zu bestehen war es, was den Reiz der Schlacht ausmachte.

Die Flammen leckten mit gierigen Zungen unter dem Schilfdach entlang. Die Luft war erfüllt von Rauch. Immer verzweifelter griffen die Überlebenden an, um an ihm vorbei zur Tür zu gelangen. Ein ums andere Mal trieb Tiranu sie zurück. Er wollte sie nicht töten. Mal durchbohrte er ein

Knie, oder er durchtrennte mit einem Hieb die Sehnen an ihren Beinen. Sie alle sollten hier in der Hütte verrecken. Ein schneller Tod durch kalten Stahl war zu gnädig für sie. Menschengesindel!

Der Rauch brannte in Tiranus Augen, Tränen rannen ihm über die Wangen. Es war an der Zeit, sich zurückzuziehen. Er würde die Tür verbarrikadieren.

Ein Klingenstoß verfehlte sein Gesicht nur knapp. Er musste sich schleunigst absetzen. Wieder schnellte die Klinge vor. Sie war gut gearbeitet ... zu gut! Tiranu blinzelte die Tränen aus den Augen. Der geschlungene Korb des Rapiers, der stilisierte Wolfskopf, der den Knauf bildete ... Diese Waffe war nicht von Menschenhand geschaffen. Er hatte sie schon einmal gesehen!

Tiranu duckte sich unter einem neuen Stich. Er packte den Kerl an seinem Hosenbund und zerrte ihn zu sich heran. Der Ritter gab nicht auf. Sie waren einander zu nah, um die lange Klinge der Waffe noch nutzen zu können. Stattdessen versuchte er Tiranu mit dem Korb das Gesicht zu zerschlagen.

Der Elf ließ sein Rapier fallen, zog den kurzen Parierdolch und stach dem Ritter durch die Achsel, sodass dessen Arm schlaff herabsank, wie bei einer Marionette, der man einen Faden durchtrennte.

»Woher hast du die Waffe? Sag es mir, und ich lass dich am Leben.« Tiranu zerrte den Mann durch die Tür. Das ganze Dach stand in Brand. Tausende Funken wirbelten im Rauch. Die Verwundeten husteten, während im Heerlager eine blutige Schlacht tobte. Tiranus Schnitter waren mitten unter die Schlafenden geprescht. Mit langen Lanzen machten sie Soldaten und Seeleute nieder, gnadenlos hetzten sie die Flüchtenden. Sie durften die Menschen nicht zur Ruhe kommen lassen. Nur wenn ihnen kein Atemzug Zeit zum Denken blieb, konnte ihnen verborgen bleiben, dass sie den Angreifern an Zahl um mehr als das Zehnfache überlegen waren.

Brandfackeln flogen an Bord der Schiffe. Rasender Trommelwirbel sollte die Menschenkinder zu den Waffen rufen, doch sobald sich irgendwo eine kleine Gruppe bildete, preschten die Schnitter heran.

»Woher hast du die Waffe?«, herrschte der Fürst erneut seinen Gefangenen an. »Sag es mir lieber gleich! Erfahren werde ich es auf jeden Fall, aber wenn du jetzt schweigst, dann wirst du lernen, wie viel überflüssiges Fleisch man von einem Menschen abschneiden kann, ohne dass er deshalb stirbt.« Er legte ihm die Klinge des Parierdolchs in den Schritt. »Hier werde ich anfangen.«

»Der Mann ist schon tot. Du kannst keine Rache mehr an ihm nehmen.«

»Ich glaube, das zu beurteilen kennst du mich zu schlecht, Soldat.« Der Offizier hatte klare, graue Augen. Er hatte tapfer gekämpft. Obwohl er unfähig war, seinen Fechtarm zu heben, und ihm das Blut in Strömen den Arm hinabrann, hielt er den Griff des Rapiers noch immer umklammert.

»Ich habe die Waffe nur aufgehoben. Sie gehörte zu denen, die du zu uns hinübergeschleudert hast.«

»Und wer ist ihr Besitzer?«

»Mach ein Ende mit mir, Elf, aber mach mich nicht zum Verräter.«

Tiranu drehte ihm das Rapier aus den kraftlosen Fingern. Er hielt dem Verwundeten den Wolfsknauf dicht vor sein Gesicht. »Du weißt, dass diese Waffe nicht von euch jämmerlichen Menschlingen erschaffen wurde.«

Der Offizier verzog das Gesicht zu einem schmerzlichen Lächeln. »Tja, manchmal erwischt es auch welche von euch,

Elf. Es gehört noch ein prächtiger Hirschfänger zum Rapier. Ein bisschen zu schwer, um einen guten Parierdolch abzugeben, aber mein Freund hat ihn trotzdem nicht verkaufen mögen.«

Tiranu sah eine Bewegung aus den Augenwinkeln. Ein junger Soldat mit einer Arkebuse legte auf ihn an. Er schleuderte das Rapier. Die Waffe traf den Schützen mitten in der Brust. Einen Augenblick hielt er sich noch schwankend auf den Beinen, versuchte seine Waffe anzulegen. Zweimal ... Dann brach er in die Knie.

Der Elfenfürst stieß den Parierdolch hinter die Kniescheibe des Offiziers. »Nur damit du nicht wegläufst.«

Geduckt huschte er zu dem Jungen. Er kannte sich nicht gut mit den Menschen aus, aber der Arkebusier hatte kaum Barthaare. Wahrscheinlich war er keine zwanzig Jahre. Doch an seinem Helm steckten die grünen Federn eines Veteranen. Tiranu schüttelte den Kopf. So billig war dieser Titel unter den Menschen. Er zog dem Jungen das Rapier aus der Brust.

Die Schlacht im Feldlager dauerte fort. Der Großteil der Menschen war in die Wälder geflohen. Nur eine verschworene Schar leistete noch Widerstand, Pikeniere, die geduckt ihre langen Speere mit dem zurückgesetzten linken Fuß abstützten und so einen Kreis bildeten, um sich besser vor den Reitern zu schützen. In ihrer Mitte standen Arkebusiere, die über die Pikeniere hinwegschossen. Sie alle trugen grüne Federn an ihren hohen Helmen und breitkrempigen Hüten. Vielleicht hatte er sie doch unterschätzt. Ihr Widerstand fing an, seine Schnitter Blut zu kosten. Das Massaker war vorüber. Diesen Trupp würden sie nicht einfach niederreiten.

Eine verirrte Kugel verfehlte Tiranu nur knapp. Das Schicksal hatte ihn zu Großem bestimmt. Da war er sich sicher. Es würde sich nicht auf einem bedeutungslosen Schlachtfeld irgendwo in Drusnas Wäldern erfüllen. Er war der Sohn Alathaias, Fürst von Langollion. Und er hatte gefunden, was Emerelle und ihre Speichellecker seit fünf Jahren suchten! Fast ...

Ohne sich zu ducken, ging er zu dem Offizier zurück. Jetzt erst bemerkte er die breite, grüne Bauchbinde des Mannes. »Das sind deine Männer, die dort kämpfen?«

»Ja!« Der Mensch stieß das Wort unter Schmerzen hervor, aber in seinem Gesicht stand Stolz. »Das sind Andalanen. So sehen Männer aus, die Elfen töten.«

Tiranu hauchte ein Wort der Macht, sodass seine Stimme nun überall auf dem Schlachtfeld zu hören war. »Schnitter! Keine weiteren Nahkämpfe. Zieht euch zurück und erledigt die letzten Kämpfer mit Bogen. Wartet auf meinen Befehl dazu.«

Der Schlachtlärm verebbte. Nur die Schreie der Verwundeten und Sterbenden waren noch zu hören. Vereinzelt fielen Schüsse. Das lichterloh brennende Dach fauchte den Nachthimmel an.

»Du hast das Kommando?«

»So wie du. Wie viel sind sie dir wert?«

»Dort ist der Capitano!«, ertönte eine Stimme unter den Pikenieren.

»Was sind sie dir wert? Einen Verrat?«

Die Pikeniere rückten langsam auf Tiranu vor. Noch immer sicherten sie sich in alle Richtungen mit ihren Piken ab, um jederzeit einen Reiterangriff zurückschlagen zu können. Ihre Formation glich einem riesigen Igel.

Zwei Arkebusen spien Flammenzungen. Die Kugeln verfehlten Tiranu.

»Ich will zehn Tote!«, befahl der Elf.

Pfeile sirrten aus dem Dunkel und durchschlugen Helme und Brustplatten.

»Wem gehört das Rapier, Capitano?«

Noch immer rückten die Veteranen auf ihn vor.

»Bei der nächsten Salve sterben zwanzig deiner Männer. Keiner von ihnen wird bis hierher gelangen. Ist es das wert, Menschling?«

Der Offizier presste die Lippen zusammen. Die Gesichter der Menschen waren Spiegel ihrer Gedanken, dachte Tiranu. Keines ihrer Gefühle vermochten sie zu verstecken. Wie jämmerlich! Er wusste, dass er gewonnen hatte, noch bevor der Menschling den Mund öffnete.

»Ich sag es dir. Aber ruf deine Bogenschützen zurück. Lass meine Andalanen ziehen. Sie sollen nicht sterben. Nicht so sinnlos. Gib mir dein Wort, dass du sie ziehen lässt.«

»Nein.«

»Auch dir läuft die Zeit davon, Elf. Lass sie ziehen. Jetzt … Oder dir wird das, was ich dir sagen werde, nichts mehr nutzen.«

Tiranu sah ihm den Verrat an, den er plante. Dann blickte er zum Haus. Jeden Augenblick konnte das brennende Dach einstürzen und die Verwundeten unter sich begraben.

»Keine weiteren Toten mehr. Wir ziehen uns zurück, sobald wir ihn haben.«

»Nein, jetzt, oder ich sage dir nicht, wem das Elfenrapier gehört.«

Der Fürst hatte keine Wahl. »Schnitter, zieht euch zurück!«, befahl er. »Verschont sie. Ich folge euch.« Er wandte sich an den verdammten Offizier. »Du hast deinen Willen bekommen.«

»Erst schwörst du mir bei deiner Mutter, dass du dein Wort hältst.«

»Ja, verdammt. Ich schwöre es.« Und insgeheim schwor er sich, diesen Mistkerl und seine Andalanen wiederzufinden. Dann würde keiner von ihnen davonkommen.

»Es war der Blonde. Der mit den beiden Pistolen. Ihm gehörte das Rapier.«

Tiranu fluchte. Dann begann er zu laufen. Dichter Rauch quoll aus der Tür des Hauses. Funken tanzten und brannten sich in sein langes schwarzes Haar. Die Hitze war wie ein unsichtbarer Schild, der ihn vom Haus zurückdrängte.

Tiranu flüsterte das geheime Wort des Winterwinds. Kühler Eisatem floss über seine Haut. Er würde ihn nicht vor Verbrennungen bewahren, aber er spürte die Hitze jetzt nicht mehr.

Die Arme schützend erhoben, trat er durch den Funkenflug ins Haus. Er konnte fast nicht sehen. Fauchende Flammen leckten von der Decke herab. Das Schilfdach sang in der Feuersbrunst. Brennendes Röhricht stürzte aus sich lösenden Bündeln.

Tiranu wusste noch genau, wo der Mann lag, den er niedergeschossen hatte. Er hätte ihn selbst blind gefunden.

Ein brennender Balken schnitt eine Feuerbahn durch den Rauch und schlug dicht neben dem Elfen auf den Boden.

Nur zwei Schritt noch! Er kniete nieder. Seine Hände tasteten nach dem Gürtel des Pistolenschützen. Tiranu zog ihn zu sich heran. Er wollte nach dem Hals fühlen, als ein Geräusch über ihm ihn aufblicken ließ. In diesem Moment brach das Dach zusammen, und Flammen hüllten den Elfen ein.

NEUER STOLZ

»Sie kommen, Capitano. Sie kommen!«

»Ich bete!«

»Aber Capitano …«

Der Offizier stützte die gefalteten Hände auf den Korb des Rapiers auf und stemmte sich hoch. Brennender Schmerz fuhr durch sein Knie. Es war nicht mehr so schlimm wie vor drei Monden noch, aber er würde zeitlebens ein Krüppel sein. Ein Mann, der nur unter Schmerzen gehen konnte. Laufen würde er nie wieder.

Obwohl es ihn quälte, kniete er zehn Mal und öfter am Tag nieder, um zu beten. Seine Männer hielten ihn für einen Mann Gottes. Doch das war er nicht. Ein jämmerlicher Feigling war er, dankbar dafür, noch am Leben zu sein. Dankbar, dass der verfluchte Elf Wort gehalten hatte, und dankbar, dass Tjured Gerechtigkeit kannte und diesen schwarz gerüsteten Albtraum in ein flammendes Grab gerissen hatte.

Langsam drehte sich Capitano Arturo Duarte um. Die verbliebenen dreihundertsiebenundzwanzig Mann seines Regiments waren an einer Hügelflanke, außer Sicht der feindlichen Kanonen, auf dem anderen Flussufer angetreten. Weniger als ein Drittel hatte es aus Drusna nach Hause geschafft. Die meisten lagen in flachen Gräbern am Ufer der Bresna unweit der Stelle, wo der breite Strom in den Bleiernen See mündete. Zwei Wochen, bevor ihr Dienst in Drusna beendet gewesen wäre, waren die Schnitter über sie hergefallen. Die meisten seiner Männer waren noch halb im Schlaf gewesen, als die Reitersäbel niedergesaust waren. Er hätte nicht mit den anderen Offizieren zechen dürfen! Er hätte sich auch nicht sicher fühlen dürfen, obwohl er mehr als hundert Meilen von der verdammten Front entfernt gewesen war. Wäre er ein echter Capitano gewesen, ein Mann mit Pflichtgefühl, dann würden nicht jämmerliche dreihundertsiebenundzwanzig von tausend vor ihm stehen.

Und nun befanden sie sich vor einer Kanonenstellung, in der zehn schwere Geschütze hinter Schanzkörben lauerten, um ihnen das letzte bisschen Stolz aus dem Leib zu reißen. Nach dem Überfall an der Bresna hatte man ihn und seine Männer umgehend auf eine Karracke verladen und nach Süden verschifft. Es war eine schnelle Fahrt bei gutem Wind gewesen. Sie waren dem Tod entkommen. Zwei Jahre sollten sie in Valloncour bleiben. Das Regiment würde mit jungen Rekruten wieder auf volle Stärke gebracht werden ...

Capitano Duarte zwirbelte eines seiner Bartenden. Er hatte viel gehört von Valloncour. Die meisten sahen es als eine Ehre an hierherzukommen. So redeten sie unter den Offizieren. Aber er wusste es besser! In Wahrheit waren sie froh, Drusna und seinen Wäldern zu entkommen. Brüllenden Trollen, den Wilden aus dem Fjordland, heimtückischen Elfen und Kobolden, Kentauren, die die Köpfe erschlagener Feinde sammelten ... Schrecken ohne Ende.

Er selbst aber empfand es als demütigend, vor der Zeit fortgeschickt worden zu sein. Zudem hatten sie ihm eine Aufgabe gestellt, die nicht zu lösen war: einen übermächtigen Feind durch einen seichten Fluss anzugreifen. Und der Feind hatte Kanonen! Um dem Ganzen die Krone aufzusetzen, um dem Verlierer von der Bresna und seinen Männern noch das letzte bisschen Ehre zu nehmen, würden sie unter dem Kommando von *Kindern* dienen!

Hufschlag ließ ihn aufblicken. Hügel um Hügel erhob sich vor ihm. Ihre sanften Linien erinnerten an hingestreckte Körper. Jeder Hügel erhob sich ein klein wenig höher als der vorherige, bis sie schließlich in einen Zedernwald übergingen, hinter dem schroffe Felsen aufragten. Es war ein grauer Herbsttag. Wie Schleier verhüllten Wolken die Häupter der fernen Berge.

Fliehende Grasmücken schossen in tiefem Flug über den Kamm des nächstgelegenen Hügels. Der anschwellende Donner von Hufen folgte ihnen. Und dann waren sie da: die Novizen. Arturo stockte der Atem. Sie waren Kinder, fast noch, und zugleich waren sie wie Heilige. Wie eine Erscheinung. Auf prächtigen Schimmeln verharrten sie auf dem Hügelkamm.

Sie waren in altmodische Kettenhemden und weiße Waffenröcke gekleidet. Lange weiße Umhänge wehten von ihren Schultern. Rot, wie frisch vergossenes Blut, prangte die Bluteiche auf ihren Waffenröcken. Keiner von ihnen trug einen Helm. Wie Geister, die aus einem fernen Heldenzeitalter in die Gegenwart getreten waren, erschienen sie Arturo. Lichtgestalten!

Sie alle wirkten kaum älter als seine Trommlerjungen, als er sie ins Regiment aufgenommen hatte. Vielleicht sechzehn ... Oder doch jünger? In ihren Gesichtern spiegelten sich gleichermaßen Unschuld und Entschlossenheit.

Ein schlanker Junge mit lichtblondem Haar trug ihr Banner. Es zeigte den Blutbaum auf weißem Grund und einen weißen Löwen auf schwarzem Grund. Dazwischen das Ruder einer Galeere. Arturo hatte von ihnen gehört ... Sie mochten wie Heilige aussehen, aber sie hatten einen üblen Ruf.

Die Reiter kamen in langsamem Schritt den Hügel hinab. Sie bildeten eine perfekt ausgerichtete Linie. Das mussten sie lange geübt haben, dachte Arturo.

»Männer! Präsentiert die Waffen!« Arkebusen und Piken

wurden hochgerissen. Der Capitano zog sein Rapier und salutierte. Seine Männer waren ein abgerissener Haufen. Man hatte ihnen keine neuen Uniformen zugeteilt auf der Reise. Die Sohlen ihrer Stiefel wurden von Zwirn und Lumpen gehalten. Ihre Hosen und Wämser waren unzählige Male geflickt. Ein Regiment von Landstreichern waren sie. Aber ihre Waffen waren blank, das Leder ihrer Brustharnische gut gepflegt. Und jeder von ihnen trug die grünen Federn der Veteranen am Helm.

Arturo wusste nicht, was als Nächstes geschehen würde, aber in einem war er sich gewiss: Er würde nicht dulden, dass auch nur einer dieser strahlenden Ritter eine abfällige Bemerkung über seine Krieger machte. So wie sie sah man eben aus, wenn man zwei Jahre in Staub und Dreck gelebt hatte und dann verbannt und vergessen wurde.

Der Capitano erkannte ihren Anführer an der roten Bauchbinde, die er trug. Sonst unterschied er sich nicht von den anderen. Er stieg ab. Es war eine fließende, elegante Bewegung. Wie bei einem Tänzer sah es aus.

Er würde mit seinem halb steifen Knie nie wieder anmutig von einem Pferd steigen, dachte Arturo zornig.

Er sah die übrigen Reiter an. Sie rührten sich nicht. Ihre Gesichter waren maskenhaft. Unbewegt. Keine Gefühle spiegelten sich darin. Obwohl … Der Kerl mit den schwarzen Locken schien ein wenig neugierig zu sein.

Dass sie auch Weiber in ihren Reihen aufnahmen, hatte Arturo nie begriffen. Neben dem Anführer war eine junge Frau mit langem rotblonden Haar geritten. Sie hatte etwas von einer Katze an sich. Hübsch war sie, aber ihre Augen … Sie hielten spöttische Distanz. Und sie war auch zu flachbrüstig, um wirklich reizvoll zu sein. Da war die ganz außen schon besser. Wenn sie nur nicht so ein abstoßendes

Gesicht gehabt hätte. Es war beruhigend, dass auch Novizen ihre Makel hatten.

Der junge Krieger blieb vor Arturo stehen und verneigte sich. »Capitano Arturo Duarte, Befehlshaber der Dritten Andalanen. Siebenmal im Kampf verwundet. Teilnehmer an fünfzehn größeren Gefechten zu Lande und zur See. Dreimal wegen besonderer Tapferkeit ausgezeichnet. Es ist mir eine Ehre, an deiner Seite mit deinen Veteranen in die Schlacht zu ziehen.«

Der Offizier versteifte sich. Es musste eine Akte über ihn geben. Irgendein Tintenklecks hatte über sein Leben Buch geführt! Er schluckte den Kloß in seinem Hals herunter. Der Junge hatte das alles nur auswendig gelernt! Und trotzdem tat es unendlich gut, all das vor seinen Männern stehend zu hören.

»Mein Name ist Luc. Ich freue mich, von dir lernen zu dürfen.« Er deutete auf den Hügelkamm hinter den angetretenen Pikenieren. »Wollen wir uns gemeinsam den Feind ansehen?«

Der Capitano räusperte sich. Dieser Lümmel hatte eine Art, ihn zu behandeln, die ihn aus der Fassung brachte. Einen arroganten Schnösel hatte er erwartet. Einen Besserwisser, der Dutzende Bücher verschlungen und dabei den Blick für die Wirklichkeit verloren hatte. Aber das hier ... Er winkte dem Mädchen, das neben ihm geritten war. »Komm, Gishild. Ich will auch deine Meinung hören. Löwen! Absitzen! Macht euch mit den Veteranen aus Drusna bekannt. Hört von ihren Heldentaten und lernt, wie man Schlachten überlebt.«

Arturo räusperte sich erneut. »Andalaner! Rührt euch!« Er sah seinen Soldaten an, dass sie von den Löwen genauso überrascht waren wie er.

Aus den Augenwinkeln erhaschte er einen Blick, den das rotblonde Mädchen Luc zuwarf. Sie müssten ein Liebespaar sein. So sah man nur einen Mann an, dem man sein Herz geschenkt hatte. Anders waren sie, die Novizen. Fremd. In den Regimentern der Kirche dienten ausschließlich Männer. Nur der Orden vom Blutbaum duldete Frauen in seinen Reihen. Arturo hatte oft darüber gespottet, mit Weibern ins Feld zu ziehen. Doch der eine Blick, den er nun erhascht hatte, erschütterte seine Meinung. Vielleicht ging der Orden doch den besseren Weg.

Hinkend folgte er den beiden. Sie kauerten sich nicht dicht hinter dem Hügelkamm ins Gras; vielmehr standen sie hoch erhobenen Hauptes über dem Fluss und blickten auf das feindliche Heerlager hinab.

Die bronzenen Kanonenrohre funkelten im Herbstlicht. Es wimmelte nur so von Soldaten hinter den Schanzen. Dazwischen sah man vereinzelt Novizen in Kettenhemden und weißen Umhängen.

Die feindliche Stellung lag auf einer lang gezogenen, licht bewaldeten Flussinsel. Sie teilte den Strom. Das Wasser zwischen ihnen und ihren Feinden war seicht und klar. Arturo konnte die Schatten von Fischen über das Kiesbett gleiten sehen. Zwanzig Schritt waren es bis zum anderen Ufer.

Auf der Rückseite der Insel war der Fluss dunkler, tiefer. Sein Wasser floss träge.

In die Soldaten am anderen Ufer kam Bewegung. Eine Linie von Arkebusieren formierte sich hinter den Schanzkörben. Arturo entdeckte jetzt auch zwei Ritter mit auffallenden roten Umhängen unter ihren Feinden. »Wir sollten zurück hinter den Kamm, bevor sie beginnen zu schießen.«

Wie um seine Worte zu unterstreichen, knallte es am anderen Ufer. Aus einer Arkebuse wallte Rauch. Ein Novize erschien neben dem Schützen. Bis auf den Hügel hinauf konnte man seine Flüche hören.

»Komm, lasst uns kein leichtes Drachenfutter werden«, sagte Lucs junge Gefährtin. Gemeinsam stiegen sie zu den wartenden Truppen hinab. Das verletzte Knie peinigte Arturo. Bei jedem Schritt pochte der Schmerz. Obwohl die Novizen keineswegs schnell gingen, konnte er nicht mit ihnen Schritt halten. Ihm wurde bewusst, dass er sein ganzes Regiment dem feindlichen Feuer nur noch länger aussetzen würde, wenn er es in die Schlacht führte. Er war zu langsam. Ein Krüppel!

»Nun, Capitano, wie würdest du angreifen?«, fragte Luc höflich.

Arturo blieb stehen und massierte mit der Rechten sein schmerzendes Knie. »Gar nicht würde ich angreifen! Wer eine befestigte Stellung attackiert, sollte mindestens eine doppelte Übermacht haben. Hast du gesehen, wie viele Zelte unter den Bäumen stehen, junger Ritter?«

»Ich bin kein Ritter.« Der Junge lächelte bescheiden. »Nur ein Schüler. Und ja, du hast recht. Es ist aussichtslos, die Kanonen frontal anzugreifen. Aber lass dich von den Drachen nicht täuschen. Ich würde wetten, die Hälfte der Zelte unter den Bäumen ist gar nicht belegt. Sie stehen nur dort, um uns vorzumachen, ihre Streitmacht sei weit größer als unsere.«

Arturo lachte leise. »Ich bin noch nicht lange hier, aber dass man mit einem Silberlöwen nicht wetten sollte, habe ich schon gelernt.«

Luc lächelte. »Alte Geschichten, Capitano.«

Er mochte den Jungen, dachte Arturo. Luc hatte so etwas Unbeschwertes an sich. Wenn er sprach, schien die Welt heller zu werden, das Unmögliche schien plötzlich denkbar. Er würde einmal einen guten Offizier abgeben. Einen, dem seine Männer ohne zu zögern in eine Trollhöhle folgten. »Von welchen Drachen hast du gesprochen, Luc?«

»Das sind die Novizen auf der anderen Seite. Wir waren immer Rivalen. Sie heißen Drachen wegen des Wappenbilds, das sie neben der Bluteiche führen. Aber lassen wir das. Dir ist klar, dass wir angreifen müssen?«

»Weil es eine Frage der Ehre ist?«

»Nein. Weil wir den Befehl bekommen haben.«

Arturo maß den Jungen skeptisch mit Blicken. Nein, er scherzte nicht. »Wenn es aber nicht zu schaffen ist …«

»Meine Ordensbrüder müssen es für möglich halten, sonst hätten sie uns nicht den Befehl gegeben. Die meisten Männer dort drüben sind junge Rekruten. Sie sind noch keine drei Monde im Waffendienst. Und du hast dreihundertsiebenundzwanzig Veteranen. Sie werden die Grünschnäbel einfach hinwegfegen!«

Arturo massierte sich nachdenklich das Kinn. »Aber die Kanonen. Die werden uns in Stücke reißen.«

»Dann versuchen wir es mit Booten von der Rückseite der Insel.«

»Sie werden das Knarren der Ruder hören«, warf Arturo ein. »So werden wir sie nicht überraschen. Wenn wir sie überrumpeln können, dann spielen Zahlen keine Rolle mehr.« Er dachte an die verfluchte Schlacht an der Bresna. Sie waren den verdammten Schnittern um ein Vielfaches überlegen gewesen, und dennoch hatten die Elfen sie einfach niedergemacht.

»Wie viel ist dir ein Sieg wert, Luc?«, fragte die junge Frau plötzlich.

»Viel. Wir müssen gegen die Schande unseres Wappens ankämpfen. Jeden Tag aufs Neue.«

»Wenn du dich auf meinen Vorschlag einlässt, dann werden wir einen glorreichen Sieg oder eine vernichtende Niederlage erleben. Dazwischen gibt es nichts. Können wir uns eine vernichtende Niederlage und das Gespött leisten, das damit einhergeht?«

Luc sagte eine Weile nichts, und als er endlich sprach, tat er es so leise, dass Arturo die Worte kaum verstehen konnte. »Was wir uns nicht leisten können, ist, auch nur eine einzige Gelegenheit für einen glorreichen Sieg auszulassen. Jetzt sag, was du willst!«

Arturo hörte mit Entsetzen ihren Plan. Und stumm verfluchte er sich. Warum hatte Tjured ihn hierher verschlagen? War die Schlacht an der Bresna nicht schlimm genug gewesen?

KEIN FRIEDEN!

Die großen Büffel scharrten mit ihren Hufen im Schnee. Es mussten Hunderte sein, die sich in das weite Tal zurückgezogen hatten. Eiszapfen hingen in ihrem zotteligen Fell.

Ein eisiger Wind schnitt Tiranu ins Gesicht. Er war am Ende seiner Kräfte. Zu lange hatte er seine Beute mit einem schützenden Zauber umgeben, aus Angst zu verlieren, was er wissen musste. Jetzt reichte seine Kraft nicht einmal mehr, um sich gegen die Kälte zu wappnen.

Er blickte zum dunklen Höhleneingang. Er hatte niemandem verraten, wohin ihn seine Reise führen würde. Vielleicht war es ein Fehler gewesen. Er wog den Lederbeutel in der Hand, den er so weit getragen hatte. Nein, umkehren würde er nicht mehr. Bisher hatte ihn auch niemand aufzuhalten versucht.

Der Elfenfürst schlug den Schnee von seinem Umhang und stieg zum Höhleneingang hinauf. Eine Fahne aus schwarzem Rauch kroch die Höhlendecke entlang und wurde vom eisigen Nordwind zerpflückt, kaum dass sie den Eingang erreichte.

Kein Trollkrieger war zu sehen, aber Tiranu spürte, dass er beobachtet wurde. Er trat ins Dunkel der Höhle. Ein zerschlagenes Relief bedeckte die Felswand zur Linken. Die vagen Umrisse einiger stilisierter Blüten waren alles, was von Jahrhunderten elfischer Herrschaft in der Snaiwamark noch geblieben war. Tiranu hatte es bislang nicht mit eigenen Augen gesehen, aber er kannte die Geschichten über die Verwüstungen. Kunstvoll angelegte Höhlengärten, die von Ziegen kahl gefressen worden waren, zerschlagene Mosaiken und Statuen ... Nichts von dem, womit die Elfen den großen unterirdischen Labyrinthen Licht und Schönheit verliehen hatten, war verschont geblieben. Nun waren die Höhlen der Snaiwamark fast wieder so, wie die Natur sie erschaffen hatte. Dunkle, verdreckte Felslöcher!

Unter einem Vorhang aus Büffelfellen drang goldenes Licht hervor. Tiranu schob die speckigen Felle zur Seite. Rauch schlug ihm entgegen. Es stank nach altem Tran, Fleischresten und irgendwelchen fremdartigen Essenzen, die in Feuerschalen schwelten. Sie hinterließen schon beim ersten Atemzug einen anhaltenden öligen Geschmack auf der Zunge.

Ein kleiner Höhlenraum lag hinter dem Vorhang. Er war von unregelmäßiger, runder Form. In der Mitte kauerte ein großer Schatten. Eine Gestalt saß gebeugt an einem Feuer.

Sie wandte Tiranu den Rücken zu. Kein Wort der Begrüßung fiel. Sie musste ihn doch gehört haben! Er verharrte und sah sich um.

Der unebene Boden der Höhle war mit seltsamen, verschlungenen Linien bedeckt. Tiranu spürte die Kraft der Magie, die sich in diesem Loch im Fels zusammenballte. Und er hütete sich, auf eine der Linien zu treten.

Die Wände rings herum hatte irgendein Troll mit groben Bildern geschmückt. Jagdszenen waren zu sehen. Ein Schwarm von Raben verdunkelte mit seinen Kohlenstrichflügeln die gegenüberliegende Wand. Auf anderen Bildern hielten Skanga und ein Trollweib, das eine Maske trug, ein dunkles Ritual ab. Neugierig sah Tiranu näher hin. Seine Mutter hatte ihm schon als Kind allen Schrecken genommen. Er war weit auf den finsteren Pfaden der Magie gewandert, bevor er sich entschieden hatte, den Weg des Kriegers einzuschlagen.

»Wenn du etwas von mir willst, Elflein, dann musst du schon die Zähne auseinanderbringen und reden.«

Überhebliche alte Vettel, dachte Tiranu. Er ging um das Feuer herum und ließ sich gegenüber der Schamanin nieder. Skanga hatte kleine Steinschalen um sich herum aufgestellt, aus denen dünne, blassgraue Rauchfäden stiegen. Dieser Rauch war es, der den öligen Geschmack in seinem Mund verursachte. Tiranu kämpfte gegen die Übelkeit an, die in ihm aufstieg. Er musste sich auf etwas konzentrieren. Keinen Gedanken mehr durfte er dem Rauch und seiner Zunge widmen.

Er starrte Skanga an. Ihre Augen waren nur blinde, weiße Gallertklumpen, und doch hatte er das Gefühl, dass sie ihn sehr genau sehen konnte. Das graue Gesicht war von tiefen Falten durchzogen. Es zeigte keine Regung. Ein unangenehmer, säuerlicher Geruch ging von der Schamanin aus. Ihr Kleid war so oft geflickt, dass man seine ursprüngliche Farbe nicht mehr erraten konnte. Gebeugt saß sie vor den Flammen. Ihre gichtkrummen Finger erinnerten an Raubtierkrallen. Sie hielten einen mit Spiralmustern bedeckten Knochen.

Bei jedem Atemzug der Schamanin klapperten die unzähligen Amulette, die sie trug. An Lederriemen und Schnüren aus geflochtenem Elfenhaar hingen sie um ihren Hals. Dünne Knochenplättchen, Steine, in die Runen geschnitten waren, getrocknete Vogelflügel und Dinge, die sich Tiranu nicht genauer ansehen mochte, weil er seine Ahnungen über ihre Herkunft nicht bestätigt haben wollte.

»Für einen Elfen riechst du gut«, sagte Skanga unvermittelt.

Tiranu musste einen plötzlich aufsteigenden Würgereiz unterdrücken.

Skanga stieß ein hartes, abgehacktes Lachen aus. »Brauchst dich nicht schämen, Elflein, weil du riechst wie ein Troll. Wahrscheinlich haben dich deshalb meine Wachen ungehindert ziehen lassen. Doch nun komm zur Sache. Was willst du?«

Tiranu öffnete den Ledersack. Mit spitzen Fingern griff er hinein. Der Gestank, der ihm entgegenschlug, war unbeschreiblich. Er fühlte verklebtes Haar und Haut, die kaum noch auf dem faulenden Fleisch haftete. Behutsam setzte er den Menschenkopf auf einen flachen Stein vor der Schamanin. Eine Hälfte war übel verbrannt. Vom langen blonden Haar waren nur noch versengte Stoppeln geblieben. So wie bei ihm. Einen Herzschlag lang bestürmten Tiranu wieder die Bilder des Grauens. Die Erinnerung daran, wie er in die Flammen gegangen war, um diesen Kopf zu holen. Sein langes Haar war verbrannt, seine Kleider hatten Feuer gefangen. Wie ein Wahnsinniger war er über glühende Balken gesprungen und hatte blind vor Rauch nach dem Mann gesucht, den er niedergeschossen hatte. Geleitet von der aberwitzigen Hoffnung, dass er gegen jede Wahrscheinlichkeit vielleicht noch leben würde. Und als er ihn tot auf dem Boden hatte liegen sehen, hatte er seinen Kopf genommen. Er war der Einzige, der ihm sagen konnte, woher das Rapier mit dem Wolfsknauf stammte.

»Es heißt, du kannst die Toten reden lassen«, sagte der Elf.

Skanga sah ihn mit ihren unheimlichen, bleichen Augen an. »Ich glaube nicht, dass mir dieser Menschensohn etwas sagen könnte, was für mich von Bedeutung wäre.«

Tiranu ließ seinen Rucksack von den Schultern gleiten und löste das längliche Stoffbündel, das seitlich daran festgeschnallt war. Er schlug den Stoff zurück, sodass Skanga das Wolfsrapier sehen konnte. »Ich muss wissen, woher er diese Waffe hatte.«

Die Schamanin zuckte vor dem Anblick des Rapiers zurück. »Viel Blut vergossen hat diese Klinge. Auch Trollblut. Nimm sie fort. Ich will sie nicht sehen!«

»Du weißt, wem sie gehört hat?«

»Der Wölfin!«, zischte Skanga. »Der Mutter, die ihr eigenes Kind einem Wolfsrudel überlassen hat. Der kaltherzigen Jägerin. Der Todbringerin. Mein Volk hat viele Namen für sie.«

»Ich muss sie finden!«

»Und ich bin nicht traurig, dass sie seit fünf Sommern verschwunden ist.«

»Aber willst du nicht auch Gewissheit haben?«

Skanga schwieg eine Weile und spielte gedankenverloren

mit einem Knochenamulett. »Glaubst du, ein Mensch würde die Waffe der Wölfin besitzen, wenn sie noch lebte?«

»Ein paar Menschlinge hätten sie niemals töten können!« Natürlich wusste Tiranu es besser. Er hatte in zu vielen Schlachten gekämpft, um sich etwas vormachen zu können.

»Was willst du von Silwyna? Wenn du ehrlich bist, werde ich dir vielleicht helfen. Deine Mutter habe ich gemocht. Sie war ungewöhnlich für eine Elfe.«

»Silwyna hat ein Menschenmädchen gesucht. Und ich glaube, sie hat es auch gefunden. Ollowain und seine Elfenritter warten auf Nachricht von ihr. Sie werden das Mädchen holen gehen, sobald sie wissen, wo sie zu finden ist. Seit fünf Sommern bereiten sie sich darauf vor. Der Schwertmeister hat die besten Ritter Albenmarks um sich geschart.« Tiranu stockte, zu groß war sein Zorn auf den Schwertmeister. »Auch ich sollte zu ihnen gehören! Er hat Krieger von meinen Schnittern zu sich berufen, die schlechter sind als ich. Ich gehöre dorthin. So viele Jahre kämpfe ich in Drusna. So viele Siege habe ich errungen. Mein Platz ist bei den Elfenrittern! Sie wollen mich demütigen. Ich müsste dort sein. Ich …«

»Warum bedeutet es dir so viel?«

»Ich bin wie sie! Sie haben kein Recht, mich auszuschließen. Sie …«

Skanga lachte. »Wir beide wissen, dass du nicht wie sie bist. Keiner von ihnen wäre mit einem Menschenkopf in einem stinkenden Ledersack zu mir gekommen.«

»Deshalb warten sie seit fünf Jahren! Und sie werden noch einmal fünf Jahre oder länger warten, wenn ich Silwyna nicht finde. Vielleicht bin ich wirklich nicht wie sie. Aber sie brauchen jemanden wie mich, auch wenn sie das in ihrer Überheblichkeit nicht einsehen mögen!«

Skanga sagte nichts dazu. Sie sah ihn einfach nur mit ihren blinden Augen an, und er hatte das Gefühl, als könne sie bis tief in sein Herz hinein blicken.

»Wirst du mir helfen?«, fragte Tiranu schließlich, als er ihr Schweigen nicht länger ertragen konnte.

»Ja. Aber nicht, weil ich wünsche, dass du ein Elfenritter wirst. Vielleicht wirst du sie dazu zwingen können, dich in ihre Reihen aufzunehmen. Aber auch wenn dir das gelingt, wirst du nie wirklich zu ihnen gehören. Du bist Alathaias Sohn. Deshalb werden sie dich immer verachten und dich fürchten. Ich helfe dir, weil du all die Jahre geschwiegen hast. Weil nie jemand erfahren hat, dass ich deiner Mutter geholfen habe, die Drachen zurückzurufen und sie zu verändern. Ich werde dir nur dieses eine Mal helfen. Komme nie wieder hierher! Meine Schuld an dir wird nach diesem Tag beglichen sein, Tiranu.«

Der Fürst nickte nur. Auch er hatte nicht vor, jemals wieder hierher zurückzukehren. Er war nur deshalb gekommen, weil er wusste, dass für das, worum er bat, die Macht eines Albensteins benötigt würde. Und er war sich nur allzu bewusst, dass Emerelle ihm niemals geholfen hätte, ganz gleich, wie sehr sie auf Nachricht von Silwyna wartete.

Skanga holte zwischen den Dutzenden Amuletten einen unscheinbaren grauen Stein hervor. Die Krallenfinger ihrer Rechten umschlossen ihn fest, während sie die Linke auf den Menschenkopf legte.

Ihre langen Nägel schnitten in das verbrannte Fleisch. Leise murmelte sie etwas. Tiranu verstand nur einzelne Worte. Doch er spürte die Macht, die sich in der engen Höhle sammelte. Jedes Härchen an seinem Leib richtete sich auf. Ihm war bewusst, in welchem Maße Skangas Magie die von den Alben geschaffene Ordnung der Welt verletzte.

Es wurde kühler in der Höhle. Die Flammen des Feuers sanken in sich zusammen. Skanga befahl dem Menschen zurückzukehren. Ihre Stimme hatte jetzt einen dunklen, widernatürlichen Klang. Eine Windbö verfing sich heulend am Höhleneingang. Die Lippen des Toten zitterten. Plötzlich klappte sein Mund auf. Licht troff in zähen Fäden wie klebriger Honig über seine verwesten Lippen. Hinter den geschlossenen Augenlidern war ein helles Glühen zu sehen. Unter das Heulen des Windes mischte sich ein herzerweichendes Wimmern.

»Widersetze dich nicht«, flüsterte Skanga. »Gib dich hin. Du kannst meiner Macht nicht widerstehen. Ich habe dein Licht zurückgerufen. Ich kann es halten, so lange ich will. Und so lange du verweilst, wird alle Qual vom Augenblick deines Todes in dir brennen. Gehorche mir, und ich schenke dir Erlösung.«

Die Lippen zitterten. Doch kein Laut kam über sie. Versagte Skangas Macht?

»Sage mir, wo du das Wolfsrapier gefunden hast«, forderte Tiranu in der Sprache der Menschen.

Draußen vor der Höhle war ein Wimmern im Wind zu vernehmen, grässlicher als alles, was der Elf bisher auf den Schlachtfeldern gehört hatte. Ein Laut reiner Verzweiflung und Qual.

»Verstehst du mich?«

»Ja«, hauchte es draußen im Wind.

Skanga blickte auf. Sie wirkte erschrocken. War der Zauber missglückt?

»Wirst du mir antworten, Mensch?«, drängte Tiranu.

»Hör auf, Elf! Das ist nicht der Tote. Wir haben eine andere Macht beschworen. Bei den Alben, hör auf, Elf!«

»Wo finde ich Silwyna?«

Die Augen der Leiche schlugen auf, und gleißendes Licht erfüllte die kleine Höhle. Gleichzeitig sickerte eine solche Kälte aus den Felsen ringsherum, dass Tiranu der Atem wie grauer Nebel vor dem Mund stand.

Skanga richtete sich auf. »Ich beschwöre dich, Tiranu, hör auf! Wir haben nicht den Toten gerufen, sondern die Kraft, die ihn schützt. Lass mich den Zauber beenden. Daraus kann nichts Gutes erwachsen.«

Der Fellvorhang schlug zurück, ohne dass jemand zu sehen gewesen wäre. Die letzten Flammen verloschen. Nur das gleißende Licht des Schädels war geblieben. »Ich werde dir sagen, wo du sie findest.« Der Wind war in die Höhle gedrungen. Tiranu hatte das Gefühl, als liebkosten eisige Hände seine Wangen. »Du musst hoch in die Berge gehen, Tiranu.«

»Hinfort mit dir!«, kreischte Skanga. Sie hielt den Albenstein hoch. »Ich verbanne dich! Du gehörst nicht in diese Welt!«

Tiranu blinzelte. Die beengenden Wände der Höhle verschwanden. Er sah ein Tal hoch in den Bergen. Und er sah Silwyna.

»Sie hat eine Botschaft für dich, Tiranu«, raunte der Wind.

Skanga schrie ein Wort der Macht. Wie Dolchklingen stach der Laut in seine Ohren. Tiranu riss die Hände hoch. Das Licht verschwand.

Der Elf sackte nach vorne. Die Höhle drehte sich. Raben stürzten aus dem Bild auf ihn herab, und mit dem Rauschen schwarzer Schwingen schwanden seine Sinne.

»Geh nicht!«, rief die Schamanin. »Du darfst nicht gehen. Wenn du sie findest, wird das Albenmark, wie wir es kennen, vergehen.«

Tiranu begriff, dass sie ihn töten würde. Seine Hand tastete nach dem Rapier mit dem Wolfsknauf. »Weiche von mir, Skanga.«

Taumelnd kam der Elf auf die Beine. Er blinzelte. Die Höhle war verschwunden. Auch Skanga. Der Himmel über ihm erschien ihm seltsam blass und farblos. Es war der Himmel der Anderen Welt. Wie war er hierhergekommen? Welche Macht war mit dem Wind in Skangas Höhle gedrungen? Konnte es Tjured sein? Hatte er die Seele des Söldners vor dem Zauber der Schamanin geschützt?

Einer der Berggipfel kam Tiranu vertraut vor. Er hatte ihn gesehen. Eben erst ... In der Vision von dem Tal, in dem er Silwyna finden würde.

DER SCHMALE GRAT

Luc hatte sie richtig eingeschätzt. Sie hätten alles getan, um ihre Ehre wiederherzustellen. Dabei vermochte Gishild nicht einzusehen, auf welche Weise sie ihre Ehre besudelt haben sollten. Schließlich waren sie es gewesen, die beim Überfall an der Bresna gekämpft hatten. Auch wenn man sie vor der Zeit zurückgeschickt hatte. Man musste wohl Andalane sein, um das zu begreifen. Ihr Capitano hatte seine hundert Besten ausgewählt. Die übrigen warteten hinter dem Hügelkamm auf ihr Signal.

Gishild stand das Wasser fast bis zum Hals. Es war eisig. Nebelschwaden trieben über den Fluss. Sie hielt eine

Radschlosspistole hoch über ihrem Kopf. Vorsichtig tasteten ihre Füße im Schlamm. Der scheinbar so träge Fluss war ein überaus trügerisches Gewässer. Nördlich der Insel, dort, wo das Wasser tief war, gab es eine starke Unterströmung. Sie hatte einen langen, sanft gebogenen Grat erschaffen, der parallel zum Ufer verlief. Ein Schritt zu weit nach Norden, und man würde von der Unterströmung gepackt und in die Tiefe gerissen werden. Selbst ein sehr guter Schwimmer hätte dann Schwierigkeiten, dem Fluss zu entkommen.

Deutlich sah Gishild die Wachfeuer auf der östlichen Landspitze der Insel. Ihr Licht reichte weit bis auf das Wasser hinaus. Dort, wo der Fluss seicht war, konnten die Wachposten ihn gut einsehen. Sie durften den Feuern nicht zu nahe kommen, sonst würde ihr Angriff scheitern.

Gishild hatte ein ungutes Gefühl. Sie hatte Luc von dem Grat im Fluss erzählt. Von der Möglichkeit, bei Nacht einen Angriff von unerwarteter Seite zu führen. Sie brauchten diesen Sieg!

Die Prinzessin blickte zurück. Das markante Gesicht des Capitano konnte sie gerade noch erkennen. Sein Schnauzbart hing schlaff herab. Obwohl ihn sein Knie peinigte, hatte er es sich nicht nehmen lassen, mit seinen Männern zu gehen. Er lächelte. Arturo hielt eine Arkebuse hoch über dem Kopf. Um sein rechtes Handgelenk hatte er die Lunte der Waffe gewickelt, um sie trocken zu halten. Am Ende, das herabhing, glomm blass ein winziges rotes Glutauge. Diese Glutaugen, das war alles, was man von den Soldaten sehen konnte. Wie rote Glühwürmchen, die über dem Wasser tanzten, sahen sie aus. Sie alle folgten Gishild, ängstlich darauf bedacht, nicht vom Pfad abzukommen, auf dem sie schritt – jenem Pfad, von dem sie glaubten, dass er sie zurück zu Ruhm und Ehre bringen würde.

Sie musste es schaffen! Gishilds nackte Füße tasteten in den Schlamm. Sie spürte den eisigen Griff der Strömung. Nicht weiter nach rechts!

Die Schatten der Wachen zeichneten sich deutlich vor dem Licht der Wachfeuer ab. Gishild konnte einen der Drachen erkennen. Wenn der Kerl nur nicht in ihre Richtung sah! Ein Nebelschleier nahm ihr den Blick aufs Ufer. Sie atmete erleichtert aus. Wenn sie ihn nicht sah, dann konnte er sie ganz unmöglich entdecken!

Ihr Fuß stieß gegen einen scharfkantigen Stein. Sie biss sich auf die Lippen. Fast hätte sie geflucht. Wären sie doch nur endlich am Ufer! Zweihundert Schritt noch, dann waren sie weit genug von den Wachfeuern entfernt, um auf die Insel einschwenken zu können.

Das Schicksal war ihnen gnädig. Es war Neumond. Eine dunklere Nacht hätten sie für ihren Angriff nicht finden können. Es würde alles gut gehen! Luc war ein Glückskind, das sagten immer alle.

Gishild tastete sich weiter vorwärts. Gleich kam die tückischste Stelle. Dort war nur ein schmaler Grat geblieben, auf dem sie gehen konnten. Auf beiden Seiten davon war das Wasser zu tief, um noch stehen zu können. Sie spürte, wie der Schlamm felsigem Untergrund wich. Dies war der gefährlichste Abschnitt. Am Felsen teilte sich die Strömung. Wer hier einen Fehltritt machte, war verloren.

Wieder blickte sie zurück. Der Nebel hatte die lange Reihe der Soldaten gänzlich verschluckt. Nicht einmal mehr die glimmenden Lunten waren zu erkennen. Erneut beschlichen Gishild Zweifel. Wagten sie zu viel für ihren Sieg?

Es war zu spät, um noch umzukehren, rief sie sich in Gedanken zur Ordnung. Jetzt mussten sie es zu Ende bringen. Die Kälte des Wassers ließ ihre Beine langsam taub werden. Bald würden Krämpfe kommen. Sie mussten zum Ufer. Schnell!

Gishild beschleunigte ihre Schritte. Hoffentlich hielten die anderen durch. Ihre Füße fühlten sich seltsam fremd an. Hölzern, so als seien sie nicht mehr Teil ihres Körpers. Wie lange konnte sie ihnen noch trauen? Nur an das Ufer denken!

Durch den verfluchten Nebel konnte sie fast nichts sehen. Es war mehr als ein halbes Jahr her, dass sie den verborgenen Weg im Wasser entdeckt hatte. Immer wenn Luc auf lange Reisen geschickt wurde, erlaubte man ihr, sich etwas freier auf der Halbinsel zu bewegen. Allzu oft war er fort! Und sie hatte Valloncour von einem Ende zum anderen durchstreift. Sie kannte es von der Tjuredsforke bis zur Schwarzwacht. Meistens ritt sie allein. Wenn Luc fort war, dann fiel es ihr schwer, in Gesellschaft der anderen Löwen zu sein. Sie fühlte sich fremd, trotz all der Jahre, die sie nun schon unter den Rittern lebte. Und in den Neumondnächten, wenn Drustan den Turm verließ, stieg sie immer noch auf ihren Hügel. Sie hoffte nicht mehr darauf, dass Silwyna oder Fenryl kommen würden, um sie zu holen. Die Elfen hatten sie aufgegeben! Und wie sollte sie es ihnen verdenken? Wer sie beobachtete, wie sie mitten unter den Ordensrittern lebte, der konnte gar nicht anders, als zu glauben, dass sie eine der ihren geworden war.

Endlich trat sie wieder in Schlamm! Es war an der Zeit, in Richtung des Ufers abzubiegen. Sie hob den Arm und gab den schemenhaften Köpfen, die wie treibende Melonen auf dem Wasser tanzten, ein Zeichen.

Jetzt stieg der Boden leicht an. Ihre Schultern schoben sich aus dem Wasser. Kalt und nass klebte das Hemd an ihrem Leib. Plötzlich war Luc an ihrer Seite.

»Wir müssen auffächern«, raunte er ihr ins Ohr. »Es sollten möglichst viele von uns gleichzeitig ans Ufer treten. Wir müssen mit geballter Macht zuschlagen.«

Gishild nickte. Manchmal war er ein bisschen anstrengend, wenn er das Offensichtliche erklärte. Schließlich hatten sie gemeinsam ihren Ignazius Randt gelesen und Taktikunterricht bei Lilianne gehabt.

Luc schlich zu jedem, der auf sicheren Grund trat, und gab ihm eine kurze Anweisung, wo er sich aufstellen sollte. Er ging völlig darin auf, den perfekten Angriff vorzubereiten. Joaquino kam an ihr vorbei. Als Luc ihn einwies, lächelte er ihr kurz zu. Gestern erst hatte er ihr verraten, dass er Bernadette zum Weib nehmen wollte, sobald Drustan es ihm erlaubte. Sie war die Erste, die es erfahren hatte. Hoffentlich musste er nicht so lange auf eine Antwort vom Orden warten.

Manchmal ertappte sich Gishild dabei, dass auch sie sich wünschte, dass Luc um ihre Hand anhielt. So lange waren sie jetzt schon ein Paar. An seiner Liebe hatte sie keinerlei Zweifel. Aber mit diesem letzten Schritt hielt er sich zurück. Er hatte zu viel anderes im Kopf. Die Magister ließen ihn kaum einmal zur Ruhe kommen. Ganz offensichtlich wollten sie ihn auf einen steilen Aufstieg innerhalb des Ordens vorbereiten. Und doch war ein Rest von Misstrauen geblieben. Regelmäßig lud Leon sie ein und befragte sie über Luc. Warum war nur alles so verflucht verwickelt? Sie beneidete Joaquino und Bernadette … Wenn sie Luc wenigstens etwas öfter sehen könnte! Manchmal erlaubte ihnen Drustan, sich heimlich nachts aus dem Turm zu stehlen. Im Sommer war das wunderbar. Aber jetzt war der Herbst weit fortgeschritten. Das Wetter wurde immer unfreundlicher, und es gab keinen trockenen Ort, an den sie gehen konnten, um allein miteinander zu sein.

Es war dumm, seine Gedanken an das Unabänderliche zu verschwenden. Sie sollte lieber an den bevorstehenden Angriff denken! Überall im Nebel ringsherum waren jetzt Gestalten. Manche der Arkebusiere bliesen auf ihre Lunten, um den blassen Glutfunken neue Kraft zu geben. Dabei schirmten sie die kleinen roten Lichtpunkte sorgsam mit den Händen ab, um ihren Angriff nicht im letzten Augenblick noch zu verraten.

Gishild sah sich nach Arturo um. Der schlaksige Capitano war nirgends zu sehen. Sie watete ein Stück das Ufer entlang und fragte unter seinen Männern nach ihm. Niemand hatte ihn bemerkt. Aber erstaunlicherweise schien sich auch niemand Sorgen um ihn zu machen. Sie beschwichtigten Gishild, ihr Capitano habe mehr Leben als eine Katze.

Sie blickte zurück zum Wasser. Der Nebel hüllte den Fluss in Geheimnisse. Was, wenn ihm das verwundete Knie weggeknickt war? Er hätte bei den anderen Männern am Hügel bleiben sollen. Verdammter Dickkopf! Inzwischen hatte sie Luc wieder erreicht. Er zog sein Rapier und deutete in großer Geste zum Ufer. Lautlos folgten ihm die Angreifer das letzte Stück Weg zur Insel. Nur Gishild ging zurück ins tiefe Wasser. Wie Messer schnitt ihr die Kälte in die Knochen. Aber sie konnte Arturo nicht einfach aufgeben. Er war direkt hinter ihr gegangen. Warum hatte er nicht gerufen?

Sie kannte die Antwort. Jeder Laut hätte ihren Angriff verraten können. In seiner Sturheit hatte er sich lieber von der Strömung abtreiben lassen, als womöglich alles zu verderben. Sie musste ihn finden! Schnell!

LÖWEN UND DRACHEN

Luc spürte, wie sein Puls schneller schlug, aber er zwang sich, nicht zu laufen. Das war das falsche Zeichen. Er musste ein ruhiger, besonnener Anführer sein. Der schlammige Uferstreifen war zu unsicherer Grund.

Ob die Wachen sie schon entdeckt hatten? Er blickte zurück. Der Großteil seiner Streitmacht war in treibenden Nebelschwaden verborgen. Er hätte auch an diesem Ufer Wachen aufgestellt, wenn er das Kommando auf der Insel gehabt hätte, überlegte Luc. Würde ihnen jeden Augenblick eine Arkebusensalve entgegenschlagen? Sammelten sich dort im Wald, der wie eine undurchdringliche schwarze Mauer dicht hinter dem Ufer aufragte, in diesem Augenblick die Fechter und Pikeniere der Feinde?

Jetzt war es zu spät, um die Pläne noch zu ändern. Entschlossen trat er zwischen die Bäume. Kein Alarmruf, nichts … Sie würden es schaffen. Seine Glieder schlotterten vor Kälte. Er musste die Zähne zusammenbeißen, damit sie nicht klapperten. Der Marsch durch das eisige Wasser war hart gewesen. Länger hätte der Weg nicht sein dürfen.

Vorsichtig stieg er über dichtes Wurzelwerk hinweg. Das Unterholz war erfreulicherweise größtenteils gerodet, es war zum Fraß der Wach- und Kochfeuer geworden. So war es leichter, lautlos bis zum Lager zu kommen.

Hoffentlich hielten seine verdammten Arkebusiere Feuerdisziplin. Er war dagegen gewesen, irgendwelche Schusswaffen mitzunehmen. Ein aus Versehen gelöster Schuss, und sein schöner Plan würde in einem Massaker an seinen Leuten enden. Aber Arturo hatte ihn davon überzeugt, dass es für seine Männer wichtig war, mit ihren Arkebusen ins Feld zu ziehen. Er musste es wissen. Bisher war ja zum Glück alles gut gegangen.

Wie ein Gespenst leuchtete ein weißes Zelt zwischen den Bäumen. Leichter Herbstwind strich durch das spärliche Laub in den Kronen. Tausendfaches Wispern überdeckte das leise Knistern ihrer Schritte im trockenen Laub.

Ein schneller Schnitt zerteilte die Zeltwand. Luc hob die Plane an und trat ein. Er lächelte. Das Zelt war leer. Hier hatte nie jemand geschlafen! Er hatte es gewusst. Es war nur aufgeschlagen worden, um ihnen vorzugaukeln, dass es eine stärkere Besatzung gab, als dies tatsächlich der Fall war.

Luc trat aus dem Eingang des Zeltes. Rings herum huschten die Schatten seiner Männer durch das Dunkel. Es war der erste Kampf, in dem er das Kommando führte. Und er wollte einen glorreichen Sieg. Unbedingt! Der Makel auf ihrem Wappenschild verlangte das.

Der Junge stieg über die Spannleinen des nächsten Zeltes. Trockenes Laub segelte mit dem Wind. Welke Blätter strichen sanft über seine Wangen. Er dachte an Gishild. Wo sie wohl war?

Flüchtig sah er sich nach ihr um. Um sie brauchte er sich keine Sorgen machen. Sie war eine bessere Fechterin als er. Sie würde ihren Weg machen.

Er drang in ein weiteres leeres Zelt. Wo steckten sie? War es womöglich doch eine Falle? Tausend Fragen überfielen ihn. Kalter Schweiß sammelte sich in seinen Handflächen. Er zerschnitt die nächste Zeltplane. Endlich! Schläfer! Auf Strohlagern zusammengerollt, lagen drei Männer in schmutzig weißen Gambesons. In der Mitte des Zeltes stand eine Trommel. Die Rapiere der Fechter lehnten an der Hauptstange.

Draußen zerriss ein Schuss die Stille. Die Krieger reagierten sofort. Luc zog seinen Parierdolch. Er ging in die Knie. Die lange Klinge seines Rapiers berührte flüchtig eine Kehle und zuckte zum nächsten. »Tot. Tot.« Er streckte sich. Sein Dolch berührte den Gambeson des dritten Kriegers dicht über dessen Herzen. »Noch mal tot.«

Die Männer sahen ihn mit schreckensweiten Augen an. Sie waren hellwach.

»Ich möchte euch an die Regeln erinnern. Ihr bleibt hier drinnen und gebt keinen Mucks von euch. Ihr verhaltet euch auf jede denkbare Weise wie Tote. Für euch ist das Manöver beendet.«

Weitere Schüsse krachten vor dem Zelt. Hell blitzten die Mündungsflammen durch den Zeltstoff und schnitten harte Schatten in die Gesichter der Besiegten.

Luc stand auf. Jetzt konnte er alle Vorsicht fahren lassen. Er tastete nach dem Leinenbeutel an seiner Seite. Die Kanonen waren das nächste Ziel. Er musste den verdammten Feldschlangen die Zähne ziehen, dann konnten ihre Verstärkungen über den seichten Flussarm hinweg angreifen.

Dicht neben ihm wurde eine Arkebuse abgefeuert. Der Knall traf ihn wie ein Schlag. Flüchtig sah er einen Ritter in rotem Mantel, der einem ihrer Feinde bedeutete, dass er geschlagen war.

»Drachen zu mir!«, klang eine laute Frauenstimme. »Sammelt euch bei den Feldschlangen!«

Luc fluchte. Das war Iwana. Und sie tat das einzig Richtige. Wenn sie die Geschützstellungen behaupteten, konnten sie noch gewinnen. Er stürmte vor. Das Lied schlanker Stahlklingen erfüllte die Nacht. Überall hatten sich Fechterpaare gefunden und lieferten sich verbissene Duelle. Meist gewannen seine Andalanen schnell die Oberhand. Man merkte ihnen an, dass der Schrecken Drusnas sie geformt hatte. Sie fochten ruhig und ohne Ritterlichkeit. Jede Deckungslücke wurde genutzt, kein Trick war zu schäbig. Sie stachen den Feinden in den Rücken oder fielen gleich zu mehreren über isolierte Fechter her.

»Löwen zu mir!« Luc hatte die Drachen entdeckt. Sie standen nahe bei einem Wachfeuer zwischen den großen Geschützen. Nur sechs hatten es bis zu Iwana geschafft. Genug, um einigen Ärger zu machen.

»Rächen wir uns für den letzten Buhurt?«, fragte eine helle Kinderstimme. René war als Erster an seine Seite getreten. Er war zu einem stattlichen jungen Mann herangewachsen. Und er hatte ein Gesicht, geschaffen, Frauenherzen zu brechen. Es war von makelloser Schönheit, eingefasst von weißblondem Haar. Wenn nur seine Stimme nicht wäre. Es war noch immer dieselbe Knabenstimme wie vor fünf Jahren.

»Räumen wir auf?« Esmeralda gesellte sich zu ihnen. Sie hatte eine üble Prellung an der Schläfe. Morgen würde ihr linkes Auge zugeschwollen sein. Bei ihrem pickelübersäten Gesicht mit der Adlernase würde das ihr Aussehen nicht nennenswert verschlechtern.

Joaquino, Bernadette und Raffael trafen ein. »Wollen wir wetten, dass sechs Löwen genug sind, um sieben Drachen zu erlegen?«, rief Raffael Iwana zu.

»Ich hoffe, ihr schlagt euch besser als bei eurem letzten Buhurt«, entgegnete die Kapitänin der Drachen. »Wann immer ich an euch denke, sehe ich euch mit Schlamm im Gesicht.«

»Dir stopf ich das Maul!«

Luc hielt Bernadette zurück. »Warte noch. Wir kämpfen sieben gegen sieben. Jetzt wollen wir nichts mehr riskieren.« Zu gut war ihm die bittere Niederlage im letzten Buhurt des

Sommers noch in Erinnerung. Sie hatten es fast geschafft. Joaquino war durch die Verteidigungslinie der Drachen gebrochen und hatte schon fast den Fahnenmast erreicht, als Iwana ihn mit einem heimtückischen Angriff in den Rücken niedergestreckt hatte. Die Drachen hatten es geschafft, ihnen mit dem letzten Spiel den Meistertitel abzunehmen. Und sie hatten sich eine weitere Kette als Ehrenzeichen für ihren Wappenschild verdient. Man durfte sie nie unterschätzen. Gerade im Angesicht der Niederlage wurden sie besonders gefährlich. Luc packte noch immer kalte Wut, wenn er daran dachte, wie Iwana im ersten Jahr Giacomo bei dem Spiel, das sie zu den Silberlöwen gemacht hatte, mit ihrem Schwertknauf das Gesicht zerschlagen hatte.

Fußgetrappel ließ Luc herumfahren. Aus allen Richtungen kamen Arkebusenschützen gelaufen. Nur vereinzelt tönte noch der helle Klang der Fechterklingen durchs Lager. Das Gefecht war entschieden.

»Die Gabeln nieder!«, rief ein Offizier mit verwegenem Hut.

Die Stützgabeln der Arkebusen wurden in den weichen Boden gerammt. Klackend schlugen die Läufe der Waffen auf die Gabeln. Lunten wurden angeblasen.

»Ihr seid tot, Drachen!«, rief der Offizier.

»Angriff!«, entgegnete Iwana trotzig. Ihre Novizen stürmten los.

Eine ohrenbetäubende Arkebusensalve schlug ihnen entgegen. Der beißende Pulverrauch verschluckte Freund wie Feind.

Luc rannte Iwana entgegen. Sie hatte verloren. Aber sie würde das nicht so einfach hinnehmen. Klingen schlugen aufeinander. Freund war von Feind kaum zu unterscheiden. Der Rauch brannte in den Augen und reizte den Jungen zum

Husten. Eine Klinge schnellte ihm entgegen. Er fing sie mit dem Parierdolch ab und konterte mit seinem Rapier. Ein schmerzliches Stöhnen ertönte. Luc setzte nach. Er drehte die gefangene Klinge zur Seite und stolperte dann fast über einen gestürzten Drachen.

»Genug!«, drang eine Stimme über den Fechtlärm. »Die Silberlöwen haben gewonnen! Drachen, gebt euch geschlagen. Diesmal gehört der Sieg den Löwen!«

»Schlammbeutel und Arkebusen, das ist wahrlich Löwenart«, fluchte Iwana. »Einen Kampf Klinge gegen Klinge können sie nicht bestehen.«

»Hier gelten nicht die Regeln der Ritterlichkeit. Dies ist ein Schlachtfeld!« Kapitän Alvarez trat aus dem Pulverrauch. »Du und die deinen, ihr hättet diese Salve nicht überstanden. Vielleicht wären zwei oder drei von euch noch imstande gewesen, kurzen Widerstand zu leisten, wäre dies ein echtes Schlachtfeld, aber gegen die Übermacht der gegnerischen Fechter hätten sie nicht lange überlebt. Der Angriff der Löwen war tollkühn, gut durchdacht und, wenn ich es richtig sehe, mit nicht einmal einem Drittel ihrer Truppen durchgeführt. Seit Beginn der Manöver wurde siebenundzwanzig Mal um diese Insel gekämpft. Dreiundzwanzig Mal gingen die Angreifer jämmerlich unter, weil sie frontal gegen die Kanonen anstürmten. Und von den vier Siegen war keiner so brillant wie dieser. Meinen Respekt, Löwen. Mit dieser Schlacht habt ihr Geschichte geschrieben.«

Luc lächelte breit. Plötzlich fühlte er sich unglaublich müde, und die Kälte kroch in seine Glieder zurück. Sie hatten es geschafft.

»Gut gemacht, Kapitän.« Esmeralda gab ihm einen Schlag auf die Schultern, der sich nur wenig von einem Pferdetritt unterschied.

Raffael schloss ihn in die Arme und küsste ihn überschwänglich auf die Wangen. »Du wirst ein Feldherr werden, Luc. Wollen wir wetten?«

Der Junge lachte. »Nicht mit dir, Raffael. Nicht mit dir.«

Nach und nach kamen alle Löwen herbei. Sie waren zu erschöpft, um zu feiern, aber zu aufgeregt, um sich in den erbeuteten Zelten zur Ruhe zu legen. Die Drachen und ihre Männer mussten die Insel räumen. Ihre Streitmacht war aus dem Feld geschlagen und würde im weiteren Verlauf der Manöverwoche keine Rolle mehr spielen.

Luc sammelte ein paar Decken ein und belegte ein Zelt mit Beschlag. Im Lager wurde es langsam ruhiger. Alle hatten ihm gratuliert. Nur Gishild nicht. Wo steckte sie? Sie könnten ein Zelt für sich alleine haben. Das war eine wunderbare Gelegenheit … auch wenn er todmüde war.

Er wusste, dass ihr zuletzt Zweifel wegen des Angriffs gekommen waren. Aber alles war doch gut gelaufen. Seit sie ans Ufer gegangen waren, hatte er sie aus den Augen verloren.

Luc sah, wie sich Bernadette und Joaquino in ein Zelt verdrückten. Verdammt! Wo steckte Gishild? So wenige Stunden blieben ihnen allein. Er traute ihr zu, dass sie irgendwo am Ufer auf einem umgestürzten Baum saß und in den dunklen Nachthimmel starrte. Er wusste, dass sie das oft in Neumondnächten tat. Vielleicht gehörte es zu irgendeinem heidnischen Ritual, über das sie nicht reden mochte. Manchmal war es schwer mit ihr. Die Silberlöwen hatten akzeptiert, dass sie anders war. Man sprach nicht darüber. Aber bei den übrigen Lanzen machten regelmäßig Gerüchte über sie die Runde.

Er würde darüber mit ihr reden müssen. Doch nicht in dieser Nacht.

Luc entdeckte Raffael, der mit einigen Arkebusieren um eine Trommel saß und würfelte. Neue Opfer, dachte er schmunzelnd. »Hast du Gishild gesehen?«

»Nicht, seit wir ans Ufer gegangen sind. Brauchst du vielleicht ein Paar fast trockener Stiefel? Hab ich gerade gewonnen, aber leider passen sie mir nicht.«

Luc winkte ab. Er wollte schon weitergehen, als Raffael aufstand. »Ist alles in Ordnung?«

»Ich finde sie nicht. Sie ist wie vom Erdboden verschluckt.«

»Da sie nicht bei mir ist, brauchst du dir keine Sorgen zu machen.«

Luc war nicht nach dieser Art von Scherzen zumute.

»Soll ich dir helfen, sie zu suchen?«, bot Raffael an.

»Nein, nein ...« Er wollte lieber allein sein. Wahrscheinlich würde er sie irgendwo am Ufer finden.

Raffael drückte ihm eine Blendlaterne in die Hand. »Hier, Kriegsbeute.« In die Metallblenden waren Drachen als Lichtschlitze eingestanzt.

»Danke.«

Raffael ging zu den Soldaten zurück, die sich gerade darüber beschwerten, dass er sich just in dem Augenblick davonmachen wollte, wo sie eine Glückssträhne hatten.

Irgendwie schaffte er es, dass man ihm nie lange böse war, dachte Luc.

In melancholischer Stimmung ging er durch den Wald zum Fluss. Er hätte sich gewünscht, dass Gishild an seiner Seite gewesen wäre, als die Drachen kapitulieren mussten. Tjured allein wusste, wann sie noch einmal einen solchen Triumph erringen würden. Ohne ihn mit Gishild geteilt zu haben, hatte der Sieg etwas von seinem Glanz verloren.

Nebelschleier trieben über dem dunklen Fluss. Schwarz

wie Tinte war das Wasser. Er schlenderte am Ufer entlang. Das Licht der Laterne enthüllte den zerwühlten Schlamm, dort, wo sie an Land gekommen waren.

Luc schloss die Blenden. Es dauerte lange, bis sich seine Augen halbwegs an die Dunkelheit gewöhnten. Die Nacht war einfach zu finster. Kein Wunder, dass die Wachtposten der Drachen sie nicht hatten kommen sehen.

Ein Geräusch ließ Luc herumfahren. Gishild konnte es nicht sein. Das wusste er sofort. Sie hörte man nicht kommen. Das hatte sie von den verdammten Elfen gelernt.

Eine Gestalt mit breitkrempigem Hut trat aus dem Wald. »Capitano?«

Das eine Wort genügte, um Luc begreifen zu lassen, was geschehen sein musste. »Er ist fort? Dein Capitano ist fort?«

Der Krieger zuckte zusammen, als er die fremde Stimme hörte. Seine Hand fuhr zum Rapier. Luc öffnete die Blende der Laterne, sodass Licht auf sein Gesicht fiel.

»Kapitän Luc!« Der Mann sprach mit breitem andalanischem Akzent. »Hast du Capitano Arturo gesehen? Ich kann ihn nirgends auf der Insel finden.«

»Ruf deine Männer zusammen! Wir brauchen Boote und Fackeln. Viele Fackeln. Und Reiter an beiden Ufern. Sie können flussabwärts suchen.« Gishild! Alles zog sich in ihm zusammen, als er an die eisige Kälte des Wassers dachte.

ABSCHIED

Jetzt würde sie niemals erfahren, wie Luc sich entschieden hätte. Das war das Einzige, was sie wirklich bedauerte. Ihre Wade brannte, als sei sie von einem glühenden Dolch durchbohrt. Die Strömung hatte sie gepackt und trieb sie davon. Sie war zu sehr geschwächt gewesen, um noch einmal in den Fluss zu steigen. Das hatte nicht gut gehen können. Da halfen keine Elfentricks, die sie gelernt hatte.

Ihre Gedanken flossen träge. Auch sie schienen von der Kälte gelähmt. Der Tod erschreckte sie nicht. Sie war endlos enttäuscht. Verraten von Fenryl und Silwyna … Dass beide nicht zu ihr zurückgekehrt waren in all den Jahren! Das Fjordland brauchte sie wohl nicht mehr. Vielleicht hatten Vater und Roxanne ein neues Kind. Einen Sohn. Aus irgendeinem Grund war sie unwichtig geworden. Ins Fjordland würde man sie nicht mehr zurückholen. Und hier wollte sie nicht sein. Das war ihr in den letzten Augenblicken so klar geworden wie in all den Jahren zuvor nicht. Sie opferten Menschen für ein Kriegsspiel. Das war verrückt! Und sie hatte daran Anteil gehabt. Entweder würde sie Arturo finden oder dabei zugrunde gehen. Ihr Leben lag nun in Luths Hand. Sollte er entscheiden, wohin sie gehörte.

Wenn sie den Capitano retten könnte, würde sie bleiben. Sie hätte niemals erlauben dürfen, dass er mitkam, hätte keinen auf den verborgenen Grat im Wasser führen dürfen! Sie selbst hatte Luc die Idee eingeflüstert. Er war unschuldig. Aber sie hatte um die Gefahren gewusst und sie ignoriert, weil auch sie gewinnen wollte. So sehr hatten die Ordensritter sie schon vereinnahmt.

Ihre Lippen formten ein stummes Gebet an den Schicksalsweber. Sie ließ sich treiben. Die Unterströmung zog sie hinab in ein Reich aus Kälte und Schatten. Sie kämpfte nicht dagegen an. Es war so leicht, sich fallen zu lassen. Alles Kämpfen aufzugeben.

Undeutlich erkannte sie eine Gestalt vor sich im Wasser. Ein treibender Schatten auf dem Weg ins Reich der Toten, so wie sie.

Sie bekam einen Stiefel zu packen. War es Arturo? Weit fort sah sie eine Pforte aus Licht. Waren das die Tore der Goldenen Hallen? Warteten ihre Ahnen auf sie? Wenigstens dieses Stück Heimat würde ihr erhalten bleiben. Lichtumstrahlte Gestalten erwarteten sie im Tor. Sie winkten ihr zu.

Der Stiefel vor ihr zuckte. Lebte der Capitano noch? Sie musste ihn höher schieben. Sein Kopf musste aus dem Wasser schauen.

Ihre Ahnen durften jetzt nicht gehen. Einen Augenblick noch, dann würde sie wiederkehren. »Wartet ...« Ihr Ruf wurde erstickt, und ihr Mund füllte sich mit eisigem Wasser.

NUR ZWEI WORTE

Als seine Mutter ihn in die Schwarze Kunst einweihte, hatte Tiranu manches gesehen, was andere, Schwächere, den Verstand gekostet hätte. Es war lange her, dass er Angst empfunden hatte. Angst wie jetzt in diesem Augenblick. Er konnte nicht sagen, was in Skangas Höhle geschehen war.

Welche Kraft hatte sie versehentlich geweckt, als sie nach dem Lebenslicht des toten Söldners gegriffen hatte?

Nicht einmal gehört hatte Tiranu von so etwas. Von Albenmark konnte man nur durch das Netz der Goldenen Pfade in die Welt der Menschen gelangen. Anders ging es nicht! Niemand war je auf einem anderen Weg gereist! Und doch hatte ihn etwas aus der Höhle der Schamanin hierher gezogen, eine Macht, die über den Albenpfaden stand. Die sich freier bewegte. Eine Macht, die Skanga Angst eingeflößt hatte. Gab es den Gott der Menschen? Konnte etwas Wirklichkeit werden, wenn eine halbe Welt über Jahrhunderte daran glaubte? Reichte Glaube allein, um etwas zu erschaffen?

Tiranu wusste, dass es die Goldenen Hallen der Götter gab, jenen Ort, an den nach dem Glauben der Fjordländer ihre toten Helden gingen. Waren auch sie durch Glauben erschaffen worden? Es hieß immer, die Götter der Fjordländer hätten keine wirkliche Macht. War das ein Irrtum? Ihre menschlichen Verbündeten glaubten fest daran, dass ihr Leben und Schicksal in der Hand ihrer Götter lag. Vielleicht waren die Gelehrten Albenmarks allzu überheblich, wenn sie sich erlaubten, darüber zu lachen.

Es war längst Nacht geworden. Viele Stunden schon war Tiranu in Richtung des Berges gewandert, den er in seiner Vision gesehen hatte. Kein Mond stand am Himmel. Es war eisig kalt. Die karge Felslandschaft war mit einer dünnen Schicht Neuschnee überzogen. Der Fürst war erschöpft. Seine Kraft reichte nicht, um sich mit einem Zauber gegen die Kälte zu wappnen. Und seine Grübeleien zehrten noch zusätzlich an ihm.

Es war dumm, sein Weltenbild in Frage zu stellen, eine Erklärung außerhalb der bestehenden Ordnung zu suchen. Wahrscheinlich hatte Skanga einfach einen Fehler bei ihrem

Zauber gemacht. Sie war alt. Den Zenit ihrer Macht hatte sie sicher längst überschritten. Und sie hatte einen Albenstein. Nichts barg so viel Kraft wie diese kostbarsten Geschenke der Alben. Mit zwei Albensteinen konnte man neue Pfade im goldenen Netz ziehen. War es da nicht denkbar, dass ein Beschwörungsfehler – verbunden mit der Macht eines Albensteins – ihn von einer Welt in die andere schleuderte? So musste es gewesen sein! Diese Erklärung stellte die Weltenordnung nicht in Frage. Es gab diesen Tjured nicht! Er existierte nur in den Köpfen der Menschen.

»Es gibt Tjured nicht!«, sagte der Fürst leise, so als mache das gesprochene Wort den Gedanken wahrhaftiger. »Es gibt ihn nicht!«

Ein Totenschädel starrte aus dem Schnee. Der Elf kniete nieder. Es war der Schädel eines Menschen. Der Knochen zeigte Fraßspuren. Tiranu wischte Schnee zur Seite und fand einen zersplitterten Oberschenkelknochen, aus dem das Mark herausgeleckt war. Das Werk von Wölfen oder verwilderten Hunden.

Er blickte zu den Gipfeln auf. Er musste den Ort erreicht haben, den er in seiner Vision gesehen hatte. Die Berge waren schneegekrönte Schattenrisse vor einem samtenen Nachthimmel, an dem Tausende Sterne funkelten. Der Schnee reflektierte das Sternenlicht. Selbst ohne Mond war die Nacht erstaunlich hell.

Es war still in dem Tal. Das Flüstern des Windes in den Felsen war das einzige Geräusch. Hier hatte der Menschling Silwynas Rapier gefunden. Beklommen sah Tiranu sich um. Er war darauf gefasst, dass die Maurawani jeden Augenblick zwischen den Felsen erscheinen mochte, die verstreut im Tal lagen. Er spürte Magie. Schwach nur. Ein Zauber wirkte hier. Ganz nahe. Was verbarg sich hier?

Nicht weit entfernt bot sich ein von Felsen abgeschirmter Platz als Nachtlager an. Tiranu erhob sich. Seine Müdigkeit war vergessen. Wieder blickte er sich um. Hier war niemand. Er würde es spüren, wenn man ihn beobachtete. Er ging den Felsen entgegen.

Zersplitterte Rippen stachen aus dem Schnee. An einem Knochen bemerkte er eine tiefe Kerbe, die von einer Klinge stammen musste. Es hatte einen Kampf gegeben. Und die Sieger hatten sich nicht die Mühe gemacht, die Toten zu bestatten. Die verstreuten Knochen waren das Werk wilder Tiere, die um das Aas gestritten hatten.

Der Wind erstarb. Totenstille lag über dem weiten Tal.

Der Elf trat in den weiten Kreis der Steine. Hier lagen überall Knochen. Er entdeckte die Reste eines Feuers. Einen kleinen Kochtopf, der aus dem Schnee ragte. Rostige Waffen. Stofffetzen. Ein Helm war auf einem Felsblock abgesetzt. Ein kleiner Vorrat an Feuerholz lag an einer windgeschützten Stelle.

Kauerte da eine Gestalt? Tiranu stockte der Atem. Da! Im Schatten eines großen Felsbrockens war jemand!

Seine Hand fuhr zum Rapier. Die Gestalt bewegte sich nicht. Sie trug ein safranfarbenes Kleid voller dunkler Flecken. Blut.

Ganz langsam trat er näher. Es war unmöglich, dass sie ihn nicht kommen gehört hatte. Er erkannte den langen Zopf, der ihr über den Rücken fiel. Die Macht eines geheimnisvollen Zaubers spürte er jetzt so deutlich wie die sanfte Berührung einer liebkosenden Hand.

Silwyna verharrte völlig reglos. Ihr Gesicht war dem Felsen zugewandt. Tiranu zögerte eine Weile, bis er es wagte, sich neben ihr niederzukauern. Schnee lag im Nacken der Elfe. Ihr Haar war voller Eis. Sie war tot. Mit der Linken stützte sie sich am Felsen ab. Ihre Rechte war zu Boden gesunken. Getrocknetes Blut haftete an ihren Fingern.

Der Fürst betrachtete das blutige Kleid. Eine Kugel hatte sie in den Rücken getroffen. Man konnte sehen, wie stark die Wunde geblutet hatte. Verdammte Bleikugeln! Sie bannten Magie. Es war unmöglich, eine solche Wunde durch einen Zauber zu heilen, solange die Kugel noch im Körper steckte. Silwyna schien versucht zu haben, sie mit den Fingern herauszuholen. Und als sie spürte, wie ihr Lebenslicht verging, hatte sie mit letzter Kraft einen Zauber gewoben, der die wilden Tiere von ihr fernhielt und ihren Leib nicht verfallen ließ.

Seltsam eitel, dachte Tiranu. Das passte nicht zu einer Maurawani. Es sei denn ...

Sie musste gewollt haben, dass man sie wiedererkannte. Sie hatte geahnt, dass man ihre Waffen rauben würde. Dass ihre Leiche geplündert würde. Dass nichts bleiben würde, woran man sie erkennen könnte, wenn man nur ihre blanken Knochen fand. Silwyna hatte offensichtlich darauf gehofft, dass man sie suchte. Sie hatte recht behalten.

Tiranu war nicht sentimental, aber der einsame Tod der Jägerin berührte ihn. Und ihr verzweifelter Wunsch, wiedergefunden und erkannt zu werden.

Was hatte die Elfe wohl hierher in dieses einsame Tal geführt? Von wo war sie gekommen? Zu Skanga konnte er nicht mehr gehen. Silwyna hatte ihr Geheimnis wohl mit ins Grab genommen. Er war also keinen Schritt weiter gekommen. Er würde kein Elfenritter sein. Er blieb der Verdammte, dem niemand traute. Und er war sich sicher, dass selbst, wenn er etwas Edelmütiges tat, sich dennoch nichts ändern würde.

Er sah die tote Maurawani an. »Ich kann nicht sagen, dass ich dich zu Lebzeiten sonderlich gemocht hätte. Das beruhte wohl auf Gegenseitigkeit.« Er setzte sich mit dem Rücken zum Fels und blickte in den wolkenlosen Nachthimmel. Was hatte es zu bedeuten gehabt, dass er auf so sonderbare Weise hierher gelangt war? »Du solltest nicht hier sein. Ich bring dich heim nach Albenmark. Eines Tages würden sie dich finden ... Die verfluchten Priester würden deinen Leib schänden. Oder sie würden deinen Leichnam ausstellen, damit alle sehen, dass man uns besiegen kann und die Kirche sie beschützt. Besonders mit Trollen machen sie das gerne. Ich habe schon einige solcher Geschichten gehört ... Keinen Respekt haben sie.«

Er berührte ihren steif gefrorenen Leib. »Komm, treten wir die letzte Reise an. Wir ...«

Ein seltsames Licht umspielte sie. Tiranu hatte es schon gesehen, auf den Schlachtfeldern, aber noch nie so nah. Es dauerte nur einen Augenblick. Ihr Leib verging. Sie öffnete noch einmal ihre Wolfsaugen. Tief in sein Herz blickte sie. Und lächelte. Dann war sie fort. Ins Mondlicht gegangen. Ihre Reise von Tod und Wiedergeburt war beendet.

Die Stille im Tal machte ihm plötzlich zu schaffen. Sie war doch nur eine Tote gewesen ... Es war dumm, sich jetzt, wo sie fort war, allein zu fühlen.

Er nahm ihren zerrissenen Umhang und schlang ihn sich um die Beine. Und dann sah er die Zeichen im Fels. Silwyna musste sie mit ihrem Dolch in den Stein geritzt haben. Eine letzte Nachricht. Statt ihre Wunde zu versorgen, hatte sie sich damit abgemüht. Hätte sie sich zuerst um die Kugel gekümmert, würde sie vielleicht noch leben. Aber ein Vielleicht war ihr nicht genug gewesen. Die zwei Worte dort im Fels einzugraben hatte ihr mehr bedeutet als ihr Leben.

GISHILD
VALLONCOUR

TREIBGUT

Luc sah die Fackeln unten am Ufer und trieb den großen Hengst zum Galopp. Es waren nur zwei verschwommene Lichtpunkte im Nebel. Aber sie bewegten sich schon eine Weile nicht mehr. Das konnte nur eines bedeuten: Man hatte sie gefunden. Die Strömung hatte sie angespült. Luc hatte Angst vor dem, was ihn unten am Ufer erwarten mochte. Sie konnte nicht … Nein! Denk nicht einmal daran. Man darf die schlimmen Dinge nicht beim Namen nennen. Nicht einmal in Gedanken! Damit rief man sie herbei.

Er parierte den Hengst, sprang aus dem Sattel und hastete die Uferböschung hinab. Das Gras war nass vom Nebel. Er rutschte aus, schlitterte hinab, stieß sich das Knie an einer Baumwurzel und fühlte doch keinen Schmerz. Seine Angst betäubte all seine Sinne.

»Gishild.«

Zwei Krieger der Andalanen standen bei ihr. Sie vermieden es, ihm in die Augen zu sehen. Zwei Gestalten lagen hingestreckt im Uferschlamm. Der Capitano und sie. Das lange rotblonde Haar klebte ihr im Gesicht. Sie lag starr.

Luc warf sich vor ihr auf die Knie. Seine Hände tasteten nach ihrem Hals. Sie war so blass, ihre Haut so kalt. Mit zitternden Fingern suchte er das sanfte Pulsieren der Adern, das vom Leben kündete. Er spürte, dass es hier keine Kraft gab, nach der er greifen konnte, um sie zu heilen. Es gab sie nirgends mehr in Valloncour … Seine Gabe würde ihm nichts nutzen, jetzt, da er sie am dringendsten brauchte.

Er strich ihr das Haar aus dem Gesicht. Ihre Augen waren geschlossen. Sie sah friedlich aus, so als schliefe sie. Doch er wusste, dieser Schlaf würde sie in den Tod tragen, wenn er es nicht schaffte, sie aufzuwecken.

Er rieb ihre eiskalten Hände. »Bitte, Gishild! Bitte, komm zurück! Ich bin es, Luc. Bitte!«

Der Capitano rührte sich schwach. Warum lebte er? Warum kam ein alter Mann davon? »Ihr müsst ihn auf die Seite drehen. Er muss das Wasser ausspeien, das er geschluckt hat!«, wies Luc die beiden Krieger an.

Gishilds Hand glitt kraftlos aus seinen Fingern. »Du hast immer gekämpft in deinem Leben. Du kannst doch jetzt nicht damit aufhören!«

Fieberhaft überlegte er, was er in all den endlosen Stunden, die man ihn in der Heilkunst unterwiesen hatte, erlernt hatte und das nun helfen mochte. Er wusste, dass kaltes Wasser den Lebensfunken ein wenig länger an den sterbenden Körper band.

»Einer von euch macht jetzt ein Feuer!«, herrschte er die beiden Andalanen an, während sich der Capitano erbrach.

Luc legte ihr seine Linke auf die Brust, dort, wo ihr Herz war. Dann schlug er mit der Rechten darauf, so stark er es vermochte. »Los! Atme! Komm zurück!«

Immer wieder schlug er zu. Und wie im Stoßgebet wiederholte er unablässig das eine Wort: »Atme!«

Schließlich beugte er sich verzweifelt vor und presste seine Lippen auf die ihren, um ihr seinen Lebensatem einzuhauchen. Heiße Tränen troffen auf ihre Wangen. »Bitte, Gishild«, flüsterte er verzweifelt. »Bitte! Verlass mich nicht! Ich werde alles tun. Ich komm mit dir ins Fjordland, wie du es dir gewünscht hast. Du wirst deine Berge wiedersehen. Die klippengesäumten Buchten. Deinen Vater. Bitte, Gishild, gib jetzt nicht auf!«

Die Andalanen hatten ihren Capitano aufgesetzt. Einer

hielt ihm eine Feldflasche an die Lippen, doch er stieß sie zur Seite. »Es tut mir leid …«, sagte er stockend. »Sie hat mir noch ans Ufer geholfen. Ohne sie …«

Luc wollte das nicht hören. Er wünschte, er wäre allein mit ihr. Wieder beugte er sich vor, um seinen Atem mit ihr zu teilen. Und er dachte an all die ungezählten Küsse, die er in den letzten Jahren von diesen Lippen gestohlen hatte. Es durfte nicht so enden! »Ich schenke dir mein Leben, Tjured, wenn du sie nur zurückkehren lässt. Alles werde ich tun … Aber lass sie jetzt nicht gehen. So darf sie nicht sterben. Wie Treibgut gestrandet an einem schlammigen Ufer. Meine Prinzessin. Was willst du von mir, Gott?«, schrie er in die Nacht. »Gib sie mir wieder!«

Erneut schlug er auf ihre Brust ein. »Los, atme! Geh nicht fort! Du hast mir geschworen, dass ich dein Ritter sein werde. Dass wir jeden Weg gemeinsam gehen. Ich lass dich nicht allein. Hörst du mich, du verdammte, dickköpfige Heidin?« Wieder drückte er mit aller Kraft auf ihre Brust. »Wenn du jetzt gehst, dann folge ich dir.«

»Herr …«

»Schweigt!«, fuhr er die Andalanen an.

»Das dürft Ihr nicht tun, Herr. Ihr verschenkt Euer Seelenheil. Tjured duldet nicht, dass man …«

»Seid endlich still! Geht, lasst mich mit ihr allein.« Wieder drückte er auf Gishilds Brust. »Komm zurück, verflucht! Du hast mir dein Leben versprochen. Du hast mich unter dem Galgen besucht. Du kannst jetzt nicht einfach gehen!«

»Packt ihn, bevor er sich etwas antut!«, befahl der Capitano trotz seiner Schwäche. »Er ist nicht mehr bei Sinnen!«

Luc zog seinen Parierdolch. »Rührt mich an, und ihr geht mit mir. Lasst mich allein mit ihr. Bitte!«

»Junge, Tjureds Wille ist unergründlich. Wir können das nur hinnehmen. Wir können ihn nicht verstehen ...«

Diese Phrasen waren das Letzte, was er jetzt hören wollte. Aber ihm fehlte die Kraft aufzubegehren. Er fühlte sich leer. Gishild war ein Teil von ihm, lange schon. Tief in seiner Brust war eine zehrende Leere. Er hatte sein Herz gegeben. Das war mehr als nur ein Wort. Er brauchte ihre Nähe, die Wärme ihres Körpers, wenn sie sich im Schlaf an ihn schmiegte. Ohne sie würde er vergehen. Er ließ den Dolch sinken. »Ich werde mir nichts antun, das schwöre ich bei Tjured.« Er brauchte keine Waffe dazu. Ohne ihre Liebe würde er vergehen.

Er legte sich neben sie und nahm sie in den Arm. Seine Lippen suchten die ihren. »Nimm meinen Atem«, hauchte er.

DIE LIEBE EINER KÖNIGIN

Emerelle legte ihr Blütenstaubkleid ab. Wunderbar weich floss der zarte Stoff über den Fels. Sein warmes Sommergelb strahlte auf dem grüngrauen Fels. Hunderte Schmetterlinge tanzten um sie herum, ein schillernder, lebendiger Regenbogen. Gleich würden sie sich wieder auf dem Kleid niederlassen und auf sie warten.

Die Königin war verzweifelt. In der Silberschale fand sie keine Antwort auf ihre Fragen. Stattdessen zeigte sie ihr immer wieder, was sie am wenigsten sehen wollte: Bilder von

Ollowains Tod. Und sie wusste, er würde nicht mehr wiedergeboren werden. Die Flammen würden ihn nehmen, und dann würde er ins Mondlicht gehen. Sein Herz hatte sie nie wirklich besessen, so sehr sie auch darum gerungen hatte. Sie sollte ihn ziehen lassen. Und doch konnte sie es nicht. Sie wusste, wenn sie Gishild fände, würde sein Leben noch ein wenig länger währen. Ein paar Jahre noch.

Die Königin steckte ihr Haar hoch. Vorsichtig ließ sie sich vom Felsen in das warme Wasser gleiten. Lotusblüten trieben auf dem Wasser und streiften ihre Haut wie die zärtlichen Finger eines Liebhabers. Sie ließ sich treiben. Warme Nebelschleier umfingen sie. Nie war sie in den See der geheimen Stimmen gestiegen, um mit den Apsaras zu schwimmen und ihr Orakel zu befragen. Sie war zu stolz dazu gewesen. Vielleicht hatte sie auch einfach nur Angst gehabt, auch hier keine Antwort zu finden.

Der Duft von Pfirsich und Sandelholz hüllte sie ein. Im Wasser fühlte sie sich wunderbar leicht. Es schien alle Sorgen hinwegzuspülen. Sie trug nicht länger die Last einer Welt. Selbst die Last ihrer unglücklichen Liebe wurde ihr leichter.

Etwas glitt an ihr vorbei, ein glatter, schlanker Leib. Sie sah verschlungene Muster auf blasser Haut. Eine Fahne aus schwarzem Haar verschwand im dunklen Wasser.

Emerelle hörte das Raunen der Apsaras hinter den Nebelschleiern. Und sie fühlte sich benommen. Sie griff nach dem Albenstein auf ihrer Brust. Einen Herzschlag lang war sie versucht, sich vor dem Zauber zu schützen. Doch sie wusste, dass sie nur dann auf Antwort hoffen durfte, wenn sie sich den Apsaras ganz hingab.

Sie ließ die Hand sinken.

Das Raunen klang näher. Ein fremder, schwerer Duft verdrängte den Pfirsichhauch. Emerelle spürte eine Wärme tief in ihrem Bauch, die dort lange nicht mehr gewesen war. Der Knoten in ihrem Haar hatte sich geöffnet. Nass und schwer lag es auf ihren Schultern. Berührte sanft ihre Brüste. Streichelte sie im Wiegen der Wellen.

»Wir wissen um deine Qual«, sagte eine dunkle Frauenstimme, ganz nah.

Die Königin spürte eine Bewegung im Wasser. »Wie kann ich Ollowain retten?«

»Er will nicht gerettet sein, Königin«, raunte eine andere Stimme. »Er sehnt sich danach, Lyndwyn im Mondlicht zu begegnen.«

»Wie lange kann er noch bleiben? Ich kann ihn nicht ziehen lassen.«

»Ist das wirklich Liebe, Königin?«

Sie kannte die Antwort. Doch manchmal, wenn für einen Lidschlag oder zwei Falrach in ihm stark war, dann sah er sie an wie früher. Keinen dieser Blicke wollte sie missen, auch wenn es selbstsüchtig war. Ollowain war der wiedergeborene Falrach. Und Falrach war stark. Sie selbst war es gewesen, die einst auf der Shalyn Falah die Erinnerung an all seine vergangenen Leben in Ollowain erweckt hatte. Seitdem war Falrach wieder da. Eine Zeit lang hatte ihm Ollowains Leib ganz gehört. Doch dies war lange her. Jetzt blieben ihm nur manchmal noch ein Lidschlag oder zwei …

»Wenn der zurückkehrt, der Anfang und Ende ist, dann wird Ollowain gehen. Sein Leben endet am selben Tag wie das des Anderen. Länger wird die Frist nicht währen. Doch liegt es bei dir, ihn früher ziehen zu lassen. Jetzt, da ich diese Worte spreche, steht das verlorene Mädchen an der Schwelle der Goldenen Hallen. Wenn sie die Schwelle überschreitet, dann wird auch Ollowain früher frei sein.«

»Ihr wisst, wo Gishild ist?«

Rings um sie herum waren jetzt weiße Leiber, gerade so weit weg, dass Emerelle sie nicht berühren konnte. Jedes Mal antwortete ihr eine andere Stimme.

»Wir wissen nicht, wo ihr Körper weilt. Doch sehen wir, wohin ihr Licht geht.«

»Ihr müsst sie aufhalten! Albenmark wird untergehen, wenn wir sie verlieren.«

Ein schmales, bleiches Frauengesicht, gerahmt von schwarzem Haar, schob sich vor ihr aus dem Wasser. Die Königin blickte in Augen, so dunkel wie der See der geheimen Stimmen. »Albenmark wird nie mehr sein, wie es war. Das kannst du nicht verhindern, Königin.«

Sie wusste, dass dies stimmte. »Aber ich kann nicht aufhören, mich diesem Schicksal entgegenzustemmen. Haltet Gishild auf!«

Das Gesicht versank im Wasser.

»Das können wir nur, wenn du aufgibst, was die Alben dir anvertraut haben. Unsere Macht allein reicht nicht.«

Emerelle tastete nach dem Stein an ihrer Brust. Nie hatte sie ihn weggegeben.

»Du musst loslassen, Königin. Dann wirst auch du eines Tages Frieden finden.«

Sie dachte an Ollowain und an Falrach. Ein Ruck ließ das dünne Lederband in ihrem Nacken zerreißen. Sie hielt den Stein fest in ihrer Faust. Ihr Kopf war schwer von den berauschenden Düften, die über dem See lagen. Sie sah sich um. Nirgends war ein Ufer zu sehen. Auch die Apsaras waren nicht in ihrer Nähe. Sie war allein in dunklem Wasser und Nebel. Sie lächelte melancholisch. Im Grunde war es immer so gewesen, seit dem Tag, als Falrach an ihrer Stelle gestorben war und sie Königin wurde. Sie öffnete die Hand.

Ein Leib glitt unter ihr hindurch. Haar strich sanft über ihre Schenkel. Der Stein versank im dunklen Wasser.

»Wir werden ihn dir zurückgeben, wenn der Tag von Licht und Feuer kommt.«

»Und Ollowain?«

»Du hast seine Frist verlängert, Königin. Du allein weißt, ob dies eine Liebestat war.«

DAS WUNDER

Der Primarch fühlte sich, als sei ihm binnen eines Augenblicks die Last von zwanzig Jahren von den Schultern genommen. So leicht war er schon lange nicht mehr die Treppen zum Turm der Bruderschaft hinaufgestiegen. Ja, er ertappte sich dabei, wie er vergnügt die Melodie eines anzüglichen Liedes vor sich hinsummte, das unter den Novizen gerade sehr beliebt war.

Als er in seine verdunkelte Nische trat, hörte er, wie auf der anderen Seite des kreisrunden Saals ebenfalls jemand eintrat. Das musste Alvarez sein. Der Flottenmeister hatte an den Manövern an Land teilgenommen und war Zeuge des Wunders geworden. Gerade erst hatte er Leon Bericht erstattet. Alvarez war ein nüchterner Mann, was diese Dinge anging. Das gab seinen Worten umso mehr Gewicht. Außer ihnen beiden wusste es noch niemand.

Leon räusperte sich. Er war ein alter Mann, doch es war das erste Mal in seinem Leben, dass es galt, von einem Wunder zu sprechen. Wie sollte er beginnen? Plötzlich war er so aufgeregt wie ein junger Novize, der vor dem Ordensmeister stand. Und zu gern hätte er gesehen, wie seine Brüder und Schwestern aufnahmen, was er zu sagen hatte. Doch sie blieben verborgen in ihren Nischen. Mit dieser Regel durfte er nicht brechen, sie bestand seit den ersten Tagen ihrer Bruderschaft. Wer seine Anwesenheit geheim halten wollte, der musste nur schweigend lauschen. Vor allem junge Brüder, die in ihren Orden eingeführt wurden, nutzten diese Möglichkeit. Manchmal waren Leon und der Bruder, der auf ein begabtes Kind aufmerksam geworden war, für Jahre die Einzigen, die wussten, dass Tjured ihnen einen neuen Bruder oder eine neue Schwester mit der Gabe geschenkt hatte. Fälle wie den von Luc, bei denen alle Ordensbrüder während der Initiation zugegen waren, gab es nur sehr selten.

Leon räusperte sich. »Brüder und Schwestern«, begann er feierlich. »Ich habe einundsechzig Sommer kommen und gehen sehen, doch heute wurde mir ein Geschenk gemacht, wie es nur die wenigsten von uns je erhalten. Und auch, wenn ich eingestehen muss, dass ich unseren Bruder Alvarez ein wenig beneide, so schätze ich mich doch glücklich, wenigstens von Ferne an diesem Ereignis teilhaben zu können und alle gut zu kennen, die betroffen sind. Heute, am fünften Tag des großen Herbstmanövers, hat es Tjured gefallen, uns seine Göttlichkeit und Gnade zu offenbaren, indem er ein Wunder wirkte.«

Leon machte eine kurze Pause und lauschte. Halb hatte er mit Gemurmel, einem Zwischenruf oder wenigstens lautem Atmen gerechnet, doch es herrschte Stille im großen Turmsaal. »Bruder Alvarez, du warst Zeuge dessen, was geschah. Berichte mit deinen Worten davon.«

Der Flottenmeister trat in die Mitte des runden Saals.

Er schob die Kapuze seines Umhangs zurück, sodass jeder deutlich sein Antlitz sehen konnte. Es war selten, dass sich einer der Brüder zur Schau stellte. Man sah dem Kapitän an, wie tief bewegt er war. Noch immer waren seine Augen gerötet.

Wie sehr Leon ihn beneidete! In der gesamten Geschichte der Neuen Ritterschaft war noch niemand Zeuge eines Wunders geworden.

»Brüder und Schwestern, ihr alle kennt die siebenundvierzigsten Löwen, denen ihre Taten im Buhurt den Titel Silberlöwen eingetragen haben. Ihnen gehört die Thronerbin des Fjordlandes an. Ein Mädchen, von dem man sagen muss, dass sie zweifelhaften Glaubens ist und sich von ihren heidnischen Göttern nicht wirklich trennen mag. Doch sie ist tapfer. Heute führten die Löwen kurz nach Einbruch der Nacht einen Handstreich gegen die Batterie auf der Kröteninsel. Sie nahmen die Stellung im ersten Ansturm und erlitten kaum Verluste. Ein beispielloser Erfolg in der Geschichte der Herbstmanöver! Doch ereignete sich ein Unfall. Der Capitano des Andalanen-Regiments unter dem Befehl der Löwen wurde von der Strömung ergriffen. Kaum von einer Verwundung genesen, hatte er wohl nicht die Kraft, den Fluss zu durchwaten. Und er gab keinen Laut von sich, um den Überraschungsangriff der Löwen nicht vor der Zeit zu verraten. Als Gishild sein Fehlen bemerkte, ging sie ohne zu zögern zurück in den Fluss. Ihr alle wisst, wie kalt der Rivanne in dieser Jahreszeit ist. Es ist eine Kälte, die die Kraft aus dem Leib zieht und einen Schwimmer schwach und benommen macht, bis sein Wille, sich gegen die Strömung zu stemmen, verlischt. Gishild, die gerade erst den Fluss durchquert hatte, ging ohne zu zögern ins Wasser zurück, als sie bemerkte, dass der Capitano fehlte. Eine Heldentat, die in der Aufregung beim Angriff auf die Geschützstellung zunächst unbemerkt blieb. Als Luc, dem Kapitän der Löwen, dann schließlich auffiel, dass Gishild fehlte, war schon einige Zeit vergangen.« Alvarez machte eine kurze Pause, um seine Worte wirken zu lassen. Dann fuhr er fort. »Gishild gelang es, den Capitano zu finden. Und mit letzter Kraft brachte sie ihn ans Ufer ...« Alvarez stockte erneut. Doch diesmal war es Ergriffenheit und kein rhetorischer Trick. »Sie ... sie gab ihre letzte Kraft, um den Capitano zu retten. Kälte und Erschöpfung ließen ihr Lebenslicht verlöschen. Inzwischen hatten die Löwen und auch die Andalanen begonnen, nach ihnen zu suchen. Als ich hinzukam, hatte sich schon eine größere Gruppe von Männern am Ufer versammelt. Sie sahen zu, wie Luc mit verzweifelter Wut versuchte, Gishild ins Leben zurückzuholen. Ich ging hinab, ich habe sie gesehen ... Ihre blauschwarzen Lippen. Das totenbleiche Antlitz. Sie war von uns gegangen, darauf schwöre ich jeden Eid!« Wieder hielt der Flottenmeister inne.

»Und wo genau am Ufer des Rivanne hat sich das abgespielt?«, erklang die schneidende Stimme Honorés.

»Nein, denk das nicht! Ich weiß, worauf du hinauswillst. Dort überall bleibt uns die Kraft unserer Gabe versagt. Luc hat sie nicht auf diesem Weg gerettet. Er ...«

»Der Junge hat als Einziger aus seinem Dorf die Pest überstanden«, unterbrach ihn Honoré. »Bruder Drustan hat uns berichtet, wie er sah, dass sich frische Wunden bei Luc schlossen. Der Junge hat ein außergewöhnliches Talent. Seine Gabe ist so stark, dass wir sie nicht nach unserem Maß ...«

»Nein! Bei Tjured, ich sagte doch, ich war zugegen. Ich habe Gishild gesehen. Sie war von uns gegangen. Und Luc war schier von Sinnen vor Verzweiflung, weil er ihr nicht mehr helfen konnte. Es war nicht die Gabe, die sie rettete.«

Alvarez blickte zur hohen Kuppeldecke. »Es war die Kraft, die Leben schenkt. Die Kraft, die über uns allen steht ... Es war ein Wunder, dass Gishild wieder die Augen aufschlug. Jeder, der dort war, hat es gespürt.«

»Aber wenn ein Albenkind ...«

Leon hatte genug von Honorés Einwänden. Seine Hochstimmung war Ärger gewichen. Er würde nicht dulden, dass ein Wunder zerredet wurde. »Es gibt ein Maß an Zweifel, das an Ketzerei grenzt, Bruder! Du magst morgen nach der Leiche eines Albenkinds suchen. Ich aber vertraue auf Bruder Alvarez und sein Gefühl. Ich denke nicht, dass du ein Albenkind finden wirst. Es gibt einen Punkt, Bruder, an dem man aufhören muss zu fragen und einfach glauben soll. Alles andere ist gottlos.«

Honoré war klug genug, nichts mehr zu sagen. Leon war sich dennoch sicher, dass sein Ritterbruder schon beim ersten Morgenlicht die Gegend um den Ort des Wunders sehr genau untersuchen lassen würde. Sollte er! Er würde zu keinem Ergebnis kommen, da war sich Leon ganz sicher. »Beschreibe uns, was geschah, als Gishild erwachte«, ermunterte er Alvarez zum Weiterreden.

Der Flottenmeister hob hilflos die Hände. »Die Begegnung mit Tjureds Macht und Güte entzieht sich dem, was ich in Worte zu kleiden vermag. Wir alle, die wir dort waren, haben seine Kraft gespürt. Da war ein goldenes Licht, es war nur kurz zu sehen. Und ein Duft wie von Lotusblüten lag in der Luft. Gishild ... sie tat einen Seufzer. Nie habe ich einen solchen Laut gehört.« Er sah in Richtung der Nische, aus der Honoré gesprochen hatte. »Jeder, der zugegen war, wird dir beschwören, dass es ein Wunder war. So stark war die Kraft Gottes, dass ein toter Kirschbaum in der Nähe frische Blätter und Blüten ausgetrieben hat. Jetzt, im Herbst!

Und der Capitano Duarte, der ein halb lahmes Bein hatte, kann wieder gehen, als sei er nie verwundet worden. Wir alle wurden von der Macht Tjureds berührt, als er die Prinzessin zu uns zurückschickte.«

Leon ahnte, wie tief diese Worte Honoré treffen mussten. Er kannte das Geheimnis des Ordensbruders. Honoré würde es Tjured niemals verzeihen, dass nicht er dort am Flussufer gewesen war. Dass nicht er von der Kraft Gottes berührt und der Fluch von ihm genommen worden war.

»Wie geht es Gishild?« Jeromes laute Stimme war unverwechselbar. Er war es gewohnt, den Lärm von Schlachten zu übertönen, wenn er an der Spitze der Schwarzen Schar in die Schlacht ritt.

»Sie ist etwas benommen«, meldete sich Bruder Drustan zu Wort. »Sie ist in einer Kutsche und auf dem Weg zurück zum Turm meiner Löwen. Ich habe ihr befohlen, sich auszuruhen. Ich habe den Eindruck, die Begegnung mit Tjured hat sie tief erschüttert.«

Leon musste schmunzeln. Das würde den Irrglauben an ihre Heidengötzen zum Wanken bringen. Nun musste selbst sie begreifen, dass es nur einen Gott gab. Manchmal wählte Tjured gerade die Zweifler aus, um an ihnen Wunder zu wirken. Die Geschichte der Kirche kannte viele solcher Ereignisse. Den tief Gläubigen mochte das ungerecht erscheinen, doch um deren Seelen ging es schließlich nicht ... Wer Tjured in sein Herz genommen hatte, der brauchte kein Wunder, um glauben zu können. Es waren die Heiden und die Zweifler oder diejenigen, die vom Glauben abzufallen drohten. Ihnen musste Tjured sich offenbaren.

»Bruder Primarch. Luc hat vor einigen Tagen eine Frage an mich gerichtet. Er will um Gishilds Hand anhalten. Aber er möchte zuerst deine Erlaubnis haben.«

Leon war überrascht. Er sah den Jungen jede Woche. Warum hatte er ihn nicht direkt gefragt? »Sollte er sich nicht der Flotte anschließen, die nach dem Herbstmanöver zu den aegilischen Inseln aufbricht?«

»So war es vorgesehen.« Drustan war sehr bemüht, seiner Stimme nicht anmerken zu lassen, was er dazu dachte.

Leon passte diese überraschende Wendung nicht. Im Grunde war es genau das, was er wollte. Aber die beiden sollten reifer sein. Ihr Band musste Bestand haben. Wenn sie zu jung die Hochzeit feierten, dann mochte sich dies als fatal erweisen. Trennung hingegen fachte das Verlangen an. Leon wusste, dass die beiden einander leidenschaftliche Briefe schrieben. Honorés Spitzel hatten die meisten davon gelesen, bevor sie ihren eigentlichen Empfänger erreichten. Von einigen der Briefe hatten sie sogar Abschriften angefertigt. Sie durften nichts, was die beiden anging, dem Zufall überlassen.

»Was darf ich Luc sagen?«

Leon schob seine Augenklappe hoch und strich vorsichtig über die wunde Augenhöhle. »Sag ihm gar nichts.«

»Er wird gewiss wieder fragen.«

»Und du wirst weiterhin schweigen. Beraten wir nun darüber, in welcher Form wir die Heptarchen davon unterrichten, dass sich ein Wunder ereignet hat.«

»Wir müssen ihnen einen Zeugen schicken«, entgegnete Honoré. »Einen, dessen Wort sie nicht so leicht in Zweifel ziehen werden. Unsere Position in Aniscans ist sehr schwach, seit wir unseren Platz unter den Heptarchen verloren haben. Und die Bruderschaft vom Aschenbaum lässt keine Gelegenheit verstreichen, unserem Ansehen zu schaden. Vielleicht sollte Luc nicht zu den aegilischen Inseln reisen, sondern …«

DER BEFEHL

Emerelle hatte ein schlichtes, silbergraues Kleid ganz ohne Stickereien angelegt. Es betonte ihre Figur, hatte lange Ärmel und reichte ihr bis zu den Knöcheln. Es war von einer stillen Anmut und sah nicht wie das Gewand einer Königin aus. Falrach hatte es gemocht, wenn sie sich so kleidete. Bei Ollowain wusste sie es nicht. Er war nicht einfach, ihr Schwertmeister. Treu bis in den Tod, aber nicht einfach. Sie wusste, er würde sie hassen ... Ja, wahrscheinlich würde er sie wirklich hassen. Aber sie hatte keine andere Wahl.

Sonnenauge schwebte dicht vor ihrem Gesicht. Der kleine Blütenfeenmann mit seinen Schmetterlingsflügeln sah sie verwundert an.

»Du bist die Königin! Du solltest niemals besorgt dreinschauen. Du kannst doch Schurken einfach hinrichten lassen!«

Emerelle musste unwillkürlich lächeln. Sonnenauge gehörte noch nicht lange zu ihrem Gefolge. Sein Volk hatte ihn ausgewählt, weil er ausnehmend hübsch war. Und wahrscheinlich auch, weil er ständig in Schwierigkeiten steckte. Er war zu geradeheraus und hatte eine ausgesprochen draufgängerische Ader.

»Leider ist es nicht ganz so einfach, zu herrschen. Mit manchen Schurken muss man leben. Und lass dir gesagt sein, oft ist es noch viel schwieriger, mit den Aufrichtigen auszukommen.«

Sonnenauge schlug einen Salto und lachte. »Nein, ich wette, ein guter Henker könnte alle Probleme lösen. Du musst nur den Mut haben, ihm zu befehlen.«

Niemand sonst bei Hof hätte sich herausgenommen, ihr einen solchen Rat zu erteilen. Eigentlich hätte sie Sonnenauge zurechtweisen sollen. Aber er hätte wohl nicht begriffen, warum sie das tat. Er war ausnehmend hübsch, mit seinen goldblonden Locken und den hellen, bernsteinfarbenen Augen. Seine Flügel mit ihrer schwarzgelben Zeichnung ließen ihn verwegen erscheinen. Und dass er sich vom linken Bein bis hinauf zur rechten Schulter und zum Halsansatz mit einem verschlungenen Spiralmuster hatte bemalen lassen, verstärkte den Eindruck noch. Er war ein fingerlanger Draufgänger. Das machte seinen Reiz aus. Sie sollte nicht versuchen, ihn zu verändern.

»Ich werde über deinen Rat nachdenken. Du hast die Erlaubnis, dem Besuch des Schwertmeisters beizuwohnen. Ich bin neugierig, welchen Rat du mir geben wirst, wenn er gegangen ist.«

»Es geht um den Schwertmeister!« Sonnenauge verharrte dicht vor ihrer Nase flügelschlagend in der Luft. »Du musst auf ihn hören! Er ist ein Held.«

Emerelle dachte flüchtig an einen Henker mit einer Fliegenpatsche. Sie wollte Sonnenauge gerade davonjagen, als sie Schritte hinter sich auf der Terrasse hörte.

Ollowain! Er sah noch immer gut aus. Die Jahrhunderte waren spurlos an ihm vorübergegangen. Vielleicht waren seine Züge ein wenig härter geworden und sein Blick etwas müder. Aber man musste ihn schon sehr gut kennen, um das zu bemerken. Er trug das lange blonde Haar offen. Und seine Augen waren von wunderbarem Grün. Manchmal wechselten sie die Farbe. Grün stand ihm am besten, fand Emerelle.

»Du hast mich rufen lassen, Herrin.«

Das fing schlecht an. Wenn er sie Herrin nannte, war er

in übler Laune. Sie wusste, dass er unter der Hitze litt. Er schwitzte ein wenig in seiner weißen Leinenrüstung und der kurzen Tunika. Ein Makel für einen Elfen. Auch darunter litt er. Und dennoch hatte er nun schon fünf Jahre in Vahan Calyd ausgehalten und seine Elfenritter so gedrillt, wie sie befohlen hatte.

»Ich weiß, wo wir Gishild finden.«

Er musterte sie misstrauisch. Vielleicht hatte er zu lange auf diese Nachricht gewartet. Und er spürte, dass etwas unausgesprochen geblieben war. Sie kannten einander zu gut.

»Ist Silwyna endlich zurückgekehrt?«

»Nein«, sagte Emerelle leise. »Sie ist ins Mondlicht gegangen. Aber sie hat eine Botschaft hinterlassen. Es ist eine verwickelte Geschichte.« Sie deutete zu dem Kartentisch, der im Schatten eines Sonnensegels am anderen Ende der Palastterrasse stand. »Gishild hält sich in Valloncour auf.«

»Sie ist eine Gefangene der Ritter vom Blutbaum?«

»Das weiß ich nicht. Ich kann Valloncour in meiner Silberschale nicht mehr sehen. Deshalb habe ich sie dort auch nicht gefunden. Du kennst Valloncour?«

Der Schwertmeister schüttelte den Kopf. »Nein. Ich war nie da. Ich weiß, dass die Ritter vom Blutbaum dort ihre Novizen ausbilden. Es ist eine Halbinsel nicht weit von Marcilla und gilt als uneinnehmbar.« Er lächelte zynisch. »Nach den Maßstäben der Menschenkinder.«

So war er früher nicht, dachte Emerelle. Etwas an seiner Ritterlichkeit hatte Schaden genommen. War das ihre Schuld? Hatte sie zu viel von ihm verlangt? Sie wandte sich ab und ging zum Kartentisch. Sonnenauge landete auf ihrer rechten Schulter und hielt sich an einer Haarsträhne fest. Er verhielt sich Ollowain gegenüber ungewöhnlich respektvoll. Emerelle konnte sich nicht erinnern, dass Sonnenauge in der kurzen Zeit in ihrem Dienst schon einmal so lange durchgehalten hatte, ohne mit irgendwelchen Kapriolen auf sich aufmerksam zu machen.

Ein Blick auf die Karte genügte, und Ollowains Züge verhärteten sich.

»Ja, ich weiß, die Karte ist fast siebenhundert Jahre alt«, begann Emerelle. »Es ist die beste, die wir …«

Der Schwertmeister deutete auf die Riffe und Inseln rings um Valloncour. »Das hier wird uns Ärger machen. Die Zahlen zu den Wassertiefen! Wir kommen nicht nahe an die Küste heran. Die neuen Schiffe sind erprobt und haben sich bewährt. Selbst bei schweren Stürmen haben sie hervorragende Segeleigenschaften. Brandax hat ausgezeichnete Arbeit geleistet. Aber sie sind zu breit, um in so engem Fahrwasser zu manövrieren. Durch diese Riffe kommen wir nicht hindurch … Und wir wissen überhaupt nicht, was uns auf der Insel erwartet. Es soll Festungen geben, die die Landenge beherrschen.« Er deutete auf den schmalen Felsgrat, der Valloncour mit dem Festland verband. »Davon ist nichts eingezeichnet.«

»Du brauchst Späher, mein Fürst!«, meldete sich Sonnenauge zu Wort.

Ollowain betrachtete die Karte. »Wie viel Zeit benötigst du, um zehn Meilen weit zu fliegen?«

»Ich bin schnell, Fürst. Wirklich!«

»Wie lange?«

»Etwas mehr als zwei Stunden.« Sonnenauges Gesicht glühte vor Begeisterung. »Aber ich könnte mich auf dem Rücken eines Adlers zur Insel tragen lassen. Dann wäre ich sehr schnell dort. Und glaub mir, wir Blütenfeen sind sehr unauffällige Späher. Wer nicht genau hinschaut, der hält uns für große Schmetterlinge.«

Der Schwertmeister strich sich nachdenklich übers Kinn. »Wir müssen herausfinden, wo Gishild gefangen gehalten wird. Dann könnten wir mit sehr wenigen Kriegern ...«

»Nein«, unterbrach Emerelle seine Überlegungen. Der Orden vom Blutbaum hatte versucht, sie während der Krönung Roxannes zu ermorden. Dass sie noch lebte, verdankte sie allein der Tatsache, dass sich Yulivee nicht an die Hofetikette gehalten und sie mit ihren drängenden Fragen aufgehalten hatte. Die beiden Ritterorden der Kirche waren die größte Gefahr für Albenmark. »Ich möchte, dass es eine Schlacht gibt. Die Ritterschaft vom Blutbaum muss dezimiert werden. Du hast deine Ritter fünf Jahre lang üben lassen. Nun sollst du nicht allein mit einer Handvoll von ihnen in den Kampf ziehen. Lass die Ordensburg der Menschenkinder brennen und ihr Blut über die Wehrgänge fließen.«

»Meine Königin, in der Burg werden womöglich hunderte Kinder sein. Ich kann nicht ...«

»Erinnerst du dich an die toten Maiden aus meinem Gefolge? Blutjunge Mädchen! Hast du vergessen, wie sie hingestreckt vor Roxannes Thron lagen? Gemeuchelt von einem gewissenlosen Mörder aus den Reihen der Ritterschaft vom Blutbaum.«

»Du willst also Rache«, entgegnete Ollowain kühl.

»Es geht darum, Albenmark zu schützen. Diese Kinder dort werden in ein paar Jahren erwachsene Mörder sein.«

»Und was werden ich und meine Ritter sein, wenn wir das Blut von Kindern vergießen? Worin unterscheiden wir uns dann noch von unseren Feinden?«

»Ihr seid die besten Schwertkämpfer Albenmarks. Erschlagt ihre Lehrer, dann werden die Novizen nicht zu Mördern erzogen.«

»Glaubst du das wirklich?« Ollowain schüttelte den Kopf.

»Wenn sie mit ansehen, wie wir ihre Lehrer töten, dann pflanzen wir die Saat des Hasses so tief in ihre Herzen, dass es nicht mehr vieler Worte braucht, um sie zu fanatischen Feinden Albenmarks zu machen. Vergiss deinen Zorn, Königin. Auch ich trauere um die Jungfern aus deinem Gefolge, die gestorben sind. Doch gerade weil sie auf so niederträchtige Weise gemeuchelt wurden, dürfen wir uns nicht zur Rache hinreißen lassen. Ich glaube an den Kampf für eine gerechte Sache, Herrin. Aber wer das Schwert führt, um Recht zu schaffen, der wandert auf einem sehr schmalen Grat. Wir dürfen uns nicht dazu hinreißen lassen, Trauer und Zorn zu den Leitsternen unseres Lebens zu machen. Bitte, Emerelle …«

»Meine Entscheidung steht fest, Schwertmeister. Des Weiteren wünsche ich, dass Fürst Tiranu von Langollion bei den Elfenrittern aufgenommen wird.« Sie wusste, was dieser Befehl für Ollowain bedeutete. Aber sie hatte keine Wahl. Die Aufnahme unter die Elfenritter war der Preis gewesen, zu dem Tiranu sein Wissen um Gishild verschachert hatte.

Es war nicht zu übersehen, wie schwer es Ollowain fiel, die Fassung zu bewahren. »Du kennst den Ruf des Fürsten, Herrin!«

»Er ist ein exzellenter Anführer. Befehlshaber in etlichen siegreichen Schlachten und ein Schwertkämpfer, von dem es heißt, dass er fast an dein Können heranreicht.«

»Er war derjenige, der bei der Erstürmung Mereskajas das Kommando über die Nachhut unserer flüchtenden Truppen führte. Er hat bei der Flucht über die letzte Brücke über die Bresna die Kinder eines Tempelchors als lebende Schutzschilde für unsere Truppen missbraucht. Damit ist er für eine der schändlichsten Taten im Krieg um Drusna verantwortlich. Er hat in Kauf genommen, dass die Kinder von der Schwarzen Schar niedergeritten wurden. Solange ich als dein Schwertmeister das Kommando führe, wird er nicht bei den Elfenrittern aufgenommen werden. Krieger wie er sind dort fehl am Platz.«

»Ich weiß, welche Taten er begangen hat. Aber ich habe mein Wort gegeben, dass er zu den Elfenrittern gehören wird. Du könntest ihm im Kampf um Valloncour eine Aufgabe übertragen, die er nicht überleben wird. Damit wäre auch mir gedient. Ich weiß, er ist ein skrupelloser Intrigant. Aber er ist auch ein Fürst Albenmarks. Solange ich ihm nicht nachweisen kann, dass er sich gegen die Krone verschworen hat oder mit den Tjuredpriestern paktiert, kann ich fast nichts gegen ihn unternehmen.«

Ollowain griff nach seinem Gürtel und öffnete ihn. »Herrin, nimm mein Schwert zurück. Ich bin nicht länger der deine. Ich kann deine Befehle nicht ausführen. Sie widersprechen dem, wofür ich ein Leben lang gekämpft habe.«

Emerelle hatte diese Szene in der Silberschale gesehen. Sie war darauf vorbereitet. Und doch waren Ollowains Worte wie ein Dolchstoß in ihr Herz. Erkannte er denn nicht, dass sie keine andere Wahl hatte? Sie hatte ihr Wort als Königin gegeben! Und die Ritter vom Orden des Blutbaums mussten mit allen Mitteln bekämpft werden, wenn sie Albenmark vor ihnen schützen wollte.

»Ich nehme deinen Zorn zur Kenntnis, Schwertmeister, und weise dein Ersuchen zurück, von deinem Dienst entbunden zu werden.«

Ollowain ließ das Schwert vor ihre Füße fallen. »Ich rebelliere gegen deinen Befehl. Ich bin nicht länger dein Schwertmeister, Emerelle. Lass die Wachen rufen und mich in Eisen legen.«

Sie maß ihn mit eisigem Blick. »Wenn ich es bin, die dieses Schwert aufhebt, dann wird Tiranu nicht nur unter die Elfenritter aufgenommen, sondern er wird deine Stelle einnehmen. Es ist deine Entscheidung, ob ein Kindesmörder diesen Angriff führen wird. Valloncour wird deine Brücke über die Bresna sein.«

DAS GEHEIMNIS

Das lief alles nicht so, wie er es sich gedacht hatte. Luc war verzweifelt.

Gishild beugte sich zurück und lachte leise.

»Was ist so lustig?« Seine Stimme klang ganz falsch. Er war doch nicht zornig. Nur verzweifelt …

Sie lachte wieder. »Heute Abend küsst du wie bei unserem ersten Kuss. Woran denkst du nur? Erinnerst du dich noch an unseren ersten Kuss?«

»Natürlich!« Wie könnte er ihn jemals vergessen, den Kuss hoch oben in der Steilklippe über dem Meer. Den Himmel voller Möwen. Oft dachte er an diesen Nachmittag.

»Eigentlich war es inzwischen besser geworden mit deinen Küssen.«

»Ja.« Was sollte man dazu sagen?

Gishild war wohl kalt. Sie zog die Decke aus dem Boden des Bootes und schlang sie um ihre Schultern. Zwar war ihr Haar feucht von den Dunstschleiern, die über dem Wasser trieben, doch ihr Frösteln hatte wohl eher damit zu tun, dass sie sich noch immer nicht vollständig erholt hatte. Irgendwo am Grund des kleinen Sees musste es wohl eine heiße Quelle geben. Jedenfalls war es immer warm hier an diesem verborgenen See in den Felsen. Er war ihr Refugium, ihre geheime Zuflucht. Hierher kamen sie, wenn sie sich lieben wollten.

Luc massierte seine Knie. Ein Boot war nicht der beste Platz für eine Liebesnacht. Er war danach immer voller blauer Flecke. Aber im Turm war es unmöglich. Alle dreizehn Novizen schliefen in einer viel zu engen Kammer. Dort gab es keine Heimlichkeiten. Auch Bernadette und Joaquino mieden es, dort beieinander zu liegen.

Gishild blickte gedankenverloren in die Nebelschleier. Sie hatte sich verändert seit dem Angriff auf die Kröteninsel. Seit dem Wunder ... Aber seine Gefühle zu ihr waren noch immer dieselben, auch wenn sie jetzt stiller und in sich gekehrter war. Sie mochte über diese Nacht nicht reden. Ob sie Tjured gespürt hatte? Würde sie sich jetzt endlich von ihren Götzen abwenden? Aber das waren nicht die Sorgen dieser Nacht. Er hätte schon viel früher mit ihr reden sollen. Anfangs war es nur eine verrückte Idee gewesen. Er hatte sie überraschen wollen, doch dann hatte er den rechten Zeitpunkt verpasst, sie zu fragen. Er hätte es vor einer Woche schon tun sollen! Was aber, wenn sie nein sagte? Besser nicht daran denken. Er musste in dieser Nacht damit herausrücken ...

Es war schon schwer gewesen, eine Geschichte dazu zu erfinden, warum sie gestern in die Ordensburg geladen worden waren. Und das nicht als Einzige. Es gab noch fünf andere Paare. Wenn sie mit Joaquino und Bernadette auch nur ein Wort wechselte, wäre alles verloren! Und dann die Zelte auf der großen Wiese, die Vorbereitungen für das Fest. Er hatte sich immer tiefer in ein Dickicht aus Lügen verstrickt, um für all dies plausible Erklärungen liefern zu können. Und er war froh gewesen, als sie vorgeschlagen hatte, hierher zum See zu reiten, um die Nacht in ihrem Boot zu verbringen. Aber sie mussten zum Morgengrauen zurück sein. Und bis dahin musste er es ihr gesagt haben.

Gishild begann leise ein Lied zu singen. Er erkannte die Melodie. Zweimal schon hatte sie es in den letzten Tagen gesungen. Und obwohl er die rauen Worte der Sprache des Fjordlands nicht verstand, spürte er ihre Traurigkeit. Was ging in Gishilds Herz nur vor sich? Er musste mit ihr reden. Jetzt, sofort! Er durfte es nicht länger aufschieben. Wahrscheinlich würde er nie den vollkommenen Augenblick und die richtigen Worte finden.

Aber nicht solange sie singt ... Diese Frist hast du noch. Sie jetzt zu unterbrechen, wäre ganz schlecht. Luc war klar, dass er sich drückte. Er nutzte jede dumme Ausrede, um der einen, alles entscheidenden Frage auszuweichen. Fünf Jahre kannte er sie nun schon. Und er wusste, dass sie ihn liebte. Von ganzem Herzen. Dennoch wusste er nicht, welche Antwort sie ihm geben würde. Er hätte Drustan niemals fragen sollen! Es wäre besser gewesen, alles so zu lassen, wie es war. Sie waren doch glücklich gewesen! Hätte er nur den Mund gehalten!

Gishilds Stimme klang so unendlich traurig und zugleich wunderschön, dass es Luc schier das Herz zerreißen wollte.

Als sie endete, konnte er nicht anders, als seine Arme um sie zu legen und sie sanft an sich heranzuziehen. Sie zitterte trotz des warmen Nebels und der Decke. Er wünschte, er könnte ihr den Schmerz nehmen, den sie in dieses Lied legte. Wünschte, sie würde endlich mit ihm darüber reden ... Sie lehnte den Kopf an seine Schulter. Lange saßen sie still da.

»Worum geht es in dem Lied?«, wagte er schließlich zu fragen. Er konnte jetzt einfach nicht die andere Frage stellen.

»Es handelt von König Ulric und seiner Frau Halgard. Die

beiden liebten sich schon als Kinder. Manchmal habe ich das Gefühl, wir sind wie sie.«

Luc spürte, wie Gishild wieder zu zittern begann. »Aber das hört sich doch gut an, meine Schöne«, flüsterte er, obwohl die Melodie des Liedes ganz anderes ahnen ließ.

»Nein. Sie waren schon als Kinder verflucht. Ein Dämon hat ihnen ein Geschenk gemacht. Sie wussten, dass sie kaum älter als der Hund von Ulrics Vater werden würden. Schon als Kinder hatten sie Angst, nicht einmal ihren zwanzigsten Sommer gemeinsam zu verbringen. Sie starben Hand in Hand in einem eisigen Winter, in dem ein schrecklicher Krieg gegen die Trolle geführt wurde. Sie beide opferten sich. Sie haben das Eis eines gefrorenen Sees mit einem Zauberschwert zerbrochen und mit sich das Heer der Trolle in die dunklen Fluten gerissen. So haben sie das Fjordland gerettet.«

Luc hielt sie fester. »Wir werden eisige Seen meiden«, raunte er ihr ins Ohr. »Ich werde immer auf dich aufpassen. Du weißt doch, ich bin dein Ritter.«

»Ja, ich weiß.«

Er könnte spüren, wie sie mit den Tränen rang.

»Du wirst nicht immer auf mich aufpassen können, Luc. Als ich ins Dunkel gegangen bin, war ich allein. Ich habe sie gesehen, die Goldene Halle, in der meine Ahnen und die Helden des Fjordlands versammelt sind. Aber ihre Pforten blieben für mich verschlossen. Sie wollten mich nicht dort haben.«

Sie spannte all ihre Muskeln an, so sehr kämpfte sie gegen die Tränen. Luc drückte sie ganz fest an sich.

»Ich bin für sie eine Verräterin«, stieß sie mit halb erstickter Stimme hervor. »Und ich konnte spüren, dass dort eine andere Kraft war, die nach mir griff, die mich zurückgeholt hat.«

»Deine Götter müssen doch wissen, dass du ihnen im Herzen immer treu geblieben bist. Als Götter müssen sie in deinem Herzen lesen können ...« Luc war sich darüber im Klaren, dass seine Worte Ketzerei waren, aber er würde alles sagen, um sie zu trösten.

»Bist du sicher? Ich glaube ...«

»Nein. Du darfst nicht zweifeln. Deine Zeit war einfach noch nicht gekommen. Sie wollten, dass du das weißt und umkehrst. Deshalb waren die Tore der Goldenen Halle für dich verschlossen.«

Sie atmete schwer aus. »Glaubst du das wirklich?«, fragte sie ganz leise. »Oder sagst du es nur, um mich zu trösten?«

»Ich glaube an unsere Liebe, Gishild. Sie hat gerade erst begonnen. Das wissen auch deine Götter. Wir sind nicht Ulric und Halgard. Wir werden glücklich sein zusammen. Ich weiß das. Ganz sicher!«

Sie ergriff seine Hand und drückte sie. »Ja, das wünsche ich mir so sehr. Aber manchmal glaube ich, auf meiner Familie lastet ein Fluch. Ich ...«

»Nein.« Er zerteilte ihr Haar und küsste sanft ihren Nacken. »Wir sind nicht verflucht. Über unserer Liebe liegt ein Zauber, der selbst den Tod zu besiegen vermochte.«

Sie hob seine Hand an die Lippen und küsste sie.

Er spürte ihre warmen Tränen über seine Finger rinnen. Sie weinte lautlos, ohne ein Zittern oder Schluchzen.

»Ich liebe dich«, flüsterte er. »Ich liebe dich mehr als alles andere auf dieser Welt. Und ich bitte dich, werde meine Frau. Das ist mein größter Wunsch.«

Sie weinte, küsste seine Hand, und plötzlich war da ein halb erstickter Laut, fast wie ein Lachen. »Ich dachte schon, du würdest mich erst fragen, wenn wir morgen vor Leon stehen.«

Luc schluckte. »Was ... wie lange weißt du es schon?«

Sie drehte sich zu ihm um. Die Laterne im Heck des kleinen Bootes warf goldenes Licht auf ihr Gesicht. Trotz der Tränen erschien sie Luc wunderschön.

»Ich hoffe, nur weil ich eine Heidenprinzessin aus einem barbarischen Land bin, hältst du mich nicht für dumm.« Ihr Lächeln nahm den Worten die Schärfe.

Luc war völlig überrumpelt. »Aber warum hast du denn nichts gesagt? Ich meine, wenn du alles gewusst hast ...«

»Ich wollte von dir gefragt werden. Das war mir sehr wichtig. Du solltest den Augenblick bestimmen.«

»Sind wir deshalb heute Abend hierher gekommen? Wolltest du es mir leichter machen?«

Sie lächelte kokett. »Vielleicht.«

Luc fühlte sich plötzlich wie eine Marionette, die hilflos an Gishilds Fäden tanzte. Wie lange hatte sie schon mit ihm gespielt?

»Luc?«

Sie war plötzlich ganz ernst, so als habe sie seine Gedanken von seinem Gesicht abgelesen. Vielleicht konnte sie auch das? Allein Tjured wusste, was sie alles von den Elfen gelernt hatte.

»Luc! Ich liebe dich. Meine Gefühle sind tief ... Ich sollte dich nicht lieben. Ich gehöre dem Fjordland. Das ist das Schicksal meiner Sippe. Wenn ich zustimme, deine Frau zu werden, und hier in Valloncour inmitten der Priester und Ritter die Hochzeit mit dir begehe, dann verrate ich mein Land und meine Familie in einem Ausmaß, das du dir nicht einmal vorzustellen vermagst.«

Die Kehle wurde ihm eng. Jetzt würde kommen, wovor er sich die ganze Zeit gefürchtet hatte. Deshalb hatte er so lange gezögert! Um das eine Wort nicht zu hören ...

»Ich breche mit meinem Leben. Ja, Luc. Ich will dich.«

»Das heißt ... ja?«

Sie lachte. »War das nicht deutlich genug? Ja, mein Ritter, ich will mit dir leben. Ich will deine Frau sein. Ich werde nach dem Ritus der Tjuredkirche mit dir Hochzeit feiern und nicht im Angesicht meiner Götter in Firnstayn, so wie es all meine Ahnen vor mir getan haben.«

Luc sprang auf und stieß einen wilden Schrei aus. Er hatte das Gefühl, dass seine Brust zerspringen müsse. Er wollte sie in die Arme nehmen und wäre fast aus dem Boot gefallen, das durch seine plötzlichen Bewegungen wild zu schaukeln begonnen hatte.

Gishild ergriff seine Hände und zog ihn zu sich herab. »Ich liebe dich, mein verrückter, schöner Ritter.« Sie küsste ihn. »Eines sollst du noch wissen. Es hat sich gelohnt zu warten. Du hast genau den richtigen Augenblick gewählt, um mich zu fragen.«

Er war glücklich, wollte ihr sagen, was für ein wunderbares Geschenk ihre Liebe war. Wie glücklich sie ihn machte. »Ich ... Ich glaube ...« Warum verließen ihn die Worte immer dann, wenn es wirklich darauf ankam? »Ich ...«

Sie küsste ihn erneut. Dann streifte sie die Decke von den Schultern. Er könnte sie stundenlang einfach nur anschauen, so wunderschön war sie. Ihr langes rotblondes Haar reichte ihr bis zu den Brüsten. Sie war schlank. Ihre Bewegungen waren voller Anmut.

»Komm.« Sie stand auf, und ehe er etwas erwidern konnte, sprang sie ins Wasser.

»Komm, mein Ritter! Ich erwartete dich am Ufer, dort, wo das Wasser ganz seicht ist und es den feinen, weichen Sand gibt.«

DER VERBORGENE SPÄHER

Sonnenauge sah zu, wie die beiden zum Strand schwammen. Er ließ sich im Heck des Bootes nieder und betrachtete die zerknüllten Kleider, die im Rumpf lagen. Er hatte bei Einbruch der Dämmerung zwei Menschen gesehen, die mit ihren Pferden am Zügel einen steilen Ziegenpfad in den Felsen erklommen. Es war eine Laune gewesen, ihnen zu folgen und nicht wie all seine Brüder und Schwestern zur Burg und den Türmen auszuschwärmen.

Bei Tag hatten die Adler aus großer Höhe die Insel ausgespäht. Kein Turm im Wald, keine Hütte, nichts war ihnen verborgen geblieben. Und in der Dämmerung hatten sie die Blütenfeen hergebracht. Ihre Aufgabe war es, durch Fenster und Gitter zu schlüpfen und Gespräche zu belauschen. Sie sollten Gishild finden, koste es, was es wolle.

Jetzt in dieser Stunde waren sie überall. In der Hafenstadt und an dem grässlichen, rauchverhangenen Ort mit den Bronzegießereien. Bei den Kasernen, den Festungen auf dem Felsgrat, der zum Festland führte. Bei der einsamen Hütte am Schwefelsee. Die meisten jedoch waren hierhergekommen, in das Tal voller Türme. Hier schlug das Herz des Ritterordens. Ollowain war sich ganz sicher gewesen, dass sie Gishild hier finden würden. Sonnenauge zupfte an den Kleidern im Boot. Da war das verfluchte Wappen. Er roch an dem feinen Leinen. Es konnte kein Zweifel bestehen. Es war das Gewand des Mädchens, welches dieser Luc Gishild genannt hatte. Sie war die Richtige! Und sie war eine Ordensritterin geworden. Unglaublich! Aber Weiber waren launenhaft! Man konnte sich eben nicht auf sie verlassen.

Er hörte das Lachen der beiden im Nebel. Es ging ihr gut. Sonnenauge schüttelte den Kopf. Morgen sollte sie heiraten ... Er dachte an den Streit, den Ollowain mit der Königin gehabt hatte. Er wusste, wie viele Kinder hier in diesem Tal waren. Wenn es zu einer Schlacht kam, dann würden Kinder sterben. Das ließe sich nicht vermeiden. Es sei denn, er wagte es, jetzt sofort zur Flotte zu fliegen. Die Adler würden erst weit nach Mitternacht kommen, um sie zu den Schiffen zu bringen. Mit seinen zarten Schmetterlingsflügeln war es ein harter Flug. König Wolkentaucher würde weniger als eine halbe Stunde bis zur Flotte brauchen. Er müsste drei Stunden fliegen. Aber selbst dann wäre er noch früher dort, als wenn er auf die Rückkehr der Adler wartete.

Er lauschte auf die Geräusche im Nebel. Die beiden würden wohl nicht vor dem Morgengrauen zurückkehren. Wenn Ollowain wüsste, dass Gishild hier an diesem verborgenen kleinen See war ... Drei Elfen würden genügen, um sie zu holen. Es würde keine Schlacht um Valloncour geben.

Sonnenauge lächelte. Besser, er ließe sich nicht mehr am Hof der Königin blicken. Aber der Schwertmeister hatte recht. Wenn es die Aussicht gab, unnötiges Blutvergießen zu vermeiden, dann mussten sie alles daran setzen, diesen Weg zu wählen. Sonst wären sie nicht besser als ihre Feinde.

Vor einem Mond hatte Sonnenauge davon geträumt, ein Krieger und Held zu sein. Gegen alle Wahrscheinlichkeit! Jetzt war seine Stunde gekommen. Er würde wirklich ein Held sein, wenn auch ein heimlicher.

Und so breitete er die Flügel aus und stieg dem Nachthimmel entgegen. Er würde den Weg über die Klippen, die rauchspeienden Felsschlote und das weite Wasser wagen. Er würde es zur Flotte schaffen und dafür sorgen, dass die Schlacht von Valloncour nicht geschlagen wurde!

KRIEGSRAT

»Wir vermuten, dass sie sich hier aufhält.« Goldflügel stampfte mit dem Fuß auf die Landkarte. »Hier in der Burg befindet sich das Hauptquartier des Ritterordens. Es gibt auch eine Reihe von Kerkern. Wir konnten allerdings nicht bis in alle Zellen vordringen.«

»Warum nicht?«, fragte Tiranu eisig.

Die Blütenfee blickte zu dem Ritter auf. Goldflügel hatte langes silberblondes Haar. Sie hatte den Befehl über die fast hundert Blütenfeen, die überall in Valloncour als Späher unterwegs gewesen waren. Sie war außergewöhnlich zierlich, selbst Tiranus kleiner Finger war größer als sie. Um den linken Arm trug sie ein schmales weißes Seidenband. Es zeichnete sie als Angehörige der Elfenritter aus. Nachdem Ollowain sich Emerelles Befehl gefügt und Tiranu unter die Elfenritter aufgenommen hatte, hatte er noch in derselben Nacht sämtliche Blütenfeen, die sich ihnen angeschlossen hatten, in den Rang von Rittern erhoben. Auch die Kobolde, die mit den Adlern flogen, um Brandax' Stahlpfeile zum Einsatz zu bringen, hatte er zu Rittern geschlagen. Jeder von ihnen war in Ollowains Augen mehr Ritter als Tiranu.

Der Schwertmeister war stolz auf Goldflügel, die sich nicht durch den Fürsten von Langollion einschüchtern ließ. Trotzig und voller Verachtung sah sie zu dem Elfenfürsten auf, der mit den anderen Befehlshabern der Ritterschaft um den Kartentisch versammelt stand.

»Sie bereiten ein großes Fest vor«, erklärte Goldflügel. »Die halbe Burgbesatzung war bis tief in die Nacht auf den Beinen. Wir hatten strikten Befehl, kein Wagnis einzugehen.

Keiner meiner Späher durfte entdeckt werden. Dennoch sind wir in die Mehrzahl der Räume der Ordensburg vorgedrungen und haben genaue Karten angefertigt. Die Kerker jedoch sind mit Kriegern überfüllt. Dort konnten wir nichts ausrichten. Es war zu gefährlich. Zwei meiner Gefährten sind nicht zurückgekehrt.«

Ollowain horchte auf. Er hatte noch keine Gelegenheit gehabt, mit Goldflügel zu sprechen. Sie hatte sich sofort nach ihrer Rückkehr zum Bericht am Kartentisch auf dem Achterdeck der *Sturmhorst* gemeldet.

»Wer ist nicht zurückgekehrt?«

»Taumorgen und Sonnenauge. Sie beide waren mit mir im Tal der Türme.« Ihre Flügel klappten unruhig auf und zu. »Sie waren nicht am Treffpunkt mit dem Adler. Wir hatten nicht viel Zeit, nach ihnen zu suchen.«

»Sollten die Menschenkinder sie erwischt haben, dann habt ihr unsere schärfste Waffe zerbrochen«, grollte Tiranu. »Wenn wir sie nicht überraschen können, wird der Kampf ungleich schwerer werden.«

»Es gab keine Anzeichen für einen Alarm«, wehrte sich Goldflügel.

»Natürlich nicht!«, fuhr Tiranu sie an. »Wir haben es nicht mit irgendwelchen Tölpeln zu tun. Dort in Valloncour sind die besten Ritter unserer Feinde versammelt. Sie werden es sich nicht anmerken lassen, wenn sie uns entdeckt haben. Wir müssen sofort angreifen, wenn wir noch etwas erreichen wollen.«

»Panik steht einem Anführer schlecht zu Gesicht. Ich hatte dich für kaltblütiger gehalten, Fürst.« Ollowain hatte es sich nicht verkneifen können, Tiranu zu brüskieren, obwohl dessen Einwand nicht ganz unberechtigt war.

»Und ein Anführer, der starr an seinen Plänen festhält,

ohne auf Veränderungen der Lage zu reagieren, führt seine Männer in den Untergang.«

»Ich weiß, mit Niederlagen kennt sich deine Sippe aus.«

Tiranu blieb erstaunlich gelassen. »Wir hatten in der Tat Gelegenheit, aus Schaden klug zu werden, Schwertmeister.«

Um den Kartentisch herrschte gespanntes Schweigen. Wolkentaucher, der König der Schwarzrückenadler, scharrte leise mit den Krallen über Deck. Yulivee spielte mit einer ihrer Flöten. Ollowain hatte drei Jahre gebraucht, um sie zu überreden, zu den Elfenrittern zu kommen. Sie hatte geschworen, nie mehr in einer Schlacht zu kämpfen. Das Massaker vom Bärensee verfolgte sie immer noch in ihren Träumen, hatte sie ihm eingestanden. Sie war nur hier, weil Fenryl sich den Rittern angeschlossen hatte. Es war unglaublich, wie sehr ihre Magie dem Fürsten von Carandamon geholfen hatte. Ihre Begabung und Macht waren fast schon unheimlich. Niemand hatte geglaubt, dass Fenryl sich erholen würde. Ollowain hatte ihn ein paar Tage, nachdem er zurückgekehrt war ... Nein, so konnte man das nicht nennen. Fenryls Körper war erwacht, aber es war nicht wirklich sein Geist, der zurückgekehrt war. Ein Faun hatte Ollowain erzählt, wie sich der Fürst wild mit den Armen schlagend aus dem Fenster stürzen wollte, kaum dass er zu sich gekommen war. Und er hatte ihm von den Schreien erzählt, die der Elf ausgestoßen hatte. Faune waren nicht gerade dafür berühmt, zartbesaitet zu sein, aber selbst sie hatten es anfangs nicht länger als zwei Wochen in dem Turm ausgehalten, in dem man Fenryl untergebracht hatte.

Nur Yulivee war ständig bei ihm geblieben. Sie war die Einzige, die sich geweigert hatte, den Fürsten verloren zu geben. Sie erweckte in Ollowain den Anschein, sich stets an

Dingen versuchen zu müssen, die bar jeder Vernunft schienen. So wie damals, als sie die verfallene Stadt ihrer Ahnen wieder aufgebaut hatte. Aber so waren sie, die Elfen von Valemas. Einst waren sie lieber in eine Einöde in der zerbrochenen Welt geflohen, als sich der Herrschaft Emerelles zu unterwerfen. Und auch Yulivee unterwarf sich niemals jemand anderem. Zugleich hatte sie sich über die Jahrhunderte die Anmut eines jungen Mädchens erhalten, das eher zu Streichen aufgelegt war, als sich der Ernsthaftigkeit des Seins zu stellen. Diese Eigenart führte dazu, dass man schnell geneigt war, Yulivee zu verzeihen oder aber sie zu unterschätzen. Sie schien flatterhaft und unstet. Aber wenn sie sich einmal etwas in den Kopf gesetzt hatte, dann hatte sie die Geduld eines Sonnendrachen.

»Was glaubst du, Yulivee? Was sollten wir tun?«, fragte Ollowain.

Die Magierin blickte auf. Im ersten Augenblick wirkte sie ein wenig verwirrt, so als wäre sie, tief in ihre eigenen Gedanken versunken, dem Verlauf des Gesprächs nicht recht gefolgt. Der Schwertmeister kannte sie gut genug, um zu wissen, dass dieser Eindruck täuschte. Sie mochte es, weniger zu scheinen, als zu sein.

»Gishild ist nun mehr als fünf Jahre verloren.«

Die Zauberin blickte zu Fenryl, und Ollowain hatte das Gefühl, sie hätte genau sagen können, wie viele Tage und Stunden seit der Entführung der Prinzessin vergangen waren, denn seit damals pflegte sie Fenryl.

»Ich glaube, ein paar Stunden mehr oder weniger spielen keine Rolle mehr. Warten wir auf Taumorgen und Sonnenauge. Vielleicht hat einer von ihnen etwas Bedeutendes entdeckt und kommt deshalb später. Was für ein Fest feiern die Ritter eigentlich?«

Goldflügel hob die Hände. »Das konnten wir nicht genau herausfinden. Eine Initiation oder eine Hochzeit. Keiner meiner Späher versteht ihre Sprache.«

»Wir hätten Elfen schicken sollen!« Tiranu schüttelte verärgert den Kopf. »Ich habe es gleich gesagt. Niemand nimmt Blütenfeen mit in einen Krieg.«

»Deine Männer wären niemals so nahe an die Menschlinge herangekommen wie wir«, verteidigte sich Goldflügel erbost. »Sie hätten auch nicht in ihre Kammern …«

»Wir hätten verstanden, was sie reden«, entgegnete der Fürst von Langollion mit aufreizender Gelassenheit. »Wir hätten unsere Nasen nicht in ihre Betten stecken müssen, nur um Gishild dann am Ende doch nicht zu finden.«

»Es reicht, Tiranu! Du wirst diesen Tisch verlassen, wenn du weiterhin versuchst, einen Streit zu provozieren. Goldflügel und ihre Späher haben ihre Sache gut gemacht!«

»Emerelle hat mich dir im Rang gleichgestellt, Schwertmeister. Du hast keine Befehlsgewalt über mich.«

»Ein Titel ist nur ein Wort, Tiranu. Verwechsle das nicht mit wirklicher Autorität.« Der Schwertmeister blickte in die Runde der Anführer, die um den Kartentisch versammelt waren. Jornowell, der Sohn des Alvias, war der Letzte, der zu ihnen gestoßen war. Er hatte erst vor wenig mehr als einem Jahr das Gelübde abgelegt und sich den Elfenrittern verschrieben. »Was würdest du tun, wenn ich dir den Befehl erteilte, Tiranu aus dieser Runde zu entfernen, Jornowell?«

»Ich würde ihn höflich bitten, mir in seine Kabine zu folgen«, entgegnete der Elf, ohne zu zögern.

»Und was würdest du tun, Fenryl?«

»Ich würde ihm das Genick brechen und sein Aas als Möwenfraß in die Wanten hängen.« Der Fürst sah Tiranu durchdringend an. Dann blickte er zu Ollowain. Dabei bewegte er den Kopf wie ein Raubvogel. Er blinzelte niemals. Seine Augen starrten wie seelenlos. Es war schwer, seinem Blick standzuhalten. Nichts deutete darauf hin, dass er einen Scherz gemacht hatte. Sein Gesicht war maskenhaft, kein Gefühl spiegelte sich darin. Würde er es wirklich tun? Er hatte sich zu sehr verändert … Schon mit ihm an einem Tisch zum Mahl zu sitzen war eine Überwindung. Manchmal bemerkte man nichts … und dann wieder kam es vor, dass er sein Fleisch roh bestellte und es vom Teller fraß, ohne auch nur seine Hände zu benutzen. Er war unheimlich. Doch keiner verstand sich mit den Schwarzrückenadlern so gut wie er. Ihm war zu verdanken, dass wenigstens siebzig von ihnen bei der Flotte weilten. Vor einem Jahr noch waren es mehr als hundert gewesen. Sie hatten zu lange gewartet, ihre Geduld war am Ende gewesen. Und Wolkentaucher hatte keinen aufgehalten, der in die Horste am Albenhaupt hatte zurückkehren wollen.

Ollowain betrachtete die Karte. Sie würden in ein Wespennest stechen. Allein in der Ordensburg waren Hunderte von Schülern und Kriegern untergebracht. Und über die Insel verteilt gab es noch etliche Garnisonen. Er hingegen konnte mit einer Angriffswelle nur fünfzig Krieger einfliegen. Zwanzig Adler würde er als Reserve hoch über dem Schlachtfeld kreisen lassen. Sie würden Kobolde mit ihren Stahlpfeilen tragen und einige handverlesene Krieger.

»Wie lange werden deine Adler brauchen, um uns bis zur Ordensburg zu bringen?«

Der König der Schwarzrückenadler sah zum großen Stundenglas, das vor dem Steuerrad des Seglers aufgehängt war. »So lange wie der Sand braucht, um eine Schwungfeder breit den Boden zu bedecken.« Die Stimme war in Ollowains Kopf. Er musste die Gedanken des Adlerkönigs laut aussprechen, damit die anderen wussten, was Wolkentaucher geantwortet hatte.

Der Schwertmeister seufzte innerlich. Die Adler mochten es einfach nicht, den Tag in Stunden zu untergliedern. Sie hatten ein völlig anderes Zeitgefühl. »Also wird es etwas weniger als eine halbe Stunde dauern, bis die zweite Welle kommt.«

Wolkentaucher kratzte unruhig mit den Krallen. Er blickte zur Sanduhr. »Ich würde eher sagen, so lange, wie man bei leichtem Gegenwind vom Schwerthang am Albenhaupt bis zum Tal der traurigen Träume braucht.«

Ollowain war dort nie gewesen. Er konnte nur vermuten, was Wolkentaucher meinte. »Wir brauchen also ein wenig mehr als eine halbe Stunde?«

Der Adler machte eine Kopfbewegung, die man als ein Nicken deuten konnte. Wenn er einen Fehler machte, dann konnte es ein Todeskommando werden, zur ersten Welle zu gehören. Auch wenn sie unendlich viel besser kämpften als die Menschlinge, es waren einfach zu viele von ihren Feinden rings um die Burg.

»Goldflügel, du nimmst die besten deiner Späher und lässt dich von einem Adler zurück ins Tal der Türme bringen. Sucht nach Taumorgen und Sonnenauge. Erwartet uns kurz vor Morgengrauen an dem Gipfel, der wie ein Hundekopf aussieht. Wir bleiben hier und warten, falls die beiden den Weg über das Meer genommen haben.«

Sonnenauge würde kommen! Ganz gewiss.

DER RABENFUND

»Bruder Honoré!«

Honoré schreckte hoch. Er hatte davon geträumt, Michelle wegen Ketzerei einem Fragenden zu übergeben und dem Gespräch beizuwohnen. Es war eine Wonne gewesen, mit anzusehen, wie sie unter der Folter zerbrach und mit jedem gestammelten Geständnis ihr Ende auf dem Scheiterhaufen gewisser wurde.

Schlaftrunken richtete er sich auf. Bruder Tomasin, der Wächter der Raben, stand in der Tür zu seiner Kammer. »Bruder Honoré, du musst kommen. Sofort!«

Ein stechender Schmerz fuhr Honoré durch die Brust. Die verdammte Wunde, die nicht ausheilen mochte. Bis er Lucs Fähigkeiten mit eigenen Augen gesehen hatte, war er stets überzeugt gewesen, der begabteste Heiler der geheimen Bruderschaft zu sein. Doch seine Kraft hatte nicht ausgereicht, die Wunde zu schließen.

Sie war stark genug gewesen, ihn gegen alle Wahrscheinlichkeit am Leben zu erhalten, nachdem Michelle ihm dicht unter dem Herzen in die Brust geschossen hatte. Aber heilen konnte er sich nicht. Seine Gabe hatte ihm ein Leben in Schmerz beschwert. Ein Leben als Krüppel, so wie Drustan. Sie überlebten Wunden, an denen andere verreckt wären. Aber oft war Honoré dies nicht wie ein Geschenk, sondern wie ein Fluch erschienen.

Schlaftrunken versuchte er den Schmerz und den Traum zu vergessen. Eben noch hatte er Michelle den Stiefel der Wahrhaftigkeit angelegt und die Zugschrauben angezogen, bis Blut unter ihren Zehennägeln hervorgequollen war. Wenn

Tomasin keinen guten Grund hatte, ihn zu wecken, würde er es bereuen, ihm diesen Traum gestohlen zu haben!

»Was hast du mir zu berichten? Gibt es wieder Ärger mit dem Aschenbaum?«

»Nein, Bruder. Du musst es selbst sehen. Es ist unglaublich. Tintenfuß hat etwas gebracht ... Keine Nachricht. Das musst du sehen, Bruder!«

Mürrisch schob Honoré die Füße über die Bettkante. Der Holzboden war kalt. Solch einen frostigen Herbst hatten sie schon lange nicht mehr in Valloncour gehabt. Vielleicht würde der Winter zum ersten Mal seit Jahren wieder Schnee bringen.

Honoré tastete nach seinem Gehstock, der am Kopfende des Bettes lehnte. Obwohl er fror, hatte er keine Hausschuhe neben dem Bett stehen. Er würde sich noch mehr wie ein alter Mann fühlen, wenn er außer auf den Stock gestützt auch noch in Schluffen umhertappte.

Tomasin führte ihn über eine mörderisch steile Treppe hinauf zum Horst unter dem Giebel des Kontors. Der Wind pfiff durch die Einflugluken der Raben. Gereiztes Krächzen ertönte, als sie eintraten. Es stank nach Vogelmist, Aas und nassem Gefieder. Dicht drängten sich die Raben auf den Stangen im Giebel.

Eine Blendlaterne hing an einem Haken über dem schmutzigen Tisch an der Wand gegenüber der Tür. Dies war der Platz, an dem Tomasin seine einsamen Wachen absaß. Hier las er die Nachrichten aus den schmalen Silberkapseln an den Rabenbeinen. Eine umgestülpte Steingutschüssel und ein kleiner, fleckiger Kasten standen auf dem Tisch. Honoré wusste, dass Tomasin in dem Kasten sein Schreibzeug verwahrte. Unter der Schüssel hatte er wahrscheinlich ein spätes Nachtmahl vor den Raben versteckt.

»Also?« Es war elend kalt unter dem Giebel.

Tomasin strich sich über die Schultern, eine Geste, die ihm zur steten Gewohnheit geworden war, egal, ob dort nun Vogelkot haftete oder nicht. Wann immer er einem anderen Bruder begegnete oder zu reden begann, kämpfte er zunächst einmal gegen eingebildeten oder tatsächlich vorhandenen Vogelmist an.

Honoré biss die Zähne zusammen, damit sie nicht klapperten. Er hätte nicht mit nackten Füßen hier heraufkommen sollen, dachte er, während er den besudelten Boden innerhalb des kleinen Lichtkreises betrachtete.

»Ich kann es nicht in Worte fassen. Es ist zu ungeheuerlich!«, stieß Tomasin aufgeregt hervor. »Komm her und sieh es dir selbst an.« Er hob die Steingutschüssel und deutete auf etwas Kleines, Blutiges, das darunter verborgen war. Ein Kinderfinger? Honoré trat näher.

Ungläubig nahm er in die Hand, was dort auf dem Tisch lag. Es war weich. Und kalt.

»Verstehst du, warum ich dir nicht sagen konnte, was wir da haben, Bruder?«

Er sah zu Tomasin auf, doch sein Blick ging ins Leere. Er versuchte zu ermessen, was das hier zu bedeuten hatte. Seine Knie begannen zu zittern. Er zog den Stuhl vom Tisch zu sich herüber und setzte sich hin. Seine alte Wunde brannte. Jeder Herzschlag bereitete ihm Schmerzen.

»Bruder Honoré? Ist alles in Ordnung?«

»Nein.« Der Ritter war kaum in der Lage zu sprechen. Ihm war übel. »Woher kommt das?«

»Ich sagte doch, Tintenfuß hat es gebracht. Einer unserer Raben.«

»Wann?«

Tomasin hob hilflos die Arme. Er blickte zur Steilwand hinauf nach Osten, als stünde am Himmel ein riesiges Stundenglas. Eine erste, zarte Andeutung von Licht zeigte sich über dem schwarzen Felsrand. »Vor einer halben Stunde vielleicht.«

Honoré betrachtete das winzige Bein. Er dachte an die endlosen Verhöre von Ahtap. Der Kobold hatte von den Völkern Albenmarks erzählt, von all den widernatürlichen Geschöpfen. Von Elfen, Trollen und Kobolden. Von Kreaturen, die halbe Tiere waren wie der Lutin. Und von den Blütenfeen, den Vertrauten der Elfenkönigin. Sie begleiteten sie auf ihren Reisen.

Honoré schluckte. Sie war also hier. Verborgen. Das Bein in seiner Hand war zierlicher als sein kleiner Finger. Ein Muster aus verschlungenen Linien schimmerte unter dem verkrusteten Blut auf der bleichen Haut.

Er musste ruhig bleiben, ermahnte sich Honoré und zwang sich dazu, nicht schneller zu atmen.

»Was hat das zu bedeuten? Was …«

Der Ordensritter hob die Hand, um Tomasin zum Schweigen zu bringen. Honoré war klar gewesen, dass die Königin Rache suchen würde für den missglückten Mordanschlag während der Krönungsfeier Roxannes. Und ihm war auch klar, dass sie wusste, wer dahintersteckte. Aber dass sie selbst kommen würde, damit hätte er nicht gerechnet. Das passte nicht zu ihr. Ob ihr bereits aufgefallen war, dass einer ihrer Begleiter fehlte?

»Soll ich einen Brief an den Primarchen aufsetzen? Er würde ihn kurz nach Morgengrauen erreichen, wenn wir sofort einen Raben schicken.«

Honoré knetete sein Kinn zwischen Daumen und Zeigefinger. Es wäre seine Pflicht, den Primarchen sofort zu benachrichtigen. Wahrscheinlich würden die Elfen im Morgengrauen kommen. Und gewiss war die Ordensburg ihr Angriffsziel. Wenn dort etwas Auffälliges geschah, würden sie sich vielleicht zurückziehen. Sie würden ein Massaker unter den Novizen anrichten. Gewiss würde Leon in vorderster Linie kämpfen. Auf welche Weise hatten sie es geschafft, unbemerkt auf die Insel zu kommen? Verdammte Magie! Anders war das nicht zu erklären ... Wie viele es wohl waren? Wenn Emerelle bei ihnen war, dann war es gewiss ein ganzes Heer.

»Bruder Honoré? Der Brief ...«

Er winkte ärgerlich ab. Wenn Leon etwas zustieße, dann würde er den Befehl über die Bruderschaft vom Heiligen Blut übernehmen. Er würde Primarch werden. Er besaß jetzt schon einigen Einfluss ... Genug, um seine Wahl zum Primarchen sicherzustellen. Dann endlich konnte er die ganze Macht der Neuen Ritterschaft ausspielen. Leon war viel zu zögerlich geworden.

»Welche Truppen stehen am nächsten zum Tal der Türme, Tomasin?«

»Die Schwarze Schar. Sie könnten wohl in einer halben Stunde im Tal sein, sobald sie Nachricht erhalten. Aber warum?«

Honoré überging die Frage. »Sollte nicht ein Manöver am Pass abgehalten werden?«

Tomasin nickte. »Ja. Am Fuß der Passstraße stehen drei Regimenter. Morgen, nach der Hochzeit, soll es eine umfassende Gefechtsübung ...«

Honoré hörte nicht weiter zu. Drei Regimenter, das waren dreitausend Mann. Und dazu noch die fünfhundert Reiter der Schwarzen Schar. Die verfluchte Elfenkönigin hatte sich eine Schlinge um den Hals gelegt. Und er musste sie nur noch zuziehen ... »Du schreibst sofort Briefe an die Kommandanten der drei Regimenter am Pass und an den Befehlshaber der Schwarzen Schar. Sie sollen sich unverzüglich in Marsch setzen. Ihr Ziel ist die Ordensburg.«

»Aber müssten wir nicht den Primarchen …«

»Später, Tomasin. Später! Unsere Soldaten müssen unverzüglich in Marsch gesetzt werden, wenn sie noch helfen sollen.«

SEIDE UND SPITZEN

»Autsch!« Juztina blickte zu ihrem Bein hinab. Ihre Freundin hatte sie jetzt schon zum dritten Mal gestochen. »Wenn ein Blutfleck in der Seide ist, dann reiße ich dir den Kopf ab!«

Belinda blickte auf. »Dann zapple nicht so! Noch ein Wort, und du kannst die Naht selbst abstecken!«

Juztina schluckte die Antwort herunter, die ihr auf der Zunge lag. Sie sollte Belinda lieber dankbar sein. Das war schon die dritte Nacht, die ihre Freundin sich mit ihr um die Ohren schlug. Wenn sie sich früher entschieden hätte … Aber alles war so plötzlich gekommen. So unerwartet. Selbst jetzt hatte sie noch Zweifel. War es eine kluge Entscheidung?

»Los, ausziehen. Und pass mir bloß auf, dass die Nadeln nicht herausfallen.«

Juztina fügte sich. Verzweifelt blickte sie aus dem Fenster der wunderschönen Turmkammer, die sie seit fünf Tagen bewohnte. Am Horizont zeigte sich schon ein erster Silberstreif.

Der Himmel war wunderbar klar. Es würde ein sonniger Herbsttag werden. Wenn sie nur etwas mehr Zeit hätten!

Belinda half ihr, das Kleid über die Schultern zu ziehen. Leise klingelnd fielen zwei Nadeln zu Boden.

»Der Rest wird reichen«, beruhigte ihre Freundin sie. »Du solltest dich am besten hinsetzen und etwas trinken.«

»Ich kann doch nicht betrunken zu meiner eigenen Hochzeit gehen!«

»Ich sag ja nicht, dass du gleich den ganzen Krug leer trinken sollst. Los, setz dich endlich! Das ist die letzte Naht. Wir werden es schaffen. Und du wirst die hübscheste Bohnenstange sein, die jemals ein Brautkleid getragen hat.«

Juztina sah an sich herab. Zweifelnd musterte sie ihre viel zu kleinen Brüste. Belinda war weit üppiger gebaut. Sie hatte etliche Affären mit Novizen gehabt. Ihr fiel es leicht, die Blicke von Männern einzufangen.

»Du hast ihm einen Liebestrank eingeflößt, nicht wahr?« Freundlich zwinkernd blickte die Magd zu ihr auf. »Das tun sie sonst nie. Sie sind gut darin, schöne Worte zu machen und Herzen zu brechen.« Belinda seufzte. »Und in ein, zwei anderen Dingen sind sie auch sehr gut, wenn man sich die Richtigen aussucht. Sie versprechen uns den Himmel auf Erden … Und dann bekommen sie ihre goldenen Sporen und werden sonst wohin verschickt. Manchmal kriegt man ein Briefchen … Ich hasse das! Sie machen sich keine Gedanken darüber, wie es ist, sich solche Briefe vorlesen zu lassen. Du musst mir auch was von deinem heidnischen Zaubertrank geben, meine wunderschöne Hexenfreundin. Komm, sag mir, zu welcher Göttin muss ich dafür beten?« Sie lachte. »Ihr glaubt doch, sie leben in Bäumen und Büschen. Muss ich mich vor einem Rosenbusch niederknien, mir mit einem Dorn in den Finger stechen und ein Blutopfer bringen?

Komm, sag es mir! Ich bin zu jeder Schandtat bereit, wenn mir dafür auch ein Ritter so wunderbare Seide schenkt und um meine Hand anhält!«

»Spotte nicht über die Götter des Waldes!« Juztina trat vom Fenster zurück. Fröstelnd strich sie sich über die Arme. Es schien plötzlich kälter zu sein in der Turmkammer. Sie hatte ihren alten Göttern abgeschworen, vor vielen Jahren schon ... Aber sie würde nicht leichtfertig über sie reden. Sie gehörte jetzt Tjured. Aber sie wusste ganz genau, dass die Götter des Waldes mehr waren als nur Weibergeschwätz. Als Kind hatte sie ihre Macht gespürt, im Heiligen Hain nahe dem Dorf. Sie hatte ihre Stimmen in den Bäumen gehört ... Es war nicht gut, ihren Zorn durch unbedachte Reden heraufzubeschwören. Dies sollte der wunderbarste Tag ihres Lebens werden. Aber sie musste vorsichtig sein. Sie durfte es nicht im letzten Augenblick verderben.

»Du darfst so nicht von meinen ...« Juztina hätte sich am liebsten auf die Zunge gebissen. Es waren nicht mehr ihre Götter! »Du darfst sie nicht verspotten, hörst du!«

»Aber wenn ich doch ...«

»Nein, schweig!«

Belinda blickte nicht einmal von ihrer Näharbeit auf. Sie seufzte leise. »Manchmal ist es wirklich schwer, mit dir ein wenig Spaß zu haben. Dann erzähl mir wenigstens, wie dein Ritter dir den Hof gemacht hat. Vielleicht lerne ich ja noch etwas.«

Juztina errötete. »Nein, so war das nicht. Da gibt es nichts zu lernen. Er ist zu mir gekommen. Ich war völlig überrascht.«

»Aber du kennst ihn doch schon viele Jahre. Warum jetzt? Du musst doch irgendetwas getan haben. Und wenn ich daran denke, wie du früher von ihm gesprochen hast ...«

»Er hat sich verändert. Valloncour tut ihm gut. Sein ruheloses Herz hat hier Frieden gefunden.«

»Ja, im Schoß einer Vogelscheuche.«

Juztina schluckte. Plötzlich standen ihr Tränen in den Augen. Verdammt! Sie war doch sonst nicht so nah am Wasser gebaut. Aber seit jenem Nachmittag war sie völlig durcheinander.

Belinda legte ihre Näharbeit ab. »Gib nichts auf mein Geschwätz, meine Hübsche.«

Ihre Freundin nahm sie in den Arm und drückte sie fest an sich. »Ich bin nichts als eine eifersüchtige, etwas pummelige dumme Kuh, der die Ritter stets davonlaufen. Und jedes Mal nehmen sie ein Stück von meinem Herzen mit.«

Belinda atmete tief ein. Und Juztina spürte, dass nun auch ihre Freundin mit den Tränen rang. »Ich war im Apfelkeller. Dort, wo der Lichtschacht zum Hof ist«, sagte sie ganz leise. Sie hatte noch niemandem die Geschichte anvertraut. Es war Unsinn, aber sie hatte das Gefühl, dass es Unglück brachte, darüber zu reden. Sie wollte nicht als die Dumme dastehen, wenn er es sich im letzten Augenblick noch einmal anders überlegte. Aber das würde er nicht tun! Nicht jetzt … In ein paar Stunden wäre sie das Weib eines angesehenen Ordensritters. Eines Magisters!

»Ich habe dort Äpfel von der neuen Ernte mit Wachs eingerieben. Plötzlich stand er hinter mir. Ich hatte ihn gar nicht kommen gehört. Das Schleichen hat er von Gishild, gelernt diesem Fjordländermädchen. Die bewegt sich auch leise wie eine Katze.«

»Lass das Mädchen!«, drängte Belinda. »Was hat er zu dir gesagt?«

Juztina lächelte bei der Erinnerung. »Er hat sich bei mir entschuldigt. Weißt du, wir haben lange in einem Turm auf einer einsamen Insel gelebt. Allein. Damals war er ganz anders. Gemein, unberechenbar ... Und traurig. So traurig. Du hättest ihn hören sollen, wenn er nachts manchmal gesungen hat. Er könnte selbst Steine zum Weinen bringen. Hier in Valloncour mit den Novizen zu leben hat ihn geheilt. Sie verfluchen ihn oft, weil er ein strenger Lehrer ist. Aber ich weiß, er hat jeden einzelnen von ihnen ins Herz geschlossen. Das merkt man, wenn er von ihnen spricht.«

»Ach, Juztina. Ich will keine Geschichten über seine Novizen hören. Was hat er noch zu dir gesagt? Ich meine mit der Entschuldigung ... Das kann doch nicht alles gewesen sein. Jeder in der Küche hat gemerkt, wie er dir hinterherblickt. Wie ihm seit Monden kein Vorwand zu dumm ist, um bei uns vorbeizuschauen ...«

Juztina hatte das auch bemerkt. Nicht die Blicke, aber diese Besuche. Allerdings hätte sie sie niemals auf sich bezogen. »Er hat mich gefragt, ob ich mir vorstellen könnte, noch einmal mit ihm in einem Turm zu leben.«

»Und?«

»Ich habe ihm geantwortet, dass ich nicht mehr seine Dienstmagd bin.«

»Das ist nicht dein Ernst.« Belinda ließ sich auf ihrem Stuhl nieder. »Du wolltest ihn vergraulen?«

»Er sagte, ich solle nicht seine Magd sein. Er wolle ein festes Band zwischen uns knüpfen. Und alles sollte diesmal besser werden.«

Belinda seufzte. »Ein Heiratsantrag von einem Ritter. Mädchen, so was gibt es nur in Märchen. Hier hat noch nie einer der Ritter eine von uns zur Braut gewählt. Ich glaube, ich wäre ohnmächtig geworden. Was hast du getan?«

»Ich habe ihm eine Ohrfeige verpasst und ihm gesagt, was ich von seinen grausamen Scherzen halte.«

Ihre Freundin sah sie mit weit offenem Mund an. »Du hast was getan? Bist du völlig verrückt? Du hast ...«

»Ich bin gegangen und habe ihn bei den Äpfeln stehen lassen. Du kannst dir nicht vorstellen, wie es mit ihm war, auf der Insel im Turm. Ich wollte nie wieder ...«

»Dich sollte man ohrfeigen für so viel Dummheit. Was hat er dir nur angetan ...« Belinda blickte auf das Kleid. »Und wie kommt es, dass ich das hier nähe? Warum haben sie dich nicht in Schimpf und Schande aus der Burg gejagt? Bei Gott! Du hast einen Ritter geschlagen und gedemütigt!« Sie kicherte plötzlich. »Das hätte ich zu gern gesehen. Manche von ihnen hätten wirklich ein paar Backpfeifen verdient, so hoch wie die ihre Nasen tragen.«

Juztina blickte aus dem Fenster. Eine plötzliche Bö entfaltete die Banner auf den Türmen. Hoffentlich blieb das Wetter beständig. Die Hochzeiten sollten im Freien stattfinden. Es würde ein riesiges Fest werden. Sie lächelte ... Und zum ersten Mal, seit sie nach Valloncour gekommen war, würde sie daran teilhaben und nicht bis tief in die Nacht in der Küche stehen.

»Drustan hat sich mehr als eine Woche nicht mehr blicken lassen. Und dann ... Ich war im Wald, Pilze suchen. Da habe ich ihn singen gehört. Ein wunderbares Liebeslied. Ich sagte dir ja, mit seiner Stimme kann er Steine zum Weinen bringen.« Die Erinnerung wühlte Juztina noch immer zutiefst auf. Sie war den Tränen nahe. »Und dann hörte ich meinen Namen. In dem Lied, verstehst du! Er hatte es für mich geschrieben. Ein Lied über seine Liebe zu mir ... Und in diesem Lied hat er mich wieder um Verzeihung gebeten. Außerdem hat er es in meiner Sprache geschrieben ... So lange habe ich meine Sprache nicht mehr gehört! Sie ist wie das Wispern des Windes in den Bäumen. Wunderschön, ein bisschen melancholisch. Nie habe ich ein so schönes Lied in meiner Sprache gehört. Ich stand dort wie angewurzelt, noch lange nachdem er aufgehört hatte zu singen. Und dann trat er aus dem Unterholz. Er trug sein Haar offen. Und er war gut rasiert. Ein Festgewand hatte er angelegt. Und ohne auf seine schönen weißen Hosen zu achten, kniete er vor mir im Schlamm nieder. Er hat mich gebeten, seine Braut zu werden, und bei Tjured geschworen, dass dies kein Scherz sei.« Juztina seufzte. Zwei Wochen waren seitdem vergangen, und noch immer hatte sie das Gefühl, als müsse ihr die Brust zerspringen, so heftig und überwältigend waren ihre Gefühle, wenn sie daran dachte. »Weißt du, ich konnte die Angst in seinen Augen sehen. Angst davor, dass ich ihn noch einmal zurückweisen würde.« Juztina schämte sich ein wenig dafür, doch sie hatte es genossen, Drustan vor sich im Schlamm knien zu sehen. Aber dieses Gefühl würde sie nie jemandem verraten.

»Dann hab ich mich vor ihm niedergekniet und habe ihn geküsst.«

Belinda seufzte. »Wie romantisch!«

»In kaltem Matsch zu knien? Ich habe mir einen Schnupfen geholt.« Dann lachte Juztina. »Aber du hast recht. Ich habe es nicht bereut. Wir haben uns sehr lange geküsst …«

»Nur geküsst?«

Juztina sah ihre Freundin finster an. »Du glaubst doch nicht, dass ich dir darüber etwas erzählen werde.«

»Also, ich würde dir alles anvertrauen. Ich hatte mal einen Novizen, der …«

Juztina winkte ab. »Das will ich gar nicht wissen. Lass mir ein paar Geheimnisse nur für mich.«

Belinda grummelte etwas vor sich hin, stellte aber keine weiteren Fragen mehr. Sie biss den Faden durch, legte die

Nadel auf das Fenstersims und hielt das Kleid hoch. »Fertig! Seide und feinste Spitzen. Ich würde mein Seelenheil dafür geben, wenn mir ein Mann einmal solch ein Kleid schenken würde.«

»Rede nicht so!«

»Das meine ich ernst! Das Kleid ist ein Traum. Komm, zieh es an. Du wirst wirklich die hübscheste Bohnenstange sein, die jemals vor einen Traualtar getreten ist. Die Novizinnen werden neben dir aussehen wie kleine Butterblumen neben einer Rose.«

»Bin ich wirklich hübsch? Werde ich ihm gefallen?«

»Ob du ihm gefallen wirst? Verdammt, dein Drustan ist vor dir auf Knien im Schlamm herumgerutscht und hat Liebeslieder für dich geträllert, als du ein Kleid anhattest, das aussah wie ein umgenähter alter Sack. Wenn er dich so sieht, dann wird er zu atmen vergessen. Ich nenne dich die ganze Zeit über Bohnenstange, weil ich maßlos eifersüchtig auf dich bin. Und jetzt zieh das Kleid an. Ich will dich endlich in deiner ganzen Pracht sehen!«

Juztina zögerte. »Ich habe Angst, dass er mich nicht wirklich liebt. Dass er all das nur tut, um sich bei mir zu entschuldigen.«

»Hah, du hast keine Ahnung! So edel sind Männer nicht. Auch unsere Ritter nicht. Der hat sich in dich verguckt. Und ehrlich gesagt, ich kann ihn verstehen. Du bist ein Schatz. Hör auf, dir so dumme Gedanken zu machen. Genieße den Tag. Juztina, alle Mägde in der Küche träumen davon, was dir heute passiert. Und wenn sich zeigen sollte, dass er doch ein blöder Kerl ist, dann gibst du ihm einfach einen Tritt in seinen Ritterarsch und kommst zu uns zurück in die Küche. Da wird es immer einen Platz für dich geben. So, und jetzt lass dich anziehen.«

Juztina beugte sich gehorsam vor und streckte die Arme aus. Der Stoff schien ihre Haut zu streicheln. Er war so wunderbar zart. Nie hatte sie ein Kleid aus Seide getragen. Bis Drustan ihr den Seidenballen gebracht hatte, hatte sie so einen kostbaren Stoff nicht einmal berührt.

»Drustan«, flüsterte sie.

Belinda sah zu ihr auf. Sie kniete vor ihr und legte das Kleid in Falten. Ihre Freundin lächelte. Diesmal stellte sie keine Fragen.

Drustan hatte seinen Freund, den Flottenmeister, gefragt, ob das nächste Schiff aus Marcilla weiße Seide und Spitzen mitbringen könne. Er hatte viele bedeutende Freunde, ihr Drustan. Den Primarchen Leon, Alvarez den Flottenmeister und Lilianne, von der es hieß, sie werde vielleicht Ordensmarschallin werden.

Belinda stand auf und zog die Verschnürung am Rücken straff. Sie hatten Ringe von einem Kettenhemd verwendet, um Ösen für das Seidenband zu haben.

»Gott, hast du eine Taille.« Belinda versetzte ihr einen leichten Klaps auf den Hintern. »Gut, dass wir das Kleid bei deinen Brüsten ein bisschen aufgepolstert haben.« Sie kicherte. »Sie werden dich nicht wiedererkennen, meine Hübsche. Du siehst umwerfend aus. Nur mit deinen Haaren müssen wir noch was tun. Das geht so nicht. Die sehen aus, als hätten Vögel dort ein Nest gebaut. Wie du nur so herumlaufen kannst ... Dein Ritter hätte dir eine Perlenkette schenken sollen, die wir ins Haar flechten können. Dann würdest du wirklich wie eine Prinzessin aussehen. Aber an so etwas denken Männer natürlich nicht.«

Juztina räusperte sich verlegen.

»Was?«

»Drustan hat daran gedacht ...«

Belinda zog die Bänder des Kleides so stramm zusammen, dass Juztina fast die Luft wegblieb. »Was soll das heißen?«

»Ich ... ich habe eine lange Perlenkette.«

Ihre Freundin stieß einen leisen Schrei aus. »Du hast was? Bei den Eiern des heiligen Marco, warum hast du sie mir nicht gezeigt?«

»Weil ... Die Seide und die Spitzen ... Das war schon so viel. Ich wollte nicht, dass du eifersüchtig wirst. Ich ... ich habe Drustan nicht darum gebeten. Er hat sie mit dem Stoff gebracht. Ich ... Es war mir peinlich.«

»So ein Unsinn! Du dummes Heidenkind. Los, hol sie! Ich will sie sehen. Hat eine Perlenkette und verrät ihrer besten Freundin nichts davon! Ich sollte wohl auch heimlich zu den Götzen beten. Mir scheint, die wissen besser als Tjured, wie man eine Frau glücklich macht.«

»Ich bete nicht heimlich zu den Götzen. Ich habe mich von ihnen abgewandt. Vor vielen Jahren schon.« Juztina ging zum Bett hinüber und holte die Kette unter dem Kopfkissen hervor. Sie würde vor den Feierlichkeiten in die Kapelle gehen und eine Kerze anzünden. Und sie würde beten. Diese lästerlichen Reden von Belinda ... Früher hatte ihr das weniger ausgemacht. Aber an ihrem Hochzeitstag wollte sie das nicht! So etwas brachte Unglück! Sie musste Tjured besänftigen. Ihn um Verzeihung bitten.

»Oh, Juztina!« Belinda nahm ihr die Kette ab und ließ sie durch ihre Finger gleiten. »Sie sind wunderschön. Die Perlen, so groß ... Das müssen ja über hundert sein. Das ist ein Vermögen! Die anderen Mägde aus der Küche werden grün vor Neid werden. Du wirst aussehen wie eine Märchenbraut. Los, setz dich, ich mach deine Haare zurecht.«

»Ich möchte gar nicht, dass sie neidisch ...«

»Ach, die kriegen sich schon wieder ein! Es gibt keinen

Grund, etwas zu verstecken. Wenn du nicht plötzlich zu einer eingebildeten Schnepfe wirst, werden sie dich trotzdem noch mögen.«

Juztina seufzte. Sie wollte nicht *trotzdem* noch gemocht werden. Sie hatte gehofft, dass sich nichts ändern würde. Sie wollte weiter in der Küche arbeiten. Dort war sie zum ersten Mal in ihrem Leben glücklich gewesen. Und sie hatte Frieden gefunden. Den wollte sie nicht wieder verlieren. Nicht für Perlen und Seide, für ein Liebeslied und dafür, das Weib eines Ritters zu sein. Noch hatte sie ihr Jawort nicht gegeben. Noch konnte sie zurück.

DIE LEBENDE LEGENDE

Das also war Ollowain. Schwertmeister der Königin. Feldherr Albenmarks. Eine lebende Legende. Er befehligte schon zu lange, dachte Tiranu. Er war weich geworden und überblickte die Notwendigkeiten des Krieges nicht mehr mit kaltem Herzen.

Tiranu hielt sich ein wenig abseits der anderen auf dem Achterdeck der *Sturmhorst*. Die übrigen Offiziere mieden ihn. Feiglinge! Sie fürchteten sich wohl vor Ollowains Zorn.

Der Schwertmeister stand an der Reling und blickte aufs Meer hinaus. Er hätte längst eine Entscheidung treffen müssen. Feldherren durften nicht so lange zögern! Warum wartete er noch auf Sonnenauge? Blütenfeen waren flatterhaft. Wer wusste, wo sich dieser kleine Tunichtgut herumtrieb? Es war ein Fehler gewesen, ihn als Späher zu benutzen.

Am Horizont zeigte sich ein erster Silberstreif. Tiranu blickte zu den Adlern, die auf den mächtigen Stangen seitlich der Katamarane kauerten. Siebzig Adler waren abflugbereit, die Elite der Ritterschaft Albenmarks wartete auf ein Zeichen Ollowains. Und ihr Feldherr starrte auf das Meer und wartete auf eine verdammte Blütenfee.

Jeder der Krieger bei den Adlern wusste, was diese verdammte Warterei für Folgen hatte. Selbst wenn sie sofort abflogen, war es schon zu hell. Die erste Angriffswelle konnte nicht mehr unbemerkt in einem Waldstück nahe der Burg landen, um zu warten und gemeinsam mit den Kriegern der zweiten Welle anzugreifen. Jetzt würden sie gleich in die Schlacht ziehen müssen. Fünfzig gegen Hunderte von Ordensrittern und anderen Kriegern. Wie lange würden die Menschenkinder wohl brauchen, bis sie bemerkten, wie schwach die Angreifer waren?

Ollowain hatte es verdorben. Und er stellte sich gegen den Befehl der Königin. Emerelle wollte mehr als nur die kleine Prinzessin. Sie wollte Rache. Sie wollte ein Blutbad unter ihren Erzfeinden. Es war dumm, in diesen Novizen nur Kinder zu sehen.

Sie waren ihre Erzfeinde von morgen. Betrachtete man das Ganze ohne jedes Gefühl, dann war es vernünftig, schon jetzt so viele wie möglich von ihnen zu töten. Wenn sie erst erwachsen und fertig ausgebildet wären, würden sie ernst zu nehmende Gegner sein. Besser man tötete sie noch als Kinder!

Fenryl trat zu Ollowain.

Tiranu flüsterte ein Wort der Macht. Es verstieß gegen die Etikette der Magie, andere zu belauschen. Aber was scherte ihn das. Tiefer konnte er im Ansehen seiner Ritterbrüder kaum noch sinken.

»Das Wetter verschlechtert sich. Ein Sturm zieht auf.« Fenryl sprach stets nur in kurzen Sätzen. Und er hatte eine Art der Aussprache, die schrill und abstoßend war.

Ollowain blickte zum Himmel hinauf. »Bist du sicher? Es ist doch ein wunderschöner Herbsttag. Nichts deutet auf einen Wetterumschwung hin.«

»Wir wissen so etwas. Ein Sturm wird kommen. Noch vor der Mittagsstunde.«

Tiranu schüttelte den Kopf. Fenryl hielt sich für einen Adler. *Wir wissen so etwas.* Mit *wir* meinte er nicht seine Elfenbrüder. Auch ihm konnte man nicht mehr zutrauen, dass er klar dachte. Wie hatte Emerelle solchen Verrückten den Befehl über ihre besten Krieger überlassen können?

»Ich warte noch, bis der letzte Sand durch das Stundenglas gelaufen ist. Dann fliegen wir.«

»Wir sollten den Angriff überdenken«, sagte Fenryl.

»Ich fliege voraus. Ich sehe mir die Burg an. Dann entscheide ich, wo wir zuschlagen. Wir haben immer noch die Überraschung auf unserer Seite. Es sind nur Menschen. Und sie begehen ein Fest. Die meisten von ihnen werden unbewaffnet sein. Wir müssen umsichtig vorgehen.«

Tiranu presste die Lippen zusammen. Am liebsten hätte er seinem Zorn freien Lauf gelassen. Ollowain machte sich offensichtlich mehr Gedanken um das Wohl ihrer Erzfeinde als um das Leben seiner eigenen Männer. Aber wenn Ollowain die erste Welle befehligte, dann waren die Aussichten gut, dass er starb oder, besser noch, in Gefangenschaft geriet. Doch ganz gleich, was geschah, er selbst würde sich nicht an die Befehle dieses Verrückten halten, wenn er mit der dritten Welle einflog. Er hatte eigene Vorstellungen davon, wie man einen solchen Angriff führen musste. Und auch davon, wie er Ollowain loswerden könnte. Wenn der Schwertmeister außer Gefecht war, dann fiel ihm das Kommando über die Elfenritter zu. Und selbst unter diesen ungünstigen Bedingungen war noch immer ein glorreicher Sieg möglich, wenn man es nur richtig anpackte.

»Lass uns jetzt fliegen«, drängte Fenryl. »Der Flottenverband zerbricht im Sturm. Du weißt das. Es ist gefährlich für meine Brüder, bei starkem Seegang zu landen.«

»Ein paar Augenblicke noch. Wenn Sonnenauge Gishild gefunden hat, dann wird es keine große Schlacht geben. Sobald wir wissen, wo sie ist, können wir sie leicht befreien. Dann müssen wir nicht die Burg stürmen und die Kerkerzellen durchsuchen.«

Fenryls Kopf ruckte. Der Fürst von Carandamon starrte Tiranu mit seinem Vogelblick an. Ob er den Zauber bemerkt hatte? Er hielt dem Starren stand. Er würde dafür sorgen, dass der Mistkerl den Angriff nicht überlebte. Fenryl hätte längst sterben sollen. Es wäre besser für ihn gewesen, wenn Yulivee ihn in Frieden hätte gehen lassen.

»Weniger als ein Viertel von einer Stunde. Dann fliegen wir, ganz gleich, ob Sonnenauge gekommen ist oder nicht.«

Fenryl stieß einen seltsamen Laut aus. Dann ging er einfach.

Zu spät, dachte Tiranu. Sie würden im ersten Morgenlicht eintreffen. Das konnte nicht gut gehen. Nur für ihn lief alles bestens. Er stützte sich auf die Reling und beobachtete, wie das Licht der Sterne langsam verblasste. Ja, für ihn lief alles ganz ausgezeichnet. An diesem Tag würde Ollowains Ruhm zu Asche werden.

AN DER TREPPE

Honoré sah dem Raben nach. Der große schwarze Vogel duckte sich durch die Luke und stieß sich ab. Im Abflug entleerte er seine Gedärme. Ein großer Haufen Vogeldung lag direkt unter der Luke.

»Sie nehmen so wenig Ballast wie möglich mit auf die Reise«, erklärte Tomasin.

Der junge Ordensbruder schien seinen abfälligen Blick bemerkt zu haben.

»Tun wir das nicht alle? Möglichst wenig Ballast mit auf die Reise nehmen?«

Tomasin sah fragend auf. Rasch wich er Honorés Blick aus. Er betrachtete das dünne Pergamentblättchen, das vor ihm auf dem Tisch lag. »Was soll ich dem Primarchen schreiben?«

Honoré trat an den Tisch. Er nahm das winzige Blütenfeenbein. »Wir müssen erst einen Boten an den Flottenmeister schicken. Er soll seine Schiffe klar zum Auslaufen machen.«

»Aber warum das? Der Primarch muss doch …«

»Bist du dir darüber im Klaren, wie lange es dauert, eine Flotte in Gefechtsbereitschaft zu versetzen, Tomasin? Sicher müssen wir Bruder Leon benachrichtigen … Aber es ist wichtig, dass wir die Dinge in der richtigen Reihenfolge tun. Wir haben Verstärkungen zur Ordensburg geschickt, das war das Wichtigste. Nun müssen wir herausfinden, von wo die Anderen kommen.« Honoré stützte sich schwer auf seinen Stock. Er musste Atem holen. Seine alte Wunde machte ihm heute besonders zu schaffen. »Komm mit mir.

In der Schreibstube unten wird noch niemand sein. Ich brauche deine Dienste.«

Der junge Ritter räusperte sich. Er wagte es noch immer nicht, ihm in die Augen zu sehen. »Aber wozu Schiffe?«

»Das Bein ... Es gehört zu einer kleinen, geflügelten Kreatur. Sie nennen sich Blütenfeen. Ich weiß, dass all ihre Zaubermacht die Anderen nicht nach Valloncour zu führen vermag. Und der Landweg ist gut gesichert. Diese Blütenfeen können nicht sehr weit fliegen. Es muss also ein Elfenschiff vor unserer Küste liegen. Wenn wir es rechtzeitig finden, können wir dem Angriff zuvorkommen.«

Tomasin sah ihn bewundernd an. »All das liest du aus diesem Bein, Bruder?«

Der Blick machte Honoré zu schaffen. »Komm, wir müssen uns beeilen. Geh vor. Ich bin ein wenig langsam.«

Der Wächter der Raben trat auf die Treppe. »Ich wünschte, ich könnte eines Tages wie du sein, Bruder. Ich hoffe ...«

Der Stoß traf Tomasin völlig unerwartet. Sich überschlagend, stürzte er die Treppe hinab. Unten blieb er reglos liegen. Honoré stieg langsam hinab. Zweimal schon hatte er darum gebeten, die Treppe ausbessern zu lassen. Seine Schreiben mussten noch im Archiv liegen. Es würde niemanden wundern, dass es zu diesem schrecklichen Unfall gekommen war.

Am Fuß der Treppe angekommen, kniete er sich neben Tomasin. Der junge Ritter blutete aus einer Platzwunde am Kopf. Seine Augenlider flatterten.

Sanft bettete Honoré Tomasins Kopf auf die unterste Stufe. Der Wächter der Raben sah ihn voller Schrecken an. »Warum?«

Der Ritter strich ihm sanft über die Schulter. »Du hast alles richtig gemacht, Bruder. Es hat nichts mit dir zu tun. Es ist nur Ordenspolitik. Ich will Leon nicht warnen. Und er darf das nie erfahren.«

Tomasin versuchte sich aufzurichten.

Honoré drückte ihn zurück. Der Nacken des Ritters lag auf der Kante der Stufe. Honoré drückte fester ... Tomasin röchelte, wollte schreien. Dann erklang ein kurzes, trockenes Knacken. Tomasins Blick wurde starr.

»Tut mir leid, Junge. Wenn Leon überleben sollte, dann wird er von deinem Unfall erfahren. Wahrscheinlich musstest du nur kurz austreten, bevor du ihm schreiben wolltest. Und so kam es, dass nie ein Rabe zur Ordensburg geschickt wurde. Und ich war beim Flottenmeister. Niemand hat dich vermisst. Es können Stunden vergehen, bis du gefunden wirst. Dann kommt jede Nachricht zu spät.«

Honoré lauschte auf das leise Krächzen und das Flügelschlagen oben auf dem Dachboden. »Ich glaube, deine Freunde werden dich schon früher finden. Sie riechen den Tod ... Lebe wohl. Du hast dem Orden einen großen Dienst erwiesen, Tomasin. Ich verspreche dir, ich werde die Neue Ritterschaft stärker machen, als sie je gewesen ist.«

NEBELMORGEN

Dichter Nebel zog zwischen den Bäumen auf. Tausendmal war sie durch diesen Wald geritten, und doch erschien nun alles fremd. Ihr Turm war nicht weit entfernt. Gishild blickte zu Luc. Er war nur ein paar Schritt hinter ihr. Und doch wirkte er wie entrückt. Der Nebel ließ sein Gesicht weicher erscheinen undeutlich. Sie liebte ihn so sehr. Allein ihn anzuschauen, machte sie glücklich. Manchmal war es ihr peinlich, aber sie musste ihn immerzu anschauen. Sich vergewissern, dass er noch da war. Viel zu oft musste er fort. Er sprach nur wenig darüber. Der Orden hatte etwas mit ihm vor. Kein anderer Novize wurde so oft aus seiner Lanze herausgeholt und irgendwohin auf Reisen geschickt. Sie litten beide darunter. Und doch hatte sie manchmal das Gefühl, dass die Trennung das Band zwischen ihnen nur noch verstärkte.

Luc hatte ihren Blick bemerkt. Er sah zu ihr und lächelte. Ein Lächeln von ihm genügte, um ihr einen wohligen Schauer über den Rücken zu jagen. Ihr wurde warm … Sie dachte an die vergangene Nacht. Daran, wie gut es getan hatte, in seinen Armen zu liegen. Es war unvernünftig, dort oben beim See gewesen zu sein. Und wenn sie sich im Nebel verirrten, würden sie zu spät zu ihrer eigenen Hochzeit erscheinen.

Er lenkte seinen Schimmel näher an sie heran und griff nach ihrer Hand. Seine Finger waren angenehm warm. Ihr war die ganze Nacht über kalt gewesen, selbst als sie sich geliebt hatten. Die Kälte hatte sich tief in ihrem Bauch festgefressen. Schon lange hatte sie dieses Gefühl nicht mehr gehabt. Sie wollte es ignorieren, aber es war unmöglich. Manchmal packte sie plötzlicher Schüttelfrost. Sie hatte versucht, ihn vor Luc zu verbergen. Gishild wusste nicht, ob es ihr gelungen war. Jedenfalls hatte Luc sich nichts anmerken lassen.

Jetzt drückte er sanft ihre Hand. Sie spürte, wie glücklich er war. Warum konnte sie nicht genau so unbeschwert sein? Sie wusste, dass die Kälte wegen der Hochzeit an ihr nagte.

Es war wegen des ungeheuerlichen Verrats, den sie heute begehen würde. Sie wandte sich nicht nur von ihrer Familie und dem Fjordland ab, dem sie durch ihre Geburt in die Sippe Mandreds bis zu ihrem Tode verpflichtet war. Sie besiegelte den Untergang ihrer Heimat, wenn sie Luc ihr Jawort gab. Sie war die Letzte von Mandreds Blut. Und jeder in ihrer Heimat kannte die Prophezeiung, dass das Fjordland untergehen würde, wenn es niemanden mehr aus seiner Blutlinie gab, der den Fuß auf den steinigen Strand Firnstayns setzte.

Gishild seufzte. Lucs Blick war voller Mitgefühl. Sie ritten im Schritt. Der Nebel hatte sie in eine andere Welt entführt. Plötzlich wünschte sie sich, dieser Augenblick würde niemals vergehen, und sie könnte ewig im Nebel unentschieden zwischen gestern und morgen verweilen.

Aber hatten nicht die Anderen für sie entschieden? Gishild schluckte. So tief waren die Lehren der Ordensritter in ihr verwurzelt, dass auch sie ihre einstigen Freunde nun die Anderen nannte. Warum war Silwyna nie zurückgekehrt? Sie hatten sie verraten, die Elfen. Nichts war für sie unmöglich! Für Yulivee, die Zauberin. Für Silwyna, die jede Spur zu finden vermochte. Warum waren sie nicht gekommen? Warum hatte sie all die Jahre in Valloncour verbringen müssen? Dem schleichenden Gift der Lehren des Ordens hätte sie vielleicht widerstanden. Aber die Liebe zu Luc ... Ohne sie konnte sie nicht mehr sein. Er hätte es nicht verstanden, wenn sie sich einer Hochzeit widersetzt hätte. Natürlich hätte er sich ihr gefügt, aber sie wollte ihn nicht verletzen. Sie wollte, dass er wusste, wie ernst es ihr mit ihm war. Sie wünschte sich, seine Frau zu sein.

Es war nicht alles schlecht bei den Rittern. Hier gab es keinen Unterschied zwischen Frauen und Männern, wenn sie zum Orden gehörten. Sie hatte die gleichen Rechte und

Pflichten. Sie ritten Seite an Seite in die Schlacht. Sie waren frei, nur Tjured und dem Orden verbunden. Im Fjordland war das ganz anders. Man erwartete von den Frauen, dass sie ihrem Mann den Rücken stärkten. Sie ordneten sich ihm unter. In allem! Selbst die Königinnen! Die Freiheit, die sie hier unter den Rittern hatte, würde sie in ihrer Heimat niemals finden. Und doch, es gab keine Entschuldigung für das, was sie tat. Es war Verrat. Sie besiegelte den Untergang des letzten freien Königreiches.

Aber wie sollte sie etwas ausrichten? Selbst wenn sie heimkehrte ... Sie wusste, wie stark die Heere der Ritter waren. Sie hatten nie einen Krieg verloren. Drusna war fast besiegt. Nur zwei Provinzen leisteten noch Widerstand. Wie lange würde das Fjordland gegen die Übermacht bestehen? War es nicht besser, sich zu unterwerfen? Jeder Widerstand würde Tausende von Leben fordern, und am Ende wäre er doch vergebens.

Doch wenn diese Gedanken aus dem Gift der Lügen ihrer Lehrer geboren waren? Gishild seufzte. Wie sollte sie entscheiden? Wo lag die Wahrheit?

»Hast du Angst?«, fragte Luc leise.

»Ja.« So sehr wünschte sie sich, ihm sagen zu können, was ihr Angst machte. Aber er hatte es nicht verdient, von ihr an den Rand dieses Abgrunds in ihrer Seele geführt zu werden. Er konnte ihr nicht helfen. Sie musste allein entscheiden. Und ihr wurde klar, dass sie die Ketten ihrer Geburt immer noch nicht abgestreift hatte. Sie wusste nicht, ob sie den Mut hätte, vor dem Altar ja zu sagen.

»Ich liebe dich.«

Gishild drückte Lucs Hand. Seine Liebe, das war das Einzige, dessen sie sich in ihrem Leben vollkommen sicher war. Sie war ihr Anker. Die einzige Gewissheit, an die sich ihre ruhelose Seele klammerte. So oft hatte sie sich nachts aus dem Turm geschlichen und war allein durch die Dunkelheit gewandert, immer darauf hoffend, dass Silwyna aus den Schatten treten würde, um sie zu holen.

Irgendwo im Nebel schnaubte ein Pferd.

Luc zügelte seinen Schimmel.

Auch ihre Stute verharrte. Gishild starrte voraus. So war ihr Leben: Es gab keinen klaren Blick in die Zukunft! Sie stand inmitten von Nebel, der ihr eine fremde Welt vorgaukelte. Bäume wurden zu schwarzen Säulen, weil Dunstschleier ihre Kronen verschlungen hatten und nur Schattenrisse von Stämmen blieben.

Ihr Herz begann schneller zu schlagen.

Lucs Hand ruhte auf dem Griff seines Rapiers.

Jemand war dort draußen. Wusste der Fremde, dass sie hier waren? Vermochten seine Blicke den Nebel zu durchdringen? War es vielleicht ein Zaubernebel? Waren die Elfen doch noch gekommen, sie zu holen?

Sie lachte bitter. Nein, nicht an diesem Tag. Nicht nach all den Jahren ausgerechnet an diesem Tag. Das konnten sie ihr nicht antun!

Ein Licht erschien. Es schwebte höher, als ein Mann eine Laterne halten konnte. Langsam kam es näher. Ihnen entgegen. Es war unheimlich.

Gishild ließ Lucs Hand fahren und zog das Rapier, das von ihrem Sattelhorn hing. Es sah schön aus, das zitternde, helle Licht. Sie vermochte ihren Blick nicht mehr davon abzuwenden.

Es war totenstill im nebelverhangenen Wald.

Auch Luc hielt nun seine Waffe in der Hand. Sein Hengst schnaubte unruhig.

»Luc? Gishild?«

Die Stimme kam von überall und nirgends. Der Nebel dämpfte sie.

»Wer dort?«, rief Luc.

»Bist du es, Luc?«

Es war die Stimme eines Kindes, die fragte. Gishild lief ein Schauer über den Rücken. Was geschah hier? Wer suchte nach ihnen?

»Ich bin Luc de Lanzac. Wer will meinen Namen wissen?«

Statt einer Antwort erklang ein Signalhorn. Fast augenblicklich rief ein zweites Horn und dann ein drittes. Links von ihnen erschien ein weiteres Licht im Nebel.

Gishild wendete ihre Stute. Auch hinter ihnen war jetzt ein Licht. Sie waren umstellt!

VERLASSEN

Drustan sah an sich herab, und was er erblickte, gefiel ihm nicht. Er ließ den Umhang seitlich über den leeren Ärmel fallen, um besser zu verstecken, dass er ein Krüppel war. Es half nichts.

»Du siehst gut aus«, sagte Lilianne.

»Ich werde nie mehr gut aussehen.« Er wünschte, er wäre allein. Er hätte sie nicht hierher bitten sollen. Sie war die Kapitänin seiner Lanze. Aber sie waren doch keine Kinder mehr … Er konnte allein urteilen. Hätte er nur diesen dummen, romantischen Gefühlen nicht nachgegeben.

»Also gut! Für einen übellaunigen, einarmigen Ritter, der ausnahmsweise einmal rasiert ist, siehst du ganz passabel aus.«

Das hatte gesessen. Er schluckte. »Ich will doch nur …«

»Eindruck machen? Ach, Drustan!« Lilianne schüttelte den Kopf. »Ich glaube, Juztina wird in den letzten Jahren schon aufgefallen sein, dass dir ein Arm fehlt. Warum solltest du dir Sorgen machen? Im Übrigen finde ich es recht attraktiv, dass du im Gegensatz zu einigen anderen Bräutigamen, die heute vor den Altar treten werden, keine Pickel mehr hast. Und in gut rasiertem Zustand bist du kaum wiederzuerkennen. Wenn du einen Rat von einer Freundin hören willst: Hüte dich vor deinen Launen! Sie sind die einzige Gefahr an diesem Tag.« Lilianne musterte ihn noch einmal vom Scheitel bis zur Sohle. »Vielleicht solltest du auch darauf verzichten, diese Pistolen mit dir herumzuschleppen. Ein Hochzeitsfest ist kein Schlachtfeld.«

»Sie sehen doch gut aus. Mit den Intarsien aus Ebenholz und Perlmutt …«

»Auch wenn sie hübsch sind, bleiben sie Radschlosspistolen, die …«

»Sieh dich an! Trägst du dein Rapier?«

»Es ist Tradition, dass Ritter ihre Waffe tragen. Dolch und Rapier sind ebenso Zeichen unseres Standes wie die goldenen Sporen. Wenn es ans Tanzen geht, legen wir sie ab.«

»Und was siehst du in mir? Bin ich ein Ritter? Oder nur noch eine Witzgestalt, die allenfalls zum Magister taugt?«

Lilianne trat vor und wollte ihn wohl in den Arm nehmen, doch er wich zurück.

»Ich sehe in dir einen traurigen Freund, Drustan. Natürlich bist du ein Ritter. Ganz gleich, welches Tagwerk wir verrichten, wir alle bleiben Ritter bis zu unserem letzten Atemzug.«

»Und ein Ritter sollte eine Waffe tragen, mit der er sich im Kampf auch wirklich verteidigen kann. Einst war ich ein Waffenmeister. Aber seit sie mir den Arm abgeschnitten haben, bin ich nur noch ein lausiger Fechter. Deshalb werde ich die Radschlosspistolen tragen. Jede andere Waffe zu führen wäre lächerlich.«

Sie sah ihn lange an. Er vermochte ihren Blick nicht zu deuten. Bemitleidete sie ihn? Nein, dazu kannten sie sich zu gut. Sie wusste, er würde sie hinauswerfen und wochenlang nicht mehr mit ihr reden, wenn sie auch nur das leiseste Anzeichen von Mitleid zeigte. Das war das Letzte, was er wollte!

Plötzlich lächelte Lilianne. »Du solltest dich endlich deiner Braut stellen. So zänkisch bist du nur, wenn du dich vor etwas drücken möchtest. Hast du Angst vor deinem eigenen Mut?«

»Blödsinn!« Er sagte das zu laut und barsch; seine Kapitänin hatte ins Schwarze getroffen. »Sehe ich denn wirklich gut aus?«, fragte er dann. Sein Kürass war so lange poliert worden, dass er wie Spiegelglas schimmerte. Über dem Herzen saß ein Blutbaum aus roter Emaille auf dem Stahl. Er trug eine breite weiße Bauchbinde mit goldenen Quasten. Aus dem Stoff ragten die Griffe seines Pistolenpaars. Zu seinen eng anliegenden weißen Hosen trug er weiße Wildlederstiefel. Wenn Drustan daran dachte, was ihn das Stiefelpaar gekostet hatte, wurde ihm ganz schwindelig. Hoffentlich schenkte Tjured ihnen gutes Wetter. Ein Morgen auf einer schlammigen Wiese, und die Stiefel wären für immer ruiniert! Irgendwie war es ihm leichter gefallen, das Geld für Seide und Perlen auszugeben, als für sich Stiefel zu kaufen, von denen er wusste, dass er sie nur an einem einzigen Tag in seinem Leben tragen würde.

Sein Leinenhemd war fast so dünn wie Seide. Der breite Spitzenkragen lag auf der Brustplatte auf. Darüber trug er einen eleganten weißen Umhang, der als einzigen Schmuck einen stilisierten Blutbaum aufwies. Einen Hut hatte er einfach nicht finden können. Einen ganzen Morgen hatte er am Hafen damit verbracht, Hüte durchzuprobieren. Aber ein weißer Hut mit üppigem Federschmuck war ihm einfach zu viel gewesen, und alles andere passte nicht.

»Worauf warten wir?«, wollte Lilianne wissen. Auch sie war festlich gekleidet, doch sie hatte sehr viel weniger Aufwand betrieben. Ihre Stiefel waren schwarz, und man sah ihnen deutlich an, dass sie noch aus der Zeit ihrer Feldzüge in Drusna stammten. Das Leder war abgestoßen, eine aufgeplatzte Naht wurde von zwei Bogennadeln zusammengehalten. Hose und Hemd waren weiß, so wie bei ihm. Auch sie hatte ihre Brustplatte poliert, doch das verbarg nicht die tiefen Kerben der Schlachtfelder, die ihr Kürass gesehen hatte.

Drustan beneidete seine Kapitänin um Dolch und Rapier, die sie ganz selbstverständlich trug. Ihr speckiger Schlapphut war mit neuen Federn geschmückt und verlieh ihr eine schnoddrige Anmut.

»Nun?« Lilianne sah ihn herausfordernd an. »Es wird hell. Wir sind spät dran. Deine Braut wird noch denken, dass du sie versetzen willst.«

Drustan zupfte verlegen an seiner viel zu engen Hose. »Ja, gehen wir.« Er wünschte sich diese Hochzeit, wollte endlich wieder mit Juztina unter einem Dach leben. Seit sie fort war, hatte er zu begreifen gelernt, wie reich sie sein Leben gemacht hatte. Und er hatte sich dafür geschämt, wie schlecht er sie im Rabenturm behandelt hatte. Er würde alles wiedergutmachen!

»Zieh doch nicht ein Gesicht, als wärest du Gast bei deiner eigenen Hinrichtung.«

Der Magister quälte sich ein Lächeln ab. Er hatte Angst, dass Juztina in ihm noch immer den sah, der er einmal gewesen war. Angst, dass er sich vielleicht doch nicht so tiefgreifend verändert hatte … Wer war er wirklich? Der Drustan, der seine Erfüllung darin fand, jungen Novizen auf ihrem Weg ins Leben zu helfen? Oder der verbitterte Krüppel, der sich hinter einem Schild aus Zynismus verkrochen hatte?

Sie erreichten den Westflügel viel zu schnell. Drustan stand vor der Tür und zögerte. Kein Laut war zu hören. Was, wenn Juztina ihn besser kannte als er sich selbst? Wenn sie wusste, wer er wirklich war …

Er riss die Tür auf.

Die Kammer war leer. Das Bett ordentlich gemacht. Unter dem Fenster stand eine Kleidertruhe. Drustan konnte ihren Duft noch riechen.

Der Magister musste sich am Türrahmen festhalten. Er hatte das Gefühl, als habe man ihm den Boden unter den Füßen weggezogen.

»Wahrscheinlich ist sie schon zu den Festzelten gegangen.«

Liliannes Stimme klang wie aus weiter Ferne. Er wusste es besser. Sie hatte ihn verlassen. War fortgelaufen vor dem Ungeheuer in ihm, das manchmal Ruhe fand, aber nie weit entfernt lauerte.

Lilianne trat in die Kammer. Sie öffnete die Kleidertruhe. Drustan konnte hören, wie sie ausatmete.

»Ihre Kleider und die anderen Habseligkeiten sind noch

hier. Komm, wir suchen sie bei den Zelten. Wir sind spät dran. Das ist alles.«

Der Magister schüttelte traurig den Kopf. Sie brauchte all das nicht mehr. Ihr Brautkleid und die Perlenkette waren ein Vermögen wert. In Drusna könnte sie von dem Geld ein kleines Rittergut kaufen. Er lächelte zynisch. Er hatte ihr die Freiheit geschenkt, von der sie wohl immer geträumt hatte. Sie war nun glücklich. Und er sollte ihr dankbar sein, dass sie ihm gezeigt hatte, wer er wirklich war.

»Gehst du schon vor?«

Lilianne sah ihn fragend an.

»Ich komme gleich nach zu den Zelten. Ich muss jetzt allein sein. Nicht für lange. Mir geht es gut«, log er ihr mit gefasster Stimme vor.

Die Ritterin lächelte kühl. »Tu das nicht«, sagte sie leise. Sie hatte auf einmal ein hartes, unnahbares Gesicht. Die Narbe, die ihre rechte Augenbraue und Wange zerteilte, stach hell auf ihrer sonnengebräunten Haut hervor. »Ganz gleich, was geschehen ist, du hast eine Pflicht gegenüber deinen Novizen. Wenn du dich verloren wähnst, dann ist das deine Sache, aber lass sie nicht im Stich! Ich suche jetzt Juztina.«

Drustan presste die Lippen zusammen. Er konnte nicht hinab zu den Zelten gehen. Kaum vermochte er noch seine Fassung zu bewahren … Er würde sich nicht die Blöße geben, dort vor seinen Schülern womöglich in Tränen auszubrechen. Er würde sich eine Flasche Wein holen, nein, besser gleich zwei. Und dann würde er sich hier ins Bett legen, das noch nach Juztina roch, und sich betrinken, bis aller Schmerz davontrieb.

DIE LETZTE FRIST

Wie ein tausendarmiger Krake hielt der Nebel das Land umschlungen. Vom See und von den Wäldern aus streckte er seine Tentakel weit ins Land hinaus und hielt mit weißen Fangarmen die Burg umschlossen. Ollowain war als Späher dem Schwarm der Adler vorausgeflogen. Goldflügel hatte schlechte Nachrichten gebracht. Sonnenauge war verschwunden geblieben, und sie berichtete von vielen Raben, die zu ungewöhnlicher Stunde geflogen waren. Wussten die Menschenkinder, dass sie kamen?

Zwischen den breiten Nebelstreifen sah er die Festwiese und die Zelte. Dunkle Gestalten eilten geschäftig umher. Wolkentaucher flog so hoch, dass sie nicht befürchten mussten, entdeckt zu werden. Auch hatte er den Zauber gewoben, der ihn für fremde Blicke eins mit dem Himmel sein ließ.

Ollowain hing in einem Tragegeschirr unter dem Bauch des Schwarzrückenadlers. Eng an das dichte Gefieder geschnallt, vermochte er kaum den Kopf zu bewegen. Nur seine Hände waren frei, um im Augenblick der Landung die Sicherungshaken zu lösen.

Er musste den Kopf schmerzhaft verdrehen, um nach Osten blicken zu können, wo sich die Sonne langsam über das Küstengebirge erhob: ein feuerroter Glutball hinter blassen Wolkenbändern. Bald würde sie den Nebel vertreiben. Auch frischte der Wind auf.

»Wo bist du, Gishild?«, flüsterte der Schwertmeister. »Wo haben sie dich all die Jahre verborgen?« Und was hatte Silwyna gewusst? Sie war hier gewesen, ganz allein … Ollowain wünschte, sie gehöre zu seiner Schar. Sie war gestorben, wie sie gelebt hatte. Allein.

Meine Nestbrüder werden bald hier sein.

Ollowain schreckte auf. Selbst nach der langen Zeit, die er mit den Adlern verbracht hatte, hatte er sich nicht daran gewöhnen können, dass ihre Stimmen sich in seine Gedanken mischten. Deutlich spürte er die Unruhe des Königs der Schwarzrückenadler.

Der Schwertmeister fluchte. Er wollte hier keine Schlacht schlagen. Er wollte kein Massaker in einer Schule anrichten. Nicht einmal, wenn hier ihre zukünftigen Feinde herangezogen wurden. Er verstand Emerelles Hass. Sie hatte den Rittern die Toten auf Roxannes Krönungsfest nie vergeben. Doch auch wenn er sie verstand, gutheißen konnte er ihre Gefühle nicht. Und er bereute es, dass er in seinem Zorn nicht geduldiger versucht hatte, ihr diesen Plan wieder auszureden.

Ollowain blickte hinab in den Nebel. Er wollte nicht zum Werkzeug von Emerelles Hass werden. Aber wenn er nicht gehorchte, dann übernahm Tiranu den Befehl, und alles würde noch schlimmer werden. Er musste mit seinen Kriegern schnell und entschieden zuschlagen, sodass es gar keine richtige Schlacht gab. Solange ihre Feinde überrascht waren, würde es leicht sein, bis zu den Kerkern vorzudringen. Er konzentrierte sich auf den großen Vogel. Siehst du einen Platz in der Burg, der für eine Landung geeignet ist?

Dein Herz und dein Verstand sind uneins, Schwertmeister.

Ollowain stöhnte. Das war nicht der Augenblick, um mit einem Vogel zu philosophieren, auch wenn er in seinem Volk ein König war.

Der Augenblick zum Angriff ist günstig, dachte Ollowain.

Der Nebel gibt uns mehr Deckung als die Rauchkrüge. Wir werden sie überraschen und das Mädchen holen.

Und wenn sie nicht dort ist, wo du suchen willst?, beharrte die Stimme in seinem Kopf.

Wo sollte sie sonst sein? Der Schwertmeister spürte deutlich die Gefühle des großen Vogels. Wolkentaucher wollte ihm nicht seine Meinung aufzwingen. Er war in tiefer Sorge.

Sie war dem Nestalter nicht entwachsen, als die Ritter sie geholt haben. Sie hatte noch nicht gelernt, ihre Flügel zu benutzen. Du sagst, die Ritter seien klug? Sie waren es, die dem Menschenkind das Fliegen lehrten. Was ist, wenn sie mit ihnen fliegt? Dann wirst du sie nicht in den Höhlen tief in der Erde finden. Sie wird stattdessen auf der Wiese sein.

Der Adler verlagerte sein Gewicht und zog noch einmal in weitem Bogen über den Festplatz hinweg.

Der Flugwind schnitt Ollowain ins Gesicht, dass ihm die Augen tränten. Yulivee hatte ihm viel über Gishild erzählt. Über ihre Klugheit, ihren Stolz, darüber, wie eng sie dem Land der Fjorde verbunden war. Und über ihre Widerborstigkeit. Ihre Launen ...

Yulivees Worte hatten ein Bild von dem Mädchen geformt, das er kaum gekannt hatte. Gishild war anders als andere Kinder, daran bestand kein Zweifel. Sie war vom Tag ihrer Geburt an dazu erzogen worden, stark zu sein und sich für ihr Land aufzuopfern.

Meine Nestbrüder kommen. Wohin sollen wir deine Krieger bringen, Schwertmeister?

Ollowain blickte hinab. Am Ufer des Sees war der Nebel besonders dicht. Nur die Dächer und Türme der Burg erhoben sich über die weißen Schleier.

Sie war nur ein Küken, das man aus seinem Nest geholt

hatte, dachte Ollowain in den Bildern des Adlerkönigs. Sie war viele Jahre allein unter ihren Feinden gewesen. Einsam ... Hatte sie der Versuchung widerstehen können, sich in einem anderen Nest niederzulassen? War es nicht unbarmherzig zu erwarten, dass sie sich all die Jahre widersetzt hätte? Sie war doch nur ein Kind ...

Suche in den Wäldern nahe der Festwiese einen guten Platz, um die erste Welle zu landen, befahl der Schwertmeister in Gedanken. Der Nebel gewährte ihnen eine letzte Frist. Sein Plan war verzweifelt und tollkühn.

Dein Herz und dein Verstand sind wieder eins, durchdrangen ihn die Gedanken des Adlers, und der große Vogel drehte zum Waldstück westlich der Burg ab.

DIE ART DER SILBERLÖWEN

Luc spürte Gishilds Angst, auch wenn er sie nicht ganz nachvollziehen konnte. Sie waren in Valloncour. Hier konnte ihnen nichts geschehen, außer, dass ihre ewigen Rivalen, die Drachen, ihnen einen dummen Streich spielten. Luc hatte sein Rapier nur deshalb gezogen, weil ihn die Ritter jahrelang darauf gedrillt hatten, stets zum Kampf bereit zu sein. Bei Gishild war das anders. Sie hielt die Lippen fest zusammengepresst. Sie war gespannt wie eine Feder. Er musste auf sie Acht geben ... Nicht, dass an ihrem Hochzeitstag ein Unglück geschah. Dies sollte der glücklichste Tag seines Lebens werden! Er würde ihn sich durch nichts verderben lassen. Auch wenn der Gesang der fremden Kinderstimme unheimlich war.

Er drängte sich dichter an Gishilds Seite.

»Dort drüben ist eine Lücke«, flüsterte sie und deutete in eine Richtung, von der Luc vermutete, dass es Norden war.

Sein Haar war nass vom Nebel, die Kleider klamm. Kälte kroch in seine Glieder. Die Lichter rückten langsam näher. Ein paar Augenblicke noch, dann würde sich der Kreis um sie völlig schließen.

Hoch über sich hörte er einen Adlerschrei. Er kam ihm unnatürlich laut vor. Er blickte zu den Baumwipfeln hinauf, die im dichten Nebel verschwammen. Einen Herzschlag lang glaubte er, einen Schatten zu sehen ... Doch das musste eine Sinnestäuschung sein. Er war viel zu groß für einen Adler.

Die Stimme des Sängers verstummte.

»Willkommen, Silberlöwen!«, rief jemand in ihrem Rücken.

»Joaquino?« Gishild drehte sich im Sattel um. »Verdammt, seid ihr das?« Auf ihrem Gesicht spiegelten sich Wut und Erleichterung. »Was soll das?«

Neben den Lichtern erschienen verschwommene Schattenrisse. Reiter. Sie trugen Fackeln. Vollkommen lautlos näherten sie sich. Das dicke Laubpolster des Waldbodens verschluckte das Geräusch der Hufe.

»Wir haben auf euch gewartet.« Es war tatsächlich Joaquino, der antwortete. Seine Stimme klang fremd, aber seine Umrisse waren nun deutlich zu erkennen. Er saß auf einem großen Schimmel. Die Fackel schien den Nebel in ihrer unmittelbaren Nähe zu schmelzen. Ihr flackerndes Licht ließ unstete Schatten über das Gesicht des Jungen tanzen. Wassertropfen glänzten wie Silberperlen in seinem Haar.

Jetzt waren nach und nach die anderen Fackelträger zu erkennen. Sie alle waren beritten. Der dünne José, Esmeralda mit ihrer Adlernase, die rothaarige Bernadette, die eine wunderschöne junge Frau geworden war und an diesem Morgen Joaquino heiraten würde. Alle Silberlöwen waren gekommen.

»Was soll das?«, fragte Gishild barsch.

Luc konnte Bernadette ansehen, wie schwer es ihr fiel, nicht genauso barsch zu antworten. Doch statt ihrer sprach René. Er war der Sänger gewesen. Seine Kinderstimme hätte er erkennen müssen, dachte Luc. Sie stand in absurdem Gegensatz zum Ernst seines Wesens. Er wirkte stets nachdenklich ... reifer als sie alle.

»Wir sind die Silberlöwen. Wir tragen die Zeichen der Schande auf unserem Schild. Wir sind anders als alle anderen Novizen. Wir können diesen Makel nicht tilgen. Es wäre einfältig zu versuchen, ihn zu überspielen. Bekennen wir uns dazu! Seien wir stolz darauf, dass wir anders sind. Wir kommen nicht brav händchenhaltend durch das Burgtor marschiert. Wir sind Krieger. Das werden wir immer sein. Dazu bekennen wir uns selbst am Hochzeitstag. Joaquino und Bernadette werden in voller Rüstung vor den Altar treten. Werdet ihr es ihnen gleichtun?«

Luc war völlig überrumpelt. Er hätte nicht im Traum daran gedacht, sein Hochzeitsfest als ein Krieger zu begehen. Aus den Augenwinkeln sah er Gishild lächeln. Ihr Zorn war verflogen. Ihr schien die Idee zu gefallen.

»Aber unsere Rüstungen ...«, begann Luc.

»Sie sind hier im Wald«, unterbrach ihn Esmeralda. »Alles ist vorbereitet.«

Sie scheinen sich ziemlich sicher gewesen zu sein, dass wir zustimmen, dachte Luc leicht verärgert.

»Wir sollten als feierlicher Fackelzug aus dem Wald kommen«, sagte Gishild voller Begeisterung. »In voller Rüstung, so als zögen wir in die Schlacht. Und schweigend. Aufgereiht, Ross neben Ross ...«

Vielleicht war das die Art, wie man im Fjordland heiratete, überlegte Luc. Es würde zu diesen Barbaren passen. Aber wenn es Gishild gefiel ...

»Die werden Augen machen«, bestätigte Esteban. Er war der größte unter ihnen und er hatte ein Kreuz wie ein Stier bekommen. Allerdings kam er Luc oft ein wenig einfältig vor. Er war leicht zu begeistern.

»Wetten, die Drachen werden es uns niemals verzeihen?«, mischte sich Raffael ein. »Mascha wird in ihrem Kleid wie ein Püppchen aussehen, wenn Gishild und Bernadette im Kettenhemd neben ihr stehen.«

Die Vorstellung ließ Luc lächeln. Auch Mascha würde heute vor den Altar treten. Acht Paare sollten getraut werden. Er grinste. Allein Maschas Gesicht wäre es wert, diesen Streich zu wagen. Was hatten sie schon zu verlieren? Sie waren die Silberlöwen. Man zerriss sich ohnehin das Maul über sie, ganz gleich, was sie taten. Also sollten sie die Erwartungen all der Novizen, Ritter und Magister nicht enttäuschen.

Er sah zu Giacomo mit seinem grausam vernarbten Gesicht. Das war Maschas Werk gewesen. Allein seinetwegen sollten sie keine Gelegenheit auslassen, Mascha zu brüskieren!

UNTER FEINDEN

In rasendem Sturzflug fielen sie dem Wald entgegen. Wegen des Windes drehte Ollowain den Kopf zur Seite. Seine Hände lagen auf den beiden Haken, mit denen er das Ledergeschirr öffnen musste.

Breite Nebelbänder wogten über die Lichtung unter ihm. Der Wald war eine düstere Phalanx. Wolkentaucher breitete die Flügel aus, um den Sturzflug abzufangen. Er streckte die mächtigen Fänge vor.

Weniger als zehn Schritt ... Wolkentaucher selbst würde nicht landen. Er konnte spüren, wie der riesige Adler sich anspannte. Gleich würde er mit den Flügeln zu schlagen beginnen, um wieder an Höhe zu gewinnen.

Es war so weit! Ollowain hakte das Geschirr auf. Er prallte auf den Boden, rollte über die linke Schulter ab und war sofort wieder auf den Beinen. Geduckt rannte er zum Rand der Lichtung, denn er wusste, dass der nächste Adler schon im Anflug war. Wie an einer langen Schnur aufgereiht, würden sie einer nach dem anderen dicht über die Wiese hinwegfliegen und die Krieger abspringen lassen.

Ollowains langer Umhang war nass vom taufeuchten Gras. Er rückte den Waffengurt zurecht. Eine Gestalt kam durch den Nebel auf ihn zu gerannt. Ihre weißen Gewänder waren eine wunderbare Tarnung, solange sich der Nebel noch hielt. Der Schwertmeister hatte sich mit Bedacht dafür entschieden, dass sie heute alle in Weiß kämpfen sollten. So sahen sie zumindest auf Entfernung den Rittern ähnlich.

Weitere Krieger schälten sich aus dem Nebel. Yulivee und Jornowell, der Sohn des Alvias, waren unter ihnen. Die Zauberin sollte ihm nicht folgen. Er hatte sie nicht in der ersten Welle haben wollen. Sie hätte wie vorgesehen mit Fenryl fliegen sollen ... Und bei dem, was er plante, sollte sie schon gar nicht dabei sein. Albenmark brauchte sie noch. Er selbst war entbehrlich geworden, seit Emerelle Kriegern wie Tiranu ihr Vertrauen schenkte. Ollowain musste lächeln. Er führte sich auf wie ein beleidigtes Kind. War Emerelle seinem Herzen näher, als er es wahrhaben wollte?

»Du übernimmst den Befehl über die erste Welle, Yulivee.«

Die Zauberin war sichtlich überrascht. »Und du?«

»Ich werde mir den Festplatz ansehen ... Schick ein paar Maurawan, wenn sie alle gelandet sind. Wir werden uns unter die Menschen mischen, solange sich der Nebel hält. Ich möchte wissen, was hier vorgeht. Ich werde ihren Gesprächen lauschen.«

»Aber gefährden wir dadurch nicht den Angriff auf die Burg?«, fragte Jornowell. »Wir sollten bisbald so schnell wie möglich aus dem Kerker holen.«

»Und wenn sie dort nicht ist?«

»Das ist Unsinn!«

Ollowain hatte Yulivee noch nie so zornig gesehen.

»Du kennst das Mädchen nicht«, herrschte die Magierin ihn an. »Sie unterwirft sich nicht! Niemals!«

»Sie ist nur ein Kind«, wandte der Schwertmeister ein. »Erwartest du nicht zu viel von ihr?« Er wandte sich ab, und seine weißen Gewänder ließen ihn eins werden mit dem Nebel.

WIE MAN EIN FEST BEGEHT

»Los, los, los. Bewegt euch nicht wie eine Herde Ziegen!« Capitano Duarte gab einem der jungen Rekruten einen Klapps auf den Rücken und schob ihn in Richtung des Quartiermeisters Adolfo weiter. »Wir sind Soldaten! Benehmt euch jetzt ausnahmsweise einmal so! Haltet das Maul und stellt euch in Reih und Glied auf!«

Arturo schüttelte sich. Die Kälte des Morgens steckte ihm in den Knochen. Und die Nacht im Kerker war ihm auch nicht gut bekommen. Er war zu alt, um nur in seinen Umhang gehüllt auf dem Steinboden zu schlafen. Aber er wollte nicht besser untergebracht sein als seine Männer. Wenn er schon von ihnen verlangte, auch in Zukunft dem Tod voller Verachtung ins Gesicht zu sehen, dann sollte er gefälligst an ihrer Seite sein. Immer! Also würde er mit ihnen auf Felsen und im Schlamm übernachten, dasselbe schimmelige Brot essen wie sie und zu denselben billigen Trosshuren gehen, wenn die Lust ihn plagte.

Immer weitere Soldaten quollen aus dem Kerker. Ein Strom von Menschenleibern. Er sah ihnen in die Gesichter. Viel zu viele kannte er nicht. Bis sie zurück nach Drusna gingen, hätte er alle Namen gelernt!

»He, Paolo!« Er packte einen seiner Veteranen. »Dein Kürass sieht ja aus wie ein rostiger, alter Pisspott. Wir gehen auf eine Hochzeit. Ich will, dass jedes Stückchen Eisen glänzt wie poliertes Silber! Glaubst du vielleicht, nur weil ich fast abgesoffen wäre, wäre ich auch erblindet?«

»Wenn du mich zum Schlafen in eine Kammer steckst, die nach Trollpisse stinkt, dann solltest du dich nicht wundern, wenn ich morgens wie ein Nachttopf daherkomme, Capitano.«

Die Männer um Paolo lachten.

»Huh!« Arturo griff sich in gekünstelter Geste an die Brust. »Das Fräulein war mit seinem Nachtlager nicht zufrieden. Quartiermeister?«

Der stämmige Offizier wandte sich zu ihnen um.

»Soldatin Paolo behagte das Nachtlager nicht. War sie denn nicht auf Daunen gebettet, die nach Rosenwasser dufteten? Ich hatte doch die bestmöglichen Quartiere bestellt.«

Adolfo kam zu ihnen herüber. Er war im ganzen Regiment für seine humorlose Art berüchtigt.

»Will mich hier einer auf den Arm nehmen?«

Dem Capitano wurde klar, dass Paolo wochenlang Ärger mit dem Quartiermeister haben würde, wenn er seine Späße noch weiter trieb. Er zog das Poliertuch heraus, das er stets hinter seiner Bauchbinde stecken hatte, und drückte es dem Pikenier in die Hand. »Sorg dafür, dass dein Kürass in Ordnung ist. Und dann mach, dass du auf deinen Platz in der Reihe kommst. Wir reden später über deine Frechheiten.«

»Capitano?«, fragte Adolfo respektvoll. Er war ein guter Quartiermeister, er nahm stets alles sehr genau. Das musste man tun, wenn man seine Pflichten hatte ... Aber manchmal hatte Arturo das Gefühl, Tjured habe so viel Pflichtbewusstsein in den Quartiermeister hineingegeben, dass für eine Seele kein Platz mehr geblieben war. Er betrachtete die geplatzten Äderchen auf Adolfos Wangen.

»Capitano?«, fragte der Offizier noch einmal, drängender nun.

»Ich bin dir dankbar, dass du die Männer diese Nacht gut untergebracht hast.«

»Das sehen einige von ihnen anders.« Adolfo sah dem Pikenier nach. »Das war Paolo, nicht wahr? Ein Querulant! Hat er schlecht von mir gesprochen?«

Arturo folge dem Blick. »Ich sehe nur Paolo, den Veteranen von zwei Feldzügen in Drusna.«

»Er wiegelt die Männer mit seinen Reden auf.«

Der Capitano lächelte. »Hunde, die bellen, beißen nicht.«

»Bei allem Respekt, Capitano, ich glaube ...«

Ein Blick Arturos ließ den Quartiermeister verstummen. »Wie bist du auf die Idee gekommen, uns in den Kerkern einzuquartieren?«

»Das waren die einzigen freien Räume. Selbst in den Ställen hatten sich schon Gäste breitgemacht. Ich weiß, dass die Männer es gehasst haben, aber ...«

»Mach dir nichts aus dem Gerede. Mir ist es lieber, sie schimpfen und fluchen, als dass sie die Nacht auf den Wiesen verbracht hätten und nun husteten. Du hast deine Sache gut gemacht!«

Ein seltenes Lächeln spielte um Adolfos Mundwinkel. Arturo mochte den Mann nicht sonderlich. Er mied den Umgang mit ihm, so gut es ging. Vielleicht sollte er ihn öfter loben ...

»Darf ich mir ein offenes Wort erlauben, Capitano?«

Arturo hob die Brauen. So vertraulich war der Quartiermeister noch nie mit ihm geworden.

»Wenn wir ein paar Schritt beiseite gehen könnten.« Er sah kurz zur Treppe neben ihnen, über die immer noch Soldaten auf den Hof drängten.

Arturo folgte ihm zum Eingang zur Küche.

»Ich weiß nicht, ob es eine gute Idee ist, mit geladenen Arkebusen auf den Festplatz zu marschieren.«

»Was soll passieren? Man muss eine Lunte auf die Zündpfanne drücken, um einen Schuss abzugeben. Das ist viel sicherer als Radschlosspistolen. Die Arkebusen können nicht durch ein Missgeschick losgehen.«

»Das meine ich nicht, Capitano …« Adolfo hob beschwörend die Hände, eine Geste, die Arturo noch nie bei ihm gesehen hatte. »Ich bitte dich, Capitano … Sprich mit dem Primarchen oder einem anderen Anführer von ihnen.«

»Um die Überraschung zu verderben? Wir sind das Regiment der Silberlöwen. Sie haben mit dem glorreichen Sieg im Manöver die Schande von der Schlacht an der Bresna von uns genommen. Dieser Sieg hat endlich die Flammen der brennenden Vorratsschiffe in meinem Herzen gelöscht. Auch wenn es nur ein Manöversieg war … Heute heiraten vier von unseren Silberlöwen. Sie sollen verdammt noch mal ein richtiges Hochzeitsfest haben. Eines, wie Andalanen es feiern würden!«

»Aber …«

Arturo schnitt ihm mit einer barschen Geste das Wort ab. »Kannst du dir eine Hochzeit ohne Salutschüsse vorstellen? Das wäre wie ein Ball ohne Tanzmusik! Wie ein Festessen ohne Speisen auf den Tischen! Hast du dir die Wiese angesehen? Gibt es dort einen Platz für eine Kapelle? Ich will, dass meine Silberlöwen einen unvergesslichen Tag haben!«

Adolfo wurde mit jedem Wort blasser. »Ich glaube nicht, dass die Ritter …«

»Ja, ja, ja.« Arturo strich sich die taufeuchten Haarsträhnen aus dem Gesicht. »Ich weiß, wir müssen die Ritter respektieren. Wir alle wissen, dass sie fechten können wie die Elfen und so viele Leben haben wie ein verfluchter Kobold. Auf dem Schlachtfeld sind sie unbezwingbar. Aber feiern können sie nicht. Doch keine Sorge, wir werden das Lager weit genug entfernt von der Wiese aufschlagen.«

»Ein Lager?«

Arturo lächelte breit. Er hatte geahnt, dass er diese Sache besser vor dem Quartiermeister geheim gehalten hätte. »Sebastiano und seine Männer müssten schon begonnen haben, es aufzuschlagen.« Er nickte in Richtung des Waldstücks jenseits der Burgmauern. »Dort gibt es eine große Lichtung … Man wird das Lager von der Wiese aus nicht einmal sehen können. Ich glaube, unsere Totenfeiern sind ausschweifender als ihre Hochzeiten. Aber es muss ja niemand herüberkommen, dem nicht der Sinn nach einem richtigen Fest steht.«

»Ich dachte, Sebastiano sollte Vorräte im Hafen holen.«

»Das hat er in gewisser Weise auch getan. Er hat all das besorgt, was dieser Hochzeit fehlt. Er sollte sämtliche Musiker anheuern, die er finden kann, Possenreißer und Feuerschlucker und vor allem Huren. Hier gibt es viel zu wenig Frauen. Mit wem sollen die Männer tanzen und sich hinter die Büsche verdrücken?«

»Wie kannst du … Die Ritter werden dich …«

Arturo wusste sehr genau, was die Ritter mit ihm tun möchten. Aber es war ihm egal. »Heute heiratet das kleine Rittermädchen, das ihr Leben gegeben hätte, um mich aus diesem verdammten Fluss zu ziehen. Ich sag dir, sie hat Feuer im Blut … Sie ist nicht wie die anderen hier. Wenn sie nicht ihren Ritter schon gefunden hätte, dann würde ich ihr den Hof machen. Sie soll ein Hochzeitsfest haben, das diesen Namen auch verdient. Und wenn mich die Ritter dafür morgen in Eisen legen lassen … Drauf geschissen. Ich allein trage die Verantwortung. Du darfst zurück ins Glied treten, Adolfo. Ich werde jetzt persönlich die Männer inspizieren.

Und wenn Gishild und Luc sich das Jawort geben, dann werden dreihundert Arkebusen zum Himmel zeigen und ihren donnernden Salut Gott Tjured entgegenrufen!«

»Aber ...«

»Du hast einen Befehl!«

Adolfo straffte sich und ging.

Der Capitano strich durch sein feuchtes Haar und setzte seinen federgeschmückten Hut auf. Die Andalanen waren für drei Dinge berühmt. Für ihren stolzen Mut in der Schlacht, für ihre rauschenden Feste und für ihre Dickköpfigkeit. Er hatte seine Pläne gemacht, und er würde sie sich von niemandem ausreden lassen!

IM WEIN LIEGT DIE WAHRHEIT

Drustan warf die halbleere Flasche an die Wand. »Meine Novizen brauchen mich«, lallte er mit schwerer Zunge. Juztina mochte einfach davonlaufen, er würde das nicht tun. Er war es Luc, Gishild, Bernadette und Giacomo schuldig, dass er zum Fest ging.

Er starrte auf den blutroten Fleck an der Wand. Es galt, keine Zeit mehr zu vertun!

Als er von Juztinas Bett aufstand, wurde ihm übel. Mit Mühe rang er den Brechreiz nieder und wankte zur Tür. Lilianne hätte verhindern sollen, dass er sich betrank. Eine schöne Freundin war sie ... Wenn es darauf ankam, war man immer allein. Voll Bitternis dachte er an die langen

Nächte im Hospiz, nachdem sie ihm den Arm abgenommen hatten. Wo waren sie da gewesen, seine Löwenbrüder und -schwestern? Und dann hatten sie ihn in den Rabenturm abgeschoben, weil mit einem saufenden Krüppel nichts mehr anzufangen war.

Drustan lehnte sich an den Türrahmen und zupfte an seinen Kleidern. Er hatte sich mit Wein bekleckert. Es sah aus, als käme er geradewegs aus einer Schlacht. Seine Hand tastete nach den Pistolengriffen in seinem Gürtel .... Vielleicht sollte er einfach allem ein Ende machen? So oft hatte er schon daran gedacht. Seine Hand schloss sich fest um den mit Perlmutt eingelegten Schaft. Ein Augenblick, und all sein Schmerz könnte vorüber sein. Warum war sie gegangen? Er dachte an ihren Blick, als er ihr im Wald das Lied gesungen und auf Knien von seiner Liebe gestammelt hatte.

Dieser Blick hatte ihn im Innersten berührt. Er hatte geglaubt, wirklicher Liebe begegnet zu sein. Und wenn sie doch nur schon zum Festplatz gegangen war? Aber sie hatten doch abgesprochen, dass er sie in ihrem Zimmer abholen würde. Gemeinsam mit den Novizen wollten sie zum Festplatz gehen … Warum war sie nicht hier? Welche andere Antwort konnte es darauf geben, als dass sie alles an sich gerafft hatte, um dann zu fliehen?

Drustan trat auf den Flur. Er hatte geschworen, vor keiner Schlacht davonzulaufen. Dies war heute sein schwerster Kampf. Er musste zu den Novizen.

Vorsichtig tastete er sich die Treppe hinab. Stechender Schmerz hatte sich direkt hinter seiner Stirn eingenistet.

Der Burghof war mit Soldaten überfüllt. Die verdammten Andalanen … Sie wollten seinen Löwen ein Ehrengeleit geben. Sie störten. Eine Hochzeit unter Novizen war immer eine Angelegenheit, die der Orden unter sich allein ausmachte.

»Mach Platz, Bursche!« Grob schob er einen Pikenier zur Seite, der seinen Kürass mit einem schmuddeligen Tuch polierte.

Der Soldat war mindestens genau so alt, wie er es war. Der Kerl bedachte ihn mit einem finsteren Blick, sagte aber nichts. Sollte er nur … Drustan war in der Stimmung, sich zu streiten. Ein Duell wäre ihm jetzt gerade recht. In seinem Zustand würde er niemals gewinnen. So konnte er sich die Schande ersparen, eine Waffe gegen sich zu richten.

Er würde sein Leben in Gottes Hand legen. Wenn Juztina draußen auf der Wiese war, dann würde alles wieder gut werden. Vielleicht war sie ja wirklich zum Altar vorgegangen. Oder Lilianne würde sie anschleppen. Wer wusste schon, was Weiber an ihren Hochzeitsmorgen trieben! Aber wenn sie nicht dort war … dann gab es genug junge Hitzköpfe, die er zu einem Duell provozieren konnte. Ein Ritter müsste es schon sein. Er würde sich mit niemandem schlagen, der von geringerem Stand war.

Überall waren diese verdammten Andalanen. In geordneten Kolonnen marschierten sie durch das Burgtor.

Drustan drängte sich rücksichtslos in ihre Reihen. Ihre Blicke waren ihm egal. Wie sie marschierten … Hinter dem Tor scherte er aus ihren Reihen aus. Kurz machte er ihren Marschtritt nach. Könnte er doch auch nur so in der Masse versinken wie diese gesichtslosen Soldaten. Nicht mehr er selbst, bloß eine Ameise.

Drustan brach in schallendes Gelächter aus. Jetzt wollte er schon eine Ameise sein! Er sah sich um. Lichte Nebelschwaden zogen über die Festwiese. Auf zwei großen Feuern brieten Ochsen. Die Flammen sogen den Nebel in sich auf.

Überall waren weiß gewandete Gestalten. Nebel, der sich zu Novizen und Rittern zusammenballte und sie wieder zu ziehendem Dunst werden ließ, wenn sie in eine der dichteren Schwaden hineingerieten.

Drustan versuchte sich zu orientieren. Wo war das große Sonnensegel, unter dem die verdammte Zeremonie stattfinden sollte? Er entschied, einer der weißen Gestalten zu folgen. Die meisten von ihnen bewegten sich in die gleiche Richtung. Sicher war er der Einzige hier, der betrunken war. Er musste kichern und war sich bewusst, dass ihn die Novizen in seiner Nähe anstarrten. Es war ihm peinlich, aber er konnte nicht damit aufhören.

Ein Windstoß zerteilte den Nebel. Wie durch Zauber geschaffen, erschien das Sonnensegel. Es stand keine zwanzig Schritt entfernt. Und Juztina war nicht dort. Einige junge Novizinnen, die Blumen werfen sollten, hatten sich bereits eingefunden. Ritter und Schüler drängten sich in einigem Abstand. Ein Chor war anwesend. Seltsam, dass René von seinen Silberlöwen fehlte, dachte Drustan. Für einen Herzschlag waren der Zorn und der Rausch von dem Magister gewichen. Er sah alles mit übernatürlicher Klarheit. So musste wohl Gott die Welt sehen. Nichts entging ihm. Kein Schlammspritzer auf einem Gewand. Nicht das Funkeln des Morgenlichts auf den schweren silbernen Kerzenständern des Altars. Nur die eine, die seine Augen so sehr zu sehen wünschten wie nichts sonst auf der Welt, die konnte er nicht entdecken. Juztina war nicht hier. Er lächelte zynisch. Sie hatte ihn zum Narren gemacht. Diese Schlampe aus Drusna ... Wie hatte er hoffen können, sie würde darauf verzichten, sich an ihm zu rächen?

Der Ritter, der ihm am nächsten stand, sah so aufreizend angespannt nicht in seine Richtung, dass kein Fluch hätte beleidigender sein können.

»Bin ich dir peinlich?«

Der Mistkerl antwortete nicht. Er starrte mit gesenktem Haupt auf das zertrampelte Gras. Der Ritter war hoch gewachsen, vielleicht ein bisschen zu schlank.

»Warum antwortest du nicht? Ist es unter deiner Würde, mit einem Krüppel zu reden?« Drustan legte seine Hand auf einen Pistolengriff. »Sag was! Los!«

»Nicht!«

Drustan blickte kurz auf. Michelle kam vom Altar her zu ihm herübergelaufen. Auch in die übrigen Ritter und Novizen in seiner Nähe war Bewegung gekommen. Die meisten wichen vor ihm zurück. Er musste jetzt schnell sein. Ein, zwei Herzschläge noch, dann würden sie ihn überwältigen.

»Du bist nicht der Sohn eines Mannes«, giftete Drustan. »Deine Mutter hat dich aus einem Haufen Pferdeschiss geknetet und dir von den Zauberern der Anderen Leben einhauchen lassen.« Der Magister tat einen taumelnden Schritt, und dann packte er den Kapuzenumhang des Kriegers. Mit einem Ruck riss er ihn dem Mann herunter. Was er sah, ließ Drustan schlagartig nüchtern werden. Zwischen sauber nach hinten gekämmten Haaren ragten spitze Ohren auf.

Der Magister wollte eine Pistole ziehen, doch ein unmenschlich schneller Schlag prellte ihm die Waffe aus der Hand. Er starrte in ein ebenmäßiges, bleiches Antlitz. »Du bist ein Narr«, sagte der Andere. Er beherrschte die Sprache der Kirche ganz ohne Akzent. Seine grünen Augen leuchteten an diesem diesigen Morgen. Sie waren von goldenen Sprenkeln durchsetzt.

»Er ist ein Elf!«, schrie Drustan. »Elfen sind unter uns! Tötet sie!«

DER RUF DER ELSTER

Jornowell ahmte den keckernden Ruf einer Elster nach und gab ihr ein Zeichen, sich tiefer in den Wald zurückzuziehen. Es war das Alarmsignal.

Auch Yulivee hatte gehört, was ihn aufgeschreckt hatte: das Knirschen von Karrenrädern. Nur Augenblicke später waren Stimmen zu hören und Lachen.

Über die Lichtung, auf der sie gelandet waren, führte ein Feldweg in Richtung der Burg am Seeufer. Und auf diesem Weg näherte sich ein ganzer Wagenzug. Der Nebel und der weiche, schlammige Weg hatten ihre Geräusche geschluckt. Nun war es zu spät, um noch über die Lichtung zu laufen. Ein böiger Wind war aufgekommen und zerriss den Nebel in breite Streifen. Die Gefahr, entdeckt zu werden, war zu groß.

Gemeinsam mit Jornowell zog sich Yulivee ins Dickicht zurück. Auf dieser Seite der Lichtung waren sie vielleicht zu zehnt. Der größere Teil ihrer Truppe verbarg sich auf der anderen Seite, näher bei der Burg. Und es konnte nicht mehr lange dauern, bis die zweite Welle unter dem Befehl Fenryls eintraf, um genau auf dieser Lichtung zu landen.

Yulivee tastete nach den Flöten in ihrer Bauchbinde. Nein, das würde nicht helfen. Die Menschen durften durch nichts auf sie aufmerksam gemacht werden. Dann wären sie am schnellsten vorüber.

Lautenklänge drangen aus dem Nebel. Und dann erschien ein bunt durcheinandergewürfelter Haufen aus Soldaten, die ihre schweren Arkebusen geschultert trugen und mit Weibern und Spielleuten scherzten. Ein junger Barde sang ein unflätiges Lied über einen Grafen, dessen viel zu junges

Weib und einen Pferdeknecht. Yulivee musste schmunzeln. Manchmal waren die Menschen wie Kinder. Und so sehr sie die Ritter unter dem Banner des Blutbaums auch verabscheute, diese hier gefielen ihr. Trotz ihrer Arkebusen wirkten sie überhaupt nicht kriegerisch. Sie zogen nicht in die Schlacht, sondern zu einem Fest. Am liebsten hätte sie einen Zauber gewirkt, der die Augen der Menschen blendete und ihnen vorgaukelte, sie sei eine der ihren. Die Zauberin war neugierig, wie sie ihre Feste begingen. Sie kannte die Feiern in Firnstayn und Drusna. Sie hatte an den Feuern der Kentauren getrunken und mit den Lutin getanzt, wenn sie die Geburt einer Hornschildechse feierten. Aber mit ihren geschworenen Feinden, den Kriegern des Blutgottes Tjured, zu feiern hatte in ihrer Vorstellung seinen ganz eigenen Reiz. Der Krieg gegen sie dauerte schon viel zu lange. Die Krieger und Kriegerinnen, die Ollowain um sich versammelt hatte, waren in Dutzenden Schlachten erprobt. Sie alle hatten Gräuel miterlebt, die ihre Seelen entstellt hatten. Sie vermochten in den Menschenkindern, die sich Tjured verschrieben hatten, nur mehr Feinde zu sehen. Dabei lachten und liebten sie wie Albenkinder.

Plötzlich geriet der Zug ins Stocken.

Yulivee sah aus den Augenwinkeln, wie Jornowell einen Pfeil aus seinem Köcher zog.

»Nicht«, flüsterte sie.

Ihr Gefährte zog eine Grimasse, die andeutete, dass er keinesfalls so dumm wäre, zu schießen.

Einer der Soldaten auf der Straße schwenkte etwas hoch über seinem Kopf.

Yulivee stockte der Atem. Der Kerl hielt eine riesige Adlerfeder in der Hand! Einige seiner Kameraden umringten ihn. Gelächter erklang.

Eine Frau in schillernd bunten Gewändern gesellte sich zu ihnen. Ein Gürtel aus dünnen Münzen begleitete jeden ihrer Schritte mit leisem Klingeln. Sie trug einen Rock und ein sehr kurzes Hemd, das ihren Bauch unbedeckt ließ. Langes rotes Haar wallte von ihren Schultern. Eine dicke, dunkle Rauchstange wippte in ihrem Mundwinkel. Yulivee hatte die Koboldspäher, die zwischen den Welten wanderten, davon erzählen hören. Sie waren sich uneins, welche Bedeutung es hatte, Stangen aus gedrehten Blättern im Mund zu tragen und ihren Rauch einzuatmen. Die Mehrheit hielt es für eine kultische Handlung, mit der man sich kasteite, um Tjured für Vergebung für irgendwelche Sünden zu bitten. Meistens wurden diese Blattstängelchen wohl während Festen geraucht. Yulivee hätte gern mal eines probiert.

Die Gruppe der Soldaten teilte sich vor der Frau. Sie zeigten ihr die Feder, die so lang wie ein Unterarm war. Plötzlich erklang Gelächter. Die Frau nahm das glühende Stängelchen aus dem Mund und blies dem Mann mit der Feder Rauch ins Gesicht. Im selben Augenblick griff sie ihm in den Schritt und schüttelte dann den Kopf.

Das Gelächter der Soldaten wurde noch ausgelassener.

Ein Elsterruf erklang.

Erschrocken fuhr Yulivee herum. Hinter ihnen im Wald nahte Gefahr!

EIN ZEICHEN GOTTES

»Wir müssen gehen!«, zischte Belinda und zupfte an ihrem Ärmel. »Sie fangen noch ohne uns an.«

Juztina blickte zu den bunten Glasfenstern mit den Heiligenbildern empor. Die meisten zeigten Märtyrer im letzten Augenblick ihres Lebens. Gesichter, gezeichnet von Schmerz und Verzückung, blickten zu ihr herab. Und sie gaben ihr keine Antwort.

Juztina kniete schon so lange auf dem kalten Steinboden, dass ihr die Knie schmerzten. Die Kälte war tief in ihr Innerstes gedrungen. Ihr klapperten die Zähne, als sie vielleicht zum hundertsten Mal die Fragen stellte, die sie so sehr aufwühlten. »Wird seine Liebe Bestand haben? Werde ich glücklich sein mit ihm? Gib mir ein Zeichen! Ich bitte dich, Tjured!«

»Dein Bräutigam wird sich noch eine andere suchen«, grummelte Belinda. »Komm endlich, dummes Ding. Du scheuerst noch dein Kleid durch, wenn du da weiter auf den Knien herumrutschst. Eine Schande um die gute Seide. Hör auf mich! Er liebt dich. Alle Männer sind geizig. Wenn er dir solche Geschenke macht, dann ist er ganz närrisch vor Liebe geworden. Welchen Beweis brauchst du noch? Jetzt steh endlich auf! Männer können es nicht leiden zu warten. Und schon gar nicht an ihrem Hochzeitstag.« Sie kicherte. »Und noch weniger in der Hochzeitsnacht. Weißt du, als ich …«

»Bitte, Belinda!« Juztina blickte ängstlich zu den Heiligen empor. In den Waldtempeln Drusnas hätte niemand es gewagt, so leichtfertige Reden zu schwingen. Die Götter waren dort stets nahe. Man spürte das. Sie halfen einem vielleicht nicht, waren taub für Dank und für Bitten. Aber sie waren da.

In den Tjuredtempeln war das anders. Hier hatte Juztina sich dem Gott noch nie nahe gefühlt. Ebenso wenig an anderen Orten ... Aber vielleicht lag es ja an ihr. Sie war als Heidin geboren worden. Vielleicht konnte sie Gott nicht wirklich nahekommen. Dabei brauchte sie so verzweifelt ein Zeichen. Sie hatte hier in Valloncour ihren Frieden gefunden. Sie war glücklich geworden in der kleinen Welt der Burgküche. War es richtig, den Ritter zu heiraten? So oft hatte er sie schlecht behandelt. Würde es wieder so werden? Oder hatte auch seine Seele endlich ihren Frieden gefunden?

»Er wird weg sein«, raunte Belinda ihr ins Ohr. »Komm endlich!«

»Drustan wird ein paar Augenblicke auf mich warten können. Verdammt, ich habe ihm doch versprochen zu kommen. Er weiß, dass ich ihn liebe.«

»Glaubst du, Herzchen? Mir scheint es ganz so, als ob du es selbst nicht recht wüsstest. Wenn du ihn nicht magst, dann überlass ihn doch mir. Für einen Kerl, der mir Perlen und Seide schenkt, mach ich jede Nacht die Beine breit und ...«

»Belinda! Genug!« Wieder sah sie ängstlich zu den Heiligen. Es hieß, sie wären so allgegenwärtig wie Tjured. Sie mussten es gehört haben. »Bitte, gnädiger Gott, schick mir ein Zeichen!«

»Tjured hat Besseres zu tun, als dummen, eingebildeten Gänsen ein Zeichen zu geben«, grummelte Belinda schmollend. »Ich gehe jetzt!«

Diesmal waren es keine leeren Worte. Juztina hörte die Schritte ihrer Freundin und dann das Geräusch der sich schließenden Tür. Sie war allein in der großen Burgkapelle. Tränen standen ihr in den Augen. Das Licht der Altarkerzen verschmolz zu grellen Punkten.

Juztina blinzelte. Sie war benommen vom schweren Weihrauchduft. Die Kerzen ... Eine von ihnen war fast heruntergebrannt. Nur noch eine Pfütze aus geschmolzenem Wachs, aus der ein winziger Docht ragte. Die Flamme flackerte. Sie würde jeden Augenblick verlöschen.

Juztina beschloss, langsam bis hundert zu zählen. Wenn die Flamme in dieser Zeit nicht verlosch, dann würde Drustans Liebe bis an ihr Lebensende reichen.

DIE FEDERN DER MAURAWAN

Luc blickte verstohlen zu Gishild. Sie ritt zu seiner Linken so dicht neben ihm, dass sich fast ihre Knie berührten. Wunderschön sah sie aus! Ein wenig blass ... Auch er war unruhig. Etwas mehr als eine Stunde noch, und sie beide wären Mann und Frau. Am liebsten hätte er sein Glück hinausgeschrien. Seine Brust schien ihm zu eng für all die Gefühle, die in ihm tobten. Er wollte sich über den Nacken seines Hengstes beugen und lospreschen. Den Wind auf dem Gesicht und in den Haaren spüren. Die Freude eines wilden Ritts genießen. Er musste an sich halten! Sie ritten in dichter Reihe. Die Silberlöwen. Ihre Wappenschilde und die schweren Helme hingen von den Sattelhörnern. Wie eine lebende Mauer waren sie.

Manchmal teilte sich ihre Front, wenn sie Bäumen auswichen. Wie das Wasser eines wilden Gebirgsbachs umflossen sie jedes Hindernis. Sofort schloss sich ihre Reihe dann wieder. Die kurzen Wimpel an ihren Reiterlanzen wippten leicht. Jeden schmückte der weiße Löwe vor schwarzem Grund. Joaquino hatte sie bei einer Näherin im Hafen anfertigen lassen und sie heute damit überrascht. Gewiss sahen sie sehr eindrucksvoll aus!

Luc konnte die beiden Enden ihrer kurzen Schlachtreihe nicht sehen. Sie verschwanden im Nebel. Lachen hallte vor ihnen. Hatten sie die Festwiese schon erreicht? Ein Lied ertönte. Er hörte nur Fetzen des Gesangs.

José stöhnte leise. »Wir haben uns im Nebel verirrt. Hört ihr das?«

Luc winkte ab. »Nur ein Lied. Der Festplatz muss ...«

»Das ist nicht einfach nur ein Lied«, rief Raffael lachend. »Das ist das Lied vom Knecht Fernando, der seinem Herrn tagsüber die Pferde zureitet und nachts gern einen Ritt mit seiner Herrin Serafina wagt.«

José nickte bestätigend. »Wo immer wir sind, wir sind nicht in der Nähe der Festwiese und des Hochzeitspavillons. So ein Lied würde der Primarch niemals dulden.«

»Und wenn er nicht in der Nähe ist?«, entgegnete Gishild lachend. »Ihr kennt doch Belinda und die anderen Küchenmägde. Denen ist nichts heilig.«

Luc erwartete, dass jemand eine Anspielung auf Gishilds Vergangenheit machen würde. Gerade sie sollte am wenigsten über Weiber reden, denen nichts heilig war. Er sah zu José. An seinem grässlichen, nach vorne gekrümmten Kinn wuchs der erste Flaum. Ein Bart würde ihn ansehnlicher erscheinen lassen. Wenn er noch etwas Fleisch auf die Rippen bekäme ...

Lucs Lanze verfing sich in niedrigen Ästen. Keckernd flog ein schwarzweißer Vogel auf.

»Eine Elster«, rief Gishild. »In meiner Heimat gelten sie als Glücksboten.«

Und in Lanzac hat man sie Diebe geschimpft, dachte Luc. So verschieden waren ihre beiden Welten.

Gishild sah ihn an. Ihre Linke strich über sein Knie. Sie lächelte. »Das ist ein gutes Omen.«

Luc beugte sich zur Seite und griff nach ihrer Hand. Sie war schwielig von den langen Wochen auf der Galeere und den zahllosen Fechtstunden. Es war eine harte Hand ... Er drückte sie sanft. »Ein gutes Omen«, wiederholte er ihre Worte und schalt sich in Gedanken einen Trottel. Warum fiel ihm nie etwas Kluges ein, wenn sie ihn so ansah? Ihr einfach nachzuplappern, was sie sagte ... Es war ein Wunder, dass sie ihn nicht für einen Narren hielt.

Ein Luftzug streifte seine Wange. Es gab einen dumpfen Laut. José stieß ein gurgelndes Röcheln aus. Etwas Warmes spritzte Luc ins Gesicht.

Josés Lanze fiel ins Laub. Er griff mit beiden Händen nach seiner Kehle. Ein langer, grau gefiederter Pfeil steckte in seiner Kehle. Blut schoss in pulsierenden Stößen aus der Wunde. Es spritzte über Lucs Umhang und lief in den Falten ab.

»Ein Angriff!«, schrie Raffael und senkte seine Lanze.

Die anderen Silberlöwen taten es ihm gleich. Immer wieder hatten sie das geübt. Die Neue Ritterschaft flüchtete nicht, wenn sie in einen Hinterhalt geriet. Sie griff an.

Gishild griff ihm in den Arm. »Zurück in den Wald!«, rief sie.

Luc machte sich los. Die anderen preschten schon davon.

»Nein! Wir müssen fliehen. Das ist ein Pfeil, wie die Maurawan sie verwenden. Siehst du die Eulenfedern? Sie lassen ihn lautlos fliegen.« Sie schwenkte ihre Lanze. »Zurück, Silberlöwen! Zurück!«

»Wer sind Maurawan?«

»Sie kommen, um mich zu holen. In Tjureds Namen, Luc! Folge mir nicht! Rette dich und die anderen! Sie sind nur meinetwegen hier.«

Er verstand nicht, was sie sagte.

José kippte aus dem Sattel. Zitternd lag er im aufgewühlten Laub. Er starrte Luc mit weiten Augen an. So viel Blut ... Seine Hände lösten sich von dem Pfeil. Noch immer sah er Luc an. Doch sein Blick war jetzt leer.

Luc riss an den Zügeln seines Hengstes. Er senkte die Lanze. Er würde Josés Mörder finden!

DIE PROPHEZEIUNG DES ADLERS

Der Wind frischte auf, wie Wolkentaucher es vorhergesehen hatte. Ausgerechnet jetzt! Ollowain blickte zurück. Der einarmige Ritter richtete sich auf.

»Ein Elf ist unter uns!«, schrie der Krüppel und zog eine zweite Pistole aus seiner Bauchbinde.

Der Schwertmeister drehte sich dem Ritter zu. Die Mündung der Waffe starrte ihn wie ein dunkles Auge an. Der Wind zerriss die treibenden Nebelbänke. Überall waren Ritter. Die meisten waren zu verblüfft. Oder glaubten sie den

Worten des Einarmigen nicht? Nur wenige hatten die Hand an der Klinge.

Ollowains Gedanken überschlugen sich. Wenn er jetzt fortliefe, dann würden sie dem Einarmigen glauben. Aber wenn er stehen bliebe, würde ebenfalls in Kürze offenbar werden, dass er kein Mensch war. Er hätte nicht so lange bleiben dürfen. So verzweifelt und gegen jede Vernunft hatte er sich gewünscht, Gishild hier unter den Rittern zu finden.

Der Schwertmeister sah es am Blick des Einarmigen, dass er schießen würde. Er reagierte schon einen Herzschlag, bevor die Flammenzunge aus der Mündung schlug. Die Kugel verfehlte ihn um mehr als zwei Handbreit.

»Stellt den Elfen!«, schrie der Einarmige wütend.

Langsam kam Bewegung in die Ritter.

»Wer bist du?«, rief einer der Krieger, der sein Rapier gezogen hatte.

»Ich bin Bruder Jean.« Ollowain ging dem Mann entgegen. Verdammter Wind. Er zerrte an den Umhängen und trug den Nebel davon.

»Welche Lanze?«, wollte der Ritter wissen.

Was war das für eine Frage? Plötzlich wurden rings herum Klingen gezogen. Er hätte sofort antworten müssen. Der Elf fluchte stumm. Dann zog auch er sein Schwert. Es war eine lange, schmale Klinge, fast wie bei einem Rapier. Doch sie mündete in einen klassischen Griff mit einer Parierstange und ohne schützenden Korb oder Bügel.

Ollowain begann zu laufen.

Der Ritter, der nach der Lanze gefragt hatte, war der einzige Gegner, der ihm näher als zehn Schritt stand. Er rannte direkt auf ihn zu. Mit hellem Klang berührten sich ihre Klingen. Der Ritter war schnell, aber nur ein Mensch. Er hatte die Kunst des Fechtens noch keine zwei Jahrzehnte studiert.

Ollowain drehte seine Klinge und stieß durch den Korb des Rapiers in die Hand des Gegners. Er spürte, wie der Stahl Fleisch, Sehnen und Knochen durchdrang.

Der Elf zog die Klinge zurück. Im Vorbeilaufen rammte er dem Ritter den Ellbogen vor das Kinn. Wo waren die anderen? Hatten sich die übrigen Späher schon zurückgezogen? Oder bewahrten sie kaltes Blut und blieben inmitten der Ritter?

Ollowain schlug einen Haken und wechselte die Richtung. Der rettende Waldrand konnte nur wenig mehr als zweihundert Schritt entfernt sein. Da war etwas im Nebel. Wie eine Hecke oder Mauer … Der Elf war verwirrt. Hatte er sich in der Richtung getäuscht?

Etwas funkelte im Sonnenlicht.

Die Nebelbank zerriss.

Ollowain blieb abrupt stehen. Wie eine lebende Mauer verstellte ihm eine dicht gedrängte Front von Soldaten den Fluchtweg.

»Haltet den Elfen!«, schrie der Einarmige hinter ihm.

»Erste Reihe, legt an!«, rief ein Offizier mit breiter roter Bauchbinde und grünen Federn am Helm.

Wohl hundert Arkebusen senkten sich klappernd auf Stützgabeln.

»Leg deine Waffe nieder, Elf!«, sagte der Befehlshaber der Soldaten mit ruhiger Stimme. Er machte zwei Schritt in Ollowains Richtung, hielt sich dabei aber aus der Schusslinie seiner Männer. Der Krieger hinkte leicht.

Ollowain atmete ruhig aus. Die Schützen waren etwas mehr als zwanzig Schritt entfernt. Er sah die dünnen Rauchfäden von ihren Lunten aufsteigen. Ein Wort des Offiziers, und sie würden in die Zündpfannen der Waffen niederfahren.

Der Schwertmeister entspannte sich. Er schätzte die möglichen Flugbahnen der Geschosse. Schon vor langem hatte er die Kunst gemeistert, Pfeilen auszuweichen, die er kommen sah. Aber hundert Bleikugeln?

»Die Waffe nieder!«, sagte der Offizier nun mit schneidender Stimme.

Die Arkebusenschützen standen drei Reihen tief. Und hinter ihnen erhob sich ein Spalier aus Hunderten Piken.

Ollowain spürte, wie sich die Ritter hinter ihm zurückzogen, um nicht in der Schusslinie zu stehen. Er wagte es nicht, den Blick von den Mündungen zu lassen. Er könnte es schaffen. Jetzt sah er zu dem Offizier. Ihn sollte er im Blick behalten.

»Dein Tod ist sinnlos, Elf. Gib auf!«

Der Schwertmeister presste die Lippen zusammen. Dann hob er seine Klinge zum Fechtergruß. »Lasst mich passieren, und ich werde kein Blut vergießen«, antwortete er in der rauen Sprache der Menschen. Die erste Salve fürchtete er nicht. Doch er musste unter ihnen sein, bevor die zweite Schützenreihe vortrat und schoss. Sie würde er nicht mehr sehen können, denn die Formation würde in dichtem Pulverqualm verschwinden.

»Die Waffe nieder!«, rief ihn der Offizier noch einmal an.

Ollowain begann zu laufen. In dem Tumult, der nun entstehen würde, konnten die anderen Späher entkommen. Er wusste, dass er die Mauer aus Menschen nicht durchbrechen konnte. Es lag nur noch in seiner Macht, seinen Gefährten zu helfen.

»Feuert!«

FENRYL

―――◇―❖―◇―――

Er sah, was die anderen Elfen noch nicht sahen, denn er sah mit den Augen des Adlers. Sie flogen zu hoch, um die Tragödie zu erfassen. Und wenn sie tiefer flogen, würden sie nicht mehr alles sehen.

Fenryl spürte den Herzschlag Wolkentauchers. Der König der Schwarzrückenadler trug ihn mit mächtigem Flügelschlag. Auch er hatte begriffen, was dort unten vor sich ging.

Was willst du tun?, drang die Frage des Adlerkönigs in seine Gedanken.

Fenryl sah die kleine Prinzessin. Sie war eine junge Frau geworden und trug nun die Gewänder der Ordensritter. Nach einem kurzen Zögern folgte sie ihnen beim Angriff auf die Elfen, die an Yulivees Seite waren. Was hatte das rebellische Mädchen so sehr verändert, dass sie sich auf die Seite ihrer Todfeinde schlug?

Wolkentaucher flog einen weiten Kreis. Die übrigen Adler folgten dem Manöver. In langer Linie glitten sie über das weite Tal hinweg, in dem die Burg lag.

Fenryl sah all die weiß gewandeten Kämpfer bei den Zelten, Kinder und Krieger. Es mussten Hunderte sein. Sie wuchsen aus dem zurückweichenden Nebel. Und er sah Ollowain. In so vielen Schlachten hatten sie Seite an Seite gekämpft. Und nun griff der Schwertmeister ganz allein die Schlachtreihe der Feinde an.

Etwas in ihm wollte einfach in den Himmel steigen. Winterauge wollte die Flügel ausbreiten. Er roch den heraufziehenden Sturm im Wind. Dies war kein Platz für Adler. Es war kein Kampf der Adler. Sollten die Erdläufer miteinander kämpfen in ihrer kleinen, beschränkten Welt. Ihnen fehlte der Blick der Adler. Sie sahen nicht das Ganze. Sie verstanden nicht, wie sinnlos das alles war. Die Starken fraßen die Schwachen, so einfach war das Gesetz der Welt. Und es war unverkennbar, wer hier die Starken und wer die Schwachen waren.

Winterauges Blick schweifte zum Pass. Er sah die Schwarzen kommen. Sie hatten schon den Wald am Fuß des Passes erreicht. Und er sah die Heerscharen, die an den verfallenen Nestern vorbeizogen, wie eine große Herde. Eine Herde, die alles zermalmen würde, was ihnen im Weg stand.

Wenn sie zu den schwimmenden Nestern zurückkehrten, dann würden sie den Sturm überstehen. Oder wenn sie Schutz in den Bergen suchten. Dort, wo die Erdläufer nicht hingelangen konnten. An jene Plätze, die allein den Himmelsherren vorbehalten waren.

Was willst du tun, Nestbruder?, hallte die Stimme des Königs in seinen Gedanken. Winterauge war stolz, vom Herrscher der Schwarzrückenadler Nestbruder genannt zu werden. Er spürte die Unruhe des Königs, und Winterauge wusste, dass der Herrscher genauso klar sah wie er. Warum fragte er noch? Es war so offensichtlich!

Die kleine Schar der weißen Reiter brach durch die dünne Linie der versprengten Elfen. Zwei von ihnen stürzten. Und Winterauge sah, wie ein langer Dorn einen Elfen an einen Baum nagelte.

Bilder längst vergangener Schlachten bestürmten Fenryl. Er hatte mit Ollowain in den Tunneln Phylangans gegen die Trolle gekämpft. Es war eine Schlacht gewesen, die nicht zu gewinnen gewesen war, und doch hatte der Schwertmeister nicht gezögert. Er hatte Carandamon verteidigt, Fenryls

Heimat – selbst dann noch, als alles verloren war. Er hatte dort auf einem vereisten Hang seine große Liebe verloren: Lyndwyn aus dem verruchten Geschlecht der Fürsten von Arkadien. Ollowain hatte niemals gezögert, den Weg der Ehre zu gehen.

Und Fenryl siegte über die Vernunft des Adlers. Er stieß einen langen, gellenden Raubvogelschrei aus.

Wir greifen sie an, die Erdläufer mit den langen Dornen und den Rauchstöcken. Der ganze Schwarm zugleich. In ihrem Rücken!

Wir sind nur fünfzig. Sie müssen weit über tausend sein. Und bald treffen neue Kriegerschwärme ein, gab der König der Adler zu bedenken.

Wir kämpfen nicht, um zu siegen, erwiderte Fenryl. *Siehst du die Prinzessin nicht? Wir haben längst verloren. Wir kämpfen nur noch um die Ehre.*

Drei starke Flügelschläge, dann ging Wolkentaucher in den Sturzflug über. Die Wiese stürzte ihnen entgegen. Fenryl schrie. Es war der Ruf der Freiheit der Adler. Er wusste, dass er seinen Elfenbrüdern unheimlich war, wenn er seiner zweiten Seele gehorchte. Aber er konnte das übermächtige Gefühl nicht beherrschen. Er wollte es nicht ...

Rauch quoll aus den dichten Reihen der Erdläufer. Fenryl sah Ollowain stürzen.

Wolkentaucher spreizte die Flügel und fing mit schnellen Schlägen den Sturz ab.

Der Elfenfürst wurde in das Gurtzeug unter der Brust des Adlers gepresst. Seine Hände fanden die Haken. Ein leises Klicken, und er fiel dem Gras entgegen.

Fenryl rollte ab und zog sein Schwert. Rings herum landeten die übrigen Elfenritter. Einige der Menschenkinder hatten sich umgedreht. Mit schreckensweiten Augen sahen sie die riesigen Adler und die Elfenkrieger. Einen Augenblick regierte Entsetzen. Dann erscholl ein Befehl in der groben Sprache der Menschenkinder, und Hunderte Piken senkten sich ihnen entgegen.

»Ollowain!«, schrie Fenryl. Und seine fünfzig Ritter stimmten in den Schlachtruf ein.

Lebe wohl, Nestbruder, hallte es in seinen Gedanken. *Ich werde der jungen Brut von dir erzählen, wenn der Sanhalla über die Snaiwamark zieht.*

PFEILE IM NEBEL

Eine blutige Pfeilspitze ragte aus seinem Hinterkopf. Ramon sackte seitlich aus dem Sattel. Kein Schrei kam über seine Lippen. Im Augenblick seines Todes war er stumm. Ramon, der ihn so viele Nächte mit seinem Schnarchen wach gehalten hatte.

Luc schrie an seiner Stelle. Der Bogenschütze griff in den Köcher, eine weiß gewandete Gestalt, schlank, mit schmalem Gesicht. Mit unheimlicher Ruhe zog er den Pfeil, obwohl Luc ihn schon fast erreicht hatte.

Er schwang die Lanze herum. Jetzt erst reagierte der Elf auf die Stahlspitze, die kaum noch zwei Schritt von seiner Brust entfernt war.

Luc wusste, dass der Elf nach links ausweichen würde, noch bevor sein Feind sich bewegte. Er hatte es im Gefühl. Ein kleiner Ruck. Er sah den Schrecken in den Augen seines

Feindes, als dieser erkannte, dass er sich der Lanzenspitze entgegenwarf, statt ihr auszuweichen.

Wieder ein Ruck. Luc wurde die Waffe aus der Hand gerissen. Der Elf wurde gegen eine Eiche genagelt, so wie ein Schmetterling, den man auf eine Nadel aufspießte, um sich noch im Winter an den herrlichen Farben seiner Flügel zu erfreuen.

Wo war Gishild? War sie nicht mit ihm losgeritten? Luc blickte über die Schulter. Verfluchter Nebel. Der Wind zerrte ihn in langen, wogenden Bahnen zwischen den Bäumen hervor. Aber er war noch launisch, seine Macht war nicht gänzlich gebrochen. Manchmal verhüllte er Dinge, die nur wenige Schritt entfernt lagen, und gewährte dann wieder weite Blicke.

»Gishild!«

Er hörte das Schreien von Kriegern, den Schlachtruf seiner Silberlöwen. Doch Gishild antwortete ihm nicht.

Sein Pferd bäumte sich auf. Ein Pfeil hatte es im Auge getroffen. Hellrotes Blut ergoss sich über das weiße Fell. Wie von der Faust eines Trolls getroffen, sackte es zur Seite. Luc riss die Füße aus den Steigbügeln und rollte rücklings aus dem Sattel. Er schlug hart auf einer Wurzel auf. Halb benommen sah er den Elfen. Noch ein verfluchter Bogenschütze! Bei ihm war eine Frau. Sie sah seltsam aus. Im Gegensatz zu dem Krieger war sie nicht für die Schlacht gewandet. Sie trug eine weite Hose. In einer Bauchbinde steckten Flöten.

Luc schüttelte benommen den Kopf.

Der Elf hob den Bogen.

Ein Pferdeschweif schlug Luc ins Gesicht.

»Schnell!«

Gishild parierte ihre Stute und streckte ihm die Hand entgegen. »Komm!«

»Nicht!« Sie hatte sich zwischen ihn und den Schützen gestellt. Ein Schauder überlief Luc. Nicht auch sie!

»Mach schon!«, herrschte sie ihn an.

Er ergriff ihre Hand und schwang sich hinter ihr in den Sattel. Flüchtig sah er, wie die Elfe dem Bogenschützen in den Arm gefallen war. Sie hatte den tödlichen Schuss abgewendet. Warum? Und was machte eine Flötenspielerin auf einem Schlachtfeld?

Gishild gab der großen Stute die Sporen. Sie setzte über einen gestürzten Baumstamm hinweg und brach durch lichtes Gebüsch.

Ein Mann, umgeben von Flammenzungen, tauchte wie aus dem Nichts auf.

Gishild riss die Stute herum.

Ein Bild! Sie hatten eine Lichtung voller Gauklerkarren erreicht. Ein Arkebusenschütze lief ihnen entgegen. Grüne Federn wehten von seinem Hut. »Was geschieht hier, Herr? Was …« Ein Pfeil durchschlug sein Lederwams. Er war von der anderen Seite der Lichtung gekommen. Sie waren umzingelt!

»Fahrt die Wagen zusammen!«, rief Luc. »Bildet eine Wagenburg!«

Arkebusenschüsse krachten.

Luc sprang aus dem Sattel und kletterte auf einen Kutschbock. Er nahm dem schreckensstarren Kutscher die Zügel aus der Hand. »Los, Gishild. Übernimm eine andere Kutsche. Wir brauchen Deckung. Schnell!«

Wie um seine Worte zu unterstreichen, traf den Kutscher ein Pfeil in die Brust.

Gishild preschte den Wagenzug entlang, und Luc drosch mit den Zügeln auf die nervösen Kutschpferde ein. »Ho! Bewegt euch.«

Schwerfällig rollte der große Gauklerwagen an.

Eine Frau mit langem schwarzen Haar riss ein Kind in ihre Arme, das in blinder Panik den Kutschpferden entgegenlief.

Weitere Schüsse fielen.

Luc brachte den Wagen aus der Fahrspur des breiten Lehmwegs, der die Lichtung teilte. Weiter vorn scherte eine weitere Kutsche aus der Kolonne. Gishild ritt die Reihe ab und rief den Kutschern Befehle zu.

Zwei weitere Wagen verließen den Weg. Luc sah, wie Joaquino und Raffael die Arkebusiere und das Gauklervolk in das Innere des langsam entstehenden Kreises trieben.

Luc riss den Bremshebel hoch. Der Eisenbeschlag der Kutschräder kreischte. Ruckend kam der schwere Wagen zum Stehen.

René rief mit seiner Knabenstimme Befehle. Er hatte ein verletztes Kind vor sich im Sattel und winkte den Letzten mit seinem Rapier zu, damit sie sich in die Sicherheit der Wagenburg zurückzogen.

Luc sprang von der Kutsche. Die Gaukler spannten die Pferde aus. Dutzende Hände griffen in die Speichen der hohen Räder, um die Wagen noch dichter aneinander zu bringen.

René trieb seinen Hengst an. Mit einem weiten Satz sprang das große Pferd über eine Deichsel hinweg.

Erleichtert sah Luc, dass Gishild bei einer Gruppe Frauen und Kinder war. Sie wies die Gaukler an, unter den schweren Wagen Deckung zu suchen und sich flach in das nasse Gras zu legen.

»Nimm das Kind!« René beugte sich tief aus dem Sattel und ließ ein kleines, rothaariges Mädchen in Lucs Arme gleiten. Dann stürzte der Novize mit der Knabenstimme.

Sein weißer Umhang war blutdurchtränkt. Ein Pfeil ragte aus seinem Rücken.

Luc setzte das Mädchen ab. »Kannst du stehen?«

Die Kleine sah ihn mit angstgeweiteten grünen Augen an. Sie brachte kein Wort hervor. »Du kannst doch stehen, nicht wahr?« Er begriff, dass das Blut auf ihrem Kleid von René sein musste.

Arkebusen spuckten Flammenzungen. Joaquino hatte den Befehl über eine Gruppe der Schützen übernommen und organisierte die Verteidigung.

Pulverdampf brannte in Lucs Augen. Das Mädchen war im Tumult verschwunden.

»Mario! Mario!« Ein Weib mit schriller Stimme schrie immer wieder diesen Namen.

Luc erschien all das, was rings herum geschah, plötzlich seltsam unwirklich. Der Lärm einer Arkebusensalve, die nur ein paar Schritt entfernt abgefeuert wurde, dröhnte in seinen Ohren und machte ihn halb taub. Heute war doch sein Hochzeitstag. Sie waren im Tal der Türme! Wie war er auf dieses Schlachtfeld gelangt? Das alles erschien ihm wie ein schrecklicher Traum.

Er starrte auf René, der zu seinen Füßen lag. Schaumiges Blut troff von seinen Lippen.

Luc kniete nieder. Der Pfeil musste Renés Lunge verletzt haben. Luc hatte so etwas schon einmal gesehen. In blutigen Anatomiestunden ... Er erinnerte sich an einen großen Hund mit honigfarbenem Fell, dem ein Magister einen Dolch in den Rücken gestoßen hatte, um die Folgen einer Lungenverletzung zu zeigen. René würde durch sein eigenes Blut erstickt werden.

Der Pfeil musste heraus! Er musste Blut ablaufen lassen, damit René wieder atmen konnte. Verfluchtes Kettenhemd.

Mit zitternden Händen machte sich Luc an der Rüstung zu schaffen.

»Ich muss gehen.«

Gishild stand vor ihm. Ihr weißer Umhang war mit Blut und Schmutz besudelt. »Ich muss gehen«, sagte sie noch einmal mit tonloser Stimme. »Das alles geschieht um meinetwillen. Sie werden mit dem Morden aufhören, wenn sie mich haben.«

Luc sah sie an. Er begriff nicht. Renés warmes Blut floss ihm über die Hände.

Sein Kamerad würde sterben, wenn er ihm nicht sofort beistand. »Du musst mir helfen ...«

Sie schüttelte langsam den Kopf. »Nein, jeder Augenblick, den ich bleibe, kostet weitere Leben.« Sie stieg über die Deichsel der Kutsche.

»Nein!«

Luc sah ihr nach. Dann blickte er in Renés Antlitz. Sein Gefährte war leichenblass. Die Lippen zitterten. Er brauchte ein Wunder!

Luc schloss die Augen. »Bitte, Tjured, gib mir Kraft!« Er wollte Gishild folgen. Aber er konnte seinen Kameraden doch nicht einfach verbluten lassen.

»Gib mir Kraft!« Luc warf den Kopf in den Nacken und schrie den Himmel an.

UNBEDACHT

Ollowain warf sich ins Gras, einen Herzschlag, nachdem der Offizier den Schießbefehl gab. Der Lärm der Arkebusen war so ohrenbetäubend wie Donner. Der Schwertmeister hörte das leise Sirren der Kugeln, die ihn nur knapp verfehlten.

Kleine Schlammfontänen spritzten hoch, wo sich Geschosse in den weichen Boden gruben. Manchmal liebte er die Ordenstruppen für ihre Disziplin, dachte Ollowain, als er aufsprang. Die ganze erste Reihe hatte in einer gemeinsamen Salve auf ihn geschossen. Einzelschüsse wären viel gefährlicher gewesen. Mit dieser Strategie mochte man eine gegnerische Schlachtreihe zum Stehen bringen, aber nicht einen Elfenritter, der ausgebildet war, auf sich allein gestellt zu kämpfen.

Er stürmte der Mauer aus wogendem Rauch entgegen, in der die Arkebusenschützen nur als vage Schatten zu erkennen waren. Ollowain wusste, was dort geschah. Die zweite Schützenreihe trat vor. Ein paar Augenblicke noch, dann würde die nächste Salve abgefeuert werden.

Der Elf zückt sein schlankes Schwert und den Parierdolch.

»Zweite Reihe, legt an!«, ertönte erneut die Stimme des Offiziers.

Ollowain trat in den Rauch. Der Pulverdampf brannte in seinen Augen. Der Schwefelgestank des Devanthar lag über dem Schlachtfeld. Emerelle war sich sicher, dass ihr dämonischer Erzfeind den Menschenkindern das Schießpulver zum Geschenk gemacht hatte. Sein Geruch haftete an diesem Fluch.

Klappernd legten sich die Arkebusen auf die Stützgabeln. Eine Waffe schlug dem Elfen fast ins Gesicht. Er drückte sie mit dem Griff des Parierdolchs zur Seite.

»Der Elf ist ...«

Ein Hieb mit dem Dolchknauf ließ den Alarmruf des Kriegers verstummen. Der Pulverqualm war nicht dicht genug, um Ollowain vor den Schützen zu verbergen, die in seiner unmittelbaren Nähe standen.

»Er ist hier! Der Elf!«, rief jetzt ein anderer.

Die Schützen standen in offener Ordnung, sodass die nächste Reihe gut vorrücken konnte, wenn sie nach vorne gerufen wurde, um ihre Salve abzufeuern. Durch diese Lücken schlüpfte Ollowain.

Einige der Krieger ließen ihre schweren Feuerrohre fallen und zogen kurze Schwerter mit breiten Klingen. Sie erinnerten den Elfen in ihrer grobschlächtigen Art an Metzgermesser. Geschaffen, um Gliedmaßen zu zerhacken und Knochen zu zertrümmern. Geeignet für den Kampf im dichten Gedränge, wo man allzu bald mit einem Schwert nicht mehr richtig ausholen konnte.

Ollowain duckte sich und durchbohrte mit dem Rapier den Fuß eines Kriegers, der ihm den Weg verstellen wollte.

»Er ist unter uns! Der Elf ist hier!«, erklangen nun Schreckensrufe von allen Seiten.

Die Arkebusenschützen wichen vor Ollowain zurück. Der Rauch der ersten Salve wurde vom Wind davongetragen. Schatten glitten über ihnen hinweg, doch der Schwertmeister konnte nicht zum Himmel blicken. All seine Kunstfertigkeit musste er aufbieten, um den funkelnden Pikenspitzen zu entgehen, die ihm aus den hinteren Reihen der Formation entgegenstachen. Er duckte sich, wich aus oder rettete sich durch schnelle Schwerthiebe.

Eine Stahlspitze schrammte über seinen Leinenpanzer. Er blockte einen Schlag ab, der auf seinen Rücken zielte. Schwertkämpfer mit kurzen, kopflastigen Haumessern und stählernen Bucklern traten aus den Reihen der Pikeniere hervor. Ein mörderischer Klingentanz begann. Ihre kleinen Schilde setzten die Schwertkämpfer ein, um seine Hiebe abzulenken oder ihm heftige Stöße zu versetzen.

Ollowain ließ sein Rapier fallen und griff nach dem Kurzschwert eines gefallenen Kriegers. Der Kreis um ihn war zu eng geworden. Mit der kürzeren Waffe könnte er sich besser wehren.

Es war unbedacht gewesen, sich in eine Formation aus tausend Kämpfern zu stürzen. Ganz gleich, wie viele er tötete, sie würden ihn mit ihrer schieren Masse erdrücken. Immer enger schloss sich der Kreis aus Klingen um ihn.

Die Pikeniere stachen über die Köpfe der Speerträger hinweg. Einige hatten sich tief niedergebeugt und versuchten, ihn mit ihren langen Waffen an den Beinen zu treffen oder zumindest zum Straucheln zu bringen.

Immer schneller spielte das Lied der Klingen. Ollowains Atem ging stoßweise. Lange würde er nicht mehr durchhalten.

Er duckte sich, stach einem jungen, blonden Kämpfer in die Leiste. Der Mann wich schreiend zurück. Er würde verbluten ... Sofort schloss sich die Lücke wieder.

Ein Pikenblatt zerschnitt ihm den Stiefel. Er machte einen Satz nach oben, trat auf einen Pikenschaft, stieß sich ab, schnellte weiter in die Höhe, landete auf den Schultern zweier Krieger und trat einem dritten ins Gesicht. So dicht standen seine Gegner, dass sie ihm nicht ausweichen konnten. Er war gefangen in einem riesigen Körper, geformt aus tausend Kriegern.

Hände zerrten an seiner Hose. Er stieß die Klingen nieder, zerhackte Fleisch und Knochen und blieb ständig in Bewegung. Ihre langen Waffen behinderten die Pikeniere. Doch die ersten ließen jetzt ihre unhandlichen Piken fallen und zückten Dolche.

Befehle wurden gebrüllt.

»Hundert Silberstücke für den, der den Elfen absticht!«, brüllte ein Offizier.

Eine Pistole krachte. Die Kugel streifte Ollowains Wange. Er taumelte. Und sofort packten ihn erneut Hände. Er wurde von den Schultern gezerrt. Benommen hieb der Elf um sich.

Plötzlich wichen die Leiber auseinander. Und wer nicht entkommen konnte, der wurde niedergestreckt.

Ein wilder Raubvogelschrei übertönte den Kampflärm.

Ollowain sah Panik in den Gesichtern, in denen sich eben noch Triumphgefühle gespiegelt hatten. Eine Hand streckte sich ihm entgegen. Er wollte im Reflex zuschlagen, da erkannte er den Krieger in dem weißen Federumhang. Fenryl!

»Du siehst aus, als hätte jeder der Erdläufer einmal auf dich draufgetreten.«

Ollowain war zu erleichtert, um darauf zu antworten. Eine Schar Elfenkrieger hatte eine Gasse in die Formation der Menschen geschlagen.

»Beeil dich! Wenn sie merken, wie wenige wir sind, werden sie uns rupfen.«

»Zum Wald. Da sind die anderen.«

Fenryl bewegte ruckartig den Kopf. »Hörst du das?«

Jetzt vernahm auch Ollowain ein fernes, langsam anschwellendes Donnern.

»Pistoliere. Und ihnen folgen noch einmal mindestens

zweitausend weitere Erdkriecher. Aber zumindest können wir uns im Wald Gishild greifen.«

Ollowain sah seinen Gefährten überrascht an. »Sie ist also nicht im Kerker.«

Fenryl zögerte kurz. Dann schüttelte er den Kopf. »Es wird dir nicht gefallen.«

Der Schwertmeister nahm das Rapier eines Toten an sich. Auch dies war eine plumpe, schlecht ausgewogene Waffe.

Die Menschen hatten indessen erkannt, wie wenige sie waren. Offiziere riefen Befehle und versuchten Ordnung in ihre versprengte Truppe zu bringen.

Ollowain begann zu laufen. Er spürte, wie der Boden unter seinen Füßen erzitterte. Vom Festplatz her rollte ihnen eine dunkle Flut entgegen. Die Schwarze Schar. Sie zogen ihre riesigen Pistolen und stützten sie gegen ihre Schultern ab. Sie waren weniger als dreihundert Schritt entfernt.

Die Pikeniere wichen zurück, um bei dem Gemetzel, das kommen musste, nicht im Weg zu stehen. Ollowain blickte zum Wald. Der größte Teil seiner Krieger würde es nicht mehr bis dorthin schaffen.

Rings herum auf dem Boden lagen weggeworfene Waffen. »Hebt die Piken auf!«, befahl er. Es war nur eine letzte verzweifelte Geste. Aber sie würden sich nicht einfach niederreiten lassen.

DAS GRAUEN

Yulivee spürte das Grauen. Es war wie auf dem Krönungsfest Roxannes. Nur dass sie damals ahnungslos gewesen war. Jetzt fühlte sie es kommen. Die Macht, die alle Magie verschlang. Die der Welt ihren Zauber nahm, sie entleerte ...

Yulivee griff nach Jornowell. »Zurück!«

»Was ...«

»Zurück!«, herrschte sie ihn an. Sie tastete nach der Flöte. Der dunklen, steinernen Flöte, geschaffen aus dem Vulkanglas von Phylangan. Sie wollte der Kraft entgegentreten und zugleich zurückweichen. Sie wollte ... Gishild! Das Mädchen trat zwischen den Wagen hervor. War sie es?

Ein Schrei erscholl von der anderen Seite der Lichtung. Der Schrecken des Krönungsfestes!

Yulivee wich zurück. Sie wusste, dieser Macht hatte sie nichts entgegenzusetzen. Noch ein Schrei.

Jornowell sprang auf. Er ließ den Bogen fallen. »Was geschieht hier?« Er taumelte, griff sich mit beiden Händen an den Kopf. Yulivee packte seinen Umhang und riss ihn zu sich heran.

Gishild war wie in Trance. Sie schien die Schreie gar nicht zu bemerken. Sie blickte durch sie hindurch. Ging wie eine Schlafwandlerin.

»Tut *sie* das?« Jornowell schrie. Seine Stimme war heiser, er zitterte am ganzen Leib. »Tut *sie* das?« Er versuchte nach seinem Dolch zu greifen, doch seine Hände zitterten so sehr, dass er ihn nicht zu fassen bekam.

Yulivee zog ihren Gefährten weiter zurück. Sie spürte, wie sich alles entleerte. Das Land war schon tot gewesen ... Doch ihre Gefährten waren auf der anderen Seite der Lichtung. Yulivee war mit ihnen verbunden. Sie teilte ihren Schmerz. Alles war anders als auf dem Krönungsfest. Mächtiger ... tödlicher.

Und dann war es vorbei.

»Was war das?« Jornowell schlotterte noch immer am ganzen Leib. »Es hat in mich hineingegriffen.«

Yulivee legte ihm sanft die Hände auf die Schultern. Sie atmete aus und wollte das Grauen mit ihrem Atem entweichen lassen.

»Was ...«

»Ruhig«, flüsterte sie in das Ohr des Kriegers. Und sie schämte sich zugleich, denn sie wusste, sie benutzte ihn, um sich selbst fassen zu können.

»Ruhig.« Sie strich durch sein Haar.

Gishild hatte sie fast erreicht. Jetzt endlich erkannte das Mädchen sie. »Hört auf!«

Das war grotesk! »Wir sind nicht ...«

»Ich bin hier. Ihr könnt mich haben. Hörst du mich, Silwyna? Lasst das Töten! Ich komme mit euch. Aber macht dem Töten ein Ende.«

»Ist sie verrückt?«, flüsterte Jornowell. Seine Stimme klang immer noch heiser, aber er hatte aufgehört zu zittern.

»Ich weiß es nicht«, entgegnete Yulivee. Vor ihr stand nicht mehr die Gishild, die sie einmal gekannt hatte. Vor ihr stand eine Ritterin im Gewand des Blutordens!

»Bringt mich zu Silwyna!«, beharrte das Mädchen.

Sie wusste es nicht. Yulivee zögerte. Sie wollte der Kleinen nichts vormachen. Aber das war nicht der Augenblick, es ihr zu sagen. Sie streckte ihr die Hand entgegen. »Komm mit!«

Die Prinzessin nahm ihre Hand. »Erinnerst du dich an mich?«

Gishild starrte sie an. »Natürlich.«

Jornowell winkte den übrigen Elfen, die es mit ihnen auf diese Seite der Lichtung verschlagen hatte. »Wir ziehen uns zurück.«

Yulivee vermochte den Blick nicht von Gishild zu wenden. Sie suchte nach dem Kind, das von den Ordensrittern entführt worden war. Es musste doch etwas von jener Gishild in ihr geblieben sein! Von der übermütigen Ausreißerin, die manchmal ganz plötzlich still und in sich gekehrt wurde. Von dem Mädchen, das seit dem Tod des Bruders eine viel zu schwere Last hatte tragen müssen.

Sie zogen sich zurück. In weitem Bogen umrundeten sie die Lichtung. Der Kampflärm dort war verstummt. Doch in der Ferne erklangen Schüsse. Die Schlacht war noch nicht vorüber. Sie hatten Gishild! Sie konnten den Angriff abbrechen. Sie sollten sich zurückziehen!

»Gishild!«

Yulivee blickte zurück. Ein junger Ritter war vor die schützende Wagenburg getreten. Er konnte sie im Unterholz nicht sehen. Er blickte dorthin, wo Gishild in den Wald getreten war. »Gishild!«, rief er erneut.

Jornowell führte sie fort von der Lichtung in Richtung der Festwiese.

Gishild leistete keinen Widerstand. Sie blickte nicht einmal zurück, als der junge Ritter ihren Namen rief. Aber Yulivee sah die Tränen in ihren Augen, und sie ahnte, was die Prinzessin so sehr verändert hatte.

Schweigend schritten sie durch den Wald. Dann fanden sie die ersten Toten. Jene, die dem Grauen nicht entkommen waren. Yulivee hatte sie alle gekannt … Die verschworene Gemeinschaft der Elfenritter. Ollowains Helden. Doch die Gesichter der Toten waren so entstellt, dass sie ihr Fremde geworden waren. Es waren Fratzen der Angst. Sie konnte nicht hinsehen.

Jornowell kniete neben jedem von ihnen nieder. Die Rüstungen und Waffen verrieten ihm, wer dort lag. Er drückte ihre Augen zu.

Yulivee beobachtete Gishild genau. Das Mädchen betrachtete die toten Elfen kaum. Galten ihre Gedanken allein dem Ritter, den sie zurückgelassen hatte? Hatte sie vielleicht auch Anteil an dem Grauen gehabt? Sie war Yulivee unheimlich!

Die Überlebenden von dieser Seite der Lichtung schlossen sich ihnen an. Sie waren stumm. Es war schrecklich zu sehen, wie die Ereignisse sie verändert hatten. Keiner sagte etwas. Ihre Gesichter waren ohne Regung, Masken, hinter denen sie ihre Angst verbargen. Und ihre Wut.

Yulivee zog Gishild näher zu sich heran. Die anderen Elfenritter verachteten Gishild, weil sie das Ordenskleid trug. Sie schwiegen, aber ihre Blicke ließen keinen Zweifel an ihren Gefühlen.

Sie waren gekommen, um ein armes, eingekerkertes Mädchen zu befreien. Und gefunden hatten sie eine Verräterin, die zum Feind übergelaufen war.

In der Ferne war ein Donnern zu hören. Ein Geräusch wie von den Büffelherden des Windlands. Ein Laut, der einem tief in den Bauch fuhr.

Jornowell hob die Hand. Sie alle verharrten. Und dann sah Yulivee, warum sie angehalten hatten. Durch die Bäume hindurch konnte man die Festwiese sehen. Ollowain und die Überlebenden der zweiten Angriffswelle hatten einen Verteidigungskreis gebildet. Sie hatten die Piken der Menschen an sich genommen und reckten sie vor, wie ein Igel seine Stacheln.

Und es war keine Büffelherde, die im Galopp über die Wiese eilte. Hunderte Reiter stürmten heran wie eine schwarze Flut. Und Yulivee wusste, die kleine Schar würde in dieser Flut untergehen.

MEUTEREI

Brandax traute seinen Augen kaum. Von diesen verfluchten Rittern und ihren Kriegern gab es mehr als Kaulquappen in einem Frühlingsteich. In der Ferne sah er, wie Marschkolonnen den großen See erreichten.

Der Kobold spürte die Gedanken von Steinschnabel. Sein Gefährte dachte an den Schrecken in den Augen eines Büffelkalbs, wenn der Schatten eines Riesenadlers über eine Wiese glitt.

»Du hast recht«, brummte der Kobold. »Egal wie tapfer sie sind, sie werden untergehen. Wir müssen tiefer hinab.«

Brandax griff nach einem Bündel von Stahlbolzen, die rings herum im Tragegeschirr festgezurrt waren. Er hatte Ollowain versprochen, sie nicht zu benutzen, aber wenn er sich an den Befehl des Schwertmeisters hielt, dann würden Ollowain und seine ganzen verdammten Elfenritter in den Boden gestampft werden.

»Tiefer!«, schrie er gegen den Flugwind an, der auf seinem Gesicht brannte. Steinschnabel hätte ihn auch verstanden, wenn er gar nichts gesagt hätte, aber er musste schreien, um seiner Wut und Verzweiflung Luft zu machen. Woher kamen die ganzen Verstärkungen? Jemand musste sie verraten haben! Das also war der Lohn, wenn man Blütenfeen als Späher einsetzte.

Brandax öffnete das erste Pfeilbündel. Die schweren Stahlbolzen stürzten in die Tiefe. Ihre Spitzen richteten sich zum Boden hin aus. Durch den böigen Wind wurden sie ein wenig abgetrieben.

Steinschnabel fing seinen Sturzflug ab und gewann flügelschlagend wieder an Höhe. In langer Reihe folgten ihm die übrigen Schwarzrückenadler. Ein zweites Pfeilbündel wurde geöffnet, dann ein drittes.

Brandax musste den Kopf verdrehen, um zu sehen, was unter ihm geschah. Pferde strauchelten. Reiter rissen die Arme hoch. Wie eine Flut, die einen Küstenfelsen umspülte, teilte sich die Schwarze Schar vor dem kleinen Häuflein Elfen.

Die Mündungsfeuer von Pistolen blitzten. Es waren zu viele! Die ersten Elfen stürzten.

»Wir müssen runter!« Das einfach nur zu denken war Brandax zu kompliziert. Er war es gewohnt, seine Gedanken auch auszusprechen. »Keine Sturzflüge mehr. Flieg langsam über sie hinweg und schwing dich nicht sofort wieder in die Höhe.«

Das ist gefährlich, gab der Adler zu bedenken.

Brandax konnte nicht mehr an sich halten. »Soll ich dir sagen, was gefährlich ist, du verdammter Nestschisser! Dort unten auf der Wiese zu hocken und zu versuchen, mit diesen überlangen Zahnstochern ganze Heerscharen von Reitern aufzuhalten.«

Hüte deine Zunge, oder ich schüttele dich wie eine Laus aus meinem Gefieder!

»Nur zu! Lieber schlag ich mit meinem Schädel noch einen Ritterhelm ein, als zum Trupp der fliegenden Feiglinge zu gehören!«

Abrupt ging der Adler in den Sturzflug über.

»Nicht zu tief, du hirnloses Riesenküken!«, schrie der Kobold. »Die Stahlpfeile müssen ein Stück weit fallen, um aufzufächern und dann die beste Wirkung zu entfalten.«

Steinschnabel flog eine so enge Kehre, dass Brandax fürchtete, die Ritter nicht nur mit den Stahlpfeilen, sondern auch mit seinem Frühstück zu beehren. Der Kobold war sich sicher, dass der verdammte Adler das mit Absicht getan hatte.

Richtig!

Mit weit ausgebreiteten Schwingen flog Steinschnabel vielleicht fünfzig Schritt über der Reiterschar. Einige von ihnen zielten mit ihren Steinschlosspistolen zum Himmel.

Brandax löste ein neues Bündel Pfeile. Weitere Adler zogen nun im Tiefflug über die Reitertruppen hinweg. Etliche Pferde scheuten angesichts der gewaltigen Raubvögel und warfen ihre Reiter ab. Wie schwer der Schaden war, den die Stahlpfeile anrichteten, vermochte der Kobold nicht einzuschätzen. Die Reiter befanden sich längst nicht mehr in geschlossener Formation, und der größte Teil der Pfeile versank wirkungslos im weichen Erdboden.

Die Elfen um Ollowain waren inzwischen zum Gegenangriff übergegangen. Sie zerrten Pistoliere aus den Sätteln und machten sich beritten, um den Kampf Mann gegen Mann zu suchen, in dem sie ihren Feinden turmhoch überlegen waren.

Ein infernalisches Donnern ließ Brandax herumfahren. Unheimliches Sirren erfüllte die Luft. Steinschnabel zuckte. Blut troff von seinem rechten Flügel. Einer der Adler kippte vornüber und stürzte der Wiese entgegen.

Steinschnabel flog eine enge Kehre. Jetzt sah Brandax die Pikeniere und Arkebusiere. Sie hatten sich neu formiert. Und die Arkebusiere richteten ihre Waffen gen Himmel.

»Das ist unser nächstes Ziel«, rief der Kobold, doch Steinschnabel versuchte hektisch mit den Flügeln schlagend mehr Höhe zu gewinnen.

Der getroffene Adler prallte auf der Wiese auf. Ein Trupp Schwertkämpfer löste sich aus dem Verband der Pikeniere. Erbarmungslos hackten sie auf den großen Vogel ein. Sie zerrten den Kobold aus seinem Fluggeschirr und spießten ihn auf eine Pike, um ihn grölend den Adlern entgegenzustrecken.

»Wir müssen sie angreifen!« Brandax wusste, dass Steinschnabel ihn gehört hatte, doch der große Adler versuchte mit kräftigen Flügelschlägen weiter an Höhe zu gewinnen.

Unter ihnen spieen die Arkebusen erneut Flammen und Rauch. Mit hellem Klang prallte eine Kugel von einem Pfeilbündel ab. Lang gezogene Raubvogelschreie hallten über den Himmel. Brandax sah zwei weitere Adler bluten und einen seiner Gefährten reglos im Fluggeschirr hängen.

Wir müssen höher, klang Steinschnabels Stimme in den Gedanken des Kobolds. *Wenn die Erdläufer mit den langen Dornen nicht wären, dann würde ich hinabstoßen, diese Rauchspucker zerreißen und ihre Lebern fressen. Aber so ist es aussichtslos.*

Brandax musste einsehen, dass die Arkebusiere, die sich inmitten der Pikenträger aufgestellt hatten, zu gut geschützt waren.

Wieder krachte eine Salve unter ihnen. Verdammte Disziplin! Darin waren die Krieger, die dem Blutorden dienten, wirklich gut. Brandax hasste sie von ganzem Herzen!

Der Kobold sah Ollowain unter sich mit dem Schwert winken. Er versammelte die Elfen, die nun beritten waren, um sich. Etliche führten Pferde am Zügel. Sie hielten auf den Waldrand zu, um sich dort mit den Kriegern der ersten Angriffswelle zu vereinigen.

»Wir müssen verbergen, was sie tun! Wir sollten jetzt die Rauchtöpfe werfen«, schrie der Kobold gegen den heulenden Wind an.

Steinschnabel ließ die anderen Adler des Schwarms von ihrem neuen Plan wissen.

Die Arkebusenschützen unter ihnen feuerten immer noch aufs Geratewohl in den Himmel. Sie sollten die Adler in dieser Höhe eigentlich nicht mehr sehen können ... Brandax versuchte abzuschätzen, wie weit sie wohl über dem Boden flogen. Die Gestalten unter ihnen waren erschreckend klein geworden. Auf mehr als hundert Schritt ließ der Tarnzauber, den die ausgewählten Adler seines Schwarms beherrschten, sie mit dem Grau des Himmels verschmelzen. Aus dieser Höhe könnten sie ihre tödliche Fracht ganz ungefährdet auf die verfluchten Tjureddiener abwerfen. Allerdings würden die Stahlpfeile durch den Wind ein gutes Stück abgetrieben werden, und sie würden im Sturz weit auffächern. Sie waren tödlicher, wenn man sie aus geringerer Höhe einsetzte.

Der Flügelschlag des Adlers wurde ruhiger, schwerfälliger.

Wieder fauchten die Arkebusen gen Himmel. Brandax musste schmunzeln. Die verdammten Götzenanbeter zielten in die falsche Richtung. Sie konnten den Adlerschwarm nicht mehr sehen. Er wünschte, er wäre in der Lage, einen ähnlichen Zauber zu wirken. Ihm fielen Dutzende Gelegenheiten ein, wo diese Fähigkeit überaus praktisch wäre.

Ein Adler würde seinen Zauber niemals nutzen, um sich aus einer Trinkhütte davonzustehlen!

Brandax fluchte. Diese Gabe, in seinen Gedanken zu lesen, war überaus lästig. Was Steinschnabel wohl alles über ihn wusste?

Genug, um mir sicher zu sein, dass du es wert bist, von mir getragen zu werden.

Der Kobold schloss die Augen. Er war es leid, Antworten auf Dinge zu bekommen, die er nur gedacht hatte. Er versuchte, sich an Sirkha zu erinnern. Sie war das erste Weib gewesen, das mit ihm das Lager geteilt hatte. Eine Ewigkeit war das her ... Er konnte sich nicht mehr an ihr Gesicht erinnern, aber ihre wunderbaren großen Brüste sah er noch ganz deutlich vor sich.

Brandax lachte leise. Er konnte spüren, wie sich der Adler aus seinen Gedanken zurückzog. Ungefiedertes Fleisch interessierte ihn nur, wenn er es fressen konnte.

»Wir werden jetzt unseren eigenen Nebel machen.« Er sah, wie Ollowains Reiter den Waldrand erreichten. Sie verschwanden zwischen den Bäumen. Um hier lebend herauszukommen, brauchten die Elfen einen sicheren Landeplatz. Brandax wusste, wohin der Schwertmeister sich wenden würde. Er kannte Ollowain schon viele Jahre. Sie mussten ihm Deckung geben. Er würde jetzt alles daransetzen, so viele seiner Krieger in Sicherheit zu bringen wie nur möglich. Brandax kannte die Geschichten um Phylangan. Als sämtliche Krieger und Verwundeten schon auf die Eissegler gebracht worden waren, war er noch einmal hinabgestiegen zu den Magiern. Sie hatten sich geweigert, die Elfenfestung zu verlassen. Er hatte gegen ihre verbohrte Sturheit nichts ausrichten können. Aber die eine, die hatte er nicht im Stich gelassen. Er ließ nie jemanden zurück, der gerettet werden wollte.

»Die anderen müssen es wissen. Wir brauchen Rauch.« Er

wies zum Waldrand zurück. »Dort unten. Sie dürfen nicht sehen, wohin er sich wendet!«

Brandax öffnete einen der Haken seines Fluggeschirrs, um sich besser bewegen zu können. Die Rauchtöpfe waren weit hinten in einem Netz festgeschnallt. Wenn er nicht aufpasste, fielen sie alle auf einmal hinab.

Der Kobold griff in die Ledergurte und zog sich nach hinten. Nur ein einziger Haken hielt ihn jetzt noch unter dem Bauch des Adlers fest. Er holte den ersten Topf aus dem Netz, riss die lederne Verschlusskappe ab und ließ ihn fallen. Yulivee hatte dieses Zeug ersonnen. Der Kobold hatte keine Ahnung, was es war, Alchimie oder Magie ... Jedenfalls war es zuverlässig. Sobald man die Kappe abzog, qualmten die Töpfe zum Ersticken.

Brandax griff nach einem zweiten Topf. Da sah er den dünnen, roten Faden, den Steinschnabel hinter sich herzog. Blut rann durch sein Gefieder. Viel Blut!

Ist nur ein Kratzer. Ein kleines Kügelchen kann mich nicht umbringen. Fänge, Reißzähne, Schwerter und Lanzen ... Auch der Pfeil eines Maurawan. Aber doch kein kleines Kügelchen.

»Natürlich!« Brandax starrte auf das Blut. Wie eine dünne, nur fingerdicke Fahne tanzte es im Wind. Ein nicht abreißender Strom. Der Flügelschlag des Adlers war nicht ruhiger und schwerfälliger geworden, weil sie außer Gefahr waren.

Steinschnabel hatte die Flügel weit ausgestreckt und ließ sich vom Wind tragen. Sie kamen vom Kurs ab. Und langsam sanken sie tiefer.

Unten, entlang des Waldrandes, erhoben sich dichte Rauchschleier, dort wo die Tonkrüge zerschellten. Der Wald war den Blicken der Menschen entzogen. Und jene, die sich tiefer im Wald um die Wagen auf der Lichtung geschart hatten, wagten es nicht, den Elfen zu folgen.

Ein Zittern durchlief Steinschnabels mächtigen Leib.

Ich durchschaue dich, kleiner Federloser. Du bist gar nicht so, wie du tust.

»Du wirst jetzt sofort zurück zu den Schiffen fliegen, du verdammter, blutender Nestschisser. Du glaubst, du kennst mich? Einen Dreck weißt du von mir. Flieg!«

Ich käme nicht einmal mehr bis zu den Bergen. Ich komme nicht einmal mehr ...

Der Adler sackte tiefer.

Brandax schnappte nach Luft. »Nördlich der Lichtung stehen ein paar Türme. Dort habe ich keine Menschen gesehen. Du fliegst dorthin. Und dann stopfe ich was in deine Wunde, damit du nicht noch mehr Blut verlierst.«

Schüsse krachten. Sie waren jetzt so tief, dass die Arkebusiere sich nicht mehr vom Tarnzauber täuschen ließen. Sie hatten den großen Adler entdeckt und legten auf ihn an.

»Wir holen jeden hier heraus. Du kennst Ollowain, Steinschnabel. Wir lassen keinen zurück. Du musst zu den Türmen ...«

Der Schwarzrückenadler stieß ein heiseres Krächzen aus. Das Blutband, das aus seinem Gefieder rann, wurde dünner. Immer wieder riss der Faden jetzt ab.

Bin zu groß. Wer sollte mich tragen? Nur die Elfenritter und Kobolde können heraus. Wenn uns unsere Flügel nicht mehr tragen, dann müssen wir bleiben. Das war uns allen klar.

Brandax hatte noch nie einen Gedanken daran verschwendet, dass sie vielleicht Adler bei dem Angriff verlieren könnten. Sie waren so groß und wirkten so unbezwingbar. Selbst die Trolle fürchteten Wolkentaucher und sein Volk.

Lass dich nicht von deinem weichen Herzen leiten, das du

vor den anderen so gut versteckst. Du darfst nicht bei mir bleiben. Hörst du, Kobold? Wenn ich hinabgehe, dann löse deinen letzten Haken, sobald wir nur noch ein paar Schritt über dem Boden sind. Ich werde dich mit meinem Leib erdrücken, wenn du es nicht tust.

»Sehe ich aus, als ließe ich mir von einem blutenden Adler Befehle geben? Du drehst sofort zu den Türmen jenseits des Waldes ab!«

Schaffe es nicht mehr …

Der Adler sackte jetzt wie ein Stein dem Boden entgegen.

Brandax fluchte. Sie waren ein ganzes Stück vom Wald weg. Die Ordensburg war kaum mehr als einen Steinwurf entfernt.

Der Kobold griff nach dem Haken. Steinschnabel hatte recht. Er musste abspringen, wenn er nicht unter dem schweren Vogel zerquetscht werden wollte. Er löste den Haken.

Er wollte sich abrollen, wie die Elfen es machten, aber er hatte das Abspringen von den Adlern nie geübt. Es war nicht vorgesehen gewesen, dass die Kobolde landeten.

Der Aufprall auf den Boden war hart.

Benommen kam er auf die Beine.

Eine Schar Menschen rannte auf den Adler zu. Sie waren mit Hellebarden und Haumessern bewaffnet.

Der Waldrand war hinter Rauch verborgen.

Ein Novize mit einem Rapier in der Hand deutete auf Brandax und rief etwas.

Der Kobold spuckte Blut. Er hatte sich bei der harten Landung auf die Zunge gebissen. Seine Beine waren zu kurz, um den verfluchten Menschenkindern davonzulaufen. Selbst solchen bartlosen Knaben wie dem kleinen Drecksack, der ihn entdeckt hatte.

Wenn er schon verrecken musste, dann lieber an der Seite von Steinschnabel. Der große Adler sah zum Erbarmen aus. Windböen zerzausten sein blutiges Gefieder. Ein Flügel war gebrochen. Ein heller Knochen stach durch das zerschundene Fleisch.

Du musst weglaufen, Kleiner.

Brandax duckte sich unter dem Flügel hindurch und suchte nach seiner Windenarmbrust, die er am Gurtzeug unter der Brust des Adlers festgeschnallt hatte.

Es tat gut, den polierten Nussholzschaft der Waffe in Händen zu halten. Er drehte die Kurbel der Zugwinde und legte einen Bolzen in die Führungsschiene. »Die verdammten Menschenkinder sehen aus, als wollten sie dich schlachten und fressen, Großer.« Er legte an und nahm einen Kerl in blutbesudelten, weißen Gewändern ins Visier, der wie ein Metzger aussah.

Du solltest nicht hier sein, Kobold. Ich sagte dir doch, du hast ein zu weiches Herz.

»Das werden wir beide wohl niemandem mehr weitererzählen können.« Brandax drückte auf den Abzugshebel. Der vorderste Angreifer wurde von der Wucht des Treffers nach hinten gerissen, als habe ihn ein Pferd getreten.

Dem Kobold war klar, dass es keine Hoffnung auf Gnade mehr gab. Die Menschen ignorierten ihren toten Kameraden. Sie stürmten einfach weiter voran.

Brandax senkte die Waffe und drehte erneut die Kurbel der Zugwinde. Einen wollte er noch mitnehmen, bevor alles vorbei war.

EIN HELD

Lilianne und Michelle hatten zwei herrenlose Pferde ergriffen und sammelten die versprengten Pistoliere um sich.

Leon stand bei den Andalanen und starrte in den Himmel. Wie schafften es diese riesigen Vögel zu verschwinden? Verfluchte Magie!

Der Primarch stützte sich auf einen zersplitterten Speerschaft. Silberglänzender Tod fiel vom Himmel. Die Andalanen sahen es und stürmten ziellos durcheinander. Manche duckten sich einfach. Andere beteten.

Leon blickte den seltsamen Geschossen entgegen. Der Wind trieb sie ein wenig auseinander. Es war schwer einzuschätzen, wo genau sie niederfallen würden. Gewiss war nur, es würde ganz in der Nähe sein.

Aus den Augenwinkeln sah er, dass sich auch der Capitano der Andalanen nicht von der Stelle rührte. Das war der richtige Geist!

Er sollte den Mann zu sich in die Ordensburg berufen, wenn das alles hier vorüber war. Der Tod würde jeden von ihnen eines Tages finden. Das war die einzige Gewissheit im Leben. Man war lediglich frei in der Entscheidung, wie man ihm begegnete.

Der Wind trieb die silberglänzenden Geschosse schräg in die Formation der Schützen und Pikeniere. Der Primarch sah, wie einem Offizier die Brustplatte durchschlagen wurde; der Pfeil drang bis in die Rückenplatte. Helme wurden durchbohrt, als seien sie aus Pergament. Eine ganze Reihe Pikenträger stürzte schreiend nieder.

Ein Schlag traf Leon dicht über dem Knie. Seine weiße

Hose sog sich voller Blut. Er starrte auf das Bein, als sei es nicht sein eigenes. Dann kam der Schmerz.

»Herr! Du bist verwundet!« Ein junger Novize wollte ihm stützend unter die Arme greifen.

Leon vertrieb ihn mit einer ärgerlichen Handbewegung und geriet dabei fast aus dem Gleichgewicht.

»Wenn du deine Wunde nicht wenigstens abbindest, dann wirst du verbluten, Bruder.« Drustan war an seine Seite getreten.

Leon wollte an so etwas jetzt nicht denken. Der Schmerz ließ sich aushalten. Auf den Speerschaft gestützt, konnte er stehen. Das war alles, was jetzt wichtig war. Das Schlachtfieber hatte ihn gepackt. Er wollte nichts verpassen. Ihm war nicht bewusst gewesen, wie sehr er es vermisst hatte. So viele Jahre hatte er auf keinem Schlachtfeld mehr gestanden!

»Wir werden sie vernichten!«

»Den Sieg wirst du nicht mehr erleben«, stellte Drustan nüchtern fest.

Einen Moment überlegte Leon, ob sein Hochgefühl vielleicht mit dem Blutverlust zusammenhängen mochte. »In Tjureds Namen, dann binde die Wunde eben ab!«

Der Primarch sah, wie Drustan sich den Gürtel eines Toten nahm, eine Schlaufe um seinen Oberschenkel legte, dann einen abgebrochenen Ladestock in die Schlaufe schob und drehte.

Leon schrie auf. Drustan zerquetschte ihm fast das Bein, so stramm hatte er den Gürtel angezogen!

»Jetzt blutet es nicht mehr.«

Die Rolle als Magister gefällt ihm gut, dachte der Primarch abfällig. Aus der Nähe bemerkte er, dass die Flecken auf den weißen Gewändern seines Ordensbruders nicht Blut, sondern Rotwein waren. Das ließ sein Verhalten vorhin auf der Wiese in einem neuen Licht erscheinen. Leon hatte sich schon gewundert … Jetzt schien Drustan nüchtern zu sein. War es Zufall gewesen, dass er den Elfen entdeckt hatte? Hatte sich dieser Idiot vor seiner Hochzeit sinnlos betrunken? Leon hatte solche Geschichten schon gehört. Männer, die heirateten, traten wohl des Öfteren nicht ganz nüchtern vor den Traualtar …

Drustan bemerkte, wie er abschätzend betrachtet wurde. Er wandte sich ab.

Gott lenkt, sagte sich Leon. Es gab keine Zufälle! Und der Orden brauchte Helden in seinen Reihen und keine Trottel. Ganz gleich, was wirklich geschehen war, es lag nun an ihm, wie man später von Drustan reden würde.

Er klopfte dem Magister auf die Schulter. »Wenn du den verdammten Elfenspitzel in unserer Mitte nicht entdeckt hättest, Tjured allein weiß, was dann geschehen wäre. Gut gemacht! Du bist ein Held!«

Drustan glotzte wie eine Kuh. »Aber ich …«

»Nein, keine falsche Bescheidenheit, Bruder. Wir haben es allein dir zu verdanken, dass wir das Schlimmste abwenden konnten.«

Der Primarch machte eine weit ausholende Geste, die das ganze Schlachtfeld umfasste. »Ich weiß nicht, was der Plan der Elfen war, aber ich weiß, dass wir sie vernichten werden. Ihre Überheblichkeit wird ihnen das Genick brechen.«

Leon sah, wie Lilianne und Michelle mit den Reitern abrückten, um den Wald zu umgehen und den Angreifern den Rückzug in Richtung der Berge abzuschneiden.

»Vom See her stoßen zwei Regimenter zu uns, Drustan. Ich weiß zwar nicht, was sie hier verloren haben und warum ich nicht davon unterrichtet wurde, dass man sie in Bewegung gesetzt hat, aber jetzt sind sie ein Geschenk Gottes. Was glaubst du, wie viele Elfen hier sind?«

Drustan blickte zum Wald, der hinter einem Rauchschleier verschwunden war. »Mehr als hundert können es wohl nicht sein.«

Wieder fiel silberner Tod vom Himmel. Ein Arkebusier, der nur drei Schritt entfernt stand, brach zusammen. Ein blutiger Dorn ragte aus seinem Kinn. Binnen eines Lidschlags war er aus dem Leben gerissen worden.

Leon blieb ruhig. Er vertraute auf Gott. An einem solchen Tag würde Tjured ihn nicht sterben lassen! Zufrieden sah er, dass auch Drustan unter Beschuss aufrecht stehen blieb. Solche Männer brauchte der Orden! Es wäre dumm, auf die Geschichte mit dem Wein zu sprechen zu kommen. »Ich glaube auch, dass dort im Wald nicht mehr als hundert Elfen stecken. Das heißt, wenn die Verstärkungen uns erreichen, können wir zusammen mit unseren Rittern und Novizen fast vierzig Kämpfer gegen jeweils einen Elfen stellen. Wir werden sie zermalmen, wie man eine lästige Mücke zerquetscht!« Leon rieb sich die wunde Stelle unter seinem zerstörten Auge. Er hatte lange von so einer Gelegenheit geträumt. Dieser Sieg würde den Ruf der Neuen Ritterschaft wiederherstellen! Die Verleumdungen über Liliannes letzte Schlacht in Drusna würden nach diesem Triumph bedeutungslos werden.

Ein Reiter löste sich aus der Front der Truppen, die vom See her anrückten. Er trug das Weiß des Ordens. Der Kerl hielt sich schlecht im Sattel. Es musste Honoré sein! Seine Verletzung erlaubte ihm nicht, sich gerade zu halten, wenn er ritt.

Leon schnaubte wütend. Das hätte er sich denken können. Natürlich war es Honoré gewesen, der die Truppen hierher befohlen hatte. Er war der oberste Spitzel des Ordens. Wer außer ihm hätte über diesen Angriff im Voraus Bescheid wissen können? Und es lag auf der Hand, warum er das für sich behalten hatte. Er wollte als der Retter in verzweifelter Not auftreten.

Leon empfing seinen Ordensbruder mit einem Lächeln. Dies war die Stunde der Helden. Alles Übrige hatte Zeit.

»Ich bin froh, euch beide wohlauf zu sehen! Ihr wart also vorbereitet.«

Drustan sah Leon verblüfft an.

»Wovon sprichst du?«, fragte der Primarch kühl.

»Letzte Nacht habe ich dir einen Raben geschickt, Bruder. Ich habe erst die Truppenkommandeure alarmiert und dann eine Nachricht an dich geschickt.«

»Mich hat kein Rabe erreicht.«

»Das verstehe ich nicht. Bei so wichtigen Botschaften schickt Tomasin immer zwei Vögel. Ich kann mir nicht …«

Leon schnitt ihm mit einer harschen Bewegung das Wort ab. »Das klärt sich später. Wir haben jetzt eine Schlacht zu gewinnen.« Er war sich sicher, dass Honoré keine Nachricht an ihn abgeschickt hatte. Schon seit langem wusste er, dass Honoré begierig darauf war, zum Primarchen des Ordens aufzusteigen. Nicht Großmeister oder Ordensmarschall wollte er werden. Honoré wusste genau, wo die wirkliche Macht lag. Dazu durfte es niemals kommen! Er war zu skrupellos. Er würde den Orden verderben, da war sich Leon ganz sicher.

»Soll ich den Truppen den Angriff auf den Wald befehlen?«, fragte Honoré.

Welche Mühe sich der Mistkerl gab, den treuen Ordensbruder zu spielen, dachte Leon. Ein pulsierender Schmerz in seinem Bein ließ ihn aufstöhnen. Das alles machte ihm mehr zu schaffen, als er sich eingestehen mochte. Der Schlachtenrausch war verflogen. Er hasste diesen geheimen Krieg um Macht und Einfluss, der innerhalb der Kirche tobte. Sogar innerhalb seines Ordens! Das war die größte Schwäche der Priesterschaft ...

»Lass sie in Richtung des Waldes marschieren. Richte sie zum Angriff aus, aber unternimm nicht mehr, bevor du nicht ausdrücklich meinen Befehl erhältst.«

Honoré sah ihn verständnislos an. »Das ist unklug! Sie werden vielleicht entkommen ...«

Dachte der Mistkerl vielleicht daran, schon jetzt auf dem Schlachtfeld das Kommando an sich zu reißen? »Du bist kein Schlachtenlenker, Bruder! Drustan, du bleibst an Bruder Honorés Seite und achtest darauf, dass meine Befehle Wort für Wort ausgeführt werden.«

Der einarmige Ritter gab sich keine Mühe, seine Schadenfreude zu verhehlen. Honoré hatte keine Freunde. Aber es gab viele, die ihn fürchteten.

»Im Wald gibt es eine große Lichtung«, wandte Honoré ein. »Dort können die Adler landen. Wir müssen sie schnell angreifen. Wir ...«

»Hörst du deine eigenen Worte?«

»Bruder!«, setzte Honoré aufgebracht an. »Du ...«

»Eine *große* Lichtung können die Elfen nicht gegen uns verteidigen. Zu den Bergen können sie nicht mehr entkommen. Lilianne hat ihnen bereits den Weg abgeschnitten. Du musst denken wie sie, Honoré. Sie sind tollkühn, halten sich für beinahe unbesiegbar. Selbst jetzt akzeptieren sie nicht, dass sie so gut wie besiegt sind. Sie werden etwas Unverfrorenes tun. Und wenn sie es tun, dann habe ich sie, wo ich sie haben möchte. Sie werden alle sterben! Ich sage dir, wohin sie gehen werden ...«

KEIN BLUT

Nie zuvor hatte Yulivee Ollowain so zornig gesehen.

»Du bist eine machtvolle Magierin. Jeder hier weiß, dass du ganz allein ein Schiff des Blutordens vernichtet hast. Hilf uns! Siehst du nicht, in welch verzweifelter Lage wir sind?«

»Ich habe mir damals geschworen, nie wieder Blut zu vergießen. Ich …«

»Und diesen Eid bezahlst du mit unserem Blut! Unternimm etwas! Wozu bist du sonst mit uns gekommen? Bereitet es dir etwa Freude, anderen beim Sterben zuzusehen? Aus welchem Grund begibt man sich auf ein Schlachtfeld, wenn man nicht kämpfen will?«

»Ich wollte helfen …«

»Dann tue es!« Der Schwertmeister wandte sich ab und lenkte sein Pferd zu den übrigen Elfen, die sich entlang des Waldrands sammelten.

Yulivee blickte auf die Festwiese. Der Rauchschleier, der den Wald vor den Blicken der Menschen verbarg, zerfaserte unter dem stetig auffrischenden Wind. So entsetzlich viele Menschenkinder waren dort. Und voller Angst sah sie die Arkebusenschützen. Ihre stinkenden Waffen hatten den höchsten Blutzoll unter den Elfen gefordert. Reihe um Reihe marschierten sie vor dem Wald auf. Es mussten fast tausend sein. Niemand, nicht einmal Ollowain selbst, vermochte so vielen Kugeln auszuweichen. Und Yulivee wusste, dass kein Zauber das Blei ablenken konnte.

Nachdenklich betrachtete sie den treibenden Rauch. Dann tastete sie nach der kleinen, vergilbten Knochenflöte in ihrer

Bauchbinde. Es gab eine Möglichkeit, die Elfen zu schützen, ohne auch nur einen Menschen zu töten.

Sie hob die Flöte an die Lippen und begann das Lied des Windes zu spielen. Sie griff hoch in die Wolken, sammelte seine Kraft, und dann begann sie flüchtige, körperlose Fäden zu weben.

GEFANGEN

»Wirst du wohl hier bleiben, du dummes Ding!«

Belinda überraschte sie damit, wie stark sie war. Die Magd hielt Juztina entschlossen fest.

»Aber ich muss ...«

»Du hättest vor einer Stunde beim Festzelt stehen sollen, statt auf Knien in der Kapelle herumzurutschen und dein Brautkleid zu ruinieren. Jetzt hilfst du da draußen keinem mehr!«

Juztina stand im Tor der Ordensburg. Ein kühler, dunkler Gang war es, der sich durch das Mauerwerk fraß. Es roch nach Dung, aber es war sicher. Sie hatte gesehen, wie Männer starben, weil die riesigen Adler über sie hinwegflogen. Dunkle Magie wirkte! Die Elfen waren gekommen, um ... Ihr war klar, dass sie das Zeichen erhalten hatte, um das sie Tjured so dringend gebeten hatte. Nur dass nicht Tjured ihr geantwortet hatte, sondern die alten Götter Drusnas – jene Götter, die von den blauen Priestern verspottet wurden und deren Heiligtümer man schändete. Sie waren nicht ohne

Macht! Und heute war der Tag, an dem sie die Ritterschaft straften und auch sie, Juztina, die ihren alten Glauben verraten hatte.

Bestimmt würden sie ihr Drustan nehmen! Die Götter des Waldes waren maßlos in ihrem Zorn. Sie musste dort hinaus ...

Juztina versuchte, sich von Belinda loszumachen, doch die Hände der Magd hielten ihre Arme wie Eisenringe. »Du bleibst hier!«

»Aber Drustan ...«

»Dein Drustan ist ein Ritter. Ihn hat man gelehrt, auf dem Schlachtfeld zu bestehen. Sein ganzes Leben lang ist er auf Stunden wie diese vorbereitet worden. Du aber bist nur eine Dienerin. Wenn du dort hinausgehst, wirst du sterben. Er wird schon zu dir kommen.«

Juztina sah, wie der Rauch am Waldrand sich veränderte. Er wurde dichter. Von Ferne erschien er ihr wie etwas, das man in den Händen halten konnte wie ein kostbares Tuch.

Und dann begann sich der Rauch gegen den Wind zu bewegen!

Juztinas Nackenhaare richteten sich auf. Nie hatte sie etwas so Widernatürliches gesehen!

Unter den übrigen Zuschauern, die in der Sicherheit des Tortunnels standen, erklang ängstliches Gemurmel. Die Handvoll Novizen und Pferdeknechte, die sich aufgemacht hatten, den gestürzten Adler zu erschlagen, rannten zum Tor zurück.

Belinda ließ sie los und kniete nieder. Und die sonst so kesse Magd betete voller Inbrunst ein *Herr im Himmel, schenk uns Licht*.

Juztina war mit einem Mal ganz klar, was geschah. Der Rauch ... Er bewegte sich in ihre Richtung. Die Waldgötter hatten ihn geschickt. Er würde sie verschlingen. Ihre Seele ... ihren Leib. In ewige Dunkelheit davontragen. Sie kamen, um sie zu holen.

Juztina stand wie versteinert. Sie wusste, es war sinnlos, fortlaufen zu wollen. Ihren Göttern könnte sie nicht entkommen.

DER RETTUNG SO NAH

Er hörte all die Schüsse und Schreie. Adlerschreie! Er kannte diese Schreie aus Albenmark. Einmal sah er sogar einen Schatten hoch oben am vergitterten Fenster vorbeigleiten. Sie waren gekommen, um ihn zu holen!

Ahtap sprang an der Wand hinauf. Immer und immer wieder. Er versuchte die Gitterstangen zu erreichen. Aber er war zu klein. In der Kammer gab es nichts außer dem riesigen Bett, einem Bett für Menschen und nicht für einen Lutin geschaffen. Nicht einmal einen Stuhl oder einen Tisch hatten sie hier. Sie waren nicht auf ihn eingerichtet gewesen. Und sie hatten in all den Jahren nichts daran geändert.

Sicher, hier oben im Turm war es besser als in dieser grässlichen Kerkerzelle, die nach Troll stank. Aber es war immer noch ein Gefängnis mit weiß getünchten Wänden und einem Fenster, durch das Tageslicht fiel ... Er war ein Verräter geworden. Sie hatten ihn gebrochen. Er hatte gesehen, was sie zu tun vermochten. Doch er wollte nicht enden wie der Troll. Und es war ihm recht, wenn sie kamen, um mit ihm zu reden. Der alte Einäugige oder die gelehrte Kriegerin. Den verbitterten, auf den Stock gestützten Ritter fürchtete er. Aber selbst er war ein willkommener Gast, wenn er nur nicht allein war! Viel zu oft verbrachte er den ganzen Tag damit, auf dem Bett zu sitzen und zuzusehen, wie der helle Lichtfleck auf der Wand gegenüber dem Fenster langsam weiterwanderte.

Der Lichtfleck war der Spiegel der verlorenen Tage. Er hörte die Geräusche vom Burghof und stellte sich vor, was dort unten wohl gerade geschah. Sein Fenster lag in einem Turm, der den vorderen Hof überragte. Dort unten musste es einen Schweinestall geben. Nachts, wenn es stiller wurde, konnte er die Tiere ganz deutlich hören.

Tagsüber war immer etwas los auf dem Hof. Außer an sehr heißen Sommernachmittagen. Dann senkte sich Stille über die ganze Burg, nur gelegentlich gestört vom hellen Klang des Klingenspiels, wenn irgendwo zwei besonders fanatische Novizen trotz der Hitze eine Fechtübung machten.

Er kannte sie gut, all die Geräusche, denen er seit Jahren lauschte. Längst hatte er begonnen, ihnen Bilder zuzuordnen. Sich Karren vorzustellen, die auf den Hof fuhren. Und Menschen, wo er nur Stimmen kannte. Er dachte sich Gesichter aus. Ja, ganze Lebensgeschichten erfand er zu den Stimmen.

So oft hatte er den alten Einäugigen darum gebeten, dass er eine Leiter in die Zelle stellte. Ahtap wollte an dem Fenster stehen können. Er wollte nicht Gefangener einer Welt sein, die nur aus weißen Wänden, einem wandernden Lichtfleck und einem winzigen Stück Himmel hinter vergitterten Fenstern bestand.

Er wollte nicht in einer Welt leben, in der er ein Gespräch mit dem hinkenden Ritter der Einsamkeit vorzog. Einer Welt, die er nur noch belauschen konnte. Er lachte bitter. Drei Schweine konnte er an ihrem Quieken deutlich von den anderen unterscheiden. Selbst zu den Schweinestimmen hatte er sich Gestalten ausgedacht. Die lauteste gehörte Schwarte, dem Eber, einem übellaunigen Kerl mit großen, braunen Flecken. Am liebsten lag er in einer schlammigen Pfütze ... Und dann war da Rosa. Sie war für eine Sau erstaunlich sauber, von zartem Rosa. Sie war Schwartes Liebling. Und dann war da noch die Dicke. Sie hatte ein sehr sinnliches Quieken. Er hörte sie besonders oft nachts.

Ahtap lachte jetzt laut. Schweine, die sinnlich quiekten ... Er wurde langsam verrückt. So wie der verdammte Troll! Auf seine eigene Art ... Von Essen träumte er nicht. Zu essen bekam er reichlich. Sogar genug Wein, um sich zu betrinken, wenn er es nur wollte. Sie hatten herausgefunden, dass sie ihm mit Essen nicht so sehr zusetzen konnten. Sie waren klug, diese verfluchten Ritter.

Ahtap starrte auf den Lichtfleck an der gegenüberliegenden Wand. Sie wussten genau, wie sie ihn packen mussten. Er begann zu schreien.

»Hier bin ich! Hört ihr? Hier! Oben im Turm! Ihr müsst zum Turm hinaufkommen. Ich bin nicht unten in den Kerkern. Ich lebe noch. Hierher. Hier bin ich, Ahtap, Kundschafter der Königin!«

DER WEISSE RITTER

Die Welt war ein Schleier hinter Tränen und Rauch. Gishild wollte sich beherrschen, sie wollte nicht so erbärmlich wirken. Sie war die Prinzessin des Fjordlands! Die Erbin des Throns. Wenn ihr Vater und Roxanne nicht in all den Jahren andere Kinder gezeugt hatten …

Nein, das konnte nicht geschehen sein. Morwenna, die Elfe, die ihren kleinen Bruder Snorri ins Leben geholt hatte, hatte geweissagt, dass Roxanne keine Kinder mehr haben würde. Aber vielleicht hatte ihr Vater sich eine andere Frau genommen?

Sie ritten an einem toten Novizen vorbei. Sie kannte den Jungen mit dem schmalen Gesicht und dem rabenschwarzen Haar nur vom Sehen. Nächsten Sommer hätte er die goldenen Sporen bekommen. Jetzt erwartete ihn nur noch das steinerne Bett im Turm seiner Lanze.

Ollowain hob sein Schwert und gab den Reitern das Zeichen zum Abrücken. Gishild kannte ihn aus den Sagen des Fjordlands. Einst hatte er an der Seite ihres Ahnen Alfadas gekämpft. Als Kind hatte sie ihn ein paar Mal von Ferne gesehen. Gewiss hatte er all dies hier veranlasst. All die Elfen ins Herz des … Gishild schluckte. *Feindesland* konnte sie Valloncour nicht mehr nennen. Zu lange hatte sie hier gelebt. Warum geschah all das auf diese Weise? Warum war Silwyna nicht gekommen, um sie verstohlen in einer Neumondnacht fortzubringen? Warum mussten so viele sterben? Sie konnte es einfach nicht begreifen.

Ein Elfenritter griff nach den Zügeln ihres Pferdes und führte sie neben sich her. Gishild ließ es geschehen. Der

Krieger brachte sie ganz nach vorn, an die Spitze des kleinen Reiterzuges, neben Ollowain.

Dort war auch Yulivee. Die Elfe wirkte entrückt. Oder war sie zornig? Sie spielte auf einer kleinen Flöte und sah einfach durch Gishild hindurch. Auch Ollowain musterte sie nur kühl und sagte kein einziges Wort.

Der Rauch, der vom Himmel gefallen war, wurde dichter. Er spannte sich wie ein riesiges Tuch zwischen den Elfen und den Pikenieren, die auf die Festwiese marschierten. Einen flüchtigen Augenblick lang sah Gishild den Patriarchen Leon. Honoré und Drustan waren an seiner Seite. Hatten die Ritter sie erkannt? Was würden sie von ihr halten?

Sie schob trotzig das Kinn vor. Es war egal! Sie war nicht freiwillig nach Valloncour gekommen. Nur Luc ... Auch er musste sie für ihren Verrat hassen. Ihn zornig zu wissen brach ihr schier das Herz.

»Vorwärts!«

Die Elfenreiter setzten sich langsam in Bewegung. Und der unheimliche Rauch folgte ihnen. War es Yulivee, die dieses Wunder wirkte?

Plötzlich preschte ein Reiter durch den Rauchschleier. Ein Ordensritter ganz in Weiß! Er trug weder Helm noch Schild, nur ein Kettenhemd und darunter seine besten Gewänder. Seine Hochzeitsgewandung. Luc! Er deutete mit seiner Lanze geradewegs auf Ollowain.

»Ich fordere dich, Elf. Lass uns um Gishild kämpfen, so wie Ritter es tun!«

»Nein!« Gishild wollte zu Luc, doch ihr Aufpasser hielt die Zügel straff.

Ollowain sah sie an. Es war ein kurzer, trauriger Blick. Sie sah in seinen Augen, dass er alles verstanden hatte. Er wusste, was geschehen war.

»Bitte, tu ihm nichts, Schwertmeister. Ich werde dir folgen und keinen Fluchtversuch unternehmen. Ich werde tun, was immer man von mir verlangt. Aber verschone sein Leben. Ich bitte dich ...«

Ollowain zog sein Rapier.

Luc schüttelte den Kopf, ließ die Lanze fallen und zog nun seinerseits sein Rapier.

»Dein Ritterbruder ist wohl verrückt«, murmelte ihr Bewacher. Trotz der Worte lag auch Respekt in seiner Stimme.

Ollowain hob sein Rapier zum Gruß. Luc erwiderte die Geste. Dann preschten beide aufeinander zu. Gishild versuchte erneut sich loszureißen. Sie musste einen Zweikampf verhindern!

Ein scharfes Wort von Yulivee ließ die Prinzessin erstarren. Ihr Pferd scheute und schnaubte nervös. Der Bewacher hatte alle Mühe, die große Stute wieder zu beruhigen.

Gishild konnte sich nicht mehr rühren. Das eine Wort hatte genügt. Yulivee musste sie mit einem Zauberbann belegt haben. Sie konnte keine Hand heben. Nicht einmal ein Lid konnte sie bewegen. Es war unmöglich, etwas zu unternehmen. Ja, sie vermochte nicht einmal den Blick abzuwenden. Sie war gezwungen, hilflos zuzusehen.

Rapiere waren keine Waffen für den Reiterkampf. Beide hielten sie ihre Klingen mit ausgestrecktem Arm, bereit, den Gegner wie mit einer Lanze zu durchbohren. Mit hellem Klang traf der Stahl aufeinander. Ollowain lenkte Lucs Waffe mit einer eleganten Drehung zur Seite. Er holte aus ... So schnell bewegte sich der Elf, dass Gishild nicht genau sehen konnte, was geschah. Luc schwankte im Sattel. Er stürzte!

Gishild wollte schreien, doch ihre Lippen waren wie aufeinander geschmiedet.

Der Schwertmeister winkte der Elfenschar. Langsam setzten sich die Reiter in Bewegung. Da erhob sich Luc schwankend auf dem zertrampelten Gras.

»So lange ich stehen kann, bin ich nicht besiegt!«, rief er trotzig den Elfen entgegen.

Gishild wollte schier verzweifeln. Warum tat er das? Er konnte gegen keinen der Elfen bestehen. Und er wusste das auch. Worauf hoffte er? Darauf, dass Tjured seine Schwerthand führte?

Ollowain sprang aus dem Sattel. Keine Regung spiegelte sich auf seinem Gesicht. Er hob die Waffe zum Gruß und ging fast sofort zum Angriff über. Luc hatte immer zu den besten Fechtern ihres Jahrgangs gehört, aber gegen Ollowain sah er aus wie ein wehrloses Kind. Die Klingen berührten kaum einander, da flog seine Waffe in hohem Bogen davon. Der Schwertmeister versetzte dem Jungen einen Fausthieb in den Magen und setzte noch einen Kinnhaken nach. Luc brach stumm in sich zusammen.

Der Elf sah sich nach Lucs Rapier um, nahm die Klinge und zerbrach sie über seinem Knie.

Als Ollowain nach seinen Zügeln griff, stand Luc erneut auf. Er taumelte, konnte sich kaum auf den Beinen halten. Jetzt hatte er seinen Dolch gezogen.

Hinter den Elfen krachten Schüsse. Einige der Arkebusiere feuerten aufs Geratewohl durch den Vorhang aus Rauch. Ein Pferd wieherte und strauchelte.

»Bring es zu Ende«, rief einer der Elfen. »Er hat es nicht besser verdient.«

Ollowain schob sein Rapier in die Scheide und zog seinen Parierdolch. Er blockte, griff an. Blockte erneut. Luc hielt sich erstaunlich gut.

Hinter den Reitern krachten weitere Schüsse. Jeden Augenblick mochten die Soldaten des Ordens eine ganze Salve abfeuern. Den Elfen lief die Zeit davon. Sie durften sich nicht länger von Luc aufhalten lassen.

Gishild hatte das Gefühl, dass einige von ihnen Mitleid mit Luc hatten.

Wieder klirrte Stahl auf Stahl. Gishild wollte schreien, doch ihre Lippen blieben unbeweglich. Ollowains Klinge versank tief in Lucs Schulter. Der Junge brach in die Knie.

Der Schwertmeister beugte sich vor und drückte Luc zu Boden. Er griff nach seiner Waffe. Jetzt stand er so, dass Gishild nicht mehr sehen konnte, was er tat. Er machte sich an Luc zu schaffen.

Ein Kobold lief dem Elfen entgegen. Er kam von dem gestürzten Adler, der nicht weit vom Burgtor niedergegangen war.

Ollowain erhob sich. Er packte den Kobold und hob ihn auf seinen Sattel. Dann schwang auch er sich auf das Pferd. Luc lag reglos. Blut sickerte durch die silbernen Ringe seines Kettenhemds und färbte seine Hochzeitsgewandung rot.

Gishild wollte zu ihm. Doch im Zauberbann gefangen, vermochte sie nicht einmal den Kopf zu wenden, um einen letzten Blick auf ihren Liebsten zu erhaschen. Er durfte nicht tot sein! So durfte dies alles nicht enden! Das hatte er nicht verdient!

Die Elfen folgten Ollowain. Sie ritten am Waldrand entlang, als wollten sie in die Berge entfliehen. Doch dann plötzlich hob der Schwertmeister den Arm und rief laut einen Befehl. Alle zugleich wechselten sie die Richtung. Und sie preschten in vollem Galopp dem Tor der Burg entgegen.

ELFENINTRIGEN

Tiranu betrachtete zufrieden seine ehemaligen Gefährten. Sieben seiner Schnitter waren in den letzten Jahren unter Ollowains Elfenritter erwählt worden. Damals hatte es ihn erzürnt, dass Krieger, die schlechter kämpften als er, zur Elite berufen wurden. Jetzt war er froh, dass sie hier waren. Wie er hatten sie ihre alten schwarzen Rüstungen angelegt. Trotz allem dienten sie zuerst ihm!

Die übrigen Ritter seiner Angriffswelle beobachteten sie misstrauisch. Sie waren seinem Befehl, sich schwerer zu rüsten, nicht nachgekommen. Sie würden sehen, was sie davon hatten!

Fingayn zog die letzten Lederriemen seiner Rüstung stramm und klopfte ihm dann auf die gepanzerte Schulter. »Mir wäre es lästig, mich in so etwas zu zwängen. Man kann sich ja kaum noch bewegen.«

»Um Menschenkinder zu töten, reicht es«, entgegnete Tiranu gereizt. Es war ihm nicht recht, dass ihm Emerelle den Maurawan und seine vier Jagdgefährten aufgehalst hatte. Er wusste, er würde sie brauchen, um den geheimen Auftrag der Königin zu erfüllen. Es gab keine besseren Bogenschützen in Albenmark. Fingayn war im letzten Trollkrieg zu einer Legende geworden.

Es war Tiranu ein Rätsel, wie Emerelle die fünf dazu gebracht hatte, sich Ollowain anzuschließen. Der Schwertmeister hatte die Verstärkung dankend angenommen, obwohl sich schnell herausstellte, dass die Maurawan nicht wirklich zu seinen Rittern passten. Bogenschützen hatten einfach andere Vorstellungen davon, wie man Schlachten entschied. Vom *ehrlichen* Kampf Klinge gegen Klinge hielten sie natürlich nicht viel. Auch hatten die fünf sich geweigert, das Weiß der Elfenritter anzulegen. Sie hatten an ihrer Kleidung nichts verändert.

»Sie kommen.« Fingayn deutete zum Himmel, wo die Schattenrisse der Adler erschienen.

Tiranu tastete noch einmal über die Schnallen seiner Rüstung, um sich davon zu überzeugen, dass alle geschlossen waren. Vielleicht waren die Maurawan ja gekommen, um Silwynas Werk zu vollenden? Es war schwer, die Beweggründe für ihr Handeln zu durchschauen. Sie waren einfach zu fremd ...

Tiranu winkte seinen Kriegern zu. »Macht euch bereit!«

Sie hoben die Pfeilbündel vom Deck auf. Ganz egal, was Ollowain über den Einsatz von Brandax' Wunderwaffe dachte, Tiranu war fest entschlossen, auf sie nicht zu verzichten. Die Ordensritter waren ihnen zu sehr überlegen, um auf irgendeinen Vorteil verzichten zu können.

Der Fürst von Langollion griff sich zwei Pfeilbündel und trat an die Reling.

Ob Emerelle wohl auch Ollowain einen geheimen Befehl gegeben hatte? Gewiss legte die Königin nicht allzu großen Wert darauf, ihn lebend wiederzusehen. Tiranu lächelte versonnen. Es war gut, dass Ollowain in seiner Ritterlichkeit so berechenbar war. Er würde sich gewiss niemals zu einem heimtückischen Mordanschlag hinreißen lassen.

Tiranu blickte zu den Maurawan, die etwas abseits der Elfenritter standen. Er sollte lieber Fingayn im Auge behalten. Dem Jäger war zuzutrauen, dass er keine Skrupel hatte, den Kampf auf Valloncour damit zu beenden, dass er ihm, Tiranu, in den Rücken schoss. Dem musste man zuvorkommen! Aber bei dem besonderen Befehl, den die fünf

Bogenschützen erhalten hatten, sollte eben dies nicht allzu schwer sein.

Tiranu schüttelte den Kopf. Emerelles Plan war genial und völlig skrupellos! Sein Respekt vor der Königin war gewachsen. Aber gerade weil sie ihn eingeweiht hatte, sollte er sich hüten. Für sie war es besser, wenn er nicht zurückkäme, und gewiss hatte sie dafür bereits Vorkehrungen getroffen. Wieder sah er zu Fingayn. Würde er einen Mordbefehl der Königin ausführen?

Die Adler ließen sich auf den langen Landestangen nieder, ein Manöver, das diesmal deutlich mehr Zeit in Anspruch nahm als noch vor einer Stunde, denn die Schiffe der kleinen Flotte hatten gegen die schwere Dünung anzukämpfen, die vor dem böigen Ostwind herrollte.

Tiranu kletterte zu Wolkentaucher hinüber. Die Flut der Bilder, die der Adlerkönig ihm vermittelte, ließ Tiranu orientierungslos werden. Er nahm nicht mehr die Schiffe und die See wahr, sondern allein das Schlachtfeld, und dort sah es schlecht aus für die Sache der Elfen.

»Wir werden Ollowains Pläne ändern müssen.«

Von dir nehme ich keine Befehle an, erklangen die Gedanken des Adlers in seinem Kopf.

»Ich bin von der Königin beauftragt ...«

Von der Königin nehme ich auch keine Befehle an.

Tiranu ließ sich nicht beirren. »Wenn dir am Leben deiner Nestbrüder gelegen ist, solltest du mir jetzt sehr genau zuhören!«

DIE VERNICHTUNG

Lilianne blickte zu den Mauern der Ordensburg. Es war nicht zu fassen. Die Elfen hatten kurzerhand die Burg besetzt, während sie darüber nachgedacht hatte, wie sie ihnen die Flucht in die Berge abschneiden könnte. Es war ungeheuerlich! Sie würden ihre eigenen Mauern bestürmen müssen!

Der Primarch wirkte gefasst. Er hatte die Anführer der verschiedenen Regimenter und einige besonders schlachterfahrene Ritter um sich geschart. »Nun, was denkt ihr? Wie holen wir sie da raus?«

»Wir könnten die Kanonen vom Pass heranschaffen«, sagte einer der Capitanos. Ein schmieriger Kerl mit fettig glänzendem Haar, den Lilianne verachtete.

»So.« Leon rieb sich bedächtig das entzündete Auge. »Wie lange würde das dauern?«

»Wenn ich genügend Männer bekomme, dann werden wir bis Einbruch der Dämmerung die ersten Geschütze hier haben.«

»Zu spät«, sagte Lilianne entschieden.

Alle sahen sie an. Dem wortführenden Capitano schwoll eine Zornesader an der Schläfe.

»Die Elfen werden nicht bleiben«, fuhr Lilianne fort. »Sie wollten uns mit ihrem Angriff demütigen. Und wahrscheinlich wollten sie vor allen Dingen die Novizin Gishild holen. Aber eines wollen sie ganz sicher nicht: hier bleiben. Ihnen ist auch klar, dass sie sich gegen unsere Übermacht nicht halten können. Sie werden mit ihren Adlern wieder davonfliegen. Die beiden großen Höfe der Burg sind ideal geschützte Landeplätze. Ich bin davon überzeugt, dass sie schon in diesem Augenblick ihren Rückzug organisieren.«

»Wir haben keine Leitern«, erinnerte sie der Capitano. »Ohne die Unterstützung durch Kanonen können wir die Festung nicht stürmen.« Er lächelte und war offensichtlich davon überzeugt, einen vernichtenden Einwand aufgeführt zu haben. »Wenn ich dich richtig verstehe, dann plädierst du dafür, dass wir untätig hier sitzen und zusehen, wie die Elfen abrücken.«

»Und wenn wir es auf die klassische Art versuchen? Soweit ich mich richtig erinnere, ist das Tor nicht im besten Zustand. Schließlich hat ja auch niemand damit rechnen können, dass wir im Herzen von Valloncour angegriffen werden«, fügte Leon entschuldigend hinzu. »Wenn wir einen Rammbock hätten, könnten wir das Tor wahrscheinlich schnell aufbrechen.«

»So ein Angriff wird viele Leben kosten«, wandte Lilianne ein. »Wozu? Die Elfen werden ohnehin die Burg aufgeben. Heute noch!«

»Das ist eine Frage der Ehre«, meldete sich Honoré zu Wort. »Einfach nur abzuwarten ist ehrlos.«

Lilianne schüttelte fassungslos den Kopf. »Hast du einmal einen Angriff auf ein verteidigtes Tor geführt?«

Honoré griff sich an die Brust, dorthin, wo seine Wunde sitzen musste. »Ich habe sogar trotz deiner Schwester einen erfolgreichen Angriff auf eine verteidigte Brücke geführt. Auch ich war einmal Soldat. Ich ...«

»Hier geht es um mehr als darum, ein paar Kinder niederzureiten. Es geht ...«

»Das genügt!«, unterbrach Leon sie zornig. »Ich bin der Meinung, dass wir das Tor stürmen sollten, aber aus einem anderen Grund. Wenn wir den ersten Hof besetzen können, dann verspreche ich euch, wird keiner der Elfen innerhalb der Mauern überleben. Wir müssen sie auf engem Raum zusammendrängen. Dann können wir sie alle töten, ohne einen weiteren Schwertstreich zu führen.«

Die Führer der drei Regimenter sahen ihn ungläubig an. Sie warteten auf weitere Erklärungen, aber Leon sagte nichts mehr dazu. »Ich erwarte, dass binnen einer Stunde das Tor gestürmt wird. Oder siehst du eine andere Möglichkeit als die, durch das Haupttor in die Burg zu gelangen, Lilianne?«

Sie überlegte … Gewiss wollte sie einen anderen Weg. Sie war nicht feige, auch wenn die anderen das in diesem Augenblick vielleicht von ihr denken mochten. Aber sie verabscheute es, unnötige Kämpfe auszufechten. »Das Seetor können wir nicht stürmen. Alle großen Boote liegen am Landungssteg unmittelbar vor dem Tor. Uns bleibt also nur das Haupttor.«

»Wie werden die Elfen es verteidigen?«, fragte Capitano Duarte. Auch er schien sich bei der Vorstellung, ein gut verteidigtes Tor erstürmen zu müssen, nicht wohl zu fühlen. Seine Männer hatten an diesem Morgen die Hauptlast der Kämpfe getragen und die höchsten Verluste erlitten.

Lilianne breitete hilflos die Hände aus. »Es sind Elfen … Seit dem Massaker in Drusna wage ich nicht mehr vorherzusagen, was sie tun werden. Sie haben Zauberer in ihren Reihen. Ihr alle habt gesehen, auf welch widernatürliche Weise sie über den Rauch zu gebieten vermochten. Wie soll ein Mensch wissen, was sie tun werden?«

»Macht es Sinn, alle Arkebusenschützen vor dem Tor zu versammeln, damit sie uns Feuerschutz geben, wenn wir angreifen?«

Die Ritterin zuckte mit den Schultern. Die Waffen schossen schon auf kurze Entfernung sehr ungenau … »Schaden kann es nicht. Aber wir sollten zehn Schützen für jede Schießscharte abstellen. Sie sollen alle gleichzeitig feuern, wenn sie auch nur eine Bewegung sehen. So werden wir die Elfen wahrscheinlich davon abhalten können, uns mit ihren Bogenschützen zuzusetzen. Doch Tjured allein weiß, was uns sonst noch erwartet.«

»Dann ist es also beschlossene Sache«, beendete Leon das Gespräch. »Ich erwarte, dass das Tor in einer Stunde gestürmt wird. Lilianne, du entscheidest, welche Truppen den Angriff führen. Honoré und Drustan, folgt mir. Wir müssen noch etwas besprechen.«

»Bruder?«

Leon drehte sich zu Lilianne um. Er wirkte verärgert.

»Ich bitte um die Erlaubnis, den Angriff selber anführen zu dürfen. Ich habe noch nie Kriegern etwas befohlen, das ich nicht selbst zu tun bereit gewesen wäre.« Sie sah zu dem schmierigen Capitano. »Und heute ist zum ersten Mal auf Valloncour mein Mut infrage gestellt worden.«

Er nickte. »Dann geh! Aber pass auf dich auf! Der Orden braucht dich noch. Wo steckt eigentlich Luc? Ihn könnte ich jetzt auch brauchen.«

Niemand antwortete.

»Drustan? Wo treiben sich deine Novizen herum?«

Der einarmige Ritter hüstelte verlegen. »Ich … Auch ich habe sie heute noch nicht gesehen.«

Leon schüttelte den Kopf. »Wie es scheint, geben sich deine Silberlöwen wieder alle Mühe, sich nicht gemäß unserer Erwartungen zu verhalten. Wenn die Elfen vertrieben sind, lässt du die Novizen deiner Lanze antreten. Alle!«

DER SCHNITTER

Tiranu hatte eine harte Landung auf dem hinteren Burghof gehabt. In einer Rüstung aus dem Gurtzeug abzuspringen war kein guter Einfall gewesen. Einer seiner Männer hatte sich ein Bein gebrochen.

Es stand schlimmer, als er erwartet hätte. Schon aus der Luft hatte er gesehen, dass sich die Menschen für einen Angriff auf das Burgtor sammelten. Und es waren zu viele, um sie lange aufhalten zu können.

Ollowain war zu ihm geeilt, noch bevor er wieder richtig auf den Beinen gewesen war. Aber noch bevor dieser verdammte ritterliche Idiot den Mund aufgemacht hatte, hatte er dem Schwertmeister seine Meinung gesagt. Wenn sie die Evakuierung wie geplant durchführten, würde die Hälfte der Krieger keine Hoffnung auf eine Flucht mehr haben.

Ollowain musterte ihn kühl. Sein Antlitz verriet nichts über seine Gedanken. Es schien eine Ewigkeit zu vergehen, bis er endlich nickte. »Du hast recht. So machen wir es.«

Tiranu war überrascht. Natürlich hatte er recht! Aber er hatte nicht daran geglaubt, dass der Schwertmeister das einsehen würde.

»Du übernimmst die Verteidigung des vorderen Burghofs. Je länger du ihn halten kannst, desto besser. Ich kümmere mich darum, dass dein Plan in die Tat umgesetzt wird.«

Der junge Fürst lächelte spöttisch. Er wurde also zum Sterben in die vorderste Front geschickt, und Ollowain würde den Siegeslorbeer gewinnen.

Der Schwertmeister schien seine Gedanken erraten zu haben. Seine Lippen verzogen sich zu einem süffisanten Lächeln. »Ich werde mit dem letzten Adler fliegen. Mach deine Sache gut!«

Zornig wandte sich Tiranu ab. Es war unvernünftig, aber er konnte seine Gefühle nicht der Vernunft unterordnen. Er war wütend auf den Schwertmeister, weil er wieder einmal die Rolle des Helden für sich gewählt hatte. Aber man würde sehen, wer als Letzter das Schlachtfeld verließ.

Tiranu winkte seinen Schnittern, und sie verließen durch den engen Tortunnel den Haupthof der Burg. Auf dem vorderen Hof drängte sich eine kleine Schar Gefangener. Offensichtlich waren hier alle Menschen, die man in der Burg aufgegriffen hatte, zusammengetrieben worden. Sie erinnerten den Fürsten an eine Herde Lämmer, wie sie ihn mit großen, angstvollen Augen anstarrten. Ritter konnte er keine unter ihnen entdecken.

Dicht neben dem Tor gab es einen großen Schweinestall. Es stank erbärmlich. Das passte zu Menschen: mit Schweinen fast unter demselben Dach zu leben.

»Elanel! Du siehst dir das Tor an. Ich muss wissen, ob die Fallgatter herabgelassen werden können. Überprüfe, ob die Mordlöcher verstopft sind. Und sieh zu, dass du ein paar Fässer mit Lampenöl ins Torhaus bringst.«

Tiranu war übellaunig. Ollowain hatte ihn auf einen Posten befohlen, der keinen Sieg erlaubte. Alles, was er hier erreichen konnte, war, die Niederlage ein wenig hinauszuzögern.

Er blickte zu den Schweinen. Sie waren gut gemästet. Wahrscheinlich sollte die Hälfte von ihnen noch vor dem Winter geschlachtet werden.

Durch den Tortunnel hallte ein dumpfer Donnerschlag. Es fing an. Sie berannten das Tor mit einem Rammbock. Wie viel Zeit blieb ihm wohl noch?

Elanel streckte den Kopf zu einem Fenster des Torhauses hinaus. »Die Fallgatter sind beide in schlechtem Zustand. Alles ist durchgerostet. Sie werden die Angreifer nicht lange aufhalten können.«

»Das vordere Gitter hinab!«

Nur Augenblicke später erklang ein infernalisches Rasseln, und die Spitzen des Fallgitters krachten auf den gepflasterten Boden des Tortunnels. Es würde keine Zeit mehr bleiben, Pech oder auch nur Wasser zum Sieden zu bringen. Schon mischte sich das Geräusch splitternden Holzes unter die Schläge gegen das Tor. Das ging alles zu schnell!

Tiranu sah sich nach den Maurawan um, doch die Bogenschützen waren wie vom Erdboden verschluckt. Verdammte Mistkerle. Wieder blickte der Fürst zu den Schweinen. Vielleicht ... Er ging auf die Gruppe der Menschen zu.

»Macht den Stall auf und treibt die Schweine in den Tortunnel«, herrschte er sie in ihrer plumpen Sprache an.

»Du hast hier niemandem zu befehlen.« Eine dürre Frau ganz in Weiß trat aus der Gruppe hervor. Ihr Gewand war aus kostbarem Stoff gefertigt, und sie hatte Perlen in ihr Haar geflochten.

Wahrscheinlich war sie eine Gräfin, dachte Tiranu. Wenn er sie dazu brachte, ihm zu gehorchen, dann würden auch alle anderen tun, was er wollte. »Lass das Gesindel die Schweine herausholen, oder ich schneide dir die Kehle durch.«

Die Frau spuckte ihm vor die Füße. »Mein Mann ist ein Ritter. Ihm folgen mehr Krieger, als du erschlagen kannst. Lauf weg, wenn dir dein Leben lieb ist. Noch ist Zeit.«

Ihr Trotz überraschte ihn. Wenn es sie nicht gäbe, hätten sich die anderen wahrscheinlich schon längst an die Arbeit gemacht. Einige Balken des Burgtors stürzten gegen das Fallgitter. Lichtstreifen fielen in den Tortunnel. Tiranu konnte durch den Spalt einige weiß gewandete Ordensritter sehen.

Jetzt blieb keine Zeit mehr für Wortgeplänkel. »Man hält uns Elfen hier doch allgemein für Kindsräuber und Halsabschneider.« Er sah die übrigen Menschen an. Die Frau in Weiß ignorierte er. Es ging jetzt nur noch um die anderen. Er konnte ihre Angst sogar riechen.

»Diese Geschichten sind wahr.« In fließender Bewegung schnellte sein Rapier aus der Scheide. Die Klinge beschrieb einen silbernen Bogen. Ohne Widerstand schnitt sie durch das Fleisch.

Die Gräfin griff sich an die Kehle. Blut spritzte zwischen ihren Fingern hervor und durchtränkte ihr Kleid.

Ein pummeliges Weib schloss sie in die Arme. »Du Unhold! Du verfluch…«

Er machte einen tänzerischen Schritt nach vorn. Die Spitze seines Rapiers senkte sich in ihr linkes Auge. Ihre Stimme brach sofort ab. Beide Frauen stürzten zu Boden. Die in Weiß hielt immer noch ihre Hände fest auf die Kehle gepresst. Welch lächerlicher Versuch, sich ans Leben zu klammern.

»Holt die Schweine heraus und treibt sie in den Tortunnel«, sagte er mit ruhiger Stimme.

Das Gesinde gehorchte.

Tiranu trat durch die Pforte des Torhauses. Jetzt musste alles sehr schnell gehen!

DER HUMOR GOTTES

»Du wirst in den Burghof gehen, Drustan. Aber nicht gleich mit der ersten Angriffswelle. Ich will dich nicht an der Seite von Lilianne oder Michelle sehen.«

»Aber es ist feige und ehrlos, wenn ich mich vor der Gefahr …«

Leon packte ihn bei seinem verbliebenen Arm. »Hier geht es nicht um eine heldenhafte Rittergeschichte. Wir werden die Elfen allesamt vernichten. Gott will es so! Es ist die Strafe dafür, dass sie sich hierher gewagt haben. Aber das kann nicht gelingen, wenn du unnütz dein Leben gefährdest. Du musst an die Sache denken. Männer, die das können, sind die wahren Helden.«

Drustan nickte bedächtig. Leon war zuversichtlich, dass er seinen Ritterbruder wirklich überzeugt hatte. »Zwei Schildträger werden dich zu deinem Schutz begleiten. Sie werden dir nicht von der Seite weichen.« Er blickte zu Honoré. »Auch du wirst begleitet werden.«

Der Anführer der Spitzel hatte eine Art zu lächeln, die Leon überhaupt nicht gefiel. Aber er war auf ihn angewiesen. Jetzt, in dieser vielleicht wichtigsten Stunde der Neuen Ritterschaft, lag das Schicksal des Ordens in den Händen eines einäugigen Greises, eines einarmigen Magisters, der möglicherweise noch immer betrunken war, und eines Zynikers, der eine Wunde in seiner Brust trug, die sich einfach nicht schließen wollte, und der die Welt nur noch in den dunkelsten Farben sah. Tjured hatte wahrlich Sinn für Humor! Das Schicksal der Ritterschaft in die Hände einer Schar von Krüppeln zu legen.

Leon lächelte in sich hinein. Man würde eine gute Heiligengeschichte daraus machen können. Wo Luc nur steckte? Bei ihm war die Gabe am stärksten. Jetzt könnte er sich wirklich beweisen!

»Du gehst zur Nordmauer, Honoré, ich werde an der Südmauer sein. Ich nehme den Hornisten der Andalanen mit mir. Es ist wichtig, dass wir alle im gleichen Augenblick unser Werk beginnen, damit den Elfen keine Zeit mehr bleibt zu flüchten. Mein Hornist wird einen Jagdruf blasen. Das ist das Zeichen. Dann beginnt, Brüder! Und wenn Gott uns gnädig ist, dann werden hundert Herzschläge später alle Elfen in der Burg tot sein. Ein Wunder, von dem man in der ganzen Welt hören wird! Ein Zeichen Gottes, dass die Zeit für die letzte Schlacht gegen Albenmark gekommen ist. Und dass es die Aufgabe der Neuen Ritterschaft ist, diesen letzten aller Feldzüge anzuführen.«

Honoré nickte anerkennend. »Ein guter Plan, Bruder Leon.«

Was er wohl noch dachte?, fragte sich der Einäugige. Wenn diese Schlacht geschlagen war, würde er sich Honoré vornehmen müssen.

»Gott mit euch, Brüder!«, sagte der Primarch. Dann winkte er den beiden Schildträgern, die ihm Deckung geben sollten.

ELFENTÜCKE

Liliannes Herz schlug schneller als die Trommeln der Andalanen. Der Rammbock hatte sein Zerstörungswerk vollendet. Soldaten mit großen Äxten zerstörten das zersplitterte Tor, damit der Angriff auf das Fallgitter beginnen konnte.

Die Eisenstäbe waren mit dicken, rotbraunen Rostkrusten überzogen. Den wuchtigen Stößen des Eichenstamms würde das Gitter nicht lange standhalten. Lilianne spähte in den dunklen Tunnel. Etwas bewegte sich dort, ganz am Ende. Sie hörte leise, quiekende Geräusche, die sie nicht sicher zuordnen konnte. Der ohrenbetäubende Lärm der Schlacht machte es unmöglich, sich auf ein leises Geräusch zu konzentrieren. Axtschläge, Arkebusensalven und die Schreie aus Hunderten Kehlen gaben ein Orchester ab, in dem die leisen Töne untergingen.

Die verdammten Adler flogen immer wieder heran, um sie mit den silbernen Pfeilen einzudecken. Aber die Schützen wehrten sich. Mit Salven aus hundert und mehr Arkebusen empfingen sie die großen Vögel. Zwei von ihnen hatten sie schon vom Himmel geholt.

Wieder donnerten die Arkebusen, und flackerndes Mündungsfeuer fiel in den nachtdunklen Tortunnel. Es waren nur wenig mehr als zehn Schritte bis zu dem Fallgatter auf der anderen Seite. Dahinter erwartete sie noch ein weiteres verschlossenes Tor aus schweren Eichenbohlen. Aber dort würden sie sich nicht lange aufhalten lassen. Rammböcke waren Waffen aus einem vergangenen Jahrhundert. Dieses Tor würden sie auf andere Art öffnen.

Doch nun wurde der schwere Eichenstamm wieder aufgenommen. Zwanzig Mann waren nötig, ihn zu heben.

»Zugleich!«, rief Lilianne, und das Kreischen von altem Eisen war die Antwort auf ihren Befehl. Rost platzte vom Fallgitter. Die Eisenstäbe verbogen sich.

Lilianne wischte sich die Hand an ihrer schlammbespritzten Hose ab. Sie schwitzte. Sie hätte nicht hier sein müssen. Wieder blickte sie in den Tunnel. Sie ahnte, dass dort irgendeine Falle lauerte. Ganz gewiss hatten die Elfen etwas ausgeheckt … Die Ritterin wusste, dass es oben in der Decke des Torgewölbes Mordlöcher gab. Sie hatte den Gefährten, die mit ihr vorstürmen würden, den Befehl gegeben, sich dicht bei den Mauern zu halten. Die Elfen konnten unmöglich kochendes Pech bereitgestellt haben. Die Zeit hatte nicht dazu gereicht.

Der Pulverdampf der Arkebusen brannte Lilianne in den Augen. Die Luft schmeckte nach Schwefel. Ein widerlicher Film bedeckte ihre Zunge. Sie wünschte, sie hätte eine Feldflasche dabei, um sich den Mund auszuspülen.

Kurz blickte sie zu den Gefährten, die hinter ihr dicht an die Burgmauer gedrängt standen. Es waren allesamt Freiwillige, Ritter und Novizen aus dem Abschlussjahrgang. Sie wollte im Tunnel keine einfachen Soldaten haben. Nur Krieger, von denen sie wusste, dass ihr Gottvertrauen und ihr Mut durch fast nichts zu erschüttern waren.

Ihre Ritter hielten drei kleine Fässchen bereit. Das müsste genügen, um das Fallgitter und das Tor auf der anderen Seite zu zerstören. Wenn sie nur wüsste, welche Falle sie in dem Tunnel erwartete! Was hatten die verfluchten Anderen für sie vorbereitet? Sie war kein Feigling. Sie wollte nur sehen, wogegen sie ankämpfen musste.

Lilianne blickte auf das dichte Gedränge der Männer vor

dem Tor. Hunderte Soldaten und Ritter waren es. Sie brannten darauf, den Burghof zu stürmen und es den Elfen heimzuzahlen.

Michelle kämpfte sich durch die Mauer aus Leibern zu ihr durch. »Gleich gibt das Gitter nach.« In ihrem Blick lag eine unausgesprochene Frage.

»Nein! Du darfst nicht dort hinein. Ich gehe zuerst ...« Lilianne zögerte. »Und wenn wir einen zweiten Ansturm brauchen, um das hintere Gitter zu zerstören, dann wirst du ihn führen.«

Michelle legte ihr die behandschuhte Hand auf die Schulter. »Pass auf dich auf!«

Lilianne bemühte sich zu lächeln. »Du weißt doch, dass ich immer Glück habe. Ich ...« Ein helles, metallisches Kreischen erklang. Die Gitterstäbe hatten nachgegeben. Sie waren durch die Wucht der Stöße auseinandergebogen. Etliche der schweren eisernen Nieten, die die Kreuzverstrebungen hielten, waren abgesprungen.

Der Rammbock wurde zurückgezogen. Es war eine Öffnung entstanden, die groß genug war, um einen geduckt gehenden Krieger hindurchzulassen.

Lilianne winkte ihre Freiwilligen herbei. Dann klopfte sie Michelle auf die Schulter. »Du weißt ja, ich habe immer Glück.«

Die ehemalige Komturin duckte sich durch das Loch in den Tortunnel. Sie zog ihr Rapier. Ganz am Ende des Tunnels bewegte sich wieder etwas. Vorsichtig tastete sich Lilianne vorwärts. Der gepflasterte Boden war rutschig. Die Luft war auch hier von beißendem Pulvergestank erfüllt. Aber da war noch ein anderer Geruch. Ganz sacht, kaum wahrnehmbar ...

Lilianne drängte sich dicht an die linke Wand. Bloß nicht

den Mordlöchern zu nahe kommen! Gewiss wurde sie beobachtet.

Ein leises Plätschern erklang. Wasser wurde ausgegossen! Wieder war da ein quiekendes Geräusch ... Schweine?

Die Ritterin blickte zurück. Ihre Freiwilligen waren jetzt alle durch das Gitter geklettert. Auch sie hielten sich dicht an den Wänden.

Plötzlich fiel Licht aus einem der Mordlöcher! Eine Fackel. Lilianne sah die nass glänzenden Tiere. Und sie begriff, was es mit dem seltsam vertrauten Geruch auf sich gehabt hatte. Lampenöl!

»Zurück!«, schrie sie, doch ihre Stimme ging im Fauchen der Flammen unter, als weitere Fackeln aus den Mordlöchern stürzten.

Die Ritterin ließ ihr Rapier fallen und rannte. Es waren nur ein paar Schritt, doch durch den engen Durchlass konnte immer nur einer hinaus! In Panik drängten ihre Ritter sich dort und behinderten einander so, dass niemandem die Flucht gelingen konnte.

Schrilles Quieken übertönte den Lärm der Flammen. Die Schweine! Die Tiere hatten Feuer gefangen. Ihre dicke Schwarte nährte die Flammen. Zischendes Fett troff von ihren Flanken hinab.

Lilianne riss sich den brennenden Umhang ab und schlug damit auf das Feuer ein. Ihre Hände und ihr Gesicht schmerzten. Die Haut spannte sich straff.

Eines der Schweine, ein riesiger Eber, sprang mitten in das Knäuel aus Rittern. Blut spritzte, als er sich mit seinen Hauern einen Weg durch die Menschen zu bahnen versuchte.

»Hebt das verfluchte Gitter an!«, drang Michelles Stimme durch das Chaos aus Schreien.

Einer der Ritter schlug kreischend auf seine brennenden

Haare ein. Dutzende Männer packten die Gittestäbe. Zoll um Zoll hob sich die eiserne Barriere.

Der Mann, dem die Haare verbrannt waren, warf sich zu Boden und versuchte zwischen den Spitzen des Fallgitters hindurchzukriechen.

»Nein«, sagte Lilianne. Ihre Stimme war schwach, ihr ganzer Leib ein sengender Schmerz. Sie wagte es nicht, an sich hinabzublicken. Sie wollte nicht wissen, was mit ihr geschah. »Nicht.«

Als das Gitter vielleicht zwanzig Zoll angehoben war, drängte sich die ganze Rotte brennender Schweine durch die Lücke.

Die Helfer ließen los. Das Gitter raste herab. Es spießte zwei Schweine auf und den Ritter, der als Erster hinausgewollt hatte.

Lilianne erinnerte sich an etwas. Sie ließ sich auf den Boden fallen und kroch dicht an das Gitter heran. Als sie die schmerzenden Hände über dem Kopf faltete, tastete sie über verbrannte Stoppeln.

Michelles Gesicht erschien vor ihr. »Wir holen dich hier heraus.«

Lilianne wollte das Grauen in den Augen ihrer Schwester nicht sehen. »Du musst …«

Die Explosion des ersten Pulverfasses schnitt ihr das Wort ab.

FLUCHT

Ich soll wirklich tun, was dieser glänzende, schwarze Käfer befohlen hat?, durchdrang die Stimme des Adlerkönigs Ollowains Gedanken.

»Ja, Wolkentaucher. Wir haben keine andere Wahl. Tiranu hat recht mit dem, was er gesagt hat.«

Der riesige Adler plusterte sein Gefieder auf. Er drehte ruckartig den Kopf und sah den Elfen durchdringend an.

Von ihm kommt nichts Gutes, Schwertmeister.

»Ich bin ganz deiner Meinung. Aber es ändert nichts daran, dass er dieses eine Mal recht hat. Wir werden nicht alle retten können, wenn wir uns an den ursprünglichen Plan halten. Flieg nun und sorge dich nicht. Ich werde Tiranu nicht aus den Augen lassen, wenn es hier zum Ende kommt.«

Der Adler war nicht überzeugt. Ollowain spürte das ganz deutlich. Doch Wolkentaucher gab es auf, seine Einwände weiter geltend zu machen.

Der Schwertmeister kniete vor der jungen Frau nieder, die ins Gurtzeug geschnallt war. Man hatte ihr die Hände gebunden, damit sie während des Fluges kein Unheil anrichten konnte.

»Ich habe ihn nicht getötet«, sagte er leise.

Gishild starrte ihn an. Der kalte Zorn in ihren Augen wich Schmerz.

»Er wird nicht sterben. Er wird sich schnell erholen. Und er wird keinen bleibenden Schaden davontragen. Schon in einem halben Jahr wird er wieder eine Waffe führen.«

Gishild nickte.

»Du solltest heute heiraten ...« Die Stimme des Schwertmeisters klang dunkel, er suchte nach Worten. »Es tut mir leid. Er wird leben, das verspreche ich dir. Aber du kannst ihn niemals wiedersehen. Man erwartet dich im Fjordland. Du wirst Königin sein.«

Wolkentaucher wurde unruhig.

Der Schwertmeister trat ein Stück zurück, und der riesige Adler spreizte seine Schwingen, um sich in die Luft zu erheben.

IM ZWEIFEL

Fingayn senkte den Bogen. Dieses Gefühl, das ihn plagte, war neu. Waren das Gewissensbisse? Er hätte den Alten leicht niederschießen können. Es war kurz windstill gewesen. Jetzt heulten wieder kalte Böen über die Mauern und Dächer hinweg. Nun würde es schwieriger werden, einen sauberen Treffer zu erzielen.

Er betrachtete die Umhänge der Ritter, die sich im Wind bauschten, und versuchte einzuschätzen, wie weit sein Pfeil abgetrieben werden würde. Es waren kaum mehr als sechzig Schritt bis zu seinem Ziel. Kein besonders schwerer Schuss ... Wenn es windstill war!

Es war schon seltsam, dass sie ihre Verwundeten ausgerechnet hierher brachten. So dicht bei der Mauer! Sie mussten doch wissen, dass sie hier unter Beschuss geraten könnten.

Es war genau so, wie Emerelle es ihm vorausgesagt hatte. Sie hatte ihm befohlen, auf die Heiler zu achten, die das Weiß des Ritterordens trugen. Sie hatte prophezeit, dass die Heiler erscheinen würden, wenn es dazu käme, dass die Elfen auf einen engen Raum zusammengedrängt würden. Sie waren viel zu nah bei den Kämpfenden ...

Fingayn dachte an die Geschichten über Aniscans, die Dreikönigsschlacht und an das Massaker während der Krönung Roxannes. Er kannte all das Grauen nur vom Hörensagen. Emerelle hatte die Geschichten in einen Zusammenhang gestellt. Es waren nicht die Ritter, von denen die größte Gefahr ausging. Es waren die Heiler des Ordens.

Der Alte dort unten wollte gar nicht in erster Linie den grässlich verbrannten Gestalten helfen, die man auf blutbesudelten Umhängen ins Gras bettete. Er wollte die Elfen in der Burg töten. Alle! Wenn Emerelle recht hatte ...

Die zwei Schildträger, die ihn vor vermeintlichen Heckenschützen decken sollten, waren ein weiteres Zeichen dafür, dass der Kerl mehr als nur ein Heiler war. Er strahlte Autorität aus mit seinem mächtigen weißen Bart und dem einen funkelnden Auge. Alle hörten auf ihn, wenn er etwas sagte.

Fingayn hob den Bogen. Er konnte sich nicht erlauben abzuwarten, ob die Königin vielleicht irrte, denn wenn sie recht hatte, dann käme er nicht mehr dazu, einen Schuss abzugeben.

Die Schildträger hatten keine Ahnung, wo er steckte. Sie erledigten ihre Aufgabe nachlässig. Auch waren die Schilde zu klein.

Der Maurawani zog die Sehne bis weit hinter sein linkes Ohr zurück. Dann ließ er den Pfeil davonschnellen. Er traf den Alten in den Kopf.

Fingayn wartete noch einen Augenblick, um ganz sicher zu sein, dass der Kerl tot war. Dann wechselte er seine Position. Einige der Ritter deuteten zum Turm hinauf. Sie riefen nach Arkebusenschützen ... Zu spät.

Der Elf lief die Treppe des großen Turms hinab, bis er an eine Schießscharte gelangte, die auf den vorderen Burghof blickte.

Tiranu hatte seine schwarz gewappneten Schnitter im Hof antreten lassen, stählerne Felsen inmitten der Menschenflut. Sie kämpften gut. Von hier oben sah es fast aus wie ein Spiel. Wie Tänzer bewegten sich die Schnitter. Keine Klinge schien ihnen etwas anhaben zu können. Aber es war nur eine Frage der Zeit, bis der erste von ihnen fiel.

Große, schwarze Schatten glitten dicht über den Burghof hinweg. Die Adler! Fingayn sah, wie die ersten von ihnen auf dem hinteren Hof landeten. Warum waren sie so schnell wieder zurück?

Und noch etwas sah er. Im See waren Schwimmer. Sie hielten auf die kleinen Schiffe zu, die am Landungssteg vor dem Seetor vertäut lagen. Der Maurawani fluchte. Die letzten Verteidiger hätten sich mit einem der Schiffe zur Mitte des Sees hin absetzen sollen, um dort von den Adlern geholt zu werden. So hatte Tiranus Plan ausgesehen. Doch daraus würde nun nichts mehr. Der zweite Burghof durfte nicht verloren gehen! Das war der letzte Platz, wo die Adler landen konnten, ohne von den Arkebusenschützen unter Feuer genommen zu werden.

Fingayn betrachtete die wimmelnde Menschenmenge auf dem vorderen Hof. Die Schnitter wurden bereits zurückgedrängt.

Und dann sah er den weiß gewandeten Mann. Ein Einarmiger! Er beugte sich über eine Frau in einem weiß-roten Kleid. War das noch so ein Heiler? Er hob den Körper der Frau an und presste ihn fest gegen seine Brust. War das Trauer? Oder war es das Ritual, das alle Elfen auf dem Hof sterben lassen würde?

Er zog einen Pfeil aus seinem Köcher. Legte an ...

Das Geschoss durchschlug den Leib der Toten und drang dem Ritter in die Brust. Er stürzte nach vorn. Wie ein Liebender lag er auf der Frau mit dem weiß-roten Kleid. Er hob den Arm ...

Fingayn schluckte. Der Kerl strich der Frau eine Haarsträhne aus dem Gesicht. Eine solche Geste hätte er von einem Menschen niemals erwartet. Hatte er die Frau wirklich geliebt? Der Maurawani zog noch einen Pfeil aus dem Köcher. Er hatte schlecht getroffen. Er würde den Todeskampf des Ritters beenden.

GETRENNT

Die Ordensburg glitt unter ihr hinweg. Der Adler stieg steil in den Himmel hinauf. Aller Schlachtenlärm verebbte. Nur das Rauschen des Windes war noch zu hören. Gishild starrte in die Tiefe. Ihre Hände hatten sich fest in das Gurtzeug gekrallt. Ihr war übel. Die Elfen würden unterliegen. Ganz deutlich sah sie nun, wie groß die Übermacht der Ordensritter und ihrer Truppen war.

Der Prinzessin standen Tränen in den Augen. So hatte sie das nicht gewollt. In Hunderten Nächten hatte sie sich ihre

Rettung aus Valloncour ausgemalt. An manchen Tagen hatte sie sich gewünscht, dass Drustan oder Leon dabei sterben würden. Aber so etwas! Ein solches Massaker hatte sie nie für möglich gehalten.

Der Adler schwenkte nach Osten ab und hielt auf die Berge zu. Gemeinsam mit den anderen Raubvögeln flog er in einem großen Keil. Betroffen bemerkte Gishild, dass fast alle Elfen, die ausgeflogen wurden, verwundet waren. Mit bleichen Gesichtern hingen sie in den Ledergurten. Ihre Wunden waren nur notdürftig versorgt.

Und dann verschwand einer. Von einem Augenblick zum anderen war er einfach nicht mehr da. Einen Lidschlag lang sah sie silbriges Licht. Dann war er fort. Der Adler stieg auf, schwenkte aus der Formation heraus und flog zurück zur Burg.

Plötzlich brach auch ihr Adler aus. Er stieß einen langen, schrillen Schrei aus und hielt sich nördlicher als der übrige Schwarm. Am Horizont zeigte sich eine schwarze Wolkenbank, der sie entgegenstrebten.

Gishild verdrehte den Hals und sah den übrigen Adlern nach.

»Wohin bringst du mich?«, schrie sie aus Leibeskräften, doch der Sturmwind riss ihr die Worte von den Lippen. Der Adler hatte sie nicht gehört ... Er wollte sie nicht hören. Sie kannte die Geschichten um das Adlervolk vom Albenhaupt. Wenn er ihr etwas mitteilen wollte, dann würde er in ihren Gedanken zu ihr sprechen. Aber er schwieg.

Gishild fror erbärmlich. Der Wind griff mit eisigen Fingern in ihr Gewand. Das Kettenhemd fühlte sich an, als seien die Ringe aus Eis geschnitten. Und die Kälte fuhr durch ihre viel zu dünnen Kleider. Ihr klapperten die Zähne. Sie war so fest unter den Adler geschnallt, dass sie sich nicht einmal mit den Händen über die Arme reiben konnte, um sich zu wärmen.

Unter ihr glitten die tiefen Schluchten des nördlichen Küstengebirges dahin. Am Horizont sah sie das Meer. Eine unruhige graue Fläche, durchsetzt mit Inseln und Klippen, die sich schwarz gegen die See abhoben. Weiße Gischt jagte über Wellenkämme hinweg. Selbst auf diese Entfernung hörte sie das Donnern der Brandung.

Gishild dachte an Luc. Lebte er noch? Tränen standen ihr in den Augen. Sie wusste, sie würde Luc niemals wiedersehen. Und zum ersten Mal wünschte sie sich, Silwyna hätte sie nicht gefunden. Mit Luc hätte sie glücklich werden können ... Sie hatte sich nicht dem Orden ergeben, sondern Lucs Liebe. Und er hätte sie beschützt. Immer! Wütend schüttelte sie den Kopf und verfluchte ihre alten Götter. Luth, den Schicksalsweber, der ihren Lebensfaden zu einem so verschlungenen Knäuel gewoben hatte. Norgrimm, den Gott des Krieges, dem es gefiel, dass noch einmal ein solches Gemetzel um ihretwillen stattfand. Maewe, die Göttin der schönen Dinge, die ihr das Glück vorenthielt, und Naida, die Wolkenreiterin, Herrin der dreiundzwanzig Winde, weil ihre Sturmböen Gishild wie Ohrfeigen ins Gesicht schlugen. Sie schrie in den Wind, bis all ihre Kräfte sie verlassen hatten.

Dann starrte sie nur noch auf das aufgewühlte Meer. Es schien ihr wie ein Spiegel ihrer Seele. Und sie dachte daran, die Haken zu lösen, die sie hielten, und einzutauchen in das kalte Grau, um für immer zu vergessen und vergessen zu werden.

Sie winkelte die Arme an. Ihre Finger tasteten über das Geschirr ... Sie zitterte.

DER LETZTE BEFEHL

Ollowain schloss die Haken des Fluggeschirrs.

»Ich kann noch kämpfen«, begehrte Jornowell schwach auf.

»In einer anderen Schlacht«, entgegnete Ollowain sanft. »Flieg!«, befahl er Drei Krallen.

Der Schwarzrückenadler stieß sich von den Zinnen des Bergfrieds ab, sackte kurz durch, breitete die Flügel aus und gewann mit kräftigen Schlägen langsam an Höhe. Sturmböen zerzausten sein Gefieder.

Im Hof unter ihnen krachten Arkebusenschüsse. Ollowain konnte sehen, wie eine der Kugeln den linken Flügel des Adlers durchschlug. Doch Drei Krallen hielt durch. Immer weiter schraubte er sich in weiten Kreisen in die Höhe und hielt sich dabei nach Westen, wo er bald außer Reichweite der Schützen war.

Ollowain lehnte sich mit dem Rücken gegen eine der hohen Zinnen. Ihm gegenüber kauerte Fingayn. Der Maurawani nahm die Sehne von seinem Bogen. Sein Köcher war leer. Aus der offenen Falltür in der Mitte der Turmplattform klang das Lied der Klingen.

Der Schwertmeister blickte in den Himmel hinauf. Vier Adler zogen hoch über ihnen ihre Kreise. Ein fünfter kam von Osten her, um sich seinen Nestbrüdern anzuschließen. Es gab keine Stahlpfeile und Rauchtöpfe mehr. Nichts, womit sie sie hätten unterstützen können. Es blieb nur noch zu fliehen. Aber auf den Zinnen zu landen war gefährlich, denn die Höfe und Wälle ringsherum waren von Schützen besetzt.

»Wer ist auf der Treppe?«, rief er Fingayn zu.

»Nur noch Tiranu.«

Ollowain wurde sich bewusst, dass er wohl eine Grimasse geschnitten haben musste, als der Bogenschütze ihn unvermittelt anlächelte.

»Drei ungleiche Helden, daraus kann man ein hübsches Lied machen.« Der Maurawani nahm einem der toten Krieger auf der Turmplattform seine Arkebuse ab und wog die Waffe prüfend in der Hand. »Ziemlich schwer.« Er blies auf den matten Funken am Ende der Zündschnur. »Keine Waffe für Jäger«, murmelte er und sagte noch etwas, das im Krachen einer Salve auf dem Hof unter ihnen unterging.

Ollowain blickte auf. Einer der Adler hatte sich aus dem weiten Kreis gelöst und stieß im Sturzflug zum Burgfried hinab.

Der Elf sah, wie Kugeln am Gefieder des Adlers zupften. Erst im letzten Augenblick breitete er die Flügel aus, um seinen Sturz abzufangen.

Von allen Seiten pfiffen Kugeln über den Bergfried hinweg. Putz spritzte von den Zinnen. Die Krallen des Adlers gruben sich ins Mauerwerk.

»Deiner«, rief Ollowain dem Bogenschützen zu.

Plötzlich erzitterte der Adler, als habe ihn ein Fieber gepackt. Sein Leib wurde durchgeschüttelt. Federn stoben über den Turm. Dort, wo gerade noch ein kaltes, dunkles Auge gewesen war, klaffte ein rotes Loch. Eine ganze Salve Arkebusenkugeln hatte ihn getroffen.

Der Vogel kippte nach vorn, sein linker Flügel zuckte. Er spreizte ihn weit ab, als wolle er dem Tod davonfliegen.

Ollowain betrachtete den Adler. Er kannte nicht einmal dessen Namen. Er hatte immer Schwierigkeiten gehabt, die stolzen Vögel auseinanderzuhalten. Er schämte sich. Der

Schwarzrückenadler hatte sein Leben für sie gegeben, und er ... er kannte nicht einmal dessen Namen!

»Kommt nicht mehr herunter!« Er winkte mit beiden Armen den Adlern, die hoch über ihnen kreisten, und schrie dabei aus Leibeskräften. »Es ist zu gefährlich. Fliegt davon! Wir bringen die Sache auf unsere Art zu Ende.«

»Und was ist unsere Art?« Tiranu stieg durch die Falltür. Eine lässig ausholende Bewegung ließ das Blut von seiner Klinge spritzen.

Ollowain lächelte. Ein Gutes hatte ihre Lage. Dieser Mistkerl würde mit ihm zugrunde gehen und in Albenmark keinen Schaden mehr anrichten. Mit diesem Wissen in den Tod zu gehen machte es einfacher.

Fingayn blickte zwischen den Zinnen hinab zum See. »Man könnte springen. Ich glaube, das Wasser ist tief genug, um es zu wagen.«

»Sie haben die Boote besetzt«, entgegnete der Schwertmeister. »Wie willst du ihnen entkommen?«

»Ich bin ein Maurawani.« Fingayn lächelte auf eine Art, die einen frösteln ließ. Für ihn war damit offensichtlich alles gesagt.

Auch Tiranu blickte kurz zum See hinab. Er runzelte die Stirn und schüttelte dann den Kopf. »Nein, ich habe die Magie aufgegeben und mich für den Weg des Schwertes entschieden. Jetzt werde ich meine Meinung nicht schon wieder ändern, um den Weg der Kaulquappe zu wählen. Und du, Ollowain? Was wirst du tun?«

Der Schwertmeister zog seine Waffe und deutete auf den Treppenschacht, in dem das Stampfen genagelter Soldatenstiefel widerhallte. »Ich werde dort hinabsteigen und so viele Feinde Albenmarks töten, wie mir möglich ist.«

»Welch ein denkwürdiger Tag«, sagte Tiranu, überraschenderweise ganz ohne Sarkasmus. »Es ist das erste Mal, dass wir in einer Angelegenheit derselben Meinung sind.«

Fingayn seufzte. Dann lehnte er seinen Bogen gegen die Brustwehr und hob das Rapier eines Toten auf.

»Erscheint der Weg der Kaulquappe dir plötzlich unehrenhaft?«, fragte Tiranu.

»In meinem Volk heißt es, die Wahrheit über dich stirbt mit deinem letzten Atemzug. Von da an bist du nur noch, was die anderen über dich erzählen, ganz gleich, wie du gelebt hast. Wenn ich als Einziger von uns dreien nach Albenmark zurückkehre, dann wird alles, was von mir bleibt, die Geschichte sein, wie ich euch im Stich gelassen habe. Dabei ist es viel schwerer, sich von hier aus bis in unsere Heimat durchzuschlagen, als stumpfsinnig mit dem Schwert in der Hand diese Treppe hinabzusteigen und zu sterben.«

Tiranu lachte. »Ich bin ein Fürstensohn. Die schwirigen Dinge im Leben haben immer andere für mich erledigt. Ich kann nicht anders, als den einfachen Weg zu gehen.«

»Und ich bin zu müde, um fortzulaufen.« Ollowain sagte das ohne Traurigkeit oder Bitternis. »Ich bin dem Mondlicht näher als Albenmark. Ich weiß, ich werde im Mondlicht erwartet. Lyndwyn, die Frau, die ich liebe, ist dort. Fast ein Jahrtausend schon. Manchmal in der Schlacht habe ich das Gefühl, dass sie mir ganz nahe ist. In Albenmark gibt es niemanden mehr, der mich erwartet.«

»Was für eindrucksvolle Grabreden«, entgegnete Fingayn mürrisch. »Ich fürchte, über mich kann ich nur sagen, ich bin der Trottel, der den letzten Adlerflug verpasst hat und nun mit zwei todessehnsüchtigen Helden in der Patsche sitzt und nicht die innere Größe hat, sich einen Dreck darum zu scheren, wie man von mir redet, wenn ich tot bin.«

EIN NEUER WEG

Blutüberströmt kam Michelle auf den Hof zurück. Es war Honoré eine Genugtuung, sie geschlagen zu sehen. Und zugleich schmerzte es ihn. Er musste es schaffen, endlich seine Gefühle ihr gegenüber zu ordnen!

Sie ging geradewegs auf ihn zu. Ihr Gesicht sah übel aus. Ein tiefer Schnitt lief über ihre linke Wange. Die Wunde reichte bis auf den Knochen hinab.

»Wir kommen an ihnen nicht vorbei«, sagte sie, und dieses Eingeständnis schien ihr mehr zu schaffen zu machen als ihre Verletzung. Sie konnte ihm nicht in die Augen sehen.

»Wie viele sind es noch?«

Sie machte eine unbeholfene Geste. »Das kann ich nicht sagen. Zwei von ihnen halten die Treppe. Ein dritter mit einer abgebrochenen Pike steht etwas höher und unterstützt sie. Wie viele weiter oben sind, kann ich nicht sagen ... Vielleicht sind nur diese drei übrig. Die Fechter ... Sie müssen Zauberer sein. Es ist unmöglich, sie zu bezwingen. Sie scheinen jeden Hieb zu ahnen, noch bevor man ihn führt. Wir können auf der Wendeltreppe keinen Vorteil aus unserer Übermacht ziehen. Dort können nur zwei Mann nebeneinander kämpfen. Wir ...«

»Genug!« Honoré schnitt ihr mit einer barschen Geste das Wort ab. »Ich sehe schon, unsere besten Fechter sind im Vergleich zu zwei Elfen nicht mehr als nur Maulhelden. Wir haben hier drei Regimenter erfahrener Veteranen. Dutzende Ordensritter, die sich für die besten Kämpfer der Welt halten, und dazu ein paar hundert Novizen. Aber wir schaffen es nicht, zwei Elfen zu überwinden. Sie machen uns lächerlich! Was, glaubst du, wird geschehen, wenn unsere Brüder vom Aschenbaum davon erfahren? Oder schlimmer noch, die Heptarchen? Wir machen uns zum Gespött der Kirche! Und alles, was du mir als Entschuldigung zu bieten hast, ist, dass sie vielleicht Zauberer sind.«

Honoré genoss es, sie am Boden zerstört zu sehen. Davon hatte er geträumt, seit er ihren Pistolenschuss überlebt hatte. Ihr ein Leben in Schande zu bereiten war weit besser, als sie ermorden zu lassen. Dazu hätte er längst Gelegenheit gehabt.

Er deutete zum wolkenverhangenen Himmel. »Selbst ihre Adler haben sie aufgegeben ... Wir werden die Sache grundlegend anders angehen müssen.« Honorés Blick schweifte über den Hof. Weit über hundert Leichen lagen dort. Kein einziger Elf war dabei ... Sie hatten sogar ihre Toten mitgenommen! Sie würden die Anderen vertreiben. Die Schlacht war im Grunde längst gewonnen, aber sie würden keine Trophäen haben. Ein paar Elfenwaffen vielleicht und die Kadaver der Riesenadler. Aber das war es. Zehn Kisten mit Elfenköpfen zu den Heptarchen nach Aniscans zu schicken ... Er seufzte. Mit solch einem Beweis hätte man dieses Desaster in einen gewaltigen Sieg umdichten können.

Sein Blick verweilte auf Drustan. Zwei Pfeile hatten ihn und seine drusnische Heidenschlampe noch im Tod miteinander verbunden. Leons Tod war weniger spektakulär, wie man ihm berichtet hatte. Ein Pfeil ins Auge ... Dass beide verreckt waren, bestätigte seine Befürchtungen. Leon hatte ihre Feinde unterschätzt. Sie waren sich der Macht der Gabe durchaus bewusst. Sie mussten geahnt haben, dass man versuchen würde, sie auf diese Weise zu vernichten. Und sie wussten, auf welche Ritter dabei zu achten war.

Honoré hatte Leons letzten Befehl einfach nicht ausgeführt. Er hatte sich nicht auf den ihm zugewiesenen Platz vor der Burgmauer begeben und versucht, irgendjemanden zu heilen. Deshalb lebte er noch. Wer sich seine Handlungen vom Feind diktieren ließ, der befand sich auf dem Weg der Niederlage.

Er sah zum Turm. Der mächtige Bergfried lag im Herzen der Burganlage, dicht neben dem Tor, das die beiden inneren Höfe voneinander trennte. Man konnte ihn nur vom hinteren Hof und von den beiden angrenzenden Wehrgängen aus betreten.

»Wo genau stecken die verdammten Elfen?«

Michelle schreckte auf. Noch immer sickerte Blut aus der Wunde auf ihrer Wange. Offensichtlich war sie mit ihren Gedanken ganz woanders gewesen. »Sie beherrschen die obere Hälfte des Turms. Die Treppe oberhalb der Zugänge von den Mauern.«

Honoré strich sich über sein Kinn. Mit Stahl würden sie diese verdammten Mistkerle nicht bezwingen. Vielleicht waren sie ja wirklich Magier, so wie Michelle behauptete. Aber es gab eine andere Waffe ... Er hatte seine Lehren aus dieser Schlacht gezogen und eine feste Vorstellung davon, wie man die Anderen künftig besiegen mochte. Im Grunde könnte er es schon jetzt versuchen. Gut, es war so, als feuere man eine Feldschlange ab, um eine Mücke zu erlegen, aber sie würden mit keinem einzigen weiteren Menschenleben für den Tod der letzten Elfen im Turm bezahlen.

»Du wirst deine Wunde verbinden lassen, und dann gehst du zurück zum Bergfried. Es gibt keine weiteren Nahkämpfe mit diesen Schwertzauberern. Können die Elfen den Wachraum mit dem Kreuzgewölbe einsehen?«

Michelle wollte wohl den Kopf schütteln, doch sie hielt

mitten in der Bewegung inne und machte ein schmerzverzerrtes Gesicht.

»Nein«, stieß sie zwischen zusammengebissenen Zähnen hervor. »Sie stehen so weit auf der Treppe, dass Schützen sie vom Wachraum aus nicht sehen können.«

Honoré lächelte. Genau das hatte er gehofft. »Du nimmst dir trotzdem hundert Schützen. Und dann wirst du Folgendes tun ...«

FREMDE SCHIFFE

Es war, als wolle der Himmel selbst sie strafen. Der Sturmwind schlug ihr ins Gesicht, dass ihr die Augen tränten. Eng ins Gurtzeug gefesselt, war es Gishild unmöglich, einen Arm zu heben, um ihr Gesicht zu schützen. Ihre Kleider waren durchnässt, ihr Leib ausgekühlt. Sie zitterte nicht einmal mehr.

Auch der riesige Adler war dem Toben der Elemente hilflos ausgeliefert. Die Sturmböen warfen ihn hin und her. Manchmal sackte er tief durch, und Gishild konnte die wütende Gischt erschreckend nah unter sich sehen.

Ihren Adler schien die Kraft zu verlassen. Er lieferte sich den Elementen aus. Er versuchte nicht mehr, an Höhe zu gewinnen. Jeden Augenblick rechnete Gishild damit, dass sie in die Wellen stürzten. Und sie würde hilflos mit dem großen Vogel in den Fluten versinken. An ihn gefesselt. Unfähig, sich zu befreien ...

Zwei bunt bemalte Schiffsrümpfe schnitten durch einen grauen Wellenkamm. Der Vogel machte ein unbeholfenes Manöver, um auszuweichen. Die Schwungfedern seines linken Flügels tauchten ins Wasser.

Ungläubig starrte Gishild das gewaltige Schiff an, das stampfend gegen den Sturm ankämpfte. Nie zuvor hatte sie so etwas gesehen. Zwei Rümpfe waren durch ein Deck miteinander verbunden, das größer als zwei Buhurt-Felder war. Zwei Masten erhoben sich hoch über das Deck. Die Segel an den schräg stehenden Rahen waren gerefft. Nur ein Sturmsegel war noch gesetzt, um das gewaltige Schiff manövrierfähig zu halten.

Seitlich aus den Rümpfen stachen Stangen, dick wie Baumstämme hervor. Gishild konnte sich nicht erklären, welchen Nutzen diese merkwürdige Konstruktion haben sollte. Womöglich war sie dazu gedacht, feindliche Schiffe davon abzuhalten, bei einem Entermanöver längsseits zu gehen.

Auf jedem der beiden Rümpfe gab es drei große Frachtluken, die voll geöffnet wohl eine ganze Kutsche samt Pferdegespann hätten aufnehmen können. Jetzt erst vermochte sie die Größe des Schiffes richtig abzuschätzen. Es musste über siebzig Schritt lang sein, größer als selbst die mächtigen Galeassen der Ordensflotten.

Und dann sah sie noch ein Schiff und noch eines, als sie über den nächsten Wellenkamm hinwegblicken konnte. Mehrere kleinere Schiffe begleiteten die mächtigen Schlachtschiffe, so wie Pockenbeißer die Wale in den Fjorden begleiteten, um die Meeresgiganten von lästigem Ungeziefer zu säubern.

Gishild sah auch die schwarzen, muschelverkrusteten Felsriffe, die zwischen den Schiffen durch die graue See stachen. Die Flotte musste im Sturm in gefährliches Fahrwasser abgetrieben sein.

Ihr Adler stemmte sich mit aller Kraft gegen den Sturm und hielt nun auf die Steuerbordseite des großen Schiffes zu. Gischt sprühte der Prinzessin ins Gesicht, so dicht flog er über die Wellenkämme hinweg. Sie schmeckte salziges Meerwasser auf ihren Lippen.

Der Adler spreizte die Flügel. Jetzt begriff Gishild, was es mit den Stangen am Schiffsrumpf auf sich hatte. Sie waren dort, damit die Vögel besser landen konnten.

Der Raubvogel streckte seine Fänge vor. Eine Böe ergriff ihn, und gleichzeitig hob sich der Schiffsrumpf. Der Adler stieß ein klägliches Krächzen aus. Die Landestange schlug gegen seinen linken Flügel. Er wurde über die Reling auf das Hauptdeck geschleudert.

Gishild schlug mit dem Gesicht hart auf die Planken. Der Adler wirbelte herum und prallte vor den Mast. Um sie herum waren Elfen, die versuchten, den kläglich mit den Flügeln schlagenden Vogel zu beruhigen.

Gishild war ganz benommen. Sie spürte warmes Blut über ihre Wange rinnen. Schwer lastete der Leib des Vogels auf ihr. Sie hing verdreht im Gurtzeug, unfähig, auch nur ein Glied zu rühren.

Kalter Regen spülte über ihr Gesicht.

Jemand redete auf sie ein und streichelte über ihren Arm. Der tobende Sturm verschlang die Worte des Elfen.

Große Haken wurden am Gurtzeug befestigt. Der Arm eines Kranes schwenkte vom Hauptmast herüber. Seile spannten sich. Und plötzlich wurden Gishild und der Vogel schwankend in die Höhe gehoben.

Noch immer hielt jemand ihre Hand. Sie konnte kein Gesicht sehen. Der Kopf hing ihr in den Nacken. Die Welt war verkehrt. Der Ozean stürmte über den Himmel. Und sie sah, wie eines der großen Schiffe aus der Flotte einen Wellenkamm hinabstürzte und mit einem Getöse, das selbst das wütende Heulen des Sturmes übertönte, auf ein schwarzes Riff auflief.

Wieder durchfuhr sie ein Ruck. Der Arm des Kranes schwenkte zur Seite. Schaukelnd hing sie in den Seilen und rutschte in ihre ursprüngliche Lage im Fluggeschirr zurück. Die Ledergurte spannten. Ihre überdehnten Sehnen und Muskeln schmerzten und fühlten sich an, als wolle ein Riese ihr die Glieder ausreißen. Die Welt drehte sich, und unter sich sah sie ein klaffendes, schwarzes Loch, in das sich wahre Sturzfluten an Gischt ergossen.

Gishild wurde übel. Immer heftiger schlingerte das Schiff. Die Halteseile tanzten auf und nieder. Dann verschlang sie die Finsternis.

DER HIMMEL BRENNT

Ollowain stieß die Klinge vor. Der gehärtete Stahl durchdrang die Brustplatte des Offiziers. Aus den Augenwinkeln sah er eine Bewegung. Der Schwertmeister ließ seine Waffe fahren, blockte mit dem Parierdolch einen Angriff ab und ergriff mit der freien Hand den sterbenden Soldaten, um ihn dicht an sich heranzuziehen. Im selben Augenblick knallte der Schuss. Der Tote wurde ihm wuchtig in die Arme gedrückt, als sein Leib die Kugel abfing, die für den Elfen bestimmt gewesen war.

Ollowain taumelte eine Treppenstufe zurück. Seine Ohren dröhnten von dem Knall, der von den Wänden der engen Wendeltreppe widerhallte. Das Blut des Offiziers drang durch seine Kleidung. Schweiß perlte dem Elfenritter über das Gesicht.

»Zurück!«, war eine Knabenstimme weiter unten auf der Treppe zu vernehmen.

Der Schwertmeister sah die Erleichterung in den Gesichtern der Männer, als sie sich aus dem aussichtslosen Kampf zurückziehen durften. Tiranu wollte ihnen nachsetzen, doch Ollowain hielt seinen Gefährten zurück. »Nicht! Ein paar Schritt nur, und wir stehen in dem Kreuzgewölbe, auf das die Wehrgänge münden. Hier auf der Treppe sind wir besser aufgehoben.«

Der Fürst von Langollion nickte müde und ließ seine Waffen sinken. »Gehen wir eine Stufe zurück.« Er deutete auf die Toten, die vor ihnen lagen. »Wenn die nächsten Angreifer über sie hinwegsteigen, stoßen wir vor. Sie sind dann leicht aus dem Gleichgewicht zu bringen.«

Ollowain sagte dazu nichts. Er fand den Vorschlag unritterlich, obwohl er gewiss effektiv war. Konnten sie sich Ritterlichkeit noch leisten? Er betrachtete die Toten. Ein Knabe im Weiß der Ordensritter lag zwischen ihnen. Wie alt mochte er sein? Fünfzehn? Vielleicht sechzehn? Auf seiner Oberlippe spross zarter schwarzer Flaum. Er hatte ein markantes Gesicht. Ollowain konnte sich nicht erinnern, gegen ihn gekämpft zu haben. Aber an die Gesichter seiner übrigen Feinde erinnerte er sich auch nur verschwommen. Er wollte sich nicht an sie erinnern. Wollte nicht, dass sie ihn in seinen Träumen heimsuchten! Bestimmt hatte Tiranu den Jungen getötet … Er lag etwas mehr auf der Treppenhälfte, die der Fürst von Langollion verteidigt hatte. Es war unmöglich, dass …

»Riecht ihr das?«, fragte Fingayn.

Ollowain hob den Kopf, dankbar, aus seinen trüben Gedanken aufgeschreckt zu sein. Er roch nur den Qualm der verdammten Pistole, deren Knall ihm noch in den Ohren hallte.

Auch Tiranu schien nun etwas zu bemerken. »Sind das glimmende Zündschnüre?«

Der Schwertmeister erstarrte. Er ahnte, warum die Ordensritter ihre Krieger so plötzlich von der Treppe zurückgezogen hatten. »Hinwerf... !«

Eine Arkebusensalve schnitt ihm das Wort ab. Die Schützen standen außer Sicht hinter der Krümmung der Wendeltreppe im Kreuzgewölbe. Sie konnten nur auf die Wand zwei Schritt vor den Elfen zielen, wo sich die meisten der schweren Bleikugeln platt drückten und zu Boden fielen. Doch einige Querschläger fanden den Weg die Treppe hinauf.

Etwas Heißes streifte Ollowains Schläfe. Kugeln zischten über ihn hinweg. Er hörte Tiranus Rüstung scheppern. Der Elf fluchte.

»Hoch!«, befahl Ollowain. Unter ihnen im Turm war das Scharren von Stiefeln zu hören. Neue Schützen bezogen Stellung.

Fingayn lehnte an der Wand. Er presste sich die Linke auf den Bauch. Blut sickerte zwischen seinen Fingern hindurch. »Das hätte ich durchschauen müssen«, stieß er gepresst hervor. »Ich bin hier der Schütze. Ich ...«

Ollowain legte sich den Arm des Maurawan um die Schulter. »Komm, wir müssen hoch!«

Tiranu half ihm, den Verwundeten zu stützen. Sie waren gerade einmal fünf Stufen weit gekommen, als unten die nächste Salve losbrüllte.

Ein dumpfer Schlag traf Ollowain am Kopf. Benommen schüttelte er sich. Das Geschoss hatte kaum noch Kraft gehabt. Glück ... Er sah, dass auch Tiranu hinkte, konnte aber nicht erkennen, wo der Fürst von Langollion verwundet war.

»So hatte ich mir das Ende nicht vorgestellt«, murmelte Tiranu. »Wir verbluten und sehen unsere Mörder nicht einmal. Warum wollten sie uns von der Treppe vertreiben? Was haben sie vor?«

»Das ist doch wohl offensichtlich«, fluchte Fingayn. »Sie finden, dass sie mit genug Blut gezahlt haben. Und sie haben begriffen, dass ihr zwei mit Stahl nicht zu überwinden seid. Nicht dort auf der Treppe.«

Hagel prasselte durch die offene Falltür auf die obersten Treppenstufen. Der Wind schnitt Ollowain scharf ins Gesicht, als er ins Freie trat. Er tat einen tiefen, erleichterten Atemzug. Zumindest waren sie dem Schwefelgestank entronnen.

Fingayn ließ sich im Windschatten der Mauerkrone nieder. Auch Tiranu zog sich dorthin zurück.

Der Schwertmeister spähte die Treppe hinab. Ein silbriges Blitzen erregte seine Aufmerksamkeit. Er trat einen Schritt vor. Ein Spiegel! Jemand hatte einen Handspiegel an den Schaft eines Speers gebunden, um gefahrlos um die Krümmung der Treppe zu blicken.

Ollowain musste schmunzeln. Dumm waren sie nicht, die Ordensritter.

Plötzlich erklangen überall auf dem Hof und den Mauern erschrockene Rufe.

»Tjured, steh uns bei!«

»Seht nur, der Himmel!«

Der Elf blickte hoch und erstarrte. Aus den dichten, dunklen Wolken regneten Flammen herab, als sei der Himmel selbst in Brand geraten. Nein, keine Flammen ... Es waren

Vögel. Nicht größer als Nachtigallen. Ihr Leib und ihr Gefieder waren helle Glut.

Ollowain dachte an die Geschichten über den Tod König Gunnars und Yulivees Zorn. Endlich hatte sie sich entschieden zu kämpfen!

Ein Seil mit einer Schlinge am Ende glitt durch die Luft. Zwischen den Wolken konnte er die Schatten von Adlern erkennen. Noch ein Seil glitt an ihm vorbei.

»Hoch, ihr beiden!« Er hätte nichts sagen brauchen. Fingayn und Tiranu waren augenblicklich auf den Beinen.

»Den Fuß in die Schlinge!« Er half Fingayn, eines der Seile zu packen. Mit einem Ruck wurde der Maurawani hochgerissen. Er streifte eine Zinne, und dann stieg er schnell immer höher in den Himmel hinauf.

»Holt die verfluchten Adler herunter!«, schrie eine Stimme vom Hof, so laut, dass sie Sturm- und Schlachtenlärm übertönte.

Vereinzelte Schüsse krachten. Eine Salve brachten sie nicht mehr zustande. Überall schwirrten die glühenden Vögel.

Tiranu griff ein Seil und wurde hochgezogen. Mehr Schüsse wurden laut. Die Menschen schafften es doch tatsächlich, die Panik durch Disziplin zu besiegen!

Der Schwertmeister griff nach einem Seil. Er schlang es sich um den Unterarm und stellte den linken Fuß in die Schlaufe. Jetzt erst sah er, dass sein Seil nur Flickwerk war. Es war nicht aus Hanf, sondern aus ineinander gedrehten Stoffstreifen gefertigt. Die weißen Umhänge seiner Elfenritter! Sie mussten auf einem der Berge ganz in der Nähe sein, so wie Tiranu es vorgeschlagen hatte. So hatten die Adler schneller zurückkehren können, als wenn sie jedes Mal den Weg zu den Schiffen geflogen wären.

Ollowain zog sich weiter das Seil hinauf. Eine der Nachtigallen streifte ihn mit ihren Flügeln. Oder besser gesagt, sie tat es nicht. Sie glitt durch seinen Arm. Da war kein Schmerz! Ungläubig blickte er auf die Stelle, wo sie aus seinem Arm herausgekommen war. Es gab keine Wunde, keinen schwelenden Stoff. Und dann begriff er! Yulivee war ihrem Eid treu geblieben. Ihr Zauber hatte Vögel aus Licht erschaffen, doch die Glut hatte sie zurückgehalten.

Er lachte, so wie man nur lachen kann, wenn man den sicheren Tod hinter sich lässt. Höher und höher wurde er in die Wolken gezogen. Unter ihm bellten Schüsse.

Er war noch einmal davongekommen! Er ... Ein Donnerschlag, der den Himmel erbeben ließ, schnitt sein Lachen ab. Eine riesige Feuerzunge streckte sich zum Himmel empor. Schattensplitter jagten ihr als düstere Sendboten voraus. Der Turm verschwand in Flammen und Rauch. Etwas traf Ollowain hart in den Nacken. Sein Griff löste sich, das Seil entglitt seinen tauben Fingern. Er stürzte zurück, den Flammen entgegen.

VERLOREN FÜR IMMER

Als Luc die Augen aufschlug, brauchte er lange Zeit, um sich darüber im Klaren zu werden, wo er war. Er lag auf einem Bett in einer Kammer mit makellos weiß getünchten Wänden. Es roch nach starkem Alkohol. Auf einem Schemel neben dem Bett stand eine Schüssel, in der ein blutiges Tuch lag.

Durch das kleine Fenster gegenüber dem Bett sah er einen verfallenen Turm, dessen Mauerwerk schwarz von Ruß war. Es war dieser Turm, der ihn verwirrte. Es gab keine Ruine auf der Ordensburg! Wohin hatte man ihn gebracht? War er noch in Valloncour? Wie lange war er bewusstlos gewesen? Warum hatte man ihn fortgebracht?

Der Blutbaum auf der Wand neben dem Bett verriet ihm, dass er auf jeden Fall in einem Ordenshaus untergebracht war. Aber wo?

Er starrte aus dem Fenster. Die Ruine hatte etwas Vertrautes an sich. Ein Stück Wehrgang mündete in eine eingestürzte Tür. Darüber spannte sich trüber, grauer Himmel.

Luc wollte sich aufrichten, um besser aus dem Fenster blicken zu können, doch ihm wurde sogleich schwindelig, und er gab den Plan fürs Erste lieber auf.

Sein Blick fiel wieder auf die Schüssel. Seine rechte Schulter war so stramm bandagiert, dass er den Arm nicht bewegen konnte. Er drehte sich. Mit spitzen Fingern konnte er gerade eben den Stoff ertasten. Er klemmte ihn zwischen Mittelfinger und Ringfinger. Vorsichtig hob er ihn an.

Pochender Schmerz meldete sich in seiner verletzten Schulter.

Er hielt sich den Stoff dicht vor die Augen. Er war makellos gewebt. Es gab nicht die kleinste Unregelmäßigkeit. Prüfend rieb Luc den Fetzen zwischen den Fingern. Glatt und sehr dicht ... Der Stoff musste von den Elfen stammen. Aber das ergab keinen Sinn! Sie waren die Todfeinde. Warum sollte einer von ihnen die Blutung seiner Wunde gestillt haben? Sie waren doch hierhergekommen, um so viele Ritter und Novizen wie möglich zu töten. Und um ... Lucs Lippen zitterten. Ein dicker Kloß stieg ihm in den Hals. Er sollte sich nichts vormachen! Zuallererst waren sie wegen Gishild gekommen. Er hatte schon lange gewusst, dass sie darauf wartete, eines Tages von den anderen geholt zu werden.

Tränen stiegen ihm in die Augen. Bestimmt hatte Gishild nicht geahnt, dass es so kommen würde. Sie war im Herzen zwar immer eine Heidin geblieben, aber das hätte sie nicht gewollt. Er dachte an Josés jämmerlichen Tod. Nein, sie war eine von ihnen gewesen! Eine Silberlöwin! Sie hatte nicht gewusst, was geschehen würde. Niemals hätte sie zugelassen, dass die Schwertbrüder ihrer Lanze um ihretwillen starben!

Luc betrachtete nachdenklich den Stofffetzen. Er hatte sich für einen ganz passablen Fechter gehalten, aber der Elf hatte ihn mühelos besiegt. Mit Schrecken erinnerte sich Luc, wie schnell und geschickt sein Gegner gewesen war. Und wie hilflos er sich gefühlt hatte, nachdem er erkannt hatte, dass er gegen diesen blassgesichtigen Fechter nicht bestehen könnte. Nach all den Jahren des Übens hätte der Elf ihn nicht so spielerisch leicht besiegen dürfen.

Er schluchzte wütend. Seine Hand ballte sich um den Stofffetzen. Und warum hatte der Kerl das getan? Alle Elfen waren kaltherzige Mörder. Sie stachen keinen Ritter nieder, um ihm dann das Leben zu retten. Elfen stahlen Kinder. Sie folterten ihre Gefangenen und machten sich einen grausamen Spaß daraus, einsame Wanderer in ihre magischen Steinkreise zu locken und in ihre fremde Welt zu entführen! Es gab keine guten Elfen! Die Welt war klar geordnet. Es war undenkbar ...

Die Zimmertür schwang auf. René trat ein. Das weißblonde Haar hing ihm in nassen Strähnen in die Stirn. »Gut, dass du aufgewacht bist«, sagte er mit seiner Knabenstimme. »Ich war schon dreimal hier, um nach dir zu sehen.«

»Wie lange war ich bewusstlos?«

»Zwei Tage. Du hast viel Blut verloren. Hätte nicht irgendeine barmherzige Seele auf dem Schlachtfeld deine Wunde versorgt, du wärst ...« René brach ab und blickte zu Boden. Über den Tod sprach man nicht.

»Wo, bei allen Heiligen, sind wir hier?«

René sah ihn verwundert an. »Auf der Ordensburg. Wo sonst?«

Luc deutete auf das Fenster. »Aber der Turm! So einen Turm ...«

»Das ist alles, was vom Bergfried geblieben ist. Honoré hatte befohlen, vierzig Fass Pulver in den Turm zu bringen. Dort war eine Handvoll Elfen verschanzt. Die Letzten, die noch Widerstand leisteten. Es war schrecklich. Zwei Fechter allein haben die Treppe gehalten. Über eine Stunde lang! Immer wieder sind wir gegen sie angestürmt. Esteban ist dort gefallen«, sagte er mit tonloser Stimme. »Michelle hat eine schlimme Wunde davongetragen, und Maximiliam ... er ist im Tortunnel der Burg verbrannt. Ich weiß, auch ich würde nun eingeschlossen in kaltem Stein ruhen, wenn du nicht gewesen wärst. Ich hätte an meinem eigenen Blut ersticken müssen. Ich erinnere mich, wie ich keine Luft mehr bekam. Ich ... Wir haben sie heute Morgen zur letzten Ruhe gebettet.« Seine Kinderstimme zitterte. Tränen standen ihm in den Augen. »Esteban, José und Maximiliam. Ich fühle mich wie ein Schurke. Es ist nicht gerecht ... Ich hätte so wie sie ... Warum ich? Und zugleich bin ich überglücklich zu leben! Ich ... Ich danke dir, Luc. Ich danke dir und deiner Gabe. Ich sage mir, Gott habe es so entschieden. Er habe noch eine Aufgabe für mich. Deshalb warst du zur rechten Zeit da, um mich zu retten.«

Luc fühlte sich verlegen. Er wusste nicht recht, was er darauf sagen sollte. So schwiegen sie beide. Durch das offene Fenster war das Rauschen von Regen zu hören. Karrenräder mahlten unter ihnen über das nasse Pflaster des Burghofes.

Luc betrachtete die Ruine. Der Bergfried war nicht wiederzuerkennen. So dicke Mauern, zerrissen in einem einzigen Augenblick. »Die Toten«, sagte er schließlich zögerlich. Die Frage wollte ihm nicht über die Lippen kommen.

René hatte verstanden. »Drustan und seine Geliebte. Leon …«

»Der Primarch?«

»Ja.« René nickte. »Und Lilianne ist so schwer verletzt, dass man das Schlimmste befürchten muss.«

Sein Schwertbruder brauchte lange, bis er alle Namen genannt hatte. Freunde und Rivalen. Lehrer. Soldaten … So viele, die er gekannt hatte.

»Und Gishild?«, fragte Luc schließlich, als René endlich verstummt war.

Der Junge hob in hilfloser Geste die Hände. »Sie ist fort. Es heißt, die Elfen hätten sie verschleppt.«

»Redet man viel über sie?«, fragte Luc vorsichtig.

»Natürlich! Wir werden sie zurückholen! Ganz gleich, wohin die Elfen sie gebracht haben. Sie ist eine von uns. Wir haben es uns geschworen. Heute Morgen, im Turm, über den Gräbern unserer Toten.«

Luc drehte den Kopf und sah zur Wand, damit René seine Tränen nicht bemerkte. Seine Kameraden hatten ja keine Ahnung! Er wusste, wo Gishild war. Und er wusste, dass man sie nicht zurückholen konnte. Kein Ordensritter würde dort hingelangen … Nur, wenn alles zerstört war, was Gishild noch mehr bedeutete als seine Liebe. In Firnstayn war sie ebenso unerreichbar wie in der verzauberten Welt der Elfen und Kobolde. Jetzt gab es keinen Weg mehr zu ihr.

»Du bist erschöpft?«

»Ja«, antwortete Luc mit belegter Stimme.

»Wir werden sie holen, das haben wir uns geschworen! Du wirst dein Hochzeitsfest mit ihr noch feiern. Ganz bestimmt!«

Luc war froh, als René endlich ging. Er konnte seine Trauer nicht mehr beherrschen. Hemmungslos schluchzte er in sein Kissen. Man würde Gishild im Fjordland zur Königin machen. Und dann würde sie nach Drusna ziehen. Sie würde das Heer der Heiden befehligen. Wenn sie sich je wieder sehen sollten, dann würde es auf einem Schlachtfeld sein. Und sie würde an der Spitze der Erzfeinde stehen. Inmitten von verblendeten Heiden, kaltherzigen Elfen und leichenfressenden Trollen.

Er sah hinaus zu der Ruine des Turms. So fest wie für die Ewigkeit gemacht, war ihm der mächtige Bergfried immer erschienen. Fest wie seine Liebe zu Gishild. Und nun war alles zerstört. An einem einzigen Vormittag. Ihrem Hochzeitstag.

VERLASSEN

»Sie waren nicht um deinetwillen hier«, sagte Honoré nüchtern. Er wollte nicht gehässig klingen. Er durfte es nicht!

Der Lutin kauerte auf seinem Bett und hatte die dünnen Arme um die Knie geschlungen. Er hielt den Kopf gesenkt und wiegte sich leicht vor und zurück.

Als sie seine Kammer aufgeschlossen hatten, am Abend nach der Schlacht, da hatte er keine Stimme mehr gehabt. Seine Fingernägel waren abgebrochen gewesen, die winzigen Hände blutig. Er hatte mit den Fäusten gegen die Tür getrommelt und gegen Schlachtenlärm angeschrien. Hatte seine Nägel verzweifelt in das raue Holz gegraben wie ein Tier.

So oder so ähnlich musste es sich zugetragen haben, davon war Honoré überzeugt. Und dass es so war, würde ihm helfen, diese verdammte fuchsköpfige Missgeburt auf ihre Seite zu ziehen. »Sie sind wegen eines Menschenmädchens gekommen. Sie ist fast noch ein Kind. Aber sie hat sich unserer Sache angeschlossen. Sie wollte einen Novizen aus ihrer Lanze heiraten. Ich glaube nicht, dass sie eine gute Prinzessin im Fjordland abgeben wird. Sie haben sie geholt … Aber Gishilds Herz ist noch hier bei uns. Da wird es immer sein. Und dich, Ahtap, dich haben sie vergessen. Oder sie halten dich für tot. Oder für verschollen auf den Zauberpfaden, von denen du mir einmal erzählt hast. Vielleicht denken sie auch, dass du einfach nur abgehauen bist.«

Der Kobold blickte auf.

Zum ersten Mal, seit Honoré die Zelle betreten hatte. Endlich! Er würde ihn herumkriegen. Und das größte Stück Arbeit auf diesem Weg hatten ihm die Anderen abgenommen.

»Ich weiß, dass du kein Fahnenflüchtiger bist. Du hast deiner Königin immer treu gedient. Warst ein guter Kundschafter. Aber du weißt auch, wie man in Albenmark von den Lutin denkt. Dein Volk hat keinen guten Ruf. Weißt du, dass sie draußen auf dem Gang waren? Sie hätten nur den Riegel deiner Kammer zurückschieben müssen. Ein einziger Handgriff, und du wärest frei gewesen. Aber sie haben dich längst aufgegeben. Es ist besser, wenn du der Wahrheit ins Gesicht siehst. Diese kleine Prinzessin, die wollten sie haben, obwohl sie zu uns übergelaufen ist. Aber dich, Ahtap, der du dich all die Jahre gewehrt hast ...« Honoré lächelte. »Ja, ich weiß, mir machst du nichts vor. Nach dem Vorfall mit dem Troll hast du dein Schweigen gebrochen. Aber ich kenne alle Protokolle von deinen Befragungen. Du hast nichts wirklich Bedeutsames verraten. Meine Ordensbrüder magst du vielleicht geblendet haben, mich aber nicht! Du weißt, wer ich bin. Lug und Täuschung sind mein tägliches Geschäft. Es tut weh, nicht wahr? Du hast ihnen immer die Treue gehalten, so gut es nur ging. Und was ist der Dank? Sie haben dich vergessen!«

Honoré ließ seine Worte wirken. Der fuchsköpfige Kobold hatte aufgehört, sich vor und zurück zu wiegen.

»Weißt du, warum du keine Leiter bekommen hast, um aus dem Fenster zu schauen, Ahtap?«

Der Kobold blickte auf, sagte aber immer noch nichts.

»Leon, der alte Ordensritter, der dich oft besucht hat, hatte Angst, du würdest sie nutzen, um dir das Leben zu nehmen. Er hat befürchtet, du würdest dein Bettlaken am Fenstergitter festbinden und dich erhängen. Du hast wahrscheinlich gedacht, wir würden dir die Leiter verweigern, um dich zu quälen. Das Gegenteil war der Fall. Wir wollten dich schützen.« Honoré bedachte den Lutin mit einem wohleinstudierten Lächeln. Warmherzig und offen sollte es wirken. »Du siehst, deine vermeintlichen Feinde haben sich um dein Leben gesorgt, und deine vermeintlichen Freunde haben mit deinem Leben abgeschlossen und halten dich für tot. Manchmal schlägt das Leben verrückte Kapriolen, nicht wahr?«

Ahtap sagte immer noch nichts, aber Honoré konnte förmlich spüren, wie der innere Widerstand des Kobolds zu bröckeln begann.

»Leon, der alte, weißbärtige Ordensbruder, ist tot. Eine Menge Dinge werden sich nun ändern. Ich möchte mehr Klarheit haben.«

Die Schnauzhaare des Lutin zuckten. Mit einem Mal war er wieder misstrauisch. Honoré lächelte in sich hinein. Jetzt würde er zum entscheidenden Schlag ausholen. »Du möchtest aus dem Fenster schauen, Ahtap?«

Der Kobold legte den Kopf schief. Gespannt sah die Missgeburt ihn an.

Honoré klatschte in die Hände. Die Tür ging auf, und ein Diener trat ein. Er trug eine Leiter, lehnte sie an die Wand unter dem Fenster, tauschte einen kurzen Blick mit Honoré, um sich zu vergewissern, dass er alles richtig gemacht hatte, und ging wieder hinaus.

»Ich werde dich nicht laufen lassen, Ahtap, denn dann würdest du dich womöglich wieder den Feinden meines Ordens anschließen. Wenn es dir aber lieber ist, deinem Leben ein Ende zu setzen, als unser Gefangener zu sein, dann will ich dich nicht aufhalten. Es liegt also bei dir, ob du die Leiter nutzt, um die Aussicht zu genießen oder um jeder Hoffnung auf Genuss für immer zu entsagen. Deine Elfenfreunde haben mit dir abgeschlossen. Ich aber strecke dir meine Hand hin. Ich werde bald mächtiger als ein Fürst sein. Und du könntest in mir einen neuen Freund haben. Ich hoffe, du wählst das Leben, Ahtap. Ich schätze Loyalität. Und ich glaube, du bist sehr loyal. Aber bitte bedenke, Treue ist nur dann etwas wert, wenn man sie gegenseitig hält. Deine Loyalität nimmt deine Freunde in die Pflicht. Und wenn du mein Mann gewesen wärst, ich hätte dich nicht so leicht aufgegeben.«

Honoré erhob sich. Er war sich nicht sicher, ob er den Kampf um Ahtaps Herz gewonnen hatte. Es war schwer einzuschätzen, was in den Köpfen von Wesen vorging, die fast Tiere waren. Einen Menschen hätte er mit seinen Worten gewonnen. Oder er hätte jetzt zumindest gewusst, wie ein Mensch sich entscheiden würde. Bei dem Lutin konnte er das überhaupt nicht einschätzen. Er würde morgen früh zurückkehren, um zu sehen, ob der Halbfuchs von den Gitterstäben des Fensters hing.

EINE ALTE ANGST

Gishild räkelte sich. Es war warm. Sie wurde sanft geschaukelt. Die Wirklichkeit war noch wie ein Schatten über ihrem Traum. Sie wollte die Augen nicht aufschlagen. Im Traum war sie bei Luc gewesen, in dem sanft schaukelnden Boot auf ihrem verborgenen See. Dort, wo sie die Nacht vor dem Hochzeitsfest verbracht hatten.

Sie zog die dünne, seidige Decke an sich. Zerknüllte sie und presste sie fest an ihre Brust. So wie die Decke wollte sie ihren Traum festhalten.

Immer entschiedener bestürmte die Wirklichkeit ihre Sinne. Es war heiß. Eine schwüle Hitze, die träge machte und ihr nicht vertraut war. Die Sommer in Valloncour waren heiß und trocken, ganz anders als hier. Der letzte Gedanke vertrieb vollends die Erinnerung an ihren Traum. Wo war sie?

Das Letzte, woran sie sich erinnern konnte, war, dass sie

völlig ausgekühlt und erschöpft zusammengebrochen war, als man sie aus dem Geschirr unter dem Adler befreit hatte. Sie wusste nicht mehr, wie sie in dieses Bett gekommen war. Und es sollte Herbst sein ...

Ein schrecklicher Gedanke beschlich sie.

Sie rieb sich den Schlaf aus den Augen. Sie waren verklebt, als habe sie im Traum geweint. Unsicher sah sie sich um. Das Bett stand in einer großen, luxuriös eingerichteten Schiffskabine. Ein buntes Glasfenster, das verschlungene Pflanzenstängel und wunderschöne weiße Blüten zeigte, nahm den Großteil der Rückwand der Kabine ein.

Nicht einmal die Galeassenkapitäne hatten so prächtige Quartiere wie diese Kabine. Jetzt erst bemerkte Gishild die Blumen auf dem Tisch. Fremdartig sahen sie aus, mit üppigen, purpurfarbenen Blüten. Nie zuvor hatte sie solche Blumen gesehen.

Gishild hatte viele Monde auf Schiffen verbracht. So spürte sie auch die leichtesten Veränderungen. Seit sie aufgewacht war, hatte das schwache Schaukeln des Schiffes stetig nachgelassen. Sie mussten in eine große Bucht oder einen Hafen eingelaufen sein. Oben an Deck wurden Kommandos gerufen, doch die dicken Holzwände schluckten den Sinn der Worte. Was Gishild erreichte, waren nur unverständliche Laute ...

Sie streckte sich schläfrig. Da wurde ihr klar, dass sie in einem dünnen Nachthemd steckte. Man hatte sie ausgezogen! Der Gedanke, dass ihr irgendjemand Wildfremdes alle Kleider abgestreift hatte, erschreckte sie.

Gishild richtete sich auf. Sie wollte sich anziehen. Ihre Sachen lagen ordentlich gefaltet auf einem Stuhl. Es schien sogar, als seien sie gereinigt worden.

Im selben Augenblick öffnete sich die Tür der Schiffskabine. Eine Frau trat ein, die sie nur ein einziges Mal als kleines Kind gesehen hatte und deren Gesicht sie doch niemals hatte vergessen können. Morwenna ... Sie schien in all den Jahren um keinen Tag gealtert zu sein. Sie sah noch genauso aus wie in jener unheimlichen Winternacht, in der die Elfe ihren kleinen Bruder Snorri auf die Welt geholt hatte, um dann von ihrem Vater zu fordern, ihr seinen Sohn zu überlassen, sobald er sein siebentes Jahr vollendet habe.

»Hast du Kopfschmerzen? Ist dir übel?«, fragte Morwenna, ohne sich mit einer Begrüßung aufzuhalten.

»Mir geht es gut«, entgegnete Gishild frostig.

Die Elfe trat dicht vor sie und sah ihr in die Augen. »Gut nennst du das?« Sie wandte sich um und nahm einen kleinen Handspiegel vom Kartentisch. Wortlos hielt sie ihn Gishild vors Gesicht.

Das Mädchen erschrak. Ihre linke Wange war dick geschwollen und prunkte mit einem Farbenreichtum, der von dunklem Lila über verschiedene Blautöne bis hin zu einem durchscheinenden Braun reichte.

»Du siehst aus, als hättest du eine Schlägerei mit einem Troll verloren. Du bist bei der missglückten Landung hart mit dem Kopf auf das Deck geschlagen.« Sie lächelte unvermittelt. Es war ein kühles, distanziertes Lächeln. »So wie du dich aufführst, erinnerst du dich wohl noch an mich. Es scheint also durch den Schlag nichts in deinem Kopf durcheinandergeraten zu sein.«

»Wo bin ich?«

»Auf der *Sturmhorst,* dem Flaggschiff der Flottille der Elfenritter. Wir laufen gerade in den Hafen von Vahan Calyd ein. Du wirst hier in dieser Kabine bleiben. Du wirst nicht herumlaufen oder gar versuchen zu fliehen. Ich kenne deinen Ruf, Gishild Gunnarsdottir, und habe vorgesorgt. Wahrscheinlich wird es dir den Tag über übel sein, und dir wird schwindelig werden. Dein Körper muss sich an die schwüle Hitze gewöhnen. Manche schaffen das nie. Das Klima hier im nördlichen Waldmeer ist Menschen nicht sehr zuträglich. Wenn der Tag der Dämmerung weicht, komme ich wieder, um dich zu holen.« Sie deutete auf ihre Kleider auf dem Stuhl. »Und wenn du klug bist, wirst du nicht das Gewand der Erzfeinde Albenmarks tragen.«

Morwenna ging ohne ein weiteres Wort der Erklärung. Sie ließ Gishild allein mit ihren Erinnerungen und Ängsten.

VON LEICHEN UND LÜGEN

Gishild war wütend. Sie hatte den Tag in Angst verbracht. Die wenigen Augenblicke mit Morwenna hatten ausgereicht, sie wieder ein Kind sein zu lassen. Sie hatte sogar geweint. Sie schämte sich dafür, ja, sie hasste sich. Sie durfte nicht so leicht aus der Fassung zu bringen sein! Eines Tages würde sie Königin werden. Dann musste sie in der Lage sein, in jeder nur denkbaren Situation ihre Fassung zu bewahren!

Der Anblick Morwennas hatte so viele längst begrabene Gefühle zurückkehren lassen. Die Trauer um ihren Bruder. Erinnerungen an glückliche Augenblicke ihrer Kindheit. Und vor allem die Erinnerung an ihren Vater. Er war die meiste Zeit fort auf Kriegszügen gewesen, und doch hatte sie sich stets von ihm geliebt gefühlt. Sie vermisste seine Blicke. Er war stolz auf sie gewesen. Sogar wenn sie etwas angestellt hatte und er mit ihr schimpfte, konnte sie den Stolz in seinen Augen sehen. Diese bedingungslose Liebe vermisste sie am meisten von allem.

Gishild warf einen Blick auf das Kleid, das über der Lehne des schweren Stuhls vor dem Kartentisch hing. Ein Kobold hatte es zur Mittagsstunde gebracht. Es hatte die Farbe, die geschälte Äpfel annahmen, wenn man sie nicht sofort aß. Es war leicht, und es saß so gut, wie ihr noch nie ein Kleid gepasst hatte. Sie hatte es kurz anprobiert. Der Stoff streichelte ihre Haut, ein Gefühl, das sie erregte. Was hätte sie dafür gegeben, wenn Luc sie in diesem Kleid hätte sehen können!

Gishild lächelte melancholisch. Luc … Dann straffte sie sich. Sie trug ihr Ordensgewand und darüber ihr Kettenhemd. Rapier und Dolch waren um ihre Hüften gegürtet. Die Kleider waren schwer. Der Stoff war gewoben, um einen in einem nassen Herbst in Valloncour zu wärmen. Ihn hier in dieser fremden Welt zu tragen, grenzte an Folter. Er scheuerte auf ihrer schweißnassen Haut. Aber sie wollte sich nicht von Morwenna vorschreiben lassen, was sie zu tragen hatte. Sie war die Prinzessin des Fjordlands! Diese Elfe hatte ihr nichts zu sagen.

So stand Gishild vor der versperrten Tür und wartete. Eine schillernde Fliege summte durch die weite Kabine und verschwand dann vor dem bunten Glasfenster. So schön das Fenster war, es ließ die Stadt jenseits der Scheiben verschwimmen. Undeutlich erkannte Gishild mächtige Türme. Auf manchen schienen Bäume zu wachsen. Die meisten waren wohl ganz aus weißem Stein errichtet … Fremdartig sahen sie aus, die Türme mit Kuppeln, weiten Bogenfenstern und Terrassen, die wie Treppenstufen übereinander gestaffelt lagen.

Die Tür öffnete sich. Morwenna war zurückgekehrt. Sie trug ein schlichtes weißgraues Kleid. Ihr Haar war hochgesteckt. Ihr Gesicht wirkte härter als am Morgen, die Linien klarer. Sie schien erschöpft zu sein.

»Willst du damit sagen, dass du eine von ihnen bist?«, fragte die Elfe ruhig.

»Ich will damit sagen, dass ich in Fragen meiner Garderobe selbst entscheide. Nicht mehr und nicht weniger.«

Die Elfe hob eine Augenbraue. Eine winzige Geste nur, und doch hätte sie mit Hunderten Worten ihre Verachtung nicht deutlicher ausdrücken können. »Komm mit mir, Prinzessin Gishild Gunnarsdottir. Du wirst erwartet.«

»Von wem?«

»Von deinem Schicksal. Und glaube mir, du hast mit deiner Garderobe die falsche Wahl getroffen. Doch nun komm. Es bleibt keine Zeit mehr.«

Sie stiegen die Treppe zum Hauptdeck empor. Das riesige Schiff lag verlassen. Außer einigen seltsam bunten Vögeln auf den Rahen war keine lebende Seele zu sehen. Die Hitze hier draußen war noch viel bedrückender als in der Kabine. Sie hatte das Gefühl, dass ihre Beine nur noch weiches Wachs waren und ihre Kraft kaum für hundert Schritte reichte.

Blanker Schweiß stand ihr auf dem Gesicht. Schon jetzt bereute sie, nicht das leichte Kleid zu tragen.

Während sie Morwenna über das Deck folgte, sah sie sich um. Nie hatte sie einen Hafen erlebt, in dem es so still war. Außer den Schiffen der Flottille lagen nur einige flache, kiellose Fischerboote an den Kais. Dabei war der Hafen groß genug, um Hunderten Schiffen Platz zu bieten.

Ein ganzes Stück entfernt sah sie zwei Kobolde, die nur einen Lendenschurz trugen und leere Körbe auf einer Anlegestelle stapelten. Sonst war der Hafen verlassen. Wie ausgestorben ...

Die Sonne war hinter dem Horizont verschwunden. Weiches Licht fiel auf die himmelragenden Türme der Stadt und ließ den verwitterten Marmor rosa schimmern.

Auf dem Landungssteg erwartete sie eine offene Kutsche, ein Vierspänner, vor den vier Fuchshengste gespannt waren, die unruhig mit den Hufen scharrten. Die Kutsche hatte eine seltsame Form. Sie erinnerte an die flachen Fischerboote, die Gishild im Hafen gesehen hatte. Auch der Kobold, der am »Bug« dieser seltsamen Kutsche stand, erinnerte mehr an einen Fischer als an einen Kutscher. Er hatte ein schmales Tuch und bunte Perlenschnüre in sein langes Haar gebunden.

»Wir sind spät dran«, murmelte er mürrisch, als sie einstiegen.

Kurz sah Gishild seine schneeweißen Zähne hinter den schmalen Lippen aufblitzen. Es waren schmale, spitz zugefeilte Zähne wie bei dem Kobold Brandax, der sie als Kind so gern erschreckt hatte.

Ruckend setzte sich die Kutsche in Bewegung. Der Kobold trieb die Füchse fluchend zur Eile an. Aus der Nähe betrachtet, wirkten auch die großen Türme verlassen. Die Stadt war riesig. Tausende Albenkinder hätten hier leben können. Doch die Straßen waren verwaist. Nur hier und dort sah Gishild große rote Krabben, die im Seitschritt vor den Kutschrädern flohen.

Zwischen den Pflastersteinen wuchs Gras. Nichts war hier so, wie sie sich Albenmark vorgestellt hatte.

Die Dämmerung verschlang schnell das letzte Licht. Tierrufe hallten durch die weiten, leeren Straßen. Seltsam glucksende Geräusche waren darunter. Gishild sah merkwürdig verwachsene, haarige Gestalten zwischen den Statuen und Reliefwänden der Türme turnen. Kaum ein Fenster wurde von einem Licht erhellt. Der Ort war wie eine Geisterstadt.

Morwenna, die ihr in der Kutsche gegenübersaß, hüllte sich in Schweigen. Sie wirkte müde. Ihr Kopf lehnte gegen den Mast, der sich aus der Mitte des Wagens erhob. Obwohl Gishild hundert Fragen auf der Zunge brannten, war sie zu stolz, die Elfe einfach anzusprechen. Auch hatte sie den Verdacht, dass sie nicht wirklich zufriedenstellende Antworten erhalten würde.

Die Bauwerke entlang der Straße wurden niedriger. Und schließlich erreichten sie eine Straße, die auf einem Damm hinaus in die Mangroven führte. Blassgrüne Irrlichter tanzten über schwarzem Wasser. Die Luft war gesättigt von Düften. Es roch nach verrottenden Pflanzen und Fisch, aber da war auch ein seltsamer Blütenduft, und es roch süßlich nach überreifem Obst.

Die Schatten riesiger Bäume hoben sich gegen den letzten schmalen Streifen des Abendrots ab. Bäume wie Türme ... Von ihren Ästen hingen verschlungene Ranken und ein eigenartiges Gespinst, das an weiße Bärte erinnerte.

Insekten umschwirrten Gishild, Plagegeister, die nach ihrem Blut gierten. Eifersüchtig bemerkte die Prinzessin, dass keines der kleinen Mistviecher Morwenna behelligte. Ob sich die Elfe mit einem Zauber schützte? Sie schien eingenickt zu sein. Ihre Lider waren geschlossen. Der Kopf war ihr auf die Brust gesunken. Selbst jetzt wirkte sie noch unnahbar.

Immer tiefer trug die Kutsche sie in die Mangroven. Die Fahrt schien Stunden zu dauern. Wären die Sitze mehr als nur harte Ruderbänke gewesen, wäre sie wohl längst eingeschlafen. Also kauerte sie mit eingesunkenen Schultern auf ihrem Platz, ließ sich halb zwischen Traum und Wirklichkeit treiben und dachte an Luc. An sein Lachen. An ihren ersten richtigen Kuss, damals in den Klippen, an dem Tag, an dem die Bronzeschlange Daniel getötet hatte.

Die Kutsche wurde langsamer. Gishild schlug die Augen auf. Sie waren von Nebel umgeben. Morwenna war wach, falls sie denn überhaupt geschlafen hatte. Wenn die verdammte Elfe nur endlich etwas sagen würde! Aber sie genoss Gishilds Unsicherheit.

Plötzlich hielt die Kutsche an.

»Willst du dein Ordenskleid ausziehen?«, fragte Morwenna.

Statt zu antworten, reckte sie nur störrisch das Kinn vor.

»Dieser Ort kann dich töten, wenn du dein Gewand und das Kettenhemd nicht ablegst. Es ist ein besonderer Ort. Die Magie ist stark hier. Auch wenn es hier keinen großen Albenstern gibt, kreuzen sich doch an vielen Stellen die Wege der Alben. Ich habe dich gewarnt, Kind. Du musst wissen, was du tust.«

Sie war kein Kind. Und genau deshalb würde sie sich nichts vorschreiben lassen! »Wohin gehen wir?«

»Ich bleibe hier. Meine Aufgabe war es nur, dich vor den Gefahren zu schützen, die in den Mangroven lauern. Das letzte Stück des Weges wirst du allein zurücklegen. Steig aus! Es ist ganz gleich, wohin du dich wendest. Die Apsaras werden dich finden.«

»Apsaras?«

»Du wirst schon sehen.«

Gishild hasste diese Art! Sie schwor sich, Morwenna nie wieder eine Frage zu stellen. Rasch kletterte sie über die Speichen des Hinterrads hinab. Der Boden des Damms war morastig. Schlamm schmatzte unter ihren Stiefeln. Unsicher blickte sie sich um. Sie konnte nichts erkennen. Es war immer noch bedrückend schwül.

Zögerlich entfernte sie sich ein paar Schritt weit von der Kutsche.

»Gishild?«

Das war Morwennas Stimme. Die Prinzessin wandte sich um. Die Kutsche war in Dunkelheit und Nebel verschwunden, doch sie musste noch ganz nahe sein. Sie hörte eines der Pferde schnauben.

»Ich weiß, was man in deiner Heimat über mich erzählt. Ich trage keine Schuld am Tod deines Bruders. Ich bin nicht gekommen, ihn zu entführen. Ich wollte ihn beschützen. Dein Vater hätte ihn mir überlassen sollen! Dann wäre alles anders gekommen.«

Gishild wünschte, sie könnte Morwenna jetzt ins Antlitz sehen. Die Elfe sprach ruhig. Keinerlei Gefühl lag in ihrer Stimme. Waren es Lügen? Auch Gishild hatte immer geglaubt, dass Morwenna sich dafür gerächt hatte, dass ihr der König seinen Sohn nicht überlassen hatte.

Vorsichtig ging die Prinzessin weiter. Sie wollte Morwenna nicht vergeben. Es war leichter sich vorzustellen, dass die Elfe es gewesen war, sonst ... Gishild schluckte. Sie war Snorri am nächsten gewesen. Sie war seine große Schwester gewesen. Sie hätte besser auf ihn Acht geben müssen! Aber er hatte sie an diesem Tag so oft mit seinem Spottvers gequält. *Gishilde, Gishilde, trägt ein Strumpfband im Schilde!*

Wenn Morwenna mit Snorris Tod nichts zu schaffen hatte, wuchs ihre eigene Schuld. Sie hatte sich oft gewünscht, dass Snorri zu Luth gehen sollte. Ihr standen Tränen in den Augen. Aber sie hätte niemals ... Er war doch ihr Bruder! Sie ...

Gishild strauchelte. Der weiche Boden hatte unerwartet unter ihren Füßen nachgegeben. Sich überschlagend, rutschte sie eine steile Böschung hinab und fiel in warmes Wasser. Das Gewicht ihres Kettenhemdes riss sie in die Tiefe. Sie versuchte sich an der Böschung festzuhalten, doch der schlammige Boden verging zwischen ihren Fingern.

Prustend tauchte sie unter. Sie versuchte sich aus dem Kettenhemd zu befreien. Ihr Herz schlug wie rasend. Die schwere Rüstung schien sich an Dutzenden Stellen mit ihren Untergewändern verhakt zu haben. Wie eine zweite Haut haftete das Hemd aus Eisenringen an ihrem Leib.

Gishild sank wirbelnd immer tiefer in die Finsternis. Sie wusste nicht mehr, wo oben und unten war. In blinder Panik zerrte sie an ihren Kleidern. Ihre Lungen brannten.

Plötzlich war eine schlanke Gestalt neben ihr. Sie fühlte eine zarte Berührung an der Hand. Ein Kuss streifte ihre Lippen. Die Flammen in ihren Lungen verloschen. Sie atmete ein. Und erschrak zu Tode, als Wasser ihren Mund und ihre Kehle füllte.

Hustend versuchte sie es herauszuwürgen. Nase, Mund und Rachen waren voller Wasser! Sie war verloren … In Krämpfen schüttelte sie sich. So also war Snorri gestorben! Und jetzt hatte die verfluchte Morwenna auch sie in den Tod gelockt!

Dann umgab sie dieselbe Kraft, die sie gespürt hatte, als Luc ihr das Leben gerettet hatte. Aber wie war das möglich, hier in dieser fremden Welt? War das Band zwischen ihnen so stark, dass es selbst bis hierhin hielt?

Sie wurde angehoben und durch das Wasser geleitet. Flüssiges, silbernes Licht war um sie herum. Sie wehrte sich nicht dagegen zu atmen, so widernatürlich es auch war, hier, tief in den Fluten. Luc war bei ihr, auf eine magische Art, die sie sich nicht zu erklären vermochte. Ihre Liebe hatte einen Zauber gewoben, der sie beschützte.

Dann wurde sie emporgehoben. Das Wasser wich zurück. Überall war silbernes Licht ... und Nebel. Wie man einen Dorn aus geschundenem Fleisch zieht, so wurde das Wasser aus ihren Lungen gezogen. Es kreiste über ihr in Spiralen aus flüssigem Silber. Jedes Mal, wenn sie ausatmete, wurde die Spirale weiter ... Sie empfand keinen Schmerz. Verwundert sah sie zu.

Ihre Kleider und ihre Rüstung waren verschwunden. Nackt lag sie auf einem warmen Felsen. Geborgen, so wie ein Kind im Schoß der Mutter. Sie gab sich hin, ließ es geschehen ... Fremde Düfte umwoben sie, waren Balsam für ihre geschundenen Lungen.

Eine Frauengestalt trat aus dem Nebel. Zierlich, feingliedrig wie ein Kind. Braun gelocktes Haar fiel auf ihre milchweißen Schultern.

»Willkommen in meinem Reich, Gishild.«

Die Prinzessin ahnte, wer vor ihr stand. Nie hatte sie Emerelle gesehen, und doch war die Königin der Elfen immer schon in ihrem Leben gewesen. Mal ängstlich, mal voller Hoffnung wurde ihr Name im Fjordland geflüstert, solange sich Gishild zurückerinnern konnte. Sie galt als maßlos in ihrer Güte wie in ihrem Zorn. All die Anderen, die Seite an Seite mit den Fjordländern fochten, waren ausnahmslos auf ihren Befehl dort. Sie gebot über Heerscharen und über Wunder, für die die Sprache der Menschen keine Worte fand.

Gishild wollte sich erheben, doch mit dem Wasser, das noch immer in Spiralen über ihr kreiste, schien sie auch alle Kraft verlassen zu haben. Sie fühlte sich mit dem Felsen verwachsen. Eins mit allen Dingen um sie herum.

»Du willst mich auf die Probe stellen, weil ich so lange unter den Rittern gelebt habe?«

Emerelle lächelte voller Güte. »Nein. Du hast alle Proben längst bestanden. Ich weiß um dich. Um die Dinge, die waren, und die, die noch sein werden. Ich kenne dein wundes Herz. Du musst mir nichts beweisen. Du bist hier, weil ich dich selbst kennenlernen wollte. Du wirst eine Königin sein, sowie ich. Eine gute Königin ... Dein Name wird in der Erinnerung deines Volkes die Jahrhunderte überdauern. Wie der Name deines Ahnherrn Mandred. Du bist ihm sehr ähnlich. Doch dein Leben wird nicht leicht sein. Ich muss dich warnen vor Verrat und Intrige. Und ich muss dir von zwei Toten künden.«

»Luc!«

»Nein, meine Liebe. Nein.« Die Königin kniete neben ihr nieder und legte ihr sanft die Hand auf die Brust, dort, wo ihr Herz schlug.

»Luc geht es gut. Seinen Wunden zumindest. Sie heilen. Sein Herz aber ... Es ist bei dir, Gishild, so wie jeder seiner Gedanken.«

Ihr wurde die Kehle eng. Sie spürte einen metallischen Geschmack im Mund. »Wird er zu mir kommen?«

Das Lächeln der Königin erstarb. »Das hängt vor allem von dir ab. Du wirst ihm wehtun, Gishild.«

»Niemals!« Das konnte sie sich nicht vorstellen. Nicht Luc!

»Du hast die Gabe, Menschen an dich zu binden. Sogar Elfen.«

»Warum habt ihr mich so lange in Valloncour gelassen? War das eine Strafe? Und wo ist Silwyna? Warum ist sie nicht wiedergekommen? Warum war sie nicht bei Ollowains Rittern?«

Die Königin nahm ihre Hand. »Silwyna ist tot. Sie starb, kurz nachdem sie dich gefunden hatte.«

Gishilds Finger schlossen sich fest um die Hand der Königin. Sie schüttelte ungläubig den Kopf. »Das ist unmöglich. Silwyna …« Nein. Das konnte sie nicht glauben. Silwyna, die allein nach Valloncour gekommen war, die jede Gefahr meisterte, die jede Fährte fand!

»Warum sonst hätten wir dich jahrelang in Valloncour lassen sollen? Wir wussten nicht, wo du warst.« Emerelle erzählte ihr, wie Silwyna gefunden worden war. Und dass die letzten Gedanken der Maurawani Gishild gegolten hatten.

Die Prinzessin presste die Lippen zusammen. Immer wieder schüttelte sie den Kopf. Silwyna war für sie unbesiegbar gewesen. Sie konnte sich nicht vorstellen, dass sie der Elfe nie mehr begegnen würde. Und sie schämte sich, Silwyna so oft dafür verflucht zu haben, dass sie nicht nach Valloncour zurückgekehrt war. Sie hätte es besser wissen müssen. Hätte wissen müssen, dass nur der Tod die Maurawani davon hatte abhalten können, ihr Versprechen einzulösen.

»Sie war davon überzeugt, dass du eine gute Königin werden würdest«, sagte Emerelle sanft. »Es wäre leichter, wenn sie noch lebte, um auch weiterhin für dich zu sprechen.«

Gishild hob ruckartig den Kopf. »Wie meinst du das, Herrin?«

»Viele an meinem Hof zweifeln an dir. Sie wissen, dass du das Ordenskleid gewählt hast. Wenn du Königin sein willst, dann musst du dich mit Herz und Seele dem Fjordland verschreiben. Du weißt das. Ich kann dich nach Valloncour zurückbringen lassen. Niemand wird dich zwingen, im Land der Fjorde zu herrschen. Nicht einmal ich. Nichts Gutes könnte daraus erwachsen. Also wähle.«

»Ich kann nicht!«

Die Elfenkönigin hielt ihrem Blick stand und schwieg.

»Mein Herz gehört Luc, nicht der Neuen Ritterschaft. Ich

bin dem Fjordland niemals untreu geworden. Ich ...« Sie wollte das nicht. Ganz gleich, wie sie sich entschied, sie würde Verrat begehen. Entweder an Luc oder an ihrer Heimat.

»Ich weiß, wie sich das anfühlt«, sagte Emerelle sanft. »Wenn du herrschst, wirst du Seelenschmerzen leiden. Fast jeden Tag. Du ...«

»Nein!« Gishild hob abwehrend die Hände. Sie wollte das nicht hören, nicht jetzt. Sie war mehr als ihr halbes Leben lang darauf vorbereitet worden, eines Tages die Krone zu tragen. Es gab niemanden, der diesen Platz einnehmen konnte. Sie musste zurückkehren, damit ihr Vater Frieden hatte. Er musste wissen, dass seine Thronfolge gesichert war, dass Mandreds Sippe nicht verlosch. Was zählte schon ihr Glück? Glück war der Preis, den Prinzessinnen dafür zu zahlen hatten, in einem goldenen Käfig aufzuwachsen. Von klein auf hatte sie das gelernt.

»Ich werde heimkehren. Aber ich habe einen Wunsch. Er mag dir kindisch erscheinen. Doch es wird mir leichter fallen heimzukehren, wenn du mir diesen Wunsch erfüllst ...«

Die Königin hörte ihr aufmerksam zu. Und als Gishild endete, wirkte sie traurig. »Dein Wunsch wird erfüllt werden. Aber es wird viele Tage dauern, diese Arbeit zu vollbringen. Ich verstehe, warum du dir das wünschst. Doch du wirst Feinde bei Hof haben. Mächtige Feinde.«

Gishild lachte. »Nein. Mein Vater wird mich verstehen. Niemand wird gegen ihn aufbegehren. Die Jarls vergöttern ihn. Er ist ein Held wie aus den alten Sagen.«

»Ich sagte, dass ich dir von zwei Toten zu berichten habe, Gishild.«

WIEDERERSTANDEN AUS DER ASCHE

... Und so begab es sich, dass am fünfunddreißigsten Tage nach der blutigen Hochzeit der Ordensmeister und der Ordensmarschall zusammenkamen. Und mit ihnen versammelten sich Dutzende weiterer Würdenträger. Komture aus vielen Provinzen, verdiente Ritter und Kapitäne. Es waren die Besten, die sich an eben jenem Tage versammelten, um aus ihrer Mitte einen zu erwählen, der die Würde des Primarchen erhalten sollte. Dies war eine schwere Zeit für den Orden. Landauf und landab erzählte man vom Überfall der Elfen. Und wenig Wahres wurde berichtet über die Schlacht um Valloncour. Der Orden vom Aschenbaum nutzte seinen Einfluss in Aniscans, um selbst die Heptarchen in einem Gespinst von Lügen einzufangen. Nie war das Ansehen der Neuen Ritterschaft so gering wie in diesem Winter. Kinder sangen Spottverse auf den stolzen Orden. Und wer den Mantel mit dem Blutbaum trug, dem waren Häme und gehässige Worte gewiss.

Daran muss erinnert sein, will man verstehen, was geschah. Denn es wurde keiner der Großen des Ordens gewählt. Es war Bruder Honoré, dem man die Bürde auftrug, die Nachfolge des Bruders Leon anzutreten. Der Rat der Ritterschaft entschied für ihn, weil er eine Rede hielt, in der er in die Zukunft wies. Wer ihn damals hörte, der fand seinen Stolz wieder. Und dies war, was der Orden am dringendsten brauchte. Jemanden, der uns unseren Stolz zurückgab, der den Glauben an unsere Sache wieder festigte. Wer sonst als der Mann, der dies vermochte, hätte Primarch sein können. Es war seine Vision, die die Herzen aller erfüllte. Seine Vorstellung davon, wie sich der Orden wieder aus der Asche erheben würde. Zu überzeugen war schon immer die größte Gabe unseres Bruders Honoré gewesen. Und es waren mehr als nur Worte. Alles, was er an jenem Tag sagte, sollte er wahr machen und noch viel mehr.

Heute weiß ich, dass Gott uns in jener Stunde seine Gunst entzogen hat. Doch es ist leicht, im Nachhinein weise zu sein. Damals vermochte keiner zu erkennen, wie dies alles enden würde. Aber ich greife vor ...

DER TOTENTANZ
VON: RAFFAEL VON SILANO,
UNZENSIERTE ERSTAUSGABE, S. 53-54

DIE ELFENRITTER

Ollowain hinkte. Sein rechtes Bein schmerzte erbärmlich. Morwenna war eine gute Heilerin. Er wusste, dass er wieder gesund werden würde. Aber sie hielt etwas zurück. Sie ersparte ihren Patienten nicht die Schmerzen. Der Schwertmeister konnte nicht zaubern, wusste aber um die Magie. Er wusste, dass wahre Heiler die Schmerzen der Kranken und Verletzten teilten, sie in sich aufnahmen. Das tat Morwenna nicht. Sie war anders ... Sie war eben Alathaias Tochter. Aber sein Bein würde wieder gesund werden. Das war das Wichtigste! Er hatte Glück gehabt, dass sein Fuß noch in der Schlaufe des Seils gesteckt hatte, als er gestürzt war.

Sonst wäre er geradewegs in den Feuerschlund des Turms gefallen. Steinsplitter hatten ihn durch die Explosion im Rücken getroffen. Sein Bein war ausgekugelt, die Sehnen überdehnt, die Muskeln gezerrt. Aber all das würde die Zeit wieder heilen.

Wehmütig blickte Ollowain auf seine Flotte. Wahrscheinlich würde sie nie mehr auslaufen. Die Segel waren schon von den Masten genommen. Bald würde man die Masten selbst umlegen. Fest vertäut lagen die Schiffe auf der äußeren Reede von Vahan Calyd. Die meisten Adler waren bereits nach Norden geflogen. Nach Jahren würden sie endlich in ihre Horste am Albenhaupt zurückkehren. Die Schlacht war geschlagen. Nicht so, wie er es sich vorgestellt hatte. Er fühlte sich von Emerelle hintergangen! Erst im Nachhinein hatte er erfahren, dass es ihr auch darum gegangen war, jene Ordensritter ausfindig zu machen und zu töten, die Guillaumes Gabe geerbt hatten. Er war der Feldherr der Königin! Wie konnte sie ihn in die Schlacht schicken, ohne ihn ganz in ihre Pläne einzuweihen?

Ollowain unterdrückte die Stimme Falrachs in sich. Falrach, das war seine dunkle Seite. Er verstand die Königin. Ja, schlimmer noch, er hieß ihre Intrigen und Winkelzüge gut. Und er lauerte in ihm.

Der Schwertmeister wusste, dass er fortgehen musste. Fort aus Vahan Calyd. Fort aus Albenmark. Und vor allem fort von Emerelle. Wenn er noch mehr Kompromisse einging, dann würde er sich verlieren. Dann würde Falrach zurückkehren ...

»Wie geht es dir, Hinkebein?«

Fenryl kam quer über das Hauptdeck auf ihn zu. Einige der Holden, die Tauwerk aufrollten, hielten in ihrer Arbeit inne und blickten verstohlen zu ihnen herüber, neugierig, wie der berühmte Schwertmeister auf diese Respektlosigkeit wohl reagieren würde.

Ollowain lächelte. Er schob die Anrede auf den eigentümlichen Humor von Adlern. Früher wäre es Fenryl niemals eingefallen, ihn mit »Hinkebein« anzureden.

»Deine Ritter erwarten dich, Schwertmeister.«

»Sind denn noch welche geblieben? Ich dachte, auch sie wären heimgekehrt, so wie die Adler. Wir haben unsere Pflicht erfüllt. Emerelle braucht keine Elfenritter mehr.«

Fenryl stieß ein befremdliches Fiepen aus. »Weißt du, was du brauchst? Einen Ritt mit einem Adler. Hoch in die Wolken musst du hinauf, damit dein Kopf wieder klar wird und dein Blick weit! Dich in deiner Kajüte einzusperren und dein Bein zu pflegen ist schlecht für deine Seele und für dein Herz. Du solltest bei deinen Rittern sein! Vertrau unserem Rat! Manchem geht es schlechter als dir. Aber keiner von ihnen bleibt für sich allein!«

Ollowain wollte davon nichts hören. »Die Elfenritter, so wie sie jetzt sind, mit Kobolden und Adlern, ja sogar mit Blütenfeen in ihren Reihen, die gab es nur, weil wir einen Befehl der Königin zu erfüllen hatten. Jetzt wird sich alles wieder ändern. Ein paar werden als Leibwache der Königin bleiben. Ich werde nicht zu ihnen gehören.«

Fenryl sah ihn durchdringend an. Es war ein Raubtierblick. Der Blick eines Adlers, der schon im nächsten Augenblick aus den Wolken hinabstürzen würde, um einen Hasen zu schlagen.

»Wir sprechen jetzt nur für uns!« Fenryl legte die Hand auf seine Brust. »Glaubst du, wir haben um Emerelles willen gekämpft und gelitten? Oder für Albenmark? Wir haben es für dich getan. Weil alle zu dir aufschauen. Deine Ritter wollen sein wie du, Ollowain. Und sie werden dorthin gehen, wo du bist. Außer vielleicht Tiranu.« Er stieß ein abgehacktes, schrilles Lachen aus. »Er hat begriffen, dass er bei uns immer nur im Schatten deiner Schwingen fliegen wird. Er ist zurück zu seinen Schnittern nach Drusna gegangen. Dort kann er seinen Schwarm führen, wie er es will. Wir vermissen ihn nicht.«

Seit geraumer Zeit hatte Fenryl die Angewohnheit angenommen, von sich als *wir* zu sprechen. Das brachte Ollowain ein wenig durcheinander. Nie war er sich sicher, wann er für die Ritter und wann er nur für sich sprach. Der Schwertmeister war dankbar dafür, dass Tiranu fort war. Der Fürst hatte ihn, bevor er ging, am Krankenlager besucht und um Erlaubnis gebeten, seine Männer, die zu den Elfenrittern gekommen waren, wieder mitnehmen zu dürfen. Er war nur kurz geblieben. Ollowain würde ihn nie mögen. Aber er musste eingestehen, dass der Fürst von Langollion ein guter Anführer war. Ohne ihn hätten sie wahrscheinlich doppelt so viele Krieger verloren.

»Ich denke darüber nach, das Mädchen ins Fjordland zu begleiten. Kannst du alle Ritter, die geblieben sind, zur Dämmerung hier auf dem Hauptdeck versammeln? Ich werde zu ihnen sprechen. Und ich will ehrlich zu dir sein. Ich hatte daran gedacht, allein zu gehen.«

Fenryl bedachte ihn mit einem schmallippigen Raubvogellächeln. »Wenn du gehst, dann verlieren die Elfenritter ihr Herz. Und nichts kann ohne Herz bestehen. Wenn sie aber aufhören zu existieren, dann sind wir frei, und wir können gehen, wohin es uns gefällt. Es sollte mich sehr wundern, wenn neben uns nicht auch viele andere die kaum erklärliche Lust verspürten, einen längeren Ausflug ins Fjordland zu machen.«

Seine Worte taten Ollowain gut, auch wenn er sich nichts

anmerken ließ. »Bevor du dich entscheidest, musst du wissen, warum ich gehe. Wenn du nicht aus denselben Gründen gehen kannst, ist es besser, du bleibst. Ich fühle mich schuldig, weil wir Gishild geholt haben. Geraubt wäre das bessere Wort, denn das ist es, was wirklich geschehen ist. Sie hat lange Jahre auf uns gewartet. Wir haben sie enttäuscht, als sie uns am dringendsten gebraucht hätte. Und als sie endlich begonnen hat, sich in ihrem neuen Leben einzurichten und dort ihr Glück gefunden hat, da sind wir erschienen. Wir haben alles zerstört, und wir haben ihr ebenso wenig eine Wahl gelassen, wie die Ordensritter es getan haben, als sie Gishild aus Drusna entführten. Ich empfinde ihr gegenüber eine Schuld, die ich tilgen möchte. Ich weiß, sie wird im Fjordland nicht mit offenen Armen empfangen werden. Es sind die Jarls, die dort regieren, und nicht ihre Mutter. Roxanne ist zu schwach. Die wirkliche Macht liegt bei den Adligen. Und viele von ihnen werden diese Macht nicht aufgeben wollen, um ihr Haupt vor einem Mädchen zu beugen, das zunächst einmal beweisen muss, dass sie die ist, für die sie sich ausgibt. Und dann muss sie auch noch beweisen, dass sie nicht im Herzen eine Tjuredgläubige geworden ist. Gishild wird jede Hilfe brauchen können, wenn sie ins Fjordland heimkehrt. Machen wir uns nichts vor. Eine Heimat hat sie nicht mehr. Sie war zu lange fort, und zu viel ist geschehen.« Er bedachte Fenryl mit einem eindringlichen Blick. »Wenn sie nur einen einzigen Fehler macht, dann wird ihr Volk in ihr eine Verräterin sehen und nicht die rechtmäßige Königin.«

HEIMKEHR

Gishild ritt durch das Tor in das Zwielicht eines frühen Winterabends. Der eisige Wind schnitt ihr bis ins Mark. Sie hatte sich vorgenommen, darauf gefasst zu sein, und warme Kleidung angelegt. Doch in der Hitze der Mangroven hatte sie geschwitzt, und nun traf sie die Kälte umso härter.

Sie atmete tief durch. Ihre große Stute tänzelte unruhig. Schwarz, aber mit einer fast sternförmigen Blesse auf der Stirn, war sie das schönste Pferd, das Gishild je gesehen hatte. Sie hatte ihr den Namen gegeben, den Luc ihr in zärtlichen Augenblicken ins Ohr geflüstert hatte: Nordstern.

Gishild strich dem Pferd beruhigend über den Hals. Hinter ihr drängte ihr Gefolge durch das Tor. Elfenritter und Kobolde, Kentauren, Blütenfeen, einige Trolle und sogar drei Schwarzrückenadler waren mit ihr gekommen. Sie alle waren von den Zeugmeistern der Königin ausgerüstet worden. Nie hatte ein Mensch ein prächtigeres Gefolge gehabt! Schmucksteine, groß wie Taubeneier, funkelten auf silbernen Elfenrüstungen. Die Trolle trugen Schneelöwenfelle um die Schultern und hatten sich die Schädel der toten Raubtiere wie Helme auf die Köpfe gesetzt. Gishild hatte den Verdacht, dass Brandax die Trolle foppen wollte. Er hatte sich nämlich den Pelz einer räudigen Hauskatze um die Schultern gelegt, was in auffälligem Gegensatz zu den teuren, viel zu bunten Stoffen stand, aus denen seine Hose und sein Wams genäht waren.

Ihre Kentauren trugen Leopardenfelle wie Pferdedecken und warme Pelzjacken. Dunkelrotes Gurtzeug spannte sich vor ihrer Brust, behängt mit Amuletten und silbernen Glöckchen. Nur die Blütenfeen kamen nackt, wie sie geboren waren. Emerelle hatte ihnen winzige Zauberringe geschenkt, deren magische Macht sie vor der Kälte des Fjordlands schützen sollte.

Während diese illustre Schar sich hinter ihr auf dem Gipfel des Hartungskliffs sammelte, sah Gishild hinab auf ihre Heimatstadt. Erster Schnee lag auf den steilen Dächern. Der Ostwind drückte den Rauch der Schornsteine in die Gassen. Der Fjord war noch eisfrei. Dutzende Schiffe lagen an den Kais. Endlich war sie zurück! Wehmütig betrachtete sie die Königsburg mit ihrer stolzen Festhalle und das große Hügelgrab, in dem ihre Ahnen ruhten.

Die Arbeiten an den neuen, sternförmigen Festungswällen und Bastionen waren noch immer nicht abgeschlossen, was Brandax hinter ihr dazu veranlasste, lautstark über die Schlamperei von dusseligen, faulen Menschenbauern zu maulen, die ohne seine Aufsicht offenbar nur eine Pflugschar bedienen konnten.

Gishild lenkte ihr Pferd zu dem Hang, der am sanftesten abfiel. Dies war kein Ort, um zu reiten. Nur Ziegen oder ein Elfenpferd konnten auf dem vereisten Fels sicheren Tritt finden. Gishild hatte in den letzten Wochen viele Stunden damit verbracht, lange Ausritte zu machen, um sich an Nordstern zu gewöhnen. Sie wusste, dass sie der Stute die Zügel lassen musste. Sie würde einen Weg hinab finden. Die einzige Schwierigkeit dabei war, dass sie nicht aus dem Sattel purzelte.

Längst war das letzte Abendlicht gewichen, als sie sich den Wällen der Stadt näherten. Es war eine klare Winternacht mit einem Himmel voller Sterne. Der Mond stand als schmale, kaum erkennbare Sichel über dem Fjord. Einzelne Schneeflocken trieben im Wind.

Von den Wällen der Stadt ertönten Hörner. Längst waren sie entdeckt worden. Das Osttor lag weit geöffnet vor ihnen. Selbst ein kurzsichtiger Greis hätte auf etliche hundert Schritt Entfernung bemerkt, dass diese Schar nur aus Albenmark kommen konnte.

Ein Trupp Krieger war in Doppelreihe vor dem Tor angetreten, um ihnen ein Ehrengeleit zu geben. Auf den Zinnen waren Wachfeuer entzündet worden, die zitterndes, gelbrotes Licht über den Schnee tanzen ließen. Einige berittene Jarls warteten unter dem Tor.

Gishild erkannte Sigurd, den Hauptmann der Mandriden, unter ihnen. Der Vertraute ihres Vaters starrte sie an, als sei sie eine Wiedergängerin.

»Bist du das, Prinzessin?«, brachte er stammelnd hervor.

Gishild zügelte ihre Stute. »Ich bin zurückgekehrt, Sigurd Swertbrecker.« Sie warf den Kopf zurück, sodass die Kapuze ihres Mantels auf ihre Schultern glitt und er ihr langes rotblondes Haar sehen konnte. Sie trug die Plattenrüstung, die sie sich als Geschenk von Emerelle gewünscht hatte. Es war eine Rüstung, wie sie die Novizen von Valloncour erhielten, wenn sie sich die goldenen Sporen der Ritterschaft verdient hatten.

Sigurd betrachtete den funkelnden Harnisch. Die Brustplatte schmückte ein stehender silberner Löwe. Es war die Rüstung eines Königs. Gishild war sehr stolz darauf. Die Schmiede der Elfen hatten all ihre Kunstfertigkeit und Magie in den Stahl gewoben. Es hatte viele Wochen gedauert, bis die Rüstung vollendet gewesen war. Wochen, in denen sich Gishild vorbereitet hatte auf das, was vor ihr lag. Sie wusste, was sie wollte und wie sie es erreichen würde.

»Versammle alle Jarls, die in der Stadt sind. Ich will sie in einer Stunde in der Festhalle der Königsburg sehen.« Sie sprach kühl und mit fester Stimme, obwohl sie Sigurd, den besten Freund ihres Vaters, am liebsten in den Arm genommen hätte, um mit ihm den Schmerz um Gunnars Tod zu teilen.

Der Hauptmann der Mandriden starrte sie immer noch an. Sie lenkte ihr Pferd an ihm vorbei und berührte ihn sanft am Arm. »Ich bin es wirklich, mein Freund. Keine Erscheinung.«

Die übrigen Reiter wichen vor ihr zurück. Sie begafften sie und ihr Gefolge mit einer Mischung aus Faszination und Unglauben. Hinter dem Tor drängte sich eine unüberschaubare Menschenmenge. Bettler und Kaufleute, Schiffsbauer, Zimmerleute und Trunkenbolde standen Schulter an Schulter.

Als sie in ihre Stadt einritt, bildete sich eine Gasse. Gishild spürte auch Angst. Sie wusste um die Niedergeschlagenheit der Menschen, um die vielen verlorenen Schlachten der letzten Jahre. Der Feind hatte fast das Fjordland erreicht. Für jeden Krieger, den sie ins Feld schickten, konnten die Ordensritter zehn aufbieten. Ihr Volk war zu stolz, um den Kampf aufzugeben, doch über den Ausgang des Krieges machte sich niemand mehr falsche Hoffnungen.

Die Menge war unheimlich still. Nur leises Stimmengeraune war zu vernehmen. Plötzlich rief jemand: »Mandred kehrt zurück! Das Ende aller Tage ist gekommen. Die letzte Schlacht steht bevor!«

Das Raunen wurde lauter.

Gishild wusste, dass sie etwas tun musste. Aber was ... Sie richtete sich hoch im Sattel auf. »Sehe ich aus, als hätte ich mir den Bart geschoren?«, rief sie mit klarer Stimme. »Vor Gram vielleicht, weil meine Firnstayner mich raunend und ängstlich willkommen heißen, statt lärmend und mit einem Horn voller Met, wie es sich für einen Fürsten geziemt?

Ich habe Beerdigungen erlebt, auf denen es lustiger zuging. Wer ist gestorben? Ist es euer Mut, der zu Grabe getragen wurde?«

»Wer bist du, Weib, dass du uns solche Beleidigungen an den Kopf wirfst? Keiner hier hat dich je gesehen. Mit einem solchen Gefolge im Rücken ist es leicht, ein freches Wort zu führen.«

Gishild betrachtete den korpulenten Mann, der sich in die vorderste Reihe geschoben hatte. Er trug gute Kleidung und eine bunte Wollmütze. Ein Pelzkragen war auf seine Jacke genäht. Arm konnte er nicht sein. Seine knollige Nase und die roten, hängenden Wangen kamen ihr vertraut vor. Ganz sicher war sie sich nicht ... Aber wenn sie jetzt etwas wagte und gewann, dann würde sie ihre Firnstayner binnen weniger Herzschläge für sich zurückerobert haben.

»Mich magst du vergessen haben, Hrolf Sveinsson, aber ich erinnere mich gut an dich. An den Mann, der nie seine Mütze abnimmt, weil er es nicht mag, dass seine Glatze glatt wie ein Kinderpo ist. Du hast mir Puppenkleider aus Fellresten geschenkt, als ich klein war. Ein guter Einfall! Mein Vater hat daraufhin hundert pelzgefütterte Mäntel für seine Mandriden bei dir bestellt. Dein Laden steht an der südlichen Ecke des Fischmarkts. Und auf deiner Treppe hat früher immer die blinde Gudrun gesessen, die Gesichter in Äpfel geschnitten hat und sie den Kindern schenkte. Auch solchen, deren Eltern niemals genug Geld hatten, um in deinem Laden einen Mantel zu kaufen. Du giltst als harter Geschäftsmann, aber mein Vater war immer davon überzeugt, dass du in Wahrheit ein weiches Herz hast.«

Jetzt starrte auch Hrolf sie an, als sei sie eine Erscheinung. Gishild sah sich um, auf der Suche nach weiteren vertrauten Gesichtern. Die meisten waren vermummt, um sich gegen die Kälte zu schützen. Und sie hatten sich verändert ... Sie durfte jetzt keinen Fehler machen. Ein falsches Wort, und ihr kleiner Sieg wäre wieder zunichtegemacht. Da entdeckte sie eine unverwechselbare, hagere Gestalt. Sie winkte ihr zu.

»Duckst du dich, Ragnar? Weißt du noch, wie oft du mir gesagt hast, dass Schwerter nichts für Mädchenhände sind? Es tut mir leid, dass ich dir eine so schlechte Schülerin war.«

Erstes Kichern war in der Menge zu hören.

»Weißt du noch, wie der dritte Sohn von König Osvald Sigurdsson heißt?«, rief der alte Lehrer mit zittriger Greisenstimme.

Gishild biss sich auf die Lippen. So viele Stunden hatte sie damit verbracht, ihren Stammbaum auswendig zu lernen. Aber an diesen Ahnen konnte sie sich nicht erinnern. Hatte Osvald nicht nur zwei Söhne gehabt?

»Hah«, rief der Alte. »Du bist wirklich Gishild Gunnarsdottir! Den kleinen Wulf Osvaldsson hast du für dich schon immer aus der Liste deiner Ahnen gestrichen. Ein Dutzend Mal und öfter hab ich dich an ihn erinnert. Dass er im Kindbett verstarb, noch bevor er das erste Jahr vollendete, ist kein Grund, ihn nicht zu kennen.«

»Dann solltest du wohl an meiner Tafel sitzen, Ragnar, damit du im Kopf hast, was ich vergesse. Du siehst aus, als hättest du schon lange keinen Braten mehr gekostet. Haben die letzten Zähne dich verlassen?«

Der Alte sperrte das Maul auf. »Sieben sind mir noch geblieben. Das ist ganz ordentlich für einen Mann in meinem Alter. Und ich versichere dir, Gishild, zubeißen kann ich noch wie ein Fuchs, der sich ein Gänslein schnappt. Allein, mein Wissen zählt heute nichts mehr. An der königlichen Tafel tummeln sich die Ohrenbläser deiner Mutter. Vollgefressene Jarls, die lieber gute Ratschläge geben, als auf den Schlachtfeldern Drusnas zu kämpfen. Von diesen Armsesselkriegern gibt es viel zu viele im Festsaal der Burg, seit dein Vater losgezogen ist, dich zu suchen. Wo warst du in all den Jahren, Gishild? Und wo ist dein Vater?«

Gishild war sich bewusst, dass sie jetzt darauf nicht antworten konnte. Nicht hier. Es war zu früh. Und sie musste diese Fragen schnell überspielen, denn schon spürte sie die bohrenden Blicke der Umstehenden.

»Königliche Familiengeschichten bespricht man in königlichen Gemächern«, sagte sie ein wenig stockend. Emerelle hatte versucht, sie auf solche Augenblicke vorzubereiten. Viele Stunden hatte sie mit Gishild darüber gesprochen, was es hieß, eine Herrscherin zu sein. Und das Mädchen hatte das Gefühl, dass nicht wirklich sie es war, die antwortete. »Das musst du doch wissen, Ragnar. Du hast so lange die Geschichte des Königshauses studiert.«

»Ja, Prinzessin. Bitte entschuldige, Herrin.« Er nickte eifrig, und es tat Gishild im Herzen weh, ihren alten Lehrer so demütig zu sehen.

»Du kommst morgen zu mir, gleich nach Sonnenaufgang. Du wirst an meiner Tafel sitzen. Und dann erzählst du mir von den Ohrenbläsern.«

Sie hatte das Gefühl, auf einmal etliche Jahre des Alterns von Ragnars Gesicht abfallen zu sehen. Seine Haut straffte sich, als er lächelte. Die Falten um seine Augen wurden tiefer. Er sah glücklich aus.

»Ich werde dort sein, Herrin. Gleich nach Sonnenaufgang.«

Jetzt bedrängten die Menschen sie. Viele wollten sie berühren. Jemand brachte ein gefülltes Methorn. Sie hob es hoch über den Kopf. »Ich bin zu Hause. Endlich!«, rief sie mit lauter Stimme, und Jubel brandete ihr entgegen. Die Gasse zwischen den Menschen war verschwunden. Sie war eingekeilt in der Menge, und jeder blickte zu ihr auf.

Gishild war glücklich. Und gleichzeitig spürte sie zum ersten Mal die Last, von der Emerelle gesprochen hatte. Sie hatte es nicht ganz begriffen, in Albenmark ... Und sie hatte sich darüber gewundert, dass die Königin immer wieder anhob, davon zu sprechen. Jetzt wusste sie, was die Herrin der Anderen gemeint hatte. Es war der Wunsch, all diese Menschen nicht zu enttäuschen, und das gleichzeitige Wissen, dass dies im Grunde unmöglich war. Ein Wissen, das diesem Augenblick des Triumphs die Wärme nahm.

Obwohl es vom Stadttor bis zur Königsburg nur wenige Schritt waren, brauchte Gishild für dieses Stück Weg länger als vom Hartungskliff bis hinab nach Firnstayn. Das Bad in der Menge war erschöpfend wie eine Schlacht. Selbst im Burghof wurde sie sofort wieder umringt. Die Elfen und Trolle bemühten sich darum, sie abzuschirmen. Knechte und Mägde waren zusammengelaufen. So viele Gesichter ihrer Kindheit waren hier versammelt. Es war gut, zu Hause zu sein. Doch nun hatte sie sich dem schwersten Teil ihrer Heimkehr zu stellen. Die Jarls sollten vom ersten Augenblick an sehen, dass es ihr ernst war.

Zwei Trolle stießen die mächtigen Torflügel zur Festhalle auf. Rauch hing in der Luft. Die Glut der Feuergruben spiegelte sich rötlich in den mit Goldblechen beschlagenen Holzsäulen. An die sechzig Männer hatten sich versammelt. Hier jubelte niemand. Etliche dieser neuen Jarls waren ihr unbekannt.

Ollowain hielt sich zu ihrer Linken. Rechts ging Yulivee. Ein halbes hundert Elfenritter folgte ihr mit klirrendem Schritt. Gishild fixierte einen Kerl mit dem rot aufgedunsenen Gesicht eines Trinkers, der in der Mitte der Adeligen stand. Ein Niemand. Neben ihm hielt sich ein gut aussehender blonder Kerl. Der einzige, der hier lächelte. Gishild konzentrierte sich auf den Trinker. Sie ging geradewegs auf ihn zu. Den Umhang hatte sie über die Schulter zurückgeschlagen. Ihre Rüstung schimmerte rotgolden im Licht der Glut.

Der Jarl sah sie zunächst grimmig an. Dann bekam sein Blick etwas Fragendes, als sie keine Anstalten machte, stehen zu bleiben. Schließlich wich er vor ihr zurück und strauchelte dabei fast.

Wie eine Axt durch einen morschen Schild, so fuhr sie an der Spitze ihrer Elfen durch die Mauer der Jarls. Die Adeligen beeilten sich, Gishild und ihrem Gefolge aus dem Weg zu springen. Einer trat sogar in eine Feuergrube und hüpfte fluchend auf einem Bein davon.

Es stank nach Met und Wein in der Halle. Auf den Tafeln waren die Reste eines festlichen Essens zu sehen. Die Würdenträger des Reiches darbten nicht.

Gishild strebte dem Hochsitz entgegen, dem Thron ihres Vaters, der am Ende des Saals auf einem Podest aus schweren Eichenbalken stand. Wolfsfelle lagen auf dem schlichten, hochlehnigen Stuhl. Die klobigen Füße waren Adlerkrallen nachempfunden, doch die Ambitionen des Schreiners, der dieses Möbelstück geschnitzt hatte, hatten eindeutig über seinen Möglichkeiten gelegen.

Ollowain nahm den Umhang von ihren Schultern. Yulivee öffnete ihren Waffengurt und nahm Rapier und Dolch an sich. In voller Rüstung ließ Gishild sich auf dem Thron nieder. Sie schlug die Knie übereinander und bemühte sich so zu wirken, als sei es ganz natürlich, dass sie auf jenem Stuhl saß, der bisher allein ihrem Vater vorbehalten gewesen war.

Die Jarls blickten zu ihr auf. Das war der Sinn des erhöhten Throns. Flankiert von Elfen und Trollen, in einer Rüstung, wie keine Menschenhand sie zu erschaffen vermochte, wollte sie ein Bild der Macht abgeben. Und tatsächlich wirkten viele der Männer verunsichert, ja sogar eingeschüchtert. Nur der Rotgesichtige schien wild entschlossen zu sein, seine Ehre wiederherzustellen. Er trat vor. »Dies ist der Platz Gunnar Eichenarms. Weiche von diesem Thron, Weib! Er gebührt nicht dir.«

»Mein Vater ist tot«, sagte sie tonlos. Es war dieser Satz, den sie am meisten gefürchtet hatte. Sie durfte jetzt keine Schwäche zeigen, so sehr es sie selbst auch schmerzte, diese Wahrheit anzuerkennen. Yulivee, die an seiner Seite gestanden hatte, als er starb, hatte ihr von seinen letzten Augenblicken erzählt. Und es gab keinen Grund, an ihren Worten zu zweifeln. Ihr Vater, den sie immer für unbesiegbar gehalten hatte, war gestorben, als er ihr gefolgt war, um sie zu retten.

Der Rotgesichtige fing an zu lachen. »Denkst du, du könntest hier einfach erscheinen, Geschichten erzählen, und wir würden dir glauben? Wer bist du, Weib?«

»Wer bist du, dass du Gishild Gunnarsdottir nicht erkennst, die zurückkehrt, um den Thron ihrer Ahnen einzunehmen?« Es war primitiv, eine Frage mit einer Gegenfrage zu kontern, aber offensichtlich wirkte es. Der Jarl sah sie sprachlos an. Offenbar war er von sich derart eingenommen, dass es ihm unvorstellbar erschien, ihr ein Unbekannter zu sein.

»Ich bin Guthrum, Jarl von Aldarvik.«

»Sag mir, wo ist meine Mutter, Guthrum?«

Der Jarl sah sie mit wutblitzenden Augen an. »Woher soll ich wissen, wo die Schlampe steckt, aus deren Leib du gekrochen bist? Ich kenne dich nicht!«

Sigurd trat von hinten an den Jarl, packte ihn bei den Schultern und wollte ihn fortzerren, doch Gishild gebot dem Hauptmann der Mandriden mit einer knappen Geste Einhalt. »Du wirst nicht meine Arbeit tun, Sigurd. Wo ist die Königin, Guthrum?«

»Königin Roxanne ist in ihrem Jagdhaus in den Bergen.«

»Sigurd, schicke ihr Boten. Sie soll wissen, dass ich hier bin. Und sie soll noch in dieser Nacht nach Firnstayn kommen.«

»Benimmt sich so eine Tochter?«

Guthrum hatte sich halb zu den anderen Adeligen umgedreht, und Gishild konnte spüren, wie die Stimmung sich gegen sie wandte.

»Sollte eine Tochter nicht zu ihrer Mutter gehen? Wer ist sie, unserer Königin Befehle zu erteilen?«

»Sollte eine Königin nicht dort sein, wo geherrscht wird? Wo ihr Thron steht? Wo ihr Adel sich an ihren Vorräten mästet? Wenn sie nicht an dem Ort ist, an den ihre Pflichten sie gestellt haben, dann ist es wohl an mir, sie zur Besinnung zu bringen. Oder habt ihr sie von hier vertrieben?«

Einige der Männer senkten die Häupter.

»Beweise, dass du Gishild bist!«, rief ein grauhaariger Jarl. An ihn konnte die Prinzessin sich sogar erinnern. »Du siehst überhaupt nicht aus wie das kleine Mädchen, das ich einmal kannte.«

»Ich konnte diese Halle betreten und mich auf den Thron setzen, ohne dass mich einer von euch daran gehindert hätte. Spricht nicht das allein schon dafür, dass ich eine Urenkelin des legendären Mandred bin?«

Der blonde Jarl, der anfangs neben Guthrum gestanden hatte, fing schallend an zu lachen. Die anderen Adeligen rückten ein Stück von ihm ab.

»Wer stellt sich einer ganzen Schar zum Kampf gerüsteter Elfen in den Weg?«, entrüstete sich Guthrum.

»Jarls, die hier wären, der Ehre ihrer Königin zu dienen, täten so etwas. Doch ich hörte schon, dass die meisten von euch die Herausforderungen eines Festgelages denen eines Schlachtfeldes vorziehen.« Eine kleine weiße Katze sprang Gishild auf den Schoß. Sie leckte neugierig an der Rüstung. Das feine Waffenfett hatte sie geködert.

Die Prinzessin strich ihr über den Rücken, und die Katze begann zu schnurren. Sie war das einzige Geschöpf, das sie in dieser Halle willkommen hieß.

»Morgen werde ich mit Königin Roxanne an meiner Seite vor euch treten.« Sie bedachte Guthrum mit einem vernichtenden Blick. »Ich bin mir sicher, die *Schlampe* wird das Kind wiedererkennen, das aus ihrem Leib gekrochen ist.«

Totenstille herrschte im Saal.

»Ihr seid gut beraten, wenn morgen nur jene von euch kommen, die sich für Krieger halten. Alle anderen sollen sich künftig an ihren eigenen Herdfeuern den Wanst vollschlagen. Und damit es keine Missverständnisse gibt: Von Kriegern erwarte ich, dass sie mir ohne zu zögern in die Schlacht folgen. Seid für den Kampf gerüstet, wenn ihr kommt. Es ist an der Zeit, dass die Jarls des Fjordlandes wieder Taten vollbringen, die es verdienen, dass die Skalden Lieder zu unserem unsterblichen Ruhm dichten. Nun geht! Und bedenkt meine Worte wohl!«

Nicht allen schien ihre Rede missfallen zu haben. Sie bemerkte, wie einige sie mit Neugier musterten. Für sie schien nicht mehr die Frage, ob sie tatsächlich Gishild war, im Vordergrund zu stehen. Sie fragten sich, ob sie würde halten können, was sie so vollmundig versprochen hatte.

»Prinzessin?« Ollowain beugte sich zu ihr herab. »Mir liegt

es fern, dich zu belehren, doch es war nicht klug, deinen alten Lehrer in aller Öffentlichkeit dazu aufzufordern, morgen hierherzukommen, um mit dem Finger auf jene zu zeigen, die er für unnütze Esser hält.«

»Warum?«

»Weil er deshalb in dieser Nacht sterben könnte.«

Gishild sah den Elfen erschrocken an.

»Dies hier ist kein Spiel, Prinzessin. Wer in dieser Halle sitzt, hat Macht. Wer seinen Platz verliert, ist gedemütigt. Ich glaube, dass du tatsächlich einige der Emporkömmlinge eingeschüchtert hast. Andere aber werden vielleicht kämpfen, um ihre Macht und ihren Einfluss nicht zu verlieren. Und deshalb ist dein Lehrer Ragnar in Gefahr. Wenn du erlaubst, werde ich Fingayn schicken, damit er auf Ragnar achtgibt.«

Gishild nickte. Die letzten Jarls hatten inzwischen die Halle verlassen, und sie fühlte sich auf einmal entsetzlich müde. »Ich werde mich zur Ruhe begeben. Lass mich wecken, sobald meine Mutter eintrifft.«

»Ich werde Wachen für deine ...«

»Nein, Ollowain. Wie sieht es aus, wenn ich Herrscherin und Kriegerkönigin sein will und mich nicht einmal allein in mein Schlafgemach wage?«

»Aber du musst bedenken ...«

Sie stand auf. Die kleine Katze sprang davon. »Bitte, Ollowain, respektiere meinen Wunsch, auch wenn er dir unvernünftig erscheint. Ich werde den Riegel vor meine Tür legen, wenn es dich beruhigt. Aber ich werde nicht in meinem Heim in Angst leben und mich auf Schritt und Tritt von Leibwächtern begleiten lassen. Dass mir jemand etwas tut, kann ich mir nicht vorstellen. Dafür haben sie zu viel Respekt vor meiner Familie.«

»Ich will dir keine Angst machen, Prinzessin, aber freunde dich lieber mit dem Gedanken an, dass hin und wieder Dinge im Leben geschehen, die du dir nicht vorstellen kannst.«

BLUTTAT

»Du wirst keine Wahl haben, Gishild.«

Die Prinzessin schüttelte den Kopf. »Ich werde Königin sein. Doch was du sagst, ist undenkbar!«

»Ich rede doch nicht von Liebe, Kind. Du musst es tun. Für dein Land. Für deine Sippe. Du bist die Letzte vom Blute des Ahnherrn Mandred. Sie werden dich so lange bedrängen, bis du nachgibst. Du weißt, dass du dazu geboren bist. Ob Königin oder nicht, in dieser einen Angelegenheit wirst du dich fügen müssen.«

»Ich liebe Luc. Ich kann keinen anderen Mann nehmen. Eher verzichte ich auf den Thron.«

»Wenn du das tust, dann wird der Adel um die Krone kämpfen. Das wird das Ende des Fjordlands sein.«

Gishild sah ihre Mutter an. Roxanne war alt geworden. Schwere Tränensäcke lagen unter ihren Augen. Silber hatte sich in ihr schwarzes Haar geschlichen. Gishild hatte sie immer als schöne Frau in Erinnerung gehabt. Was sie jetzt sah, erschreckte sie.

Roxanne hatte ihr vom nicht enden wollenden Kampf mit den Jarls erzählt. Sie wurde nicht respektiert, weil sie nicht von königlichem Blute war. Ja, es floss nicht einmal das Blut einer Fjordländerin in ihren Adern. So gering hatte der Adel sie geachtet, dass sie Roxanne nicht dazu gedrängt hatten, noch einmal zu heiraten, nachdem Gunnar Jahr um Jahr nicht wiedergekehrt war.

»Du schuldest es dem Land«, sagte Roxanne leise.

»Ich habe meinen Liebsten bereits erwählt und ihm Treue geschworen. Niemand wird seinen Platz einnehmen.«

»Wenn ich dich richtig verstanden habe, wurde der Hochzeitsakt nicht vollzogen«, wandte ihre Mutter ein.

»Nur das Versprechen vor Tjured fehlte.« Sie sagte das trotzig und spürte zugleich, wie ihr das Blut in die Wangen schoss.

Ihre Mutter überraschte sie. Sie lächelte. Und dann nahm Roxanne sie fest in den Arm. So, wie sie es oft getan hatte, als Gishild ein Kind gewesen war. Ihre Mutter roch noch genauso wie früher, nach Pfirsichblüten und Rosenöl und ein klein wenig säuerlich. Es tat gut, diese Umarmung. Gishild schossen Tränen in die Augen, ohne dass sie sich dagegen wehren konnte.

»Du liebst ihn sehr, nicht wahr?« Roxannes Stimme war nur ein Flüstern. Dunkel. Leise.

»Ja.« Das war alles, was Gishild hervorbrachte. Sie spannte sich, um nicht zu schluchzen. Ihre Mutter strich ihr sanft über den Rücken.

»Ach, mein Mädchen, ach. Die große Liebe … Sie ist das schönste Geschenk und zugleich ein Fluch. Ich liebte deinen Vater mehr als mein Leben. So oft war er fort. So viele Tage habe ich nicht gelebt.« Sie stockte. »Und jetzt, da ich weiß … Seit du mir gesagt hast, dass er … So viele Monde habe ich gelitten für so wenige Stunden des Glücks. Du musst ihn vergessen, Gishild. Ein Herz kann nicht endlos trauern, es wird klein und mutlos. Sieh mich an!« Sie löste ihre Umarmung und setzte sich auf ihr Bett. »Glaubst du, ich wollte so werden, wie ich bin? Ich wusste jeden Tag, was für eine schlechte Königin ich bin. Sie wollten mich nicht. Die Einzigen, die immer zu mir gestanden haben, waren die Mandriden. Die anderen ...«

Roxanne machte eine hilflose Geste. »Du hast sie gesehen. Hüte dich vor Guthrum. Der Jarl von Aldarvik ist der übelste unter ihnen. Vor ein paar Tagen erst hat er es gewagt, mich zu bedrängen. Er wollte Gunnar für tot erklären lassen. Und er wollte, dass ich sein Weib werde. Nicht aus Liebe! Er dachte wohl, wenn er mich besitzt, ist sein Anspruch auf den Thron ein wenig größer. Er will König sein, in ihm brennt der Ehrgeiz.«

Gishild presste die Lippen zusammen. Mistkerl! Zu Zeiten ihres Vaters war er ein unbedeutender, kleiner Adliger gewesen, der sich in seiner Hafenstadt verkrochen hatte. Ein Bernsteinschmuggler war er, der froh war, wenn man ihm vom Hof her möglichst wenig Beachtung schenkte. Gishild hatte sich über ihn erkundigt, bevor ihre Mutter gekommen war. Er war ein gefährlicher Mann, kannte Diebe und Meuchler. Jetzt schon hatte er Macht über sie, dachte die Prinzessin ärgerlich. Ihre Mutter war zwar nach Firnstayn gekommen, aber sie, Gishild, war in ihr Gemach gegangen. Denn Guthrum hatte recht gehabt. Es geziemte sich nicht für eine Tochter, die eigene Mutter, eine Königin, zu sich zu befehlen wie eine Dienstmagd.

Sie war bereit, den Streit mit ihm fortzuführen, dachte Gishild entschlossen. Sie hatte in der Ordensburg gelernt, wie in solchen Fällen zu verfahren war, wie man mit Rebellen und Ketzern umging. Wie man ... Sie musste lachen. So tief waren also die Lehren der Ritter in ihr verwurzelt. In den Augen der Neuen Ritterschaft war jeder Fjordländer ein Rebell und Ketzer.

»Denkst du gerade an deinen Liebsten?«

Die Frage machte Gishild traurig. Sie sollte an Luc denken, nicht an Guthrum. »Ich werde jetzt versuchen, ein wenig zu schlafen. Zum Frühstück erwartet mich eine Bande aufsässiger Jarls.«

»Willst du bei mir schlafen?«

Ihr Herz wollte, aber Gishild schüttelte den Kopf.

»Es tut mir leid, wenn ich dich enttäuscht habe. Ich liebe dich, Gishild. Du bist alles, was mir noch geblieben ist, und ich danke Luth, dass er dich zu mir zurückgebracht hat. Ich weiß, ich war eine schlechte Königin. Meine Herrschaft stand vom ersten Tag an unter einem unglücklichen Stern. Du kannst die Krone haben. Mir ist sie immer schon zu schwer gewesen. Aber bedenke den Preis. Du weißt, was die Jarls von dir fordern werden, wenn du Königin wirst.«

Sie wollte das jetzt nicht hören. Rasch verabschiedete sie sich und ging zurück zu ihrem Zimmer. Es war kalt in den Gängen der alten Burg. Eisblumen blühten an den Butzenscheiben. Es gab nur wenig Licht. Das alte Gemäuer lag still. Nichts rührte sich. Nirgends war eine Wache zu sehen.

Gishild war froh, als sie ihre Kammer erreichte. Das Feuer im Kamin war herabgebrannt, der kleine Raum erfüllt von der wohligen Wärme der Glut. Ein paar Stunden Schlaf, dann würde sie sich den Jarls stellen.

Sie zog die schwere Schaffelldecke von ihrem Lager und erstarrte. Die Laken darunter waren voller Blut. Und auf ihrem Kissen lag das kleine weiße Kätzchen, das im Festsaal auf ihrem Schoß gesessen hatte. Sein Bauch war aufgeschlitzt. Die blutigen Eingeweide waren wie ein Galgenstrick um den Hals des Tiers gewickelt.

Lange sah sie das Tier einfach nur an. Unfähig zu schreien oder zu weinen. So hatte sie sich ihre Heimkehr nicht vorgestellt, auch wenn Emerelle sie gewarnt hatte. Sie wollte gegen die Feinde des Fjordlands kämpfen, nicht gegen ihren eigenen Adel.

Endlich ließ sie sich müde auf dem Lehnstuhl neben dem Kamin nieder. In ihrem Bett würde sie in dieser Nacht nicht schlafen können.

DAS RECHT DER AHNEN

Gishild hatte ein enges, geschlitztes Lederwams angelegt, dazu Reithosen und hohe Stiefel. Sie war sich bewusst, wie wenig sie die Erwartungen der Adeligen an eine Prinzessin erfüllte. Und sie scherte sich einen Dreck darum. Sie hatte kaum ein Auge zugetan in der Nacht und über diesen Morgen nachgedacht.

Ihre Amme hatte sie vor allen Adeligen als Prinzessin Gishild anerkannt. Auch ihr alter Lehrer Ragnar hatte in ergreifenden Worten bestätigt, dass sie die war, für die sie sich ausgab. Am schwersten jedoch wog das Wort ihrer Mutter.

Gishilds Blick wanderte über die Gesichter der versammelten Jarls. Obwohl kein Zweifel mehr an ihrer Abstammung herrschen konnte, lag immer noch eine fast greifbare Spannung in der Luft. Der Festsaal war voller Bewaffneter. Die Leibwache ihres Vaters, die Mandriden, hielten alle

Türen besetzt. Entlang der Wände stand ihr Elfengefolge in voller Rüstung.

Und auch die Jarls waren zum Kampf gerüstet erschienen, so wie sie es gefordert hatte. Fast alle, die gestern hier gewesen waren, waren gekommen. Einigen schien das nun leidzutun. Ihnen war klar, welche Konsequenzen ihr Verhalten gestern Nacht haben mochte. Immer wieder blickten sie unruhig zu den Bewaffneten an den Türen.

»In der Nacht ist jemand in mein Schlafgemach eingedrungen«, sagte sie kühl. »Es wurde Blut in meinem Bett vergossen, und das nicht, weil ich meine erste Liebesnacht begangen hätte.«

Jetzt stand blankes Entsetzen in den Gesichtern der Jarls. Es war bedrückend still. Unruhiges Stiefelscharren, ein einzelnes Husten und das leise Klirren der Kettenhemden waren die einzigen Geräusche. Die Glut in den Feuergruben war zu Asche geworden. In der Kälte stand ihnen der Atem vor den Mündern.

»Die Katze, die gestern hier in dieser Halle auf meinem Schoß gesessen hat, lag mit aufgeschlitztem Bauch auf meinem Kopfkissen. Ich habe euren Willkommensgruß verstanden, Jarls des Fjordlands!«

»Das war keiner von uns«, sagte der Grauhaarige, der sie gestern noch nicht hatte wiedererkennen wollen. »Kein Jarl wäre so ehrlos, so etwas …«

»Ihr haltet euch für Ehrenmänner? Hätten Ehrenmänner hingenommen, dass meine Mutter, eure Königin, im Thronsaal eine Schlampe genannt wird? Sprecht mir nicht von Ehre!« Sie stieg von der hölzernen Plattform hinab und schritt die Reihe der Jarls ab. Sie war sich sicher, wo sie suchen musste, doch ließ sie sich Zeit, bis sie schließlich vor Guthrum trat.

»Du hast weiße Katzenhaare auf deiner Hose, Jarl«, sagte sie so laut, dass jeder im Saal es hören konnte.

»Ich mag Katzen eben, so wie du, Prinzessin.«

»Ich sehe frische Blutspritzer an deinem Ärmel.«

»Ich habe heute Morgen einen Fisch ausgenommen«, entgegnete Guthrum ruhig. »Offensichtlich war ich dabei ein wenig unachtsam.«

»Gib mir deine Hand!«

Er wirkte überrascht, aber er gehorchte. Sie hob die große, schwielige Hand vor ihr Gesicht und schnupperte daran. »Du riechst nicht nach Fisch.«

Guthrum räusperte sich. »Ich habe mich gewaschen.«

Die Männer in seiner Nähe rückten von ihm ab.

Gishild betrachtete einen kleinen, goldenen Klumpen, der in seinem Bart klebte. Geronnenes Eigelb. »Du hast wohl nur deine Hände gewaschen, wie es scheint.«

Guthrum lächelte frech. »Der Rest vom Mann stinkt halt nicht nach Fisch.«

»Sigurd, was hätte mein Vater mit einem Mann gemacht, der Roxanne beleidigt und Blut im königlichen Schlafgemach vergießt?«

Der Hauptmann antwortete, ohne zu zögern. »Er hätte ihn in einem Sack aus festem Leinen einnähen lassen, um ihn im Fjord zu ersäufen, so wie man es mit überzähligen Katzen macht. Die Ehre des Richtschwertes hätte er ihm gewiss verweigert.«

»Du kannst nicht beweisen, dass ich …«

»Ich muss nichts beweisen. Ich bin die Thronerbin. Wenn ich Anklage erhebe, ist es an dir zu beweisen, dass du unschuldig bist. Kannst du das, Guthrum?«

»Das kann ich nicht. Ich war allein.« Er sah sich nach den übrigen Adligen um. Gestern noch mochte er ihr Wortführer gewesen sein. Jetzt würde niemand mehr für ihn Partei ergreifen. Gishild überlegte, ob sie es damit bewenden lassen sollte. Vielleicht hatte Guthrum seine Lektion gelernt. Ob sie wollte oder nicht, sie musste wieder an all die Unterrichtsstunden in der Ordensschule denken. Sie hatte gelernt, dass Gnade zur falschen Zeit alles noch schlimmer machen konnte. Aber sie wollte ihre Herrschaft nicht mit einem Blutgericht beginnen!

»Ich fordere ein Gottesurteil!«, rief Guthrum plötzlich. »Die Götter sind meine Zeugen. Wenn ich Gishild im ehrlichen Zweikampf, Stahl gegen Stahl, besiege, dann ist damit meine Unschuld bewiesen.«

»Lass dich darauf nicht ein«, flüsterte Sigurd ihr zu. »Er ist kein richtiger Krieger. Er hat das Kämpfen in finsteren Gassen gelernt und in den blutigen Scharmützeln, die sich die Schmuggler manchmal liefern. Er wird nicht ehrenhaft kämpfen.«

Gishild schob den Hauptmann zur Seite. »Klären wir das gleich hier und jetzt, Guthrum. Die Götter mögen es nicht, wenn man sie warten lässt.« Sie zog blank. »Bist du bereit?«

Der Jarl lächelte zuversichtlich. Scharrend glitt seine breite Klinge aus der Scheide. Es war eine schwere Waffe, mit einem wuchtigen Bronzekorb als Handschutz. Gishild bemerkte, dass kleine Metalldornen in den Korb eingearbeitet waren. Sie sollte darauf gefasst sein, dass Guthrum nicht nur die Klinge als Waffe einsetzte.

Er begann den Kampf überraschend mit einem wilden Ausfall.

Gishild ließ seinen Hieb an ihrer Klinge abgleiten. Wegen der Wucht des Angriffs taumelte Guthrum an ihr vorbei. Sie drehte sich mit ihm. Ein kurzer Hieb schlitzte den Rücken seines Lederwamses auf.

Wutschnaubend fuhr Guthrum herum. Er täuschte einen Stich nach ihrem Standbein an und riss dann die Klinge hoch, um ihr den Bauch aufzuschlitzen. Wieder wich Gishild mühelos aus. Das Rapier der Elfenschmiede lag leicht wie eine Feder in ihrer Hand, während Guthrums wuchtiges Schwert ihn langsam machte.

»Hör auf zu tanzen, Mädchen, und kämpfe!«, schnaufte er.

»Kann es sein, dass der Jarl von Aldarvik, der noch in keiner großen Schlacht kämpfte, nicht einmal dazu in der Lage ist, ein Mädchen zu besiegen?«

Seine Antwort war ein weiterer wütender Ausfall. Wieder ließ sie seinen Hieb abgleiten. Sie hütete sich, die Schläge zu blocken und sich auf ein plumpes Kräftemessen einzulassen, bei dem sie nur verlieren konnte.

Guthrum griff hinter seinen Rücken und zog ein Fischmesser, an dem noch Blut klebte. Er täuschte einen Angriff an, versuchte sie auf dem falschen Fuß zu erwischen und ihr das Messer zwischen die Rippen zu stoßen. Diesmal verfehlte er sie nur knapp.

»War das dein bester Trick?«, fragte sie spöttisch und zog ihren Parierdolch. Dann ging sie zum Angriff über. Schlag folgte auf Schlag. Sie drängte ihn zurück. Die anderen Jarls wichen ihnen aus.

Sie prellte ihm das Fischmesser aus der Hand. Er versuchte sie mit seinen mächtigen Armen zu umklammern wie ein Ringer. Sie duckte sich und war ihm immer noch viel zu nah. Er zog das Knie an. Obwohl sie zurückschnellte, streifte der Stoß ihr Kinn.

Sie war gewarnt gewesen. Leicht taumelnd zog sie ihren Parierdolch über seinen Oberschenkel. Blut sickerte durch den klaffenden Schnitt in seiner Hose.

Er tastete mit der Linken nach der Wunde. Sie umkreisten einander lauernd.

Er führte seine blutigen Finger an seine Lippen und leckte daran. »Das ist nicht genug, Kleine. Ich werde dich aufmachen wie einen Fisch ...«

Gishild schauderte. Sie versuchte, sich vor den Bildern zu verschließen, die auf sie eindrängten.

Guthrum griff erneut an. Er täuschte einen Schwerthieb an und traf sie mit der Faust, als sie ihm auswich. Er war wieder zu nah! Er hatte ihre lange Klinge unterlaufen. Ein Stoß mit dem Korb seiner Waffe streifte sie. Die Dornen hinterließen tiefe Schrammen in ihrem Lederwams. Sie zog das Knie an. Er stieß ein Quieken wie ein Schwein aus und krümmte sich. Ein kurzer, schneller Schlag mit dem Korb ihres Rapiers prellte ihm die Waffe aus der Hand. Sie trat einen Schritt zurück und tippte ihm mit der Spitze der Klinge auf die Brust. »Die Götter haben gegen dich entschieden, Guthrum von Aldarvik. Ich gebe dir zehn Tage, um deine Angelegenheiten zu ordnen und dein Geld zusammenzuraffen. Danach bist du für immer aus dem Fjordland verbannt.«

Sie wandte sich ab, froh, dieses Ärgernis endlich hinter sich zu lassen.

»Gishild ...«

Noch bevor Sigurd seinen Warnruf ausstieß, hatte sie das Geräusch von knarrendem Leder gehört, als Guthrum sich bückte, um seine Waffe aufzuheben. Die Prinzessin duckte sich und wandte sich um. Ihre Klinge verfehlte nur um Haaresbreite den blonden Jarl, der gestern als Einziger in dieser Halle gelacht hatte. Er war Guthrum in den Arm gefallen, um den Schwerthieb abzufangen, der ihr gegolten hatte. Gishilds Klinge bohrte sich tief in die Brust des Verräters. Der Stich saß hoch. Er würde überleben, wenn er keinen Wundbrand bekam.

Mit einer Drehung befreite sie ihre Waffe. Sie zog ein Tuch hinter ihrem Gürtel hervor und säuberte die Klinge. Dann winkte sie den Mandriden. »Schafft ihn fort! Zehn Tage, Guthrum. Wenn du dann noch im Fjordland weilst, werde ich deinen Kopf holen.« Sie wandte sich an den blonden Jarl. »Danke …«

Er lächelte. »Erek Asmundson.«

Sie nickte knapp, dann stieg sie auf das hölzerne Podest und stellte sich vor den Thron. »Nicht diesen Kampf wollte ich heute ausfechten. Ihr kennt die Geschichte von Kadlin Kriegerkönigin. Sie holte den Leichnam ihres Vaters Alfadas, der tief im Herzen des Trolllands verborgen lag. So wie sie werde auch ich ausziehen, den Leichnam meines Vaters zu holen. Er liegt hinter den Linien des Feindes. Ich will, dass er im Hügelgrab meiner Ahnen seine letzte Ruhe findet. Dies wird eine Tat sein, bei der wir keinen Fußbreit Boden gewinnen. Doch sie wird unsere Feinde lehren, dass Fjordländer mehr können, als nur hinhaltende Rückzugsgefechte zu liefern. Wir werden sie besiegen. Und so wie man früher ein gutes Schiff verbrannte, um einen toten Herrscher zu ehren, so werde ich meinem Vater zu Ehren eine ihrer Ordensburgen niederbrennen. Sie sollen uns fürchten lernen. Und sie sollen wissen, dass sie auch weit hinter den Kampflinien nicht sicher vor uns sind. Wer von euch wird mich begleiten?«

Sigurd und seine Mandriden waren die Ersten, die ihre Schwerter hoben. »Gishild Kriegerkönigin«, rief der Hauptmann. »Wir folgen dir.«

Auch Erek hatte sie gewonnen. Er schwenkte eine große Axt und stimmte begeistert in den Schlachtruf der Leibwachen ein. Dann folgten mehrere Jarls. Zuletzt waren es nur sieben, die sich still aus der Halle davonschlichen, um künftig an ihren eigenen Herdfeuern zu speisen und nicht mehr an der Tafel der Festhalle des Königs.

ALBENMARK

Es war kalt in dieser Nacht, kälter als die Winter in Valloncour sonst wurden. Vielleicht war es auch die Kälte in seinem Herzen, die ihn zittern ließ, dachte Luc. Er hatte die Arme um die Knie geschlungen und saß auf dem Hügel, auf dem er sich so oft bei Neumond mit Gishild getroffen hatte.

Er blickte in den Nachthimmel, hinauf zum Nordstern, den er ihr zum Geschenk gemacht hatte. Wo Gishild jetzt wohl war? Oft stellte er sich vor, dass sie in eben diesem Augenblick vielleicht zum selben Nachthimmel aufsah. So viele Wochen war sie nun fort, und doch blickte er an jedem Morgen, wenn er im Schlafsaal ihres Turms erwachte, als Erstes dorthin, wo noch immer ihr schmales Bett stand. Stets aufs Neue hatte er die Hoffnung, dass all das nur ein schrecklicher Albtraum gewesen war. Dass er sie dort liegen sähe, das zerzauste rotgoldene Haar wie ein Schleier vor ihrem Gesicht. Er würde dann einfach daliegen und ihr beim Schlafen zusehen.

Aber sein Blick fand stets nur ein leeres Bett mit ordentlich gefalteten Decken. Ein Bett, das immer noch so tat, als werde seine Besitzerin zurückkehren. Als sei sie nicht für immer aus seiner Welt gezerrt worden.

Das Geräusch von Schritten ließ Luc aufblicken. Eine schmale Gestalt, gestützt auf einen Gehstock, mühte sich den Hügel hinauf. Er konnte den schweren Atem hören. Der Primarch! Honoré ging vor ihm in die Hocke. Die Hände über den Griff des Stocks gefaltet, zwang er ihn, seinem Blick zu begegnen.

»Die Bruderschaft vermisst dich.«

Luc wollte davon nichts hören, wagte es aber nicht, das offen auszusprechen. Er tastete nach einem Stöckchen und begann damit in der festgestampften Erde herumzustochern.

»Als ich Novize war, da gab es ein Mädchen, in das ich wie närrisch verliebt war. Einen Teil deiner Gefühle kenne ich, Luc. Du darfst es nicht weitererzählen ... Damals habe ich nur gelernt, um ihr zu imponieren. Sie war eine ausgezeichnete Fechterin. Und sie war so wunderschön, dass neben ihr die Sonne verblasste. In meinen Augen jedenfalls.« Er lachte leise. »Ich habe ihr damals Liebesgedichte geschrieben, allerdings habe ich mich nie getraut, sie ihr zu zeigen. Nicht einmal, als wir in unserem letzten Jahr als Novizen zueinanderfanden. Ein paar von diesen Gedichten habe ich behalten. Schwülstiger Unsinn, aber wenn ich sie heute lese, dann scheint mir unsere Liebe immer noch zum Greifen nah.«

Luc dachte daran, wie Michelle Honoré im Jagdzimmer des Grafen von Lanzac die Radschlosspistole auf die Brust gesetzt hatte. Und wie sie geschossen hatte, obwohl es nicht mehr notwendig gewesen wäre. Er hatte nie begriffen, was in den beiden damals vor sich gegangen war.

»Ich weiß, meine Worte sind kaum ein Trost für dich, aber

eine Liebe, die auseinandergerissen wird, wenn die Gefühle am stärksten sind, die wird ewig bestehen. Es sind solche Liebesgeschichten, von denen die Dichter schreiben. Jede andere Liebe wird vergehen. Es ist nur eine Frage der Zeit. In deinem Alter hätte ich das auch nicht hören wollen ...«

»Was ist zwischen dir und Michelle geschehen?«

»Wenn du deine Magistra fragst, dann wird sie dir gewiss sagen, es sei mein Befehl auf der Brücke über die Bresna gewesen, der unsere Liebe zerstörte. Du hast sicher schon von dieser Geschichte gehört ... Ich glaube, in Wahrheit hat es schon früher begonnen. Am Anfang ist man bereit, dem Menschen, den man liebt, alles nachzusehen. Vergeben ist so leicht ... Genauso leicht, wie jene Dinge zu übersehen, die man nicht wahrhaben mag. Aber wehe, wenn der Zauber der ersten Liebe verfliegt ... Ich stehe noch heute zu dem Befehl, den ich damals gegeben habe. Er war folgerichtig und der Lage angemessen. Ich habe mich damals nicht von einem Augenblick zum anderen verändert. Es ist nicht wahr, dass aus dem strahlenden Ritter binnen eines Herzschlags eine seelenlose Bestie wurde. Die Wahrheit ist, dass sie mich in diesem Augenblick zum ersten Mal so gesehen hat, wie ich wirklich bin. Und weil sie sich nicht eingestehen konnte, dass ich diesen Makel immer schon besessen hatte und sie ihn bislang in ihrer Liebe einfach nur übersehen hatte, deshalb hat sie die Geschichte erfunden, dass der Krieg in Drusna mir meine Seele geraubt habe.«

Lucs Stöckchen brach in der harten Erde ab. »Liebst du sie immer noch?«

»Die Weisen sagen, Hass könne nur dort sein, wo die Liebe noch nicht ganz verloschen ist. Ich bin mir nicht sicher, ob das richtig ist. Von der wilden, bedingungslosen Liebe unseres letzten Sommers als Novizen sind nur ein paar zu sentimentale Liebesgedichte geblieben. Ihr Wunsch, mich tot zu sehen, bereitet mir jetzt noch Schmerzen. Jeder Herzschlag peinigt mich.«

Ein Geräusch ließ Luc aufblicken. Honoré schnürte sein Wams auf und schob sein Hemd hoch.

Der Junge hatte schon viele schreckliche Wunden gesehen. Aber das ... Es stieß ihn ab, und zugleich konnte er den Blick nicht abwenden. »Wie ist es möglich, dass du noch lebst?«, fragte er fassungslos.

»Vielleicht ist es Tjureds Wille? Vielleicht ist es meine Gabe ... Oft denke ich, ich lebe noch, weil ich ein Ziel habe. Etwas, das ich unbedingt noch erreichen will. Du magst mich belächeln, aber ich bin davon überzeugt, dass Gott einen jeden von uns mit einer besonderen Aufgabe auf diese Welt schickt. Das hört sich jetzt viel pathetischer an, als ich beabsichtige. Es kann etwas sein, das die Welt nicht verändert. Etwas, das nur für dich von Bedeutung ist. Vielleicht schenkst du an irgendeinem Abend einem Bettler ein einfaches Mahl. Und es sind dieser Abend und diese Gabe, die ihm die Kraft geben, wieder zu sich zu finden, und er wird ein bedeutender Mann, dessen Wirken die Welt vermisst hätte, wenn du dich ihm gegenüber nicht an jenem Abend barmherzig gezeigt hättest. Ich glaube, viele Menschen bemerken nicht einmal, wenn sie die eine große Tat ihres Lebens vollbringen. Ich glaube auch, dass wir nicht die Gefangenen von Gottes Willen sind. Er hat Pläne mit uns. Er gibt uns das Rüstzeug für ein Leben, in dem wir unsere Aufgaben erfüllen können. Und dann lässt er uns frei, denn wir wären weniger als Sklaven, wenn jeder Schritt in unserem Leben vorherbestimmt wäre, wie manche unserer Glaubensbrüder meinen.«

Luc sah den Primarchen verwundert an. Honoré war ihm

ein Buch mit sieben Siegeln. Immer wenn er glaubte, ihn zu kennen, überraschte er ihn aufs Neue. Der Mann, der nun vor ihm kauerte und ihm von seiner Liebe und von der Bestimmung im Leben erzählte, entsprach in keiner Weise dem Bild, das er sich bisher von Honoré gemacht hatte. »Und weißt du, was deine Aufgabe ist?«

Er hob die Brauen und lächelte melancholisch. »Was wissen wir schon, Luc? Ich weiß nicht, welche Pläne Tjured mit mir hat, aber ich habe mir ein Ziel in meinem Leben auserkoren, von dem ich glaube, dass es meine Bestimmung ist. Vielleicht ist es Gottes Plan, dass ich jetzt in diesem Augenblick bei dir bin, um dir ein wenig von deiner Traurigkeit zu nehmen und dir neue Hoffnung zu machen. Ich aber glaube, dass es darüber hinaus meine Berufung ist, Albenmark zu zerstören und unserer Welt endlich den Frieden zu bringen, den sie so sehr braucht.«

Luc war fassungslos. War er verrückt? Wie sollte ein einzelner Mann das schaffen? Und wie wollte er eine Welt zerstören, in die sie nicht einmal den Weg finden konnten? Nie war ein Ordensritter dort gewesen! Nach allem, was sie wussten, holten die Anderen nur manchmal einen Heiden zu sich. Und es war ungewiss, ob das eine Auszeichnung oder eine Strafe war.

Honorés Lächeln wurde noch etwas breiter. Falten bildeten sich in seinen Mundwinkeln. Er zog sein Hemd über die schreckliche Wunde in seiner Brust. »Jetzt überlegst du wohl, ob ich verrückt bin, nicht wahr?«

Luc schluckte. Dann nahm er all seinen Mut zusammen und nickte.

Der Primarch lachte. »Nur wer sich Großes vornimmt, kann auch Großes erreichen. Ruhm ist nur selten ein Geschenk, das einem einfach in den Schoß fällt.«

Eine Weile saßen sie schweigend beieinander.

»Was wünschst du dir, Luc?«, fragte Honoré schließlich. »Ich bin überzeugt, dass unsere Wünsche und unsere Bestimmung oft eng miteinander verbunden sind.«

Luc schüttelte den Kopf. Sein Wunsch war selbstsüchtig. Er wollte bei Gishild sein. Zuweilen schämte er sich deshalb, denn es gab Augenblicke, da brannte dieser Wunsch so stark in ihm, dass er ihm alles andere geopfert hätte. Das war gewiss nicht gottgefällig!

Manchmal, wenn keiner der Kameraden seiner Lanze im Turm war, schlich er sich heimlich hinauf in den Schlafsaal und kniete vor Gishilds Kleidertruhe nieder. Es war ein ungeschriebenes Gesetz, dass man die Truhen der anderen nicht einmal berührte. Er aber kümmerte sich nicht darum, sondern öffnete Gishilds Truhe dann einen Spaltbreit. In dem dunklen, alten Holz war noch etwas von ihrem Duft gefangen. Und wenn er die Augen schloss und alles andere vergaß, dann konnte er sich einbilden, dass sie wieder ganz nah bei ihm war. So als läge sie in seinen Armen.

»All deine Wünsche kreisen um Gishild ...«

»Ja.« Jedes Wort war wie ein kantiger, scharfer Kiesel in seiner Kehle. Mehr vermochte er nicht zu sagen.

»Dann sollten wir überlegen, welche Wege es gibt, dich zu ihr zu bringen.«

Luc sah den Primarchen misstrauisch an. Das war unsinnig! »Sie ist im Fjordland. Sie wird unsere Feinde anführen.«

»Ich dachte mir schon, dass du weißt, wer sie wirklich ist. Liebende haben nur wenige Geheimnisse voreinander. Nun, das macht es leichter.«

»Aber ich kann doch nicht ...«

»Warum? Liebe ist das reinste und aufrichtigste aller Gefühle. Was sollte verdammenswert daran sein? Und selbst wenn Gishild gegen uns ins Feld zieht, bin ich mir sicher, dass sie tief in ihrem Herzen immer noch eine von uns ist. Sie ist eine Silberlöwin, Luc. So wie du ein Silberlöwe bist. Dieser Bund geht tief. Er wird ein Leben lang halten. Sie war zu lange hier, um nicht eine von uns geworden zu sein. Sie denkt wie wir. Sie fühlt wie wir. Wir können sie zurückgewinnen.«

»Ich werde nicht gegen sie kämpfen können«, sagte Luc leise. Manchmal hatte er sich ausgemalt, wie sie beide in der Hitze der Schlacht aufeinandertrafen. Wie sie sich mit geschlossenen Helmvisieren nicht erkannten. Und dass er sie tötete. »Ich kann nicht gegen das Fjordland kämpfen. Das würde sie mir niemals verzeihen. Wenn unsere Heere siegreich sind, wenn unsere Banner über Firnstayn wehen und die letzte Schlacht geschlagen ist, dann wird zerstört sein, was ihr am meisten im Leben bedeutet hat. Ich darf keinen Anteil daran haben! Das würde sie mir niemals verzeihen, selbst wenn ich mein Schwert nicht gegen die Heiden erhebe … Wenn das Fjordland untergeht, dann wird auch sie gebrochen sein. Sie würde mich nicht mehr sehen wollen. Wahrscheinlich würde sie dann gar nicht mehr leben. In der letzten Schlacht wird sie bis zum Tod kämpfen.«

»Ja, die Liebe … Sie kennt nur schwarz und weiß. Kennt keine Zwischentöne. Die Wirklichkeit ist anders. Ich will nicht sagen, dass du unrecht hast, aber ich glaube, wir können das Fjordland besiegen, ohne dass wir eine einzige Schlacht auf seinem Boden austragen.«

Honoré genoss sichtlich Lucs ungläubiges Schweigen.

»Wir müssen das Fjordland in Albenmark besiegen. All mein Denken kreist allein darum. Es ist das Ziel in meinem Leben, nach Albenmark zu gelangen. Wenn wir es schaffen, Emerelle, die Königin der Anderen, zu töten, dann wird der

Krieg zu Ende sein. Die Anderen, das sind unzählige Völker, die einander befehden. Emerelle ist die eine, die sie alle zusammenhält. Wenn sie stirbt, dann werden die Anderen das Fjordland nicht mehr unterstützen. Sie werden um die Krone streiten. Und was sind die letzten Heiden ohne ihre Verbündeten? Verloren! Das wissen sie. Der Krieg um das Fjordland wird in Albenmark entschieden werden!«

»Aber wie sollten wir denn nach Albenmark gelangen?«

»So wie die Anderen natürlich«, entgegnete Honoré gut gelaunt. »Es gibt magische Tore. Auf manchen von ihnen haben wir Tempeltürme, Kapellen oder Heiligenschreine errichtet. So versiegeln wir diese Tore. Die Anderen können sie nicht länger benutzen. Wir aber halten den Schlüssel in der Hand. Wenn wir diese Orte entweihen, dann ist auch das Tor wieder frei. Wir müssen nur lernen, wie man sie öffnet. Oder jemanden finden, der es für uns tut. Jemanden, der so enttäuscht von den Anderen ist, der sich so verraten von ihnen fühlt, dass er bereit ist, gegen sie in den Krieg zu ziehen.«

Honoré sprach so eindringlich und überzeugend, als seien diese Pläne schon weit gediehen.

»Wenn wir das erste Mal hinübergehen nach Albenmark, dann werden die Anderen völlig überrumpelt sein. Gleich bei diesem ersten Angriff müssen wir Emerelle stellen und töten.«

»Warum sagst du mir das alles? Was kann ich dabei tun? Ich bin doch nur ein Novize.«

»Du weißt, dass ich kein netter Mensch bin, Luc. Ich tue es für die Bruderschaft. Sie braucht dich. Zu viele von uns sind tot. Und in keinem ist die Gabe so stark wie in dir. Du darfst dich nicht länger treiben lassen, Luc. Dein Leben muss wieder ein Ziel bekommen, ganz gleich welches.

Ich komme also nicht als Freund. Es ist allein Eigennutz, der mich antreibt. Ich bin davon überzeugt, dass unser beider Schicksal eng miteinander verbunden ist. Jeder von uns kann seine Bestimmung in dieser Welt nur durch den anderen finden.«

Luc war noch immer nicht klar, wie er dem Primarchen helfen sollte. Aber er war bereit, ihm zu glauben. Honoré hatte recht. Ein Leben brauchte ein Ziel. Daraus schöpfte es Mut und Kraft. »Was kann ich tun?«

»Ich glaube, du wirst mich heilen können, wenn wir den richtigen Ort und die richtige Zeit finden. Und da ist noch etwas … Mit deiner Gabe hat es eine besondere Bewandtnis. Doch davon werde ich dir erzählen, wenn du die goldenen Sporen der Ritterschaft erhältst. Es gibt aber etwas, womit du schon jetzt, in dieser Nacht, zu unserem großen Werk beitragen kannst. Schreib einen Brief an Gishild! Schreibe ihr von deiner Liebe und deiner Sehnsucht.«

»Was?«

»Du hast schon richtig verstanden, Luc. Ihr könnt einander nicht sehen … Vielleicht für viele Jahre. Sorge dafür, dass das Band zwischen euch nicht zerreißt. Du ahnst nicht, wie kostbar eure Liebe eines Tages sein kann …«

»Wie meinst du das?«

»Wenn Albenmark besiegt ist, dann werden wir mit dem Fjordland verhandeln. Aber wie soll man miteinander reden, wenn Jahrzehnte des Krieges die Herzen verwüstet haben? Wie soll ein gerechter Frieden gefunden werden? Wie kann man ohne Misstrauen an einem Tisch sitzen? Wie kann gerade Gishild das, die während der Friedensverhandlungen schändlicherweise entführt wurde?«

Luc begann zu begreifen.

»Wenn ihr beide euch eure Liebe erhaltet, dann werdet

ihr miteinander reden können. Du gehörst zur Bruderschaft des Blutes. Du bist sehr begabt. Ich verspreche dir, eines Tages wirst du ein bedeutender Mann in unserer Kirche sein. Und du wirst es sein, der für uns alle spricht, wenn wir Frieden mit dem Fjordland schließen werden. Und Gishild wird alles, was du sagst, tiefer verstehen, als irgendein anderer Mensch es je könnte. Ich sagte dir ja, sie ist noch immer eine von uns. Unsere Lehren und unser Glauben sind nach all den Jahren in Valloncour tief in ihr verwurzelt, auch wenn sie es selbst gewiss nicht wahrhaben will. Und wichtiger noch ist ihre Liebe zu dir. Sie wird dich mit offenem Herzen empfangen. Nur so kann ein wirklicher Friede geschlossen werden.«

»Aber wie sollte ein Brief zu Gishild gelangen können? Willst du eine Gesandtschaft schicken?«

Honoré lachte leise. »Nein, das ist nicht die Art, wie Liebesbriefe überbracht werden. Glaube mir, er wird sie erreichen. Binnen eines Mondes. Eines Abends wird sie ihn auf ihrem Bett liegend finden. Oder auf dem Tisch, an dem sie all den Schreibkram erledigt, der zu den täglichen Lasten der Herrschaft gehört. Wie von Zauberhand wird er plötzlich da sein.«

»Aber …«

Honoré stemmte sich auf seinem Gehstock hoch. »Frage nicht, Luc. Ich werde es dir nicht verraten. Du weißt, ich war für viele Jahre der stellvertretende Leiter des Handelskontors. Ich habe die Spitzel unseres Ordens geführt. Unsere Netze sind weit gespannt, Luc. Dein Brief wird Gishild erreichen!«

Der Junge hatte ein ungutes Gefühl dabei. Die Vorstellung, dass irgendwelche Männer oder Frauen, die Honorés Befehlen gehorchten, Gishild so nahe waren, dass sie einen

Brief in ihr Schlafgemach schmuggeln konnten, ängstigte ihn. Aber noch brauchte Honoré Gishild. Und wenn er sich auf die Pläne des Primarchen einließ, dann war Gishild zumindest nicht in Gefahr! Alles, was Honoré gesagt hatte, hatte sich klug und wohldurchdacht angehört. Er brauchte Gishild und ihn, um das Ziel seines Lebens zu erreichen.

»Glaubst du, sie wird auch mir schreiben können?«

Der Primarch breitete in hilfloser Geste die Hände aus. »Für sie kann ich nicht sprechen. Aber wenn sie klug ist, dann wird sie einen Weg finden. Und wir beide wissen, Gishild ist klug.«

Lucs Herz schlug schneller. Er malte sich aus, einen Brief von ihr in Händen zu halten, von ihr selbst zu erfahren, welchen Weg ihr Leben nahm. Dann müsste er sich nicht mehr mit bangem Herzen irgendwelche Gerüchte über das ferne Fjordland anhören und nächtelang darüber rätseln, was von dem, was er gehört hatte, vielleicht der Wahrheit nahekam. »Ich bin dein Mann, Bruder.«

»Deine Hand darauf!«

Luc schlug ein. Und er war überrascht, wie kräftig der Griff des Primarchen war, obwohl Honoré so hinfällig wirkte.

»Es gibt noch etwas, was du für mich tun kannst. Lass dich nicht länger so treiben wie in den letzten Wochen. Du warst eine Zierde unter den Novizen, auch wenn mancher deiner Magister darüber vielleicht anders denkt. Du warst ein Junge, über den viel gesprochen wurde. Ich glaube, jeder in Valloncour hat schon einmal deinen Namen gehört. Du musst wieder kämpfen. Lerne! Sei gut in allem, was du tust. Oder bemüh dich zumindest, dein Bestes zu geben, so wie du es getan hast, als Gishild noch hier war. Es wird leichter sein, innerhalb der Kirche aufzusteigen, wenn du dir deine Würden verdienst. Es läge in meiner Macht, dir auch dann, wenn du niemand Besonderes wärst, bedeutende Ämter zu verschaffen. Doch Macht ist nur dann stark, wenn sie auf Respekt begründet ist. Verdiene es dir, eines Tages für unseren Orden am Verhandlungstisch zu sitzen. Niemand wird diese Aufgabe so gut erfüllen können wie du. Halte dir dieses Ziel immer vor Augen und sei wieder der junge, aufstrebende Novize, der du warst, bevor die Elfen nach Valloncour kamen.«

DIE CHRONIK VON FIRNSTAYN

… Als aber Gishild zurückkehrte, da war es, als wehe ein Sturmwind durch das Land, und wir alle wurden aufgerüttelt. Manche hassten es, so wie jene, die sich im Geiste schon in die Niederlage ergeben oder die der Königin das Szepter entwunden hatten, um an ihrer Stelle zu regieren. Andere aber, und dies waren bei weitem die meisten, fassten neuen Mut. Für sie war es so wie an jenen ersten, warmen Frühlingstagen, an denen man Fenster und Türen weit öffnet, damit der Geruch der langen Winternächte aus den Häusern weicht. Nur einen Tag war sie zurück, und schon stellte sie ein Aufgebot zusammen für ihren ersten kühnen Streich. Sie tat, was seit den Tagen des Alfadas niemand mehr getan hatte: Sie führte die Recken aus dem Land der Fjorde auf den Pfaden der Alben in die Finsternis. Dies war ein Ort, der selbst den tapfersten Helden bang ums Herze werden ließ. So gelangten sie weit nach Drusna hinein in einen verborgenen

Hain, tief in den Wäldern, den selbst die Schattenmänner vergessen hatten. Von dort aber führten die Elfen sie auf geheimen Pfaden durch die Wälder bis an jene Stelle, an der sie König Gunnar Eichenarm ein geheimes Grab bereitet hatten. Und ich, der ich diese Zeilen schreibe, ich habe dort gestanden und sah den König liegen auf einem Bett von Kanonenrohren und zerbrochenen Waffen. Und über ihm hingen die zerrissenen Fahnen der Feinde. Es war wahrlich das Grab eines Kriegers. Ich weiß nicht, was die Elfen taten. Doch dieses Grab war anders als alle, die ich je sah. Es roch nicht nach Fäulnis und Tod. Der Duft des Frühlings schien in der verborgenen Gruft eingefangen zu sein. Und glaubt es oder nicht, aber der Leichnam des Königs sah aus, als habe man ihn eben erst zur letzten Ruhe gelegt.

Und doch gab es einen Schrecken, den selbst die Kunst der Elfen nicht hatte mindern können. Den König, der dort ruhte, konnte man nur noch an den Narben an seinen Armen und Beinen wiedererkennen, jenen unverwechselbaren Spuren, die ein Leben auf Schlachtfeldern in seinen Leib geschnitten hatte. Dies war so, weil Gunnar das Haupt vom Rumpfe getrennt war. Eine Kanonenkugel hatte es zerschmettert, so berichtete die Zauberin Julifay, und sie sagte, sie habe daneben gestanden, als Luth Gunnars Lebensfaden durchtrennt habe. Die Elfen hatten ein seidenes Tuch über einen Helm gebettet, der dort lag, wo Gunnars Kopf fehlte, und so verschleierten sie vor dem flüchtigen Betrachter des Leichnams die schreckliche Wahrheit. Doch natürlich wollte Gishild noch einmal in das Antlitz des Toten blicken. Sie war erstaunt, hatte der König doch zu Lebzeiten nie einen Visierhelm getragen. Und als sie dann das stählerne Visier zurückschob und schließlich gar den Helm an sich nahm, da traf sie das, was sie sah, bis ins Innerste.

Nie bin ich einem Weib wie Gishild begegnet. Sie hatte eine Stärke in sich, wie man sie bei den meisten Männern nicht findet. Dreimal nur habe ich sie in ihrem Leben weinen sehen. Das erste Mal war, als ihr Bruder Snorri starb und sie noch ein Kind war. Zum zweiten Mal vergoss sie Tränen am verborgenen Grab ihres Vaters. Beim dritten Mal aber, da war mir selbst das Herz zerrissen. Doch ich greife der Geschichte voraus ... Noch ist die Zeit der Tage des Ruhmes.

Auf Gishilds Trauer folgte der Zorn. Und ihr Zorn war wie ein plötzlicher Sommersturm, der in ein Gerstenfeld fährt.

Vilussa traf dieser Zorn, die große Hafenfestung des Ordens vom Aschenbaum, Sitz des Erzverwesers, größter Flottenhafen der westlichen Seenplatte, Winterquartier des Ordensheeres. Es gab ein Dutzend gute Gründe, um diese Stadt einen weiten Bogen zu machen. Die Jarls und selbst die kaltblütigen Elfen redeten auf Gishild ein. Sie aber wollte ein Totenfeuer zu Ehren ihres Vaters, dessen Flammenschein bis zu den Goldenen Hallen zu sehen war. Und sie wollte nichts davon hören, dass es aussichtslos sei, eine starke Festung anzugreifen, in der für jeden unserer Krieger zehn Feinde im Winterquartier lagen. Weil aber das wilde Blut ihres Ahnherrn Mandred stark in ihr war, wollte Gishild all dies nicht gelten lassen. Als keiner ihr folgen mochte, da legte sie allein ihre Rüstung an und ritt auf ihrem Rappen Nordstern in aller Heimlichkeit davon. Es war ein Abend, an dem Nebel wie Geisterodem aus den schwarzen Wäldern trat, dass Gishild vor das Sankt-Michels-Tor der Festung Vilussa ritt. Sie war angetan mit einem weißen Umhang wie eine Ordensritterin. Und sie passierte das Tor, denn sie hielten sie wohl für eine der ihren. Niemand weiß, was Gishild in jener Nacht tat. Sie hat nie darüber geredet. Doch als sie am nächsten Mittag zurückkehrte, stand eine schwarze Rauchwolke über der

Stadt, mächtig wie ein Götterthron. Der Pulverturm der Burg und das Magazin im Hafen waren in Flammen aufgegangen. Siebzehn Schiffe fielen den Verwüstungen zum Opfer. Kein Elf war bei ihr gewesen, wir alle wussten das. Und wenn die Toten von den Goldenen Hallen hinabblicken können in unsere Welt, dann hat Gunnar Eichenarm das Totenfeuer gesehen, das seine Tochter für ihn entfachte.

Von diesem Tag an schien Gishild Frieden geschlossen zu haben mit sich und dem Tod ihres Vaters. Sie hörte jede Stimme im Kriegsrat, bedachte jede Sorge. Wir alle vergaßen, dass sie ein Weib war. Sie führte uns, vom Winter in den Sommer hinein. Von Sieg zu Sieg. Und als wir heimkehrten, nach mehr als acht Monden, da hatte sie dem Fjordland seinen Stolz zurückgegeben. Aber fern der Schlachtfelder besannen sich die Jarls wieder darauf, dass Gishild ein Weib war. Und es begann, was so viel Unglück bringen sollte.

Ich weiß es noch, als sei es erst vor einer Stunde geschehen. Es war, als sich der Tag jährte, an dem Gishild zurückgekehrt war. Und wieder versammelten sich die Jarls des Fjordlands in der Festhalle der Königsburg ...

NIEDERGESCHRIEBEN VON RAGNAR ULRIKSON,
BAND 107 DER TEMPELBIBLIOTHEK ZU FIRNSTAYN, S. 223 ff.

DIE ENTSCHEIDUNG DER ANDEREN

»Ich bin die Königin!«, beharrte Gishild ärgerlich.

»Niemand hat dich gekrönt«, erinnerte Roxanne sie. »Du herrschst, doch weil du die Macht an dich gerissen hast, nicht weil sie dir gegeben wurde.«

»Sie wurde mir durch meine Geburt gegeben!«

»Ich will nicht mit dir streiten, Gishild. Aber wenn du Königin sein willst, dann musst du die Seele deines Landes achten, und die Seele sind seine Traditionen. Deine Jarls sind dir weit gefolgt. Sie respektieren dich, manche fürchten dich sogar. Nun ist es an dir, ihnen einen Schritt entgegenzugehen. Lass hinter dir, was immer dich mit Valloncour noch verbindet. Wenn du den Schatten der Vergangenheit nicht entfliehen kannst, dann wird deine Gegenwart immer im Dunkel liegen.«

Gishild dachte kurz darüber nach, dann schüttelte sie ärgerlich den Kopf. »Was redest du da, Mutter? Ich soll den Schatten der Vergangenheit entfliehen, aber mich den alten Traditionen beugen? Wie soll das zusammengehen? Deine Argumentation ist ohne Logik!«

»Mich hat kein Tjuredpriester Rhetorik gelehrt. Wenn ich spreche, dann spricht mein Herz und kein kalter Verstand. Ich weiß, du hast in Valloncour einen Liebsten gehabt. Und du magst ihn nicht aufgeben … Weil die Götter dir gnädig sind, stellen die Jarls keine Fragen. Sie denken, du seiest bei den Elfen gewesen. Nur so können sie sich all deine Gaben erklären. Aber sie werden irgendwann anfangen, Fragen zu stellen, wenn du ihre Erwartungen nicht erfüllst. Was in Valloncour war, ist tot! Dieser Teil deiner Vergangenheit ist abgeschlossen. Befreie dich von ihm!« Roxanne sagte das beinahe flehentlich. »Ich will nur dein Bestes. Glaube mir, ich weiß, was es heißt, einen Traum zu leben, der keine Erfüllung finden kann. So lange habe ich auf deinen Vater gewartet. Mich vor dem Offensichtlichen verschlossen. Ich hätte wissen müssen, dass er dem Fjordland nicht so lange ferngeblieben wäre. Nicht einmal für dich, Gishild. Er war den Traditionen verhaftet. Sie sind etwas Lebendiges! Sie formen das Leben in diesem Land, sie sind der Leitfaden für die Menschen. Du musst dich ihnen anpassen, oder du wirst ihnen bald so fremd sein wie die Tjuredpriester, die dich erzogen haben. Wenn du das nicht kannst, dann ist das Fjordland nicht der Ort, an dem du leben solltest. Bist du nicht bereit, dies zu respektieren, dann werde ich den Thron wieder einnehmen.«

Gishild sah sie überrascht an. »Das würdest du nicht tun!«

Roxanne hielt ihrem Blick stand. »Ich weiß, ich bin hier nicht geboren. Ich bin die Fremde, die dein Vater hierher brachte. Die, über die man sich vom ersten Tag an das Maul zerreißt. Auch wenn sie flüstern, ich kenne die Geschichten alle. Aber, Gishild, ich achte die Traditionen dieses Landes. Ich richte mein Leben nach ihnen aus. Und wenn du das nicht kannst, dann bist du hier viel fremder als ich, auch wenn du in dieser Burg geboren wurdest.«

Die Prinzessin räusperte sich. Lange hatte ihr niemand mehr so deutlich die Meinung gesagt.

»Nun geh hinab in die Festhalle, Tochter, und stelle dich! Deine Jarls erwarten dich. Erwache aus deinem Traum von Valloncour, denn mehr war es nicht. Geh hinab und mache deinen Vater stolz. Sei eine wahre Königin. Sei besser als ich!«

Gishild erhob sich. Sie sah ihre Mutter nicht mehr an. Sie hielt sich sehr gerade, als sie zur Tür ging. Vor der Kammer erwartete sie Sigurd mit einer Ehrenwache der Mandriden. Sie geleiteten sie über den Hof. Der Schnee knirschte unter ihren schweren Stiefeln. Gishild trug eine kurze Jacke aus Silberfuchsfellen, dazu Reithosen und Stiefel und ein Seidenhemd aus Albenmark. Ihr Haar war offen. Wie ein roter Umhang lag es auf dem Pelz. Sie war zu dünn für den Geschmack der meisten Männer. Sie war zu aufsässig. Zu kriegerisch. War zu lange bei den Elfen gewesen. Mit jedem Schritt in Richtung der Halle wurde sie zuversichtlicher. Als die weiten Tore sich vor ihr öffneten, lächelte sie.

Lange hatte die große Halle nicht mehr so viele Gäste gesehen, Jarls und mächtige Handelsherren, Krieger und Kapitäne. Wer immer einen Rang hatte, der es ihm erlaubte, die königliche Halle zu betreten, war erschienen.

Als sie durch das Tor trat, verstummten schlagartig die Gespräche der Nächststehenden. Und binnen drei Herzschlägen breitete sich das Schweigen gleich einer Welle bis in den fernsten Winkel der Halle aus. Die Männer drängten sich dichter zusammen. Eine Gasse bildete sich in ihrer Mitte, und Gishild schritt zum Thron. Einigen Kampfgefährten aus Drusna nickte sie knapp zu.

Ollowain und Yulivee standen zur Linken hinter dem Thron, Sigurd trat auf die andere Seite.

Gishild ließ sich nicht nieder. Sie blickte hinab auf die versammelten Würdenträger. Viele der Männer wichen ihrem Blick aus. Endlich brach sie das Schweigen. »Die Jarls des Fjordlands haben mich gebeten, in dieser Nacht vor sie zu treten. Hier bin ich nun.« Sie stemmte die Hände in die Hüften, reckte stolz das Kinn vor und blickte herausfordernd hinab.

Der blaue Rauch der Feuergruben hing unter der Decke der Halle und brannte in den Augen. Es duftete nach Fichtenzweigen, die man am frühen Abend verbrannt hatte, um böse Geister zu bannen. Der süßliche Geruch von Met wetteiferte mit dem säuerlichen Gestank ungewaschener Leiber. Die Stille lag wie ein Leichentuch über der Gesellschaft.

Gishild war erstaunt, wie viele zornig verkniffene Gesichter ihr entgegenstarrten. Doch wen immer sie ansah, wich ihrem Blick aus.

Endlich war es Iswulf Svenson, der Jarl von Gonthabu, einer der mächtigsten Kriegerfürsten des Landes, der es wagte, sich an sie zu richten. Wind und Kummer hatten ihm tiefe Falten ins Gesicht geschnitten und sein langes Haar vor der Zeit ergrauen lassen.

»Prinzessin, ein Jahr ist nun vergangen, dass du zurückkehrtest, und, bei der Axt von Norgrimm, wir sind stolz auf dich. Du kämpfst, reitest und säufst wie ein Mann. Du führst Schlachten, als seiest du der Kriegsgott selbst. Das Blut Mandreds ist stark in dir. Wer den Schneid hatte, mit dir nach Drusna zu gehen, der konnte das sehen. Du hast deinen Vater bestattet, wie es ein König verdient. Wenn du auf deinem Thron Gericht hältst, dann erringt die Weisheit deiner Urteile den Respekt der Alten und der Priester. Du bist eine Herrscherin, wie man sich besser keine wünschen kann. Doch muss ich dir gestehen, bereitest du uns trotz alledem einen großen Kummer. Du lebst gefährlich. Im Kampf bist du stets in vorderster Reihe. Du schonst dich nicht. Nie gibst du einen Befehl, den du nicht selbst auszuführen bereit wärst.« Er lächelte. »Noch nie wurden so viele neugeborene Töchter Gishild genannt wie seit deiner Rückkehr. Doch weil du bist, wie du nun einmal bist, bedrängt uns alle eine große Sorge. Was geschieht, wenn eine Kugel dich findet? Ein unglücklicher Schwertstreich deine Deckung durchbricht? Nicht die Kraft der Trolle, nicht die Tücke der Kobolde, nicht die Magie der Elfen und auch nicht die Schwerter und Äxte deiner Mandriden können dich immer beschützen. Wenn du aber stirbst, dann erlischt die Blutlinie Mandreds. Du bist die Letzte aus deinem Geschlecht. Ein Jahr haben wir auf deine Wahl gewartet. Drei Tage haben wir uns beraten. Und zuletzt sind wir alle einer Meinung gewesen, Gishild. Wir glauben, dass du niemals wählen wirst.«

Statt zu antworten, lächelte sie dünn. Ihre Jarls hatten sie richtig eingeschätzt. Es gab nur einen, den sie wollte. Sie hatte ihre Wahl längst getroffen.

Iswulf, der kein Feigling war, wirkte gequält. Er erwiderte ihr Lächeln nicht. Niemand tat das.

»Ich hoffe, dass mir das Schicksal Guthrums erspart bleibt«, fuhr der Jarl von Gonthabu fort. »Ich will dich nicht herausfordern. Niemand hier wird dir die Krone verweigern. Doch um Königin zu sein, um all deine Pflichten gegenüber dem Fjordland zu erfüllen, bedarf es mehr als eines goldenen Stirnreifs. Du brauchst auch einen Mann, Gishild. Du magst noch hundert Siege erringen – wenn du deinem Land keinen Erben schenkst, dann wird aller Ruhm zu Asche werden. Und da du nicht gewählt hast, haben wir es für dich getan.«

Einige Herzschläge lang war Gishild wie versteinert. Mit allem hatte sie gerechnet: damit, verstoßen zu werden, oder zumindest mit einer schlimmen Schmach. Sie war darauf vorbereitet gewesen, dass die Jüngeren der Jarls wie aufgeplusterte Hähne zur Balz vor ihr aufmarschierten. Aber dass sie sich erdreisten würden, für sie eine Wahl zu treffen, das hätte sie sich niemals träumen lassen.

Ihre Rechte sank auf den Griff ihres Rapiers. Sie sah, wie Iswulf schluckte.

Sigurd legte ihr eine Hand auf den Schwertarm und flüsterte ihr ins Ohr. »Bitte, Herrin, tu das nicht. Er will dich nicht fordern. Vergieße nicht sein Blut, weil er als Einziger den Mut hatte, dir zu sagen, was alle Jarls entschieden haben.«

Sie sah den Hauptmann ihrer Leibwache erschüttert an. »Auch du gehörst zu ihnen?«

Der alte Kämpe hielt ihrem Blick stand. »Ja, Herrin. Auch ich. Es ist das Richtige. Auch die Priester sind dieser Meinung. Sie waren mit dabei, als wir entschieden haben.«

Gishilds Rechte schloss sich um den Griff ihres Rapiers. Ollowain und Yulivee rückten ein wenig näher.

»Ihr glaubt also, ich sei die beste Kuh in euren Ställen – und dass ihr das Recht habt, an meiner Stelle einen Stier zu wählen, der mich bespringen soll. Wer ist es?« Die letzten Worte spuckte sie den Jarls förmlich vor die Füße.

»Sie haben für mich entschieden!« Aus der Mitte des Saals drängte sich ein Mann nach vorn. Zuerst sah sie nur das lange blonde Haar. Erek Asmundson! Er war bleich, als werde er vor den Richtblock gezerrt.

Erek, der Einzige, der sie vor einem Jahr mit einem Lächeln empfangen hatte. Nun wollte ihm dieses Kunststück nicht mehr gelingen.

»Erek ist mein Neffe«, sagte Iswulf. »Er kommt aus gutem Hause. Er hat tapfer in Drusna gekämpft.«

Gishild wusste, dass all dies stimmte, aber er war ein Nichts im Vergleich zu Luc. Irgendein Barbar, der vermutlich nicht mal seinen Namen schreiben konnte. So wie er aussah, glaubte er wohl, dass man sich bei einem Bad den Tod holen könnte. Sein Bart war struppig. Wie ihr Vater hatte er sich einige Eisenringe in die Haare geflochten. Sie wollte ihn nicht! Und doch wusste sie, dass alle Siege in Drusna unbedeutend würden, wenn sie in diesem Augenblick gegen die

Jarls entschied. Luc war weit fort. Er würde niemals hierherkommen. Sie hatte ihn verloren. Wenn sie nun gegen Erek und ihre Jarls aufbegehrte, dann würde sie auch noch das Fjordland verlieren.

»Habt ihr schon einen Tag für die Hochzeit gewählt?« Sie gab sich keine Mühe, die Verachtung in ihrer Stimme zu verbergen.

»Sie wird morgen sein«, entgegnete Iswulf eisig. »Nach altem Brauch! Und übermorgen wirst du von deinen Jarls gekrönt werden. Deine Mutter hat schon zugestimmt.«

Sie also auch, dachte Gishild enttäuscht. Nie hatte sie sich so allein gefühlt!

»So sei es«, stieß sie hervor. Sie würde jeden Augenblick die Fassung verlieren. »Ich ziehe mich nun zurück.« Noch bemerkte nur, wer sie sehr gut kannte, das leichte Zittern in ihrer Stimme. Sie wandte sich ab und verließ durch die kleine Pforte hinter dem Thron den Festsaal.

Yulivee war an ihrer Seite. »Du musst das nicht tun.«

Gishild sah die Zauberin an. Wo waren die Tage, als sie gemeinsam im Schilf verborgen Flöte gespielt hatten?

»Du weißt nichts«, sagte sie bitter. »Ich muss es tun. Bitte, lass mich allein.«

Die Prinzessin flüchtete in ihre Kammer. Sie hatte nicht einmal mehr Tränen. Sie legte die Hand auf das kleine Kästchen aus Walbein. Sieben Briefe waren darin verwahrt. Briefe von Luc, die auf wunderbare Weise zu ihr gefunden hatten.

Der erste hatte ihr Angst gemacht. Er hatte auf ihrem Frisiertisch gelegen, als sie vom Feldzug in Drusna zurückgekehrt war. In ihrem Gemach! Jemand, dem sie vertraute, war mit der Neuen Ritterschaft im Bunde! Lange hatte sie darüber gebrütet. Es mochte Verrat sein, oder aber ein Akt der Barmherzigkeit! Sie hatte entschieden, niemandem davon zu erzählen und es hinzunehmen, denn mehr, als sie den Dolch eines Verräters fürchtete, fürchtete sie, keine weiteren Briefe mehr zu erhalten, sobald sie nachforschte, wer sie brachte.

Da sie den Weg nicht kannte, den die Briefe nahmen, hatte sie einen eigenen Weg ersinnen müssen. Sigurd war schließlich derjenige, den sie in ihr Geheimnis einweihte. Ihr war klar, dass ein Brief an die Neue Ritterschaft von ihren Jarls als Verrat aufgefasst würde. Also musste sie ihre Nachrichten an Luc auf eine Art verfassen, die für einen Dritten nicht den Schluss zuließ, dass sie von der Herrscherin des Fjordlands stammten. Sie gingen an ein Handelskontor in Aniscans, von dem sie wusste, dass es von einem Spitzel Honorés geleitet wurde. Sie hatte vom Aufstieg Honorés gehört. Und sie machte sich keine Illusionen, dass Briefe, die direkt an Luc gerichtet waren, ebenfalls zunächst auf dem Tisch des Primarchen landeten. Also sorgte sie lieber gleich dafür, dass sie ohne Umwege dorthin kamen. Und er schien sie tatsächlich zu bekommen, denn der sechste Brief ihres Liebsten bezog sich auf ein Schreiben von ihr.

Lange stand sie vor dem kleinen Tisch am Fenster, an dem sie gewöhnlich mit dem niemals kleiner werdenden Berg an Bittschriften, Gerichtsurteilen, Vorratslisten und Kriegsberichten aus Drusna rang.

Als sie endlich Platz nahm und die Feder in die Tinte tauchte, zitterte ihre Hand.

Mein Liebster,
ich weiß nicht, wie ich in Worte fassen soll, was geschehen wird. Ich hoffe, diese Zeilen erreichen dich, bevor du es von einem anderen erfährst ...

DER SIEBENTE BRIEF

Du warst bei mir, meine Schöne, in meinem Traum. So nah warst du, dass ich noch die Wärme deiner Hand auf meiner Brust fühlte, als ich erwachte. Ich konnte den Duft deines Haares riechen, Rauch und Winterwind. Ich konnte deine Liebe spüren. Als ich die Augen aufschlug, und du warst nicht da, habe ich mich lächelnd gestreckt, denn das konnte nur ein Traum sein, warst du doch all meinen Sinnen so nah. Schließlich war es die Stimme Michelles, die nun unsere Magistra ist, die Wirklichkeit von Traum schied. Als ich mich aufrichtete, mit den stets gleichen Bewegungen meine Kleider anlegte und mein Herz nicht mehr spüren konnte, weil es wie ein Stein in meiner Brust lag, da wusste ich wieder, du bist mir entrissen. Und doch hoffe ich … Ich werde dich wiederfinden. Ich bin dein Ritter! Dich werde ich in meinem Schilde führen, mein Nordstern, meine Geliebte. Und wann immer der Tag es erlaubt, wenn wir laufen oder schwimmen auf den Wegen zu den Lehrstunden in der Burg, kehre ich zurück zu dir, träume mit offenen Augen.

Oft denke ich dann an jenen Nachmittag und jene Nacht in Iskendria, an die Karawanserei beim Basar der Goldschmiede, den Speicher, wo du mir zum ersten Mal deine Brüste gezeigt hast und wo der Pfeifenkrautduft durch die Lücken zwischen den Dielenbrettern stieg und tief in den bröckelnden Putz der Wände eingezogen war, sodass er uns bei jedem Atemzug unserer ersten Liebesnacht umgab. Ich trage jetzt stets einen Beutel mit Pfeifenkraut bei mir, doch rauche ich nie. Wenn meine Sehnsucht zu groß wird, und wenn ich allein bin, dann rieche ich daran. Und sobald ich die Augen schließe, tragen meine

Tagträume mich zurück nach Iskendria in unsere Karawanserei. Und in diesen Augenblicken spüre ich mein Herz wieder, fühle, wie es wild sich aufbäumt in meiner Brust. Und mein Herz weiß, dass ich zu dir zurückfinden werde, wo immer du auch sein magst, mein Nordstern.

SIEBENTER BRIEF, VERWAHRT IN EINEM WALBEINKÄSTCHEN
IN DER KAMMER DER DREI SCHLÜSSEL
IM HANDELSKONTOR ZU VALLONCOUR

DIE NACHT DER NÄCHTE

Das Lärmen kam den Flur hinauf. Seit die große Flügeltür der Festhalle aufgeflogen war, hatte sie die Schritte gezählt. Sie blickte auf das kleine Messer, mit dem sie die Gänsefedern anspitzte. So oft hatte sie es angesehen ... Doch wenn sie das Walbeinkästchen daneben betrachtete, dann wusste sie, sie würde die Klinge nicht berühren.

Gishild war früh gegangen. Sie hatte die Blicke in der Festhalle nicht mehr ertragen, das schmutzige Lächeln in den Gesichtern all jener, die, wenn sie zu ihr aufsahen, sich ausmalten, was in dieser Nacht geschehen würde. Die Zeugen sein würden, wie eine Prinzessin zur Königin gemacht wurde.

Sie hatte keine Zofe in ihrer Kammer geduldet. Allein hatte sie die Kleider abgelegt. Und sie hatte sich nicht gewaschen. Nicht für ihn!

Stattdessen hatte sie wieder und wieder Lucs letzten Brief gelesen. Und gegen jede Vernunft blickte sie hinab auf den weiten, verschneiten Hof vor der Festhalle und hoffte auf einen Ritter in weißem Umhang. Auf Luc, der auf wunderbare Weise kam, um sie zu retten.

Als Ollowain begriffen hatte, was vor sich ging, hatte er ihr angeboten, sie nach Albenmark zu bringen. Er war sehr galant gewesen, sehr ritterlich. Sie hatte sich bedankt, aber er konnte ihr nicht helfen.

Da! Da war eine Gestalt auf dem Hof. Ein Ritter in Weiß! Einen Moment setzte Gishilds Herz aus zu schlagen. Dann erkannte sie ihn ... Es war der Schwertmeister. Besorgt blickte er zu ihrem Fenster hinauf. Hinter ihr flog die Tür auf, und die betrunkene Horde drängte herein.

Sie trugen Erek auf ihren Schultern, grölten ein zotiges Lied und hatten dem jungen Jarl bereits die Beinkleider heruntergezogen. Erek wirkte mitgenommen. Seine Wangen waren gerötet, sein Blick verschleiert.

Mit ihnen war der Gestank von Met und Wein in das Zimmer gekommen.

Sie warfen ihren Mann aufs Bett. Gishild musterte sie kühl. Sie trug nur ein Leinennachthemd. Ihr Haar war offen. Die Jarls starrten sie an. Männer, die sie vor kurzem noch für ihren Mut und ihre Besonnenheit geschätzt hatte, führten sich jetzt auf wie die Tiere.

Sollte ihr nur einer zu nahe kommen! Dann würde Blut fließen in diesem Brautgemach, und nicht das Blut, auf das sie alle warteten.

»Du musst dich zu deinem Gemahl legen«, rief jemand weiter hinten.

Es war still. Man hörte nur noch schweres Atmen und gelegentliches Rülpsen.

»Ich weiß, was zu tun ist«, sagte Gishild ruhig. »Ihr dürft nun gehen.«

»Aber wir müssen ...«

»Glaubt ihr, ich lasse wie eine Dirne meinen Leib begaffen?«

»Herrin, die Tradition schreibt vor, dass Zeugen anwesend sind, wenn das königliche Brautpaar zum ersten Mal beieinanderliegt«, entgegnete Iswulf. »Es geht nicht allein um euch. Wenn er keinen hochkriegt, ist er nicht der richtige Mann für dich. Es geht allein darum zu sehen, dass ihr beiden in der Lage seid, Kinder zu zeugen.«

»Sigurd! Geleite die Herren aus meinem Gemach. Was nun kommt, ist allein mein Geschäft.«

»Aber ...«, wandte Iswulf ein.

»Nein, Jarl. Ihr alle werdet gehen. Ich habe mich unterworfen. Ich habe Erek, den ihr erwählt habt, als meinen Mann angenommen. Doch nun genügt es. Ich bin nicht irgendein Weib ... Ich bin eure Königin. Eine Kriegerkönigin! In einem Mond schon werden wir wieder in Drusna sein und kämpfen. Ich weiß, dass es vielen von euch nicht schmeckt, Befehle von einem Weib anzunehmen. Und es wird nicht besser werden, wenn ihr mir in dieser Nacht auf meine Scham glotzt! Hinaus mit euch, oder ich lasse euch Beine machen!«

»Mandriden!«, rief Sigurd.

Die Leibwachen stürmten aus der benachbarten Kammer auf den Gang. Es gab ein kurzes Handgemenge, doch dann fügten sich die Jarls. Die Tür schloss sich. Sie waren allein.

Erek kratzte sich im Schritt. »Also ich ...« Er lallte leicht. Es sah allerdings ganz so aus, als sei er seiner Aufgabe noch gewachsen. »Ich ...« Er streifte einen seiner breiten goldenen

Armreife ab. Fürsten und Könige schenkten die Armreife als Lohn für Tapferkeit und Treue.

Gishild betrachtete die vielen Reife in Ereks Armen. Er schien sehr tapfer und sehr treu zu sein.

Er reichte ihr den Reif, den er abgenommen hatte. »Hier, meine Königin. Meine Morgengabe. Du bist das tollste Weibsbild, das ich je ...« Er räusperte sich und setzte sich auf dem Bett auf. »Du bist großartig.« Er sah sie an wie ein kleiner Hund. »Und du bist schön. So wunderschön ... Ich liebe dich wirklich. Die anderen haben Angst vor dir. Aber ich ... Ich liebe dich.«

Gishild nahm den Reif und legte ihn auf das Walbeinkästchen. Das Gold duftete nach Rosenöl.

»Ich hab mich gewaschen«, sagte Erek. »Eine Stunde hab ich mich im Zuber in der Küche schrubben lassen. Ich bin kein Barbar, weißt du. Ich ...«

Gishild deutete auf den Stuhl am anderen Ende des kleinen Schreibtischs. »Setz dich.« Sie stellte einen schweren Tonkrug auf den Tisch. Den ganzen Tag hatte sie darüber nachgedacht, wie sie diese Nacht überstehen sollte. Sie nahm zwei Kelche aus rotem Rauchglas von einem Wandbrett und füllte sie.

»Du bist also kein Barbar.« Fast wäre ihr ein Lächeln geglückt. Sie schob eines der Gläser zu Erek hinüber. »Erzähle mir, was für eine Art Mann du bist. Ich will dich ein wenig kennenlernen, bevor wir beide unsere Pflicht erfüllen.«

DER MORGEN DANACH

Erek tastete mit der Hand neben sich über das Bett. Sie war nicht da! Mit einem Fluch auf den Lippen setzte er sich auf und bereute es sofort wieder. Sein Kopf fühlte sich an, als habe er eine Schlägerei mit einem Troll verloren.

Blinzelnd sah er sich um. Obwohl das Licht durch die bunten Butzenscheiben gedämpft wurde, stach es wie Messer in seine Augen.

Er schüttelte sich und versuchte sich zu erinnern. Gishild konnte saufen wie ein Flößer. Leicht schwankend ging er zum Fenster. Und da sah er sie. Sie stand auf dem weiten Hof und unterhielt sich mit Jarl Iswulf. Ein paar andere Adelige hatten sich zu ihnen gesellt und lauschten ihrem Gespräch.

Erek blickte zum Bett. Es gab keinen verdammten Blutfleck im Laken. Entweder war sie keine Jungfrau mehr, oder … Ereks Magen verkrampfte sich. Wieder blickte er auf den Hof. Jetzt lachten sie da unten.

»Bitte, Luth, alles, nur das nicht …«, stieß er hervor und suchte verzweifelt nach seinen Hosen.

Als er in aller Hast in die Stiefel fuhr, knickte er sich die Zehen um. Das Hemd in der Hand, stürzte er zur Tür hinaus. Wenn Gishild herumerzählte, dass er in der Hochzeitsnacht nicht seinen Mann gestanden hatte, dann wäre er bis ans Ende aller Tage das Gespött des ganzen Adels. Und schlimmer noch, sie könnte die Ehe heute Morgen schon wieder auflösen, wenn sie der Versammlung der Jarls erzählte, er sei nicht in der Lage gewesen, im Bett seinen Pflichten nachzukommen. Immer zwei Stufen auf einmal nehmend, stürmte er die Treppe hinab und versuchte dabei sein Hemd überzustreifen.

Noch immer etwas aus dem Gleichgewicht, prallte er gegen eine Wand, torkelte, fiel fast die Treppe hinab und rannte einer üppigen Dienstmagd in die Arme.

Verdammter Wacholderschnaps! Wie hatte er sich nur darauf einlassen können? Der Lieblingsscherz seines Bruders fiel ihm wieder ein. Deinen Kopf hast du nur, damit es für deine hübschen blonden Haare einen Platz gibt, an dem sie wachsen können.

Während er über den Hof lief, stopfte er sich das Hemd in die Hose. Gishild und die Jarls waren bereits in den Festsaal verschwunden. Er nahm die kleine Pforte, die direkt hinter den Thron führte.

Er atmete tief durch, nahm seinen ganzen Mut zusammen und trat ein. Die Halle war genauso voll wie am Vorabend, als er hier ausgelassen gefeiert hatte. Es war ein eigenartiges Gefühl, nun neben dem Thron zu stehen. Ein zweiter Lehnstuhl war dort aufgestellt worden. Etwas kleiner.

Einige seiner Freunde begrüßten ihn mit zotigen Sprüchen. Er winkte ab und sah nach Gishild. Sie sprach mit Iswulf. Dann stieg sie zum Thron hinauf. Ihrer Miene war nicht zu entnehmen, was für Pläne sie mit ihm hatte.

»Setz dich ruhig«, sagte sie leise zu ihm. »Du siehst ein wenig mitgenommen aus.«

»Wie war die Nacht, Herrin?«, rief jemand aus der Sicherheit der Menge heraus.

»Es war ein eindringliches Erlebnis«, entgegnete Gishild ruhig.

Schallendes Gelächter ertönte.

Erek brauchte einen Augenblick, um zu begreifen, was sie da gerade gesagt hatte. Er fühlte sich noch immer ein wenig benebelt. Unendlich erleichtert trat er neben Gishild und legte ihr grinsend den Arm um die Hüften.

»Keine Frechheiten«, zischte sie leise. »Setz dich, bevor du aus den Stiefeln kippst.« Dann fuhr sie zum Saal gewandt fort. »Ich plane den nächsten Feldzug, und es bleibt wenig Zeit, wenn wir den Feind überrumpeln wollen. Ich habe eure Bedingungen erfüllt, Jarls des Fjordlands. Ich habe einen der euren zu meinem Manne erwählt, und so die Götter gnädig sind, wird sein Samen Früchte treiben.« Sie ließ die Worte wirken. Wieder wurde gelacht, leiser diesmal.

Erek setzte sich. Er wünschte, er wäre genauso begabt darin, den richtigen Ton zu treffen, wie sie. Ein Kobold trat neben ihn. Er reichte ihm kaum bis zum Knie. Erek erinnerte sich, den kleinen Kerl schon des Öfteren gesehen zu haben. Bambax oder so ähnlich hieß er.

Der Kobold grinste. Seine Zähne waren spitz wie Nadeln. »Wenn du dich so fühlst, wie du aussiehst, dann hilft nur eines: weitertrinken. Für den Anfang würde ich einen tüchtigen Schluck schales Bier empfehlen.« Er hob ihm ein Trinkhorn entgegen, und Erek nahm dankbar an.

Der erste Schluck schmeckte wie abgestandene Pisse, aber dann ging es wirklich besser. Die Kopfschmerzen ließen nach.

Während er trank, war der Anführer von Gishilds Elfenrittern an ihre Seite getreten. Er schien ein Kissen zu halten. Genau konnte Erek das vom Thron aus nicht sehen, und er hatte das Gefühl, dass es ein Fehler wäre, jetzt aufzustehen. Er fühlte sich plötzlich entsetzlich schwach. Ob der Kobold etwas ins Bier gemischt hatte?

Erek fluchte stumm. Warum passierte immer ihm so etwas? Jedes Kind wusste, dass man keine Koboldgeschenke annehmen sollte. Um dem Übel die Krone aufzusetzen, hatte der Jarl das Gefühl, ihm müsse gleich die Blase platzen. Aber jetzt konnte er unmöglich aufstehen. Er hatte nicht ganz mitbekommen, was Gishild gerade gesagt hatte. Es ging irgendwie um Königreiche und Verantwortung. Jedenfalls blickten alle im Saal sehr ernst. Er konnte jetzt nicht gehen …

Plötzlich hatte Gishild eine Krone auf dem Kopf. Erek blinzelte verwirrt. Das war falsch. Da machte man großes Aufhebens drum! Es mussten Reden gehalten werden, Priester die Götter anrufen.

Gishild trat neben ihn und drückte ihm einen schmalen Silberreif auf das Haupt. »Erhebe dich, König Erek, mein Gemahl.«

Er war so verdattert, dass er diesem Befehl ohne zu zögern folgte. Er wollte etwas sagen, klappte aber nur den Mund auf und zu wie ein Fisch auf dem Trocknen.

»Für mich ist eine Krone nur ein Zeichen. Macht liegt in den Taten, die man vollbringt, nicht in einem schmalen Goldreif. Ich erinnere mich gut, mit wie viel Misstrauen ihr mir begegnet seid, als ich vor einem Jahr in diese Halle trat. Ich habe damals nicht nach der Krone gegriffen, weil ich euch erst beweisen wollte, dass ich es wert bin, eure Königin zu sein. So wie zu Zeiten meines Ahnherrn Mandred sich ein Jarl jedes Jahr erneut der Versammlung seines Dorfes stellen musste, um in seinem Amt und seinen Pflichten bestätigt zu werden, so stelle nun auch ich mich. Ich selbst habe mich gekrönt, denn ich beuge vor niemandem das Knie. Das mögt ihr eingebildet finden, aber so bin ich. Doch nun ist es an euch zu entscheiden, ob ich wirklich die bin, die ihr haben wollt. Ich habe mit vielen von euch Seite an Seite gekämpft. Ich habe mit euch geblutet und gezecht. Wir haben in sieben großen Schlachten in Drusna gesiegt, und doch reichte unsere Kraft nicht, auch nur eine verlorene Provinz zurückzugewinnen. Doch unser übermächtiger Feind hat gelernt, uns zu fürchten und zu respektieren. Wählt mich, und ich werde weitermachen wie bisher. Wer aber meint, ich solle nicht auf dem Thron meines Vaters sitzen, der braucht nur durch das Tor dieser Halle zu gehen. Und sollten zuletzt im Hof meiner Burg mehr Jarls und Würdenträger stehen als in meiner Halle, dann werde ich diesen Goldreif auf den Thron legen und werde gehen. Entscheidet! Ich verspreche euch, eine starke Königin zu sein. Aber weil ich so bin, werden wir auch oft miteinander streiten. Nun liegt es bei euch.«

Sie stemmte die Hände in die Hüften und blickte herausfordernd in den Saal.

Ihre Mandriden öffneten das weite Tor der Festhalle. Schnee wirbelte mit dem Wind herein. Einige Jarls tuschelten leise miteinander.

Erek war aufgewühlt. Nie hatte er eine Frau so sprechen hören, und das verstörte ihn. Sein Herz sagte, dass sie eine gute Königin sein würde. Und sein Verstand fürchtete sie. Schon in der Hochzeitsnacht hatte sie ihn hereingelegt. Er war ihr völlig ausgeliefert gewesen. Aber sie hatte ihn nicht bloßgestellt. Und verdammt noch mal, er war jetzt ihr Mann. Ganz gleich, was gestern Nacht vorgefallen war, er sollte an ihrer Seite stehen. Er machte ein paar Schritt und trat an ihre Seite.

Sie war klug. Auch ihre ärgsten Widersacher würden zögern, jetzt einfach aus der Halle zu gehen. Jeder hätte Angst, der Erste zu sein und vielleicht der Einzige zu bleiben, der ging. Und wer ging, der musste damit rechnen, nie wieder auf gutem Fuß mit der Königin zu stehen, falls die Mehrheit der Versammelten in der Halle blieb.

»Lang lebe Königin Gishild!«, rief Erek. Er wollte das Tuscheln und Starren beenden. Er wollte eine Entscheidung, sofort!

Jetzt stierten sie ihn an.

Da nahm Sigurd seinen Ruf auf. »Lang lebe Königin Gishild.«

Iswulf nickte sanft. Er hatte schon immer ein feines Gespür für die Macht gehabt. Jetzt rief auch er, und damit war das Eis gebrochen. Die Jarls hatten sie angenommen, der Jubel griff auf die Menge über. Keiner war aus der Halle getreten, nicht einmal Gishilds Feinde!

Erek konnte nicht anders, als sie in die Arme zu nehmen und sie an sich zu drücken. »Du hast es geschafft. Geschafft!« Er küsste sie.

Sie ließ es mit sich geschehen, wehrte sich nicht, sah ihn aber verwundert an. Sein Glücksgefühl verebbte. Er ließ sie los.

Sie gab ihm einen flüchtigen Kuss auf die Wange, doch er spürte deutlich, dass dies nur für die Gäste geschah, denn von einem Liebespaar erwartete man, dass es zärtlich miteinander war.

Gishild genoss den Jubel. Doch dann breitete sie die Arme aus, und langsam kehrte wieder Stille ein.

»Kampfgefährten und Freunde, nun, da ihr mich erwählt habt, sollt ihr die volle Wahrheit über mich wissen. Mein Herz hat das Fjordland nie verlassen.« Bei diesen Worten öffnete sie ihre Bluse. Sie schob sie auseinander, sodass man ihre kleinen Brüste gut sehen konnte und die knotige rote Narbe, die weniger als eine Handbreit neben ihrem Herzen saß. Ungläubiges Schweigen herrschte in der Halle. Mancher schaute verlegen zu Boden.

Erek konnte nicht fassen, dass sein Weib am Tag nach der Hochzeitsnacht dem ganzen Hof ihre Brüste zeigte.

»Seht ihr die Narbe? Dort traf mich als Kind der Dolch einer Ordensritterin. Es war an einem Tag, an dem Frieden sein sollte. Der Tag, an dem mein Vater gekommen war, um mit den Dienern Tjureds zu verhandeln. Ein Tag, an dem Vertrauen mit kaltem Stahl in einer Kinderbrust belohnt wurde. Sie haben mich mitgenommen, die Ordensritter. Ich war dem Tod näher als dem Leben. Sie pflegten mich. Sie nahmen mich unter den ihren auf. Sie wollten mich zu einer Ritterin machen. Nicht bei den Elfen war ich all die Jahre: Ich war in Valloncour, auf der Ordensburg, auf der die Neue Ritterschaft ihre Novizen lehrt, uns zu hassen. Ich will, dass ihr dies aus meinem Munde erfahrt. Es gibt manche Dinge, die ich dort getan und gelernt habe, auf die ich stolz bin. Sie haben mich geformt, die Ordensritter, auch wenn ich nicht so wurde, wie sie es sich erhofft haben. Nie habe ich vergessen, wer mir den Dolch in die Brust stieß.« Sie verschloss ihr Hemd wieder.

»Jeder König des Fjordlands erwählt am Tag, an dem er den Thron besteigt, das Wappen, das er fortan in Schild und Banner führen wird.« Sie winkte einem der Elfen, und ein großer Ritterschild wurde auf den Thron gestellt.

Erek sah ihn und wünschte sich, sie hätte gestern Nacht mit ihm darüber gesprochen, statt ihn unter den Tisch zu saufen. Dieses Wappen war ein Schlag ins Gesicht für sie alle. Es war in den Farben und der Heraldik ihrer Erzfeinde ausgeführt. Zweigeteilt, mit einem breiten Balken über den zwei Hälften, zeigte es auf der Seite der Schwerthand einen stehenden weißen Löwen vor schwarzem Grund. Daneben war ein aufrechtes Ruder, das die beiden Hälften des Schildes voneinander trennte. Die Herzseite war in Weiß gehalten. Und in hellem Grün prangte die Eiche des Fjordlands auf weißem Grund. Nicht deuten konnte er das obere Drittel des Wappenschildes. Es schien einen Armreif zu zeigen. Er war ganz in Rot gehalten, auf weißem Grund.

»Warum führst du ein Wappen wie die Kämpfer der Neuen Ritterschaft, wenn dein Herz dem Fjordland gehört?«, sprach Iswulf aus, was wohl alle dachten.

»Dort, wo der Schild mein Herz schützen wird, dort seht ihr die Eiche des Fjordlands. Ich sagte euch, dass mein Herz immer meinem Land gehörte. Mit dem Wappen des Silberlöwen wurden die Novizen meiner Lanze bestraft, weil wir in den Augen der Ritterschaft unsere Ehre beschmutzt haben. Ich bin stolz auf das, was wir damals getan haben. Und ich habe mir geschworen, den silbernen Löwen immer in meinem Wappen zu tragen, genauso wie das Ruder der Galeere, auf der ich wie eine Sklavin Dienst getan habe. Den letzten Teil des Wappens habt ihr für mich erwählt. Ich war ein kleines Mädchen, als mein kleiner Bruder Snorri einen Spottvers über mich sang: *Gishilde, Gishilde, führt ein Strumpfband im Schilde*. Obwohl noch ein Kind, hatte er begriffen, was das Leben aus mir machen würde. Vorgestern habt ihr mir einen Mann erwählt, und gestern legtet ihr ihn in mein Bett. Meine Wahl war, dies hinzunehmen und eure Königin zu sein, oder abzulehnen und den Thron zu verlieren, für den ich ein Jahr lang auf den Schlachtfeldern Drusnas kämpfte. Ich glaubte, Mut und Schwertkunst allein würden genügen – all die Siege, zu denen ich euch geführt habe. Aber ihr wolltet eine Hure auf eurem Thron. Ein Weib, dem ihr den Mann im Bett bestimmt, denn letzten Endes wird die einzige Schlacht, auf die es euch wirklich ankommt, zwischen meinen Schenkeln geschlagen. Ich bin nichts! Meine Blutlinie ist alles. Und meine erste Pflicht als Königin ist es, mein Blut an einen Erben weiterzugeben. Also habe ich das Strumpfband für meinen Wappenschild gewählt, denn wie es scheint, steht es in meinem Leben über allem anderen.«

Erek stieg das Blut in die Wangen. Zorn und Scham rangen in ihm.

Im Thronsaal aber brach ein Tumult los. Nie hatte eine Königin des Fjordlands ihren Adel derart brüskiert.

DAS BEKENNTNIS

Mein Liebster,
ich weiß nicht, wie ich in Worte fassen soll, was geschehen wird. Ich hoffe, diese Zeilen erreichen dich, bevor du es von einem anderen erfährst. Ich schulde dir, dass ich zu dir davon spreche, und ich bete zu meinen Göttern, dass ich die Erste bin. Viele Stunden denke ich bereits darüber nach, wie ich es schreiben kann, ohne dich zu verletzen. Am liebsten hätte ich es dir verschwiegen, denn so schwer du es wohl nehmen wirst, für mein Herz ist es ohne Bedeutung. Dort bist nur du.
Aber ich weiß, du wirst davon erfahren ... Ich finde keinen Weg, wie die Wahrheit dich nicht verletzen wird, deshalb spreche ich geradeheraus: Ich werde heiraten. Wenn du diese Zeilen in der Hand hältst, wird es schon geschehen sein. Es ist kein Verrat an unserer Liebe! Ich bete zu den Göttern, dass du diese Zeilen noch liest und den Brief nicht einfach in die Flammen wirfst. Glaub mir, ich hatte keine Wahl. Ich werde mit diesem Mann in einem Bette liegen, aber ich werde

nicht dulden, dass er mich berührt. Auch nicht in der Hochzeitsnacht. Um zu sein, wozu ich geboren wurde, muss ich meine Blutlinie forttragen. Deshalb werde ich verheiratet. Du weißt, ich habe ein Jahr lang gekämpft, und weil Luth mir gnädig war, konnte ich es vermeiden, gegen meine Brüder ins Feld zu ziehen. Ich habe das auch getan, um nicht zu einer Heirat gezwungen zu werden, um mein Geburtsrecht allein durch Tapferkeit zu erlangen. Es ist mir versagt geblieben. Es vergeht kein Tag, an dem ich nicht daran denke, alles aufzugeben und zu dir zu flüchten. Ich bin noch immer die Deine. Mein Mann ist ein Kerl, wie er verschiedener von dir nicht sein könnte. Tapferkeit in der Schlacht ist die einzige Tugend, die ihr teilt.

Aber ich will nicht mehr viele Worte machen. Nur eines möchte ich dir noch zurufen, über die Hunderte von Meilen hinweg, die uns trennen: Ich liebe dich bei jedem Atemzug. Du bist mein Licht in der Finsternis. Bitte vertrau mir!

Dein Nordstern

> BRIEF, VERWAHRT IN EINEM EBENHOLZKÄSTCHEN
> IN DER KAMMER DER DREI SCHLÜSSEL
> IM HANDELSKONTOR ZU VALLONCOUR

MASS HALTEN

»Mut hat sie, das muss man ihr lassen.« Fernando legte den Brief nieder und blickte zu Honoré auf.

Honoré bedachte den jungen, schlaksigen Mann mit einem kühlen Blick. Fernando war ein wahrlich außergewöhnliches Talent. Trotz seiner Jugend war er gelehrt und belesen wie kaum ein anderer. Er war in einem Refugium aufgewachsen, und hätte er nicht eine Vorliebe für Bücher gehabt, die nicht in fromme Hände gehören, hätte er dort ein Leben in Frieden führen können. Doch er hatte Briefe gefälscht und Siegel. Hatte Dinge gelesen, für die man ihm Zunge und Hände abgeschnitten hätte, wenn er sie ausgesprochen hätte. Er war auf dem Weg zum Scheiterhaufen in Aniscans gewesen, als Honoré von ihm erfahren hatte. Und es hatte einige Mühe gekostet, diesem Weg eine unerwartete Abzweigung abzuringen. Aber ein solches Talent den Flammen zu übergeben wäre Verschwendung gewesen.

»Empfindest du Zuneigung für diese lügnerische Heidin?«

Fernando blickte auf. Er hatte keine Angst, aber er war wachsam. »Verwechsele nicht Zuneigung und Respekt.«

»Du hast Respekt vor ihr?«, sagte Honoré noch ein wenig schärfer.

»Respekt vor ihrem Mut, nicht vor ihrem Götzenglauben.«

Der Primarch lächelte. Mit Fernando zu reden war so, als wolle man einen Aal festhalten. Er entwand sich allem, was man gegen ihn auslegen konnte.

»Ich finde es mutig, wie sie diese Sache angeht. Wenn ich Luc wäre, würde ich sie allerdings trotzdem nie mehr wiedersehen wollen. Ich …« Er hob das dünne Pergament auf und hielt es gegen das Fenster.

»Ist etwas?«

Fernando lachte. »Sie hat etwas mit einem sehr scharfen Messer ausgekratzt.«

»Kann das eine geheime Botschaft sein? Ahnt sie, dass wir ihre Briefe lesen?« Diese Sorge plagte Honoré von Anfang an. Luc und Gishild waren klug. Vielleicht verwendeten sie eine Sprache voller verborgener Anspielungen. »Was steht dort?«

Fernando öffnete das Fenster und hielt das Pergament gegen die helle Wintersonne. »Sie hat es überschrieben. Hier, hinter diesem Satz *Aber ich will nicht mehr viele Worte machen* stand einmal: *Ich hoffe, dass du nicht bist wie ich. Wenn ich mir vorstelle, ich würde einen Brief wie diesen von dir bekommen, ich würde wahnsinnig vor Zorn und Eifersucht. Und ich würde dich nie mehr wiedersehen wollen.*«

Fernando brach in schallendes Gelächter aus. »Das hätte ich ihm auch nicht geschrieben.«

Auch Honoré musste schmunzeln. »Ja, so kenne ich sie. Direkt und ohne Umschweife auf eine Sache zugehen. Aber ich hätte ein neues Pergament benutzt. Sie ist jetzt Königin. Über den Preis eines Bogens muss sie sich keine Gedanken mehr machen. Warum hat sie das getan? Luc könnte es doch genauso entdecken wie wir.«

Fernando zuckte nur mit den Schultern. »Vielleicht ist sie geizig?«

»Luc darf diese Zeilen nicht sehen. Er wird den Brief ohnehin schon schwer genug nehmen. Wenn er dann noch liest, dass sie mit ihm gebrochen hätte, wenn er sich so verhalten hätte wie sie … Das muss er wirklich nicht wissen. Nimm ein neues Pergament, Fernando!«

Der Schreiber schloss das Fenster. »Soll ich noch mehr ändern?«

Honoré seufzte. Am liebsten würde er den Brief zurückhalten. Aber Gishild hatte ganz recht. Luc würde auf jeden Fall von der Hochzeit erfahren. Er selbst wusste es bereits ... Aber es war sein Ehrgeiz, solche Dinge vor allen anderen zu wissen. Luc konnte davon noch nicht erfahren haben. Freilich blieb nicht mehr viel Zeit. Zu viele Ritter und Novizen kannten Gishild. Diese Geschichte würde sich ausbreiten wie ein Lauffeuer. Luc sollte diesen verdammten Brief am besten noch heute bekommen. Aber wie konnte man dieser Botschaft die Schärfe nehmen?

Honoré nahm sich das Pergament und überflog erneut die Zeilen. Eine sehr ordentliche Handschrift hatte Gishild. Hatte der fast verborgene Text eine geheime Bedeutung? Es passte zu Gishilds Wesen, den Brief nicht ganz neu begonnen zu haben. Sie war ungestüm ... Und sie hatte sich auch nie große Mühe gegeben, gänzlich zu verbergen, dass sie all die Jahre in Valloncour hindurch in ihrem Herzen doch eine Heidin geblieben war. Erlaubte das den Schluss, dass sie sich nun auch nicht allzu große Mühe gab, ihre wahren Gedanken zu verbergen? Luc hätte den Brief sicher Hunderte Male gelesen. Er wäre auf die schlecht abgeschabten Worte gestoßen. »Ist es ein Fehler, diese Zeilen vor dem Jungen zu verbergen?«

Fernando hob abwehrend die Hände. »Solche Entscheidungen werde ich nicht fällen. Ich bin nur die Feder. Du bist die Hand, die die Feder führt.«

Honoré strich sich nachdenklich über das Kinn. Was tun? Er wollte, dass die beiden eines Tages wieder zueinanderfanden. Deshalb durfte er die Briefe, die Luc erreichten, und auch jene, die er schickte, nur ganz behutsam ändern. Sie würden darüber reden, was sie einander geschrieben hatten. Aber diese Worte ... Sie waren zu direkt! Zu grausam! Deshalb hatte Gishild sie doch auch getilgt.

»Schreib den Brief neu und lass die abgeschabten Zeilen fort.«

Fernando nickte. »Und sonst?«

»Lass sie nicht von ihren Göttern reden. Tausche hier und da ein Wort aus, damit die Zeilen poetischer werden. So wie wir es auch bei Lucs Briefen machen. Und dann sorge dafür, dass Luc diese Zeilen noch heute erhält.«

Honoré verließ die Kammer des Schreibers und rief nach seinem Pferdeknecht. Er musste zur verborgenen Bucht nahe der Schlangengrube, dorthin, wo die beiden Schiffe entstanden, die Emerelle töten würden. Die Raben seiner Baumeister hatten schlechte Neuigkeiten gebracht.

GOLDENE SPOREN

So viele Jahre hatte er davon geträumt, die goldenen Sporen der Ritterschaft zu erlangen, und jetzt fühlte er sich leer. Sie bedeuteten ihm nichts. Schlimmer noch, seine Zeit als Novize war vorüber, und er wusste nicht, was er nun tun sollte. In seinen Träumen war Gishild an diesem Tag bei ihm gewesen. Fast zwei Jahre war es nun her, dass die Elfen sie geraubt hatten, und er hatte kein Ziel gefunden. Er hasste die Anderen! Er wünschte sie zu vernichten. Sie, die ihm Gishild genommen hatten. Aber allein der Wunsch war schon grotesk. Es war, als wolle eine Ameise einen Löwen herausfordern. Er wusste nicht, wie er sie bekämpfen sollte.

Luc hatte die Sporen von seinen Stiefeln geschnallt und hielt sie in der Hand. Nach dem langen Ritt in die Hügel westlich der Schlangengrube waren sie mit Staub bedeckt. Sie hatten ihren Glanz verloren. Er lächelte traurig. Sie waren wie sein Leben. Seit Gishild fort war, hatte alles seinen Glanz verloren. Vor allem seit jenem Brief, auf den er ihr drei Monde lang nicht hatte antworten können. Es machte ihn krank, sich vorzustellen, dass ein anderer Mann in ihrem Bett lag. Kein Tag war vergangen, an dem er sich nicht vorgestellt hatte, den Kerl zum Duell zu fordern.

Luc hatte begriffen, dass Gishild keine Wahl gehabt hatte. Und an guten Tagen war er bereit zu glauben, dass sich nichts verändert hatte. Aber gute Tage hatte er nur selten. Eigentlich war nichts mehr gut, seit Gishild seinem Leben fehlte.

Er ballte die Faust um die Sporen, und ein goldener Sporn bohrte sich in sein Fleisch. Der Schmerz war ihm willkommen, er lenkte ihn ab von dem anderen Schmerz. Von der Seelenqual, die nicht zu heilen war.

Er blickte über die Hügel hinweg zur Schlangengrube. Schwarzer Rauch hing über der Stadt der Kanonengießer. Manchmal sah man kurz ein rötliches Flackern an der Unterseite der Rauchwolke, wenn irgendwo glühendes Metall gegossen wurde. Nie ruhte die Stadt. Bis hierher hörte er ihre gewaltigen, wassergetriebenen Schmiedehämmer. Es war ein düsterer Ort voller Schmutz und Lärm. In seinen sieben Jahren in Valloncour hatte er die Stadt nur zweimal besucht. Niemand ging dort gerne hin.

Hufschlag erklang. Ein Reiter erreichte den Kamm des nächstgelegenen Hügels. Honoré. Der Primarch hatte seinen Gehstock quer über dem Sattel liegen. Er winkte ihm zu.

Luc drehte seinen Hengst über die Zügel. Langsam ritt er dem Primarchen entgegen. Leon hatte er gefürchtet und manchmal auch geliebt. Gegenüber Honoré empfand er tiefe Freundschaft. So oft hatte der Primarch versucht, ihm Mut zu machen! Niemand verstand ihn so gut wie Honoré. Sie waren Seelenbrüder.

Honoré war es gewesen, der ihn für die Mittagsstunde auf den Katzbuckel westlich der Schlangengrube bestellt hatte. Und Luc war dankbar, einen Grund zu haben, die feiernden Schwertbrüder seiner Lanze zu verlassen.

»Ich grüße dich, Ritterbruder!«, rief Honoré ihm zu.

Selten hatte Luc den Primarchen in so guter Stimmung gesehen. Luc neigte das Haupt. Ritterbruder! Diesen lang ersehnten Ehrentitel endlich zu tragen erschien ihm noch fremd.

»Und, hast du dich entschieden, auf welche Weise du dem Orden dienen möchtest?«

Luc hatte diese Frage gefürchtet. Eine gute Antwort hatte er darauf nicht. »Ich möchte nach Drusna, Alben töten.«

Honoré schnitt eine Grimasse. »Das klingt nicht gerade so, als würdest du dieser Aufgabe mit Feuereifer folgen. Ist das dein Ziel? Hast du vergessen, was ich dich gelehrt habe?«

»Nein.« Fast so oft wie an Gishild hatte Luc an das Gespräch in der Neumondnacht zurückgedacht, als der Primarch ihn aufgesucht hatte, um mit ihm eine einsame Nacht zu teilen.

»Es erscheint mir so unerreichbar. Ich möchte nach Albenmark. Ich möchte Emerelle töten. Aber uns Menschen ist der Weg in die Welt der Anderen verwehrt. Es ist kindisch zu hoffen ...«

»Nein, Luc«, entgegnete Honoré entschieden. »Kindisch ist das nicht. Die Größe eines Mannes erkennt man an der

Größe seiner Ziele. Kleine Geister hoffen darauf, etwas Naheliegendes, Leichtes zu erreichen. Eine Stellung innerhalb des Ordens. Ruhm auf dem Schlachtfeld. Aber die, in denen Glaube und Leidenschaft wie eine alles verzehrende Flamme lodern, haben andere Ziele. Sie sind es, die die Welt, in der wir leben, verändern. Es ist nichts Ehrenrühriges, an einem schier übermenschlichen Wunsch zu scheitern. Aber es ist traurig, schon so jung den Mut verloren zu haben, nach dem schier Unerreichbaren zu streben.«

Honorés Worte verletzten ihn. Er war nicht ohne Träume. Aber er war auch kein Träumer! »Vielleicht habe ich Lilianne zu gut zugehört, als sie uns über das Wesen des Krieges belehrte. Es hat nichts mit Feigheit zu tun, einen Feind nicht anzugreifen, zu dem man keinen Weg findet.«

Der Primarch war über Lucs Zorn augenscheinlich amüsiert. »Du kommst dir wahrscheinlich vor wie der Ritter in einem Märchen, der vor unlösbare Aufgaben gestellt wird, um seine Prinzessin zu gewinnen. Du willst sie doch noch gewinnen …«

»Sie hat einen anderen Mann.«

»Glaubst du, er ist besser als du?«

Luc schnaubte. »Er ist ein Barbar. Er liegt in ihrem Bett. Er … Es scheint, Gishild hat mich aufgegeben.« Ihre Briefe waren noch voller Leidenschaft und Liebesschwüre. Aber alles, was er über ihr Leben wusste, sprach eine andere Sprache.

»Quäl dich nicht mit der Frage, ob sie dich noch immer liebt, Luc! Darauf kann nur Gishild dir antworten. Du musst andere Fragen stellen. Fragen, auf die du allein eine Antwort finden kannst. Liebst du sie noch?«

»Ja«, sagte er sehr kleinlaut. Er liebte sie bis zum Wahnsinn. Und anders als von Sinnen war diese Liebe nicht zu ertragen, denn wenn man nüchtern darüber nachdachte, dann war es eine Liebe ohne Hoffnung.

»In den Märchen ist es immer so, dass Helden in der Stunde ihrer tiefsten Verzweiflung Hilfe erhalten. Sie bekommen ein Zauberschwert, um den Drachen zu töten, einen Umhang, der sie unsichtbar macht, oder einen unverhofften Rat. Mit Zauberschwertern und magischen Umhängen kann ich leider nicht dienen, aber ich habe drei Geschenke für dich, die es dir erleichtern werden, deinen Weg zu gehen. Komm, ich werde dir etwas zeigen!« Er gab seinem Rappen die Sporen und preschte nach Westen in Richtung der Steilküste.

In den Hügeln rings um die Schlangengrube klafften dunkle Löcher in den Hängen. Seit Jahrhunderten wurde der Erde hier Zinn abgerungen. Die meisten Bergwerksschächte waren aufgegeben. Immer tiefer musste man graben, um an das kostbare Metall zu gelangen. Luc hatte Geschichten gehört, dass manche der Tunnel bis weit unter das Meer reichten.

Einmal war er in einem solchen Stollen gewesen. Die Enge, der Staub und die Gewissheit, dass hundert Schritt Fels und Erde über ihm waren, hatten ihm schier den Atem geraubt. Er war damals froh gewesen, das Bergwerk wieder verlassen zu können.

Hin und wieder duckten sich Häuser aus grauem Stein zwischen den Hügeln. Sie waren längst verlassen, die Dächer eingestürzt. Letzte Zeugen einer Zeit, in der es überall Grubensiedlungen gegeben hatte. Heute beherrschten Kornfelder das Land. Das Getreide stand hoch am Halm und wogte in sanften Wellen in der Brise, die vom Meer her wehte. Es war ein schönes Land, wenn man zurück zur Schlangengrube blickte, wo selbst der Seewind die Rauchwolke über der Stadt nicht gänzlich zu vertreiben mochte.

Fast eine halbe Stunde waren sie geritten, als sie einen Weg erreichten, auf dem Karrenräder tiefe Furchen hinterlassen hatten. Es waren viele Karrenspuren. Der Weg war regelrecht in die Landschaft eingesunken. Verwundert sah Luc sich um. Ein Stück entfernt lag eine Pulvermühle, aber sie allein konnte nicht der Grund dafür sein, dass hier so viele Fuhrwerke verkehrten.

Sie folgten dem Weg, bis sie einen Bergwerksschacht erreichten, der in einem engen Tal verborgen lag. Deutlich konnte man hier das Rauschen der Meeresbrandung hören. Das lange Haus, das wohl das Quartier der Grubenarbeiter war, wirkte heruntergekommen. Moos wucherte auf den grauen Steinen. Eine kleine Quelle sickerte seitlich des Hauses aus dem Fels. Rings um die Grube waren Halden mit taubem Gestein angeschüttet. Luc bemerkte, dass auf dem Geröll Grasbüschel wuchsen.

In einem Stall standen drei Pferde. Ein junger Mann, der zwar wie ein Pferdeknecht gekleidet war, sich aber mit dem Selbstbewusstsein eines Kriegers bewegte, kam ihnen entgegen.

Honoré saß ab und reichte dem vermeintlichen Knecht die Zügel. »Komm mit, Luc. Wir müssen in das Bergwerk. Dort erwartet dich mein erstes Geschenk.«

Beklommen folgte ihm der junge Ritter. Die Enge des Stollens machte ihm zu schaffen. Es stank nach Rauch und heißem Pech. In der Ferne war dumpfes Hämmern zu hören. Es klang nicht wie Stahl, der auf Stein schlug. Der Laut war dumpfer. Es roch auch nach frisch geschnittenem Holz. Aber die Stützstreben des Stollens waren aus dunklen Eichenbalken, die augenscheinlich schon viele Jahre die Last der Wände und der Decke trugen.

Der Lärm wurde stärker. Wie eine Schlange wand sich der

Stollen in den Fels. Dann machte er plötzlich einen Knick und weitete sich zu einer riesigen Höhle.

Honoré führte Luc auf eine hölzerne Plattform, die über den Abgrund führte. Staunend sah der Junge sich um. Die Höhle war fast so groß wie der Hafen von Valloncour. Vielleicht siebzig Schritt unter ihnen lag Wasser. Es gab einen Ausgang zum Meer, so groß wie die ganze Ordensburg. Eine vorgelagerte Klippe verbarg ihn vor Blicken von der See aus. In Trockendocks, die aus dem Felsen geschlagen waren, ruhten die Rümpfe von mehr als einem halben Dutzend Galeassen, an denen Hunderte von Arbeitern schufteten. Luc konnte gleich zwei Sägewerke entdecken. An einem Kai etwas abseits lag eine ganze Flotte von Lastenseglern. Doch nicht sie hielten seinen Blick gefangen. Es waren die beiden Schiffe, die inmitten der Hafenanlage vertäut waren. Nie zuvor hatte er etwas Vergleichbares gesehen.

»Das sind die *Stolz* und die *Gotteszorn*«, erklärte Honoré. »Alle Arbeiter hier kommen von auswärts. Wir halten sie zwei Tage unter Deck ihrer Schiffe, bevor sie hier ankommen. Sie sollen nicht einmal ahnen, wo sie sind! Nur sehr wenige Ordensbrüder wissen um diesen Hafen. Durch den Stollen werden nichts als Kanonenrohre zum Hafen gebracht. Alles Weitere kommt über See.«

Luc betrachtete noch immer die beiden Schiffe. Sie waren beängstigend fremd.

»Ich sagte dir ja, dass ich nicht über Zauberschwerter oder magische Umhänge gebiete. Aber ich bin nicht machtlos. Hier entsteht die Flotte, die Emerelle den Tod bringen wird. Von hier aus werden wir den Schritt nach Albenmark wagen. Ich zeige dir das alles, damit du neuen Mut schöpfen kannst. Glaube mir, Albenmark ist nicht unerreichbar für uns. Dein zweites Geschenk erhältst du heute Nacht. Dann wird die Bruderschaft sich versammeln und dich als Ritter in ihrer Mitte willkommen heißen. Wir werden dir die geheime Macht deiner Gabe offenbaren, denn sie ist nicht nur ein Geschenk, das heilt, sie kann auch als tödliche Waffe gegen die Erzfeinde der Tjuredkirche eingesetzt werden. Eine Waffe, gegen die alle Magier und Waffenmeister der Anderen wehrlos sind.«

Luc war ganz benommen von allen Eindrücken. Er sah das Feuer in den Augen des Primarchen. Honoré hoffte nicht nur auf einen Sieg, er war davon überzeugt, dass die Neue Ritterschaft Albenmark bezwingen konnte.

»Es ist nun wichtig, dass du dir einen Namen machst, Luc. Morgen Abend schon wirst du Valloncour verlassen. Suche dir ein Ziel! Eine Aufgabe zum Ruhme der Kirche, die du binnen Jahresfrist bewältigen kannst. Ich habe Großes mit dir vor. Es ist wichtig, dass die Heptarchen in Aniscans auf dich aufmerksam werden. In dreizehn Monden aber musst du am Rabenturm in Drusna sein. Und wenn ich mit deinen Taten zufrieden bin, dann erwartet dich dort ein drittes Geschenk.« Der Primarch stutzte, da Luc keine Frage stellte. »Du kennst den Rabenturm?«

»Gishild hat dort mit Drustan und Juztina einen Winter verbracht«, entgegnete der Junge. »Es ist ein einsamer Wachturm auf einer kleinen Insel. Drustan war dorthin verbannt ...«

»Nein, das war er nicht. Du weißt, auch Drustan war von Tjured mit der Gabe gesegnet. Wie wir gehörte er zur Bruderschaft des Heiligen Blutes. Er hat dort eine einsame Wacht gehalten, aber er war keineswegs verbannt. Er hat etwas beobachtet für uns. In dreizehn Monden werde ich es dir zeigen.«

DIE WEISSE FRAU

Luc trat durch die Tür seines Elternhauses. Er hatte gedacht, dass es ihm weniger schwerfallen würde, hierherzukommen. Lanzac war eine Stadt der Geister geworden. Nach der Pest war niemand mehr zurückgekehrt, um die verlassenen Häuser wieder mit Lachen und Leben zu füllen.

Der junge Ritter ging hinüber zum Haus des Schmiedes André. Seine Schritte klirrten. In voller Rüstung auf einem prächtigen Schlachtross war er zurückgekehrt. Sein Jungentraum war wahr geworden. Fast … Aber auch die Prinzessin würde er noch erringen. Er dachte wehmütig daran, wie er mit Michelle auf dem Rand des Brunnens in den Ruinen auf dem Heidenhaupt gelegen hatte. Wie sie gemeinsam in den Himmel geblickt hatten und wie sie ihn ermutigt hatte, einen großen Traum zu träumen.

Luc sah Hundespuren im weichen Schlamm. Kein Kläffer hatte seinen Weg gekreuzt. Er müsste sie nicht mehr fürchten. Alles war gut geworden, aber auch wieder nicht. Luc war stolz auf das, was er war. Und er hatte eine ehrenvolle Aufgabe gefunden. Aber in Lanzac kannte er nur ein Gefühl: Trauer. Alles, was er war, würde er hingeben, wenn er wieder mit seinem Vater in der Waffenkammer des Grafen sitzen könnte, um dessen Radschlosspistolen zu reinigen. Was waren seine Rüstung und sein Ruhm wert, wenn ihn hier in Lanzac nur noch die wilden Tauben bewundern konnten?

Er führte sein Ross an eine kleine Treppe heran und saß auf. Im Sattel legte er die Hand auf den Knauf des Rapiers seines Vaters. Seit Jahren war er groß genug, diese Waffe zu führen. Und er war ein Meister geworden, der selbst die Fechtkünste Michelles nicht zu fürchten brauchte. »Ich weiß, du wärst stolz auf mich, Vater. Und auch du, Mutter.« Er sah hinauf zum Fenster der Honigkammer im Giebel des Grafenhauses. Er wusste jetzt, warum er als Kind so viele Freiheiten gehabt hatte. Als junger Mann sah er dem Grafen ähnlicher als seinem Vater. Luc wusste nicht, ob es ein Zufall war, und er wusste nicht, was seine Mutter bewogen haben mochte … Vielleicht war sein Vater zu lange in Drusna geblieben? Vielleicht war sein Vater auch in Drusna gewesen, um vor dem zu fliehen, was vor seiner Haustür geschah. Er würde es nie erfahren. Es spielte keine Rolle mehr. Auch gab es niemanden mehr, der sich das Maul darüber zerreißen konnte, was vor langer Zeit geschehen war.

Luc wusste, sein Vater hatte ihn geliebt. Das war alles, was er wissen musste.

Traurig verließ er Lanzac und folgte der Straße nach Aniscans. Dann bog er auf den Weg zum Heidenkopf ab. Von ferne konnte er die Priester und Handwerker bei ihrer Arbeit singen hören. Das feierliche Lied war Balsam für seine verwundete Seele. Schon am dritten Tag, nachdem er Valloncour verlassen hatte, hatte er gewusst, was er tun wollte. Aber er hatte fünf Monde gebraucht, um einen Kirchenfürsten zu finden, der ihn unterstützte. Es hätte schneller gehen können, aber er war zu stolz gewesen, um sich an einen der Komture der Neuen Ritterschaft zu wenden. Zuletzt war es ihm gelungen, Marcel de Lionesse, den Erzverweser von Marcilla, als Patron zu gewinnen. Er hatte das Geld gegeben und Priester gefunden, die sich der mühevollen Aufgabe der Gründung eines Refugiums widmen mochten.

Luc passierte eine kleine Gruppe von Priestern, die sich auf einer gestürzten Säule niedergelassen hatten, um den

Mörtel von den behauenen Steinen abzuklopfen, die sie in den Ruinen aufgelesen hatten. Sie grüßten ihn freundlich. Er nickte. Seine Hände waren nass von Schweiß, dabei war es nicht einmal besonders warm. Es war ein trockener Spätherbsttag. Der Himmel hatte sich zugezogen. Bleifarbene Wolken trieben träge dahin. Und unter ihnen eilten die Keile der Wildgänse gen Süden, wo ein freundlicherer Winter zu erwarten war.

Heute Morgen hatte Luc bei einem Teich nahe den Ruinen Hunderte Störche beobachtet. Er erinnerte sich an seine Kindheit. Man hatte immer gewartet, bis die ersten Störche flogen, dann wurde das Erntefest gefeiert.

Luc saß ab. Ein Knabe eilte herbei, um seinen Hengst fortzuführen. Der junge Ritter nahm den Helm vom Sattelknauf und legte ihn in die Mauernische, in der er einst Michelle gepflegt hatte. Er sah sich um. Die meisten Rosenstöcke waren verschwunden. Es gab keinen Garten mehr. Das hölzerne Podest neben der Statue der Weißen Frau war von seinen Zimmerleuten vollendet worden, während er in Lanzac gewesen war. Luc war zufrieden!

Die Weiße Frau, das war die große Lüge seiner Kindheit gewesen. Wenn er daran dachte, wie seine Mutter hatte sterben müssen und was für Vorwürfe er sich gemacht hatte, packte ihn kalte Wut. So dumm war er damals gewesen, so verblendet vom Aberglauben. Niemals brachten die Anderen irgendetwas, das den Menschen von Nutzen war. Unglück zu stiften war ihr einziges Verlangen. In Valloncour hatten sie ihr wahres Gesicht gezeigt! Hunderte hatten sterben müssen, nur um Gishild zu holen. Aber er würde die Tyrannei von Emerelle brechen, schwor sich Luc. Oder bei dem Versuch sterben.

Luc sah der Statue ins Antlitz. Kein Moos zeigte sich auf

dem Marmor, es gab auch keinen Vogelkot. Die Tiere mieden die Weiße Frau. Sie waren klüger als die Menschen!

Der Garten war jetzt nach drei Tagen harter Arbeit bereit zur Grundsteinlegung. Sie hatten den Tunnel, der zur verborgenen Quelle führte, aufgebrochen. Sie lag nun nicht länger im Dunkel, sondern im hellen Tageslicht. Sie würde Teil der Krypta des Tempelturms im Refugium werden. Der Fels um die Quelle sollte das Fundament des Tempels sein. Heute war der Tag, an dem der erste Stein für das neue Haus Gottes gesetzt werden sollte.

Luc sah aus den Augenwinkeln, wie sich die Arbeiter und Priester im verwüsteten Garten versammelten. Er wusste, dass manche der romantischer Veranlagten unter ihnen diesen Ort gemocht hatten. Sie hießen nicht gut, was er getan hatte. Sie wussten ja nicht, worauf sie sich einließen!

Bei jedem Atemzug spürte Luc die heidnische Macht dieses Ortes. Und obwohl sie den Tunnel aufgebrochen hatten, war die magische Schwelle geblieben, die er schon als Kind gespürt hatte. Niemand außer ihm konnte sie wahrnehmen! Es musste wohl seine Gabe sein, die ihm das feine Gespür für die Magie der Anderen verlieh.

Luc lächelte verdrossen. Er hatte Bruder Marco, dem Baumeister unter den Priestern, von der magischen Schwelle bei der Quelle erzählt. Marco gehörte zu denen, die es nicht gutgeheißen hatten, solche Zerstörungen anzurichten. Und obwohl er ein einfühlsamer junger Mann war, hatte er Luc nicht glauben mögen. Vermutlich hielt der Baumeister ihn für einen verblendeten Fanatiker. Vielleicht gehörte es zur Magie dieses Ortes, dass er die Wirklichkeit nicht erkennen konnte? So war es ihm schließlich auch einmal ergangen. Er hatte geglaubt, die Weiße Frau habe Michelle gerettet, ihre Heilung von der Pest sei eine Gnade der heidnischen

Göttin gewesen. Welch eine Ironie! Er hatte damals nichts von seiner eigenen Gabe gewusst. Allein ihr hatte Michelle ihre Genesung zu verdanken. Und die Gabe war einzig ein Geschenk Tjureds! In seiner Unwissenheit hatte er damals die Wahrheit auf den Kopf gestellt. Dass er der Weißen Frau dann auch noch die Pistolen geschenkt hatte, musste Tjured wie Hohn empfunden haben!

Luc seufzte. Er konnte die Fehler der Vergangenheit nicht mehr ungeschehen machen. Aber er konnte Tjured beweisen, dass er nicht länger ein Verblendeter war. Dieser Ort sollte niemanden mehr zur Ketzerei verführen!

Der junge Ritter stieg auf das Holzgerüst neben der Statue. Er griff nach dem schweren Hammer, den er am Vortag benutzt hatte.

»Gott will es!«, rief er voller Inbrunst und schwang den Hammer. Er traf mitten ins Gesicht der heidnischen Göttin. Die edel geschwungene Nase und die lächelnden Lippen zersplitterten. Der Kopf der Statue wurde von der Wucht des Hiebes vom Rumpf gerissen.

Atemlose Stille herrschte. Luc sah, dass einem der Priester Tränen in den Augen standen.

Der Ritter stieg vom Gerüst herab und hob den Marmorkopf auf. Die weißen Augen sahen ihn durchdringend an. Das Gesicht war verwüstet. Ein einziges Mal hatte Luc Lilinannes Antlitz gesehen. Die Ritterin hatte ihre Brandwunden überlebt, aber eine Gnade Gottes war das nicht gewesen. Ihr Gesicht sah jetzt ganz ähnlich aus wie das der Statue.

Luc hielt den geschändeten Kopf hoch, sodass ihn alle Priester und Handwerker gut sehen konnten. »Lasst euch nicht verlocken, wenn die Ketzerei sich hinter der Maske der Schönheit verbirgt! Dieser Ort hier hatte nur einen einzigen Zweck. Er sollte den Glauben der Frommen erschüttern.« Er schritt in Richtung der Quelle und legte dort den Kopf auf den geglätteten Fels. »Mit diesem Stein wollen wir den Tempel begründen. Er ist ein Zeichen für die überwundene Versuchung. Ein Zeichen für einen Glauben, der stärker ist als Stein.«

Luc fühlte sich, als sei ihm ein Felsen vom Herzen genommen. Jetzt endlich hatte er die letzten Reste seines versteckten Heidentums überwunden. Er war im Reinen mit sich und Tjured. Seine Verfehlungen waren gesühnt. Nun hatte er sich die goldenen Sporen wirklich verdient. Und als wolle Gott ihnen allen ein Zeichen senden, zerrissen die bleifarbenen Wolken, und Speere aus goldenem Himmelslicht ließen den Marmor der Ruinen aufleuchten.

Priester wie Handwerker knieten nieder, ergriffen von der göttlichen Erhabenheit dieses Augenblicks.

»Gott heißt euch an diesem Ort willkommen, meine Brüder!«, rief Luc ihnen entgegen. »Macht eure Herzen weit und singet ein Loblied dem Herrn!«

GOTTES RITTER

... und Tjureds Wege sind unergründlich. Er offenbarte uns die Schwachen in unseren Reihen, als die Verräterin Gishild sich den Thron nahm. Jene, denen angst und bange wurde, weil Gishild die Dämonenheere Albenmarks dorthin führte, wo wir uns sicher wähnten. Und jene, deren Schwäche Hoffart war, die glaubten, unsere Feinde seien leicht zu überwin-

den. Es war eine Zeit, in der manche der gesegneten Heptarchen und der Erzverweser und Komture dachten, der Krieg könne endlich beendet werden. Doch Gott zeigte uns, dass es niemals Frieden geben würde, solange den Heerscharen der Finsternis nicht endgültig Einhalt geboten ward. Es war eine Aufgabe, die alle Kräfte der Kirche erforderte. Eine Aufgabe, die zu groß für Menschen erschien. Zwei Namen werden für immer mit diesen Jahren verbunden sein. Erilgar und Honoré, zwei Ritter Gottes, wie sie ungleicher nicht sein konnten. Sie kamen vom Aschen- und vom Blutbaum. Sie hassten einander fast so sehr, wie sie die gottlose Dämonenbrut hassten. Einer von ihnen fehlte, und einer ward wahrhaft von Gott geleitet. Es bedurfte beider, um zu triumphieren. Sie lehrten uns, dass der Sieg auf dem Schlachtfeld kein Sieg Gottes sein musste. Der eine öffnete dem anderen den Weg. Doch Hand in Hand gingen sie nie.

Es war eine Zeit, in der die Heiden Hoffnung schöpften, auch wenn sie im Streit mit ihrer Königin lagen. Tjured aber ließ ihre Hoffnung keine Früchte treiben. Gishilds Schoß war wie die Ackerfurchen auf einem ungewässerten Feld. Kein Schössling wollte dort gedeihen. Und so blieb Gottes Rittern die Zeit, sich vorzubereiten. Und es versammelten sich die vom Blute auf der Insel der Raben, während die von der Asche darauf sannen, das Fjordland selbst anzugreifen ...

DIE HEILIGE SCHRIFT DES TJURED,
BUCH 97 DER SCHOFFENBURG-AUSGABE,
BD. 45, FOL. 117 R

DER RABENTURM

Luc trat auf den gemauerten Kai und sah sich ungläubig um. Gishild hatte ihm oft vom Rabenturm erzählt. Von ihrer Flucht, vom langen, einsamen Winter, den sie hier verbracht hatte, doch dieser Ort wollte einfach nicht zu ihren Erzählungen passen.

Er schwirrte vor Leben. Über hundert Schiffe lagen an den Kais und weiter draußen auf See. Hohe Festungswälle erhoben sich über das Wasser. Lagerhäuser aus rotem Ziegelstein flankierten die Hafenanlagen. Überall wurde gebaut. Es roch nach Teer und Mörtel. Am Ufer hatte Luc Soldaten exerzieren sehen, Hunderte Krieger in bunten Röcken. Und überall waren die Ritter vom Blutbaum.

Raben kreisten über dem Hafen und der See, als wachten sie über den Himmel. Keine einzige Möwe gab es hier.

Überall im Hafen waren Barkassen unterwegs. Ganz offensichtlich wurde die Flotte zum Auslaufen klargemacht. Es gab kaum ein Schiff, neben dem keine Boote lagen. Nicht weit entfernt wurden quiekende Schweine in einem Frachtnetz an Bord einer Galeasse gehievt.

Luc ging ein Stück den Kai entlang. Endlose Kolonnen von Schauerleuten schafften aus den Lagerhäusern Fässer, Kisten und Säcke zu den wartenden Booten. Bootsmaate diskutierten aufgeregt mit den Zeugmeistern der Waffenarsenale. Abteilungen von Soldaten kauerten auf Seekisten, würfelten, rauchten oder starrten einfach nur vor sich hin und warteten darauf, eingeschifft zu werden.

So groß das Durcheinander im Hafen war, schien doch jeder hier ein Ziel zu haben. Nur Luc fühlte sich fehl am Platz.

Honoré hatte ihm befohlen, zum Rabenturm zu kommen, doch was sollte er hier?

»Luc?«

Ein Kind rief ihn! Er sah sich um. René. Sein Löwenbruder wies einen Trupp Arkebusiere an, ein Boot zu besteigen. Dann eilte er Luc entgegen.

»Luc!« Er schloss ihn in die Arme, drückte ihn an sich. »Luc. Gut dich zu sehen, Bruder!« Seine Augen strahlten.

Lange war Luc nicht mehr so herzlich empfangen worden. Die Reise durch Drusna war unerfreulich gewesen. Die Neue Ritterschaft hatte hier keinen guten Ruf. Wenn er eine Schänke betrat, wollte niemand mit ihm an einem Tisch sitzen. Man war ihm ausgewichen, egal wohin er ging. Die Ritter vom Aschenbaum mussten üble Lügen über sie verbreitet haben.

»Hast du Neues über Gishild gehört?«, fragte Luc. Überall in Drusna kursierten die unglaublichsten Geschichten über sie. Mal hieß es, sie reite auf einem fliegenden Ross über den Himmel, dann schien sie ganz allein eine Burg erstürmt oder die Geister der Ahnen zum Krieg gerufen haben.

René schnitt eine Grimasse. »Sie macht uns viel Kummer. Alle Schandtaten Raffaels haben uns Silberlöwen nicht annähernd so viel geschadet wie Gishilds Taten. Immerhin scheint sie nur gegen den Orden vom Aschenbaum zu kämpfen. Und …« Er sah Luc mitleidig an. »Ihr Mann scheint ein berühmter und sehr reicher Krieger zu sein. In jeder Schlacht kämpfen die beiden Schulter an Schulter.«

Luc schloss die Augen. Auch er hatte schon Ähnliches gehört. Aber hatte es einfach nicht glauben wollen.

»Vielleicht sind das ja alles nur Geschichten«, wandte René halbherzig ein.

»Ja«, sagte Luc mit tonloser Stimme. So sehr wünschte er, dass es sich in Wahrheit anders verhielt. Aber wie wahrscheinlich war das? Mehr als zwei Jahre waren seit der Hochzeit vergangen. Genug Zeit, um Gemeinsamkeiten zu entdecken. Wenn er sich vorstellte, wie dieser Barbarenkrieger Nacht für Nacht an Gishilds Seite lag, überliefen ihn eisige Schauer. Manchmal wünschte er sich, dass dieser Erek ein netter Kerl war. Schließlich sollte Gishild nicht Tag für Tag seinetwegen leiden. Und dann wieder betete Luc darum, dass der verdammte Mistkerl von einem Blitz aus heiterem Himmel erschlagen oder dass ihn auf dem Schlachtfeld die Kugel finden würde.

»Du bist ganz blass. Du ...«

Luc winkte ab. »Wie geht es den anderen?« Er konnte nicht über Gishild sprechen. Mehr als ein Jahr hatte er jetzt keinen Brief mehr von ihr bekommen. Er hatte so gehofft, etwas Neues über sie zu hören. Aber nach schlechten Neuigkeiten stand ihm nicht der Sinn.

»Raffael sitzt im Kerker.« René grinste. »Angeblich hat er dem Komtur von Drusna im Würfelspiel eine ganze Schiffsladung Arkebusen abgenommen.«

»Was, um Gottes willen, wollte er denn damit?«

René zuckte mit den Schultern. »Man munkelt, er wollte sie an einen seiner Onkel verhökern. Seine Familie scheint in sehr obskure Geschäfte verwickelt zu sein. Aber er wird seinen Kopf aus der Schlinge ziehen. Honoré braucht ihn. Zweimal schon war er im Fjordland. Getarnt als ein Kaufmann. Du weißt ja, er ist gut in solchen Dingen.«

Luc dachte an die Wetten, die Raffael vor ihrem denkwürdigen Buhurt gegen die Drachen abgeschlossen hatte. Er nickte. »Ja, er hatte schon immer besondere Talente.«

»Joaquino und Bernadette haben ein Kind bekommen. Ein Mädchen. Sie sind beide wieder in Valloncour. Joaquino ist in Sommer zum Magister der jungen Löwen dieses Jahres ernannt worden. Esmeralda und Giacomo haben sich der Schwarzen Schar angeschlossen. Bei ihnen weiß man nie, wo sie stecken. Und Anne-Marie … Du hast die beiden Schiffe gesehen, die draußen vor Anker liegen? Ich meine …«

Luc nickte. Auch wenn hier mehr als hundert Schiffe vor Anker lagen, war klar, welche beiden er meinte. »Die *Stolz* und die *Gottes Zorn*.«

René senkte die Stimme zu einem Flüstern. »Sie sind zu fremd. Es heißt, man habe sie den Elfen gestohlen und sie seien verflucht. Die *Gottes Zorn* ist auf der Reise hierher fast auf ein Riff aufgelaufen. Und auf beiden Schiffen gibt es auffällig oft Unfälle. Anne-Marie ist die Kapitänin der *Gottes Zorn*. Sie ist seltsam geworden.« Er schüttelte den Kopf. »Wirklich seltsam. Du wirst es sehen.« Er deutete auf Lucs Wappenschild und Seesack. »Hast du noch mehr Gepäck? Du kannst in meiner Kammer Quartier beziehen. Es gibt noch drei freie Betten.«

»Ich muss mich zunächst bei Honoré melden.«

»Geheimnisse?«

Statt zu antworten, lächelte Luc nur.

René zog einen Schmollmund. Dann wurde er plötzlich ernst. »Wenn er dir das Kommando über die *Stolz* anbieten will, dann nimm um Gottes willen nicht an. Die beiden Schiffe sind wirklich verflucht. Das ist nicht nur Gerede! Hast du gesehen, wie tief sie im Wasser liegen? Niemand weiß, was sie geladen haben. Niemand weiß, woher sie kommen.« Er machte eine kurze Pause. »Und keiner weiß, wohin der letzte Kapitän der *Stolz* verschwunden ist.«

Luc sah hinaus auf das Wasser. Neben den riesigen doppelrümpfigen Schiffen sahen selbst Galeassen so klein wie Aalkutter aus. Luc wusste zwar, woher die *Stolz* und die *Got-*

tes Zorn kamen, aber das änderte nichts daran, dass auch ihm die Schiffe unheimlich waren. Die Segel waren gerefft. Von ihren Rahen wehten zehn Schritt lange Ordensbanner. Sie waren eindrucksvoll, die Schiffe, ohne Frage. Aber sie waren nicht für Menschen gemacht.

»Es heißt, wir werden schon in den nächsten Tagen auslaufen. Zehn Regimenter werden mit uns an Bord gehen. Auch Arturos Andalanen werden dabei sein.«

»Welchen Posten hast du eigentlich?« Luc schämte sich, nicht schon früher gefragt zu haben. Wo war er nur mit den Gedanken? Über alle anderen ließ er René erzählen.

Der Silberlöwe machte eine wegwerfende Geste. »Ich bin Kapitän geworden.«

»Du hast ein eigenes Kommando?« Luc war überrascht. Üblicherweise dauerte es einige Jahre, bis man den Befehl über ein Schiff oder über ein Truppenkontingent übernehmen durfte.

»Nur eine steinalte Galeere. Wahrscheinlich ist schon der heilige Guillaume auf ihr gefahren. Leckt wie ein altes Sieb, der Kahn.« Er grinste. »Aber ich werde das beste Schiff der ganzen Flotte aus ihr machen. Es kann jeden Tag losgehen. Noch kennt niemand außer den Ordensoberen das Ziel. Man munkelt, dass wir das Fjordland angreifen werden. Einen der Heidenhäfen erstürmen. Und dann geht es landeinwärts. Deshalb die vielen Regimenter.«

Luc schluckte. Er hatte einen anderen Verdacht. Er wusste ja um Honorés wirkliche Ziele, doch konnte er sich nicht vorstellen, wie der Primarch sie Wirklichkeit werden lassen wollte.

»Wie heißt dein Schiff denn?«

René wurde so rot, dass man seine Kopfhaut durch das weißblonde Haar schimmern sehen konnte. »*Luc.*«

»Was? Du hast den Kahn nach mir benannt? Dieses schwimmende Sieb …«

»Ich verdanke dir mein Leben. Ohne dich läge ich längst in unserem Turm. Ich … ich glaube, dein Name bringt Glück.«

Luc schwieg. Er dachte an Gishild und ihren Hochzeitstag. Nein, Glück brachte sein Name ganz gewiss nicht! Aber er würde René seinen Glauben nicht nehmen. »Wo finde ich Honoré?«

»Der ist Tag und Nacht im Rabenturm.«

»Im Rabenturm?«

»Ja, dort, wo Drustan gehaust hat.« René drehte sich um und deutete auf einen alten, schlanken Turm, der im Schatten eines Lagerhauses stand. »Manchmal sind seine Zinnen schwarz vor Raben. Honorés Schreiber und Spitzel haben dort ihr Hauptquartier. Den Primarchen findest du meistens auf der Turmspitze. Man sagt, er starrt immerzu auf die See hinaus.«

Luc nahm seinen Seesack und den Schild. »Wo finde ich dich?«

»Auf der *Luc* natürlich. Ich habe meine Deckoffiziere noch nicht zusammen. Ich sagte ja, es gibt noch freie Betten in meinem Quartier. Wenn du magst …«

Luc lächelte. Es war gut, wieder unter Silberlöwen zu sein. »Ich weiß nicht, welche Befehle Honoré für mich hat. Aber ich werde ihn bitten, mich unter dein Kommando zu stellen.«

René wirkte skeptisch. Er drückte ihm die Hand, statt ihn wie vorhin in die Arme zu schließen.

»Habe ich dich beleidigt?«

Sein Gefährte schüttelte den Kopf. »Geh nicht zu Honoré. Er hat gewiss Pläne mit dir. Anne-Marie ist auch oft bei ihm.«

»Wenn ich ihn darum bitte, deinem Schiff zugeteilt zu werden, wird er sicher nicht widersprechen.«

»Dein Wort in Tjureds Ohr.« René drückte ihm die Hand. Dann trat er einen Schritt zurück. »Auf Wiedersehen in Valloncour.« Mit langen Schritten eilte er davon. Luc hatte fast den Eindruck, dass er fortlief.

Das war Einbildung! Sicher hatte René es nur eilig, auf seine Galeere zu kommen. Er war stolz auf sein Kommando.

Luc ging zum Rabenturm. Vor acht Jahren war Gishild hier gewesen. Bald wären es neun. In ihrer Schilderung war der Turm groß und bedrückend gewesen.

Luc blickte zu den Zinnen auf. Dutzende Raben kauerten dort. So viele! Wurden sie alle für Botendienste gebraucht?

Eine schmale Gestalt, den Federhut tief in die Stirn gezogen, eilte aus dem Eingang und rempelte ihn fast an. Sie trug die breite, rote Bauchbinde mit Goldtroddeln, die einen Offizier verriet.

»Anne-Marie?«

Sie blickte auf, schien durch ihn hindurchzusehen.

»Anne-Marie, ich bin es! Luc!«

Ein flüchtiges Lächeln huschte über ihre Lippen. »Luc, ja ...« Sie runzelte die Stirn. »Ja, ja, Luc. Du hast ein Refugium gegründet. Es wird darüber gesprochen. Über das Wunder ...« Jetzt wurde ihr Lächeln herzlich. Sie sah ihn durchdringend an. Es war etwas an diesem Blick, das einen beklommen machte. »Er hat auch dich zu Großem bestimmt, das kann ich spüren.«

»Wer?«

»Tjured. Er ist dir nahe ...« Sie seufzte. »Nur so wenige sind von ihm durchdrungen. Bei dir ist das anders.«

Luc kam es vor, als sei sie noch schmaler geworden. Sie wirkte regelrecht ausgezehrt. Ihre Augen waren rot von durchwachten Nächten. Sie war sehr blass und erschien ihm seltsam entrückt. »Ich gratuliere dir zu deinem Kommando.«

»Nicht mein Verdienst ... Es ist ein Gottesgeschenk, weißt du. Tjured hat es dem Primarchen befohlen. Ich bin dafür geschaffen. Ich habe es sofort verstanden, als Honoré mir davon erzählte.«

Luc fragte nicht weiter. Er hatte den Eindruck, dass er im Augenblick keine vernünftige Antwort von ihr erhalten würde.

Sie schien zu spüren, dass er gehen wollte. Noch einmal lächelte sie. Am liebsten hätte er sie in die Arme genommen. Was war nur mit ihr los? Was hatte sie so durcheinandergebracht?

»Auf Wiedersehen in Valloncour, Luc.«

Er schluckte. Schon wieder dieser Gruß! Er war doch gerade erst angekommen! Warum verabschiedeten sich alle so von ihm, als würden sie sich für lange Zeit nicht mehr begegnen?

Mit wippenden Federn eilte sie davon und hatte sich bald im Menschengewimmel auf den Kais verloren.

Luc blickte zum Turm. Die alte Eichentür stand weit offen. Der Raum dahinter lag im Halbdunkel. Seit dem Buhurt gegen die Drachen in ihrem ersten Jahr als Novizen hatte Honoré ihm immer geholfen. Es gab keinen Grund, vor einem Treffen mit ihm zurückzuschrecken.

Zwei Ritter mit den Bauchbinden von Offizieren traten aus dem Turm und eilten, ohne ihm Beachtung zu schenken, davon. Er sollte es nicht hinausschieben! Entschlossen trat Luc ein. Es war angenehm kühl.

Ein Schreiber blickte zu ihm auf. »Wohin willst du, Ritterbruder?«

»Der Primarch erwartet mich.«

»Tut er das?« Der Schreiber hob skeptisch eine Braue. »Er ist in den letzten Tagen etwas gereizt.« Er deutete mit der Feder auf die Wendeltreppe. »Wenn du dir ganz sicher bist, dann geh nur. Du findest ihn oben auf der Aussichtsplattform.«

Luc stieg die Stufen hinauf. Er dachte an Gishild. Sie hatte ihm erzählt, wie sie zum ersten Mal Drustan begegnet war. Der Junge musste unwillkürlich lächeln. Was immer ihn erwartete, Honoré würde bestimmt nicht mit einer Radschlosspistole versteckt in einem Kleiderschrank lauern.

In der Kammer, die einmal Drustans Schlafgemach gewesen sein musste, standen ein Stuhl und ein Tisch. Beides war klein, wie für Kinder gemacht. Und dort saß auch eine Gestalt, klein wie ein Kind. Den Kopf zwischen den Armen vergraben, war sie im Halbdunkel nur ein Schemen. Neben ihr lag ein umgestürzter Becher; eine Weinpfütze stand auf dem Tisch.

Luc trat auf die Treppe, die weiter hinauf zur Turmplattform führte. In dem Augenblick sah die Gestalt auf. Sie hatte einen Tierkopf ... Den Kopf eines Fuchses! Aus weißem Fell starrten ihn wässrige Knopfaugen einen Herzschlag lang an. Dann sank der Kopf dieses grässlichen Tierwesens wieder auf die Tischplatte.

Luc beeilte sich, die Treppe hinaufzukommen. Er wollte dem Zwielicht entfliehen, wieder klare Seeluft atmen. Als er ins Sonnenlicht trat, war er geblendet.

»Endlich kommst du!«

Luc blinzelte. Er musste den Mann nicht erkennen. Das leise Klicken des silberbeschlagenen Gehstocks war unverwechselbar. »Ich war in Sorge um dich, Luc. Schon vor einer Woche habe ich der Schwarzen Schar Befehl erteilt, nach dir zu suchen. Gut, dass du jetzt hier bist. Auch wenn sie es nicht wissen, die ganze Flotte hat auf deine Ankunft gewartet.«

»Warum bin ich so wichtig?«

»Weil die Gabe so stark in dir ist. Morgen Nacht werden wir in See stechen. Du wirst ein eigenes Kommando bekommen. Ein Schiff.«

Luc zog sich der Magen zusammen.

»Ich …«

»Nein, nein. Du musst mir nicht danken. Du hast dich gut geschlagen. Selbst die Heptarchen haben vom Wunder am Heidenkopf gehört. Sie sind auf dich aufmerksam geworden, Luc. Du wirst es weit bringen. Ich bin mir sicher, eines Tages wirst du als Primarch der heimliche Anführer unseres Ordens sein.« Er tippte mit dem Gehstock auf Lucs Schild. »Was ich dich schon immer fragen wollte: Dieser weiße Stern auf rotem Grund, den du als dein persönliches Wappen gewählt hast. Wofür steht der?«

»Es ist der Nordstern. So habe ich Gishild manchmal genannt. Meinen Nordstern.«

»Hm … Ich hatte mir schon gedacht, dass es irgendetwas Romantisches ist. Der Nordstern weist dem Steuermann die Richtung bei Nacht. Tut sie das, die Heidenkönigin? Weist sie dir die Richtung in deinem Leben?«

Luc beunruhigte die Wendung, die das Gespräch nahm. »Sie weist mir den Weg nach Albenmark.«

Honoré lachte. »Ich sehe, du hast unser Gespräch nicht vergessen, Luc. Es ist wichtig, sein Ziel nie aus den Augen zu verlieren. So wie der Seemann, der sich in der Finsternis am Nordstern orientiert. Du weißt, dass es einem Kapitän zusteht, seinem Schiff einen neuen Namen zu geben, wenn er das Kommando übernimmt? Ich habe den Verdacht, dass ich den Namen deines Schiffes bereits kenne. Sie hat dich gewiss auch nicht vergessen, Luc.«

Er atmete tief ein. Luc konnte sehen, dass er Schmerzen hatte.

»Wir sind unserem Ziel so nahe!« Honoré deutete mit dem Stock auf die See hinaus. »Dort liegt das Tor, das uns nach Albenmark führen wird. Drustan war hier, um es für die Bruderschaft zu beobachten. Wir wissen genau, wo es ist. Und morgen Nacht wird ein Freund es für uns öffnen. Und dann holen wir uns Emerelles Kopf! Ich weiß Tag und Stunde, an denen sie in einem großen Hafen sein wird. Sie wird uns nicht entkommen können. Dafür ist gesorgt.« Er sah Luc an. »Für dich öffnet sich morgen das Tor, das dich zu deiner Liebsten führen wird.«

ZWISCHEN DEN WELTEN

Wütend enterte Luc das Fallreep zum Hauptdeck von Honorés Flaggschiff. Er konnte den Befehl einfach nicht verstehen! Wie konnte ihn Honoré ausgerechnet jetzt von der *Nordstern* abziehen? Nicht, dass seine neue Mannschaft nicht ausgezeichnet ohne ihn zurechtkäme ... Vom Hauptdeck des Flaggschiffs aus konnte Luc beobachten, wie seine schlanke Lanterna auf den goldenen Lichtbogen zuhielt. Er hätte dort sein sollen, nicht hier!

»Bruder?« Ein junger Ordensritter war an Lucs Seite getreten. »Wenn du mir bitte folgen würdest?«

Luc nickte. Dann sah er zum Achterdeck. Dort schienen sich alle versammelt zu haben, die in der Neuen Ritterschaft Rang und Namen hatten: der Großmeister, der Ordensmarschall und der Bannerträger des Ordens. Die Gestalt, die sich in voller Rüstung etwas abseits hielt, war vermutlich Lilianne. Michelle stand beim Flottenmeister Alvarez. Sie bemerkte Luc und grüßte ihn mit knapper Geste. Im Licht der Hecklaternen sah die Narbe in ihrem Gesicht noch abstoßender als bei Tageslicht aus. Wer am Tag der blutigen Hochzeit bei der Ordensburg gewesen war, den hatten die Ereignisse gezeichnet, dachte Luc traurig. So viele waren verletzt worden oder gestorben.

Er blickte zum golden schillernden Lichtbogen, der jetzt fast ganz vom Schattenriss der *Zorn Gottes* verdeckt wurde. Morgen um diese Zeit würden die Elfen für dieses Massaker büßen. Für die toten Freunde und Kinder, für die ermordeten Heiligen der Tjuredkirche. Für alles, was sie der Welt seit dem Tod von Guillaume angetan hatten!

»Hier hinab«, sagte der Ritter, der ihn am Fallreep abgeholt hatte, und wies auf die enge Stiege, die vor dem Achterdeck hinab in den Schiffsrumpf führte.

Ein Trommelschlag erklang. Die wartenden Ruderer hoben ihre Riemen. Ein zweiter Schlag, und über hundert Ruder tauchten im gleichen Takt ins Wasser. Das Flaggschiff drehte bei und hielt auf den Lichtbogen zu.

Luc stieg die Treppe hinab.

»Hierher!« Seine Begleitung öffnete eine schmale Tür. Dahinter lag eine enge Kabine. Zwei Laternen erhellten die Kammer. In einer schmalen Koje lag Honoré. Sein Körper war gekrümmt, die Finger krallten sich ins Laken. Er stöhnte.

Der junge Ritter schloss hinter Luc die Tür.

Es stank nach dem Ruß der Laternen und nach Schweiß.

»Gut, dass du gekommen bist«, stöhnte Honoré. »Du musst mir helfen.«

Luc kniete neben der Koje nieder. Er musste sich zwingen, die grässliche Wunde in der Brust des Primarchen anzuschauen. Maden wanden sich im zerschundenen, eiternden Fleisch. Weiß schimmerte eine Rippe. Die Wunde war tief. Man konnte sehen, wie der Herzschlag das Fleisch in der Brust erzittern ließ.

»Meine Kraft reicht aus, den Tod in Schach zu halten«, flüsterte Honoré. »Doch heilen kann ich mich nicht. Du musst es tun!«

Luc hatte das schon einmal versucht und war gescheitert. Der Primarch konnte das doch nicht vergessen haben!

Wieder krümmte sich Honoré wie unter Krämpfen. So hager war er, dass sein Leib nur aus Muskeln und Sehnen zu bestehen schien. Schweiß stand ihm auf dem Gesicht. »Zwischen den Welten, Luc ... Da ist die Magie der Alben. Du musst es versuchen, wenn wir zwischen den Welten sind. An keinem anderen Ort wirst du so stark sein wie dort. Bitte ... Ich ertrage es nicht mehr.«

Luc betrachtete die Maden in der Wunde. Er musste sie mit den Augen des Heilkundigen sehen, sonst würde ihn der Ekel übermannen! Die weißen Würmchen fraßen das kranke Fleisch. Kein Messer könnte so sauber schneiden, wie sie brandiges, totes Fleisch von gesundem trennten.

»Bitte, Luc!«

Das schillernd goldene Licht des Tores fiel durch das Kajütenfenster. Luc beugte sich vor und begann mit spitzen Fingern die Maden fortzuschnippen.

»Wenn das Horn ertönt, sind wir zwischen den Welten«, murmelte Honoré. »Dann musst du beginnen.«

»Ja, gewiss, Bruder.« Er legte eine Hand auf die Stirn Honorés. Sie war kalt. Wieder bäumte sich der Primarch unter Schmerzen auf. Luc lauschte auf den Takt, in dem die Ruder ins aufgewühlte Wasser schnellten.

Luc nahm die letzte Made aus der Wunde und zerdrückte sie zwischen Daumen und Zeigefinger. Dann legte er seine Hand flach auf das klaffende Loch in der Brust des Primarchen.

Ein klagender Hornstoß erklang.

Luc schloss die Augen. Er konnte Honorés Schmerz fühlen. Den Augenblick, in dem die heiße Kugel in seine Brust geschlagen war.

Luc stöhnte. All die Jahre der Schmerzen teilte er mit dem Primarchen. Der junge Ritter zitterte am ganzen Leib. Sein Kopf sank nach vorn, auf den Bauch des Kranken. Kalter Schweiß benetzte Lucs Stirn. Eine fremde Kraft schnürte ihm wie Fesseln die Glieder zusammen. Die Kraft durchdrang ihn wie glühende Speere. Luc entließ seinen Schmerz in einem lang gezogenen Schrei. Zuckendes Fleisch wand sich unter seinen Fingern, als habe er in ein Schlangennest gepackt. Honoré lag plötzlich still. Der Schmerz hatte ihm die Sinne genommen.

Und dann traf Luc ein neuer Schmerz, unerwartet und fremd. Ein Schlag ins Gesicht. Heftig, scharf. Eine Klinge! Seine Haut brannte. Der Gestank von schmelzendem Körperfett und schwelendem Horn überlagerte alle anderen Gerüche. Seine Haare kräuselten sich und wurden Rauch.

Knoten in seiner Lunge engten ihm die Brust ein. Er spürte die alten Narben seiner Kameraden, überall auf seinem Leib. Ein schlecht verheilter Bruch richtete sich mit einem Ruck, der Knochen fand seine alte Form. Luc schrie. Es waren jetzt abgehackte, kurze Schreie. Und vom Deck antworteten ihm Dutzende anderer Schreie.

Luc spürte, wie ihm ein Glasauge aus der linken Augenhöhle glitt. Verdrängt von etwas, das an dessen Stelle gewachsen war. Sein Blut wurde dünn. Eiter troff wie Schweiß aus den Poren seines Leibes. Und dann zerriss er. Sein Leib wurde zerteilt. Er trieb durch ein Gespinst aus goldenen Lichtfäden. Weit entfernt schimmerte etwas Bleiches. Sein Antlitz. Er stürzte ihm entgegen. Immer schneller und schneller. Und dann verschlang ihn die Finsternis.

DIE BOTIN

Emerelle blickte in den Sonnenuntergang. Sie stand auf der schmalen Galerie am Heck der Prunkbarkasse, auf der sie in dieser Nacht erneut zur Königin Albenmarks gekrönt werden würde. Viele Stunden verharrte sie nun schon hier und sah aufs Meer hinaus. Wo blieb Hartgreif nur? Er war der einzige von Wolkentauchers Adlern, der in Vahan Calyd verblieben war. Der große Vogel hatte Gefallen daran gefunden, in den Mangroven Kaimane zu jagen. Am Morgen hatte Emerelle ihn ausgeschickt, um ihr Späher zu sein. Warum kam er nicht zurück? Auch der kleine Segler, den sie entsandt hatte, blieb verschwunden. Dafür mochte es tausend ganz banale Erklärungen geben. Und doch war Emerelle zutiefst beunruhigt. Mitten in der letzten Nacht war sie aufgeschreckt. Sie hatte eine Erschütterung im Netz der Albenpfade gespürt, so wie damals, als die Trolle nach Vahan Calyd gekommen waren. Doch diesmal war es noch stärker gewesen. Als habe etwas Unsichtbares tief in ihre Brust gegriffen und das Unsterbliche in ihr berührt.

Emerelle erschauderte, wenn sie nur daran dachte. Sie hatte versucht, in der Silberschale zu ergründen, was geschehen war, aber sie konnte keine Bilder finden, die mit diesem Ereignis in Verbindung standen. Das Einzige, was sie in den vielen Stunden gewonnen hatte, die sie über die flache Schale gebeugt verbracht hatte, war die Gewissheit, dass die Trolle in dieser Nacht keinen Verrat planten, auch wenn König Orgrim noch immer nicht zum bevorstehenden Krönungsfest erschienen war. Seine kleine Flotte war in einen Sturm geraten. Sie würden es nicht mehr rechtzeitig zum Fest schaffen. Ebenso wenig wie Morwenna, die Fürstin von Langollion, die in der Welt der Menschen gemeinsam mit Ollowain, Fenryl und Yulivee das Heer Gishilds begleitete.

Emerelle lächelte. Krönungsfeste bargen wenige Überraschungen. Seit Alathaias Verrat hatte es keinen Widerstand gegen ihre Herrschaft mehr gegeben. Ganz Albenmark stand hinter ihr im Kampf gegen die Tjuredkirche.

An Deck hörte sie das harte Klacken der Faunenhufe. Ihre Diener bereiteten die Festtafel. Aus der Stadt war der Lärm der Feiernden zu hören. Das Fest der Lichter wurde nur einmal in achtundzwanzig Jahren gefeiert. Es war die Zeit, in der die breiten Straßen der Hafenstadt vor Leben schier überquollen. Die einzigen Wochen, in denen hier mehr Albenkinder als Winkerkrabben lebten.

Sobald die Sonne hinter dem Horizont verschwunden war, würde das große Spektakel beginnen. Alle Fürstenhäuser Albenmarks setzten ihren Ehrgeiz daran, sich gegenseitig zu überbieten, wenn sie ihre Türme illuminierten. Tausende Laternen wurden angesteckt, und die begabtesten Zauberer aus allen Enden der Welt wetteiferten darin, Lichtgestalten in den Himmel steigen zu lassen und den Marmor der Paläste in allen Regenbogenfarben zu erleuchten. Emerelle freute sich auf das Fest. Wenn nur Hartgreif endlich zurückkehren würde!

Im Hafenbecken trieben bereits die ersten Lichter. Kerzen, die man auf Korkbrettchen gesteckt hatte. Schwankend trieben sie auf dem Wasser, das im Abendrot wie frisch vergossenes Blut aussah.

Ein Schwarm Kormorane zog dicht über die Mastspitzen der großen Flotte hinweg, die sich versammelt hatte. Die schönsten Schiffe Albenmarks waren hier, um vom Reichtum und der Kunstfertigkeit ihrer Besitzer zu künden. Hunderte Seidenbanner wogten in der Abendbrise.

Eine Bewegung im Wasser erweckte Emerelles Aufmerksamkeit. Etwas Helles glitt dicht unter der Oberfläche dahin. Ein Arm schnellte hoch und winkte ihr zu. Das schmale Gesicht einer Apsara erhob sich aus der roten Flut. »Komm mit mir, Königin!«

Emerelle war so überrascht, dass sie nicht antworten konnte. Es war unsinnig, was die Wassernymphe forderte! Sie konnte Vahan Calyd nicht verlassen. Nicht in dieser Nacht! Wenn sie in zwei Stunden nicht an der Festtafel auf dem Oberdeck war, dann würden die Fürsten Albenmarks jemand anderen erwählen, die Krone zu tragen.

»Komm mit mir, Königin, und du erhältst zurück, was wir dir genommen haben. Verweile, und du wirst deinen Albenstein nimmermehr in Händen halten.«

Emerelles Hände schlossen sich um den Handlauf der Galerie. Es war lange her, dass es jemand gewagt hatte, sie zu erpressen. Und noch nie in ihrem Leben hatte sie sich solch einem Versuch gebeugt!

EINSAME WACHT

Shabak fluchte. Er war einfach zu weit weg, um gut sehen zu können. Einmal in einem Koboldleben nur wurde das Fest der Lichter gefeiert, und ausgerechnet in dieser Nacht war er zum Wachdienst eingeteilt!

Er war hoch auf die Zinnen des Hafenturms geklettert und beobachtete das Spektakel über der Stadt. Gazellen aus rotem Feuer wanderten über den Himmel. Wunderbar! Wenn er nur nicht so weit weg wäre!

Missmutig griff er in die Schüssel mit frittierten Kolibris. Die zarten Vogelknochen knackten angenehm zwischen seinen Zähnen. Ein wahres Festmahl hatten sie ihm hier oben aufgetischt. Aber das war kein Trost dafür, dem schönsten Fest seines Lebens nur von ferne beiwohnen zu können.

Er bückte sich erneut nach den Schüsseln, als er die beiden großen Schatten auf See bemerkte. Shabak stutzte. Kein Licht brannte auf den Schiffen. Sie waren riesig! Die Flotte von König Orgrim konnte es nicht sein. Nicht einmal Trolle bauten so große Schiffe. Der Holde stutzte und kniff die Augen zusammen. Er hatte gedacht, alle Adlerschiffe würden abgetakelt auf Rede liegen. Wo kamen die beiden her?

Er griff nach dem Horn, das an einer silbernen Kette von einer der Zinnen hing. Sollte er Alarm geben? Morgen wäre sein Name dann in aller Munde. Shabak, der das Fest gestört hatte. Shabak, der die Krönungszeremonie unterbrach!

Wenn er nur besser sehen könnte!

Ein Feuerball explodierte über der Stadt, hell wie eine Sonne. Sein Licht fiel weit hinaus auf die See. Einen halben Herzschlag lang sah Shabak deutlich die schwarzen Umrisse der Schiffe. Und er sah den großen Schwarzrückenadler, der auf einer der Landestangen hockte.

König Wolkentaucher war also doch noch gekommen. Erleichtert widmete sich der Kobold wieder seinem Mahl.

Wahrscheinlich hatte man die beiden Adlerschiffe auf einer Werft irgendwo im Norden gebaut.

NUR EIN FINGERKRÜMMEN

Anne-Marie atmete auf, als die *Gottes Zorn* die Einfahrt zwischen den beiden großen Festungstürmen passierte. Hier an dieser Stelle hätte sie noch scheitern können. Aber Gott war auf ihrer Seite. Ein Scheitern war undenkbar!

Alle in der Flotte wussten das. Spätestens seit dem Wunder, das sich auf dem Flaggschiff ereignet hatte. Anne-Marie presste die Lippen zusammen. Wenn sie auch dort an Bord gewesen wäre ... Es war müßig, darüber zu brüten. Tjured hatte ihr einen anderen Weg bestimmt. Heute war Lucs Name in aller Munde gewesen. Er hatte Honoré geheilt. Und nicht nur den Primarchen. Tjured selbst musste in ihrem Löwenbruder gewesen sein. Alle an Bord des Flaggschiffs waren von ihren Leiden genesen. Es hieß sogar, dass einem Seesoldaten ein richtiges Auge nachgewachsen war! Vielleicht wäre auch ihre Hand ...

Anne-Marie verdrängte diesen Gedanken. Morgen würde ihr Name in aller Munde sein! Das war ihr Schicksal. Wäre auch sie geheilt worden, dann würden sie jetzt vielleicht Zweifel plagen. So aber lag das Ziel klar vor ihren Augen!

Sie drückte auf die lange, geschwungene Ruderpinne. Das mächtige Schiff reagierte sofort. Der Doppelrumpf schwenkte leicht nach steuerbord, glitt lautlos tiefer in den Hafen hinein. So viele Schiffe waren hier versammelt. Überall hingen Laternen an den Rahen.

Fröhliche Zecher winkten. Gut, dass die *Gottes Zorn* so hochbordig war, dass man nur von den Mastspitzen der anderen Schiffe aus an Deck sehen konnte.

Anne-Marie blickte kurz zurück. Auch die *Stolz* hatte jetzt die enge Einfahrt zwischen den beiden Türmen passiert. Die junge Ritterin sah sich nach dem Schiff um, das Honoré ihr beschrieben hatte. Es sollte mit prächtigen Schnitzereien überladen sein. Und eine große Festtafel musste auf dem Hauptdeck stehen. Von den Masten würden Banner mit einem goldenen Pferd vor grünem Grund wehen.

Endlich entdeckte sie das Schiff. Es lag an einem mit Blumengirlanden geschmückten Kai. Anne-Marie wischte sich über die Stirn. Dann nahm sie eine weitere Kurskorrektur vor.

Ein Löwe aus silbernem Licht stürmte über den Himmel hoch über der Stadt. Der Anblick versetzte ihr einen Stich. Ein Silberlöwe, so wie sie.

Gotteslästerliches Zauberwerk! Sie sollte sich nicht die Schwäche erlauben, das hübsch zu finden! Sie dachte an die blutige Hochzeit und an Ramon. Ja, er war nicht vollkommen gewesen. Das Rumpeln seiner Gedärme hatte ihm manch bösen Spott eingetragen. Aber keiner unter den Silberlöwen hatte kochen können wie er. Und kein anderer hatte sie je geküsst.

Ramon hatte sie nie mitleidig angesehen. Nie hatte sie

in seinem Blick den Gedanken gelesen, dass sie nur ein armer Krüppel war. Von ihm hatte sie sich in der Nacht vor der Hochzeit küssen lassen. So zarte, warme Lippen hatte er gehabt. Einen verrückten Augenblick hatten sie überlegt, ob auch sie am nächsten Morgen in die Reihe der Paare treten sollten, die getraut werden würden. Aber sie hatten es verschoben. Ihre Liebe sollte noch reifen, frei von der Last der Ehe.

Anne-Marie schluckte. Ein Elfenpfeil hatte all ihre Träume beendet.

Niemand hatte sie seitdem mehr geküsst. Der Einzige, der sie verstand, war Honoré. So oft hatten sie beisammengesessen und über Tjured gesprochen. Über das Ziel, das jedes Leben hatte.

Anne-Marie nahm eine letzte Kurskorrektur vor. Sie hielt direkt auf das Schiff der Elfenkönigin zu. Nur etwas mehr als hundert Schritt war es noch entfernt. Sie laschte die Ruderpinne fest und trat einen Schritt vor. Der Griff einer Radschlosspistole ragte aus einem Holzkasten, den man auf Deck aufgesetzt hatte.

Die junge Ritterin kniete nieder. Ihre gesunde Hand umschloss den Griff. Sie blickte zum Bug. Der tote Adler hatte gewiss geholfen, sie sicher in den Hafen zu geleiten. Früh am Morgen war er am Himmel über der Flotte erschienen. Noch so eine gottesverhöhnende Kreatur.

Aber er war gefallen, als die Raben der ganzen Flotte ihn angegriffen hatten. Sie hatten ihm die Augen ausgepickt und dem blinden Adler dann so lange zugesetzt, bis er ins Meer gestürzt war.

Auf Honorés Befehl hatte man den Kadaver aus dem Wasser gefischt. Mit Seilen und stützenden Stangen hatte man ihn auf der vordersten Landestange der *Gottes Zorn* festgezurrt. Ein Falkner hatte mitgeholfen, den Betrug zu verbergen. Zuletzt hatte der große Vogel ganz natürlich ausgesehen. Jedenfalls, wenn man nicht nah genug herankam, um die blutigen, leeren Augenhöhlen zu sehen.

Blumen aus Licht erblühten am Nachthimmel über der Stadt der Anderen. An einem Festtag waren sie gekommen, um das Glück aus ihrem Leben zu reißen, dachte Anne-Marie. Jetzt kam sie ebenso an einem Festtag. Und sie würde ihnen ihre Bluttaten tausendfach vergelten!

»Die blaue Laterne!«, rief sie den Wachtposten am Heck an.

Im nächsten Augenblick flammte ein kleines, blaues Licht auf.

Das Schiff der Elfenkönigin war keine fünfzig Schritt mehr entfernt. Anne-Marie konnte eine große, schlanke Frau am Ende der Festtafel sehen, die eine silberne Krone trug.

Der Zeigefinger der jungen Ritterin legte sich auf den kühlen Abzugshebel der Radschlosspistole. Die Waffe war gespannt. Ihr Rohr zeigte hinab auf die große Lampe mit den sieben Dochten, die in einer Schüssel aus feinstem Lampenöl stand. Zwanzig Zündschnüre lagen in der Schüssel, dicke und dünne. Manche würden schnell brennen, andere etwas langsamer. Nur eines hatten sie gemeinsam: Sie würden alle im selben Augenblick abgebrannt sein.

»Blaue Laterne auf der *Stolz!*«, meldete die Wache vom Heck.

Anne-Marie atmete tief ein. Dann begann sie leise zu zählen. Sie beide würden gleichzeitig schießen, der Kapitän der *Stolz* und sie. Die Pistolenkugeln würden die Lampen zerschmettern. Die brennenden Dochte in die Schalen mit dem Öl fallen.

Anne-Marie dachte an den letzten Kuss, den Ramon ihr

geschenkt hatte, kurz bevor sie aufsaßen, um auf die Festwiese zu reiten. Dein Tod wird gesühnt sein, dachte sie. Der Augenblick der Rache ist nur noch ein Fingerkrümmen entfernt!

HOCHMUT

Sie waren nur Menschen, sagte sich Ahtap immer wieder. Nur Menschen! Er wusste nicht, was geschehen war, als das Flaggschiff durch den Albenstern gesegelt war. Sie hatten ihn in einem kleinen Boot fast eine Meile von der Flotte weggebracht, als die Schiffe nach Albenmark hinübersegelten.

Ahtap war klar, dass Honoré dies befohlen hatte. Und es war nicht geschehen, weil der Primarch ihn, den Tiermenschen, so sehr schätzte. Die verfluchten Ritter hatten ihre Gabe genutzt. Vielleicht gab es den Gott, den sie anbeteten, auch wirklich? Erklären konnte Ahtap nicht, was geschehen war. Das Gefüge zwischen beiden Welten war zerrissen. Sie berührten sich nun dort an der Stelle, wo der Albenstern gewesen war. Das himmelblaue Wasser des Waldmeers und die graue See vor der Küste Drusnas flossen ineinander. Die Horizonte bildeten eine Linie. Doch die Farben passten nicht zueinander.

Ahtap hatte keine Ahnung, ob die Wunde zwischen den beiden Welten wieder heilen würde. Sein ganzer Plan war infrage gestellt. Es war tatsächlich seine Absicht gewesen, den Orden vom Blutbaum hierher zu bringen. Niemand hatte ihn zwingen müssen, das Tor im Albenstern zu öffnen. Alle waren sie mitgekommen, ihre besten Krieger, ihre Anführer. Alle Schiffe des Ordens hatten sie zusammengezogen. Sollten sie Vahan Calyd nur angreifen! Sie würden sich wundern, wenn die geballte Macht der besten Magier Albenmarks statt den Himmel zu erleuchten, gegen die Flotte der Menschen eingesetzt wurde. Da würden dann auch keine Kanonen mehr helfen! Und ein Zurück gäbe es nicht mehr! Ahtap würde ihnen kein zweites Mal ein Tor in einem Albenstern öffnen.

Das war seine Rache. Alle, die hierhergekommen waren, würden sterben. Von diesem Schlag würde sich der Orden vom Blutbaum nie wieder erholen. Und er, Ahtap, ein kleiner Lutin, hätte die Neue Ritterschaft vernichtet. Das war sein Lohn für all die Jahre im Kerker. Ob es ihn das Leben kostete, war ihm ganz egal.

Aber nun taten sie schon wieder etwas, das er nicht vorhergesehen hatte.

Warum hatten sie nur die beiden großen Schiffe vorausgeschickt? Ahtap betrachtete das Schauspiel am Himmel über Vahan Calyd. Selbst hier draußen, auf offener See, konnte man noch die Lichtblumen sehen, die an den Himmel gezaubert wurden. Ihr Anblick machte ihm Mut. Die Schönheit würde zuletzt über die Barbarei siegen, so war es immer gewesen!

Zwei Flammensäulen schossen in den Himmel. Gleißend hell. Hässlich!

Ahtap gaffte fassungslos zum Horizont. Er blinzelte, so hell war das Licht gewesen. Jetzt rollte ein Donner über die See, als seien hundert Blitze zugleich eingeschlagen. Er fuhr tief in die Glieder.

Auf den Schiffen des Ordens ertönten Jubelrufe.

Etwas klatschte neben Ahtap auf das Deck. Ein Spritzer schlammiges Wasser. Dann prasselte es wie Hagel nieder: Wasserspritzer, Holzsplitter, kleine Steinchen.

Seeleute und Soldaten rissen die Arme über den Kopf, um sich zu schützen.

Ahtap konnte nur dastehen und starren. Zwei Schritt entfernt war ein Stück von einem Finger auf das Deck gefallen. Feine Stofffetzen segelten in der Luft.

Was hatte er getan? Der Horizont war ein Chaos aus Flammen und Rauch.

Er hatte das nicht vorhergesehen! Zwei Schiffe allein hätten Vahan Calyd niemals gefährlich werden dürfen. Selbst wenn sie tausend Krieger in den Hafen getragen hätten. Das Geschenk des Devanthar! Das verfluchte Schießpulver ... Er hätte daran denken müssen! Aber niemand in Albenmark führte auf diese Weise Krieg. Das war neu.

Ahtap musste sich an der Reling festhalten, so sehr zitterten ihm die Glieder. Er war es gewesen, der sie hierher gebracht hatte. Wie hatte er nur glauben können zu wissen, was die Menschen vorhatten! Sein verdammter Hochmut hatte Vahan Calyd zerstört.

Bunte Laternen wurden an den Rahen der Ordensschiffe hochgezogen. Befehle gellten über die Decks. Die ganze Flotte setzte sich in Bewegung.

DAS LETZTE SCHIFF

Luc war unendlich enttäuscht. Das hatte er sich alles ganz anders vorgestellt! Er stützte sich schwer auf die Reling der *Nordstern*. Noch immer war er so schwach, dass er sich mit einem Seil festgelascht hatte, weil er der Kraft seiner Beine nicht traute.

Seine Lanterna bildete die Nachhut der Flotte. Das letzte Schiff, das Albenmark verlassen würde. Ein paar Stunden noch, und sie wären wieder am Rabenturm. Wenigstens diesmal wollte Luc dabei sein, wenn sein Schiff die Grenze zwischen den Welten passierte.

Er wusste, vernünftig war das nicht. Er sollte in seiner Koje liegen und Kräfte sammeln. Dass er Honoré geheilt hatte, hätte ihn fast umgebracht. Er hatte seine Kräfte nicht mehr kontrollieren können. Manche glaubten, Tjured sei in ihm gewesen. Zumindest war ein Wunder geschehen, so viel war gewiss. Alle an Bord des Flaggschiffs waren geheilt worden. Und das Tor zwischen den Welten hatte sich verändert. Doch niemand wusste zu sagen, ob dies gut oder schlecht war.

Für ihn aber war es ganz eindeutig schlecht gewesen, dachte Luc grimmig. Nur langsam erholte er sich. Immer wieder begann er unkontrolliert zu zittern. Er war so schwach, dass er kaum einen Wasserbecher halten konnte. Und das in der schwülen Hitze hier!

Das ganze Jahr, das er auf Reisen gewesen war, hatte Luc sich ausgemalt, wie der Krieg in Albenmark aussehen würde. Er hatte sich vorgestellt, wie ihre Flotte Städte belagerte, wie Ritterheere zum Zweikampf aufeinanderprallten. Wie er einen Troll niederstreckte. Um all das fühlte er sich nun betrogen. Kein einziger Kanonenschuss war gefallen. In der Hafenstadt der Elfen hatte es keinerlei Widerstand gegeben. Wer die Explosion der *Stolz* und der *Gottes Zorn* überlebt hatte, war in die Mangroven geflohen. Sie hatten eine Geisterstadt besetzt, für zwei Tage nur.

Mehr als zehntausend Krieger hatte Honoré nach dem Preis des Sieges suchen lassen. Und es grenzte an ein Wunder, dass zuletzt gefunden wurde, was der Primarch unbedingt in Händen halten wollte: die silberne Schwanenkrone Albenmarks. Man hatte sie in den Mangroven gefunden, in den Ästen eines Baumes hängend, mehr als eine Meile vom Hafen entfernt. Verzogen und mit Blut und Schlamm bespritzt, sah sie nicht mehr sehr erhaben aus. Honoré hatte Luc besucht, um ihm die Krone zu zeigen. Dies war der eine Schatz, den der Primarch haben wollte. Er würde sie den Heptarchen überbringen, damit niemand mehr an der Macht der Neuen Ritterschaft zweifelte.

Während Luc in seiner Koje gelegen hatte, erschöpft allein von der Anstrengung zu atmen, hatten alle anderen die Wunder der Elfenstadt bestaunt. Niemand aus der ganzen Flotte würde arm zum Rabenturm zurückkehren, so unermesslich waren die Schätze in den Ruinen gewesen. René und Raffael hatten ihn zweimal besucht, um von ihren Streifzügen zu berichten. Von Perlen, groß wie Taubeneier, von Schmuck und Stoffen, wunderschönen Möbeln, hauchzartem Glas.

Alles, was ihm bliebe, war die Erinnerung an den durchdringenden Leichengeruch, der mit jeder Stunde schlimmer geworden war. Man hatte nichts dagegen tun können. Und so waren sie nach zwei Tagen wieder aufgebrochen, bevor die Seuchengefahr zu groß wurde.

»Kapitän, Segel achteraus!«, meldete sein Steuermann.

Luc blickte zurück. Am Horizont war ein kleines, dreieckiges Segel erschienen. »Mein Fernglas!« Lucs Atem ging schneller, doch nicht vor Aufregung. Allein zu sprechen strengte ihn schon an.

Ein Maat brachte ihm ein großes, bronzenes Fernrohr. Lucs Hände zitterten. Er brauchte lange, bis er das Schiff im Blick hatte. Es war nur ein kleiner Segler, weniger als zwanzig Schritt lang. Ohne Zweifel ein Schiff der Elfen. Die letzte Möglichkeit, in Albenmark noch Schlachtenruhm zu erringen! Eigentlich hatte es geheißen, alle Schiffe seien zerstört. Raffael hatte ihm von Schiffsrümpfen erzählt, die Hunderte Schritt weit in die Stadt geschleudert worden waren.

»Beidrehen«, sagte Luc. »Den nehmen wir uns vor.« Seine Stimme war kaum mehr als ein Flüstern.

»Geschütze klar zum Gefecht!«, rief der Steuermann über Deck. »Refft die Segel! Backbordruder auf!«

Luc hob das Fernrohr. Auf dem kleinen Segler hatte man eine Flagge gesetzt. Es war ein grünes Banner mit einem goldenen Pferd. Das Schiff kam schnell näher, während ihre Lanterna langsam einen weiten Halbkreis beschrieb, um den Feind vor die Buggeschütze zu bekommen.

»Bronzeschlangen bereit!« Der Geschützmeister winkte ihnen.

Luc brachte gerade einmal ein Nicken zustande. Mit ihren fünf schweren Geschützen würden sie den Elfensegler in Stücke reißen.

Plötzlich begann die See rings um sie herum zu brodeln und zu zischen, als sei sie ein Topf voller kochendem Wasser. Luc sah am Bug des Elfenseglers eine kleine, zierliche Frauengestalt. Dann kippte seine Lanterna über den Bug. Das Meer ... war verschwunden! Sie stürzten den Rumpf voran in eine Schlucht, umgeben von senkrechten Wasserwänden.

Das Fernrohr entglitt Lucs Fingern. Verzweifelt klammerte er sich an der Reling fest. Die Lanterna hatte sich um mehr als fünfundvierzig Grad nach vorn geneigt und stürzte dem schlammigen Meeresboden entgegen. Wer sich nirgends festhalten konnte, der stürzte von Bord.

Einen schrecklichen Augenblick nur dauerte der Sturz. Dann schlug das große Schiff mit infernalischem Getöse auf den felsigen Meeresboden auf. Der Rumpf zersplitterte. Die beiden Masten knickten, als seien sie nur dünne Ästchen.

Luc war hart auf die Reling geschlagen. Er schmeckte Blut im Mund. Benommen blickte er auf und sah, wie die Wasserwände auf sie niederstürzten. Er griff nach seinem Dolch. Das Seil! Er musste von der Reling loskommen.

Das Wasser traf ihn wie der Tritt eines Riesen und drückte ihn nieder auf das Deck. Er hatte das Seil durchtrennt und wurde emporgehoben. Etwas Großes streifte sein Bein.

Er kniff die Augen zusammen. Die Fluten warfen ihn hin und her. Eine Ewigkeit schien zu vergehen. Dann durchbrach er die Wasseroberfläche. Seine Schuhe und seine Hose waren ihm vom Leib gerissen worden. Er trug nur noch ein Hemd.

Rings herum trieben Trümmer auf dem Wasser. Das Elfenschiff war vorbeigesegelt. Es folgte weiter der Ordensflotte.

Luc klammerte sich an ein Wrackstück. Planken, zusammengehalten von einem halb zersplitterten Balken. Er war zu Tode erschöpft. Um ihn herum waren Dutzende Männer, die mit dem Gesicht nach unten im Wasser trieben. Die meisten waren wahrscheinlich schon durch den Sturz auf den Meeresboden getötet worden.

Luc war klar, dass er nicht mehr lange bei Bewusstsein

bleiben würde. Er war zu entkräftet. Er würde ohnmächtig werden, das Wrackteil loslassen und ertrinken. Das also war das Ende seiner großen Liebe zu Gishild.

Verzweifelt sah er sich um. Es gab keine Überlebenden. Niemanden, der über ihn wachen würde. So durfte es nicht enden! Wenn er sich nur an dem Wrackteil festhielte, dann würde ihn ja vielleicht eine Strömung hinüber in seine Welt tragen. An die Küsten Drusnas.

Aus dem gesplitterten Balken ragte ein großer Nagel. Er musste sich diesem verbogenen Stück Eisen anvertrauen!

Er hob den linken Arm und legte ihn so auf den Nagel, dass die Spitze seinen Arm drei Zoll hinter dem Handgelenk berührte. Dann drückte er zu.

Luc schrie auf. Er schluckte Wasser. Schrie erneut. Die Nagelspitze ragte aus seinem Fleisch. Zwischen Elle und Speiche hatte sie den Arm durchdrungen.

Ihm wurde übel. Die Wunde blutete stark. Wenn er bloß keine Ader getroffen hatte! Er versuchte einen Stoffstreifen von seinem Hemd zu reißen, doch auf das Wrackstück genagelt, mit nur einem beweglichen Arm, schaffte er es nicht.

Sein Kopf sank auf das raue Holz. Er sah dem rinnenden Blut zu, bis ihm schwarz vor Augen wurde.

UNTER FEINDEN

Als Luc erwachte, lag er mit dem Gesicht auf nassen Planken. Vor ihm kauerte ein bärtiger Mann. Der Kerl hatte die Arme um den Leib geschlungen und wiegte sich leise summend vor und zurück. Als er Lucs Blick bemerkte, hielt er inne.

»Bloß nicht aufschauen! Die Aufsässigen werfen sie wieder über Bord. Bleib einfach still liegen.«

Luc drehte sich auf den Rücken, richtete sich aber nicht auf. Über ihm blähte sich ein weißes Segel. Jemand hatte seinen Arm verbunden. Er war immer noch schwach. Aber die tödliche Müdigkeit, die ihn seit der Heilung Honorés nicht mehr losgelassen hatte, schien nun endlich von ihm gewichen zu sein.

Verstohlen sah Luc sich um. Fast dreißig Männer kauerten an Deck. Nass, demoralisiert. Die meisten waren verletzt. Ritter schienen keine unter ihnen zu sein. Es waren nicht viele Elfen an Bord des kleinen Seglers. Aber mit dieser jämmerlichen Truppe brauchte er erst gar nicht daran zu denken, sie zu überwältigen.

Vom Hauptmast wehte die Flagge mit dem goldenen Pferd. Auf dem Achterdeck stand die zierliche Frau, die er durch sein Fernrohr gesehen hatte. Ganz offensichtlich führte sie hier das Kommando. Sie war recht klein und von unnahbarer Schönheit. Neben ihr stand ein Tiermensch. Eine Gestalt, kleiner als ein Kind. Wasser troff aus dem weißen Fell.

Luc versuchte sich an die Unterrichtsstunden in Valloncour zu erinnern. Ein Kobold mit einem Fuchskopf … Wie hatten die auch gleich geheißen? Und dann erinnerte er sich an die Gestalt im Rabenturm.

Luc senkte den Kopf. Das war bestimmt nicht derselbe Kobold!

Er dachte an Gishild. Wenn die Elfen herausfanden, dass er ein Ordensritter war, dann würden sie ihn gewiss nicht am Leben lassen. Er wollte Gishild wiedersehen!

Er strich über seinen verletzten Arm. Seine Gedanken überschlugen sich. Das Schiff war sehr klein. Wenn er am Hauptmast saß, etwa in der Mitte des Seglers, und dann seinen Arm heilte, würde die Gabe, die Gott ihm geschenkt hatte, die Elfen töten. Honoré hatte erzählt, dass dies binnen eines einzigen Augenblicks geschehen würde. Mit den anderen Gefangenen würde er es gewiss schaffen, den Segler hinüber nach Drusna zu bringen!

Luc hielt seinen Blick gesenkt. Langsam schob er sich in Richtung des Mastes vor.

DER ERZFEIND

Emerelle hatte es nicht gewagt, der Flotte des Erzfeinds in dessen Welt zu folgen. Drei Schiffe hatte sie in den Abgrund der See gerissen. Und ihr Zorn war noch lange nicht verklungen, auch wenn sie die Erlaubnis erteilt hatte, Schiffbrüchige aufzunehmen.

Die Elfe hielt mit der Rechten den Albenstein umklammert, der an einem dünnen Lederriemchen von ihrem Hals hing.

Wäre sie dem Ruf der Apsara nicht doch gefolgt ... Emerelle hatte von Überlebenden gehört, dass an ihrer Statt Ganavee, Fürstin von Arkadien, zur Königin gewählt worden war. Sie war es nicht einmal eine Stunde lang gewesen.

»Herrin!« Die Stimme des Lutin überschlug sich. »Herrin! Der junge Mann dort. Der mit dem Verband am Arm! Das ist der Ritter, der den Primarchen Honoré geheilt hat. Ich erkenne ihn wieder! Er ist es, ohne Zweifel. Er hat die Gabe! Er wird uns alle ermorden! Du musst ihn töten, sofort!«

Der junge Mann war auf das Geschrei des Lutin aufmerksam geworden. Emerelle glaubte nicht, dass er die Worte des Kobolds verstanden hatte, aber er schien zu ahnen, worum es ging. Er sah sie herausfordernd an.

Und dann legte er seine Rechte auf den blutigen Verband an seinem Arm.

ANHANG

Dramatis Personae

Adolfo – Quartiermeister bei den andalanischen Pikenieren unter dem Kommando des Capitano Arturo Duarte.

Ahtap – Kobold aus dem Volk der Lutin. Einer der Wächter der Albenpfade.

Alvarez de Alba – Kapitän der Galeasse *Windfänger*. Ordensbruder der Neuen Ritterschaft und Angehöriger der Bruderschaft vom Heiligen Blut. Steigt zum Flottenmeister der Neuen Ritterschaft auf.

Anne-Marie – Novizin in der 47. Lanze der Löwen. Beweist sich nach einem Unglück auf der *Windfänger* als besonders begabte Kanonierin.

Arturo Duarte – Capitano eines andalanischen Regiments aus Pikenieren und Arkebusieren. Veteran der Kriege in Drusna.

Belinda – Magd in der Küche der Ordensburg von Valloncour. Enge Freundin Juztinas.

Birga – Grausam entstellte Trollschamanin, die stets Masken trug. Schülerin Skangas.

Daniel – Novize in der 47. Lanze der Löwen. Er ist der einzige der Löwenwelpen, dessen Wappenschild weiß bleibt.

Die Dicke – Name einer Sau im Hof der Ordensburg, jedenfalls in Ahtaps Phantasie.

Drei Krallen – Schwarzrückenadler, der an den Kämpfen um Valloncour teilnimmt.

Drustan – Magister der 47. Lanze der Löwen, ehemals Novize in der 31. Lanze der Löwen. Gehört zur geheimen Bruderschaft des Heiligen Blutes.

Elanel – Elfenkriegerin, die zu Tiranus Schnittern gehörte und von Ollowain in die Schar der Elfenritter aufgenommen wurde.

Emerelle – Die Elfenkönigin von Albenmark, gewählte Herrscherin über alle Albenkinder.

Erek Asmundson – Adliger am Hofe Roxannes, der von den Jarls des Fjordlands dazu auserwählt wird, Gishild zu heiraten.

Erilgar – Ritter und Heerführer aus dem Orden vom Aschenbaum, Erzfeind Honorés.

Esmeralda – Novizin in der 47. Lanze der Löwen. Gute Schützin und Reiterin. Tritt später der Schwarzen Schar bei.

Esteban – Novize in der 47. Lanze der Löwen.

Farodin – Legendärer Elfenkrieger, der nach der Dreikönigsschlacht spurlos verschwand.

Fenryl – Elfenfürst, Herrscher über Carandamon. Oberbefehlshaber der Truppen Albenmarks in Drusna.

Fernando – 1. Figur aus einem Zechlied. Ein Pferdeknecht, der seine Herrin, die Gräfin Serafina, verführt. 2. Schreiber in Diensten Honorés. Ein begnadeter Urkundenfälscher, der der Neuen Ritterschaft manchen Dienst erweist und die Briefe von Luc und Gishild bearbeitet.

Fingayn – Elf aus dem Volk der Maurawan. Ein legendärer Jäger seit den Zeiten des letzten Trollkriegs.

Firn – Gott des Winters im fjordländischen Götterpantheon.

Frederic – Angehöriger der Neuen Ritterschaft. Wegen seines Alters wurde er zu den Gevierten überstellt und dient seinem Orden dort als Zimmermann.

Ganavee – Elfe, Fürstin von Arkadien, wird in Vahan Calyd zur Königin Albenmarks gewählt.

Giacomo – Novize in der 47. Lanze der Löwen.

Gilda – Heilige der Tjuredkirche, deren Anblick allein genügte, Heiden zum Glauben an den einen Gott übertreten zu lassen.

Gilmarak – Trollkönig, der wiedergeborene Branbart. War für 28 Jahre König von ganz Albenmark. Kein anderer Troll hat je die Königswürde Albenmarks erlangt.

Gishild – Prinzessin aus dem Fjordland. Tochter von Gunnar Eichenarm und Roxanne.

Goldflügel – Anführerin der Blütenfeen, die sich freiwillig als Späher für den Einsatz auf Valloncour gemeldet haben.

Guillaume – Sohn der Elfe Noroelle und des Devanthars. Er wird Priester der Tjuredkirche. Sein tragisches Schicksal wird in »Die Elfen« geschildert.

Gunnar Eichenarm – König des Fjordlands. Vater Gishilds. Gatte Roxannes.

Guthrum – Jarl von Aldarvik, der Gishild unterschätzt und einen törichten Fehler macht.

Halgard – Gattin Ulrics des Winterkönigs. Stirbt gemeinsam mit ihrem Gemahl auf dem vereisten Wolkenspiegelsee.

Hartgreif – Schwarzrückenadler aus dem Gefolge Wolkentauchers, der in Vahan Calyd bleibt, während die übrigen Greifvögel zum Albenhaupt zurückkehren.

Henri Épicier – Abt der Tjuredkirche. Verfasser des berühmt-berüchtigten Buches »Heidenhammer«. Das Werk befasst sich mit den verschiedenen Möglichkeiten, heimliche Heiden und Wechselbälger zu entlarven. Épicier und seine Theorien sind innerhalb der Tjuredkirche durchaus umstritten.

Honoré – Ordensritter aus der Lanze Michelles. Später Primarch.

Hrolf Sveinsson – Pelzhändler, der am Fischmarkt in Firnstayn lebt.

Ignazius Randt – Berühmter Feldherr und Militärtheoretiker aus dem Orden vom Aschenbaum. Wurde in Drusna zum Oberbefehlshaber aller Truppen, nachdem Lilianne de Droy dieses Amt verloren hatte.

Iswulf Svenson – Jarl von Gonthabu, bedeutender Kriegsfürst im Fjordland.

Ivanna – Schwester Alexjeis des Bojaren von Vilussa.

Jerome – Ritter der Neuen Ritterschaft. Anführer der Schwarzen Schar. Gehört zur Bruderschaft vom Heiligen Blut.

Joaquino von Raguna – Novize in der 47. Lanze der Löwen und ihr erster Kapitän.

Jornowell – Elf, Sohn des Alvias. Gehört zu den Anführern der Elfenritter beim Angriff auf Valloncour. Berühmt für die Berichte über seine Reisen in die entlegensten Winkel Albenmarks.

José – Novize in der 47. Lanze der Löwen.

Juan Garcia – Hauptmann der Seesoldaten an Bord der *Windfänger*.

Julifay – Einer der Namen, den die Chronisten der Geschichte des Fjordlands in ihren Texten für die Elfe Yulivee verwenden.

Juztina – Hält zusammen mit dem Ordensritter Drustan einsame Wacht auf dem Rabenturm. Wird später Küchenmagd in der Ordensburg von Valloncour.

Leon – Primarch und damit geistiger Führer der Neuen Ritterschaft. Gehört zum Orden des Heiligen Blutes.

Lilianne de Droy – Schwester von Michelle, Komturin der Neuen Ritterschaft, frühere Oberbefehlshaberin der Kirchentruppen in Drusna, dann degradiert.

Lionel le Beuf – Hauptmann der Leibwache des Erzverwesers von Marcilla.

Louis de Belsazar – Hauptmann aus der Ritterschaft vom Aschenbaum. Vertrauter des Komturs von Marcilla.

Luc – Sohn von Pierre und Charlotte. Novize im Orden der Neuen Ritterschaft.

Luigi – Alter Steuermann auf der Galeasse *Windfänger*, deren Kommandant Kapitän Alvarez ist.

Luth – Auch »der Schicksalsweber« genannt, Gott aus dem Pantheon des Fjordlands. Gebietet über das Schicksal der Menschen und bestimmt, wann jeder Lebensfaden endet.

Lyndwyn – Elfenmagierin aus dem Geschlecht der Fürsten von Arkadien. Die Geschichte ihrer tragischen Liebe zum Schwertmeister Ollowain wird im Roman »Elfenwinter« erzählt.

Maewe – Göttin der schönen Dinge im Götterpantheon der Fjordländer.

Marcel de Lionesse – Erzverweser der Ordensprovinz Marcilla.

Marco – 1. Heiliger der Tjuredkirche, Schutzpatron der Baderinnen, Wanderschauspieler und Huren. 2. Bruder Marco, Baumeister aus der Priesterschaft der Tjuredkirche.

Maximiliam – Novize in der 47. Lanze der Löwen.

Michel Sarti – Heiliger der Tjuredkirche. Gilt als Begründer des Ordens vom Aschenbaum, des ältesten Ritterordens der Kirche. Wurde angeblich im südlichen Fargon in einer Burg am Mons Bellesattes geboren.

Michelle de Droy – Ordensritterin. Fechtmeisterin der Neuen Ritterschaft.

Mirella – Silwyna nannte sich so, wenn sie sich als Hure ausgab, um unter Menschen zu sein und der Spur Gishilds zu folgen.

Morwenna – Elfe, Tochter der Alathaia. Eine begabte Heilerin mit zweifelhaftem Ruf.

Naida – Auch die Wolkenreiterin genannt, Herrin der dreiundzwanzig Winde im Götterpantheon der Fjordländer.

Nhorg – Troll im Kerker der Ordensburg von Valloncour. Gehörte einst zum Gefolge des Trollkönigs Orgrim. Wird von der Neuen Ritterschaft gefangen gehalten, um die Novizen mit der Größe und dem Aussehen von Trollen vertraut zu machen.

Nordstern – 1. Kosename, den Luc Gishild gibt. 2. Große Stute Gishilds, schwarz, aber mit einer fast sternförmigen Blesse auf der Stirn. 3. Name der Lanterna, über die Luc das Kommando als Kapitän übernimmt.

Norgrimm – Gott des Krieges im Götterpantheon der Fjordländer.

Ollowain – Ein Elf, der Schwertmeister Albenmarks und der Feldherr, der die verbündeten Truppen Albenmarks während der Kämpfe um Drusna und das Fjordland befehligt.

Orgrim – Troll, zunächst Rudelführer, später Herzog der Nachtzinne, zuletzt König, gilt als fähigster Feldherr unter den Trollen, fühlte sich aber auch zum Dichter berufen und schrieb Heldenepen.

Osvald Sigurdsson – König des Fjordlands, der drei Söhne zeugte und der in so friedlichen Zeiten lebte, dass sich kaum mehr jemand an seinen Namen erinnert.

Paolo – Soldat bei den andalanischen Pikenieren unter dem Kommando des Capitano Arturo Duarte.

Raffael – Heiliger der Tjuredkirche, der bei der Eroberung Iskendrias den Märtyrertod starb, nachdem es ihm gelungen war, die Sperrkette des Hafens herabzulassen.

Raffael von Silano – Novize in der 47. Lanze der Löwen.

Ragnar – Lehrer der Prinzessin Gishild, der großen Wert darauf legt, die künftige Herrscherin die Geschichte ihrer Sippe auswendig lernen zu lassen.

Ramon – Novize in der 47. Lanze der Löwen. Entpuppt sich

als guter Koch und besonders begabt in der Lösung von logistischen Fragen.

René – Novize in der 47. Lanze der Löwen. Hat eine außergewöhnlich schöne Knabenstimme. In seiner Jugend zeichnet sie ihn aus, doch als er älter wird, wird sie ihm zum Fluch, denn er behält sie auch als Mann.

Rosa – Name einer Sau im Hof der Ordensburg, jedenfalls in Ahtaps Phantasie.

Roxanne – Gattin des Königs Gunnar Eichenarm. Mutter von Gishild.

Schwarte – Name eines Ebers im Hof der Ordensburg, jedenfalls in Ahtaps Phantasie.

Sebastiano – Unteroffizier bei den andalanischen Pikenieren unter dem Kommando des Capitano Arturo Duarte.

Serafina – Figur aus einem Zechlied. Eine Gräfin, die eine leidenschaftliche Affäre mit dem Pferdeknecht ihres Mannes unterhält.

Shabak – Kobold aus dem Volk der Holden, der in der Nacht des Festes der Lichter Wache auf dem südlichen Hafenturm von Vahan Calyd hält.

Sibelle – Angehörige der Neuen Ritterschaft, Nautikerin an Bord der *Windfänger*.

Sigurd Swertbrecker – Hauptmann der Mandriden, der Leibwache der Königsfamilie des Fjordlands.

Silwyna – Elfe aus dem Volk der Maurawan. Lehrerin Gishilds und einst die Geliebte des Königs Alfadas. Berühmte Bogenschützin in ihrem Volk.

Sirkha – Koboldfrau aus dem Volk der Holden. Einst Geliebte des Brandax.

Skanga – Trollschamanin. Über Jahrhunderte die Gegenspielerin Emerelles. Trägerin des Albensteins ihres Volkes und eine der mächtigsten Zauberinnen Albenmarks.

Snorri – Bruder Gishilds. Ertrank als Kind im Wolkenspiegelsee.
Solferino – Heiliger der Tjuredkirche, der mit bloßen Händen einen Löwen erwürgte.
Sonnenauge – Blütenfee aus dem Gefolge der Königin Emerelle.
Steinschnabel – Schwarzrückenadler, der Brandax in die Schlacht bei der Ordensburg trägt.
Taumorgen – Blütenfee, die vor dem Angriff auf Valloncour spurlos verschwindet.
Tintenfuß – Einer der abgerichteten Botenraben auf Valloncour, der eines Nachts etwas ganz Besonderes in den Rabenhorst am Hafen trägt.
Tiranu – Elfenfürst von Langollion.
Tjured – Der eine Gott. Nach dem Glauben seiner Anhänger Schöpfer der Welt und aller Geschöpfe, die auf ihr wandeln.
Tomasin – Der Wächter der Raben, Angehöriger der Neuen Ritterschaft unter dem Kommando von Honoré. Ihm obliegt es, die Raben von Valloncour zu pflegen und Nachrichten, die sie bringen, weiterzureichen.
Ulric der Winterkönig – Sohn des Königs Alfadas. Ulric war nicht einmal einen Mond lang König des Fjordlands. Er starb mit seinem Weib Halgard, als er das Eis des Wolkenspiegelsees zerbersten ließ und gemeinsam mit den Trollen, die sein geschlagenes Heer verfolgten, vom dunklen Wasser verschlungen wurde.
Ursulina – Heilige der Tjuredkirche. Eine Ritterin, die laut Legende auf einem Bären geritten ist.
Valerian – Angehöriger der Neuen Ritterschaft, wurde durch den Lutin Ahtap verhext, als er den Kobold im Rosengarten am Heidenhaupt gefangen nahm.

Winterauge – Adlerbussard des Fürsten Fenryl von Carandamon. Der große Vogel ist eine Hybride aus Bussard und Adler.

Wolkentaucher – König der Schwarzrückenadler vom Albenhaupt und einst ein Freund des Halbelfen Melvyn.

Wulf Osvaldson – Dritter Sohn des Fjordländerkönigs Osvald Sigurdsson. Verstarb im Kindbett, noch bevor er das erste Jahr vollendet hatte.

Yulivee – Elfe, Vertraute der Königin Emerelle. Eine Magierin, vor deren außergewöhnlichem Talent selbst die stolzen Lamassu ihr Haupt beugen.

Schauplätze

Aegilische Inseln – Berüchtigtes Piratenversteck. Eine Region mit weit über hundert Inseln, nördlich von Iskendria gelegen. Einst ein mächtiges Seekönigreich.

Albenhaupt – Geheimnisumwitterter Berg weit im Norden Albenmarks. Der Berg verbirgt seinen Gipfel stets in den Wolken. Es heißt, niemand, der dorthin wollte, sei je zurückgekehrt.

Aldarvik – Hafenstadt weit im Osten des Fjordlands.

Andalania – Große Kirchenprovinz westlich von Marcilla. Berüchtigt für seine kargen, staubigen Äcker und berühmt für den verbissenen Mut der Soldaten, die dort rekrutiert werden.

Aniscans – Hauptstadt von Fargon und zugleich Hauptsitz der Tjuredkirche. Hier wurde einst der heilige Guillaume von Elfen ermordet; so überliefert es die Geschichte der

Kirche. Er war der Erste, der unbewusst *die Gabe* einsetzte und dadurch Elfen tötete.

Arkadien – Mächtiges Elfenfürstentum, dessen Herrscherfamilie als besonders intrigant und skrupellos verschrien ist.

Bleierner See – Zentraler See der westlichen Seenplatte Drusnas.

Bresna – Einer der großen Ströme Drusnas.

Cadizza – Festungshafen etwa 70 Meilen westlich von Marcilla. Einer der Hauptstützpunkte der Flotte des Ordens vom Aschenbaum.

Carandamon – Elfenfürstentum, gelegen in den eisigen Ebenen im höchsten Norden Albenmarks. Heimat Fenryls.

Equitania – Provinz in Fargon, berühmt für die Zucht edler Pferde, aber auch berüchtigt für die Wettleidenschaft.

Gonthabu – Einst Königsstadt des Fjordlands und in den Trollkriegen vollständig zerstört, ist Gonthabu zu Zeiten von Gishilds Königsherrschaft der bedeutendste Handelshafen im südlichen Fjordland.

Heidenkopf – Ein mit Ruinen bedeckter Hügel südlich von Lanzac. Luc gründet hier ein Refugium, einen Ort der Zuflucht und Meditation für die Priester der Tjuredkirche.

Katzbuckel – Hügel im Westen der Schlangengrube.

Kröteninsel – Lang gestreckte, bewaldete Insel im Rivanne, auf der Halbinsel Valloncour.

Lanzac – Verlassenes Dorf im südlichen Fargon in der Welt der Menschen. Heimat Lucs.

Lotussee – Ein Meer, weit im Süden Albenmarks. Heimat der Apsaras und anderer verwunschener Geschöpfe.

Marcilla – Ordensprovinz und Hafenstadt.

Mereskaja – Bedeutende Stadt in Drusna, an der Bresna gelegen. Schauplatz erbitterter Kämpfe zwischen dem Ehernen Bund und der Neuen Ritterschaft.

Phylangan – Einst eine stolze Festung im Herzen eines Berges, wurde Phylangan im letzten Trollkrieg völlig zerstört. Die Geschichte Phylangans und seines Untergangs wird im Roman »Elfenwinter« erzählt.

Rabenturm – Ehemals nur ein Signalturm auf einer Insel nahe der Küste des nördlichen Drusna, wurde hier binnen acht Jahren ein mächtiger Flottenstützpunkt der Neuen Ritterschaft errichtet.

Rivanne – Fluss auf der Halbinsel Valloncour. Gespeist aus Gebirgsbächen, ist sein Wasser das ganze Jahr über sehr kalt. Er ist berüchtigt für seine starke Unterströmung.

Schlangengrube – Stadt auf Valloncour, die ihren Namen wegen der Gießereien trägt, in denen die Bronzeschlangen, die mächtigen Kanonen der Kriegsschiffe der Neuen Ritterschaft, gefertigt werden.

Schwarzwacht – Stadt auf Valloncour.

Schwerthang – Ein langes Geröllfeld im Westen des Albenhauptes.

See der geheimen Stimmen – Ein See tief im Süden Albenmarks, an dem sich die As paras versammeln, um mutigen Besuchern ihre Visionen der Zukunft zuzuraunen.

Seyper – Handelsstadt im Osten von Fargon, berühmt für seine Tempeltürme und dafür, dass Henri Épicier hier den Heidenhammer verfasste.

Snaiwamark – Region im Norden Albenmarks, geprägt durch weite Tundralandschaften. Heimat der Trolle.

Tal der traurigen Träume – Eine tiefe Schlucht im Südwesten des Albenhauptes.

Tjuredsforke – Name eines tiefen Canyons in Valloncour.

Turm der mondbleichen Blüten – Palast der Apsaras in Vahan Calyd.

Uttika – 1. Name eines Fürstentums der Kentauren im Westen des Windlands. 2. Name der Hauptstadt des Fürstentums Uttika.

Vahan Calyd – Stadt am Waldmeer. Hier wird alle 28 Jahre von den Fürsten Albenmarks ein Herrscher gewählt. Während des dritten Trollkrieges wurde die Stadt völlig zerstört.

Valemas – Einst verwaiste und von Yulivee wieder aufgebaute Elfenstadt. Berühmt für ihre Mosaikstraßen und die verschwenderische Pracht ihrer Paläste.

Valloncour – Die größte der Ordensburgen der Neuen Ritterschaft. An der Ordensschule von Valloncour werden die späteren Ritter ausgebildet.

Vilussa – Bedeutender Flottenhafen des Ordens vom Aschenbaum, in Drusna gelegen. Sitz des Erzverwesers der Ordensprovinz.

Waldmeer – Meer im Süden Albenmarks. Die bedeutendste Stadt am Waldmeer ist Vahan Calyd.

Windland – Weite Steppenlandschaft im Norden Albenmarks. Heimat der Kentauren.

Glossar

Adlerschiffe – Große Katamarane, entworfen vom Holden Brandax. Landestangen an beiden Seiten des Doppelrumpfs erlauben es den riesigen Schwarzrückenadlern, auf den Schiffen zu landen.

Albenkinder – Sammelbegriff für alle Völker, die von den Alben erschaffen wurden (Elfen, Trolle, Holde, Kentauren usw.).

Albenpfade – Ein Netzwerk magischer Wege, das einst von den Alben erschaffen wurde.

Albensteine – Magische Artefakte. Jedes der Albenvölker erhielt einen solchen Stein, bevor die Alben ihre Welt verließen. Ein Albenstein stärkt die Zauberkraft seines Benutzers. Werden mehrere Albensteine zusammengeführt, kann Magie von weltenverändernder Macht gewirkt werden.

Andere Welt – Name der Albenkinder für die Welt der Menschen.

Die Anderen – Ein Sammelbegriff für alle Albenvölker. Die Tjuredgläubigen, die nicht zur Priesterschaft gehören, wagen es in der Regel nicht, die Namen der Völker Albenmarks zu nennen, weil sie befürchten, damit Unglück herbeizurufen. Stattdessen reden sie von den Anderen.

Apsaras – Wassernymphen, heimisch in der Lotussee, tief im Süden Albenmarks.

Bruderschaft des Heiligen Blutes – Geheimbund innerhalb der Neuen Ritterschaft. Alle Angehörigen sind überzeugt, entfernte Nachfahren des heiligen Guillaume zu sein und mit seinem Blut auch seine besondere Gabe in sich zu tragen.

Buhurt – Jahrhundertealtes ritterliches Turnierspiel.

Devanthar – Eine dämonische Wesenheit. Der Erzfeind der Elfen. Ein Geschöpf mit fast göttlicher Macht.

Dreikönigsschlacht – Bezeichnung der Fjordländer für eine Seeschlacht, in der die Elfenkönigin Emerelle, der Trollkönig Boldor und Liodred, der König des Fjordlands, gegen eine übermächtige Flotte der Ordensritter Tjureds kämpften. Während der Schlacht wird *die Gabe* der Tjuredpriester eingesetzt, und es gelingt ihnen fast, Emerelle zu ermorden.

Der Eherne Bund – Bündnis der letzten freien »Heiden«, die den Heeren der Ordensritter noch Widerstand leisten.

Elfen – Das letzte der Völker, die einst von den Alben erschaffen wurden. Etwa menschengroß, sind sie von schlankerer Gestalt und haben längliche, spitz zulaufende Ohren. Die meisten von ihnen sind magiebegabt. In vielen Regionen Albenmarks stellen sie den Adel und damit die herrschende Klasse.

Erzverweser – Titel des ranghöchsten Priesters in einer Ordensprovinz. Er ist allen weltlichen Autoritäten an Macht überlegen und erteilt auch dem Komtur, der dem militärischen Arm der Kirche in der Provinz vorsteht, Weisungen.

Flottenmeister – Titel in der Neuen Ritterschaft, den der Oberkommandierende aller Seestreitkräfte des Ordens trägt.

Fragender – Synonym für Priester der Tjuredkirche, die sich darauf spezialisiert haben, nach den Werken der Anderen zu suchen, sowie Wechselbälger und heimliche Götzenanbeter aufzuspüren. Manche sind Hirten, die um das Seelenheil Fehlgeleiteter ringen. Häufiger jedoch findet man menschenverachtende Folterknechte unter den Fragenden.

Galeasse – Hochbordiges Schiff, das sowohl gesegelt als auch gerudert werden kann. Wesentlich hochseetauglicher und größer als Galeeren.

Gevierte – Diejenigen Mitglieder der Neuen Ritterschaft, die zurückkehren, um Valloncour nicht mehr zu verlassen. Manche Novizen nennen sie die lebendig Begrabenen. Es sind ehemalige Ritter, die keinen Kriegsdienst mehr leisten können und als Handwerker und Gelehrte dem Orden dienen. Sie nehmen ein viertes Element in ihren Wappenschild auf, daher leitet sich ihr Name ab.

Goldene Hallen – Nach dem Glauben der Fjordländer der Ort, an den die verstorbenen Helden gehen, um gemeinsam mit den Göttern zu zechen, in weiten Wäldern zu jagen oder an silbernen Strömen Salme zu angeln.

Heidenhammer – Berüchtigtes Buch des Abtes Henri Épicier, in dem er über verschiedene Verfahrensweisen zur Entdeckung von heimlichen Heiden und Wechselbälgern schreibt. Obwohl populär und weitverbreitet, ist das Werk innerhalb der Tjuredkirche durchaus umstritten.

Holde – Ein Koboldvolk, das vor allem in den Mangroven des Waldmeers und im wiedererstandenen Vahan Calyd lebt.

Karracke – Großes Segelschiff mit turmartigem Vorder- und Achterkastell.

Kentauren – Mischgeschöpfe aus Elfen und Pferden. Dem Pferdeleib entwächst ein elfenähnlicher Oberkörper. Die meisten Kentaurenstämme leben nomadisch und sind im Windland beheimatet. Der Oberkörper der Kentauren ist muskulöser als bei ihren »Elfenvettern«. Auch ist Bartwuchs unter ihnen weit verbreitet, und ihre Ohren sind weniger lang als bei den Elfen.

Kobolde – Sammelbezeichnung für eine ganze Gruppe verschiedener Völker, wie etwa die Holden oder die Lutin. Kobolde sind, am erwachsenen Menschen gemessen, etwa knie- bis hüfthoch. Viele Kobolde sind magiebegabt. Die meisten gelten auch als hervorragende Handwerker. Man sagt ihnen einen eigenwilligen Sinn für Humor und die ausgeprägte Neigung nach, anderen Streiche zu spielen.

Komtur – Ranghöchster Ordensritter in einer Provinz. Er befehligt den militärischen Arm der Tjuredkirche. Über ihm steht im Rang nur der Erzverweser der Provinz.

Lanterna – Kriegsschiff, größer als eine Galeere, aber kleiner als eine Galeasse.

Lanze – Bezeichnung für eine Gruppe junger Novizen auf der Ordensburg Valloncour. Vergleichbar einer Schulklasse.

Lutin – Fuchsköpfiges Koboldvolk. Die Lutin sind sehr begabte Zauberer und berüchtigt für ihren schwarzen Humor und ihre üblen Streiche. Sie gelten auch als erfahrene Reisende im Netz der Albenpfade.

Mandriden – Leibwache des Königs des Fjordlands. Diese berühmte Kriegertruppe wurde einst durch den Elfen Nuramon gegründet, der fast fünfzig Jahre lang in Firnstayn auf seine Gefährten Farodin und Mandred wartete.

Manko-Affen – Waldaffen der Albenmark, singen melancholische Mittagslieder.

Maurawan – Elfenvolk, das hoch im Norden Albenmarks in den Wäldern am Fuß der Slanga-Berge lebt. Berühmt für seine Bogenschützen. Unter anderen Elfen gelten die Maurawan als eigenbrötlerische Einzelgänger.

Mordloch – Loch in der Gewölbedecke von Torgängen. Dient dazu, Angreifer mit Steinen oder siedenden Flüssigkeiten zu attackieren.

Namensfest – Das Fest, bei dem die Eltern für ein neugeborenes Kind den Namen bestimmen. In der Regel liegt dieser Tag nicht mehr als eine Woche nach der Geburt. Familien, die es sich leisten können, feiern jährlich ein Fest zur Erinnerung an diesen besonderen Tag.

Neue Ritterschaft – Ritterorden der Tjuredkirche mit Hauptsitz in Valloncour. Stieg bei den Kämpfen um Drusna zu einer führenden Rolle auf.

Das Nichts – Der Raum, den Albenpfade durchziehen. Die

große Leere zwischen der Welt der Menschen, Albenmark und der Zerbrochenen Welt.

Ochsenwürger – Flusswelssorte, die häufig im Waldmeer anzutreffen wird. Die Tiere können bis zu zwanzig Schritt lang werden; die größten von ihnen sind mythische Schreckgestalten in den Sagen der Fischer aus dem Koboldvolk der Holden.

Orden vom Aschenbaum – Ältester Ritterorden der Tjuredkirche. Trägt eine schwarze, abgestorbene Eiche im Wappenschild. Verlor nach einer Reihe von Niederlagen im Kampf um Drusna auf dem Konzil von Iskendria die vorherrschende Rolle unter den Ritterorden der Kirche und wurde der Neuen Ritterschaft unterstellt.

Orden vom Blutbaum – Landläufig verbreitete Bezeichnung für die Neue Ritterschaft. Der Name bezieht sich auf das Wappen des Ordens.

Ordensmarschall – Titel des höchsten Würdenträgers der Neuen Ritterschaft. In der Kirchenhierarchie entspricht sein Rang dem eines der sieben Kirchenfürsten von Aniscans.

Pockenbeißer – Sie begleiten die Wale in den Fjorden, um die Meeresgiganten von lästigem Ungeziefer zu säubern.

Primarch – Der spirituelle Führer der Neuen Ritterschaft. Er wacht über das Seelenheil der Ritter und Novizen.

Refugium – Bezeichnung der Tjuredpriesterschaft für Ordenshäuser in der Wildnis, in denen die Gläubigen inneren Frieden bei harter Arbeit finden. Manche Priester sehen in den Refugien erste Inseln des Gottesstaates, der einst das ganze Erdenrund umspannen soll.

Riesenschnapper – Ein Salzwasserkrokodil, beheimatet in der Region des Waldmeers. Die größten von ihnen wagen es, kleine Boote anzugreifen. Manchen sagt man sogar magische Fähigkeiten nach.

Sanhalla – Name des Südwinds, der von den Hängen der Rejkas im Sommer auf die Ebene der Snaiwamark weht.

Schnitter – Eine Elfenreiterschar in schwarzen Halbharnischen unter dem Befehl des Fürsten Tiranu von Langollion.

Schwarze Schar – Leichte Reitertruppe der Neuen Ritterschaft. Pistoliere im geschwärzten Halbharnisch. Sie gelten als besonders verwegene Truppe, die oft tief in Feindesland vorstößt.

Schwarzrückenadler – Ein Volk riesiger Adler, groß genug, dass sie Elfen tragen können.

Silberne Bulle – In diesem Gesetzestext sind die gegenseitigen Verpflichtungen zwischen der Kirche und der Neuen Ritterschaft festgeschrieben.

Sonnendrachen – Magisches Drachengeschlecht aus der Frühzeit Albenmarks. Die Sonnendrachen galten als die Fürsten unter den Drachenvölkern.

Sturmhorst – Name des Flaggschiffs der Adlerschiffe, die gegen Valloncour segeln.

Trolle – Das kriegerischste Volk Albenmarks. Mehr als drei Meter groß, haben sie eine graue Haut, die in ihrer Farbe Steinen ähnelt. Trolle scheuen vor der Berührung von Metall zurück.

Trollfingerspinnen – Erschreckend große Spinnenart, die in der Region des Waldmeers in Albenmark heimisch ist. Ihre Beine sind tatsächlich dick wie Trollfinger. Manchmal werden sie von den Holden dazu abgerichtet, kleine Vögel zu fangen.

Windfänger – Name der Galeasse, auf der Kapitän Alvarez das Kommando führt.

Windsänger – Ein Elfenzauberer, der es versteht, die Winde herbeizurufen. Oft vermögen Windsänger ihre Seele mit der eines Tieres reisen zu lassen, so etwa Fürst Fenryl.

Yingiz – Ein rätselhaftes Volk, gegen das einst die Alben Krieg führten. Die Schatten der Yingiz wurden ins Nichts verbannt und warten darauf, ihrer Gefangenschaft entfliehen zu können und wieder Körper zu besitzen.

DANKSAGUNG

Das Jahr neigt sich dem Ende entgegen, der zweite Teil der Elfenritter-Saga ist abgeschlossen, und der Rückblick auf die vergangenen Monate schmerzt. Ich möchte mich bei Melike und Pascal entschuldigen, die mich viel zu wenige Stunden gesehen haben. Im nächsten Jahr will ich versuchen, ein besserer Vater zu sein.

Dass ich mein Arbeitszimmer überhaupt noch verlassen habe und das Buch so wurde, wie es nun vorliegt, verdanke ich all meinen Helfern, die mir wie so oft schon zuverlässig zur Seite standen. Karl-Heinz, der verhindert hat, dass ich Kommas nach ästhetischen statt nach grammatikalischen Regeln in den Text einstreute, Elke, die mich über Stollen belehrte und dabei keinen Vortrag über Weihnachtsgebäck hielt, Rolf und Gertrud, die stets Zeit und eine Tasse Kaffee hatten, wenn Albenmark und andere Welten zu schwer auf mir lasteten. Besonders bedanken möchte ich mich auch bei meinen Lektorinnen: Frau Vogl, die mir noch einmal eine Gnadenfrist verschaffte, und Frau Kuepper, die mittlerweile Nachtschichten vor meiner Abgabe fest mit einplant und nicht aus dem Auge verliert, wo ich versehentlich Geheimnisse vor der Zeit ausplaudere.

Bernhard Hennen
Dezember 2007

Christoph Hardebusch

Der Shootingstar der deutschen Fantasy

Mit seinen grandiosen epischen Fantasy-Bestsellern prägt der junge Erfolgsautor die neue Generation der Fantasy.

»*Ein Fantasy-Spektakel!*« **Bild am Sonntag**

Die Trolle
978-3-453-53237-3

Sturmwelten
978-3-453-52385-2

Die Schlacht der Trolle
978-3-453-53279-0

978-3-453-53237-3

978-3-453-52385-2

Christoph Marzi

Das Tor zu einer phantastischen Welt

»Christoph Marzi ist ein magischer Autor, der uns die Welt um uns herum vergessen lässt! Er schreibt so fesselnd wie Cornelia Funke oder Jonathan Stroud«
Bild am Sonntag

»Wenn Sie Fantasy mögen, müssen Sie Christoph Marzis wunderbare Werke lesen. Eine echte Entdeckung!«
Stern

978-3-453-52327-2

978-3-453-53275-5

HEYNE